W0397573

Aus Freude am Lesen

Wiesław Myśliwski · Der helle Horizont

Wiesław Myśliwski

Der helle Horizont

Roman

Aus dem Polnischen von
Roswitha Matwin-Buschmann

Mit einem Vorwort von
Olga Mannheimer

btb

Die polnische Originalausgabe erschien 1997
unter dem Titel »Widnokrąg«
bei Warszawskie Wydawnictwo Literackie MUZA S. A., Warszawa

Umwelthinweis:
Dieses Buch und der Schutzumschlag wurden auf
chlorfreiem Papier gedruckt.
Die Einschrumpffolie (zum Schutz vor Verschmutzung)
ist aus umweltschonender und recyclingfähiger PE-Folie.

btb Bücher erscheinen im Goldmann Verlag,
einem Unternehmen der Verlagsgruppe Random House

1. Auflage

Satz: Uhl + Massopust, Aalen
Druck und Bindung: GGP Media, Pößneck
Printed in Germany
ISBN 3-442-75058-X
www.btb-verlag.de

FÜR GRZEGORZ, MEINEN SOHN

VORWORT

Ein Mann macht sich eines Tages auf, ans Ende der Welt zu gehen. Wo die Erde aufhört, da will er nach oben steigen, immer höher, bis alles zu sehen ist: das Dorf, die Kühe, die Kinder, sein ganzes Universum. Diese Vision eines alten Hirten, dem die Weisheit der Narren gegeben ist, taucht in der Mitte von Wiesław Myśliwskis Roman auf, als Chiffre seines literarischen Begehrens, mit einem Blick die Welt zu umgreifen und ihre Ordnung zu erkennen. Der Horizont – titelgebende Metapher und Leitmotiv des Romans – ist der Streifen, der im konkreten Sinne das Blickfeld, im übertragenen Sinn die erfassbare Erfahrung eines Lebens umschließt. Dieser Streifen, wo »Himmel und Erde zusammenstoßen«, materialisiert die Grenze der Erkenntnis, ebenso verlockend wie unerreichbar: Wie der Horizont rückt sie ab um jeden Schritt, den man auf sie zugeht. Piotr, der Ich-Erzähler des Romans, bewegt sich zwischen dem Wissen um menschliche Begrenzung und dem Drang, sie zu überwinden. Er nähert sich dem Geheimnis, das hinter den Dingen liegt, indem er diese von verschiedenen Seiten aus genau betrachtet und ins Verhältnis zueinander setzt. Das besondere an Piotr ist nicht sein Leben – es ähnelt dem vieler Polen, die in den Kriegs- und Nachkriegsjahren aufgewachsen sind –, sondern die Art, wie er dessen Zusammenhänge in den Blick nimmt.

Der helle Horizont, im Original 1996 erschienen, spielt zu einer Zeit, die zu den schmerzlichsten Kapiteln polnischer Geschichte zählt. Nach dem deutschen Überfall und dem Vorstoß der Roten Armee im September 1939 fand sich Polen – wie schon zum Ende des 18. Jahrhunderts – wieder zwischen Großmächten aufgeteilt. Die Folgen waren Vertreibung und Verschleppung, Ausmerzung der Eliten und die Verknechtung ganzer Bevölkerungsgruppen. Gegen die gewaltsame Unterdrückungspolitik der Besatzer formierte sich Gegenwehr aus zwei Richtungen: Eine in ihren Grundzügen bürgerlich-nationale Organisation (mit Anbindung an die polnische Exilregierung in London) errichtete während der Okkupation einen regelrechten Untergrundstaat, mit eigener Verwaltung, Bildungseinrichtungen und bewaffneten Einheiten. Diese »Heimatarmee« initiierte 1944 den Warschauer Aufstand. Ihr Gegenstück war die »Volksarmee«, die aus den kommunistischen, mit der Sowjetunion verbündeten Kreisen hervorging. Da die Führer beider Widerstandsbewegungen die Regierungsbefugnis über ein befreites Polen anstrebten, kam es in der letzten Kriegsphase zwischen diesen Kräften förmlich zum Bürgerkrieg, der sich weit über das Jahr 1945 hinauszog.

Die Befreiung von der deutschen Besatzung durch die Rote Armee, die – vor den Toren der Stadt – dem Niedermetzeln des Warschauer Aufstands tatenlos zugesehen hatte, war nicht das Ende allen Leids. Die sowjetischen Truppen marschierten in ein verwüstetes, innerlich zerrüttetes Polen ein, das sechs Millionen Menschen (davon drei Millionen polnische Juden) verloren und durch die Grenzverschiebungen ein Fünftel seines Territoriums eingebüßt hatte. Die Um- und Aussiedlungen trieben Massen von obdachlos Gewordenen durchs Land; vielerorts wurden innenpolitische Auseinandersetzungen blutig ausgetragen. Schließlich gelang es den Kommunisten, die Macht an sich zu reißen, was Polen de facto unter sowjetische Herrschaft brachte: Staats-, Parteiführung und der gewaltige Sicherheitsapparat erhielten ihre Weisungen aus Moskau, das auf die Kollektivierung der Landwirtschaft und die Gleichschaltung der Gesellschaft drängte. Mit fortschreitender Stalinisierung gipfelte der »Kampf gegen die Reaktion« in brutalem Terror. Er zielte vorrangig auf ehemalige Vertreter des Untergrundstaates und Soldaten der »Heimatarmee«. Einige, die den Kampf gegen die Besatzer überstanden hatten, wurden zum Tod, viele andere zu hohen Gefängnisstrafen verurteilt. In der Volksrepublik waren ohnmächtige Wut und Angst vor dem sowjetischen Diktator überall spürbar.

Diese Epoche gewaltsamer Umbrüche hat in Polens kollektivem Gedächtnis tiefe Spuren hinterlassen. Besatzung, Frontkämpfe, Deportationen – auch im *hellen Horizont* klingt die blindwütige Gewalt der Geschichte an. Doch die Figuren erleben sie aus der Ferne, ohne eine Spur patriotischer Anteilnahme. Der Ausgang einer Schlacht beschäftigt sie weniger als der Gedanke, »noch was zu ernten, wenn nicht fürs Brot, so wenigstens für die Aussaat«. Im Dengeln der Sense (die hier zum Symbol der Hoffnung wird) während der kurzen Waffenruhe an der nahen Front artikuliert sich beiläufig eine Weltanschauung. Sie stellt das Leben, im schlichten Sinn von Überdauern, über heroische Ideale. Den Weltkrieg nehmen die Bauern nur unmittelbar wahr und sie begegnen ihm so pragmatisch wie allen übrigen Plagen des Seins. Erschüttert werden sie einzig von Ereignissen, die sie persönlich erleben und die manchmal, wenn man sie von außen betrachtet, eher lächerlich als dramatisch wirken. So etwa das seinem Hund ausgeschlagene Auge, das Piotrs Onkel so peinigt, dass er deswegen erwägt, »sich zu den Partisanen zu melden«. Oder der Verlust eines Schuhs, über den Piotrs Mutter auf der Flucht bitterlich klagt, während ringsum die Welt zusammenbricht. Doch aus der Klage über diesen einen Verlust, der das Ausmaß des Ausdrückbaren nicht überschreitet, läßt sich alle Not der Unbehaustheit heraushören. »Diese Stelle«, so ein polnischer Kritiker, »enthält mehr Wahrheit über das Jahr 1945, als ganze Sammlungen historischer Abhandlungen.« Nicht zuletzt verdeutlicht diese Episode was Myśliwski bei der Wahl seines Erzählmaterials leitet: Er geht davon aus, dass das Leben aus Alltäglichkeiten besteht. Daher stellt er Zwischenfälle, private Konflikte, profane Sorgen und Sehnsüchte in den Vordergrund. In der Tiefe aber reflektieren seine Geschichten menschliche Bestrebungen und Widersprüche mit der Kraft eines Mythos.

Wiesław Myśliwski begreift sich nicht als Chronist einer tragischen Epoche. Sein Interesse gilt weniger historischen oder gesellschaftlichen Prozessen, als vielmehr der einzelnen Existenz. Deshalb konzentriert er sich auf die unmittelbare Umwelt seiner Figuren, die wir aus nächster Nähe sehen, während das Zeitgeschehen im Hintergrund bleibt. Nicht die Okkupation, der Bürgerkrieg oder der Stalinismus haben Piotr zu dem gemacht, der er ist. Sein Daseinsgefühl verdankt sich charakteristischen Gesten, den zwischen den Worten vernehmbaren Emotionen und den Erfahrungen des Alltags.

Dieses in der polnischen Tradition (welche die Generationsbegriffe in der Regel aus politischen Aufständen ableitet) untypische Verständnis von Identitätsbildung wird im Roman vielfach gespiegelt – so auch in dessen Zeitstruktur: Er folgt nicht einer linearen Handlung, sondern fächert die Episoden in freier Abfolge auf, die das spontane Erinnern imitiert. Wie gegenwärtig ein Ereignis erscheint, hängt nicht von Chronologie oder historischer Tragweite ab, ausschlaggebend ist seine emotionale Gewichtung. Piotrs Lebensrückblick baut sich aus weitgespannten Erinnerungsbögen auf, die auf solche Schlüsselerlebnisse gestützt sind. Diese Bögen greifen ineinander, wobei die Erzählung in eine andere Zeitebene kippt, und zwar so abrupt, dass sich verschiedene Altersphasen übereinanderschieben. Wir sehen das Geschehen stets mit Piotrs Augen, doch immer wieder in einem anderen Licht. Der Blickwinkel wechselt mit den Altersstufen und macht jeweils neue Aspekte sichtbar. Durch die Überlagerung verschiedener Zeit- und Erkenntnisschichten bekommt der Leser Einblick in die seelische Wirklichkeit des Ich-Erzählers und in seinen Reifeprozess. In diesem Konstruktionsprinzip spiegelt sich darüber hinaus eine der Grundlagen von Myśliwskis Prosa: das Empfinden der Zeit als ewiger Kreislauf. Seine Zeitauffassung sieht der Autor als Teil des bäuerlichen Erbes, dem er nach eigener Aussage die erzählerischen Ressourcen verdankt.

Wiesław Myśliwski wurde 1932 in Dwikozy geboren, einem weltentrückten Dorf im Südosten Polens. Er wuchs im Armenviertel von Sandomir auf; die Stadt wird erkennbar im namenlosen Schauplatz seines Romans, durch den die Rote Armee auf ihrem Weg nach Berlin marschiert. Die Parallelen zu seiner Biographie sind offensichtlich. Wie sein Erzähler hat der Autor die bäuerliche Heimat früh hinter sich gelassen und den Vater kurz nach Kriegsende verloren. Nach dem Studium der Polonistik an der Katholischen Universität in Lublin wurde er mit 26 Jahren Lektor in einem Warschauer Verlag und später Chefredakteur einer Kulturzeitschrift. Der Debütroman *Der nackte Garten,* den er 1967 veröffentlichte, hat die Kritik durch Tiefe und virtuose Sprache begeistert. Jedes seiner folgenden Bücher geriet zum Literaturereignis; so auch *Der helle Horizont,* 1997 mit dem Nike-Preis – dem wichtigsten polnischen Literaturpreis –gewürdigt. Beim Publikum wie bei den Kritikern gleichermaßen beliebt, hat Myśliwski das Schreiben nie als Beruf betrachtet. Es ist ihm vielmehr ein Akt der Selbsterforschung. Sein Œuvre beschränkt sich auf drei Theaterstücke, einige Hörspiele und vier Romane, die von manchen Kritikern der sogenannten bäuerlichen Strömung zugerechnet werden, nach Ansicht anderer den Rahmen dieses Genres sprengen. Der öffentlichkeitsscheue Autor blieb immer abseits von poetischen Schulen, Moden und Ideologien. Der – polnischen Schriftstellern traditionell zugewiesenen – Rolle als »Gewissen der Nation« hat er beharrlich widerstanden. Er erhob keine politische oder soziale Anklage; unter den Kommunisten, da regimekritisches Engagement mit literarischer Qualität notwendig verbunden wurde, hielt er sich als einer von ganz wenigen aus den Auseinandersetzungen der Zeit heraus. Diese Distanz läßt sich aus den Quellen seines Schreibens erklären. Myśliwski schöpft seine Themen aus dem Gedächtnis und aus der Vorstellungskraft. Als seine wichtigste Prägung nennt er die Kindheitsjahre auf dem großelterlichen Bauernhof, wohin sich die Familie vor dem Krieg flüchtete. Dort begegnete er mehreren Generationen polnischer Kleinbauern, deren Erzählungen sich in seine Erinnerung eingebrannt haben.

Der helle Horizont spielt im eingegrenzten Raum des Dorfes und am Rande des Stadtlebens. Wie der deutsche Gefreite in diesem Roman, der die Bauern so beharrlich fotografiert, dass sie am Ende nicht wissen, »sind sie noch auf der Welt, oder bloß noch auf diesem Bild«, ist Myśliwski leidenschaftlich bestrebt, dieses Universum in all seinen Aspekten und Schattierungen festzuhalten. Die Genauigkeit seines Blicks und seines Gehörs verleiht den Figuren eine ungewöhnliche Präsenz. In der Realität Polens fest verankert, bildet der Roman dennoch viel mehr als eine Epoche oder ein Milieu ab.

Was den Autor fasziniert, sind nicht die Spezifika ländlicher Sitten oder kleinstädtischer Mentalitäten – es sind die universellen Kategorien der Seele.

Der großväterliche Bauernhof markiert den Mittelpunkt von Piotrs Erinnerungswelt, weil sich darin eine Existenzerfahrung bündelt. Darauf gehen seine Wahrnehmungen und Empfindungen zurück, aus denen sein Erkenntnisvermögen erwachsen ist. Indem er die Dinge des Alltags ungemein intensiv erlebt, kann Piotr sehen, was hinter ihnen steht. So baut Myśliwski aus den Zeitgeschehnissen den Erzählrahmen, in den er seine zeitlosen Themen spannt: wie Bewusstsein und Gefühle entstehen, welche Kräfte das Leben eines Menschen bestimmen, was seine Beziehung ist zu den anderen, zur Natur, zum Glauben.

Der Autor geht die Fragen nach den letzten Dingen ohne Scheu an. Seine Figuren behandeln den Tod, die Bestimmung oder Gott mit derselben Vertrautheit wie die Dinge das täglichen Lebens. Möglicherweise ist das der Standpunkt, von dem aus sich erkennen lässt, was die Welt zusammenhält: Dass Gewichtiges und Alltägliches einander so nahe sind wie Himmel und Erde. Am Horizont stoßen sie zusammen.

OLGA MANNHEIMER

PROLOG

Das kleine, schmächtige Männlein da auf dem Foto, mit den weit aufgesperrten Augen, in dem zu großen Gabardinemantel, wie erdrückt von dem zu großen Hut – das ist mein Vater. Daneben, im dunkelblauen Matrosenanzug, in kurzen Hosen, die weiße Matrosenmütze auf dem Kopf, in Sandalen und Kniestrümpfen – das bin ich. Mutter ist nicht mit drauf. Dann ist wohl Sonntag. Sonst wär ich auch nicht im Matrosenanzug.

Die Mutter macht, scheints, das Mittag, was sollte sie anderes tun an diesem sonnigen Sonntag im Sommer, wie er da zu sehen ist auf dem sonnendurchleuchteten Foto. Sie rührt was im Topf, rückt was zurecht auf den Feuerstellen, legt Scheite nach, walkt den Nudelteig und klagt dabei, diese Pötte, ewig nur diese Pötte, wofür hat der Herrgott sie so gestraft, nicht mal am Sonntag ein Spaziergang. Sie sind sonntags immer spazieren gegangen, einen Fuchs hat sie gehabt, Hut, Handtasche, Handschuhe, Schuhe, alles im gleichen Farbton, eine Dame ist sie gewesen, umgedreht haben sie sich nach ihr, und nun ist sie die Küchenmagd. Vielleicht streitet sie sich mit Tante Marta, wir wohnen nämlich alle auf einem Haufen, bei den Großeltern, es braucht nicht viel, und fertig ist der Streit.

Nicht bloß dich, nicht bloß dich, beschwichtigt Tante Jadwinia, so gut sie kann, denn Tante Jadwinia holte gern für jeden die Sterne vom Himmel, und es schmerzt sie, wenn jemanden was schmerzt, uns alle hat er gestraft. Da, die Schweine, beringt sind sie, angeblich sinds deine, du fütterst sie, rackerst dich ab, von den Kartoffeln spürst du die Hände kaum noch, das frisst wie nur was, aber schlachten darfst du das nicht. Wart, ich tu ihnen bloß was in den Trog, dann helf ich dir.

Dafür lässt Tante Marta der Mutter kein Wort durchgehn. Eine Dame! Seht sie euch an, die Dame! Was hat dich denn hergetrieben? In deiner Stadt hätteste solln hockenbleiben, wenn dirs dort so gut ging. Und einen Fuchs, den kann ich auch haben, denke du bloß nicht. Legt der Władek halt Schlingen aus, der Kaźmierczak kriegt ihn zum Gerben, und schon hab ich einen. Legste welche aus, Władziu?

Onkel Władek wird regelrecht fuchtig bei dem Fuchs. Hast du Deibel von Weib den Verstand verlorn? Und wo willste rumlaufen in deinem Fuchs? Im Dorfe? Damit sich der Gendarm an dich hängt, wo du den Fuchs her hast, und mich kriegen se am Arsch? Oder die Leute sich das Maul zerfetzen, bereichert hättn wer uns, wenns geht noch an den Juden? Herrgottnochmal! Is die nich närrisch? Jede Minute kann einer dran sein, und die – einen Fuchs! Nach einem Fuchs giepert es die! Und er lässt seiner Wut freien Lauf und äfft die Tante weiter nach. Einen Fuchs! Einen Fuchs! Legste Schlingen aus, Władziu? Verfluchtige! Dass man sich krummlegt für die Ärzte, da dran denkt se nich! Dass man sich das Letzte aus den Rippen schneidet für die Medizin, da dran nich! Aber einen Fuchs! Geh und fang einen Fuchs für die!

Tante Martas Augen laufen an wie Glas, stumm setzt sie sich auf die Bank unterm Fenster und nimmt sich den Wandbehang vor. Sich regen bringt Segen. Sticken tuste, am Sonntag? sagt die Großmutter überm Rosenkranz. Am Sonntag is es Sünde. Und der Onkel Władek kann ihr noch lange den Fuchs nicht verzeihen. Einen Fuchs! Einen Fuchs!

Erst muss der Großvater sich aufs Knie klatschen, wie es seine Art ist, und dazwischenfahren. Biste stille! Und dann fängt er sanft, nunmehr aus der Höhe seines Alters, selbst von den Füchsen an, so als wüsste allein er alles über sie. Tja die Füchse, irgendwie lassen die sich heuer nich blicken. Rebhühner, Hasen ein paar. Die Füchse haben sich, scheints, verzogen. Wegen dem Krieg oder was? Vorhersagen über die Füchse gibts keene nich. Über die Rebhühner ja. Verschwinden die Rebhühner, verschwinden die Juden. Nich mal, dass der Fuchs wem ein Huhn gerissen hat, hörste mehr. Und früher verging kein Tag. Wenn nich ein Huhn, dann eine Gans, eine Ente. Und die Baue sind eingefallen, keine Spur, dass se da ein und aus gehn. Vielleicht eine Seuche? Aber den Fuchs nich jetze, im Sommer. Jetze is das Plunder, keen Pelz nich. Der haart dir im Nu aus, Martuś. Erscht im Winter. Im Winter wird er dichter. Und das Haar dicker, länger, glänzend. Dann hält er Jahre. Bloß, für die Schlinge musste Stahldraht haben. Aufm Boden liegt nochn Stücke. Und auf die Schliche musste ihm kommen. Aber bis zum Winter is es noch hin, oha!

Wenn aber Sonntag ist, dann gibt es zu Mittag einen Hahn. Den stolzen, karmesinroten, mit dem Purpurkamm. Eben ist er über den Hof spaziert, ich seh ihn noch, wie er sich aus der Hühnerschar die gesprenkelte Glucke aussucht, zu ihr flattert, die andern Hennen beiseitefegend, und sie, die Gefügige – hopp! – zu Boden drückt, worauf er sich schüttelt und weiterstolziert. Das Blut tropft noch aus seinem Hals und zeichnet eine Spur vom Hackklotz bis in die Stube, als ihn Onkel Stefan in seiner Riesenpranke an den Beinen anbringt und wie zu sich selber sagt, zappel nich so, Ungetüm, du bist doch tot. Aber als er auf der Schwelle stehenbleibt, spreizt der Hahn wieder die Flügel, als wollte er sich damit gegen den Türrahmen stemmen. Halt ihn fest, du bespritzt mir noch die Wände mit Blut, schreit Tante Jadwinia, die sind grad erst geweißt. Ich sag ihm ja, er soll nich so zappeln. Was sagst du ihm?! Was sagst du ihm?! Du hast ihm den Kopf abgehackt und sagst ihm was! Der Onkel schleudert den Hahn wütend in den Zuber.

Oh, ein großer Hahn, was ein großer Hahn, Großvater beugt sich über den Zuber, und als hörte der Hahn, dass Großvater ihn lobt, beginnt er sich erneut zu spreizen. Erst als ihm Tante Jadwinia kochendes Wasser aus dem Teekessel übergießt, sackt er zusammen, erschlafft, und das ist seine Ewige Ruhe. Und die Tante bindet sich das Vortuch vor, rückt sich den Schemel zurecht. Zuerst reiß ihm den Schwanz aus, mahnt der Großvater. Und die Tante reißt ihm mit der ganzen Hand den Schwanz aus. Geht und will den Schwanz in den Herd werfen. Es sieht aus, als trüge sie ein Flammenbündel, um das Haus vor Feuer zu schützen. Schon greift sie sich den Schürhaken, schon hebt sie die Ofenringe an. Ich ruf, Tante, schmeiß nicht, ich mach mir einen Federschmuck draus! Dann bin ich ein Indianer! Die Tante zögert, da, nimm, aber trockne ihn ordentlich ab. Was gibste ihm den? Großvater verhehlt sein Missbehagen nicht, willste, dass uns noch mal das Haus abbrennt? Und woraus macht er sich den Federschmuck, wo er ein Indianer sein will? Pfaue gibts bei uns nich. Aberglaube das, brennt doch kein Haus ab wegen dem Schwanz. Seht da, sie möcht mit dem Feuer spielen.

Die Tante dreht den Hahn auf den Rücken, auf den Bauch, rupft ihn, dass die Federn knirschen. Mutter sagt, lass gut sein, ich werd allein mit ihm fertig, und du zieh dich an für die Kirche, du willst zur Messe und schaffst es nicht mal zum Hochamt. Ich schaffs schon, die Tante sputet sich, dass ihr das Kopftuch in den Nacken rutscht und das Haar, nicht mehr gebändigt, wie eine schwarze Wolke das Gesicht verdeckt, und wenn ich mich was verspäte, der Herrgott merkts nich. Er hängt nich am Kreuz und passt auf, wer zu spät kommt.

Reich ist die Haarpracht der Tante. Nicht schön, nicht dicht, nein reich. Sogar reich und reich, sagt die alte Smykowa, die Nachbarin. Was haste nicht für eine reich und reiche Haarpracht, Jadwinia, was ist die doch reich und reich. Gott hat dir kein Kind geschenkt, dafür hat er dir Haare geschenkt für dein goldnes Herz. Andre haben nich mal das. Der Onkel Stefan streicht der Tante manchmal übers Haar, wenns keiner sieht, und er sagt nichts. Aber die Tante weiß, was er sagen will, und jeden Samstag wäscht sie ihr Haar. Sobald es zu regnen anfängt, stellt sie den Eimer unter die Traufe und fängt für diese

Wäsche das Regenwasser auf. Selbst vom Feld rennt sie herbei, sowie es regnet, um es aufzufangen. Mengen von diesem Regenwasser stehn in dem Blechfass an der Wand und in dem andern, dem Eichenfass, und in dem Kessel, denn an Regenwasser darfs nicht fehlen für die Haarwäsche am Samstag.

Drum geht die Tante samstags nicht mehr mit aufs Feld, und jeder bringt dafür Verständnis auf. Auch wenn Onkel Stefan, für alle Fälle, jeden Samstagmorgen daran erinnert, Jadwinia bleibt also dann hier, sie muss ihr Haar waschen. Der Großvater als einziger, nicht dass er was dagegen hätte, er mag die Tante, der kann sich nie genug wundern, dass das jeden Samstag so geht. In der Erntezeit, tja, das schon, da gibts Staub, aber jetzt die Arbeit is gar nich so staubig. Die Läuse wäschste auch so nich raus, die kann man nur rauskämmen. Was denn für Läuse, Vater? Onkel Stefan ist empört. Was für Läuse? Na, was wohl für welche? Läuse eben. Sie hatten immer Läuse in den Haaren. Jetzt hat man keine mehr? Ach, Vater, Vater, Tante Jadwinia versucht, die Läuse in Gelächter zu verkehren, ich würd mich eher zu Tode schämen. Ich bleib da, weil das Haus ein bisschen hergerichtet werden muss für Sonntag, gewaschen muss werden, gefegt, Mittag gekocht. Und die Tante bleibt, um ihre Haarpracht zu waschen.

Zuerst reibt sie das Haar mit Petroleum ein. Damit es Glanz bekommt und nicht ausfällt. Dann steht sie, entblößt bis zur Taille, über der Waschschüssel, die Brüste berühren das Wasser fast, denn auch die Brüste der Tante sind eine reich und reiche Pracht. Sie sprängen wohl aus der Schüssel, wenn sie sie beide zugleich eintauchte. Sie streben auseinander, weil sie es so eng zusammen haben. Diese Brüste trägt die Tante durch die Stube spazieren, wenn sie sich Heißes aus dem Schaff nachgießt und wenn sie nach der ersten Wäsche das Seifenwasser vom Flur in den Hof schwappt und wenn sie Holz im Herd nachlegt, bloß manchmal hält sie sie mit einer Hand fest, damit sie nicht hüpfen. Aber sie muss sich ja vor niemandem schämen, alle sind auf dem Feld, ich hab die Kühe rausgetrieben, und nur der Herr Jesus im Garten ist allein mit der Tante, aber der schaut die Tante auch nicht an, denn er betet und richtet den Blick in die Höhe. Also hat die Tante nicht mal die Türe abgesperrt, wer soll schon kommen, die nächsten Nachbarn sind ebenso auf dem Feld, und auf dem Feld sind auch die weiter entfernten, das ganze Dorf ist auf dem Feld. Über die Waschschüssel gebeugt, hat die Tante den Kopf voller Schaum, und die Hände, in diesen Schaum getaucht, rubbeln, als hätte sie die Haarpracht einen Monat nicht gewaschen, und die Brüste baumeln unter ihr wie zwei Glocken im Takt zur Bewegung der Hände. Sie sieht nicht, hört nicht, hat Augen und Ohren mit Schaum verstopft, dazu noch das Rumpeln und Rubbeln der Hände an ihrem Kopf, als sie plötzlich stutzt. So wie sie da über der Waschschüssel steht, die Hände in den Haaren, erstarrt sie. Is da wer? Halb fragend, halb bang, denn sie hat niemanden die Tür öffnen hören. Und der Onkel Stefan nimmt mit seinen großen Händen diese Brüste der Tante auf, die über der Schüssel baumeln, so als nähme er zwei Welpen von ihrem Lager auf. Die Tante tut verwundert. Du bist nich mit aufs Feld? Ich bin zurück, weil ich die Wetzsteine vergessen hab. Komm. Was fällt dir ein? Siehst du nich, ich bin beim Haare waschen? Und wenn jemand kommt? Ja und?! Für lange? Er kann auch kurz kommen. Soll er nur. Es is nich mit einer Fremden, es is mit der eignen. Wart, ich spül nur noch. Dreh den Schlüssel um. Wozu? Komm. Und er rafft den Rock der Tante hoch, setzt sie sich auf den Schoß, und sie wiegen sich. Mal um Mal fährt die Tante überm Schoß des Onkels auf und nieder, auf und nieder, und sie stöhnt, oh, Gott, oh, Stefuś. Und immer schneller, oh, Gott, oh, Stefuś. Immer fester umfasst der Onkel die Brüste der Tante, so dass der Schaum aus Tantes Haaren durch die ganze Stube spritzt. Dann gibt die Tante einen leisen Seufzer von sich und hängt schlaff in des Onkels Armen, und der Onkel drückt den Kopf an ihre Schulter. So sitzen sie eine Weile, reglos. Vielleicht beschenkt uns Gott diesmal, Stefuś. Nu ja, vielleicht.

Der Duft der Brühe erfüllt schon die Stube, als der Großvater und Onkel Władek als letzte vom Hochamt heimkommen. Oh, das riecht, und wie das riecht, der Großvater schnuppert, kaum hat er den Fuß über der Schwelle, lüstern. Tja, ein alter Hahn, der riecht halt, Onkel Władek hat immer ein Widerwort, schon gar beim Großvater. Vielleicht kriecht der Groll bei jeder Gelegenheit so aus ihm raus, weil ihm der Großvater angeblich die Tante Marta als Frau zugeschanzt hat. Bloß das Fleisch, das wern wer morgen essen, bis das gar is. Ich hab ja gesagt, den andern schlachten, den Gesprenkelten, der is was kleiner, aber nich so abgejachert. Aber das riecht, hoho, das riecht, wiederholt Großvater mit Nachdruck.

Im gleichen Moment, wie sich selber tadelnd, weil der Geruch des Weihrauchs vom Hochamt sich noch nicht gelegt hat und ihn der Geruch der Brühe schon gieprig macht, setzt er hinzu, na, das war heut mal eine kluge Predigt vom Pfarrer, eine kluge Predigt, na. Das is ein Redner, ha. So klug wieder nich, Onkel Władek hat sichtlich Lust, sich mit Großvater anzulegen. Der sabbelt, was ihm grade einkommt. Und ewig macht er einem Angst, als gäbs nich schon genug davon, auch ohne ihn. Höllenqualen, nischt wie Höllenqualen. Klug war se, Großvater bleibt dabei. Für Vater muss alles klug sein, was der Priester sagt. Aber auch die Priester reden oft verquer. War das etwa nich klug gesagt, du Aussatz, dass es so viel Unheil gibt in der Welt? Ich weiß auch ohne den, wie viel. Große Weisheit mir das.

Sie haben sich weit voneinander hingesetzt, Onkel Władek an den Tisch, der Großvater auf die Fensterbank. Und während es scheint, als warteten sie nur noch, wann der Hahn endlich gar ist, fangen sie wieder von dieser Predigt an. Der Großvater, ha, wie klug die war, der Onkel Władek, so klug nun auch nich. Der Großvater, dass man dank dem Pfarrer Gottes Wort wenigstens noch am Sonntag hören kann. Der Onkel Władek, was Gott zu sagen hatte, hat er gesagt und is gestorben, die Priester reden ihr eignes. Wie soll Gott durch den

Priester wollen sprechen, Vater, dazu einen, der nich mehr weiß, wie viel fürn Begräbnis, ne Trauung, ne Taufe nehmen, zu was die Weihnachtsgabe da is? Gott hat den Lazarus vom Tode erweckt, und hat er was genommen? Er hat Wasser in Wein verwandelt, wie die nischt zu trinken hatten, und hat er was genommen? Sie haben Gottes Wort gegen Menschenwort eingetauscht und reden immer noch von Gott. Wenn Gott einem Menschen was sagen will, sagt ers ihm selber, mal durch die Gedanken, mal aufm Feld, mal sogar im Suff, trink nich, los, geh heim zu Weib und Kind. Großvater aber quittiert das alles mit einem Fauchen, du Aussatz du! Und schließlich klatscht er sich aufs Knie, du Antichrist! Und der Onkel verstummt, denn wenn sich der Großvater aufs Knie klatscht, ist nicht mit ihm zu spaßen.

Stille tritt ein, gespannt wie eine Feder, nicht rausgehen kann man und nicht drinbleiben bei so einer Stille. Und obwohl keiner die Stube verlässt, ist es, als seien sie alle verschwunden, und nur der Großvater sitzt, böse, ergrimmt gegen den Onkel Władek wegen der Predigt des Pfarrers, auf der Fensterbank, als warte er, ob nicht einer kommt. Doch nicht lange, da spießt die Mutter die Gabel in den kochenden Hahn und verkündet, wir können essen. Und im selben Augenblick wandern die Augen des Großvaters, in denen die Wut auf den Onkel abflaut, zur Großmutter. Obwohl man meinen könnte, die Großmutter ist nicht in der Stube, denn keiner hat bemerkt, wann sie herein ist, keiner hat es nur mit einem Wort bezeugt, also kniet sie vielleicht noch irgendwo dort in der menschenleeren Kirche, im Halbdunkel, denn Seweryn, der Kirchendiener, hat die Kerzen längst gelöscht, vielleicht weilt sie auch gar nicht auf Erden.

Doch mit einmal tritt die Großmutter heraus aus dem Nichtsein und hockt im entferntesten Winkel der Stube, bei der großen alten Truhe mit den grünbraunen Mustern, gekrümmt überm Rosenkranz. Denn was besagt das schon, dass sie zur Frühmette war und zum Hochamt, und am Nachmittag geht sie noch zur Vesper, der Gebete sind nie genug, zumal die Familie groß ist, und außer der Familie gibts noch das Haus, das Viehzeug, die Scheune, die Ställe, den Obstgarten, die Felder, das Dorf, wie viele Gebete braucht es da.

Leg vor, drängelt der Großvater, weil die Großmutter noch diesen Rosenkranz in den Händen hält. Und nun übernimmt die Großmutter ihre Rolle, die ihr gewissermaßen seit Jahrhunderten auf den Leib geschrieben ist. Mit einem tiefen Seufzer erhebt sich die Großmutter, geht zur Kredenz und holt die Blechteller raus. Wenn man nicht wüsste, dass Mittagszeit ist, das Scheppern der Teller brächte es einem in Erinnerung. Diese Teller sind wie Scheibchen von einem ausgebleichten Himmel, nicht blau, nicht grau, und auf dem Grund eines jeden prangt eine große rote Blume mit einem schwarzen Auge in der Mitte, gesäumt von einem Kranz aus kleineren Blümchen, ebenso roten mit schwarzen Äuglein. Sie sind alt, was man an den abgestoßenen Stellen sieht. Einer hat sogar schon ein Loch, und Großmutter hat es mit einem Läppchen ausgestopft. Von dem Teller will keiner essen, drum stellt sie ihn auf ihren Platz. Es war schon lange kein Drahtbinder mehr im Dorfe, der täts löten oder nieten, also hält die Großmutter immerfort Ausschau nach ihm. Der Teller is gut, wo haste heut noch solche Teller, denn alle verlangen von ihr, sie soll ihn wegwerfen.

Die Großmutter hat die Teller als Brautschatz mitbekommen, als sie den Großvater geheiratet hat, drum nimmt sie die Teller vor allen so in Schutz, und mit ihr tut das manchmal auch der Großvater. Besonders vor der Mutter. Denn Mutter zieht fast bei jedem Essen über die Teller her, schon schandbar so zu essen, wie bei den Ärmlichsten, wie konnten sie bloß in all den Jahren keine aus Porzellan anschaffen, von porzellanenen essen die Leute jetzt. Aber die Großmutter und der Großvater sind gegen porzellanene, wie viele von diesen porzellanenen lägen schon in Scherben, und die hier halten und halten. Hat die Haushälterin vom Pfarrer nicht gesagt, schwupp, rutscht einem der aus der Hand, zum Beispiel beim Abtrocknen, und futsch ist er. Und die hier halten und halten. Ja man weiß nicht mal, von was so einer zerspringt. Und die hier halten und halten.

Die Großmutter hat die Teller aufgestellt und macht sich ans Teilen des Hahns, mit Ernst und Überlegung, die der Gerechtigkeit geziemen. Dem einen Schenkel, dem den zweiten, dem die halbe Brust, dem andern die andre halbe, dort der Bürzel, hier ein Flügel, der zweite Flügel, der Hals, es sind zu wenig Flügel, zu wenig Schenkel, so nimmt sie hier was weg, tut dort noch was drauf, bettet um, zwackt ab, tauscht aus, fügt hinzu, halbiert, und sie meditiert, so groß ist der Hahn ihr vorgekommen, so groß, wie er auf dem Hof herumstolziert ist, und nichts da zum Teilen.

Die Tanten verfolgen wie die Eulen, ob sie ihre Männer nicht benachteiligt, und tauschen wenigstens mit den Augen größere gegen kleinere Stücke, kleinere gegen größere aus, und vielleicht geht der Großmutter deshalb das Teilen so langsam von der Hand. Zumal auch die Onkel nicht gleichgültig sind, sondern angespannt den Teller des andern abschätzen, keiner schleift auch nur mit dem Schuh über den Boden.

Bloß der Großvater ist gelassen, er hat einen Schenkel sicher, nicht weil die Großmutter, sondern weil eine gerechtere Gerechtigkeit es so will, wer weiß, vielleicht die des Herrgotts, der ihm zusammen mit dem Boden auch diesen Schenkel von jedem Sonntagshahn vermacht hat. Und so blickt er gleichwie aus der Höhe dieser Gerechtigkeit auf die Teller herab und korrigiert von Zeit zu Zeit die Gerechtigkeit der Großmutter. Leg dem Stefan noch was drauf. Warum bei Marta so knausrig? Jadwinia den Flügel, nich ihm. Der hat schon den Hals, das langt.

Die Mutter hingegen kommt der Großmutter zuvor, sie misst sich selbst Gerechtigkeit zu. Sie nimmt Leber, Magen, Kopf und Beine und sagt, das reicht ihr, sie hat sich beim Kochen schon sattgerochen, worin ihr alle verständnisvoll beipflichten.

Sie bittet höchstens, dass die Großmutter, statt ihr, mir oder dem Vater noch was gibt, oder sie fragt nur, sicherheitshalber, ob das für mich ist oder für den Vater, und wirft, was uns Großmutters Gerechtigkeit beschert, zurück in die Brühe, damit es warm ist, wenn wir heimkommen, denn wir sind nicht da. Wir sind spazieren. So hat der Vater gesagt: nach dem Hochamt gehen Piotruś und ich spazieren. Das Wetter ist schön heut. Geht ruhig. Er ist in seinem Matrosenanzug, solln sie ihn sehn. Aber dass ihr mir zum Mittag zurück seid.

Doch der Vater hat nicht vor, zu Mittag zurück zu sein, denn er hasst dieses Teilen des Hahns, und er würde am liebsten gar nicht essen. Die Mutter sagt also unnötig, um uns zu entschuldigen, vielleicht auch, um die Unruhe zu bannen, die sie quält, wir hätten zum Mittag zurück sein wollen, und jetzt bleiben wir irgendwie aus. Was ohnehin keinem auffällt, nur der Großvater sagt, hätt noch was kochen können, der Hahn, is noch was zäh. Darauf Onkel Władek, für ihn is er grade richtig, er hats nich gern, wenns Fleisch vom Knochen fällt, und der Großvater soll sich Zähne einpassen lassen, bei ihm is immer alles noch was zäh, die Mohrrüben noch was zäh, die Petersilie noch was zäh.

Sie haben jedoch keine Lust, weiter zu streiten, der Großvater nicht und der Onkel Władek nicht, sie sind zahm geworden über dem Hahn, sogar sagen sie selten was, nur mal so, wie nebenbei, wozu sprechen und Worte vergeuden, wenn einer isst. Reden und essen, zu viel auf einmal, das geht nicht zusammen, man weiß nicht, redet man oder isst man, außerdem, Essen ist auch eine Sprache.

Eigentlich sind sie fertig mit essen, vom Hahn sind nur die Knochen übrig, doch irgendwie wärs schade, vom Tisch aufzustehn, einen Hahn hats nicht alle Tage, nicht einmal jeden Sonntag. Also nagen sie die Knochen ab, die restlichen Knorpel, Sehnen, zerbeißen, zermalmen sie, zutschen sie aus. Onkel Stefan sagt, das Beste steckt in den Knochen, und er zerkracht den dicksten zwischen seinen starken, gesunden

Zähnen. Und wenn er zutscht, ists, als ob er pfeift. Und auch der Großvater, der seinen Schenkelknochen mit dem Messer gespalten hat, mit den paar alten Stummeln käm er nicht dagegen an, mümmelt ihn jetzt auf jede erdenkliche Weise und gibt zu, ja, das Beste. In den Knochen ist mal der reine Geschmack, sagt Tante Jadwinia und nuckelt ganz zart, doch sie hat auch die zartesten Knöchlein abgekriegt, höchstens die Rippchen oder die vom Flügel. Dafür zutscht Onkel Władek so, dass sich Gruben in seinen Backen bilden, und am lautesten von allen. Denn für ihn hat jeder Knochen seinen eigenen Geschmack, der vom Schenkel einen, einen andern der vom Flügel, der vom Hals, und das Beste is der Kopf, sagt er, aber den Kopf hat diesmal die Mutter. Übrigens kann er auch ohne Zutschen zutschen, dann schiebt er den Knochen bloß im Maul hin und her, bis seine Spucke ihn in einen Span verwandelt. Doch wenn er den Großvater ärgern will, zutscht er, dass mans durch die ganze Stube hört.

Kannst du Krätze nich leiser, so ein Gezutsche verträgt der Großvater nicht. Nicht, weil er selbst nicht so kann, nein, alles, was abweicht, stört den Einklang in der Familie, drum muss jeder so zutschen, dass es zusammenpasst, freilich auf seine Art und je nach dem Knochen, der ihm zuteil wurde. Man weiß ja, ein Knochen gleicht dem andern nicht, auch nicht bei einem Hahn. Es gibt Knochen, Knöchel, Knöchelchen, aber all das hat an dem Hahn mal zusammengepasst, drum müssen die Zutschlaute, wiewohl verschieden, zusammenklingen, als ob der Hahn krähte. Ich könnte im Dunkeln unterscheiden, da zutscht Onkel Stefan und da der Großvater, Onkel Władek, Tante Jadwinia, Tante Marta, die Großmutter.

Nur die Mutter zutscht nicht. Eine Städtische is aus dir geworden, ja, eine Städtische, sagt Onkel Stefan, sogar das Knochenzutschen haste verlernt. Vor deiner Hochzeit, da hastes gekonnt. All die Jahre, wo du hier bei uns gewohnt hast, haben wir se ausgezutscht, weißte noch? So schnell vergisste nich, was de mal gekonnt hast, und von den ersten Zähnen an. Und mitleidig gucken sie zu, wie die Mutter die Knöchelchen vom Kopf, von den Beinen mit dem Messer abschabt, dabei genügte es, sie zwischen die Zähne zu nehmen und sie auszulutschen. Um den besten Geschmack bringste dich, bedauert sie der Onkel. Sie lutschen das leer, es wird kein Hund mehr davon satt.

Ich bin mit dem Vater nach Zieleniec unterwegs, vielleicht auch zum Tiefen Weg oder zum Jungfernberg. Das ist kaum auszumachen auf dem Foto. Seine Ränder lassen uns eng zusammenrücken. Vaters linker Ellenbogen ist sogar abgeschnitten. Und unter unsern Füßen ist ein Weg nur zu erahnen, wir enden fast an den Schuhspitzen. Die Stiefel des Vaters sind wohl schwarz, obgleich sie grau aussehen. Meine Sandalen müssten braun sein. Mutter hat oft gesagt, für einen Jungen in meinem Alter ist Braun am hübschesten. Nun, und es ist Krieg, es gibt kein anderes Leder, nur schwarzes und braunes. Doch aus dem Grau des Fotos lässt sich schwer erraten, ob sie tatsächlich braun sind. Nicht mal die dichten Blätter an dem Zweig, der seitlich, über unsern Köpfen, ein Stück ins Bild ragt, können das Grau durchstoßen, obgleich sie bestimmt strotzen vor Grün. Und auch die hügeligen Felder hinter unsern Köpfen und irgendwelche Bäume, geschrumpft auf Gräsergröße, und die Himmelsfetzchen in der Höhe, all das ist überzogen von Grau. Und ich und der Vater ebenso, obwohl wir in der hellen Sonne stehen an diesem Sonntag im Sommer. Das sieht man am Schatten des Zweigs auf uns und am Schatten der Hutkrempe auf Vaters Gesicht.

Wir halten uns an der Hand und sehen vor uns hin, ins Leere. Der Vater mit seinen weit aufgesperrten Augen, ich, gegen die Sonne blinzelnd. Seine Augen sind auf dem Bild das Deutlichste, allein sie treten heraus aus seinem Grau. Als sammle sich nur in ihnen alles Licht der Sonne, um ihnen ihre natürliche Farbe zurückzugeben, nicht dem Laub, nicht dem Himmel, sondern diesen weit aufgesperrten Augen meines Vaters. Doch welche Farbe haben sie eigentlich, braun, blau, schwarz? Schauten sie sorglos, erschöpft oder lächelnd, vielleicht ließe sich leichter sagen: sie sind braun, blau oder schwarz. Auch nach mir kann ich nicht gehen, um auf die Farbe seiner Augen zu schließen. Ich hab die Augen vom Großvater, so hieß es jedenfalls, die Augen hast du vom Großvater, da, sogar dein linkes Lid zuckt so.

Ich bin mir jedoch nicht sicher, ob Vaters Augen auch wirklich sehen. Wäre nicht diese strahlende Sommersonne um uns herum, man könnte sagen, sie flehen um Helle in einem sie umgebenden Dunkel. Vielleicht aber erblicken sie in der Helle dieser Sonne soeben etwas, das sich dem menschlichen Auge nur in einer Art Hellsicht offenbart, und das sie, bestürzt, nicht wahrhaben wollen. Und so hat der Fotograf es festgehalten.

Wo kam der Fotograf her, an jenem sonnigen Sonntag im Sommer, zu Mittag, auf unserm Weg? Und wer mag das gewesen sein, keiner im Dorf hatte doch einen Fotoapparat? Wollte einer ein Bild von sich machen lassen, musste er in die Stadt. Tja und einmal im Jahr, zu St. Vinzenz, zur Kirmes, da kam ein Fotograf. Doch der machte nur Fotos in diesem ausgestanzten Herzen, in der Ulanenuniform und auf dem Kamel in der Wüste, in Beduinentracht. Nur die drei Tafeln führte er mit sich, angeblich noch aus Vorkriegszeiten. Man steckte den Kopf durch, und man hatte das Bild, das man haben wollte, in dem Herzen, in der Ulanenuniform oder auf dem Kamel in der Wüste, in Beduinentracht. Onkel Władek besaß alle drei. Wenn er und der Großvater sich stritten, und der Großvater wusste dem Onkel gar nicht mehr beizukommen, hielt er ihm diese Fotos vor. Aufm Kamel, du Aussatz. Als Ulan, du Aussatz. Wie eine Jungfer in einem Herzen, du Aussatz. Na, is der etwan nich kariert im Koppe?

Bloß, konnte der Onkel was dafür, dass keiner im Dorf einen Apparat besaß, denn wegen einem Foto in die Stadt fahren, das hätte der Onkel nie getan, wenn er fuhr, dann nur zum Jahrmarkt. Außerdem ging er gern auf die Kirmes.

Onkel Stefan dagegen ging nicht gern zur Kirmes, aber

wenn er die Tante Jadwinia im Sonntagsstaat sah, hielt es ihn nicht, er musste sagen, jetzt, Jadwinia, müsste man nur noch ein Bild von dir machen. Schade, dass keiner im Dorf einen Apparat hat. Worauf die Mutter zuweilen seufzend einwarf, tja, wenn der Krieg nicht wär, hätte der Piotruś auch einen Fotoapparat, von uns allen würd er eins machen.

Einen Apparat besaß als einziger der *Gefreite*[1] Hanke von der Wache. Doch sonntags sah man ihn nie mit diesem Apparat. Obwohl der Sonntag geradezu geschaffen war für Fotos. Vielleicht hatte Gott den Menschen den Sonntag sogar darum zum Geschenk gemacht, damit sie sich, herausgeputzt, gewaschen, gekämmt, das eine Mal pro Woche darboten, wie sie sein könnten, nicht wie sie waren. Und manch einer hätte sich bestimmt ohne Zwang, aus freien Stücken, sogar von Hanke fotografieren lassen, denn sie hatten nichts gegen das Fotografieren. Doch wenn sich der Hanke sonntags im Dorf zeigte, dann nur mit der Pistolentasche am Koppel.

Dafür ging man an einem gewöhnlichen Wochentag nicht durchs Dorf, ohne auf den Hanke zu stoßen, wie er, den Apparat vor der Brust, oft vom frühen Morgen an, Jagd machte auf Menschen wie der Teufel auf Seelen und knipste. Knips. Knips. War das sein Dienst, oder war es seine Gier? Denn er verschonte keinen, nicht Jung, nicht Alt, nicht Mann, nicht Weib, nicht Kind.

Die blanke Angst brach über das Dorf herein, wenn der Hanke mit dem Apparat auftauchte. Die Mütter zerrten die Kinder ins Haus, rafften die trocknenden Töpfe vom Zaun, die trocknenden Lumpen von der Leine, denn der ging hin und knipste, Gott bewahre, auch das noch. Wenn einer seine Kuh raustrieb, drehte er um. Wer auf dem Ackerwagen saß, hieb auf das Pferd ein und suchte das Weite, und war es zu spät und der Hanke gleich da, ließ er Pferd, Wagen, Peitsche sein und stolperte auf den nächsten Hof oder verkroch sich im nächs-

[1] im Original deutsch

ten Gebüsch. Saß einer auf der Bank vor seiner Kate, husch hinein wie ein Hase. Und selbst wer im Sonntagsstaat war, weil er grad zum Pfarrer wollte, eine Hochzeit bestellen oder ein Begräbnis, oder zur Starostei in die Stadt oder zum Gericht aufbrach, ging dem Hanke aus dem Weg. Denn der Hanke traf nicht gern wen, der an einem gewöhnlichen Wochentag im Sonntagsstaat war. So einen konnte er nach den Papieren fragen, herunterputzen, ja auf die Wache mitschleifen.

Der Hanke macht Bilder, die unheilvolle Kunde ging von Mund zu Mund. Er ist schon bei der Kapelle! Er ist hier! Ist dort! Ist an der Schule! Steht vor Kalembasas Kate! Da, bei den Marcens kläfft der Hund, der Hanke muss dort sein. Er ist zu den Boduchs, zum Glück sind alle auf dem Feld, bloß der Großvater ist da, na den wird er was rumschubsen, Gott geb ihm Kraft, dass er die Knipserei übersteht!

Denn Hanke machte nicht irgendwelche Fotos. Hanke hatte seine eigene Welt, wie ein echter Künstler, nur fehlte den Dorfleuten dafür der Sinn. Vor allem die ärmlich Gekleideten, Zerlumpten, Barfüßigen, Missgestalteten, Zahnlosen spürte er auf für seine Welt, Gesichter wie Wurzeln, wie die Rinde alter Weiden, wie von der Sonne verbrannte Erde. Oh, dann strahlte er über beide Backen und sagte in einem fort, *sehr gut, sehr gut, wunderbar*[2]. Und knips. Und keiner durfte sich auch nur das Haar glattstreichen oder das Kopftuch rücken oder das Hemd in die Hose stopfen oder die Knöpfe schließen, zu schweigen davon, dass einer in die Kate lief, um sich ein bisschen herzurichten. Hatte er sich jemanden geschnappt, musste der bleiben wie er war, und knips. Manchmal postierte er ihn vor einem alten Zaun, einer verfallenen Kate, unter einem verdorrten Baum, und knips. Manchmal sollte einer, der zahnlos war, breit grienen, einer musste die Mütze oder den Hut abnehmen, ja, die Schuhe ausziehen, manchmal musste einer auf der Schwelle hocken oder auf einem Stein und nachdenklich

[2] im Original deutsch

dreinschaun, dann dachte er über das Leben nach. Und er wiederholte sein *sehr gut, sehr gut.* Und knips. Oder es kam einer mit seinem Bündel vom Feld, den hielt er an, und knips. Oder mit der Sichel, der Sense, dem Rechen, mit einem Bund Garbenbänder, knips. Oh, *sehr gut, sehr gut. Wunderbar.* Und traf er einen Betrunkenen, dann folgte er ihm und knipste ihn von allen Seiten, von weitem, von nahem, dicht vor der Visage, fast kroch er in ihn hinein mit seinem Apparat, und der Betrunkene grinste noch blöd, er dachte wohl nicht, dass der *Gefreite* Hanke ihn fotografierte, sondern dass er dem Herrgott so gefiel.

Besonders gern fotografierte er Kinder, und am liebsten die schmutzigen, schmierigen, die nur im Hemd rumliefen, ohne Hosen, wie eben Dorfkinder, wenn Mutter und Vater auf dem Feld sind. Sie mussten sich noch mit Dreck bewerfen oder im Schlamm suhlen, wenn sie nicht genug schmutzig und schmierig waren. Freilich, er beschenkte sie mit Bonbons dafür und strich ihnen übers Köpfchen, so dass sie sich, wie Kinder mal sind, gerne bewarfen oder suhlten. Und knips. *Sehr gut. Sehr gut. Wunderbar.* Auch auf den Anwesen tauchte er auf, er betrat sogar die Katen. Und knips.

Und mit den Madejs, da war er fast befreundet. Obwohl die sagten, er hätte es auf sie abgesehen. Sie hockten gedrängt auf einem Haufen und litten bittere Not. Auch die ärmlichste Kate hatten sie im Dorf. Tief gegen den Boden geduckt, auf einer Seite mit einer Latte abgestützt, die Fenster nicht größer als ein Kohlkopf, und selbst sahen sie, von den Großeltern über die Töchter, Söhne, Schwiegertöchter, Schwiegersöhne bis zu den Bälgern, allesamt nicht besser aus. Aber der Hanke strahlte bei ihrem Anblick und begrüßte sie wie gute Bekannte. Er klopfte ihnen auf die Schulter, versuchte sogar ein paar Worte auf Polnisch.

Und gleich führte er sie hinaus in den Hof, in die Sonne. Zuerst prüfte er lange, wo die Sonne stand, dann rückte er sie, je nach der Sonne, hierhin und dorthin. Und dauernd war es noch nicht recht, und dauernd rückte und rückte er sie weiter. Denn er wollte, dass auch die Kate mit draufkam, die Seite mit der Latte, und noch die Scheune, die Ställe, der Zaun, die Hundehütte, dass die ganze Welt mit draufkam. So hetzte er sie manchmal, dass sie kaum noch die Beine hochbekamen, hin und her über den Hof, der doch wahrlich nicht groß war.

Die Großeltern musste er oftmals fast schieben, ziehen, denn sie verweigerten den Gehorsam und hätten es lieber gehabt, dass er sie erschoss. Aber er, hier ists nicht gut, dort ists besser, und er trieb sie von neuem an. Oder da! Vielleicht dort, in der Lücke, dann kommt noch ein Stück Obstgarten mit drauf. Doch was für einen Obstgarten hatten sie schon, die Madejs. Drei Birnbäume überkreuz mit zwei Apfelbäumen und eine Dünnschisspflaume. Neben ein paar verdorrten Bäumen, die zu fällen und auszugraben sich seit Jahren keiner fand.

Und war er mit ihnen endlich an einer Stelle angelangt, und auf seinem Gesicht erschien ein Lächeln, dann zauste er sie noch, rupfte und zupfte an ihren Kleidern, schob die da nach hinten, die dort nach vorn, tauschte die einen gegen die anderen aus, befahl denen, sich hinzuhocken, jenen, zusammenzurücken, anderen, sich groß zu machen und noch anderen, sich platt auf die Erde zu legen. Oder einer von den Töchtern oder Schwiegertöchtern, die Brust aus der Bluse zu holen und zu tun, als säuge sie ein in ein Tuch gewickeltes Balg auf ihrem Arm. Denn bei den Madejs gab es zwar Bälger die Menge, bloß waren die fast alle schon ausgewachsen. Und oftmals beschimpfte er sie noch, dass sie sich wie Tölpel anstellten und seine Gedanken nicht errieten.

Zugeben muss man allerdings, dass er sich selber auch nicht schonte, er kniete, kauerte, kam näher, trat zurück, schlich sich von der einen, schlich sich von der andern Seite an sie ran, fuhrwerkte ihnen manchmal dicht vor den Mäulern herum mit dem Apparat. Er stieg auf den Hackklotz, auf den Ackerwagen. Einmal hieß er sie sogar eine Leiter am Strohdach anstellen, und er kletterte auf die Leiter, aber es war ihm immer noch nicht recht. Er drehte den Mützenschirm nach hinten, setzte die Mütze ganz ab. Er knöpfte sich den Kragen auf, schnallte das Koppel samt der Pistolentasche los und legte es irgendwo ab. Die Madejs sagten, die Pistole kannste dem klaun wie nischte. Aber wozu? Es hatte keiner je gehört, dass einer von den Madejschen Söhnen oder Schwiegersöhnen bei den Partisanen gewesen wäre. Oft netzte ihm Schweiß die Stirn, er aber knipste und knipste, dann sagten die Madejs, dem guckt der bare Deibel aus den Augen. Und wenn er endlich fertig war mit der Knipserei und sagte, *sehr gut,* sank er auf einen Stubben oder einen Stein und japste, als ließe ihn dieser Deibel nicht zu sich kommen.

Aber auch die Madejs waren nach der Knipserei meistens erschöpft wie nach wahren Höllenqualen. Und sie standen weiter so herum, als wüssten sie nicht, sind sie noch auf der Welt oder bloß noch auf diesem Foto. So dass ihnen der Hanke erst sagen musste: *weg*[3].

Doch selbst den größten Künstler überkommt gelegentlich die Lust, auch mal was ganz Banales, Unbedeutendes zu tun. Und wer weiß, vielleicht war der Hanke genau mit dem Ziel zum Spaziergang aufgebrochen und hatte dieses eine einzige Mal den Fotoapparat mitgenommen an jenem sonnigen Sonntag im Sommer. Und nicht wir hatten ihn, nein, er hatte uns aufgegabelt.

Er lächelte uns von weitem entgegen wie alten Bekannten, und während er näherkam, schlug sein Lächeln fast um in Dankbarkeit. Der Vater in diesem Gabardinemantel, den er sogar im Sommer, wenn es nicht allzu heiß war, immer trug, den Hut auf dem Kopf, ich in dem Matrosenanzug, wie mussten wir uns unterscheiden von seiner alltäglichen Welt, wie rührend nichtig wirken gegen das, was er sonst fotografierte. Vielleicht fragte er uns, wohin wir gingen. Und als der Vater

[3] im Original deutsch

erwiderte, wir gingen spazieren, belustigte ihn das, denn er kam eben zurück von seinem Spaziergang. *Spazieren, spazieren*[4] wiederholte er lachend. Und das musste ihn noch mehr bestärken in der Überzeugung, so was wie wir, genau so etwas brauche er, denn ein Wort wie *spazieren* hatte er schon lange nicht mehr gehört, ein so verantwortungsloses, sorgloses Wort.

Wir sollten uns aufstellen, er würde ein Bild von uns machen. Nicht da. Dort. Unter dem Baum dort. Gegen die Sonne. Und da stehen wir nun nebeneinander, Vater und ich, und halten uns an der Hand. Vater in dem zu großen Gabardinemantel, wie niedergedrückt von dem zu großen Hut. Ich in dem dunkelblauen Matrosenanzug, die weiße Matrosenmütze auf dem Kopf, in Sandalen und Kniestrümpfen.

Natürlich war ich mir nicht bewusst, was der Moment einmal für mich bedeuten würde. Vielleicht verdross es mich sogar, dass uns jemand anhielt wegen einem albernen Foto. Drum bin ich mir nicht sicher, ob es der *Gefreite* Hanke war, obwohl mir niemand anders einfällt, wer sollte es auch gewesen sein? Im Dorf besaß ja keiner einen Apparat. Deshalb würde ich, wenn das wahrscheinlich wäre, sagen, das Foto hat niemand gemacht, es hat sich, wie das mit Fotos so zu gehen pflegt, nur nach Jahren unter anderen angefunden. Doch nach Vaters weit aufgesperrten Augen zu urteilen, kann es der *Gefreite* Hanke gewesen sein, denn so blickt man nicht, wenn jemand ein Bild von einem macht. Der Fotograf sagt ja zu uns, bitte recht freundlich, ehe er knipst. Und falls er das vergisst, dann weiß man, man lächelt in den Apparat, denn dieser kurze Augenblick ist unumkehrbar.

Der Vater hatte für gewöhnlich sanfte Augen, aus denen verständnisvolle Trauer sprach, die irgendwo tief auf dem Grund verborgen und zugleich so sichtbar war, dass man sich eher dieser Trauer als der Farbe seiner Augen entsann. Selbst wenn er

[4] im Original deutsch

lächelte, wich diese Trauer nicht aus seinen Augen. Doch hier glaubt er offenbar nicht ganz, dass der *Gefreite* Hanke in seinem Drang nach Selbstentsühnung ein Bild von uns machen will. Vielleicht meint er, er stünde vor einem auf ihn gerichteten Pistolenlauf und wartet, dass der Schuss fällt. Vielleicht drückt er mir sogar fester die Hand, quasi zum Abschied. Vielleicht will er mir etwas sagen, doch bleiben ihm die Worte im Halse stecken. Vielleicht aber hatten auch alle Erwachsenen damals solche Augen, nur sah man das nicht, und es kommt erst auf den Fotos aus jenen Jahren zum Vorschein, wenn sie, der langen Erinnerung müde, verblichen sind, grau geworden. Mich blendet nur die Sonne.

KAPITEL 1

Die Schlacht bei Cannä

Damals wusste ich noch nichts von Ikarus, doch wenn ich von dem Hügel hinabsah in die Ebene, die sich da unten dehnte, lockte es mich mächtig, die Arme weit zu spannen, ein paarmal damit in der Luft zu wedeln und aufzusteigen, höher und höher, und, nach ein, zwei Runden über unserm Haus, weiterzusegeln bis hin zu den Pfefferbergen und auf deren vorspringender Spitze niederzugehen oder daneben, auf einem von den gewölbten Trägern der Eisenbahnbrücke, oder gar mit der Weichsel davonzuziehen, über ihr, solange meine Kräfte reichten, bis an ihr Ende.

Ich sah mich manches Mal, wie meine weit gespannten Arme mich hochrissen von dem Hügel, emportrugen – ich schwebe über der Treppe, jemand steigt sie hinauf, gebeugt, gekrümmt, sich am Geländer haltend, und wenn ich dann über unserm Haus bin, schwinge ich mich noch höher empor, damit die Mutter mich nicht erkennt, und sei es an dem Schatten, den ich auf die Erde werfe, schon liegt das Haus hinter mir, doch unglücklicherweise geht die Tür zu unserm Souterrain auf die Ebene hinaus, und aus dieser Tür kommt die Mutter gelaufen, wohl von einer Ahnung getrieben, denn meinen gleitenden Flug kann sie nicht gehört haben, und schreit mir in den Himmel nach:

»Hast du den Zucker gekauft?! Und das Salz?! Und das Brot?!«

Und augenblicks verlässt mich die Kraft, etwas zieht mich

nach unten wie einen Drachen an der Schnur, ich gehe tiefer, sinke und lande beschämt vor ihr, denn ich habe nichts gekauft, denn ich habe mir Chalwa gekauft, und was übrig war, hab ich beim Fangen mit den Jungs verloren.

Und deshalb ging ich, wenn ich etwas bei ihr gutmachen wollte, und sie hatte mich wieder mal nach Zucker, Salz oder Brot in die Stadt geschickt, anstatt die Treppe hinabzusteigen, im Sturzflug vor unserm Haus nieder und ließ mich dicht vor der Tür zu unserm Souterrain von meinen weit gespannten Armen fallen. Obwohl ich für gewöhnlich die Treppe auch ohne zu fliegen in großen Sätzen nahm, zwei, drei, und von oben herunter fünf und sechs Stufen auf einmal, so dass die Mutter ihre an Angst grenzende Überraschung nie verbergen konnte, dass ich schon zurück war. Aber nicht mit einem Lob empfing sie mich, Lob schien ihr wohl nicht angemessen für meine Tat, und ihrer heimlichen Angst hätte es erst recht nicht entsprochen, sondern mit einer Warnung:

»Spring, immer spring, bis du dir noch mal ein Bein brichst.«

Es sei denn, sie war heiter gestimmt, was unerhört selten vorkam und einzig in Momenten der Zerstreutheit oder wenn gerade ein Nachbar da war, dann schwang in ihrer Stimme beinahe Bewunderung für mich mit:

»Nein, Junge, wie du fliegst.«

Die Treppe begann gleich hinter dem Haus und klomm, fast in gerader Linie, mit geringen Abweichungen bald zur einen, bald zur andern Seite, alle zehn Stufen von einem gepflasterten Absatz unterbrochen, hinauf bis zum Gipfel des Hügels, auf dem die Stadt lag. Oder andersherum, weil doch alles von unserem Standort im Raum abhängt, denn der Raum bestimmt unsere Vorstellungen und Empfindungen und also letztlich unser Geschick – sie begann auf dem Gipfel des Hügels, auf dem die Stadt lag, und stürzte auf dessen steilster Seite in Kaskaden abwärts bis zu der Stelle, wo jene weite Ebene ihren Anfang nahm. Genau da stand unser Haus, mit der Rückseite bis zur Höhe des Souterrains eingegraben in den sanft auslaufenden Hang, obgleich man auch sagen könnte, dass dies seine Vorderseite war und wir auf der Rückseite wohnten, zu jener weiten Ebene hinaus.

Außer der Treppe führten noch andere Wege in die Stadt, leichtere. Sie wanden sich in zahlreichen Schlaufen den Hügel hinauf, seine Steile mildernd, obwohl sie die Entfernung beträchtlich verlängerten. Man konnte auch die Brauereistraße nehmen, die, wie der Name sagt, von der Brauerei abging, die es einmal hier gegeben hatte, den Hügel vollständig umrundete und fast auf der gegenüberliegenden Seite einmündete in die Stadt. Doch über die Treppe war es am nächsten. Über die Treppe, das war wie bis in die Nachbarstraße, bloß dass die sehr weit oben lag. Und das Wichtigste – wenn man die Treppe hinaufstieg, hatte man das Gefühl, man wohnte in der Stadt und nicht in irgendeinem Flecken am Hang, den die Leute aus der Stadt herablassend Rybitwy nannten. Ja wohnte im ältesten Teil der Stadt, denn unmittelbar über sich, in einem Abstand, der einen befugte, sie als nächste Nachbarn zu betrachten, hatte man das Collegium Gostomianum, das Długosz-Haus, dahinter gleich die Kathedrale, das Bischofspalais und kam zudem auf geradem Wege auf dem Markt heraus.

Und darum gingen, auch wenn sie über die Treppe klagten, alle über die Treppe in die Stadt. Übrigens sah man, immer wenn man sie hinabstieg, so leicht, so schmerzlos, als liefen die Beine von allein und befreiten den übrigen Körper von jedweder Mühe, und eben kraxelten Leute qualvoll hinauf, am besten, welchen Preis sie dafür zahlten, im ältesten Teil der Stadt zu wohnen und nicht in irgend so einem Rybitwy. Körper, die krampfhaft am knarrenden Holzgeländer hingen, verzerrte Gesichter, und statt der Münder offene Löcher, mit denen sie nach Luft schnappten. Man konnte meinen, sie schleppten die Treppe an ihren Füßen wie zur Strafe nach oben. Es war regelrecht unangenehm, so jemandem zu begegnen. Am schlimmsten waren die Alten, jeden, der von oben kam, hätten sie am liebsten erschlagen aus Hass, als führte der

Weg über die Treppe nur in die eine Richtung, wie sie ihn gingen, nach oben. Und als täte man, ihn herabkommend, seiner Bestimmung Gewalt an.

Am wenigsten in Rybitwy fand sich wohl die Mutter mit der Treppe ab, die immer, wenn sie aus der Stadt kam, beschloss, unbedingt eine andere Wohnung zu suchen, und sich schwor, das nächste Mal doch einen von diesen längeren, den Umgehungswegen, zu nehmen oder gar die Brauereistraße, selbst wenn sie einen halben Tag damit verplempern sollte. Doch wenn es so weit war und sie musste wieder in die Stadt, nahm sie die Treppe. Worauf sie wieder wütend heimkam und mit dem gleichen Entschluss, eine andere Wohnung würde sie suchen, vielleicht am Markt, vielleicht hinter der Kathedrale, vielleicht am andern Ende der Stadt, hier, dort, für welche Sünden sollen wir uns so schinden, auf dieser Treppe, und für was? Nach Zucker krauchst du fast bis in den Himmel, nach Salz fast bis in den Himmel, nach Brot bis in den Himmel. Und was ist mit Kartoffeln, Mehl, Graupen oder auch nur einem Streifchen Speck, nach allem bis in den Himmel. Jesus von Nazareth, macht was mit dieser Treppe, es ist, wie wenn wir in der Hölle wohnen, nicht auf der Erde! Und während sie ihren Entschluss so für sich selbst befestigte, übertrug sie ihre Verwünschungen von der Treppe auf den ganzen Hügel, auf dem die Stadt lag, der leibhaftige Satan habe sich vermutlich die Stadt da oben ausgedacht, denn Gott nicht, Gott würde jeden Menschen auf Rosen betten, wenn er nur könnte. Eine Stadt für Menschen soll das sein, auf dem Flachen müssen Städte liegen, die ganze Welt muss auf dem Flachen liegen.

Ihr Entschluss löste sich freilich so rasch in Luft auf, wie ihr Zorn verflog. Und wenig später wusste sie nicht mehr, dass sie beschlossen hatte, eine andere Wohnung zu suchen, bis zum nächsten Mal, wenn sie von neuem in die Stadt hinauf musste. Denn brach der Zorn auch jäh aus ihr heraus und griff, kaum war er gezündet, auch schon in Flammen um sich, wobei der Grund oft nichtig war, so erlosch er doch ebenso jäh und schlug augenblicklich um in Herzlichkeit, Friedfertigkeit, Verständnis für die Menschen, die Welt, für Gott, den kranken Vater, für mich Unfolgsamen, ja für diese Treppe, über die es zumindest so viel näher war bis in die Stadt.

Vielleicht lebte die Erinnerung wieder in ihr auf, wie sie sich sogar nach dieser Wohnung die Hacken abgelaufen hatte, und das ließ ihren Zorn auf die Treppe abkühlen und auf die Stadt da oben. Die Stadt wimmelte ja von Aussiedlern, Flüchtlingen, Schiffbrüchigen, dazu waren in den meisten Häusern Soldaten, in den ansehnlicheren Behörden einquartiert, die wie Pilze aus dem Boden schossen. Obwohl sie Glück im Unglück gehabt hatte und die Front an ihr vorbeigezogen und gleich in sichere Entfernung gerückt war, so dass alles in allem nur ein paar Granaten eingeschlagen waren, ohne groß Schaden anzurichten, und wohl drei Bomben, von denen eine die Brauerei zerstört hatte, die nahe bei unserm Haus lag.

Sie hatte schon die Hoffnung aufgegeben, überhaupt einen Unterschlupf zu finden. Müde, ratlos hatte sie schließlich einen Laden betreten, ob sie nicht wüssten, wo hier was zu mieten wäre? Und in dem Laden traf sie auf eine elegante junge Dame, die sagte, in dem Haus, wo sie mit ihrer Schwester wohne, sei das Souterrain noch frei, doch das sei in Rybitwy. Wenn die Mutter wollte, erböte sie sich, mit der Besitzerin zu reden, die irgendwo am Markt wohnt. Die elegante Dame war eine von den Fräulein Poncka gewesen, Róża oder Ewelina, die Mutter erinnerte sich nicht mehr, obgleich sie, kaum hatten wir das Souterrain bezogen, Freundschaft mit ihnen schloss, denn Freundschaften schloss sie rasch, genauso rasch wie sie sie aufkündigte aus irgendeinem läppischen Grund.

Bei Vater freilich genossen die Fräulein Poncka kein Vertrauen, obwohl sie uns von allein, aus freien Stücken halfen, das Souterrain einzurichten und allerhand Sachen von sich anschleppten, zwei Stühle, ein Regal, einen Wandbehang, irgendeine Landschaft, einen Fenstervorhang, ein paar Teller,

Gläser. Und auch später brachten sie dauernd irgendwas, wir könnten das brauchen, bei ihnen steht es nur rum, oder sie hätten jetzt etwas Neues, und das da sei zu nichts mehr nütze, oder sie hätten noch einmal das gleiche. Nun, aber vor allem wusste die Mutter endlich, zu wem sie gehen konnte, um zu schwatzen, ja Tangomusik zu hören, denn sie besaßen ein Grammophon und eine ganze Etagere voller Platten mit Tangos, und auch sie liebten, so wie die Mutter, Tangos.

Im übrigen war der Vater überhaupt verschlossen, schweigsam, seit wir das Souterrain bewohnten. Es freute ihn nicht einmal sehr, dass der Krieg vorbei war. Kaum war er aufgestanden, gewaschen, rasiert, hatte sich angezogen, gegessen, da legte er sich schon wieder in den Kleidern aufs gemachte Bett und starrte nur immer auf das Fenster vor sich oder an die Stubendecke über sich, so dass die Mutter ihn oftmals fragte, was siehst du bloß in diesem Fenster, an dieser Decke.

Nun fühlte sie sich verpflichtet, ihn fortwährend zu trösten, sich nicht zu grämen, er wird bestimmt gesund, wird einen Arzt haben, man muss bloß erst den besten finden, der gibt ihm Pillen, vielleicht auch Spritzen, bestimmt wird er gesund, so eine Krankheit ist das auch wieder nicht, das Herz, sind etwa wenig Leute herzkrank. Nach diesem Krieg ist das fast jeder, ihrs poltert mitunter auch so. Und wenn er dann gesund ist, findet er eine Anstellung, sogar eine bessere als die vorm Krieg. Sonntags gehn wir wieder ins Gasthaus, spazieren, ins Kino. Mein Gott, den ganzen Krieg waren wir nicht im Kino. *Maria Walewska* mit Greta Garbo, weißt du noch? Wie hieß der noch mal, der Napoleon, na, ich habs vergessen. Charles Boyer, half der Vater ein, und lebte sogar etwas auf, nicht wegen dem Film, mehr wegen Napoleon. Ich seh noch vor mir, wie sie auf dieser Treppe von ihm Abschied nimmt, weißt du noch? Bloß etwas zu klein war er für sie. Einen Größeren hätten sie nehmen sollen. Die Körpergröße sagt nichts über einen Menschen aus. Tja, aber für den Film hätten sie ruhig einen nehmen können, sie hätten besser zusammengepasst. Die Uniform sitzt auch besser bei einem Großen. Auf dem Pferd, da sah man es nicht so, aber auf dem Ball, wie sie getanzt haben, weißt du noch? Wo gibts denn so was, dass der Mann einen Kopf kleiner ist? Oder *Der Kurier des Zaren.* Hab ich was geweint, wie sie dem die Augen ausgebrannt haben. Einen Menschen so zu quälen, da muss man schon kein Fünkchen Mitleid haben. Das ganze Kino hat geweint. Meine Tusche war verschmiert, du hast mirs nicht einmal gesagt. Erst daheim hab ichs gemerkt, vorm Spiegel. Richtig schwarze Schlieren hatte ich auf den Backen von den Tränen. Und mit dem Taschentuch hab ich mir noch die Nase schwarz gemacht. Ach geh, es ist ein andres Leben, in der Stadt. Werd du nur erst gesund. Wir wechseln die Wohnung. Wenigstens zwei Zimmer hätt ich gern. Piotrek hätte seins und wir eins für uns. Und unbedingt nach Süden, jedenfalls das von Piotrek. Das Kind wird größer, braucht ein bisschen Sonne. Zum Lernen muss auch Sonne sein. Und hier haben wirs näher zur Familie. Wir würden ja ewig fahren von dort. Und noch mit Umsteigen. Ich möcht nicht mehr dahin zurück. Ein Katzensprung, und du hast dein Mehl oder deine Sahne, deine Eier oder deine Milch. Wo kriegst du heute solche Sahnemilch. Und die Kartoffeln für den Winter bringt uns der Stefan oder der Władek. Und was die für Äpfel im Garten haben, was für Birnen, Pflaumen, Kirschen, ich könnte einmachen für den ganzen Winter, bei denen kommt sowieso das meiste um. Weißt du noch, wie viel die Kirschen vorm Krieg gekostet haben? Oder Suppen, Piroggen, wir essen doch Obstsuppen, Piroggen so gern. Piotrek könnte nachmittags mal schnell rüber und was pflücken. Und zur Ernte oder beim Kartoffelhacken, da gehn wir ihnen helfen dafür. Man hätte auch mehr Traute, was zu nehmen von ihnen. Und sparen würden wir. Ich weiß, wie viel ich hab ausgeben müssen für unser Leben.

Nein, wir gehn nicht dahin zurück. Für zwei hat er gearbeitet, hat nicht auf die Zeit geschaut und nicht auf die Gesundheit, oft über die Stunden hinaus. Sogar mit einer Lungenentzündung ist er mal hin, wie sie den Abschluss hatten, immerhin hat er Auszeichnungen aus dem Krieg, und ewig bloß Hauptbuchhalter und Hauptbuchhalter, und die andern klettern jedes Jahr höher. Selbst wenn sie herkämen, um ihn zu holen, wir gehn nicht zurück. Und wär es der Sałacki persönlich. Du sagst keinen Ton. Den knöpf ich mir vor. Jahrelang ist mein Mann nicht eine Minute zu spät zur Arbeit gekommen. Sie haben selber zu ihm gesagt: Herr Zygmunt, jetzt ist die Beförderung aber fällig. Und damals, wie Sie den Durchfall hatten und gar nichts mehr geholfen hat, da hat Sie erst mein Mann mit so was Violettem, noch vom Militär, kuriert, und gleich war es wie weggeblasen. Denken Sie mal zurück. Obwohl, ich war nicht sehr erfreut, wie du dich dann mit dem geduzt hast. Zum Duzen trinkt man wenigstens einen zusammen oder lädt zum Essen. Statt so im Büro und bloß mit Handschlag. Befördert worden ist, wer sich eingekratzt hat oder gegen andere gestänkert. Nimm doch mal diesen Sałacki, ich sage dir, nach einem Chef sah der nicht aus.

Ja sogar einen *Trümo*[5] könnten sie sich heute kaufen, bei einem höheren Gehalt. Einen *Trümo* wollte sie schon immer haben, einen zum Ausklappen, mit Flügeln, dass man sich von der Seite sieht, von hinten, ob die Frisur richtig sitzt. Eine Kredenz vielleicht, ein Kanapee, eins mit Sesseln wär gut, vielleicht gleich alle Möbel. Denn die hier, aus dem Souterrain, ziehn doch nicht mit in die neue Wohnung. Zwei Zimmer müssen, ja die müssen nun mal sein. Und überhaupt, sind das denn Möbel. Und unbedingt Teppiche. Teppiche zuganzallererst. Weißt du noch, bei den Switalskis, die Teppiche? Man wusste nicht, wie drauf gehn. Draußen wars trocken, und die hatte alles voller Baboschen in der Diele, die musstest du anziehn. Und die Möbel später. Oder vielleicht die Möbel zuganzallererst? Was meinst du? Sie wollte unbedingt hellen Nussbaum. Das ertrotzte sie fast, dass sich der Vater zu hel-

[5] (franz.) trumeau; Wandspiegel, Ankleidespiegel

lem Nussbaum bereit fand, ebenso wie sie ertrotzte, dass er sich bereit fand zu Esche, als ihr der Sinn plötzlich nach Esche stand. Denn Esche ist heller als die Sonne, und sie wollte, dass es hell bei uns war.

Und obwohl sie diese ihre Zukunft, wenn er erst gesund wäre, so überzeugend, umsichtig, in den kleinsten Einzelheiten und mit solchem Eifer entwarf, dass sie manchmal fast außer sich geriet, starrte der Vater nur immer auf das Fenster vor sich oder an die Stubendecke über sich und ließ sich bloß mit Mühe abbringen von diesem Starren. Wer weiß, vielleicht hing er auch längst Ahnungen von seinem nahen Tod nach, die er tunlichst vor ihr verbarg. Obwohl, vielleicht verbarg auch sie vor ihm, während sie so an ihrer Zukunft baute, ihre Ahnung von seinem Tod, die sie zunehmend schmerzlicher bedrängte.

Was für einen Weg musste sie zurückgelegt haben seit jener ersten Beklommenheit wegen der Tropfen, als er an einem Sonntag heimgekommen war, noch im Krieg, und erklärte, er ginge nicht mehr zur Arbeit, die Organisation sei aufgeflogen, und diese Tropfen mitgebracht hatte. Ach was, Tropfen, hätte sie sich sagen können, doch jedesmal wenn er sie auf den Teelöffel zählte, trat Furcht in ihre Augen. Wie lange wirst du die noch nehmen? Ein, zwei Monate sollten es sein, und nun ist es das wievielte Fläschchen?

Vielleicht hatte sie all diese Tröstungen auch von ihm gelernt, obwohl sie von Natur aus misstrauisch, argwöhnisch war und es nicht leichtfiel, sie zu trösten. Der Vater hatte ja, wegen der Tropfen immer hartnäckiger von ihr bedrängt, zu den verschiedensten Tricks gegriffen, damit sie, Gott bewahre, bloß nicht auf den Gedanken kam, er sei wirklich krank und habe nicht nur angegriffene Nerven. Meist schob er alles auf den Krieg. Nicht nur er hatte ja angegriffene Nerven, nein, viele Leute, doch wenn der Krieg erst vorbei war, kämen auch seine Nerven ins Lot, und wir würden wieder leben wie vorher. Wir würden in der Stadt wohnen, er bekäme eine Anstellung, bestimmt eine viel bessere, Buchhalter wie er, mit Erfahrung, werden sie mit der Lupe suchen, was glaubst denn du? Und sonntags gehen wir wieder ins Gasthaus essen. Feiern würden sie, auch Mutters Namenstag, nicht nur den seinen, du wirst schon sehen. Damen kann sie sich einladen, und er nannte sogar die Namen.

Und so kam eins zum andern, und da der Krieg sich wie nichts dazu eignet, zu träumen von dem, was einmal sein wird, vergaß die Mutter mit der Zeit die Tropfen und schob die quälende Furcht von sich, zumal der Vater bei diesen Tröstungen sogar die Garderobe für sie entworfen hatte, die sie nach dem Krieg tragen würde: die Schuhe, Kostüme, Hüte, Handtaschen, Handschuhe, Kleider, Mäntel, für den Alltag und für die Feste, für die Besuche und für die Bälle. Jede Woche kann sie zum Friseur, muss sich nicht länger den Kopf zu Hause waschen, sie geht zur Maniküre, zur Kosmetik. Ihre Zeitschriften kauft er ihr wieder, »Die Dame«, »Efeu«. Und damit entwaffnete er die Mutter so vollständig, dass sie mitunter, lachend vor Behagen, sich zugleich sträubte, und wo nimmst du das Geld her für das alles? Ach du Träumer, du Träumer. Da müsstest du schon Direktor werden. Außerdem, was werd ich zum Friseur gehn, zum Kopfwaschen, das Geld rauswerfen für nichts, den wasch ich mir daheim und besser als der. Vielleicht mal hin zum Ondulieren, vor einem Fest. Falls Dauerwelle noch Mode ist, womöglich ist sie nicht mehr Mode nach dem Krieg. Und zur Maniküre? Wozu? Kann ich mir die Nägel nicht alleine schneiden und lackieren? Nichts Weltbewegendes, ich hab sie mir immer selbst lackiert. Was dir nicht alles einfällt. Wir müssen sparen. Na der Piotrek wird größer. Seine Ausbildung wird kosten. Mehr vielleicht als vor dem Krieg?

Mitunter jedoch ergab sie sich ihm ohne den geringsten Widerstand, wenn er sie so ausstaffierte mit all den Schuhen, Kostümen, Hüten, Handtaschen, Handschuhen, Kleidern, Mänteln, Schals, wenn er sie zum Friseur schickte, zur Maniküre, zur Kosmetikerin, wenn er sie zum Promenieren, ins Kino, zu Empfängen, zu Bällen ausführte. Ja es funkelten Tränen des Glücks in ihren Augen, und mit dem Seufzer, mein Gott, das noch erleben, küsste sie ihn auf die Wange, ach du, mein lieber Mann. Und in den nächsten paar Tagen ging sie heiter umher und ertrug klaglos die Mühen der Kocherei für die ganze große Familie, ja sie beschloss, etwas nach ihren eigenen Rezepten zu kochen, zur Abwechslung, nicht immer bloß Dorfkost. Und ob sie Nudelteig walkte, Kartoffeln schälte oder bei der blubbernden Grütze stand, sie summte, ohne es zu wissen, einen Tango vor sich hin. Und fragte ihn nicht mehr, wenn er seine Tropfen nahm, wie lange wirst du die noch nehmen?

Doch nach zwei, drei Tagen begann die Sorge sich erneut in ihr zu regen. Und setzte ihr mehr und mehr zu, denn sie fragte immer dringlicher, und dem Vater fiel es immer schwerer, sie auszustaffieren mit all den Schuhen, Kostümen, Hüten, Handtaschen, Handschuhen, Kleidern, Mänteln, Schals, sie zum Friseur, zur Maniküre, Kosmetikerin zu schicken, sie zum Essen ins Gasthaus, zum Promenieren, ins Kino, zu Empfängen, zu Bällen auszuführen.

»Vielleicht musst du sie gar nicht mehr nehmen? Es ist doch eine Menge Zeit vergangen, wer dort verhaftet werden sollte, ist bestimmt verhaftet. Und wenn dich wer verraten hätte, wären sie schon ein paarmal hier gewesen. Vielleicht fährst du zu einem Arzt. Oder geh wenigstens zu unserm Feldscher hier. Na, diesem Aussiedler, der bei den Sroks wohnt.«

Diese Sorge um seine Gesundheit behielt sie sich jedoch ausschließlich für sich selber vor, wenn einer der Hausbewohner nach dem Vater fragte, was ihm denn nun fehle, zerstreute die Mutter alle Zweifel:

»Was ihm fehlt? Durch den verdammten Krieg sind seine Nerven angegriffen. Wenn der erst aus ist, bleiben wir keine Minute länger hier, ist ja kein Leben, auf dem Dorf. Bekommt er Urlaub, machen wir Ferien am Meer. Er erholt sich. Und alles wird gut.«

Den Vater aber kam es immer schwerer an, seine Krankheit

zu verbergen. Ihre Symptome traten immer deutlicher zutage, er legte sich immer öfter, um auszuruhen, ging nach draußen, um frische Luft zu schnappen, und das ohne den kleinsten Grund, denn niemand zog ihn auch nur zu der leichtesten Arbeit heran. Alle wachten wie auf höheres Geheiß über die Ruhe seiner Nerven. Er bestätigte sie im übrigen, was seine Nerven betraf, und rechtfertigte sich, wenn einer bemerkte, er sei irgendwie blass, vielleicht müsse er mehr an die Sonne oder Kräutertee trinken:

»Im allgemeinen fühl ich mich gar nicht so schlecht. Nur die Nerven, die Nerven. Und gegen die Nerven ist kein Kraut gewachsen. Glücklicherweise stirbt man nicht daran.«

Und das stellte alle zufrieden. Mit Ausnahme der Mutter natürlich, und vielleicht von Onkel Władek, der einmal sagte:

»Die Nerven, bei mir is das, wenn ich fuchtig werde und könnte einen umbringen. Na, wie den Mistkerl, der unserm Mohrchen das Auge ausgeschlagen hat. Hol mich der Henker, den würd ich umbringen. Aber bei dir is das irgendwie eigenartig.«

Doch die Mutter nahm den Vater sofort in Schutz:

»Wenn einer gebildet ist, bei dem sind auch die Nerven anders. Jeder Mensch hat seine eignen. Einer welche wie Stricke, dass ein Pferd dran ziehen kann, der andre feine Fädchen, was wie Altweibersommer. Und das bei dir sind nicht die Nerven, das ist die Tollwut.«

Der Vater war sich bewusst, wenn Mutter seine Nerven so in Schutz nahm und gegen solche Zweifel, wie die von Onkel Władek, dann zeigte das, sie war nicht nur selber voller Zweifel, sondern in ihrem Innern schwelte womöglich gar schon die Verzweiflung. Und um den Glauben in ihr aufrechtzuerhalten, es seien nur die Nerven, nahm er Zuflucht zu einem seiner Tricks, mit denen er sie für gewöhnlich in solchen Augenblicken tröstete, und malte bis in die kleinsten Einzelheiten zum Beispiel die Sache mit den Schuhen aus, in denen die Mutter gehen würde, sobald sie wieder in der Stadt wohnten und er eine Anstellung hatte. Besonders für diese Damenschuhe hatte er eine Schwäche. Oft sagte er, eine Frau könne ein schlichteres Kleid tragen, eine bescheidene Frisur, die Brauen, die Wimpern müssten nicht gezupft, nicht geschwärzt, der Mund nicht geschminkt sein, sie brauche keine Perlen, Ohrringe, Broschen, ja nicht mal einen Ring, doch ihre Schuhe müssten erster Güte sein, zum Ganzen passen, dem Anlass entsprechen, denn an den Schuhen erkenne man nicht nur den Geschmack, sondern auch den Charakter.

Die Mutter sollte also schwarze Lackschuhe haben für die Empfänge, Besuche, Einladungen, für die Bälle, fürs Theater, wenn mal eins kam. Weiße würde sie haben für sonnige Sommertage, von den weißen sogar zwei Paar, und zwar durchbrochene und Pumps mit offener Spitze. Und zu den weißen unbedingt lackierte Zehennägel, denn rote Zehennägel in weißen Schuhen verleihen einer Frau Charme. Braune würde sie haben für alle Tage dazwischen, die Anlässe dazwischen, das Wetter dazwischen und zu allen unauffälligeren Sachen, Röcken, Kostümen, Pullovern. Denn Braun ist, wie er sagte, die verbreitetste Farbe in der Natur, na und braun ist der Herbst, und den Herbst hatte er von allen Jahreszeiten am liebsten. Davon zu schweigen, dass die Mutter braune Augen hatte, und wenn Besorgnis in diese Augen trat, dann wurden sie groß wie bei einem verschreckten Reh.

Aber vor allen Dingen würde sie Schlangenlederschuhe haben, ach, Schlangenlederschuhe, das war ihr geheimster Traum. Sie hatte es dem Vater nie erzählt, aber er wusste es. Nur manchmal, wenn sie über irgendwen aus der Zeit vor dem Krieg sprachen, sagte sie, denen gings gut, das ist schon wahr. Sie hatte sogar Schuhe aus Schlangenleder, weißt du noch? Und wie er nun sagte, auch sie werde solche haben, vergaß sie sofort, dass sie gerade noch besorgt gefragt hatte, wie lange wirst du noch die Tropfen nehmen? Es sollte besser werden, dabei wirds immer schlechter. Als ob ich das nicht seh! Ich sehs. So nach Luft gejapst hast du nicht, wie du gekommen bist. Das sind nicht bloß die Nerven. Du willst es nur nicht zugeben. Du würdest lieber sterben, als es zuzugeben.

Und wenn er in seiner Großmut den Schuhen aus Schlangenleder noch eine ebensolche Handtasche, ein ebensolches Band für die Armbanduhr beigab, obwohl sie keine Uhr besaß, doch auch eine Uhr würde sie ja haben, eine »Tissot«, klein, diskret, er hatte sie schon ausgeguckt beim Juwelier, dann war sie bereit, sich nicht nur restlos dieser Hoffnung hinzugeben, sondern die Hoffnung auch in ihm zu stützen:

»Werd du nur erst gesund, dann schaffen wirs schon. Ich bin nicht so verschwenderisch wie andre Frauen. Das weißt du doch. Die kaufen ohne Besinnung, was ihnen ins Auge sticht, dies und das. Der Mensch muss aber drauf bedacht sein, dass es auch für nachher noch reicht.«

Und selbst wenn eine plötzliche, kurzfristige Anwandlung von Furcht mal ihre Hoffnung trübte, konnte man meinen, es sei die gewöhnliche Furcht vor dem Glück, die auftaucht, sobald es Merkmale von Glaubwürdigkeit anzunehmen scheint, und wenn sie zweifelnd nach diesen Schuhen fragte, dann lediglich, damit er ihre Zweifel zerstreute und so das Glück noch glaubwürdiger machte:

»Glaubst du, Schlangenlederne sind noch Mode nach dem Krieg?«

Und er antwortete, so wie sie wollte:

»Und ob sie Mode sind! Was hat der Krieg damit zu tun? Sie sind zu teuer, um nicht Mode zu sein.«

»Zu teuer?« Sie war verwirrt, denn wenn etwas zu teuer war, geriet die Mutter gewissermaßen von Natur aus in Panik. »Dann kaufen wir sie vielleicht lieber nicht, wenn sie so teuer sind?«

»Wieso sollten wir nicht?«

»Aber der Piotrek muss Unterricht kriegen. Für alles wirds nicht reichen.« Das war das oberste Ziel ihres Lebens, das sie nie aus den Augen verlor, und selbst die Schlangenlederschuhe, samt Schlangenledertasche, samt Uhrband, ja nicht einmal die

Uhr vermochten sie davon abzubringen. Man könnte allerdings auch sagen, dass es ihr dadurch verwehrt blieb, sich je bis in die Höhen des Vaters aufzuschwingen. »Und du willst auch noch, dass er Arzt wird.«

»Das wird er.«

»Aber weißt du, was das kosten kann? Heilige Jungfrau! Ich lauf in Schlangenlederschuhen rum, und er hat vielleicht nicht satt zu essen? Das würde ich mir nie verzeihn. Weißt du noch, vor dem Krieg, wie die Studenten mit der Gitarre durch die Höfe zogen und gesungen haben, um sich ihr Studium zu verdienen? Und wie der eine, der schon ausstudiert hatte, nirgendwo eine Arbeit fand. Warte, was hat der gleich gesungen? Ach, ich komm nicht drauf. Richtig die Kehle hat es einem zugeschnürt. Der Piotrek hat ihm noch fünf Groschen aus seiner Sparbüchse gegeben. Und nun stell dir vor, unser Sohn zieht mit der Gitarre rum und singt. Und seine Mutter geht in Schlangenlederschuhen spazieren. Die Kühe treibt er ja schon auf die Weide, es schneidet mir jedes mal ins Herz. Unser Sohn, mein Gott. Ich will das nicht.«

»Beruhige dich. Unser Sohn wird nicht mit der Gitarre herumziehen und singen. Er wird in der besten Pension wohnen. Zu den Feiertagen oder in den Ferien kommt er heim, dann stellst du ihn stolz deinen Bekannten vor. Mein Sohn. Vielleicht schicken wir ihn sogar ins Ausland zum Studieren. Er hätte zumindest einen guten Ruf, nach so einem Studium. Und Patienten, hoho. Nach Uppsala vielleicht oder nach Wien. Die Medizin ist dort auf dem höchsten Stand. Es kommt eine Karte, die ist aus Uppsala oder aus Wien, vom Sohn. Der Briefträger bringt ein Telegramm zu deinem Namenstag oder zu meinem, die ist aus Uppsala oder aus Wien. Aber von Zeit zu Zeit kommt er auch selbst, und wir holen ihn vom Bahnhof ab. Unser Sohn ist eben aus Uppsala eingetroffen oder aus Wien. Und wer weiß, vielleicht heiratet er dort, dann fahren wir ihn besuchen.«

»Gott bewahre, ich will das nicht. Irgend so eine Fremde,

die nicht Polnisch kann. Ich will das nicht. An so eine Schwiegertochter würde ich mich nie gewöhnen. Hier kann er auch gefragt sein bei den Leuten, wenn ers nicht vom Lebendigen nimmt. Und in der Nähe immerhin. Und die Dreckwäsche, die zerlöcherten Socken kann er mir schicken, ich wasche, ich stopf sie ihm und schick sie ihm zurück. Wozu soll er irgendwo in der Welt Arzt sein. Als gäbs hier nicht genug Kranke! Und wenigstens kann ihm jeder wie ein Mensch erzählen, wos ihm weh tut. Ich will das nicht.«

Vielleicht war also auch die Vorsehung mit im Spiel gewesen, damals, als sie nicht einwilligte, dass mich der Vater nach Uppsala schickte oder nach Wien, sondern darauf bestand, ich müsse ihr die Dreckwäsche zum Waschen, die löchrigen Socken zum Stopfen heimschicken, was so sehr abwich von den Träumen des Vaters. Denn letztlich wurde ich nicht Arzt.

Zu der Zeit, da sie sich gegenseitig meine Zukunft ausmalten, wollte ich übrigens Matrose werden. Genau das schrieb ich, denn die Polnischlehrerin hatte uns in der Stunde aufgegeben: Was ich einmal werden will. Und fast jeder Junge schrieb: Matrose, Pilot, General. Fredek als einziger wollte einmal viel Geld haben. Aber Fredek saß schon das dritte Jahr in der Klasse, und vielleicht war er es leid, dauernd zu schreiben, was er mal werden wollte. Ich erzählte es dem Vater und der Mutter, als ich aus der Schule kam. Der Vater sprach verständnisvoll:

»Ja freilich, in deinem Alter schreibt man so was. Aber du wirst Arzt.«

Die Mutter hingegen wurde ernstlich böse:

»Ach geh. Damit du mir noch ertrinkst.« Und vorwurfsvoll zum Vater: »Wir hätten ihm diesen Matrosenanzug nicht kaufen dürfen. Es gab genug andres.«

Also allein, dass so viele Umstände zusammenkamen, die noch zurückreichten bis in die Zeit des Krieges, als der Vater, seine Krankheit vor der Mutter verbergend, Tag für Tag das große Gebäude der Hoffnung errichtet hatte, und zwar aus

Einzelheiten wie diesen Schlangenlederschuhen, schon das allein schließt aus, dass meine Begegnung mit Anna ein Zufall war. Denn jeder dieser Umstände hatte, wenn ich es recht bedenke, nicht nur Anteil daran, dass Anna und ich einander trafen, nein, jeder einzelne war der uns vorbestimmte Grund, dass wir uns trafen. Vor allem Vaters Krankheit, denn wegen ihr waren wir in diese Stadt gezogen.

Als die Front nach Wochen noch immer nicht vom Fleck kam, hatte man beschlossen, uns umzusiedeln, in sichere Entfernung, über die Weichsel. Höchstens für zwei, drei Wochen, versprach man, aber es zog sich über ein halbes Jahr hin. Die Septembersonne wärmte wie im Sommer, als wir unsere Habe zwischen den Leitern des Fuhrwerks verstauten, denn der Großvater hatte den Onkeln aufgetragen, Leitern anzubringen, damit mehr draufging, und wer immer nun ein Bündel aus der Hütte brachte und es zu den andern Bündeln legte, begann zu weinen, wenn auch jeder auf seine Art. Es weinte die Großmutter mit allen Furchen ihres zerpflügten Gesichts, ihre Tränen entquollen irgendwelchen Quellen, nicht den Augen, und rannen durch die Furchen abwärts bis zum Kinn. Es weinte Tante Jadwinia, aber die machten die Tränen nur noch schöner. Es weinte Tante Marta, vielleicht am bitterlichsten, es war, als verließe sie nicht die Kate, nicht das Dorf, sondern die Welt. Es weinte Onkel Władek, obwohl es aussah, als sei er nur wütend und fluche, denn er warf die Bündel auf den Wagen, wies grade kam, bis ihn der Großvater anfuhr:

»Stapeln, du Krätze, nich draufschmeißen aufs Gratewohl. Wer weiß, wie lange wir fahrn.«

Onkel Stefan weinte, obwohl er scheinbar nur Tante Jadwinia bat, sie solle nicht weinen. So wein doch nicht, Jadwinia, weine nicht. Es weinte sogar der Großvater, jedoch seinem Alter angemessen, denn man sah nicht, dass ihm die Tränen herunterliefen, er ging nur über den Hof und schaute in die Ställe, die Scheune, den Keller, dahinein, dorthinein, und sagte in einem fort:

»Das musste nu alles drangeben. Und kann sein, du findest nen Trümmerhaufen vor. Dann fängste von vorne an, wie nachm ersten Krieg.«

Der Vater aber saß auf der Treppe, er hatte kaum seinen Koffer hinausgetragen, mit dem er sonntags für gewöhnlich kam, und war sofort blass geworden, keuchte. So dass die Mutter sagte:

»Lass gut sein. Ruh dich aus. Den Rest hol ich mit Piotrek. Ist ja nicht viel. Barmherziger, wieder müssen wir flüchten. Und immer alles aufgeben.« Und sie brach auch in Tränen aus.

Der Vater aber sagte, ihren Tränen irgendwie zum Trotz:

»Jedes Unglück hat auch sein Gutes. Wer weiß, wann wir von selbst gegangen wären. Und so, der Krieg ist bald vorbei, und wir wohnen wieder in der Stadt. Ich finde eine Anstellung, vielleicht in der Starostei. Buchhalter werden sie brauchen, was glaubst denn du? Es fehlt so sehr an Leuten durch den Krieg.«

Doch diese Hoffnung schien allmählich in ihm zu verlöschen, seit wir in der Stadt wohnten, in dem Souterrain in Rybitwy. Immer öfter versank der Vater in Gedanken, und nur noch selten kam er auf seine noch nicht so weit zurückliegenden Verheißungen zu sprechen, wie es wäre nach dem Krieg, wie sie dann ins Kino, promenieren, zu Besuch, zu Bällen gehen würden, die Schlangenlederschuhe aber erwähnte er gar nicht mehr.

Zum Glück ließ sich die Mutter nicht unterkriegen, und auch die neuen Nachbarn sprachen ihr Mut zu, wie sie nur konnten, es wird alles gut, jeder ist mal krank oder hat einen Kranken in der Familie, unter den Bekannten, den nahen und entfernten Verwandten, und so hörten sich ihre Trostworte sogar glaubwürdig an.

Besonders der Herr Jaskóła, der Fuhrmann, war der Mutter eine wahre Stütze.

»Frau, ich lag schon fast im Sarg. Den Löffel hab ich nich bis zur Gusche hochgekriegt. Und heute, sehn Sie, fahr ich

Kohle aus, lad auf, lad ab. Säcke, Packen, was jeder will, das bring ich, fahr ich an, zu was ein Fuhrmann eben da is, oder? Und mit zwei Pferden. So haben mich die Doktors wieder hingebogen. Am meisten der Doktor Okoń. Zum Doktor Okoń muss Ihr Mann.«

Wenn er bei uns vorbeikam, hielt er auch öfters die Pferde an und fragte, wie es dem Vater geht und was der Doktor gesagt hat, denn auf seinen Rat hatte die Mutter den Vater zum Doktor Okoń geschickt. Und jedesmal sagte er mindestens:

»Ach was, heut sieht Ihr Mann schon besser aus. Der Doktor Okoń, Frau, einpacken können alle gegen den. Wir heben noch einen zusammen. Sie werden an mich denken.« Manchmal zog er sogar den Schnaps hervor, schlug den Korken raus: »Haben Sie mal ein Glas, dass ich aufs Wohl von Ihrem Mann?« Und an den Vater gewandt: »Sie nich? Aber nich mehr lange nich. Trinken wir erst mit der Frau. Trinken Sie ruhig, Frau. Da, sehn Sie, sogar Schnaps kann ich jetzt trinken. Wenn ich nich trinke, is kein Leben in mir. Ich geh rum wie benebelt.«

Manchmal ließ er uns etwas Kohle da, wenn er Kohle ausfuhr, manchmal etwas Holz, und einmal schleppte er einen ganzen Sack Weizengrütze an, er brachte eben Weizengrütze von der Station in die Läden, und er hatte, wie sich zeigte, zwei Sack zu viel, da fiel einer für ihn ab und einer für uns. Diese Weizengrütze aßen wir beinah jeden Tag, als Suppe und als Körner, und Nudelteig knetete die Mutter draus, und irgendwelche Bouletten briet sie, irgendwelche Puffer, einmal backte sie sogar Kekse, und dauernd hockte sie über Rezepten, was noch aus Weizengrütze zu machen wäre. Uns stand die Grütze schon bis obenhin, wir aßen sie mit langen Zähnen, aber da das Essen knapp war, segneten wir den Herrn Jaskóła.

Von allen Bewohnern in Rybitwy war er der reichste. Er besaß ein stattliches Haus, erbaut aus roten Ziegeln, gedeckt mit Schindeln, außerdem einen Pferdestall, einen Kuhstall, eine Remise, zwei Fuhrwerke, ein schwereres und ein leichteres, eine Droschke, denn wenn es nichts zu transportieren gab, holte er die Reisenden vom Zug ab oder brachte sie zum Zug, weil die Station etwa drei Kilometer vor der Stadt lag. Er hielt auch zwei Kühe, wir kauften die Milch bei ihm, und das ganze Anwesen war von einem Mäuerchen mit Maschendraht umzäunt. Kaum einer von den Nachbarn gab sich mit ihm ab. Nur an uns hatte er sich so angeschlossen, und das vom ersten Tage an, als die Mutter ihn gemietet hatte, damit er uns von der Station zu dieser Wohnung brachte. Als er erfuhr, dass der Vater Offizier war, hatte er nicht einen Groschen genommen, denn er hatte selbst gedient und war Korporal.

Es gab nicht sehr viele Häuser in Rybitwy, auch wenn man alles zu den Häusern rechnete. Denn selbst die Buden, die, umgeben von allerhand Anbauten, Ställen, Schuppen, Taubenschlägen, wirkten wie kleine, Fremden nicht zugängliche Festungen.

Doch ein paar ordentliche Häuser gab es schon, auch wenn sie nicht so stattlich waren wie das Haus des Herrn Jaskóła. Das eine gehörte der Schneiderin Kuźmowa, zu der die Mutter mitunter alte Sachen zum Umarbeiten schaffte. Das zweite Bazyluk, der vor dem Krieg Polizist gewesen war und den sie verhaftet hatten, gleich am Tag nach unserm Einzug in Rybitwy. Und das dritte dem Amtsdiener vom Magistrat, der den gräflichen Namen Potocki trug, dessen Bedeutung er sich wohl bewusst war, denn er versprach dem Vater bei seinen gelegentlichen Besuchen, sobald er erst gesund sei, besorge er ihm eine Anstellung beim Magistrat, und zwar eine gute, er riet dem Vater sogar, die Steuern zu verwalten, dann könne er durch Schmiergelder noch mal soviel dazuverdienen, denn die Gehälter seien jetzt gering, nicht das, was vor dem Krieg, alle hätten sie fast das gleiche. Das vierte war unser Haus.

Wir genossen seine Vorzüge zwar nicht so sehr, in unserm Souterrain herrschte ja noch am sonnigsten Tag, ein schmaler Lichtkreis am Fenster ausgenommen, überall Halbdunkel, weshalb sich das Leben hauptsächlich an diesem Fenster abspielte. Vor allem stand dort der Tisch, das wichtigste in der Hierarchie der Möbel, wie man weiß, wichtiger noch als die Betten, nicht weil er so notwendig ist, die Betten sind gewiss wichtiger, sondern weil bei ihm in jedem Haus alle Erinnerung beginnt.

Darum beneideten wir die Fräulein Poncka, wie bequem sie über uns wohnten. Sie belegten das ganze Haus, das aus einem riesigen Zimmer und einem zweiten, kleineren, aus einer geräumigen Küche, einem gesonderten Waschraum und einer Speisekammer bestand. Auch lag ihr Eingang auf der Vorderseite, also dem Hügel zugewandt, wir gelangten von der Rückseite in unser Souterrain, und auch die Treppe zur Stadt begann fast vor ihrer Tür.

Wenn wir wissen wollten, ob sie daheim waren, horchten wir für gewöhnlich nach Schritten an der Stubendecke. Doch sie traten so leise auf, dass man schon gründlich hinaufhorchen musste zu dieser Decke, um das Huschen ihrer Fußsohlen zu erlauschen. Wenn die Mutter nicht sicher war, bat sie den Vater oder mich wie in einer Anwandlung von Besorgnis:

»Horch du doch mal.«

Und wir lauschten, die Köpfe gereckt, ohne zu atmen und mussten mitunter doch nach der Vermutung entscheiden und weitere Zeichen beachten, wie die Tageszeit, das Wetter oder ob eine von ihnen am Morgen erwähnt hatte, sie gingen aus, wann sie wiederkämen, und nicht nur das Huschen ihrer Sohlen. Manchmal kamen wir leichter zu einer Entscheidung, wenn wir lauschten, ob auf der Kellerseite nicht das gedämpfte Echo eines Tangos zu hören war, denn das große Zimmer lag genau über dem Keller, und wenn sie zu Hause waren, spielten sie fast immer ihre Tangos, in die Küche, die über uns lag, gingen sie selten.

»Essen die denn nie?« wunderte sich die Mutter, wenn an der Decke nichts zu hören war. »Tja, die sind jung, die leben von Luft und Liebe.«

Im übrigen ging sie bisweilen hinauf zu ihnen, um sich diese

Tangos anzuhören, und wenn sie zurückkam, seufzte sie wehmütig:

»Mein Gott, eine Musik wie die vorm Krieg, die wird es nie mehr geben. Sie haben *Die Nacht ist unser* und *Wie frische Kirschen pflück das Glück*. Sie haben eine Menge. Denn heutzutage, was für eine Musik ist das? Sie haben mir so was aufgelegt, aber nur ganz kurz. Sie mögen das auch nicht. Die von vorm Krieg ist ihnen lieber. Da fühlt man noch was im Herzen, nicht bloß auf der Haut. Hört was mit den Ohren, und da, nichts. Ein Scheppern im Kopf wie von Kochtöpfen, wie von Ofenringen.«

Neben all diesen Häusern und Nichthäusern gab es noch ein altes, verfallenes Gutshaus, das etwas abseits, oberhalb der Brauereistraße, lag, fast schon am Hang. Früher einmal bestimmt hübsch anzusehen, mit einem Säulengang, doch jetzt ohne Fenster, ohne Tür, das Dach eingefallen, die eine Wand ganz eingestürzt, eine zweite wohl von einem Geschoss vollständig durchbohrt. Es stand da, umrankt von wildem Wein und eingehüllt von dichtem Flieder. Es gab verschiedenen, weißen, karminroten, violetten, es benahm einem den Atem, wenn er blühte. So schnitt ich, wenn er blühte, mitunter einen großen Buschen ab und trug ihn heimlich, damit die Mutter und der Vater es nicht sahen, den Fräulein Poncka hinauf, um ihnen wenigstens auf die Art meine Dankbarkeit zu bezeigen. Denn schon am ersten Tag, als wir in Rybitwy eingezogen waren, hatten sie bei meinem Anblick beide gleichzeitig gerufen:

»Oh, was für ein netter kleiner Junge. Doch warum so blass? Macht nichts, er kommt zu uns Kakao trinken.« Und weil ich Kakao über alles liebte, fühlte ich, wie ich unter meiner Blässe errötete, so dass ich kein Wort herausbrachte. Und die Mutter mir erst vorsagen musste:

»Na, bedank dich.«

Und ich kaum hörbar stammelte:

»Danke.«

»Weshalb so leise? Er ist schüchtern«, nahm mich die Mutter in Schutz. »Vorm Krieg hat er jeden Tag Kakao getrunken. Er hatte sogar ein extra Töpfchen mit einem Schnäuzchen. Auf der einen Seite stand Kakao drauf und auf der andern Ćmielów, mein Mann stammt nämlich aus Ćmielów.«

Von da an musste ich täglich, jeden Morgen, zum Kakao kommen. Und wenn es mal passierte, dass ich nicht kam, beugte sich gleich die eine oder die andere aus dem Fenster des großen Zimmers, das zu uns hinauslag, und rief:

»Piotruś, wir bitten zum Kakao!«

Ja sie kamen angerannt, mit Vorwürfen, warum ich nicht komme, ich müsse unbedingt kommen, er steht schon da und wird kalt. Wenn ich keinen trinke, bleibe ich immer so blass. Und ich muss wachsen, ich will doch ein Mann werden. Und so ein blasser Mann ist kein Mann. Sie haben Kakao die Menge, sie kriegen ihn mitgebracht. Wie wärs, wenn der Vater auch welchen trinkt? Sie versuchten ihn zu überreden. Doch der Vater mochte Kakao nicht, und vor allem hatte er nicht viel übrig für die Fräulein Poncka.

Unterhalb unseres Hauses, wo der Hügel flach auslief und einmündete in die weite Ebene, stand die alte Molkerei, verriegelt und verrammelt, durch die Scheiben waren im Innern noch Maschinen, Kessel, Bottiche zu erkennen, der Wächter Józef und sein Hund Medor bewachten sie. Gegenüber türmte sich die riesige Trümmerhalde der ausgebombten Brauerei. Dort konnte man zwischen den Ziegeln noch eine Flasche Bier finden, das freilich ungenießbar war, doch in Rybitwy war das für gewöhnlich ein Ereignis, über das man noch lange sprach, so wie von dem Juden Kuferblum, dem Brauereibesitzer, dessen Geist dort irgendwem begegnet sein sollte. Bei ihm hatte es der Herr Jaskóła vor dem Krieg zu seinem stattlichen Haus gebracht, mit dem Ausfahren von Bier, und von diesem Bier erzählte er bei jeder Gelegenheit. Von den Sorten, Geschmäckern, Namen, Stärken, Schattierungen, aus was für Wasser, was für Hopfen, ja welches wie geschäumt hatte, welches gegen den Durst und welches gegen den Kater am besten gewesen war, welches einen Nierenstein am besten abtrieb und welches sich am besten für Warmbier eignete, mit Eigelb, mit Honig und von allen seinen Abenteuern, die mit diesem Bier zu tun hatten.

Ein Stück weiter ab, hinter der Brauerei, stand das einstöckige Wohnhaus des einstigen Besitzers. Es war dicht gekerbt von Granatsplittern, das Dach hatte es zur Hälfte weggerissen, Tür und Fenster waren mit dicken Brettern vernagelt. Niemand wohnte darin, doch meist ging es dort hoch her. Kaum brach die Dunkelheit herein, hörte man Säuferkrakeel, Schimpfen und Fluchen, Gekicher und Gekreisch, und mitunter geschah es mitten in der Nacht, dass plötzlich ein ersterbender Schrei die Luft zerriss und ganz Rybitwy aus dem Schlaf holte:

»Hilfe! Zu Hilfe!«

Manchmal stürzte auch eine Horde betrunkener Männer und Frauen aus dem Haus, die, gleichsam durch die menschlichen Träume torkelnd, aus Leibeskräften obszöne Lieder grölten. Einmal wurde sogar einer dort umgebracht, und als die Polizei kam, war alles mit Brettern vernagelt wie zuvor, obwohl im Innern eine Leiche lag, und sie mussten die Tür mit Stemmeisen aufbrechen. Deshalb machte jeder einen großen Bogen um das Haus, ja selbst bei Tage traute sich keiner näher heran.

Manchmal stahl ich mich trotz der unausgesetzten Ermahnungen der Mutter dorthin:

»Dass du mir ja nicht zu dem Haus gehst. Merk dir das.«

Und obwohl die Angst mich drückte, erregte mich zugleich, was sich da drinnen wohl befinden mochte, mir war, als schliche ich mich zu einer Räuberhöhle. Ich konnte jedoch nie etwas Besonderes entdecken, auch wenn durch die Ritzen zwischen den Brettern der ganze Raum zu überschauen war. Stroh, wie von Körpern zerrieben, etwas wie Tische, aus Brettern, die auf Ziegeln lagen, und eine Menge leerer Schnapsflaschen, das war alles.

Aber von Samstag auf Sonntag tat keiner mehr ein Auge

zu in Rybitwy. Man erschauerte bei all den Geräuschen, die aus dem Wohnhaus kamen. Selbst die Mutter, die einen festen Schlaf hatte, seufzte oft:

»Hilft gegen die kein Gott mehr? Oder wenigstens die Polizei.«

Einmal, genau zu Mittag, erblickte ich zwischen diesen Pfühlen, Tischen und leeren Flaschen plötzlich durch eine Bretterritze den Kuferblum. Ich glaubte, er erschiene mir nur vor dem einen Auge, welches ich an die Ritze presste, und legte das andere an, doch ich sah ihn ebenso mit dem andern. Er saß an einem der Tische, hinabgebeugt bis tief zu den Knien, und wiegte sich, als wollte er sich in den Schlaf wiegen. Vielleicht grämte er sich auch so tief. Vom ganzen Gesicht war nur ein Eckchen seiner weißen Stirn zu sehen und der lange weiße Bart, der auf seinen Knien ruhte. Er trug ein Käppchen auf dem Kopf, einen schwarzen Kaftan, und wäre nicht der weiße, hell durch das Halbdunkel schimmernde Bart gewesen, man hätte meinen können, es sei nur ein Gewirr von Schatten, die die durch die Ritzen einsickernden Strahlen an dieser Stelle zusammengedrängten. Mit einmal hob er eine Bierflasche zu seinen Füßen auf, drehte sie in der Hand nach allen Seiten, worauf er sie wütend von sich schleuderte und sie irgendwo klirrend zerschellte. Mit dieser Neuigkeit lief ich zur Mutter, ohne zu bedenken, dass es mir ja verboten war, zu dem Haus zu gehen.

»Mama, ich hab den Kuferblum gesehn!«

»Was denn, Kind, den Kuferblum, ach geh!«

»Ich hab ihn gesehn, Mama.«

»Aber, das kommt dir bloß so vor. Lauf mir nie wieder da hin, um Gottes willen.«

»Er hatte ein Käppchen auf dem Kopf, einen Kaftan und einen langen weißen Bart.«

»Und woher weißt du, dass es der Kuferblum war? Hast du ihn gekannt? Hast du nicht. Außerdem gibt es keine Juden mehr auf der Welt. Aber es kann sich einer als Jude verkleidet haben von dem Gesindel. Die treiben dort allerhand Schandbarkeiten. Eine Strafe Gottes. Nicht mal vor den Toten haben sie Achtung.«

»Er saß da und hat sich hin und her gewiegt, Mama.«

»Hör auf.« Die Mutter wusste sich keinen Rat, so wandte sie sich an den Vater, der auf dem Bett lag und auf das Fenster vor sich starrte oder an die Stubendecke über sich: »Sag du ihm was. Wie kann er ihn gesehen haben? Dazu bei Tage? Ja selbst bei Nacht, nicht mal ein Geist traut sich doch in dieses Sodom und Gomorrha.«

»Er kann schon«, sagte der Vater, ohne aus seinen Gedanken hochzutauchen.

»Ach geh, sich mit dir einigen, wird auch immer schwieriger.« Sie war wütend auf den Vater, und in ihrem Zorn schickte sie mich zu Herrn Jaskóła:

»Frag doch den Herrn Jaskóła, wenn du deiner Mutter nicht glaubst.«

»Käppchen, Kaftan, sagste?« Der Herr Jaskóła überlegte. »Und einen Bart hat er gehabt, einen weißen? Einen Bart hat er nich getragen. So alt war er noch nich. Vielleicht der Mojsze Bławatnik. Oder der Wende, Schuhe. Oder der Rozenkrajc, der Laden gegenüber vom Rathaus, Bänder, Knöpfe, Garn, Sicherheitsnadeln, ja, der hatte einen Bart. Aber is der nich schon vorm Krieg gestorben? Und ein Käppchen, na, dann wars der Sztajn, der hat sich das manchmal vom Kopf gerissen und es gegen den Ladentisch geschlagen, wenn er wütend war. Verdammt! Verdammt! Aber der Kuferblum nich, der Kuferblum war ein Herr. Immer im Anzug, Hut, Mantel, Handschuhe, Schirm. Den Juden hätteste in dem nich erkannt. Und eine Tochter hatte der, Jesus Maria, eine Lachtaube, kann ich dir sagen. Er hat versprochen, er schreibt, wenn sie erst da sind. Vielleicht fänd sich dort auch für mich eine Arbeit. Hier ging das Bier nich mehr so. Für Bier brauchts eine größre Stadt. In einer kleinen wird der Mensch reich und Schluss. In einer großen nimmt das kein Ende, er wird reicher und reicher.

Und die Leute trinken verschiedenes Bier. Bloß hier meist das vom Fass. Aber die Flasche gibt mir zu denken. Etikett hast du keins gesehn?«

Und ganz am Ende, schon an der Chaussee, die zu der Weichselbrücke führte, stand eine Scheune, tot, leer, nicht einen Spatzen hätte man mehr drin gefunden, sie hatten in den Jahren wohl auch das letzte Körnchen aufgepickt. Angeblich hatte sie zu einem Gehöft gehört, das lange vorm Krieg durch Blitzschlag abgebrannt war. Die Russen hatten sie zum Schlachthaus für die Kühe gemacht, die sie aus Deutschland nach Russland trieben und die nicht mehr die Kraft besaßen, weiterzuziehen. Diesem Schlachthaus stand der *Starschina*[6] Iwan vor, ein Kerl wie ein Auerochs, doch einbeinig, mit einer Krücke. Sobald sich die Kühe lagerten, jenseits der Chaussee, wo sich die Wiesen dehnten, oder vielmehr, so wie sie standen, umsanken vor Erschöpfung, ging der *Starschina* Iwan herum und suchte hier eine aus, da eine aus, zog mühsam die Krücke hinter sich her und wischte sich den Schweiß von der Stirn, als sei er zusammen mit dieser Herde aus Deutschland gekommen, und seine Gehilfen, zwei junge Soldaten, zerrten die Kuh zum Schlachthaus, also zu der Scheune.

Damit hatten sie öfters ihre Not, denn die Kuh war zu schwach, um sich aufzurappeln, da half kein Zureden, Zurufen, Tätscheln, Streicheln, denn Schläge ließ der *Starschina* Iwan nicht zu. Er erklärte den Gehilfen, würde man einfach deutsch mit ihr reden, sie würde bestimmt aufstehn, denn es ist eine deutsche Kuh, aber da nun mal keiner von ihnen Deutsch kann, verlange er, es im Guten zu versuchen. Manchmal half das, besonders wenn er sich selbst über sie beugte, sie tätschelte, streichelte, ihr in die todtrüben Augen blickte, die Fliegen davon verscheuchte, ein Büschel Gras zusammenrupfte, ihr das vors Maul hielt, sie bedauerte, ermunterte:

»Da, friss. Du bist kreuzlahm, was? Tja, es ist schon ein

[6] (russ.) militärischer Dienstgrad zwischen Major und Oberst

Ende, bis aus Deutschland her. Aber wir sind auch zu Fuß zu euch. Und von sonstwo, von weiter, aus Sibirien, von der Wolga her. Gewiss, es wär besser, jeder tät bei sich zu Hause hocken, aber wir haben den Krieg nicht angefangen. Und der Krieg geht auch an den Kühen nicht vorbei. Steh auf.«

Doch manchmal half es nicht, weil die Kuh nicht mal mehr den Schädel von der Wiese hochbekam. Das eine Auge ins Gras gedrückt, und das andere, ob das den *Starschina* Iwan sah, der sich über sie beugte, das war nicht ganz sicher, denn auch das gehörte gewissermaßen zu der Wiese und nicht mehr zu dem Schädel. Dann wandte sich der *Starschina* Iwan an die Soldaten, die die Herde hergetrieben hatten, und rief viele Male:

»Rebjata! Soldaty!«[7]

Aber die, verdreckt, gleichfalls halbtot, zerlumpt, mit der Wiese verwachsen wie die Kühe, wollten nicht hören, dass er sie rief. Erst wenn er seine Rufe mit Flüchen untermauerte und manchmal mit der Zusicherung von Wodka, erhoben sich ein paar träge. Gemeinsam mit den Gehilfen fassten sie der Kuh unter die Flanken und hievten sie hoch wie einen Felsbrocken und stellten sie, wüst fluchend, auf die Beine, und führten sie, sie von beiden Seiten stützend, während einer noch an dem Strick an ihrem Schädel zog, denn gemeinhin leistet der Schädel bei einer Kuh den größten Widerstand, Schritt für Schritt zu der Scheune, also zum Schlachthaus. Dort setzte der *Starschina* Iwan sofort ein langes, spitzes, spindelähnliches Stecheisen in der Mulde hinter ihren Hörnern an und schlug, während er wie bei der Totenmesse zu ihr sprach, deine Qual hat nun ein Ende, mit der Faust von oben drauf, und die Kuh stürzte aus den Händen der Soldaten, die sie noch hielten, auf die Tenne.

Sogleich befestigten die Gehilfen Ketten an ihren Hinterbeinen, zogen sie auf einen Balken über der Tenne hinauf und

[7] (russ.) Jungs! Soldaten!

gingen, nachdem sie sich ihre mit Blut und Unrat bekleckerten Wachstuchschürzen vorgebunden, tja und die Messer geschärft hatten, daran, sie auszuweiden. Sie zogen die Messer über lange metallene Schleifschienen und wetteiferten miteinander, wer schneller sei. Mir schien, das Wetzen dieser Messer errege sie, denn sie bleckten grinsend die Zähne, und mich überlief es kalt. Zuweilen musste der *Starschina* Iwan sie zur Ordnung rufen, weil sie sich vergaßen und immer erbitterter die Messer wetzten, als schlügen sie die Trommeln zum Kampf:

»Es reicht. Sie sind scharf genug.«

Während des Ausweidens trat er vor die Scheune, rückte sich eine leere Munitionskiste zurecht, setzte sich, brannte sich eine Zigarette an und bekundete damit, dass das, was sich nun dort in der Scheune abspielen würde, etwas Gewöhnliches war, im Vergleich zu jenem einen tödlichen Faustschlag auf das in der weichen Mulde hinter den Hörnern angesetzte Stecheisen.

Er rauchte die eine Zigarette auf, brannte sich eine zweite an, und manchmal senkte er den Kopf und blickte stumpf auf den Boden unter seinem Fuß und dem Ende seiner Krücke, als sei er des Tötens müde. Oder er ließ die Blicke über die Wiesen schweifen, wo sich zwischen den Kühen Soldaten tummelten, die Wasser in Eimern von den nahen Ausläufern des Flusses bis vor die Mäuler derer schleppten, die keine Kraft mehr hatten, aufzustehen, und vielleicht zählte er dann nach diesen Eimern, wie viele Kühe von der Herde er noch würde töten müssen.

Obwohl, er tötete nicht jeden Tag. Es gab Tage, wo keine Herde gebracht worden war. Dann war die Scheune mit einem Vorhängeschloss abgesperrt, und der *Starschina* Iwan und seine Gehilfen erholten sich irgendwo im Quartier in der Stadt. Doch es kam vor, dass sie sogar nachts töteten, weil Herde auf Herde folgte, und jede Herde wollte schleunigst weiterziehen auf ihrem Weg nach Russland, denn auch die nächste war schon im Anmarsch und wieder die nächste. Die Soldaten, die sie trieben, ließen mitunter selber die schwächsten Kühe zurück und warteten nicht, bis der *Starschina* Iwan kam und jede einzeln aussuchte.

Lange erregte ich kein besonderes Interesse bei dem *Starschina* Iwan, obgleich ich manchmal bis spät in den Abend vor dem Schlachthaus herumlungerte. Zuweilen fragte er mich nur, ob ich nichts Besseres zu tun hätte, als hier ewig rumzustehen. Vielleicht braucht mich die Mutter gerade im Haus. Vielleicht soll ich etwas holen, Holz hacken. Wieso gehe ich nicht mit den Kameraden spielen? Ich habe doch wohl Kameraden? Es ist sonnig, warm, der Krieg ist aus, also nichts wie hin und spielen. Und manchmal ermahnte er mich, nicht in die Scheune zu gehen, hier, hier an der Schwelle, da dürfte ich stehen, wenn ich schon müsste.

Dafür begrüßten mich seine Gehilfen meist mit verständnisvollem Lächeln. Ha, er ist da. Und sie fragten, was es Neues gebe, wie ich geschlafen habe, warum ich gestern nicht da gewesen sei. Den *Starschina* ärgerte das sichtlich, denn er spuckte die Kippe aus, trat sie fest oder bohrte sie vielmehr mit der Ferse seines einen Beins in die Erde, dann stand er auf und trieb die Gehilfen zur Eile an. Und ohne abzuwarten, bis sie fertig waren, ging er in die Wiesen nach der nächsten Kuh.

Und gegen Abend kam das Auto und nahm alle diese Hälften, Häute, Schädel, Därme mit, und der *Starschina* Iwan und seine Gehilfen wuschen sich und begossen einander mit Wasser aus dem Eimer, stiegen in ihre Soldatenuniformen, sperrten die Scheune mit dem Vorhängeschloss ab und zogen, nunmehr als Frontsoldaten, in denen man die Schlächter nicht vermutete, ins Quartier in die Stadt.

Es passierte jedoch, dass das Auto nicht kam. Dann wuschen sie sich gleichfalls, stiegen in die Soldatenuniformen und setzten sich vor die Scheune: der *Starschina* Iwan auf die Munitionskiste, die Gehilfen auf den Rasen, und warteten und sangen. Das heißt, es sangen die Gehilfen, denn der *Starschina* Iwan paffte eine Zigarette nach der anderen. Und wenn die Dunkelheit zunahm, drückte er den Stummel aus, trat ihn mit der Ferse seines einen Beines in den Boden, als wüsste er Bescheid, wenn die Fahrer nicht gekommen waren, würden sie jetzt nicht mehr kommen, denn er stieß einen Fluch aus und befahl den Gehilfen, die Scheune abzusperren, und sie brachen auf. Und am Tag drauf kriegten die Fahrer ihr Fett ab, dass sie nicht gekommen waren, er schimpfte sie Saufbolde, Pack und noch schlimmer und hielt ihnen vor, sie beförderten nicht Munition an die Front, sondern Fleisch, und Fleisch verdirbt, zu schweigen davon, dass schon die nächsten Kühe auf den Wiesen warteten und die übernächsten schon aus Deutschland eintrafen.

Einmal brachte mich das auf den Gedanken, mich in die Scheune zu schleichen, wenn der Wagen nicht käme, und einen Kuhschädel zu stehlen. Einen Schädel, weil die Mutter vor dem Krieg manchmal einen auf dem Markt gekauft und sich dann vor dem Vater gebrüstet hatte, wie billig sie ihn erstanden habe, und das gäbe Bregen mit Zwiebel und Zunge in Meerrettichtunke und eine Knochenbrühe.

»Wirklich, du verstehst dich aufs Sparen.« Der Vater lauschte der Mutter meist voller Bewunderung. »Wie du kann das kaum eine. Durch dich haben wir fast ein ganzes Gehalt auf dem Sparbuch.«

Der Schädel ließ mir keine Ruhe, wann immer sie ihn einer Kuh abschnitten und ihn in die Banse warfen. Und so wartete ich Tag für Tag, ob der Wagen heut vielleicht nicht käme. Schon vom frühen Morgen an lauerte ich vor der Scheune und wenn ich im offnen Tor stand, sah ich, wie der *Starschina* Iwan wieder und wieder das Stecheisen in den weichen Mulden hinter den Hörnern ansetzte und nach jedem Hieb zum Rauchen vor die Scheune trat, und seine Gehilfen zogen die Häute ab, trennten die Schädel ab, zerrten Berge von verschlungenem Gedärm aus den Bäuchen wie aus tiefen Schlünden, von dem der Gestank gesäuerter Nahrung aufstieg, halbierten die an Ketten baumelnden großen Leiber und stapelten die Hälften auf andere Hälften. Ich aber gewöhnte mich so an den Anblick, dass mir die Kühe nicht mehr leid taten, denn ich hatte nur diesen Schädel im Sinn, den ich dort herausholen würde, wenn der Wagen nicht käme. Jeder dieser abgetrennten Schädel konnte genau der sein, den ich schon in meinen Händen sah, ich rannte mit ihm nach Hause, fühlte abwechselnd Furcht und Freude, und mein Herz schlug wie ein Hammer, und schon auf der Schwelle rief ich:

»Mama, ich bring einen Schädel!«

»Ah, das gibt Bregen mit Zwiebel und Zunge in Meerrettichtunke und eine Knochenbrühe. Mein Gott, so lange haben wir keinen Bregen mehr gegessen.«

Und nur manchmal, wenn eine Kuh nicht mehr die Kraft hatte, allein von den Wiesen ins Schlachthaus zu gehen und sie sie an einem Strick an den Hörnern wie einen Klotz über den Rasen schleiften, die schon Halbtote, in deren brechenden Augen noch immer ein Restchen Hoffnung glomm, sie würden sie vielleicht weiterschleifen auf dem Weg nach Russland, befielen mich Gewissensbisse. Ich tröstete mich jedoch damit, dass es eine deutsche Kuh war, und die deutschen Kühe zahlten nur den Krieg ab, wie die Soldaten sagten. Und sie sagten, wenn einer sie hundert Jahre so triebe, Herde um Herde, hätten sie ihn noch lange nicht abgezahlt.

Sie zogen zusammen mit diesen Kühen, zu Fuß, im Staub, in sengender Glut, konnten die Beine kaum heben, manche humpelten, und nur einer war für gewöhnlich zu Pferde, an der Spitze oder am Ende der Herde. Und wer weiß, vielleicht bedauerten sie sogar diese Kühe, denn sie nahmen sie in Schutz, wenn sich die Leute wunderten:

»So ärmlich sind diese deutschen Kühe? Dabei war das Heer so fabelhaft. Eine rechte Augenweide.«

»Der Weg hat sie so mitgenommen. Sie waren mal fett.«

Auch der *Starschina* Iwan entdeckte bisweilen, wenn er zu

den Wiesen hinübersah, wo die zu Tode erschöpfte Herde lag, die andere Seite seiner Schlächterseele:

»So viele Kühe. So viele Kühe. Und alles durch Menschenschuld. Gut, dass der Krieg vorbei ist.« Und vielleicht durch sein Mitleid mit den Kühen, hatte er manchmal auch für mich einen freundlichen Blick. »Und du, wo ist dein Haus?« fragte er mich einmal.

»Dort, am Hang.« Ich reckte den Arm, doch ich konnte es ihm nicht zeigen, die Scheune stand davor. Außerdem hätte er den Kopf wohl ohnehin nicht gewandt, vielleicht fragte er mich auch bloß, weil er sich nach Worten sehnte, denn meistens schwieg er, nun, und tötete Kühe, so dass er am Ende Sehnsucht nach Worten haben konnte.

»Siehst du, und meins ist weit von hier. Es steht gleich am Dorfrand. Bei uns ist es flach, keine Hügel. Und, habt ihr einen Ofen? Meiner ist breit. Im Winter schlafen wir alle drauf.« Und je länger er sprach, umso deutlicher sprach er wie zu einem Erwachsenen. Mag sein, der Krieg hatte ihn gelehrt, nicht zu unterscheiden zwischen Erwachsenen und Kindern, oder aber er redete nur mit seinen eigenen Gedanken. »Ich werd einen hinschicken müssen, kurz vorm Dorf, dass ich zurück bin. Wasser zum Waschen sollen sie bereiten, die Töpfe aufsetzen. Besser, sie kriegen vorher ein Zeichen. Wie ich in den Krieg bin, da hat die Dielentür geknarrt. Es war keine Zeit mehr, sie zu schmieren. Wenn ich zurück bin, schmiere ich sie. Oder ich schmiede neue Angeln. Tja, wenn sie knarren würde, dass ich zurück bin. Denn kommst du einfach so zurück, und nicht mal die Türe knarrt, dann weiß keiner, kommst du als Lebendiger oder als Toter. Das Herz kann einem zerspringen. Und den Weibern zerspringt das Herz bei einer Kleinigkeit. Ein Weib hat ein zerbrechliches Herz, das hängt an einem Fädchen. Ein Ruck und aus. Die Brüste, der Hintern, alles reicht für zwei, dich, den von der Front, wirft sie sich über die Schulter, Wodka schluckt sie wie ein Kerl, aber das Herz, das ist wie eine große Träne. Und Kinder kriegt sie dir auch noch. Den

Kindern zerspringt es nicht, die Kinder erkennen dich nicht nach so einem Krieg, bist du es oder bist dus nicht. Die drücken sich an die Mutter, und ihre Herzen flattern zu ihrem Herzen, wie von den Zweigen ins Nest. Denen musst du wieder von vorn beibringen, dass du es bist. So einen Krieg hat es auf Erden nicht gegeben. Drum braucht es ein Zeichen, dass du zurück bist, vielleicht rechnen sie nicht mehr mit dir. Überhaupt braucht es ein Zeichen, immer, wenn einer heimkehrt aus dem Krieg. Die Tür knarrt nur für die Lebenden. Die Toten kommen durch die Wand zurück, durchs Dach, die Fenster. Aber auch dafür brauchts ein Zeichen, dass sie tot sind. Früher, als es Gott noch gab, wachte er über die Häuser und gab uns Zeichen. Jetzt gibts bei uns keinen Gott mehr. Sie haben ihn in der Revolution abgeschafft. Und der Mensch ist allein.«

Ihm fiel jedoch ein, dass ich noch ein Kind war, denn er fragte mich mitten im Satz, ob ich schreiben, lesen könne. Nun, warum nehme ich mir dann kein Buch und lese, statt dauernd nur hier vor der Scheune rumzustehn. Er, wenn er lesen, schreiben könnte, er würde keine Kühe töten, er würde lesen. Aber er kann es nun mal nicht. Nicht mal einer, der ihm einen Brief an seine Frau schreibt, ist da. Sogar an der Front wars da leichter, unter den Soldaten gabs immer einen. Man klapperte die Erdhütten ab, kann hier einer schreiben? Und es fand sich immer einer. Und wenn der fiel, fand sich ein anderer. Nicht für umsonst, für eine Konserve, Machorka, ein Glas Wodka, die Preise waren verschieden. Einen hatten sie, der machte es nur für eine Medaille. Wozu, zum Teufel, braucht er diese Medaillen, fragten wir ihn. Und der, wenn er nach Hause kommt, behängt er sich von oben bis unten damit, so zieht er ins Dorf ein. Es würgte einen in der Kehle, was für einen Brief der dir schrieb. Oder was für ein Gedicht. Und alle Medaillen sind mit ihm in die Grube gefahren. Hier würde er eine halbe Kuh dafür geben, wenn ihm einer was schriebe. Aber es kann keiner. Sein Weib denkt bestimmt, er ist gefallen. Der Krieg ist aus, und er hat noch nicht geschrieben. Da, ihm fehlt ein Bein, und nicht mal von dem Bein hat er geschrieben. Er muss schreiben, bevor er zurückkommt. Sonst gibts Tränen, weil er mit einem Bein heimkehrt, und nicht, weil er lebendig heimkehrt. Sie könnte herausweinen, was sie herauszuweinen hat, bevor er zurück ist. Eine Weile werden sie diese Kühe noch treiben, der Brief kommt noch an. Er ginge ruhiger zurück. »Du kannst kein Russisch? Schade. Aber auch wenn du könntest, du bist noch zu klein für einen Brief an ein Weib. Man muss sich auskennen mit den Weibern. Bei so einem Brief rennen die alle im Dorf zusammen und rätseln und rätseln, der muss wie an alle geschrieben sein, nicht nur an eine. Seiner hat er gesagt, sie soll zum Lehrer gehen, wenn ein Brief von ihm kommt, oder zum Kolchosvorsitzenden, der kann auch lesen. Na, nicht so gut wie der Lehrer, aber er kann. Ob sie gegangen ist? Bestimmt hat ihn ihr die Kusmina, die Hexe, vorgelesen, die macht aus jedem Wort ein Unglück. Weißt du keinen, der Russisch kann?«

Ich gestand ihm nicht, dass Vater konnte. Ich hatte Angst, er, ein Soldat von der Front, wenn auch nur mit einem Bein, glaubte dem Vater nicht, dass er Offizier war. Was für ein Offizier war das schon, der dalag und nur vor sich auf das Fenster starrte oder an die Stubendecke über sich und obendrein herzkrank war. Hätte er wenigstens eine Schramme, von einer Kugel, einem Säbel oder Bajonett, die er vorzeigen konnte zum Beweis. Aber die hatte er nicht. Sein Körper war mager, schneeweiß, ohne den kleinsten Makel, kein Muskel, der sich unter der Haut abhob, ja an den Schultern, den Armen, auf der Brust spießten die Knochen durch diese Haut, das sah ich, wenn er sich wusch. Ich schämte mich oft für diesen Körper, der nur so leidlich auf ihm hing, er hätte ihn mit dem Handtuch abreiben können, zusammen mit dem Wasser.

Vom Offizier war ihm nur das Koppel geblieben, ein Schulterriemen hatte noch dazugehört, doch der war verlorengegangen mit den Jahren. Und ein Koppel, was war das schon für ein

Beweis. Die viereckige Mütze mit dem großen schwarzen, metallgefassten Schirm und den zwei Sternen besaß er noch. Manchmal probierte ich sie auf, mein ganzer Kopf ging darunter. Ich bat ihn, er solle sie auch einmal aufsetzen, aber er wollte nie. Er gab vor, eine Offiziersmütze aufzusetzen, zum gewöhnlichen Anzug, zu Zivilhemd und Krawatte, das gehöre sich nicht. Die Mutter hatte die Mütze während des Kriegs im Küchenherd verbrannt. Sie machte Mittag, Hirsegrütze mit Speck, und sie hatte dem Vater aufgetragen, mit dem Kochlöffel umzurühren, damit sie nicht anbrannte, sie selbst seihte etwas durch, da stürzte Onkel Władek atemlos herein, die Deutschen seien im Dorf und durchsuchten die Katen. Und die Mutter rief in einem Anfall von Entsetzen:

»Heilige Jungfrau, und die Mütze von Zygmunt hängt noch im Zimmer!« Und rannte ins Zimmer, wo die Mütze an einem Nagel überm Bett hing, kehrte mit ihr zurück, riss das Herdtürchen auf und wollte sie ins Feuer stecken. Aber ob ihr die Hände zitterten oder ob der Schirm zu sperrig, zu breit war, jedenfalls passte sie nicht hinein.

»Verbrenn mir doch die Mütze nicht«, sagte der Vater, der zusah, wie die Mutter herumfuhrwerkte, etwas bedauernd, aber gelassen, ohne im Rühren einzuhalten.

»Lebendig bist du mir lieber wie als Offizier«, brauste sie auf. »Mit dem Offizier ist es außerdem sowieso vorbei.«

Doch auch dem Onkel Władek tat es plötzlich leid um die Mütze:

»Schad drum. Nach dem Krieg käm uns die zupass.«

»Wie nach dem Krieg!?« Die Mütze weiter in das Türchen pressend, fuhr die Mutter aus der Hocke hoch. »Nach dem Krieg wird man Zivilmützen tragen. Es reicht mit diesen Kriegen!«

»Die Sterne abreißen, und es wär eine zivile«, sagte der Onkel.

»Ja freilich«, pflichtete die Großmutter bei, den Kopf überm Sieb aufrichtend, in dem sie Bohnen verlas. »Aufm Feld oder zum Dreschen, zu gebrauchen wär se. Der Schirm is breit, der Staub tät nicht so in die Augen fliegen, und die Sonne tät auch nich blenden.«

»Und is se verschlissen, geht se noch gut zum Schuhe putzen«, schloss sich der Großvater dem allgemeinen Bedauern über die Mütze an. »Nich tot kriegste se, so ne Militärmütze. Und gutes Tuch, was das für Glanz gibt! Bloß verstecken müssten wer se irgendwo, damit se se nich finden.«

Aber das Feuer verschlang die Mütze schon, wovon der brenzlige Geruch zeugte, der sich in der Stube breitmachte, und die Mutter schloss das Ofentürchen und erklärte entschieden:

»Nicht fürs Feld und nicht zum Dreschen und nicht zum Schuhe putzen kriegt ihr sie. Noch was! Eine Offiziersmütze schwebt euch vor. Und wenn die Deutschen kommen und fragen, wem die Mütze gehört, wer meldet sich dann, dass es seine ist? Na, wer? Du?« Sie zeigte auf Onkel Władek. Und dem Onkel wurde es unbehaglich, wie übrigens allen.

Stille trat ein, allein das Schaben im Topf war zu hören, weil der Vater die Grütze umrührte. Nach geraumer Zeit ließ sich der Großvater erneut vernehmen:

»Nu haste dich unnötig so beeilt. Wir sind in der Mitte vom Dorfe, das dauert, bis die hier sind. Derweile hättn wer se können vergraben.«

Da stieß Onkel Władek, wie in einer plötzlichen Erleuchtung, hocherfreut hervor:

»Am besten auf die Vogelscheuche hängen, Vater, in der Hirse. Was die über die Hirse herfalln, ausm Hut oder ner Mütze machen se sich rein gar nischt mehr. Eine Militärmütze, die täte se vielleicht erschrecken. Die Deutschen gehn doch nich aufs Feld. Und wenn se gehn, soll ihnen die Scheuche sagen, wem die Mütze auf ihrem Koppe gehört.« Und er lachte und freute sich, dass er die Deutschen so hereingelegt hatte.

Doch die Mutter wurde fuchsteufelswild bei seinem Lachen:

»Aber das Feld gehört dir, Dummkopf! Über das Feld kriegen sie raus, wem die Mütze gehört. Die Vogelscheuche brauchen sie nicht zu fragen.«

Darauf sagte der Vater, der es nicht mochte, wenn die Mutter stritt, mit der gleichen Gelassenheit:

»Dann ists wohl jetzt gut mit dem Rühren?«

Und das war alles, was ihm von dem Offizier geblieben war.

»Von dem Bein muss ich ihr unbedingt schreiben.« Der *Starschina* Iwan sah immerfort zu den Wiesen, wo sich die kräftigeren Kühe schon zu erheben begannen und zwischen den Liegenden umhergingen und Gras rupften. Manche versuchten sogar zu brüllen, als wollten sie prüfen, ob sie fähig seien, weiter nach Russland zu ziehen, und sich zugleich lossagen von ihren kraftlos daliegenden Gefährtinnen, deren Weg auf diesen Wiesen zu Ende war. Dieses vereinzelte Brüllen war noch schwach, heiser, wie zugeschüttet vom Staub der Wege. »Aber sie muss mir auch zurückschreiben.« Er ließ die Worte fallen wie Kiesel in einen Teich und schien jedem einzelnen nachzublicken. »Schade, dass du keinen weißt. Russisch sprechen hier manche, aber schreiben können sie nicht. Sie haben unterm Zaren gelernt, wen wunderts. Und mit Herzblut müsste er schreiben, trösten, dass es schon irgendwie weitergeht. Denn du hast dein Haus auf zwei Beinen verlassen, und mit einem kommst du zurück, was für ein Kerl bist du noch. Nur daheim hocken und vom Krieg reden willst du nicht. Leben musst du, arbeiten, das Weib manchmal in die Arme nehmen, das Kind bis zur Decke hochheben, einen Sack schleppen, und dann und wann auch mal mit dem Fuß aufstampfen. Ein Schlachthaus haben wir nicht. Am besten wär ein Gedicht. Ein Gedicht, das würde ihr erklären, ach was, ein Bein, Hauptsache, du lebst, Wanja. Der Himmel ist noch derselbe, die Erde dieselbe, nach Harz riechts aus der Taiga. Weinen würde sie, würd es den Kindern vorlesen, ins Dorf würde sie rennen. Wanja kommt heim! Ohne Bein, doch was machts? Der an der Front, der mit den Gedichten, wenn der dir was geschrieben hat, bloß noch die Ziehharmonika her und das singen. Der hat gefragt, an die Frau, die Mutter, die Braut? Mitunter, was für Haare sie hat, was für Augen. Und dann wieder wollte er nicht mal den Vornamen wissen. Und wenn grad mal keine Kugeln flogen, hattest du gleich dein Gedicht. Er hat es dir vorgelesen, ob du so eins willst. Aber wer wollte ein anderes, wenn doch alles drin stand. Dass es dir nicht schlecht geht und dass du Sehnsucht hast und dass du ihr, wenn du heimkommst, alles erzählst, und was es bei ihnen gibt, ob sie gesund sind? Die Leute, die Erde, den Himmel, die Bäume sollen sie grüßen.«

Er sprach halb zu mir und sprach halb zu der Erde unter seinem Fuß und unter seiner Krücke, zu diesen mit Kühen übersäten Wiesen, und während er Knäuel von Rauch aus seinem Mund entließ, war es, als unterhielte er sich mit diesem Rauch.

Seine Worte prallten von mir ab, weil ich die ganze Zeit nur dachte, wenn doch der Wagen nicht käme. Nun, und einmal geschah es, dass er nicht kam. Es begann schon zu dämmern, und die Soldaten, die die Kühe auf den Wiesen bewachten, entzündeten die ersten Feuer, was immer ein Zeichen dafür war, dass sich der Tag der Nacht zuneigte. Der *Starschina* Iwan und die Gehilfen gingen wie gewöhnlich daran, ihre Werkzeuge zu putzen, sie banden die Wachstuchschürzen ab, wuschen sich, stiegen in die Soldatenuniformen, dann saßen sie vor der Scheune herum und hielten Ausschau nach einem Wölkchen auf der Chaussee – ob der Wagen nicht noch käme. Sie sangen nicht. Vielleicht, weil der *Starschina* Iwan ihnen befohlen hatte, in die eine Richtung zu blicken, während er selbst in die andere blickte. Dafür fluchten sie wie noch nie. Und diese Flüche auf den Lippen, zogen sie schließlich ins Quartier in der Stadt.

Ich zog mit ihnen mit, doch dann drehte ich ab, als wollte ich nach Hause umkehren, und um das noch zu unterstreichen, fing ich an zu rennen. Ich lief bis zu den Ruinen der Brauerei, und dort versteckte ich mich hinter der Mauer und verfolgte, wie sie marschierten. Manchmal blieben sie stehen und blickten sich um, ob sich der Wagen nähere, vom einen oder vom andern Ende der Chaussee, denn er kam mal von da, mal von da. Und sicherlich fluchten sie weiter – nicht das kleinste Wölkchen auf der Chaussee. Sie verloren sich hinter einem Gebäude, tauchten von neuem auf, aber schon arg verschwommen in dieser Dämmerung, so dass sie nur noch Schatten waren, ohne meine Habichtsaugen hätte ich sie wohl nicht mehr gesehen. Schließlich waren sie ganz verschwunden.

Ich wartete ein Weilchen, und obwohl ich nicht wusste, wo sich ihr Quartier befand, glaubte ich, sie müssten angelangt sein. Ich rannte fast zurück zu der Scheune. Nie zuvor hatte ich mir überlegt, wie ich hineinkäme. Ich war sicher, jedes Brett sei so altersmorsch, dass es beim ersten Ruck nachgab. Oft genug hatte ich mich gewundert, wieso sie sie mit einem Vorhängeschloss absperrten.

Doch die Scheune, dem Aussehen nach zwar alt, erwies sich als Festung. Sie war an keiner Stelle angreifbar. Wie mit Krallen klammerten sich die Bretter an die Leisten, kein Nagel ächzte auch nur, als ich an ihnen zerrte. Ich bereute, dass ich mir, um sie zu lockern, nicht die Axt zurechtgelegt hatte, doch jetzt war es zu spät, nach Hause zu laufen und sie zu holen, der Vater, die Mutter konnten misstrauisch werden, wenn ich nachts noch mit der Axt loszog.

Dicht an dicht brannten nun die Feuer in den Wiesen, da und da und in der Ferne, und sie loderten greller und greller. Und an die Stelle der tiefen Dämmerung trat das Leuchten der Feuer, deren Schein bis zu der Scheune reichte. Die Kühe, schon zum Schlaf gelagert, am Tage elend, staubbedeckt, bar jeder Farbe, ähnelten jetzt, in den Flammen der Feuer, einem Fischschwarm, den die fallenden Wasser der Weichsel nach der Überschwemmung zurückgelassen hatten, ja sie hatten glitzernde Schuppen. Manche versuchten zu brüllen, wie um zu bekunden, sie schliefen lebendig ein, hätten also auch das

Recht, lebendig aufzuwachen, und seien weiterhin bereit für den Weg nach Russland. Für andere war es jedoch die letzte Nacht vor dem Tod. Bisweilen erhob sich der Schatten eines Soldaten an einem der Feuer und ging hinüber zu einem anderen Feuer oder trat ein paar Schritt zur Seite und pisste. Darauf versank er wieder in der Wiese. Denn mittlerweile war eigentlich alles der Wiese gleichgemacht, Soldaten und Kühe, und nur die Flammen der Feuer standen im Raum wie siegreich flatternde Fahnen, und von ihnen stieg Gesang auf, vorerst leise, nach und nach um sich greifend, erfüllt von Sehnsucht, von Leid und regelrecht seltsam vor den siegreich flatternden Fahnen.

Dieser Gesang, obwohl immer noch gedämpft, schlaftrunken, pflanzte sich fort und fort, schon hatte er die Wiesen vollends erfasst, bis an die Pfefferberge, und schwang sich über die Weichsel hinweg und überzog die ganze weite Ebene jenseits der Weichsel, ja man konnte meinen, er führe auf in den Himmel, weil es ihm zu eng war auf der Erde, und nicht die Soldaten sängen, sondern die Feuer und die Kühe und die Wiesen.

Ich mochte ihre Lieder. Viele kannte ich auswendig. Einige hatte ich den Gehilfen abgelauscht, wenn sie singend auf den Wagen warteten, der ewig nicht kam. Doch das, was sie jetzt in den Wiesen sangen, hörte ich zum ersten Mal. Es gefiel mir. Also ließ ich einen Augenblick ab von der Scheune, zumal ich nach wie vor nicht wusste, wie ihr beizukommen sei, und versuchte, den Wiesen und dem Leuchten, das mir von den Feuern entgegenschlug, zugewandt, einzelne Wörter zu erhaschen. Doch *Sa towarischtscha Stalina*[8] war das einzige, der Rest ging gleichsam unter in der Weite des Gesangs.

Damals wusste ich noch nicht viel über den *towarischtsch Stalin*, nur dass er uns von den Deutschen befreit hatte und der größte Führer aller Zeiten war und er auf dem Bild, das in

[8] (russ.) für den Genossen Stalin

der Starostei hing, ein von einem verschmitzten Lächeln erhelltes Gesicht und einen Schnauzbart hatte. Ja, und dass ihn die Soldaten liebten, sonst hätten sie nicht Lieder über ihn gesungen oder wären gar für ihn gestorben.

Dieses Lied blieb an mir haften, auch wenn ich nur das *Sa towarischtscha Stalina* daraus kannte, und fortan kam ich nicht mehr von ihm los: Ich saß an einem Aufsatz über die Kathedrale, den mir der Herr Lehrer aufgegeben hatte, und das Lied strömte herbei und füllte den Raum der Kathedrale. Oder ich kniete vor meinem Bett, sprach das Vaterunser, und es legte sich, ohne dass ich es wollte, über die Worte des Gebets wie ein fernes Echo der Feuer, Kühe, Soldaten, Wiesen. Und manchmal fühlte ich durch die übermächtige Müdigkeit hindurch, dass die Worte *Sa towarischtscha Stalina* völlig im Einklang standen mit den Worten des Gebets und dass sie an meiner Statt, der ich gleich einschlief, zum Herrgott beteten. Und erst gar wenn ich heimkam aus der Stadt, dann hallte die ganze Treppe, von oben bis unten, wider von meinem Gesang oder eigentlich nur von den Worten *Sa towarischtscha Stalina.* Mitunter stieg ich sogar auf die Mauer der zerstörten Brauerei, wo ich meinen Mastkorb auf dem großen Ozeandampfer hatte, und summte es wenigstens, oder ich sang es halblaut, oft aber auch so, dass es durch ganz Rybitwy schallte.

Die verärgerten Nachbarn begannen sich bei der Mutter zu beschweren:

»Hören Sie, was singt Ihr Junge da dauernd von diesem Stalin. Lassen Sies nicht zu. Es geht ihm in Fleisch und Blut über, und dann ist das Unglück groß.«

Doch die Mutter hatte Verständnis für mein Gesinge.

»Soll er doch, soll er singen, er hört auch wieder auf. Das ist wie mit dem Weinen. Man weint und weint um jemanden, und schließlich hört man auf. Auch wenn ich ihn nicht lass, der singt sowieso. Wenn er was muss, dann muss er.«

Die Fräulein Poncka, denen mein Lied geradezu abscheulich vorkam, gleichsam verdreckt und verlaust, denn alle Soldatenlieder kamen ihnen so vor, redeten mir zu, sie brächten mir Tangos bei, wenn ich nur abließe von meinem Stalin. Ein Tango geht einem leicht ins Ohr, und er ist so gefühlvoll. Ach! Bei einem Tango wird einem so süß ums Herz, die Tränen schießen von selbst in die Augen, die Seele schwingt sich auf, man möchte weg, jemandem begegnen. Sie haben den *Blühenden Farn*, das ist jetzt das Allerneueste, vielleicht mag ich auch was Älteres. *Meine roten Lippen, ich schenk sie dir voll Bangen, im Schrei des Glücks geöffnet, lodernd vor Verlangen.* Wunderschön, nicht wahr? Sie jedenfalls könnten nicht leben ohne Tango. Sie haben sogar von jedem den Text in ein Heft geschrieben. Sie könnten mir auch den Text beibringen, ja sogar das Tanzen. Doch die Mutter wehrte sich gegen die Tangos:

»Zum Tangotanzen, Fräulein Ewelina und Fräulein Róża, da ist er noch zu klein.«

»Aber es kommt ihm zustatten, wenn er erst groß ist. Und ist ers nicht bald? Wie alt ist jetzt der Piotruń? Pah, ehe Sie sichs versehn. Er wird doch nicht ewig von seinem Stalin singen.«

Am meisten jedoch verletzte meine Singerei den Vater. Gleichgültig schon fast gegen alles, hatte er sich heftig verwahrt, als er das *Sa towarischtscha Stalina* aus meinem Munde hörte, und sich dabei so angestrengt, als stemmte er eine Last, die seine Kräfte überstieg, und seine von der Krankheit ausgebleichten Augen hatten vor Zorn gefunkelt:

»Sing das nicht vor mir! Ich bitte dich. Nie!«

Schweiß stand auf seiner Stirn, er war aschfahl, holte ein, zweimal tief Luft und sank sofort aufs Bett, und die Mutter griff hastig nach dem Fläschchen, zählte Tropfen ab und hielt ihm rasch den Löffel vor den Mund.

»Da, schluck das.« Und mich fauchte sie an: »Warum regst du den Vater auf?«

Ich verstand nicht recht, womit ich ihn so aufgeregt hatte. Darum empfand ich auch nicht die geringste Reue, und er tat mir überhaupt nicht leid, obwohl der Mutter die Hände zitterten, als sie die Tropfen auf den Löffel zählte, so als entschiede jede Sekunde über sein Leben. Ja, ich beschloss bei mir, ihm das irgendwann noch einmal vorzusingen. Vielleicht verbarg sich dahinter Verachtung für seine Krankheit, weil er bei jedem bisschen gleich erbleichte, ihm schlecht wurde und er Tropfen schlucken musste, vielleicht aber auch nur Schmerz, weil ihn die Krankheit mehr und mehr von mir abgrenzte durch eine unsichtbare Mauer, die mir den Zugang zu ihm versperrte, und weil er nur dem Schein nach noch mein Vater war, so wie er zum Schein die Tropfen nahm, zum Arzt ging, auf das Fenster vor sich starrte oder an die Stubendecke über sich.

Ich begleitete ihn wieder zum Arzt, und als wir über die Treppe den Hügel zu erklimmen begannen und er, wie gewöhnlich, schon nach den ersten paar Stufen zurückblieb und immer mühsamer nach Atem rang, sagte oder keuchte er vielmehr:

»Lass uns etwas verschnaufen.«

Er lehnte sich mit dem ganzen Körper gegen das Geländer, und seine Brust arbeitete schwer, ich aber sah die Treppe hinauf und hinunter, ob jemand kam. Denn ich fühlte mich verpflichtet, Wache zu stehen, während er da verschnaufte, gerade als täte er etwas, über dessen Peinlichkeit er sich nicht im klaren war. Besonders versetzte mich der Gedanke in Panik, jemand, der nicht aus Rybitwy stammte, der seinen Weg zufällig über die Treppe nahm, könnte auf uns stoßen und, sobald er den kraftlos am Geländer lehnenden, mühsam nach Luft schnappenden Vater sah, anfangen uns auszufragen, was passiert sei, uns seine Hilfe aufdrängen und uns bestenfalls mit einem mitleidigen Blick bedenken. Und vielleicht um diese Panik in mir zu betäuben, begann ich, ohne es zu wissen, das Lied vor mich hin zu summen, bis es auf einmal beinahe wie von selbst aus mir herausbrach: *»Sa towarischtscha Stalina.«*

»Sing das nicht vor mir«, sagte er mit vor Erschöpfung dumpfer Stimme.

In einer ersten Regung wollte ich es ihm vergelten und erwidern:

»Komm schon weiter, wann wollen wir oben sein?«

Aber irgendwie entwaffnete mich seine müde Bitte, und ich blieb stumm. Und er begann, vielleicht aus Dankbarkeit, dass ich ihm so leicht gehorchte, mir von der Schlacht bei Cannä zu erzählen, denn er erzählte mir immer von irgendwelchen Schlachten, wenn wir, auf dem Weg zum Arzt, die Treppe hinaufstiegen und stehen blieben, um zu verschnaufen. Anfangs hatte ich den Verdacht, diese Schlachten seien nur ein Mittel, um das Verschnaufen auszudehnen, denn ich ließ ihn nicht allzu lang verschnaufen und trieb ihn, sowie sein Atem ruhiger ging, zur Eile an, komm schon weiter, wann wollen wir oben sein?

Nebenbei bemerkt, ich war meist unausstehlich, patzig, sobald ich ihn zum Arzt begleiten sollte, und oft hätte ich vor Wut am liebsten losgeheult, zu schweigen davon, dass mich das quälende Gefühl der Scham niemals verließ, wenn wir so Fuß für Fuß die Treppe hinaufstiegen. Gewiss, ohne meine Antreiberei wären wir frühestens zu Mittag beim Arzt eingetroffen, obwohl wir für gewöhnlich früh am Morgen von daheim aufbrachen. Doch vielleicht wusste er, der Arzt würde ihm nicht mehr helfen, und er betrachtete diese Besuche als Gelegenheit zu einem Spaziergang mit mir, im Rahmen der väterlichen Pflichten, statt eines Ausflugs ins Kino, zum Karussell, zum Schießstand, zum Eisessen, und darum dehnte er diese Verschnaufpausen länger und länger aus und bat alle paar Stufen:

»Lass uns etwas verschnaufen.«

Und offenbar fand er, es wäre das beste, die Zeit des Verschnaufens mit diesen Schlachten auszufüllen, denn er wusste, von Schlachten hörte ich gern erzählen. Ja, und diese Schlachten besänftigten am besten meine Wut.

Und so fragte er mich, kaum dass wir unser Souterrain verlassen hatten, ohne auch nur nach dem Wetter auszuschauen, wiewohl er sich schon Tage im voraus zu sorgen pflegte, ob das Wetter auch mitspielen würde:

»Wovon hab ich dir das letzte Mal gleich noch erzählt? Von der Schlacht an der Marne, nicht wahr? Dann erzähle ich dir heute vielleicht etwas über...« Und schon diese ersten Worte waren das Netz, das er der Wut überwarf, die in mir tobte, und anstatt ihm, wie gewöhnlich, mürrisch zu antworten, erwiderte ich sanft:

»Worüber du willst. Nur wer gesiegt hat, muss dabei sein.«

Und das war die Einleitung zu jeder Schlacht. Schon seine ersten Worte trugen mich fort von dieser Treppe, dem Hügel, von seiner Krankheit, den erlöschenden Augen, seiner Blässe, Atemnot, Kraftlosigkeit, fort zu Waffengeklirr, Detonationen, Hufegetrappel, zu Schreien, Schlachtrufen, Befehlen. Und es geschah nie, dass ich ihn antrieb, komm schon weiter, wann wollen wir oben sein? Nicht aus Rücksicht auf ihn, sondern weil mir schien, die Schlacht könnte sich in ihrer Größe und ihrem Stolz verletzt fühlen, wenn sich ein Grünschnabel, der seinen Vater in irgendeiner Stadt zu irgendeinem Arzt brachte, erfrechte, die Erzählung durch Antreiberei zu unterbrechen. Wer weiß, womöglich zogen die Heere sogar, beleidigt, ihre Truppen zurück, zu dem Schluss gelangt, es lohne nicht, für so jemanden zu kämpfen, und sie verlören ein für allemal die Lust, Schlachten zu schlagen. Und es gäbe keine Schlachten mehr, denn jede Schlacht erwächst aus einer anderen, und eine jede ist das gültige Maß für die nächste. Und ich hörte doch so gern von diesen Schlachten erzählen, trotz allen Verdachts, was für Absichten mein Vater damit verfolgte, der mit den Schlachten nur die Duldung von mir erwirkte, dass er so Fuß für Fuß, Stufe für Stufe ging und alle paar Stufen stehenblieb. Und so unterbrach er sich meistens selbst, sobald er fand, er habe nun genügend Kraft, um weiterzugehen.

»Gehen wir«, sagte er kurz und oftmals mitten in einer dröhnenden Reiterattacke oder einem frisch entbrannten Gefecht mit aufgepflanzten Bajonetten, was den Eindruck erweckte, auch diese wie nebenbei gesagten Worte gehörten zu der Schlacht. Im übrigen teilte er das Geschehen eigens so auf, dass er, dem erschöpften Körper Erleichterung verschaffend, erneut innehalten konnte, was mich über zwei, drei Stufen hinweg zu der Erwartung verdammte, wann er, wie mit dem letzten Atemzug, endlich wieder sagen würde:

»Lass uns etwas verschnaufen.«

Je höher wir kamen, umso öfter mussten wir verschnaufen und umso länger wurden unsere Verschnaufpausen, weil ihm das Steigen zunehmend schwerer fiel, obwohl er sich mit beiden Händen am Geländer festzuhalten suchte. Ich riet ihm, den Hut, den Mantel abzulegen, dann hätte er es leichter, ich trüge sie für ihn, wo gibt es so was, dass einer im Hut und im Gabardinemantel, wenn es draußen warm ist, doch er wollte nicht. Er wollte auch nie, dass ich ihn unterhakte.

»Es geht schon«, sagte er dann. »So schlecht steht es noch nicht um mich.«

Die Zeit zog sich, als vermehrten sich die Stufen unter unsern Füßen, aber vielleicht glich sie sich auch nur der Schlacht an, und eine Schlacht misst man nicht nach der Dauer, sondern nach Sieg oder Niederlage. Gewiss, von der einen oder andern heißt es, sie sei nicht entschieden worden, doch solche Schlachten haben keinen guten Ruf, ja man traut ihnen nicht recht, so als würden sie nur falsch erzählt, denn wozu hätte man so viel Blut vergossen?

Oft wollte mir scheinen, wir gingen nicht zum Arzt, sondern wir erklömmen den Hügel über diese Treppe einzig dazu, um uns eine von diesen Schlachten anzuschauen. Denn von dort sahen wir in der weiten Ebene, die sich vor uns dehnte, jede Schlacht deutlich vor uns. Und nicht allein die Schlachten, nein, auch die Schluchten, Senken, Gebirge, Wälder, Gehölze, von wo die Heere gegeneinander ausrückten, alle Ströme, Flüsse, Flüsschen, Bäche, Rinnsale, denen bestimmt war, diese Schlachten zu durchqueren. Alle Festungen, Städte, Dörfer, Weiler, ja einzelnen Häuser, die verstrickt waren in diese

Schlachten, solche, die ihre Klagen, Schreie zum Himmel hinaufschickten, andere, schon verwaiste, und noch andere, die in Flammen standen, auch wenn das die Schlachten nicht im mindesten beeindruckte. Übrigens standen die Schluchten, Senken, Wälder, Flüsse, Festungen, Dörfer, Städte auch nicht mehr am Fleck, sich der Schlacht und den angestammten Rollen fügend, sondern rückten, wie jäh herausgerissen aus ewiger Starre, einander ebenso verbissen zu Leibe, die Ebenen den Schluchten, die Gebirge den Flüssen, die Wälder den Städten, die Städte den Dörfern, die Festungen den Gebirgen in diesem Getümmel der Schlacht, kämpfend auf Leben und Tod, ächzend, brüllend, sich fortpflanzend in die Breite, in die Höhe, so dass sie mitunter bis an den Himmel hinauf reichten. Ja Schlacht rannte gegen Schlacht an, die Heere gegen die Gebirge, Ebenen, Wälder, Flüsse, Städte, und die Gebirge, Ebenen, Wälder, Flüsse, Städte gegen den Himmel.

Und ich und Vater mittendrin, zwischen der einen und der nächsten Pause zum Verschnaufen, auf dem Weg zum Arzt, mit seinem kranken Herzen, das er manchmal, wie mich dünkte, außen trug, um seinen Hals, an einem Kettchen, weil man fast sah, wie es erstarb und wie es anfing wieder rascher zu schlagen. Doch er vergaß wohl dieses Herz, denn er geriet in Eifer, hob die Stimme, runzelte die Stirn, die Brauen, sein Gesicht nahm einen ernsten Ausdruck an, ja seine Wangen röteten sich leicht, zumal wenn er anstelle eines Zenturios, Konsuls, Marschalls, Kaisers, Königs, Generals die Truppen befehligte. Das waren die einzigen Momente, da ich ihm den Offizier abnahm. Und es machte nichts, dass er mit einemmal erbleichte, Schweiß seine Stirne netzte und er mit zitternder, von der Schlacht gebrochener Stimme murmelte:

»Warte, ich verpuste mich ein bisschen.«

Dann hielt auch die Schlacht inne, voller Verständnis für sein krankes Herz, so schien es. Die bis aufs Blut verwundeten Soldaten, erschöpften Feldherren, schaumbedeckten Pferde, die noch rauchenden Kanonen, all das hielt inne bei diesen seinen Worten, warte, ich verpuste mich ein bisschen. Vielleicht rührte ihr Verständnis daher, dass er über sie erzählte, als hätte er an jeder teilgenommen und ließe nun seinen noch immer lebendigen Erinnerungen freien Lauf, ohne auch nur die kleinste Einzelheit zu übergehen, damit ich mir einprägte, dass er nicht bloß herzkrank gewesen war.

Und gerade so hob er von dieser Schlacht bei Cannä an:

»Wovon hab ich dir das letzte Mal gleich noch erzählt? Dann erzähle ich dir heute vielleicht von der Schlacht bei Cannä zwischen Karthago und Rom.«

Und kaum hatten wir die ersten paar Stufen bezwungen, keuchte er, wurde blass und sagte:

»Lass uns etwas verschnaufen.«

Und nachdem er die Lungen ausreichend mit Luft vollgesogen hatte, begann er mit dem Streit der Konsuln im römischen Lager, als sei er Augenzeuge bei dem Streit gewesen, wiederholte er Wort für Wort, was Aemilius Paullus dem Terentius Varro vorgeworfen hatte, und was Terentius Varro dem Aemilius Paullus. Der dem Mangel an Besonnenheit, der dem Trägheit und Feigheit. Der dem, er schlage den Soldaten, die vor Zorn und Kampflust brannten, die Waffe aus der Hand. Der dem, durch seine Reizbarkeit und seinen zügellosen Jähzorn sei er fähig, das Heer in die Niederlage zu treiben, uneingedenk der fürchterlichen Folgen für Rom. Ja er ließ Varro sogar melden, die für das Orakel verwandten Hühnchen geböten Vorsicht, was jener unwillig aufnahm, doch was zugleich Furcht vor den Göttern in ihm weckte.

Das Unglück wollte es indessen, dass der Oberbefehl über das Heer am Tag der Schlacht dem Varro zufiel, und dieser setzte, ohne den Paullus nach seiner Meinung zu befragen, mit ihm ans andere Ufer des Aufidus, also des Flusses, über, und das ganze Heer war für Varro und war gegen Paullus. Letzterer billigte Varros Schritte nicht, dennoch folgte er ihm. Auch die Sonne vergaß der Vater nicht, an diesem Tag schien sie den Römern wie den Karthagern gleichermaßen von der

Seite. Dafür war der Wind, Volturnus mit Namen, den Römern nicht günstig, er schleuderte den Legionen Staubwolken ins Gesicht und benahm ihnen die Sicht auf den Gegner.

Von der Schlacht selbst begriff ich freilich nicht sehr viel, denn schon bei den ersten Scharmützeln mit leichten Waffen, und erst gar als der linke Flügel der karthagischen Reiterei den rechten Flügel der römischen Reiterei attackierte, sie zerschmetternd und versprengend, und ins Hinterland der Römer vordrang, brachte ich alle Heere durcheinander, so dass ich nicht mehr wusste, welches auf welcher Seite stritt. Balearen, Mauren, Punier, Numidier, Iberer, Gallier – ich hatte ein einziges blutiges Getümmel vor Augen, in Staubwolken gehüllt, zerrissen von Schreien, Stöhnen, Pferdewiehern, vom schweren Klang der Schwerter. Obendrein rief der Vater, der sichtlich den Hannibal begünstigte, fortwährend in bewundernder Verzückung: Hannibal, Hannibal, als fände die Schlacht ausschließlich zum Ruhme Hannibals statt. Ja aus seiner Erzählung ging hervor, dass selbst die römischen Truppen alles taten, um Hannibals Ruhm nach Kräften zu mehren. Ebenso konnte er seine beiden Feldherren, Hasdrubal und Maharbal, nicht hoch genug preisen. Und so dauerten mich die Römer, und ich nahm für sie Partei. Ich sagte sogar, vielleicht aus Trotz gegen den so hoch gelobten Hannibal, vielleicht auch gegen den Vater, ich wollte lieber Paullus sein. Weil Paullus, schon zu Beginn der Schlacht schwer verwundet durch einen Stein aus einer Schleuder, bis zuletzt mannhaft gekämpft, den Tod geringgeschätzt und aus freien Stücken mitten unter seinen gefallenen Soldaten gestorben war, die er nicht hatte verlassen wollen, obwohl der Volkstribun Gnaeus Lentulus, fliehend, auch ihm zur Flucht riet.

Es war gerade Montag, Markttag, und so kam andauernd jemand von oben herab, oder es stieg einer hinauf, und selbst wenn er nur Guten Tag sagte und weiterging, unterbrach er doch die Schlacht, denn der Vater musste zumindest den Hut lüpfen. Der Hut machte mich wütend, mir war, als bäte er, wenn er ihn lüpfte, um Verzeihung für die Schlacht. Manch einer klagte auch über die Treppe, blieb stehen, erzählte vom Markt, wie viel sie für was verlangten, für Kohl, Kartoffeln, Möhren, Rüben, für Quark, Sahne, Butter, Eier, Hühner, und wie viel sie am letzten Markttag verlangt hatten, letzten Montag, und dass es zusehends teurer würde, und der Vater musste noch zustimmen, gewiss, teurer, und das gerade in dem Augenblick, da die römische Reiterei gegen die geschlossenen Reihen der Gallier und Spanier anrückte, und Maharbal Hannibal eben vorwarf, siegen kannst du, Hannibal, doch den Sieg zu nutzen, das verstehst du nicht.

Ein Bauer, einen halben Sack Kartoffeln auf dem Rücken, nicht aus Rybitwy, lehnte mit dem Sack am Geländer, nicht weit von uns, und begann mit wachsender Spannung der Schlacht zu folgen, und warf irgendwann ein:

»Wo, Herr, solln sie sich so geschlagen haben, mit Schwertern, Bögen, Lanzen? Hatten die keine Maschinengewehre? Eh, was für eine Schlacht ist das. Das waren wohl Indianer. Die, Herr, schlagen sich wie die Kinder.« Und er fing an, uns eindringlich über die Vorzüge von Maschinengewehren in großen Schlachten und kleinen Gefechten, bei Angriff, Verteidigung, im Hinterhalt zu belehren, über schwere, leichte, Handfeuerwaffen, über welche mit beweglichem Lauf und welche für die Fliegerabwehr, welche mit Band, Trommel, Magazin, über wasser- und luftgekühlte.

»Der Russe, Herr, wie der bei Zawichost rüber ist über die Weichsel, da haben die Deutschen auf ihn eingehämmert mit ihren Maschinengewehren, bis die Weichsel Blut geführt hat. In den Uferweiden haben sie gehockt, die Russen dachten, wenn sie einen Tag lang mit ihren Katjuschas ballern, haben sie alle Deutschen weggeputzt, und sie sind rüber, auf was sie grade hatten, auf Booten, Flößen, Scheunentoren. Ein Menschenleben, Herr, bei denen zählt das nicht. *Nas mnogo*[9], haben die gesagt.«

[9] (russ.) wir sind viele

Es sah ganz so aus, als wollte er uns noch lange erzählen, denn er stellte seinen Sack auf der Erde ab, zog ein Päckchen Zigaretten aus der Tasche, hielt es dem Vater hin:

»Rauchen Sie?«

Zum Glück erwiderte der Vater, wir müssen weiter. Auf Wiedersehn, mein Herr. Und wir stiegen aufwärts, und er sah uns wie bedauernd nach, vielleicht auch nur überrascht von unserm plötzlichen Abschied, und sagte kurz:

»Sind Sie vielleicht Lehrer?!« Worauf er die Zigaretten einsteckte, sich missmutig den Sack über die Schulter warf und abwärts stieg.

Als er unseren Blicken entschwunden war, blieben wir stehen, zumal der Vater wieder nicht genügend Luft bekam. Doch diesmal fuhr er, ohne auch nur zu verschnaufen, gleich fort mit der Schlacht. Ach, Hannibal und Hannibal! Und es interessierte ihn keineswegs, dass sein Hannibal eben den Resten des römischen Heers den Garaus machte, das Schlachtfeld mit Leichen übersäend, sondern nur, was für ein geniales Manöver er doch ausgeführt hatte, zum ersten Mal in der Geschichte, was mich vollends in Rage brachte.

Im übrigen hatte ich mich von Anfang an, als er das erste Mal, mit noch nicht so spürbarem Entzücken, den Namen Hannibal erwähnte, irgendwie nicht für ihn erwärmen können, obwohl ich für gewöhnlich auf Seiten der Sieger war. Aber vielleicht hatte sich nach den vielen Schlachten, die er mir schon erzählt hatte, Überdruss gegen die Sieger bei mir eingestellt. Und es hatte Hannibal nur zufällig getroffen?

Jedenfalls war es, als er im Morgengrauen den Aufidus überquerte und seine Truppen so formierte, dass auf dem linken Flügel Hasdrubal, auf dem rechten Maharbal stand, während er mit seinem Bruder Margon die Mitte einnahm, ein leichtes zu erraten, dass er siegen würde, und zwar weil der Vater jedem seiner Schritte Lobpreisungen des Siegers vorausschickte. Und auch wenn sich dieser Sieg nicht ungeschehen machen ließ, so wünschte ich ihm tief im Innern doch die Niederlage, und während er auf die Reihen der Römer einschlug und die sich ergebenden Truppen hinmetzelte bis auf den letzten Mann, sehnte ich seinen jähen Tod herbei. Vor meinem geistigen Auge sah ich sogar, wie ihn ein großer Stein, der Schleuder eines Römers entstammend, an der Stirne traf und ihm den Schädel mitsamt dem Helm in Fetzen riss, wie eine Wolke von Pfeilen der römischen Bogenschützen heranflog, die sich gleich Dornen in seinen Körper spießten, dann wieder schwirrte, geworfen von einem starken Arm, ein Speer heran und bohrte sich ihm in die Brust. Ja von den Flüchen der Sterbenden, von ihren letzten Seufzern trat ihm der Schweiß in dicken Blasen auf die Stirn, er erbleichte, rang nach Luft, entsetzt stürzten die Soldaten zu ihm, stirb nicht, großer Feldherr, bis deine Augen nicht den Sieg erschauen. Doch diese Augen brachen, und er fiel tot zu Boden.

Unglücklicherweise ließ der Vater, als sei gar nichts geschehen, neuerlich seinem Entzücken über den Karthager freien Lauf:

»Oh, Hannibal war ein großer Feldherr!«

Und mir entriss sich beinah wie von selbst:

»Aber Stalin ist größer.«

Ohne mich anzusehen, sagte er leise:

»Komm weiter. Wir haben Zeit genug vertan.«

In der Stadt auf dem Hügel gingen schon hier und da die Lichter an, und es war, als seien sie der Widerschein der Feuer auf den Wiesen. So wie auch die von diesen Feuern aufsteigenden Soldatenlieder über die ganze Ebene strichen, ja zu der Stadt hinaufzogen, so dass man meinen konnte, auch die Stadt sänge. Ich aber versuchte immer noch vergeblich, ins Innere der Scheune zu gelangen. Erhitzt, wütend, trat ich nun blindlings gegen jedes Brett, das mir schlechter festgemacht oder gar morsch erschien, schlug mit Fäusten darauf ein, doch keines wollte weichen. Ich war der Verzweiflung nahe, als unverhofft am Tor, von dem ich niemals angenommen hatte, es würde mich einlassen, immerhin ein Scheunentor, obendrein abgesperrt mit einem großen Vorhängeschloss, ein zufällig angestoßenes Brett einen verdächtigen Ton von sich gab. Vorsichtig hob ich es an, und zu meiner Verwunderung ließ es sich zur Seite schieben. Wie sich zeigte, war es unten nicht festgemacht, sondern steckte bloß auf einem abgebrochenen Nagel. Und das daneben ebenso.

Mir kam die Vermutung, vor mir müsse schon öfters jemand hier eingestiegen sein, denn dass ausgerechnet diese beiden Bretter in der ganzen Scheune, dazu am Tor, so altersschwach sein sollten, war mir unwahrscheinlich. Ich habe wohl einen geheimen Einstieg entdeckt, sagte ich mir. Zumal jedes der Bretter auch oben nur an einem losen Nagel hing. Mich befiel jedoch die Furcht, es könnte überraschend jemand hier auftauchen, der wie ich den Umstand nutzte, dass das Fleischauto nicht gekommen war. Und er könnte aus Rybitwy sein, denn wer verschaffte sich schon insgeheim Zugang zu der Scheune. Er musste sie kennen, tja und wissen, dass das Auto hin und wieder nicht kam, um das Fleisch zu holen.

In der Scheune herrschte tiefe Finsternis. Die Luft war drückend von dem süßlich-faden Geruch des Gedärms, des Bluts, des Fleischs und der Erschöpfung der Kühe. Ich vermochte das Dunkel nicht zu durchdringen. Angst würgte mich irgendwo tief im Magen. Mir schien, als sei die Scheune mit den Geistern all der Kühe angefüllt, die hier getötet worden waren, und sie sähen mich strafend an, weil ich gekommen war, um einer von ihnen den Schädel zu stehlen. Ihre großen stummen Augen umzingelten mich von allen Seiten, sie leuchteten fast, so dass mir war, als befände ich mich in einer sternenübersäten Weite.

Vielleicht war dies auch der Grund, weshalb ich plötzlich das Gleichgewicht verlor und in etwas Wabbeliges, Glitschiges, Stinkendes fiel. Es war ein Berg von Därmen, die die Gehilfen aus den Bäuchen der Kühe zerrten und in die Bansen warfen. Nichts, worauf ich mich stützen noch woran ich mich festhalten konnte. Und die Bewegungen, die ich abwehrend zu machen suchte, trugen noch dazu bei, dass ich mich im Geschlinge dieses Gedärms verfing.

Schließlich ertastete ich dicht neben mir einen Kuhschädel, und der half mir, mich herauszurappeln. Ich ließ ihn nicht mehr los. Ich packte ihn bei den Hörnern und ging fast in die Knie, denn ich hatte nicht vermutet, dass er so schwer war. Aber ich schleppte ihn zu dem Loch, wälzte ihn nach draußen, kroch hinterher und drückte die Bretter wieder auf die Nägel.

Erst jetzt spürte ich, dass ich am ganzen Leibe stank und klebte. Mehr bekümmerte mich indes, wie ich den Schädel heim bugsieren sollte. Ich musste ihn auf die Schulter nehmen, ihn in den Armen zu tragen, hätte ich nicht geschafft. Doch es war gar nicht so einfach, ihn mir auf die Schulter zu hieven. Ich rollte ihn die Scheunenwand hinauf, und es gelang mir irgendwie. Ich bog mich unter ihm nach allen Seiten, doch ich hielt ihn fest bei den Hörnern. Gerade hatte ich den ersten Schritt heimwärts getan, da trat der *Starschina* Iwan vor mir aus dem Dunkel.

Er sah mich schweigend an, und was ich von seinem im Abend verschwimmenden Gesicht ablesen konnte, war eher Verlegenheit als ein Frohlocken, mich ertappt zu haben. So standen wir eine gute Weile, verlegen und schweigend, er bald zu mir, bald zu den Wiesen und den Feuern, bald zum Himmel blickend, als kramte er nach einem Gedanken in seinem Kopf, ich, diesen Kuhschädel auf der Schulter, auf seinen Richtspruch wartend. Vielleicht hoffte er, dass ich als erster etwas sagte und ihm so half, auch was zu sagen. Und wie ich so überlegte, was hier zu sagen wäre, wollte ich schon sagen, ich würde so welche kennen, die Fräulein Poncka, ich könnte ihn zu ihnen führen, wenn er wolle. Doch unvermutet für mich selber sagte ich:

»Ich weiß, wer Ihnen den Brief schreiben kann. Mein Vater. Er war viele Jahre in Russland.«

Doch damit hatte ich ihn wohl in noch größere Verlegenheit gestürzt, denn nun war er gänzlich versunken in den Anblick des Himmels, versunken in den Anblick der Wiesen, die in der hereinbrechenden Dunkelheit erhellt waren von den lodernden Feuern, ja eine Weile schien er auch versunken in das Soldatenlied, das von dort herüberwehte.

»Wir können sofort gehen«, sagte ich.

»Ist es auch nicht zu spät?« sagte er, noch immer ebenso verlegen.

»Gar nicht«, erwiderte ich hastig und fühlte, ich war gerettet.

Der Vater lag schon im Bett und starrte uns nur aus aufgerissenen Augen an, als wir über die Schwelle traten, ich zuerst, den Kuhschädel auf der Schulter, der *Starschina* Iwan hinter mir, das eine Bein noch in der Diele. Die Mutter hatte ihn wohl nicht einmal bemerkt, denn sie rief händeringend und entsetzt:

»Heilige Jungfrau, Junge, wie siehst du denn aus? Wo hast du dich so eingesaut?! Und wie du stinkst! Jesus Christus! Was ist das für ein Schädel?«

»Die Schädel können wir nicht brauchen«, kam mir der *Starschina* Iwan zuvor.

»Ich werde ihn wohl nie verstehen, obwohl er mein Sohn ist«, seufzte der Vater bitter.

»Papa«, sagte ich, »der Herr *Starschina* ist gekommen, damit du ihm einen Brief an seine Frau schreibst. Du schreibst ihn doch, nicht wahr?«

Und da sagte die Mutter, deren Wut plötzlich abgekühlt war, zu dem *Starschina* Iwan:

»So treten Sie doch ein.« Und schob ihm einen Schemel hin.

»Du kannst russisch, sagt der *maltschik*[10]?« wandte er sich an den Vater.

»So wie polnisch«, erwiderte die Mutter an des Vaters Statt. »Ihm macht das keinen Unterschied. Ja, er war in Russland, viele Jahre. Und hat in eurer Armee gedient. Unterm Zaren. Dann ist er zur polnischen gewechselt. Und eine Handschrift hat er, gedruckt ist nichts dagegen.«

[10] (russ.) Junge

Der Vater sah immer noch mich an, der ich da stand, den Kuhschädel auf der Schulter, und schien immer noch irgend etwas nicht zu verstehen. Und so fragte der *Starschina* Iwan erneut:

»Nu, was ist, wirst du ihn schreiben?«

»Der Herr *Starschina* ist aus der Scheune, Papa, wo sie die deutschen Kühe schlachten, die nach Russland gehen«, sagte ich. »Und seine Frau denkt, er ist tot. Schreib für ihn, Papa.«

Und wie um den Vater anzuspornen, sagte da der *Starschina* Iwan:

»Ich geb dir eine Medaille.«

Worauf die Mutter, dem Vater zuvorkommend, damit er sich nicht gar für eine Medaille bereitfand, sagte:

»Wozu eine Medaille? Medaillen hatte er genug. Nein, besser, Sie bringen uns ein Stück Fleisch. Ich mach Schnitzel draus, oder ich koch es. Mein Gott, so lange haben wir kein Fleisch gesehn.«

KAPITEL 2

Der Genosse vom Kreis

»Tja, was machen wir nun mit dir? Was machen wir mit dir?« sagte er schon zum soundsovielten Male immer in demselben besorgten Ton und zugleich wie in tiefem Nachdenken begriffen.

Er saß am Katheder, ich in der ersten Bank davor. Im Klassenzimmer waren nur wir beide, er hatte mich gebeten, nach dem Unterricht dazubleiben, er wolle mit mir über die gestrige Versammlung reden. Er richtete jedoch den Blick nur selten auf mich, nach unten, meist schickte er ihn durch die dicken Gläser über die leeren Bankreihen hinweg und trommelte dazu von Zeit zu Zeit auf die Kathederplatte oder rückte, zur Abwechslung, an seiner Brille. Und vielleicht wirkte er wegen der dicken Brille ebenso hilflos auf mich wie am Tag zuvor, auf der Versammlung, vor fast der ganzen Schule, auch wenn jetzt nur ich ihm gegenübersaß, und das in der leeren Klasse.

Denn fast die ganze Schule war zu der Versammlung erschienen. Der Turnsaal, für diesen Anlass um den sonst durch eine Stellwand abgeteilten Flur erweitert, war bis an den Rand gefüllt gewesen. Diejenigen, die auf den eng gestellten Bänken keinen Platz gefunden hatten, drängten sich an den Wänden, und am Saalende, bei den Sprossenleitern, standen sie Kopf an Kopf. Einige saßen sogar auf dem Fußboden in dem schmalen Durchgang zwischen Bühne und erster Reihe, und in der sperrangelweit geöffneten breiten Flügeltür brodelte es wie am Ausgang eines Tunnels. Zumal aus der Tiefe des Treppenhauses pausenlos welche nachstießen, die hofften, sich noch in den Saal zwängen zu können, obwohl die sich verdichtende Menge schon die Tür verbarrikadierte. Der Saal lag im Obergeschoss, der Andrang kam also von ganz unten, aus dem Parterre.

Ich bestieg als letzter die Bühne, was vorher mit ihm abgesprochen gewesen war. Der Saal war restlos gelangweilt. Die Langeweile hatte seit der Vorstellung des ersten Kandidaten stetig zugenommen, und alles schien nur darauf zu warten, dass das endlich vorbei war und die Wahl begann. Ich hatte gerade mein Ich bin geboren, wo und wann gesagt, als er sich, genau nach Abmachung, hinterm Präsidiumstisch erhob und, mich gewissermaßen unterbrechend, mit selbstsicherer Stimme sprach:

»Kameradinnen und Kameraden! Wir alle kennen doch den Piotr! Ein guter Schüler, ein beliebter Kamerad! Ich schlage vor, dass er uns nicht erst seinen Lebenslauf erzählt! Und wir schreiten sofort zur Wahl!«

Gekünstelt lächelnd bleckte er die Zähne, als habe er schon auf den Lippen, ich danke euch, Kameradinnen und Kameraden, da kam unverhofft Bewegung in den Saal, und da und dort waren zunächst vereinzelte Stimmen zu hören:

»Wieso soll er nicht?! Wenn alle, dann alle! Er soll reden!«

Im Handumdrehen wurden es mehr, ein spürbarer Ruck ging durch die eben noch gelangweilte Menge, und wenig später schallte es fast im Chor:

»Er soll reden. Er soll reden!«

Da rannte er vom Präsidiumstisch bis ganz an den Rand der Bühne vor und versuchte aufgebracht, den Saal zu überschreien:

»Kameradinnen und Kameraden! Beruhigt euch! Kameradinnen und Kameraden! So hält man keine Versammlung ab!«

Ich hatte jedoch den Eindruck, seine Stimme erreiche kaum die ersten Bankreihen, ja sie werde durch den bei jedem seiner Worte anschwellenden Getöse wieder auf die Bühne, wenn nicht gar in seinen Mund zurückgedrängt. Gewiss, seine Stimme trug nicht, irgendwie piepsig war sie, mädchenhaft und näselnd. Drum riefen sie für gewöhnlich, wenn er die Versammlungen leitete, von den Wänden und besonders von den Sprossenleitern her: »Lauter!« Und genau von den Sprossenleitern kam auch jetzt das größte Getöse:

»Er soll reden! Er soll reden!«

Einige stiegen zwei, drei Sprossen nach oben, damit sie noch besser zu hören seien, einige erklommen die Trapeze, die Pferde, die für die Dauer der Versammlung in diese hintere Ecke des Saals geschoben worden waren. Und Gienek Struś, der beste Kletterer der Schule, wickelte plötzlich ein von der Decke baumelndes Seil vom Barren los, schwebte nach ein paar katzenhaften Bewegungen über dem Saal und brüllte herunter:

»Ist er was Besseres als die andern? Haben wir Gleichheit oder haben wir keine?!«

»Er soll reden! Er soll reden!« unterstützte ihn ein einträchtiges Tosen im Saal.

»Ihr dort, kommt vom Barren runter. Ihr dort, von den Trapezen!!... Ihr dort!...« Sein Gesicht war rot wie die rote Krawatte auf dem grünen Hemd, denn nun verweigerte ihm der Saal zum ersten Male den Gehorsam, er fuchtelte hilflos, zeigte bald auf den, bald auf jenen. Doch sie entglitten ihm alle wie Aale, denn kaum zeigte er auf Gienek Struś, du dort, am Seil, da hatte sich Gienek schon abgeseilt und war in der Menge verschwunden. Diese seine Hilflosigkeit unterstrich noch die dicke Brille. Er tat mir sogar leid, denn er kam mir in diesem Kampf mit dem grölenden Saal von allen verlassen vor, auch auf mich konnte er ja nicht zählen.

»Kameradinnen und Kameraden!... Kameradinnen und Kameraden!« kreischte er nun fast flehentlich mit seiner Mädchenstimme und fuchtelte weiter mit den Armen. Er verteidigte mich nicht mehr, es war ihm nur noch darum zu tun, die Ruhe im Saal wiederherzustellen.

Auf einmal drehte er den Kopf in meine Richtung, und durch die dicken Brillengläser blitzte deutlich Verzweiflung. Diese Brillengläser schienen mich um Verzeihung zu bitten, da siehst du, siehst ja selbst, ich kann nichts machen. Hörst du, wie sie schreien? Vielleicht sagst du ihnen noch was über dich.

Doch mir fiel nichts ein, außer dem, was ich schon gesagt hatte. Und das hatte ich ohnehin mühsam hervorgestammelt, als müsste ich eine Sperre überwinden. Aber sie wollten mehr, sie wollten alles. Wollten vielleicht etwas schier Unmögliches, jedenfalls nicht nur meinen Lebenslauf, da war ich mir sicher. Lebensläufe hatten sie gerade erst genug gehört, von den anderen, die vor mir aufgetreten waren. Und die hatten ihn nacheinander ohne das geringste Widerstreben erzählt, manche farbig und bis ins einzelne. So dass, als Bolek Stępień von seinem Vater anfing, der vor dem Krieg Kommunist gewesen war, einer von der Sprossenwand her schrie:

»Das reicht! Der Nächste!«

In meinem Innern aber hatte sich was verklemmt, und das nahm mir sogar die Sicherheit, ob das, was ich eben gesagt hatte, mich selbst betraf. Als hätten mich die Wörter allesamt verlassen, und ohne Wörter weiß man nichts über sich.

Obwohl, hatten sie mich verlassen müssen? Damals trug ich noch nicht so viele Wörter in mir, vielleicht nur so viel, ich bin geboren, wo, wann. Die Wörter wachsen ja erst im Menschen, zusammen mit ihm. Werden wie aus Erzgestein herausgeschmolzen aus seinen Nöten, Kümmernissen, Schmerzen, Tränen. Keiner bekommt sie zum Geschenk, nur weil er geboren ist, wo, wann. Wir bezahlen für die Wörter mit unserem Geschick.

»Du bist geboren, wo, wann, in Ordnung. Aber du hättest ihnen noch was sagen sollen.« Er blickte mich durch seine dicke Brille vorwurfsvoll an. »Und überhaupt, schade, dass du von der Bühne gegangen bist.« Und er trommelte irgendwie kräftiger auf die Kathederplatte. »Sie hätten dich gewählt. Bestimmt. Nur manchmal gehts mit ihnen durch. So viel Lebenslauf hast du doch gar nicht, du hättest noch das ein oder andre … Hier, mein Lieber, sagt sowieso keiner die Wahrheit. Meinst du, wir wüssten das nicht? Die vom Land verkleinern immer ihre Hektar. Und die aus der Stadt schummeln sich mit ihren Vätern durch. Mit den Vätern haben, ehrlich gesagt, jetzt alle ihre Not. Kaum einer passt, genau betrachtet. Aber du hast doch keinen Vater, wir hätten nicht nachzuprüfen brauchen. Bei Toten guckt man nicht so hin.«

Wieder trommelte er auf die Kathederplatte, sah längere Zeit zum Fenster, worauf er kurz, zögernd, zu mir nach unten blickte, als wollte er mir in einer Anwandlung von Aufrichtigkeit etwas gestehen, doch gleich richtete er seine Brille auf das leere Klassenzimmer und fuhr, Enttäuschung in der Stimme, fort:

»Ich dachte, du kämst in den Freundschaftsrat, das könnte dir irgendwie helfen, den Schandfleck in meinem Heft zu tilgen. Du hast sowieso Glück, dass ich dir reingeschrieben habe: Einstellung indifferent. Die Leitung wollte, dass ich eintrage: reaktionär. Gerettet hat dich, dass du begabt bist. Wir brauchen ein paar Begabte. Tja, und wir müssen die Jugend erziehen. Aus dir kann noch mal was werden. Die Jugend, das sind die künftigen Kader. Mit den Alten ist nichts mehr anzufangen. Schrott. So ist das nun mal. Die Zeiten neu, und alles ist alt. Dazu noch überall der Feind. Da heißt es wachsam sein. Wenn nach dem Abitur ein andrer für mich kommt, der setzt dir schwuppdiwupp »reaktionär« in die Rubrik. Und mit der Beurteilung, mein Lieber, kannst du das Studium abschreiben. Wo gehobelt wird, da fallen Späne, versteht sich. Aber auch ein Span gleicht nicht dem andern. Darum wärs schade um dich.« Er fuhr mit der trommelnden Hand über die Kathederplatte und legte sie auf die andere. Wieder sah er ein Weilchen zum Fenster. »Ich hab gedacht, bei diesem Geburtstag von Stalin lässt sich das irgendwie deichseln.« Plötzlich funkelte er mich durch seine dicke Brille an: »Sie haben euch doch das *Merkbuch des Agitators* gegeben. Da steht alles drin. Musstest du mit deinen eigenen Worten? Mit den eigenen Worten ist schon mancher schlecht gefahren. Zu begabt sein lohnt auch wieder nicht. Wer redet jetzt schon mit eigenen Worten, mein Lieber? Vielleicht irgendwann mal, früher. Außerdem, wir lernen doch sowieso alle Wörter, da kannst du auch gleich die richtigen. Du hattest die Chance.«

Ebenso hatte er mich damals gebeten, nach dem Unterricht dazubleiben, er habe was Wichtiges für mich. Er setzte sich nicht ans Katheder, sondern neben mich in die Bank, freundschaftlich, und fing an, der Feiertag der ganzen fortschrittlichen Welt stünde kurz bevor, der siebzigste Geburtstag des Genossen Stalin.

»Kannst du dir vorstellen, was das wird?« Und er blickte mir durch die dicke Brille bewegt in die Augen.

Um diesen Geburtstag zu ehren, habe die Organisation beschlossen, siebzig Agitatoren an die Basis zu schicken. Alle Fabriken, Behörden, Kleinstädte, Dörfer, selbst kleine Siedlungen würden sie beschicken.

»Kannst du dir vorstellen, was das wird?« Erneut blickte er mich bewegt durch die dicke Brille an.

Sie hätten es schon im Parteikomitee angemeldet und Lob geerntet. Gewiss, ich bin nicht Mitglied, aber für mich ist das sogar besser so. Ich gebe nicht nur den andern Nichtmitgliedern ein gutes Beispiel, sondern liefere auch den Beweis, dass das ganze Volk den siebzigsten Geburtstag des Genossen Stalin ehrt. Ob ich einwillige? Er rate mir einzuwilligen. Er würde nicht nur den Schandfleck tilgen, sondern trüge mich, wer weiß, vielleicht in die Rubrik »positiv« ein. Und weißt du, was das heißt? Ein gutes Schulzeugnis, sicher, das ist wichtig. Aber das Wichtigste ist die Einstellung. Denn wenn einer begabt ist, aber ein Feind, was haben wir von dem? Willst du zum Studium, brauchst du unsere Beurteilung. Ohne die kannst du es gleich sein lassen. Ein Stipendium, auch da ist unsere Beurteilung das Wichtigste. Und überhaupt. Nun? Vorher absolvieren wir eine kurze Schulung im Komitee, sie geben uns Material, Instruktionen. Ich muss mich um nichts kümmern.

Er drückte mir die Hand. Ich wusste, dass du einwilligst. So einer Auszeichnung würde keiner widerstehen. Obwohl, wir wollen nicht jeden. Wir wählen die Besten aus. Selbst wenn einer noch unentschlossen ist, wir wissen, einmal wird er sich entscheiden. Man muss an jeden anders herantreten. Dann trag ich dich gleich ein.

Er schlug ein Heft auf, begann darin zu blättern. Dich tun wir nach Włostów, in die Zuckerfabrik. Du darfst dich vor der Arbeiterklasse bewähren. Dort gibt es eine eingeschworene Belegschaft. Die, mein Lieber, setzen jedes Jahr die Kennziffern rauf. Im Festzug am Ersten Mai hast du sie sehen können. Schon da trugen sie ein Transparent »Wir ehren den siebzigsten Geburtstag des Genossen Stalin durch die Steigerung des Zuckerertrags pro Quintal«. Immer sind sie die ersten. In allem die ersten. Und die meisten sind in der Partei. Der Stolz des Kreises. Sich vor so einer Belegschaft bewähren, mein Lieber, das ist was. Der Genosse Stalin sagt immer wieder, von der Arbeiterklasse sollen wir lernen. Und es wird sein, als verzeiht dir der Genosse Stalin persönlich, dass du sein Plakat beim Festzug nicht hast tragen wollen.

Die Schulung, die wir zu absolvieren hatten, beschränkte sich darauf, dass sie uns an jenem Geburtstag alle siebzig im Kreisparteikomitee antreten ließen, wo uns einer das *Merkbuch des Agitators* mit dem ausführlichen Lebenslauf von Stalin vorlas. Um uns jedoch glauben zu machen, er spreche frei, flocht er von Zeit zu Zeit etwas ein wie, ihr seht also, Genossen – dieses Genossen schmeichelte mir sogar unverhofft –, ihr seht also, Genossen, welcher Weitsicht, welch weiser Voraussicht es bedurfte, schon darin offenbart sich das Genie des Genossen Stalin.

Dann überreichten sie jedem ein ebensolches *Merkbuch des Agitators* zusammen mit einer Papiertüte, die ein Stück Wurst und zwei Scheiben Brot enthielt. Wir sollten uns auch eine rote

Krawatte abholen, am Ende des Flurs stand eine große Kiste voller Krawatten, denn jeder hatte unbedingt eine rote Krawatte zu tragen an diesem feierlichen Tag.

Der Bus nach Włostów ging um sechzehn Uhr, die Schulung endete gegen Mittag, mir blieb also noch viel Zeit. Ich ging nach Hause, ich hatte es ja nicht weit, das Komitee lag am unteren Ende des Marktes, wo die Treppe nach Rybitwy begann, also nur über die Treppe nach unten. Ich wollte mir noch dieses *Merkbuch des Agitators* durchlesen, die wichtigsten Sätze anstreichen, manche vielleicht sogar auswendig pauken, tja und überhaupt, mich für die Reise rüsten.

Obwohl Weihnachten vor der Tür stand, war die Mutter mit Backpulver, Backaromen, Nelken, Tee, Vanillezucker über Land. Sogar ein paar Rosinen, Mandeln hatte sie hintenherum von einer Bekannten im Laden bekommen. Sie freute sich, die brächten ihr am meisten, denn wann hatten sie dort, auf den Dörfern, Rosinen, Mandeln zu Gesicht bekommen, wohl noch vorm Krieg, vielleicht würde sie mir eine Hose kaufen, vielleicht den Mantel zum Umarbeiten geben. Natürlich hatte ich ihr gesagt, dass ich zu diesem Stalin-Geburtstag führe. Sie hatte es voll Verständnis aufgenommen:

»Aber ja, mein Sohn, fahr du nur, was kann das schaden. Eh sie dich nicht zum Studium lassen. Du sagst, was du zu sagen hast, glauben musst dus ja nicht. Vielleicht ist dieser Stalin auch gar nicht so schlimm, wies immer heißt. Die Leute finden selbst an einem Heiligen noch was.«

Meine Hosen waren in der Tat schon arg verschlissen, durchgewetzt, und die Mutter stopfte sie andauernd bald hier, bald da. Ich bügelte sie feucht, die Bügelfalten besprühte ich zuvor mit Zuckerwasser, damit sie besser hielten. Aber bei dem Herbstwetter nutzte das nicht viel, im Nu waren es wieder Röhren. Der Regen hörte überhaupt nicht auf, der Wind schnitt ins Gesicht, warf einen aus der Bahn, und über den Himmel wälzten sich ununterbrochen dunkle Wolkenknäuel. Meine Hände wurden steif, denn Handschuhe besaß ich nicht, ich bekam gleich nasse Füße, denn meine Sohlen waren durchgelaufen, und für neue fehlte das Geld. Und erst der Mantel, zum Gotterbarmen, zu breit in den Schultern, zu lang, fast bis an die Knöchel, beim Gehen schlackerten mir die Schöße um die Beine, so dass sie unten immer beschmaddert waren. Die Taschen, aufgesetzt, befanden sich unterhalb der Hüfte, und die zu langen Ärmel hingen bis über die Fingerspitzen. Der Mantel stammte von Onkel Stefan, ihm hatte er gehört, der Onkel aber war hochgewachsen wie eine Pappel, breitschultrig und schließlich so viel älter als ich.

Ich war eben aufs Gymnasium gekommen, und die Mutter hatte mich zu ihnen geschickt, damit ich im Dorf ein bisschen Eindruck damit machte, tja und bei der Gelegenheit würden sie mir vielleicht was mitgeben, Mehl, Graupen oder ein Stück Speck, obwohl es auch bei ihnen nicht üppig zuging. Sie hatten sich vom Krieg noch nicht erholt, Kuh besaßen sie nach wie vor nur die eine und ein Kalb. Scharen von Hühnern, Enten, Gänsen hatte es immer dort gegeben, nun bemerkte ich nur ein paar auf dem Hof, von der niedergebrannten Scheune waren gerade mal die Brandreste weggeräumt. Tante Jadwinia stellte eben eine gehäufte Schüssel mit Kartoffelpuffern auf den Tisch. Selbst der Tisch war zusammengezimmert aus irgendwelchen alten, ungehobelten Brettern mit Rostspuren von Nägeln. Oh Piotruś, wie schön, dass du grad zum Mittag kommst, da isst du was mit. Magst du Kartoffelpuffer?

Aber kaum saß ich vor den Puffern, da überschüttete mich beinah die ganze Familie schon mit Fragen, wie wir jetzt so lebten ohne den Vater, was die Schule macht, womit die Mutter handelt, was wir für Nachbarn hätten, ob ich Kameraden habe oder gar schon ein Mädchen, so dass mir die Bissen im Halse steckenblieben vom vielen Antworten. Bis mich der Großvater in Schutz nahm:

»Lasst ihr ihn wohl essen, der erstickt uns noch.« Worauf er fragte: »Und einen Mantel für den Winter, haste den?«

Und da schien sich Tante Jadwinia plötzlich zu erinnern.

»Stefuś, und wenn wir ihm den von dir geben, den von vorm Krieg. Du trägst ihn doch nicht mehr, höchstens mal zur Wache.«

»Zu groß«, befand Onkel Stefan, nachdem er mich von oben bis unten gemustert hatte.

»Zu groß, wenigstens wächst er nicht gleich raus«, erwiderte Tante Jadwinia, holte den Mantel aus einer Ecke, hinter einem Vorhang hervor, denn nicht mal einen Schrank besaßen sie, und ich musste ihn anprobieren.

»Ein bisschen vielleicht«, sagte sie, als ich ihn anhatte. »Aber wer guckt da heut schon hin, groß, klein, Hauptsache haben hast du einen. Da, nimm, Piotruń, und trag ihn. Gesund sollst du uns bleiben.«

Ich hatte die Mutter oft gebeten, ihn ändern zu lassen, weil er fast bis zur Erde reichte. Und wofür? Weißt du, wie viel der Schneider nimmt? Nur noch ein bisschen, und er passt. Du kommst nach Onkel Stefan, wirst mal genauso groß. Sogar das Haar hast du wie er. Aber ich wuchs, und der Mantel blieb zu groß.

»Das war so Mode vor dem Krieg«, sagte die Mutter, als ich ihr wieder einmal damit kam, ihn doch zum Ändern zu geben. »Nicht so was Fuzzeliges wie heute. Alles bedeckt hat das. Wachs nur, dann wächst du rein. Ein, zwei Jahre, und er passt.«

Lediglich die Jacke aus den amerikanischen Geschenkpaketen saß, die nicht allzu abgetragen war und offenbar von einem Soldaten mit genau meinen Maßen stammte.

Die Kiste war gefüllt mit diesen roten Krawatten. Obwohl sie auf den ersten Blick nicht wie Krawatten aussahen, sondern wie eine schmutzigrote Masse. Zerknautscht, verfitzt, verschlungen wie Gedärme, so dass man sie gewaltsam aus dem Gewirr herauszerren musste. Dazu sah uns der, der sie an uns vergab, noch argwöhnisch an und schrieb jeden auf, nicht nur Vornamen, Familiennamen, nein, auch Geburtsdatum, Geburtsort, die Namen der Eltern, Herkunft, Mitgliedschaft, aus welcher Schule, Klasse, wer ist der Klassenlehrer. Und misstrauisch fragte er jeden, ob er sie binden könne. Und jeder bejahte. Ich schämte mich zu gestehen, ich könne es nicht, also nickte auch ich. Ich dachte, daheim käme ich schon irgendwie damit zurecht.

Ich stand vor dem Spiegel und hielt mir die Krawatte an, und ich gefiel mir gar nicht schlecht. Ihr Rot schien von dem grünen Hemd auf mein blasses Gesicht zurückzustrahlen. Und was noch seltsamer war, in diesem roten Schein sah ich zum ersten Mal einzeln mein Kinn mit der Kerbe, meinen Mund, nicht zu groß, meine Nase, schmal, gerade, meine Augen, blau, die Wimpern, die Brauen darüber, die Stirn. Und überhaupt empfand ich so etwas wie: das bin nun ich. Einen Augenblick lang stellte ich mir sogar vor, ich stünde da auf der Tribüne und an mir schöbe sich der nicht enden wollende bunte Zug vorbei. Sie trugen meine Porträts, ein Wald gereckter Arme grüßte mich, sie riefen im Sprechchor meinen Namen, warfen mir Blumen zu, und die Zuckerfabrik, in die ich fahren würde, trug über die ganze Breite der Straße ein rotes Transparent mit weißer Aufschrift, die von der Steigerung des Zuckerertrags pro Quintal mir zu Ehren sprach.

Doch all das zerstob schlagartig nach mehreren misslungenen Versuchen, die Krawatte zu binden. Bis mich am Ende eine solche Wut über mein Ungeschick befiel, dass ich sie am liebsten in Stücke gerissen, zertrampelt, ins Feuer geschmissen hätte, egal was, um mich an ihr zu rächen. Und es schreckte mich keineswegs, dass es ja keine gewöhnliche Krawatte war, dazu da, die leere Stelle unterm Hals schmückend zu füllen, sondern eine Krawatte, die ein Symbol war, eine für Recht, Gleichheit, Freiheit, Brüderlichkeit stehende Krawatte, das Blut von Millionen, die ihr Leben für eine bessere Welt geopfert hatten. Und an eine bessere Welt glaubte ich ja, wer glaubt nicht an sie, wenn er noch so jung ist.

Wenn wenigstens die Mutter da gewesen wäre, sie hätte mir vielleicht geholfen. Schließlich hatte sie ein Leben lang zugesehen, wie der Vater sie jeden Tag gebunden hatte, denn ohne

Krawatte hatte er nie das Haus verlassen. Selbst als der Herr Jaskóła ihn ein letztes Mal ins Spital fuhr und er so schwach war, dass die Mutter ihm die Socken, die Hosen, die Schuhe anziehen, die Schnürsenkel binden, ja die Hosenträger umlegen musste, und sie seine Arme, die wie abgestorben waren, in die Ärmel des Hemds, dann des Jacketts stopfte, auch da hatte er die Krawatte nicht vergessen. Er hatte sich die schönste bringen lassen, die dunkelblaue mit den weißen Punkten, und gestützt von der Mutter, band und band er sie mit zitternden Händen, taub für ihre Bitten, es bleibenzulassen, was braucht er eine Krawatte im Spital.

Mir kam der Gedanke, jemanden von den Nachbarn zu bitten, sie mir zu binden. Zu den Fräulein Poncka wollte ich nicht, die staunten womöglich, eine rote? Wir haben so viele wunderschöne Krawatten, bitte, Herr Piotr, suchen Sie sich eine aus. Vielleicht die gestreifte oder die glatte oder die hier, in der Sie damals auf dem Fest waren. Außerdem war es still da oben, nicht das leiseste Auftreten von Füßen war zu hören, und auch vom Keller her kam kein Echo eines Tangos.

Am nächsten wohnte der Kaczmarski, gleich hinter der zerstörten Brauerei, obwohl man nie mit was zu den Kaczmarskis ging, es hieß, sie sind nicht zu gebrauchen, und der Kaczmarski selber ist ein undurchsichtiger Kerl, arbeitet nirgendwo und guckt nur immer den Tauben am Himmel nach. Er stand gerade mitten auf seinem morastigen Hof, der von allerhand Schuppen, Ställen, Buchten eingerahmt war, und blickte zu dem Taubenschwarm hinauf, der unter einer großen dunklen Wolke kreiste, mit beiden Armen wedelnd, als flöge auch er dort irgendwo mit in dem Schwarm.

»Herr Kaczmarski, würden Sie mir die Krawatte binden?«

»Gib her«, knurrte er, sichtlich verdrossen, als müsste er durch mich auf die Erde zurück. »Was, eine rote?« Sein Gesicht wurde starr. »Oh, nein. Niemals. Ein halbes Jahr hat diese Schweinebrut mich auf dem Schloss festgehalten, im Turm. Bis heut seh ich auf dem Auge hier schlechter, so hat einer von den Hundesöhnen zugelangt. Und wofür? Für gar nichts. Weil sie eine Brieftaube mit einem Brief geschnappt haben. Es war bloß nicht meine. Ich hab keine Brieftauben. Bring eine andre her.«

»Aber eine andre geht nicht, es muss die rote sein«, sagte ich.

»Sie haben dich also rumgekriegt? Der Vater war ein anständiger Mensch, die Mutter tut und macht, aber aus dir wird, wies aussieht, genauso eine Brut. Die Alten rumkriegen, das haben sie nicht geschafft, da knöpfen sie sich die Jungen vor. Zuerst die rote Krawatte, dann tragen sie dich ein, und dann darfst du spionieren. Früh übt sich. Vielleicht spionierst du auch schon, was?« Und im selben Moment ging er wütend auf mich los: »Mach dass du wegkommst! Spitzel, verdammter!«, so dass ich ein paar Schritte zurückfuhr. »Runter von meinem Hof! Und lass dich nicht mehr blicken!«

Ich überlegte, zu wem ich nun gehen sollte, als Funio Salarucha unverhofft auf dem Weg auftauchte. Es gab die beiden Salarucha-Brüder und ihre Mutter. Celestyn, der Ältere, war Beamter beim Magistrat, der Jüngere, Ferdynand oder, wie die Leute sagten, Funio, arbeitete nirgendwo, sondern er trank. Er schwankte, aber ich dachte, vielleicht ist er nicht zu betrunken und kann mir die Krawatte binden.

»Haste dir wohl gekauft?« Er glubschte mich aus glasigen Augen an.

»Nein, die haben sie uns gegeben.«

»Und wieso nicht gleich gebunden? Jetzt gibts welche mit Gummi. Die haste immer gebunden. Die machste an, machste ab und musst nich lange fummeln. Fliegen gibts auch solche. Fliegen hätten sie euch geben sollen. Is auch schöner, ne rote Fliege. Heiratest du oder is irgendein Fest?«

»Ein Fest.«

»Dann haben se euch auch einen halben Liter gegeben. Den machen wir alle, und die Krawatte is gebunden.« Wieder glubschte er mich an, doch sein Blick war schon verklärt von der Aussicht auf den Schnaps. »Meine Mutter hat saure Gurken im Haus, wir reden ein bisschen. Na?«

Zum Glück entdeckte ich im selben Moment auf der Treppe die Frau des Polizisten Bazyluk, die aus der Stadt heimkam und mit Einkaufsnetzen behängt war. Ich lief zu ihr, auf der Flucht vor Funio, der mir weinerlich nachrief:

»Du, renn nich weg! Du, renn nich weg! Ich geh runter auf ein Viertel!«

Ich fragte sie nicht einmal, ob sie eine Krawatte binden könne, sondern begann sie sofort so inständig ich nur konnte zu bitten, ihr einzureden, sie könne es bestimmt.

»Was weiß ich. Was weiß ich«, sagte sie unentschlossen. Und diese ihre Unentschlossenheit gab mir die Hoffnung ein, gleich werde sie stehenbleiben, die Netze absetzen, sagen, na, gib schon her, ich versuchs. Und ich hielt ihr die Krawatte vor die Nase. Sie warf einen Blick darauf, und die Netze in ihren Händen schienen sie regelrecht in Schwingung zu versetzen.

»Junge, bist du nicht recht bei Trost!? Ich hab die Hände voll, siehst du das nicht, ich hab zu tragen.«

Ich sagte, ich würde die Netze für sie tragen. Ja ich versuchte, sie ihr aus der Hand zu nehmen.

»Ach, geh schon. Geh schon. Lass.« Unwirsch scheuchte sie mich weg wie einen Köter, der ihr an die geschwollenen Waden wollte und die Gelegenheit nutzte, dass sie keine Hand frei hatte. »Noch eine rote!« schäumte sie. »Nie im Leben würd ich ein rotes Kleid anziehn. Oder so ein Halstuch. Pfui! Geh mir weg! Wart nur, ich werd deiner Mutter sagen, was du treibst, wenn sie nicht da ist. Die fährt rum, isst nicht, schläft nicht, und der... Pfui! Dass du dich nicht schämst!«

»Aber Frau Bazylukowa...«, versuchte ich zu erklären.

»Schäm dich! Pfui! Geh mir weg. Die vielen Jahre, seit sie meinen Mann geholt haben, und bis heute ist er nicht zurück, da hatte ich keinen, dem ich hätte die Krawatte binden können. Und ein Fremder kommt nicht, damit ich sie ihm binde. Pfui! Schäm dich! Und weshalb, mein Gott, weshalb?! Er ging in

Uniform, er brauchte keine binden. Wenigstens die Bequemlichkeit hat er gehabt. Oft hab ich ihm gesagt, hak doch wenigstens die eine Öse auf, du erstickst ja. Pfui! Schäm dich! O mein Gott, mein Gott, sie müssen ihn zu Tode gequält haben.« Sie brach in Tränen aus.

Und ich ging zu niemandem mehr. Ich band mir die Krawatte, so gut ich konnte, es kam ein Knoten dabei raus, der mehr einer Knolle ähnelte. Außerdem stopfte ich die Krawatte fast vollständig unter die Jacke, knöpfte die Jacke bis obenhin zu, so dass man am Hals kaum noch was Rotes sah, und unterwegs schlang ich mir noch den Schal um.

Der Bus war ungefähr halbvoll, der größte Teil der Fahrgäste drängte sich vorn, weiter hinten saßen vereinzelt ein paar, ganz hinten war alles leer. Ich setzte mich ganz hinten ans Fenster, so dass mich mehrere unbesetzte Reihen vom nächsten Nachbarn trennten. Hier schütterte es zwar am meisten, doch auf die Art wollte ich vermeiden, dass es jemandem einfiel, mich zu fragen, wohin ich fuhr. Eine Frage, die gewissermaßen ganz am Platze war auf einer Reise, die harmloseste aller Fragen, könnte man sagen, fast rituell, jedoch zugleich die verfänglichste, ein Haken mit Köder. Denn bei dem bloßen Gedanken, dass ich antworten müsste, nach Włostów, wurde mir seltsam unbehaglich. Zumal man nie wissen konnte, was für weitere Fragen die Antwort auslöste.

Der Bus war noch nicht angefahren, da vertiefte ich mich in Gedanken schon in das *Merkbuch des Agitators.* Zuvor schaute ich nach, ob es auch in der linken Manteltasche steckte, obwohl ich das schon einmal geprüft hatte, als ich das Haus verließ, danach auf dem Markt und neuerlich, als ich das Abtei-Tor durchquerte. Zunächst wiederholte ich für mich die wichtigsten Ereignisse aus dem reichen Leben des Genossen Stalin vom Anfang bis zum Schluss, dann in umgekehrter Reihenfolge, vom Schluss bis zum Anfang, und dann stichwortweise. Einzelne Sätze, die mir besonders gefielen, wiederholte ich sogar mehrmals und versuchte, sie auswendig zu lernen.

Sie verströmten übrigens solch eine Kraft, dass ich spürte, wie sie allmählich auf mich übergriff. Mit Leichtigkeit malte ich mir also aus, wie ich da vor dem bis an den Rand gefüllten Saal stand. Genossinnen und Genossen! Denn so begann das *Merkbuch*. Ich konnte mich nur nicht entscheiden, sollte ich dieses *Merkbuch* von vorne bis hinten vorlesen oder es vor mich auf den Tisch legen und, ab und zu hineinschielend, versuchen, frei zu sprechen.

Ich hatte nicht bemerkt, dass wir längst fuhren, und erst das zu den Fenstern hereindringende Dunkel riss mich los von dem *Merkbuch*. Sofort empfand ich auch die Unbilden der Reise. Der Bus fuhr zwar langsam, schleppte sich vorwärts, sozusagen Rad für Rad, dafür quietschte, knarrte, ächzte er, und hüpfte zudem bei irgendwelchen Buckeln wieder und wieder in die Höhe oder versank in Schlaglöchern. Mitunter schien es, als werde er gleich auseinanderfallen und die Leute nach draußen schleudern, hinaus in den Regen, ins Dunkel. Eine alte Kiste, wohl noch aus Kriegsbeständen, man fühlte es am ganzen Leib. Die Straße war vermutlich seit dem Krieg auch noch nicht ausgebessert worden. Doch alle ertrugen es mit Verständnis, sowohl für den Bus, dass er uns fuhr, als auch für die Straße, auf der er uns fuhr. Keiner beklagte sich, schimpfte, fluchte, selbst wenn es alle aus den Sitzen hob. Aber auch der Bus war bemüht, sich den Leuten für ihr Verständnis dankbar zu erweisen. Er hielt nicht nur in jedem Dorf, auch wenn durch die regenverhangenen Scheiben manchmal ein Dorf nicht zu erkennen war und nur ein, zwei verschwommene Lichter halfen, es zu erahnen – er hielt, wo immer wer wollte. Wollte einer in der Nähe seines Hauses, brauchte er nur zum Fahrer vorzugehen, ihm ein paar Złoty zuzustecken, zu sagen, da, halten Sie da, hinter der Biegung, hinter der Brücke, an der Kirche, vor dieser Kreuzung, wo der Baum steht, wo das Licht ist, an diesem Zaun, dem Gartentürchen, ja, hier, ganz recht. Und der Bus, der mit zwei schwächlichen Scheinwerfern das Dunkel vor sich erhellte, erwischte fehlerlos alle Wegmarken, die ihm die Leute nannten, und hielt, als wüsste er sie auswendig, nicht zu nahe und nicht zu weit davon.

Nur wenn er wieder anfuhr, schien es jedesmal, als käme er nicht mehr vom Fleck. Er pumpte sich auf, stöhnte, verfiel in ein kreischendes Beben, und die Leute kriegten es mit der Angst zu tun. Manche versuchten sogar, ihn anzutreiben wie ein Pferd, wenn es mit voller Fuhre bergauf geht, sie sprachen ihm Mut zu oder riefen Gott an, wetterten über die, die ausgestiegen waren, weil er wegen denen jetzt nicht fortkam. Manche schrien dem Fahrer zu, nicht mehr stehenbleiben, weiterfahren, nicht stehenbleiben! Wenn es ihm endlich gelang, loszufahren, entrang sich allen ein Seufzer der Erleichterung. Und so rollte er, wenn auch mühsam, und nichts deutete darauf hin, dass er nicht bis nach Włostów rollen würde.

Ich hielt soeben im Geiste eine Rede im großen Saal der Zuckerfabrik, der weitaus größer war als der Turnsaal in unserer Schule, und wie es im Geiste so zu gehen pflegt – Scheinwerfer, Fahnen, Transparente, Porträts des Jubilars, der Jubilar auf der Tribüne, der Jubilar mit der Pfeife am Schreibtisch, der Jubilar, der weizenblonde Kinderköpfchen streichelt, der Jubilar am Konferenztisch, der Jubilar vor der Weltkarte, der Länder, Erdteile, Ozeane wie Perlen hin und her schiebt, doch von allen Porträts blickt er auf einen einzigen Punkt, auf mich, der ich da eine Rede halte. Ich sehe die lächelnden Augen unter den buschigen Brauen und höre das Flüstern seiner Lippen unter dem Schnauzbart – *molodez!*[11] Und der Saal dröhnt vom Beifall und greift es auf, dieses molodez! molodez! molodez! Ich erkenne mich selbst nicht wieder, stets schüchtern, gleichsam beschämt, auf der Welt zu sein, stoße ich flammende Worte hervor, gestikuliere, als umrisse ich jedes einzeln im Raum, erwecke es zum Leben, befehle ihm, flieg! Ich sehe sogar, wie meine Worte sich in Tauben verwandeln und als immer größer werdender Schwarm unter der Decke kreisen. Im

[11] (russ.) Prachtkerl

Saal, aus der Menge, fährt plötzlich jemand hoch, reckt den Hals und schaut ihnen nach. Ich erkenne den Kaczmarski. Wie kommt jetzt der Kaczmarski hierher? Die Leute aber glauben, ich rede nicht weiter, weil ich auf Beifall warte, also bricht ein Beifallssturm los. Ich warte, bis sich der Sturm gelegt hat. Doch in dem Sturm springt wieder und wieder einer von seinem Platz auf und ruft, es lebe der Genosse Stalin! Es lebe der Genosse!… Und einer stimmt »Wacht auf, Verdammte dieser Erde…!« an.

Plötzlich war der Bus wohl in ein größeres Schlagloch geraten, denn zuerst durchbohrte es mir die Eingeweide, dann schleuderte es mich aus dem Sitz. Buchstäblich in der Luft, klammerte ich mich an die Kopfstütze des leeren Vordersitzes. Ich hörte, wie vorn alle aufstöhnten, und jemand fluchte, gottverdammich! Doch sofort ermahnte den Fluchenden eine Stimme:

»Nicht fluchen, er fährt sonst nicht ans Ende.«

Ich versuchte, mich erneut in meine Gedanken zu vertiefen, doch das Feuer in mir war erloschen, ich konnte mir nicht einmal mehr den Saal vorstellen, in dem ich eben noch gesprochen hatte. Zudem war im Bus eine seltsame Bewegung im Gange. Die einen rückten voneinander ab, die andern beugten sich einander zu, rutschten sogar zusammen. Auch jene, die vereinzelt hinten gesessen hatten, zogen nach vorn. Und mit wachsender Erregung flüsterten sie alle, aber zunächst begriff ich gar nichts. Durch das ohrenbetäubende Brummen des Motors erreichte mich nur ein piepsiges Gejammer:

»Geh doch mal einer und frag ihn. Geh doch mal einer.«

Worauf eine mächtige Stimme wie das wissende Orakel erwiderte:

»Und was hilft das. Wenn er beschließt, er ist kaputt, ist er kaputt. Nichts zu machen.«

»Trotzdem, geh doch mal einer«, jammerte es weiter.

Ein Mann erhob sich, der mit dem Kopf bis an die Decke reichte, aber der Bus, der eben über ein Schlagloch setzte, drückte ihn sofort auf seinen Sitz zurück. Er sprang wieder hoch, so heftig, dass er schwankte, und taumelte, mit den Worten, ich geh das Aas fragen, ich geh das Aas fragen, zum Fahrer nach vorn. Da kam einem Weib, das wohl nicht daran glaubte, dass der Mann beim Fahrer was ausrichten würde, der rettende Gedanke:

»Leute, und wenn wir zusammenlegen?!«

Daraufhin reckte einer den Kopf, taxierte die anderen, darunter auch mich, der ich grade mal das Geld für die Hin- und Rückfahrt besaß, und sagte zu meinem Glück enttäuscht:

»Wir sind zu wenig. Da müsste jeder was hinblättern, hoho!«

Darauf krächzte einer, der vielleicht auch keinen roten Heller besaß, mit der Bestimmtheit eines Sachverständigen:

»Auf Geld springt der nicht an. Aber wenn wir ihm einen halben Liter… Bei einem halben Liter würde er schon. Hat nicht wer einen?«

Noch immer verstand ich nicht recht, worum es ging. Vielleicht wollen sie sich aufwärmen, dachte ich, weil sie durchgefroren sind.

»Der Schlag soll ihn treffen!« Der Mann, der beim Fahrer vorn gewesen war, kam zurück.

»Nun, und?« fragte jemand besorgt.

»Kaputt wird er gehn, was sonst.«

»Aber wenn wir mal fahrn, könnten wir auch bis ans Ende.«

Ich spitzte die Ohren, denn auch mir teilte sich allmählich die Unruhe der Leute mit.

»Meintswegen was langsamer, Hauptsache bis ans Ende. Neulich das. Letzte Woche das. Kaputt, nischt wie kaputt immerzu.«

»Letzte Woche, sagen Sie? Ich bin erst gestern gefahren, und in Lipnik war er hin.«

»Weil er in Lipnik seine Braut hat. Hihihi!« höhnte einer, der offenbar das Geheimnis des Fahrers kannte. »Wenn es ihn ankommt, bist du machtlos. Lipnik, Schluss, aussteigen. Da bist du machtlos.« Und verständnisvoll fügte er hinzu: »Die Jugend muss sich austoben, wie man so sagt. Ich habs gut, muss bloß bis Lipnik.«

»Sie!« Einer fuhr von seinem Sitz hoch. »Sie sind genauso ein Ochse wie der. Die andern scheren Sie nicht. Wenn Sies nur bequem haben.«

»Von wegen Ochse! Von wegen Ochse! Soll ich mit Ihnen bis nach Włostów? Vielleicht noch bis auf den Mond? Hihihi!«

»Aber, er meint es doch nicht so.« Jemand versuchte, die Hoffnung am Leben zu halten oder begütigend auf die beiden einzuwirken, denn die gerieten sich immer mehr in die Haare. »Die Strecke heißt Włostów, und nach Włostów fährt er.«

»Geht es nun nach Recht und Gesetz oder geht es nicht?« ließ sich, gleichsam aus der Höhe des Gesetzes, eine andere Stimme vernehmen.

»Wo gehts denn heut nach Recht und Gesetz«, barmte ein altes Weib, den Tränen nahe. »Die kommen und dreschen alles runter bis zum letzten Halm. Zu Füßen hab ich mich ihnen geworfen, gebettelt, und die genauso, Recht und Gesetz. Und geaast haben die! Einen Herrgott gibts wohl nicht mehr nach diesem Krieg. Ja, so siehts aus, der Herrgott hat ihn verloren.«

»Im Bus ist der Fahrer Gott und Recht und Gesetz«, unterbrach einer ihr Gebarme.

»Herrjemine, Herrjemine!« hob jetzt eine andere an. »So viel für die Fahrkarte und bloß bis Lipnik.«

»Jaja, neenee«, pflichtete ihr wieder eine andere bei, und dann die nächste:

»Und wenn einer hingeht, vielleicht lässt er sich erweichen.«

Die nächste:

»Weil, raus in diese Dunkelheit, in diesen Regen.«

Die nächste:

»Er hat doch keinen Stein, hat doch ein Herz wie jeder.«

»Geh eine von den Jüngeren. Eine Jüngere kriegt ihn eher…«

Und nun war der Bus erfüllt von diesem Weibergebarme, denn die Männer schienen sich damit abgefunden zu haben, dass es nur bis Lipnik ging. Lediglich die beiden stritten sich weiter mitten in dem Gejammer.

»Wissen Sie, wer ich bin?«

»Sie dürfen mich mal.«

»Ich… Ich hatte eine hohe Stellung!«

»Dann darfst du mich mal von oben, Arschloch.«

Und vermutlich deshalb bemerkte niemand, dass wir schon in Lipnik waren, als der Bus hielt und der Fahrer rief:

»Lipnik! Aussteigen. Weiter gehts nicht. Er ist kaputt!«

Und wie auf einen unabwendbaren Richtspruch begannen sich alle von ihren Sitzen zu erheben, ohne das leiseste Murren, sich demütig darein schickend, dass der Bus kaputt war. Sogar die zwei stellten während des Aussteigens ihren Streit ein und nahmen ihn, obwohl nicht mehr ganz von der eigenen Wut überzeugt, erst draußen wieder auf, vielleicht hatten auch der Regen und die Dunkelheit ihre Wut erstickt. Sie warfen sich, gewissermaßen zum Abschied, nur noch ein paar Verwünschungen an den Kopf, dann verschwanden sie, jeder in eine andere Richtung, im Regen und in der Dunkelheit.

Als erster hatte der Fahrer den Bus durch die Tür seiner Kabine verlassen, und als ich nach draußen trat, stand er schon am Vorderrad und pisste, so ungerührt, als könnten ihn die Reisenden mitsamt der ganzen Welt. Ich fragte ihn schüchtern, wie spät es sei, er antwortete nicht sofort. Er pisste zu Ende, knöpfte sich die Hose zu, dann erst streckte er die Hand in den Lichtkreis des Scheinwerfers, knurrte, gleich sechs.

So schnell mich die Beine trugen, rannte ich im Rücklicht des Busses los. Bis nach Włostów waren es an die drei Kilometer. Doch der Regen, der Wind, die Finsternis und dazu das Rauschen der hohen Bäume zu beiden Seiten der Straße hinderten mich, schnell zu laufen. Wenn der Wind heftiger zustieß, ächzten die Bäume, mir war, als brächen sie über mir, und manchmal vermeinte ich das Krachen eines Baumes zu hören, der dort vor mir auf den Weg stürzte. Dauernd trat ich in Pfützen, stolperte in Schlaglöcher, und wie geführt von bösen Mächten taumelte ich von Straßenrand zu Straßenrand. Sobald ich dennoch versuchte, an Tempo zuzulegen, wickelte sich mir der lange Mantel um die Beine und bremste meine Schritte, dass ich ein-, zweimal fast hingeschlagen wäre. Da zog ich ihn aus, denn mir war heiß geworden, warf ihn mir über die Schulter, und ohne auf die unter meinen Füßen aufspritzenden Wasserlachen zu achten, begann ich zu rennen.

Keuchend, durchnässt, besudelt wie ein Schwein, erreichte ich das Tor der Zuckerfabrik. Mich verblüffte, dass an einem so festlichen Tag kein Transparent über dem Tor hing. Eine einzelne regennasse Lampe warf einen blassen Schein. Ich klopfte ans Fenster des Pförtnerhauses.

Es ging einen Spalt breit auf, und ein Kopf in schiefsitzender Dienstmütze erschien darin, den mein Klopfen wohl eben aus dem Schlaf geholt hatte.

»He?«

»Ich bin vom Kreis«, stieß ich hervor, noch atemlos vor Erschöpfung.

»Ja und?«

»Ich komm zu der Feier hier.«

»Feier?«

»Zum siebzigsten Geburtstag des Genossen Stalin.«

»So viel hat er schon auf dem Buckel? Ein hübsches Alter. Aber von Feier is mir nichts bekannt.«

Im selben Moment betrat ein Mann in speckiger Wattejacke und Ohrenklappenmütze das Pförtnerhaus.

»Franek«, wandte sich der Pförtner an ihn, »weißt du was von einer Feier heut bei uns? Hier is einer vom Kreis.«

Der Mann zuckte die Achseln. »Hast du mal den Schlüssel zum Lager da? Havarie, gottverdammichnochmal, in der Spülanlage.« Und sich mit dem Schlüssel entfernend, warf er kurz hin: »Ruf den Kotorba an, der is hier zuständig für Feiern.«

Der Pförtner nahm träge den Hörer ab, wählte die Nummer und sagte:

»Haste vielleicht Gedichte mit? Ab und zu schicken sie einen mit Gedichten. Manchmal sind sie hübsch. Hörn sich gut an. Bloß im Moment geht der Zucker vor. Hallo! Das Pförtnerhaus hier. Ich wollte mit Kotorba. Sekretär, haben wir eine Feier bei uns? Hier steht einer … Er sagt, zu einer Feier. Woher soll ich das …? Aushang war keiner. Der Chałupczak war grad wegen nem Schlüssel da, der weiß auch von nichts.«

Er legte auf, ließ mich durch das Türchen.

»Durch die Tür da nach rechts und geradeaus«, zeigte er. »Angeblich is was, bloß wer geht da heut hin.«

Kotorba, der Sekretär, saß an einem Schreibtisch. Er sah aus wie der Kommissar in einem Film. Ledermütze, Lederjacke, breites Soldatenkoppel, Stiefel. Dicht gesäte Pockennarben verliehen seinem Gesicht die seiner Funktion angemessene Strenge. Er war ein Mann in fortgeschrittenem Alter, worauf das unter dem Mützenrand hervorstehende schlohweiße Haar schließen ließ. Mein Herz schlug heftiger, als er sich energisch erhob, weit ausholend meine Hand ergriff und sagte:

»Wir heißen den Genossen willkommen. Wir warten schon, um es mal so zu sagen …«

»Entschuldigen Sie, dass ich so spät …«, unterbrach ich ihn, »aber der Bus …«

Auch er unterbrach mich:

»Macht nichts. Wir verstehen.«

»Von Lipnik bin ich weiter zu Fuß. Da, ich bin ganz verdreckt.« Entsetzt betrachtete ich meine Schuhe, die Hose, den Mantel. »Sollte ich mich nicht erst etwas säubern?«

»Nicht nötig. Wir verstehen. Wir stecken auch in der Kampagne. Der Zucker, sozusagen. Das Wichtigste sind jetzt die Produktionsergebnisse.«

Außer ihm saßen noch drei Männer im Raum. Aber ich konnte nicht entdecken, dass sie für eine Feier angezogen gewesen wären.

»Die Gewerkschaft«, stellte er mir den einen vor. »Und das ist unsere Jugend.« Er deutete auf den anderen.

Die Jugend kam mir nicht jugendlicher vor als die Gewerkschaft. Da es nun aber die Jugend war, drückte ich ihr die Hand und sagte: »Freundschaft«.

»Sie haben als erste zum Wettbewerb in unserm Werk aufgerufen«, fuhr der Sekretär fort. »Und zu Ehren des Geburtstags des Genossen Stalin haben sie die Selbstverpflichtung übernommen: zweihundert Prozent in der Melasse und hundertzwanzig in der Raffinade. Und das hier ist der Genosse Fularski«, stellte er den Dritten vor, ohne jedoch seine Funktion oder seine Verdienste zu nennen.

Er forderte mich auf, mich zu setzen, es mir bequem zu machen, wir hätten noch etwas Zeit, worauf er sich an der Gewerkschaft und an die Jugend wandte:

»Kümmert euch um den Genossen. Ich muss noch was mit Romek…« Und er nickte zu dem Genossen Fularski hin, der beflissen hochschnellte und ihm, den Oberkörper unterwürfig verrenkend, nach draußen folgte. Gleich vor der Tür begann ihm der Sekretär irgendwelche dringlichen Anweisungen zu erteilen. Doch sie hatten die Tür wohl nicht richtig zugemacht, oder sie war so undicht, denn ich verstand, obgleich im Gespräch mit der Gewerkschaft und der Jugend begriffen, beinahe alles, was er sagte: »Trommel zusammen, so viel du kannst. Klapper die Abteilungen ab. Vielleicht haben sie irgendwo einen Ausfall. Angeblich steht die Spülanlage. Der Martyniuk soll dir seine Packerinnen geben. Die Weiber aus der Kantine nimm. Guck nach, was so in den Büros rumhockt. Und die Putzfrauen. Machen sie eben morgen sauber. Vielleicht schnappst du dir einen von den Leitern. Jemand von der Direktion sozusagen, das wäre gut. Soll er Jackett und Schlips anziehn. Dann stellen wir ihn vor: die Werkleitung. Wer hätte, verdammt, mit sowas gerechnet? Bei dem Wetter jagt man doch keinen Hund vor die Tür. Was weiß ich, wer das ist? Am Telefon hieß es bloß, ein Genosse vom Kreis. Besser, man fragt nicht nach. So ein junger Köter schnappt manchmal ärger zu… Und der Sołtykowa sag, sie soll, du weißt schon was. Was heißt hier, er trinkt nicht? Jeder trinkt. Und ob sie Brause da haben. Vor allem eins: Maul halten.«

Er kam ohne Fularski zurück, zufrieden, munter, selbstsicher.

»Ist es hier nicht zu kalt?« Er rieb sich die Hände. »Macht nichts, gleich wird geheizt. Und in der Zwischenzeit, um es mal so zu sagen…« Er machte den Schrank auf, holte eine Flasche, ein Glas heraus, schenkte es halbvoll und trat zu mir.

»Der Gast hat den Vortritt, versteht sich.«

Ich krümmte mich innerlich, denn seit dem Schulfest, auf dem ich mich betrunken hatte, konnte ich keinen Schnaps mehr sehen.

»Nein, danke«, lehnte ich, wenn auch schüchtern, ab.

»Einer, Genosse, kann nie schaden. Zum Warmmachen«, redete er mir zu, und die Gewerkschaft sprang ihm noch bei:

»Durchgeweicht wie du bist, ist es sogar gesund. Da, wie das Wasser aus deinem Mantel tropft. Und bestimmt hast du nasse Füße.« Ich schämte mich, denn unter dem Kleiderhaken, an dem mein Mantel hing, hatte sich eine Pfütze gebildet. Aber noch mehr beschämte mich, dass er von meinen nassen Füßen wusste. Ich bewegte die Zehen, ja, nass. Und da beschloss ich erst recht, mich nicht rumkriegen zu lassen, denn damit, so fühlte ich, hätte ich zugegeben, dass ich nasse Füße hatte.

»Nein, danke.« Und im selben Moment kam mir der rettende Einfall: »Zuerst die Pflicht, Genossen.«

Sie erstarrten. Blickten einander unsicher an. Das hatten sie wohl nicht erwartet. Der Sekretär fand als erster die Sprache wieder:

»Richtig. Zuerst die Pflicht.« Ganz langsam begann er den Schnaps aus dem Glas in die Flasche zurückzuschütten. Seine Hände zitterten, und so rann ein Teil an der Flasche herunter und tropfte auf den Boden. »Ohne Brille ist das nur halbe Sache«, versuchte er über sich selbst zu witzeln, aber ich hätte schwören können, insgeheim dachte er von mir das Schlimmste. Ebenso wie die anderen, der Gewerkschaft und die Jugend, die sichtlich enttäuscht zusahen, wie er den Schnaps zurückgoss. Er stellte die Flasche wieder in den Schrank. Zog die Jacke zurecht, rückte an seiner Mütze.

»Tja dann, Genossen, wollen wir mal«, sagte er kurz. »Dort warten sie schon auf uns.«

Der Saal machte einen trostlosen Eindruck, obwohl er nicht viel kleiner war als der Turnsaal in unserer Schule und auch eine Bühne hatte. Anstelle des Fußbodens Beton, Fenster mit Metallläden und an der Decke drei Lampen oder vielmehr drei große schirmlose Glühbirnen, von denen nur eine brannte, wenngleich so grell, dass es einem in die Augen stach. Als Schmuck ein paar verknäulte Papierschlangen, wie vom letzten Fest, nur im Hintergrund der Bühne, an der Wand, auf rotem Banner das Bild des Jubilars und darunter der Spruch: »Die Zuckerfabrik Włostów ehrt den siebzigsten Geburtstags des Genossen Stalin durch die Erhöhung der Arbeitsproduktivität«.

Etwas gemütlicher war es auf der Bühne. Über dem mit rotem Tuch ausgekleideten Tisch des Präsidiums brannte unter tellerförmigem Schirm eine einzige Birne. Ihr Licht fiel gebündelt auf den Tisch, und durch die von dem Tuch zurückgeworfenen Strahlen herrschte rundum ein warmes, rötliches Halbdunkel. Direkt von der Birne weg führte ein Kabel zu einer Steckdose in der Wand, das mit einem langen Draht an einem Stützbalken der Decke befestigt war, wodurch man die Birne je nach Bedarf hochziehen oder tiefer herablassen konnte.

Wir nahmen unsere Plätze auf der Bühne ein, der Sekretär in der Mitte, ich rechts von ihm, zu beiden Seiten der Gewerkschaft und die Jugend. Der Sekretär setzte sich nicht sofort, er zog sich zuerst die Glühbirne entsprechend seinem niedrigen Wuchs zurecht, dann nahm er die Mütze ab, sah sich im Saal um und sprach:

»Wir sind nicht gerade viel, Genossen.«

»Die kommen noch«, sagte der Genosse Fularski, der allein in der ersten Reihe saß, eilfertig.

Ganze drei Reihen weiter saßen zwei Arbeiter in Wattejacken, die Ohrenklappenmützen auf den Knien, und blickten unsicher nach beiden Seiten, als begriffen sie erst jetzt, wo sie sich befanden, und ihre regenschwarzen Jacken bezeugten, dass sie soeben von draußen abgezogen worden waren. Auch in den nächsten Reihen saßen nur je zwei, drei Leute, ein paar Frauen hier und da, manche mit Kindern auf dem Schoß, vielleicht wohnten sie auf dem Fabrikgelände, oder man hatte sie abgefangen, als sie ihre Kinder aus dem Betriebskindergarten geholt hatten. Und nur ganz hinten, an der Wand, saßen etwas mehr. Das Ganze wirkte, als hätte jemand mit der Forke ein paar Rüben in den Saal geworfen. Alle rangen sie spürbar mit der Müdigkeit, was man den Gesichtern ansah, die durch das Licht der großen grellen Birne über ihren Köpfen scharf hervortraten. Einer schlief schon, an die Schulter seines Nachbarn gesunken, der nicht versuchte, ihn zu wecken, vielleicht weil er selbst nahe daran war, einzunicken.

Der Sekretär stand immer noch und graste mit blinzelnden Augen die leeren Reihen ab. Von Zeit zu Zeit sah er zur Tür, oder auch vorwurfsvoll zu dem Genossen Fularski. Der konnte die Last des Sekretärsblicks offenbar nicht ertragen und suchte dauernd etwas in seinen Jackentaschen oder drehte den Kopf zum Saal, in der verzweifelten Hoffnung, auch nur einen einzigen Neuankömmling zu erspähen. Da ging plötzlich die Tür auf, und es erschien, wie herbeigeführt durch die verzweifelte Hoffnung, jemand im Gummimantel, vermummt, wassertriefend. Alle wandten sich der Tür zu. Das Gesicht des Sekretärs hellte sich auf, in die Augen des Genossen Fularski trat ein Leuchten, und selig sah er bald zu der Erscheinung, bald auf die Bühne, zu dem Sekretär. Der Mann zog die Kapuze vom Kopf, blickte sich leicht verlegen im Saal um und fragte:

»Ach, ne Versammlung habt ihr? Ich such den Pajda. Havarie in der Spülanlage. Wir brauchen einen Elektriker. Wisst ihr nicht, wo er steckt?«

Sofort rief der Sekretär den Mann durch einen strengen, enttäuschten Blick zur Ordnung.

»Wir haben hier eine Feier zu Ehren des Genossen Stalin. Hast du den Aushang nicht gelesen?«

Der Mann gab etwas wie ein »Aaah...« von sich und verließ schleunigst den Saal.

Der Sekretär war sichtlich niedergeschlagen. Er schaute nicht mehr im Saal umher und übersah sogar den Genossen Fularski. Es beeindruckte ihn auch nicht, als jemand in Jackett und Krawatte eintrat, sich auf Zehenspitzen zur Bühne vorbewegte und schmierig lächelnd zu ihm hinaufsah, als sei er unsicher, wohin er sich setzen sollte.

»Setz dich neben Fularski«, knurrte der Sekretär schroff und sagte, an der Gewerkschaft und an die Jugend gewandt:

»Die Werkleitung hätten wir sozusagen, wir könnten anfangen. Oder warten wir noch?«

Die andern nickten, es blieb unklar, ob sie anfangen oder noch warten wollten. Der Sekretär setzte sich also, dann beugte er sich zu mir und begann mir Rechtfertigungen ins Ohr zu blasen:

»Die Kampagne, ihr versteht schon. Der Plan ist angespannt. Drei Schichten an den Maschinen. Die Rübe ist trocken heuer. Zu wenig Regen. Die Rübe allein machts nicht, versteht sich... Das Bewusstsein müssen wir anheben. Die Agitation verbessern.«

Ich nickte dazu wie die andern beiden und bemühte mich sogar, die aufmerksame Miene zu wahren, obwohl mich die Rolle, die er mir aufzuzwingen versuchte, immer mehr quälte.

»Im Frühjahr fangen wir mit der Schulung in Marxismus-Leninismus an. Etwas Politökonomie. Die Ränke des Imperialismus. Des Kolonialismus, mal so gesagt. Der Kampf um den Frieden. Dann bringen wir das alles an die Basis, zu den Belegschaften...«

Mich tröstete einzig der Gedanke, dass ich dieses *Merkbuch des Agitators* besaß, das mir fast wie ein Schutzschild gegen die dienstliche Gesprächigkeit des Sekretärs erschien. Und ich tastete nach der Tasche in meiner Jacke, ob ich es auch bestimmt aus dem Mantel genommen hatte.

Eins der Kinder langweilte sich offenbar, es rutschte vom Schoß der Mutter und begann zwischen den Stuhlreihen hin und her zu flitzen. Das ermunterte die andern, und der Saal füllte sich mit Getrappel und Gekreisch. Eine Mutter rannte ihrem Kind hinterher, aber irgendwie so unbeholfen, dass sich das Kind auf seiner Flucht vor ihr zwischen den Stühlen verfing, hinfiel und gellend losbrüllte. Das erboste den Sekretär.

»Frauen, bringt eure Bälger zur Ruhe!« Seine Arme schnellten heftig nach vorn. »Das ist eine ernste Feier hier!« Doch als befürchtete er, die Mütter könnten ihn missverstehen und mitsamt ihren Sprösslingen den Saal verlassen, wodurch sich die ohnehin geringe Zahl der Anwesenden noch verringern würde, sagte er begütigend: »Versteht sich, man sollte, mal so gesagt, von Kindesbeinen an… Übung ist nie verkehrt, und später ist auch das Bewusstsein danach…« Ja sogar ein Anflug von Zärtlichkeit schwang in seiner Stimme: »Mal abgesehen, der Genosse Stalin ist ein Freund der Kinder.«

Die Mütter rückten also aus, um ihre herumtollenden Sprösslinge einzufangen. Der Genosse Fularski stürzte ihnen hinterdrein und half eifrig, als handelte es sich um seine eigenen.

Unterdessen zog der Sekretär eine Drahtbrille aus der Jackentasche, hielt sie prüfend gegen das Licht der Birne überm Tisch, putzte die Gläser. Und als die letzte Mutter an ihren Platz zurückgekehrt war, warf er mir, der Gewerkschaft, der Jugend einen kurzen Blick zu und sagte:

»Also dann, fangen wir an?« Und er fing an: »Genossinnen und Genossen, wir haben uns hier versammelt, um« – er dehnte die Wörter in rauhem Singsang –, »um den siebzigsten Geburtstag des Führers der gesamten fortschrittlichen Menschheit, des Siegers über den Hitlerfaschismus, des Friedenswächters, des Genossen Stalin, feierlich zu begehen.«

Und ohne abzuwarten, bis einer im Saal zu klatschen begann, beklatschte er sich selber nach Kräften.

Der Genosse Fularski und sein Nachbar, anders gesagt, die Werkleitung, fielen ein und klatschten noch lauter. Der Genosse Fularski, sichtlich bewegt von diesen ersten Worten des Sekretärs, sprang hoch und wollte etwas rufen, aber er schaffte nur ein: »Es le…!«, denn der Sekretär war schneller und winkte ab. »Nachher!«

Auch aus dem Saal kam vereinzelter, mickriger Beifall.

»Ich begrüße auf unserem Festakt« – der Sekretär wandte sich mir zu – »den Genossen vom Kreis.« Und er führte die aneinandergelegten Hände zu meinem Kopf hin und begann hörbar schneller zu klatschen, was den Versammelten die Bedeutung meiner Person verdeutlichen sollte, obwohl es gewiss auch ein Zeichen seines Misstrauens gegen mich war, vielleicht sogar seiner Angst, wer weiß.

Verlegen ob der, wenn auch erwarteten, besonderen Erwähnung, fuhr ich, mag sein, etwas überstürzt, empor, heftete die Augen auf die grelle Glühbirne über dem Saal und verbeugte mich, und obgleich das kaum einen Atemzug lang dauerte, fühlte ich plötzlich fast greifbar meine physische Existenz, so als sei ich eben jetzt ins Dasein getreten, denn bisher hatte mich noch nie jemand so begrüßt. Beifall erhob sich, dem Flügelschlagen aufgeschreckter Tauben gleich, vielleicht klang es auch nur so in dem leeren Saal.

Auf meine Begrüßung folgte die der Gewerkschaft, der Jugend und der Werkleitung. Bei letzterer kicherte jemand verstohlen an der Wand, jemand wunderte sich, Leitung? Jemand zischte halblaut, seit wann ist denn der Franek? Und schließlich der Arbeiterklasse, anders gesagt, aller Anwesenden, des Vortrupps des Fortschritts, wie der Sekretär sie nannte, der sich zum soundsovielten Male zum Klatschen anschickte.

Als nächstes stellte er die Tagesordnung vor: Eröffnung – Kotorba Alojzy, Erster Sekretär der Betriebsparteileitung, also er. Referat über das heldenhafte Leben und Wirken des Genossen Stalin – hier wandte er sich abermals mir zu, – der Genosse vom Kreis. Und zum Schluss Absingen der *Internationale.* Darauf klemmte er sich die Brille auf die Nase, griff in die Jackentasche. Zu meiner Verblüffung zog er ein ebensolches *Merkbuch des Agitators* hervor, wie ich eins besaß. Mich überlief es heiss. Ich traute meinen Augen nicht, doch kein Zweifel, das gleiche. Unwillkürlich fasste ich wieder nach meiner Jackentasche, war es nicht doch meins, das unerfindlicherweise in seine Hand gelangt war. Aber leider, meins steckte an seinem Platz. Etwas wie Selbstmitleid befiel mich. In meinen schlimmsten Vermutungen wäre ich nicht darauf gekommen, außer mir könne noch jemand im Besitz des *Merkbuchs* sein. Dazu hier? Am äußersten Rand des Kreises? Als sie uns diese Hefte gaben, hatten sie doch gesagt, das ist eure Waffe, Genossen. Dank dieser Waffe seid ihr stark.

Der Sekretär schlug die erste Seite auf, räusperte sich und verlas den ersten Satz mit ungeübter, zitternder Stimme.

Vielleicht war das seine Rache an mir? Bloß wofür? Er hatte doch gesagt, sie hätten mich erwartet. Sie hatten einen Anruf vom Kreis gekriegt und gewartet, das hatte er doch gesagt. Willkommen hatten sie mich geheißen. Ja mich bedauert, bei dem Regen, dem Sauwetter. Ich hatte geglaubt, ich hätte ihnen damit Eindruck gemacht. Wieso hatte er nicht zugegeben, auch er besitze das *Merkbuch.* Wenigstens zufällig hätte er es aus der Tasche ziehen können, er hatte ja mal die Brille, mal das Taschentuch gezückt. Oder dann, am Präsidiumstisch, er hätte es hervorholen und vor sich hinlegen können. Nein, bis zur letzten Minute hatte er es geheimgehalten.

Ich zog auch das meine aus der Tasche, schlug lautlos gleichfalls die erste Seite auf und folgte den Worten des Sekretärs. Noch tröstete ich mich, er werde vielleicht etwas vom Anfang lesen, nur etwas zur Eröffnung, und den Rest mir überlassen. Das *Merkbuch* war lang, das Vorlesen müsste mindestens eine Stunde dauern, es ließ sich also leicht in Eröffnung und Referat einteilen.

Als er die erste Seite beendet hatte, blätterte er um und begann mir nichts, dir nichts mit der nächsten. Er kam nur schwer voran, stockte, räusperte sich, erste Schweißtropfen traten ihm auf die Stirn und glitzerten wie Pailletten im Licht der dicht über ihm hängenden Birne. Ich hoffte, er werde das Gestoppel nicht lange durchstehen. Ein, zwei Sätze, und er würde abbrechen. Mehr schlecht als recht langte er am Ende der Seite an, und wieder blätterte er um. Die Unruhe griff von meinem Herzen langsam auf meine Beine über, ich ertappte mich dabei, wie ich dort, unterm Tisch des Präsidiums, mit dem rechten Fuß nervös gegen die Bühnenbretter tippte. Doch hoffnungsvoll klammerte ich mich an jeden folgenden Satz, hier würde er abbrechen, würde das *Merkbuch* zuklappen und sagen:

»Und nun hat der Genosse vom Kreis das Wort.«

Und neuerlich bestimmte ich für ihn den nächsten Satz, der vielleicht der letzte wäre, es sein musste. Und sodann wieder einen von den nächsten, der mir eigens dazu gemacht schien, diese Eröffnung zu beenden. Und nun hat das Wort, mir war, als hörte ich, wie er mich ankündigte. Wie lange konnte man auch so einleiten? Er musste doch spüren, es war höchste Zeit für meinen Auftritt. Bestimmt warteten die Leute im Saal schon ungeduldig, obendrein seines Gestammels müde. Weiter hinten fingen inzwischen manche an herumzurutschen, mit den Stühlen zu knarren, als wollten sie ihm ein Zeichen geben. Mit jedem seiner Sätze nahm dieses Geknarre zu, so schien mir. Manche Mütter mussten ihre Sprösslinge erneut beruhigen, sie sprangen von ihren Schößen, wie aus Protest, dass er mit dieser seiner Eröffnung das Maß der Gute-Nacht-Geschichte längst überschritten hatte.

Er langte am Ende der nächsten Seite an, doch nichts deutete darauf hin, dass er die Absicht hatte, mit ihr Schluss zu machen. Im Gegenteil, er schien mehr und mehr hingegeben an dieses Lesen. Er kam auch immer besser damit zurecht, er räusperte sich weniger, stockte seltener, was ihn wohl so beflügelte, dass er sichtlich in Fahrt kam. Die Sätze selber schienen ihn einzusaugen, nur weiter, vorwärts! Vielleicht hatte er sogar vergessen, dass er lediglich hatte eröffnen wollen, denn nun drängte er voran, ohne Verschnaufpause, ohne Atemschöpfen. Da, er pustete, und die Seite legte sich von selbst um. Oder die jagenden Sätze taten es freiwillig für ihn. Die Sätze preschten vor wie Pferde, fielen in Galopp, wer weiß, vielleicht sah er sich schon an ihrer Spitze, wie er durch die Steppe Denikins feindlicher Armee oder der eines andern nachsetzte. Das Pfeifen der Säbel, den Hagelschlag der Hufe, das Stöhnen der getretenen Erde hörte man in seiner Stimme. Diese Stimme, bisher stockend, rauh, war nun ebenso weit und frei und klingend wie die Steppe.

Eben erst am Anfang einer Seite, näherte er sich schon ihrem Ende. Er wiegte sich vor und zurück, stellte sich auf die Zehen, warf den Kopf nach hinten. Bald reckte er den rechten Arm in die Höhe, drohte jemandem mit dem Zeigefinger, bald wehrte er jemanden mit der flachen Hand ab, zerschmetterte jemanden mit geballter Faust. Wie auf ausgebreiteten Schwingen trug ihn der Sturmvogel der Geschichte. Während dieser revolutionären Jagd traf er unversehens die Glühbirne dicht über seinem Kopf, so dass das Licht über dem Tisch des Präsidiums zu schaukeln begann wie die Sonne über der Erde. Jener Sturmwind der Revolution, der, anfangs trügerisch wie ein erfrischender Zephir, die Sätze nur kühl umfächelt hatte, jetzt offenbarte er seine wahre Kraft, er zerrte an den Sätzen, ja riss manche aus mitsamt den Wurzeln. Er las nicht mehr, er schleuderte Blitze gegen all diese Bourgeois, Lakaien, Agenten, Interventen und dergleichen Feinde des Volkes, die wie ekles Gewürm an allen Enden der Welt hervorkrochen und versuchten, den Lebenslauf des Genossen Stalin anzunagen und nicht wussten, dass sie auf einen Felsen trafen.

Allmählich packte mich Verzweiflung, dass er mir die Revolution so Stück für Stück wegnahm. Nicht Angst, nicht Wut, sondern Verzweiflung. Als zwackte er mir Stück für Stück etwas von meiner Seele, meinen Gedanken, meinem Herzen ab. Als würde jedes von ihm gesprochene Wort für immer zu Asche in mir. Denn wie sollte ich danach noch reden, ohne die Revolution? Das war, wie beten ohne Gott. Wie brennen ohne Flamme. Die Revolution war ja die Flamme, durch die jeder Satz im *Merkbuch* brannte, jedes Wort, ja die einzelnen Silben, Kommas, Punkte brannten, zu schweigen von den Ausrufungszeichen.

All das befestigte mich noch mehr darin, dass es seinerseits doch Rache war. Mir fiel ein, wie er vor der Tür zu dem Genossen Fularski gesagt hatte, ein junger Köter schnappe manchmal ärger zu. Er hatte wohl beschlossen, dem jungen Köter eine Lehre zu verpassen. Er machte sich deutlich lustig über mich, er musste mit einem kurzen Blick zum Tisch bemerkt haben, ich hetzte, ins *Merkbuch* starrend, seiner Spur nach, und er lief mir davon. Ich verstört, die Augen aufgerissen, er frei wie die freie Steppe, ich zu Fuß, er zu Ross. Und obwohl er mit salbungsvollem Ernst las, las er doch auch so gierig, als verschlänge er ein Blatt nach dem andern, als habe er vor, sich dieses *Merkbuch* vollständig einzuverleiben, auf dass auch nicht ein halber Satz mehr für mich übrigbliebe.

Die Brille war ihm tief auf die Nase gerutscht, doch er hatte nicht die Zeit, sie zurechtzurücken, er befand sich gerade mitten im größten Strudel. Hier jagte er Judenitsch nach, dort drängten Koltschak, Wrangel, Krasnow, Kornilow heran, die SR, die Kadetten. Schwungvoll, als hiebe er mit dem Säbel zu, schlug er die nächste Seite auf. Also nahm auch ich meine Hoffnung mit hinüber auf diese Seite: irgendwo hier, so Gott will. Vielleicht hielt ihn eine Schlucht von Satz auf, ein Berg von Satz, er würde zögern und sich fragen, wohin führt die Jagd? Vielleicht gab er sich innerlich einen Ruck, lass gut sein mit der Lehre, er ist jung, er muss sowieso noch allerhand begreifen, und das kommt mit den Jahren. Er sah nicht aus, als wäre er ein schlechter Mensch. Ohne die Pockennarben hätte er gutmütig gewirkt. Man konnte sich ohne weiteres vorstellen, wie er am Ofen sitzt, im Ofen prasselt ein Feuer, und sein

Enkel reitet auf seinem Knie. Der Enkel ruft: schneller! Denn das Knie ist das Pferd, und der Enkel fegt auf dem großväterlichen Knie durch die Steppe der feindlichen Armee Denikins oder eines anderen hinterher, und der Großvater fällt ein und schreit: Hurrrra! Oder aber er dachte in einem plötzlichen Anflug von Müdigkeit, das langt, ich muss aufhören, damit für ihn was bleibt, besser er liest, er ist nass geworden, ist durchgefroren, wozu soll er sich was ausdenken, womöglich denkt er sich nicht das Rechte aus, die melden das, und dann sieh zu, wie du das klärst. Am sichersten ist, sich an Geschriebenes zu halten. Das ist gewissermaßen eine Landstrasse, dazu eine mit Wegweiser. Dieser Lebenslauf reicht für uns beide. Siebzig Jahre eines einzelnen Menschen und gleichsam siebenhundert der Menschheit. Eine Lektion würde ihm zwar gut tun, nicht mal was trinken hat er uns lassen. Aber ach was. Und jetzt hat der Genosse vom Kreis das Wort. Bitte sehr. Vielleicht hier, unter der Birne. Da ist es heller.

Er indes stürmte vorwärts, Hals über Kopf, als habe er nun den Sturmwind der Revolution direkt im Rücken. Obwohl meine Augen, die seine Spur verfolgten, unterstützt von meinem hellwachen Gehör, die ersten, kaum merklichen Anzeichen ausmachten, dass er an Schwung verlor. Hier verwechselte er ein Wort, dort übersprang er eine Silbe, machte nicht Halt bei einem Punkt, ihm fehlte die Puste, dabei hätte er gerade jetzt kraftvoller lesen müssen, denn mit einemmal entrang sich allen Mündern der Ruf: Der Genosse Stalin soll uns führen! Vielleicht wird er endlich müde, dachte ich in einem neuen Zustrom von Hoffnung.

Das wäre im übrigen nicht verwunderlich gewesen, denn auch bei den Leuten im Saal machte sich die Müdigkeit zunehmend mehr bemerkbar. An der Wand schlummerten manche schon, manche rangen noch mit sich. Und vorn, wo das grelle Licht der großen Glühbirne hinfiel, saß der eine oder andere mit geschlossenen Augen, die er nur hin und wieder aufriss, um zu prüfen, ob er noch im Saal war oder schon zu Hause.

Die meisten Kinder waren auf den Schößen ihrer Mütter eingeschlafen. Einzig dem Genossen Fularski funkelten die vor Erregung geweiteten Pupillen wie einem Wolf bei Nacht, während die Werkleitung an seiner Seite glänzte wie im Widerschein des Mondes.

Wieder blätterte der Sekretär um, jedoch nicht mehr so heftig, ja für Bruchteile von Sekunden ließ er seinen Blick auf dem Genossen Fularski ruhen. Der verstand das höchstwahrscheinlich als ein Zeichen und hob sofort die Hände zum Applaus. Aber die Revolution wollte nicht warten und stürmte weiter, ja sie entbrannte mit verdoppelter Kraft. Irgendwo begann ein Kind zu weinen. Jemand an der Wand hatte seinem schlaftrunkenen Körper offenbar zu viel zugemutet und sackte, als er es sich bequemer machen wollte, so schwer auf seinen Stuhl zurück, dass der aufstöhnte und sich aller Köpfe vom Lebenslauf des Genossen Stalin ab- und diesem Stuhl zuwandten. Der Genosse Fularski sprang hoch, als wollte er den Schuldigen verwarnen. Doch als er sah, dass es Müdigkeit gewesen war und kein Verschulden, setzte er sich wieder und war nur entrüstet.

Den Sekretär hingegen scherte das alles nicht. Er war nicht in diesem Saal. Er war soeben dabei, Zarizyn zu besetzen. Dennoch klammerte ich mich an den Gedanken, vielleicht würde er doch müde. Schließlich war er alt, so eine Revolution war nichts für sein Alter. Pferde, Steppen, Säbel, Armeen gegen Armeen. Eher schon eine bürgerliche, von Rednerpult zu Rednerpult, über die Straße hinweg, auf einem Platz, vor einem Denkmal, in den Klubs, Salons, eine Revolution mit Worten, mit Regenschirmen. Vielleicht geriet er auch in Atemnot? Er hatte erwähnt, schon dort, in dem Raum, dass ihn bei solchem Wetter das Asthma plage.Und als er nach meiner Weigerung betreten die Flasche in den Schrank zurückstellte, sich abrang, richtig, zuerst die Pflicht, da hatte seine Stimme erstickt geklungen, als hätte das Asthma sich schon über ihn hergemacht. Und irgendwie hatte er der Gewerkschaft und der Jugend zugeblinzelt, als wollte er sagen, da, seht ihr, verdammt, schon hats mich wieder in der Zange.

Ich malte mir sogar aus, dass ihn die Wörter zu zwacken begännen, zu kitzeln, zu jucken, sie quellen auf, er versucht zu husten, hustet immer öfter, immer tiefer, bis er sich verschluckt, würgt, ihm die Luft wegbleibt, und mit ihm bleibt auch der Revolution die Luft weg, die Revolution ist am Ersticken, bis der Genosse Stalin am Ende selbst böse wird, was man hier mit seinem Lebenslauf treibt, und hinwirft, spring du für ihn ein, *molodez*. Mit den Alten bringts die Revolution nicht weit. Sie braucht Junge.

Ohne es zu wissen, fing ich im Stillen an zu beten: »Vater unser, der Du bist im Himmel, geheiligt werde Dein Name, Dein Reich komme, Dein Wille geschehe…« Doch mein Gebet bescherte ihm keinen Asthmaanfall, sondern half ihm womöglich gar, den kritischen Moment zu überstehen. Denn er gehörte nicht zu denen, die Schwächen leicht nachgeben. Mit jedem Satz trat der Mann aus Granit zutage, für den nur eine Richtung existiert: vorwärts! Und so welkte denn meine Hoffnung, er werde diese endlose Eröffnung nun doch beenden und mir den Rest des *Merkbuchs* überlassen, zusehends dahin und war bald nur mehr ein mickriges Pflänzchen.

Die Situation wurde bedrohlich. Ich fühlte, wie mich Angst beschlich. Ich folgte nun nicht mehr seiner Spur und wählte Sätze aus, mit denen er schließen musste, ja ich schaute gar nicht mehr ins *Merkbuch*. Überhaupt hörte ich ihm nur noch mit halbem Ohr zu und begann krampfhaft zu überlegen, was ich bei dem Auftritt sagen sollte, der mir bevorstand. Aber mir fiel nichts ein, wie auch, ohne das *Merkbuch des Agitators*!

Ich blickte flehentlich zu dem Sekretär hoch, hoffend, er werde vielleicht kurz zu mir herunterschauen und begreifen, wozu er mich verdammte. Doch er war leider aufs höchste angespannt, denn soeben kreiste er die deutsche Wehrmacht im Kessel von Stalingrad ein. Schweiß netzte ihm das Gesicht, und seinen Körper durchzuckten wohl Schauer, denn das *Merkbuch* in seiner Hand zitterte. Seine Stimme erhob sich weit über die nicht sonderlich große Gestalt, donnerte wie Kanonenfeuer. Die Sätze detonierten wie Geschosse, wie Bomben, stürzten wie Mauern ein, troffen vor Blut. Der Genosse Fularski, in den Stuhl gedrückt, bleich, den Mund geöffnet, als befolgte er die Anweisungen für Artilleriebeschuss, schien nur zu warten, wann ihn eines der Geschosse träfe. Im übrigen hätte ich schwören mögen, dass brenzliger Pulvergeruch über dem Saal lag. Selbst die große grelle Glühbirne war in Rauch gehüllt. Und die Leute hockten auf ihren Stühlen wie Soldaten zwischen den Trümmern, auf den Befehl zum Angriff gefasst. Und als in diese Erwartung hinein die zuversichtlichen Worte des Genossen Stalin fielen, auch in unseren Straßen *budet prasdnik*[12], dachte ich nicht mehr an den bevorstehenden Auftritt und ließ mich geradeso mitreißen von diesem Ringen zwischen Leben und Tod, Stahl und Soldaten.

Meine Angst, die mit jeder umgeblätterten Seite zugenommen hatte, war verschwunden, und ich stellte mir vor, ich renne, im Helm, im Wetterumhang, die Maschinenpistole über der Brust, renne im Kugelhagel, unter den Lichterbäumen der Raketen, durch Granattrichter, Schützengräben, Stacheldrahtverhaue, durch Stöhnen und über Leichen, durch Ströme von Blut, ich presse mich an den Boden, springe hoch, stürme von neuem vorwärts und schreie aus voller Brust: Hurrrra! Sieg! Und wir fallen uns in die Arme, ich und ein unbekannter Soldat, wir drücken einander, wie sichs für Helden gehört. Und als wir uns endlich loslassen, sehe ich, es ist Sascha. Zwar ist sein ganzes Gesicht rauchgeschwärzt, und Blut rinnt unter seinem Helm hervor, die Schläfe, die Wange, das Kinn hinab, aber es ist Sascha, kein Zweifel. Das gleiche breite Lächeln, die gleichen hellen Augen. Als würde ich Sascha nicht erkennen!

Über alledem war mir sogar entgangen, dass der Zweite

[12] (russ.) wird Feiertag sein

Weltkrieg inzwischen vorbei war. Die Stimme des Sekretärs war weicher, leiser, er schob die auf die Nasenspitze gerutschte Brille nicht mehr nach oben und blickte beim Umblättern nicht mehr in den Saal. Auch er schien gründlich mitgenommen von diesem Krieg, obwohl er nicht Soldat war wie ich und Sascha.

Wieder lebte die Hoffnung in mir auf, nun werde er seine Eröffnung bestimmt beenden. Denn auch wenn ich nicht mehr mit ihm zusammen umgeblättert hatte, es war – nach der Dicke zu urteilen –, noch immer ein Drittel vom *Merkbuch* übrig. Ich hätte also was zum Vorlesen. Ein, zwei Sätze, und er schloss bestimmt. Seine Stimme wurde hörbar matter. So wie aus dickem Garn langsam ein immer dünnerer Faden wird. Ich wartete also nur darauf, dass sich der Faden in eine Spinnwebe verwandelte und riss. Und nun hat der Genosse vom Kreis das Wort.

Doch weit gefehlt. Es begann nur eine neue Etappe im Leben des Genossen Stalin. Der Kampf um den Frieden. Eine weitaus schwerere als der Weltkrieg. Dort hatten Flugzeuge, Panzer, Kanonen, Soldaten genügt. Gerade verlas er, wie viel Gedanken der Genosse Stalin auf diesen Frieden verwenden musste, wie viele Reden, Verhandlungen, Versammlungen, Präsidiumssitzungen, Plenartagungen, Beschlüsse er ihn kostete. Seine Stimme klagte beinahe, dass der Genosse Stalin nächtelang nicht schlief, dass sie ihm das Essen ins Arbeitszimmer brachten, dass das Licht im Fenster des Kreml unentwegt leuchte, so wie ein Stern am Himmel. Die Augen des Genossen Fularski trübten sich vor Rührung, obwohl sein Körper hochaufgerichtet, angespannt dasaß. Der Körper schien einzig darauf zu warten, endlich die Hände zum Beifall heben zu dürfen. Auch die Werkleitung wirkte gerührt, wenngleich sie schon halb entschlummert war. Im übrigen sah es so aus, als teilte sich allen im Saal diese Rührung mit, denn wo führte das hin, so zu arbeiten, ohne zu schlafen? Sie wussten sehr wohl, was arbeiten heißt. Und vielleicht aus dieser Rührung heraus, dass sie friedlich schlafen konnten, weil der Genosse Stalin über ihren Frieden wachte, schliefen hier und da und besonders in der letzten Reihe an der Wand schon einige fest. Es schliefen alle Kinder auf den Schößen ihrer Mütter. Und über ihnen auch manche Mutter.

Ich saß mit Sascha am Rande eines tiefen Bombenkraters, wir ließen die Beine baumeln, er trug Stiefel aus grober Leinwand mit hohen Schäften, ich Sandalen mit Holzsohlen. Seine Füße waren viel größer als meine. Schon an diesen Füßen sah man, dass er ein richtiger Soldat war. Er zog ein Säckchen mit Machorka aus der Jackentasche, aus der anderen ein Stück Zeitung, riss ein Fetzchen davon ab, füllte es und begann sich eine Zigarette zu drehen.

»*Sakurisch?*«[13] fragte er.

»Ich rauche nicht«, sagte ich. »Ich bin noch zu klein.«

»*Tschto takoje, maly. Ty molodez. Sakuri.*«[14]

Ich rauchte noch keine Zigaretten. Hin und wieder hatte ich auf der Weide mal einen Zug bei den Jungs versucht, doch mir war gleich flau geworden, im übrigen hieß es, ihr Soldatenmachorka sei höllisch stark. Er jedoch drang weiter in mich:

»*Sa pobedu ne sakurisch? Sa towarischtscha Stalina ne sakurisch?*«[15]

So riss ich mir denn ein Stückchen von der Zeitung ab, streute Machorka hinein, aber mit dem Rollen kam ich nicht zurecht, mir zitterten die Hände, ich verstreute den Tabak. Da drehte er die Zigarette selbst für mich, brannte sie an der seinen an. Den Rauch einzuziehen verstand ich noch nicht, ich behielt ihn im Mund und stieß ihn durch den Mund wieder aus. Er bemerkte das und befahl mir, ihn tief einzuatmen.

»*Nu, tschto ty? Ne budjet iz tebja nikogda soldat.*«[16]

Bei aller Angst tat ich einen tiefen Zug, zumal ich vor hatte,

[13] (russ.) Rauchst du eine mit?

[14] (russ.) Was heisst hier klein. Du bist ein Prachtjunge. Rauch eine mit.

[15] (russ.) Du rauchst keine für den Sieg? Rauchst keine für den Genossen Stalin?

[16] (russ.) Na, was ist? Aus dir wird nie ein Soldat.

ihm das mit dem Windhund zu sagen. Ich war bereit, noch einen ganz anderen Preis dafür zu zahlen. Sogar eine Kugel hätte mich treffen können, in den Arm, ins Bein, oder irgendein kleinerer Splitter. Es verschlug mir den Atem, benahm mir die Luft, dann zerriss mir ein fürchterlicher Husten die Brust, und Tränen schossen mir in die Augen. Er brach in Gelächter aus, wie zur Begleitung dieses mich würgenden Hustens, und sagte, halb fragend, halb bestätigend: *Choroschaja kruptschatka? Tak totschno, choroschaja.*[17] Ich nickte, ja, *choroschaja*[18], obgleich ich noch immer nicht richtig durchatmen konnte. Und er lachte weiter, warf die Kippe in den Krater und lachte weiter. Plötzlich stand er auf und sagte:

»Nu, ladno.«[19] Er warf sich den Sack über die Schulter, zog die Jacke straff, rückte die Mütze zurecht und die MP auf seiner Brust. *»A teper na Berlin«*[20]. Mit diesen Worten verabschiedete er sich immer, wenn er an die Front zurückging, denn er war Meldegänger zwischen der Front und dem Hinterland. *»A teper na Berlin, babuschka«*[21] – und gab der Großmutter das leere Milchtöpfchen zurück, denn er kam jedesmal auf seinem Weg bei uns vorbei, um seine Milch zu trinken. *Ne spasibo, ne do swidanija, a teper na Berlin.*[22]

»Hoho, bis in dieses Berlin habt ersch noch weit«, stichelte der Großvater.

»Beißt noch ne Menge von euch ins Gras«, fügte Onkel Władek hinzu.

Aber er erwiderte nichts. Er warf den Sack über die Schulter, zog die Jacke straff, rückte die Mütze zurecht, die MP auf seiner Brust und lächelte sein breites Lächeln.

[17] (russ.) Gut, der Machorka. Ganz recht, der ist gut.
[18] (russ.) gut
[19] (russ.) Na schön.
[20] (russ.) Und jetzt auf nach Berlin.
[21] (russ.) Und jetzt auf nach Berlin, Großmutter.
[22] (russ.) Kein Dankeschön, kein Auf Wiedersehen, jetzt auf nach Berlin.

»Nu, a ty nasad domoi«[23], sagte er.

Und da stieß ich in einem Atemzug hervor, ich hätte gern ein Windspiel, wenn er an der Front eins sähe, dann solle er mirs mitbringen.

»Tschto eto takoje?«[24]

»Ein Hund«, sagte ich.

»Snatschit sobaka.«[25] Und, sichtlich interessiert, begann er mich auszufragen, groß oder klein, was für Beine, hoch, niedrig, der Schwanz lang, kurz, die Ohren hochgestellt, hängend, das Fell glatt, strubbelig und von welcher Farbe, wie bellt und was frisst er. Und die Schnauze, und er fing an, Fratzen zu schneiden, rundlich, kantig, spitz, rüsselartig, flach. Er steckte sogar zwei Finger in den Mund und zog ihn so breit es nur ging, bleckte die Zähne und begann zu knurren, zu bellen, zu toben wie ein echter Hund. Und das amüsierte ihn so, dass ich die Hoffnung verlor, er werde mir diesen Windhund eines Tages mitbringen. Zumal ich mir das meiste, was ich ihm über diesen Windhund erzählte, ausgesponnen hatte. Ich hatte ja noch nie einen leibhaftig gesehen und wusste bloß, er hatte Beine wie Stelzen, war um den Bauch herum dünn wie eine Deichsel, er war der Schnellste unter den Hunden, fähig, selbst einen Hasen zu überholen. Und er lebte in Schlössern. Doch das machte auf Sascha nicht den geringsten Eindruck.

»Snatschitsja, w dworzach?«[26], sagte er. *»Nitschewo, wse dworzy teper naschi.«*[27]

Im übrigen hatte ich alles, was ich wusste, vom Großvater und von Onkel Władek und Onkel Stefan. Und, recht betrachtet, wusste ich nur so viel, dass ich unbedingt einen haben wollte.

Manchmal erzählte Onkel Stefan, wenn er vom Feld heim-

[23] (russ.) Na und du, ab nach Hause.
[24] (russ.) Was ist denn das?
[25] (russ.) Also ein Hund.
[26] (russ.) Das heißt, in Schlössern?
[27] (russ.) Macht nichts, alle Schlösser gehören jetzt uns.

kam, ein Hase sei vor seinen Füßen aufgesprungen, groß wie ein Wolf, der Onkel war sogar mit einem Knüppel hinter ihm her, aber wie kann sich der Mensch mit einem Hasen messen. Selbst wenn er verhielt und es aussah, als wartete er, war er, hatte der Onkel zwei, drei Sätze gemacht, längst weiter. Tja, einen Windhund müsste man haben! Dann wieder erzählte der Großvater, wie er noch vor dem vorigen Krieg manchmal Treiber bei der Jagd des Schlossherrn gewesen war, und immer hatte er einen Hasen oder einen Fasan heimgebracht oder den Rüssel von einem Wildschwein, obendrein hatten sie ihm einen Rubel gezahlt, nur war er meist ohne Stimme heimgekommen, heiser, danach musste er mit Kamille gurgeln. Aber eine Menge Gutsbesitzer, Gutsbesitzerinnen, gnädige Herren, junge gnädige Herren, junge gnädige Fräuleins hatte er wenigstens zu Gesicht gekriegt, zu Pferde, im Sattel, gespornt, in Mützen. Tja und Hunde. Hoho, Hunde, so verschieden, das tätste nich glauben, dass so viele verschiedne Hunde leben auf der Welt. Nie wirschte aufm Dorfe solche Hunde sehn. Aufm Dorfe, da sind se alle gleich, als wärsch eener, zerstückelt und zerkrümelt, damits für jede Kate langt. Bellt einer, belln se alle, bellt das ganze Dorf in eenem Gebelle. Heult einer, heuln se dir alle. Aber dort, alles Hunde sozusagen, und so eine Fülle und so was von unähnlich, da weeßte nicht, sind das noch Hunde oder gar schon andre Geschöpfe. Hoho, die Hunde müsse der Herrgott liebgehabt haben, mehr als die Schweine, Kühe, Pferde, Menschen, denn nichts habe sein Wille derart unterschieden. Vielleicht noch die Fische und die Vögel. Aber den Fischen und den Vögeln hat er befohlen, sich vom Menschen fernzuhalten, den Hunden aber, für den Menschen da zu sein, denn obwohl er ihn gekreuzigt hat, ist er doch das unglücklichste unter den Geschöpfen. Aber Windhunde gab es immer am meisten. Doch Windhund ist nicht gleich Windhund. Mal ist er dünn und hoch, schier ein Wunder, dass er nicht umkippt. Lass den einen Hasen erspähn, schwupp hat er ihn mit einem Satz. Mal ganz nach vorn verschoben, wie ohne

Hinterteil, und wieder, schwupp, drückt er den Hasen gegen den Boden. Außerdem, er braucht den Hasen bloß zu sichten, und der ist unter seinem Blick schon tot. Nicht mal wegrennen kann der mehr, er trippelt, dreht sich im Kreis, ist ganz dumm im Kopf. Tja, die Hasen erstarrten auf den Feldern, sobald sie einen Windhund schnupperten. Genauso die Füchse, die fanden nicht in den Bau zurück, so verwirrte sich ihre Witterung. Alles Getier erstarrte, wenn die Windhunde kamen. Wildschweine, Rehe, Fasane, Rebhühner, was immer es gab in Wald und Flur. Denn der Windhund ist der Henker für jedwedes Getier und der König unter den Hunden.

Onkel Władek versuchte, dem Großvater zu widersprechen, nich der Windhund is Henker und König, der Wolfshund is es. Der Windhund taugt bloß für die Jagd, aber der Wolfshund für alles. Und es steht noch lange nich fest, ob er der beste is für die Jagd, denn der beste is der Jagdhund. Skórzynski, der Müller, hat vorm Krieg einen Jagdhund gehabt, und der sagt, keenen bessern Hund gibts nich. Überall saust er hin, bringt alles an, was de schießt, im Wasser, im Moor, im Gebüsch, der wittert, der findets und beißt es tot, wenns noch zappelt. Keine Ente und kein Rebhuhn hat der verfehlt, obwohl der Skórzynski selber nich immer wusste, wo er hingeballert hat. Alles hat er ihm vor die Füße gelegt. Gestaunt hat der Skórzynski, dass er was erlegt hat, er dachte, er hat nich getroffen. Und ein Jagdhund frisst, was de ihm vorsetzt, aber ein Windhund, was fütterste dem, weiß der Vater das? Der braucht was bessres wie der Mensch. Und in der Hütte wird er auch nich hocken. Geh doch zum Gutshaus, da drücken se sich in den Zimmern rum, aufm Hofe, im Park. Keine Hunde nich, mehr was wie Hundegeister. Nachts jagt dir der einen Schrecken ein, wie wenn einer umgeht, verkleidet als Hund. Trennste den der Länge lang durch, haste zweie, ha! Solche Hunde sind das. Vorm vorigen Krieg warns vielleicht noch welche, aber nich heutzutage. Denn vorm vorigen Krieg erschienen den Menschen am Himmel noch allerhand Zeichen. Und dann kam der hier, und nischt, bloß Flugzeuge. Guckste nach oben, fliegt dir ne Bombe entgegen.

Doch der Großvater ließ sich nicht irre machen, er wehrte sich nicht mal arg gegen die Zudringlichkeit des Onkels und wiederholte nur, wenn auch immer nachdrücklicher:

»Der König unter den Hunden.« Und nur manchmal floss auch etwas Zorn mit ein: »Aussatz du, leibhaftsche Tollwut.« Nun, und einmal, als er seine Nerven offenbar nicht mehr zu zügeln verstand, klatschte er sich, wie es seine Art war, aufs Knie und stieß hervor: »Dass de dich nich nochmal selber wirscht in eenen Hund verwandeln und als Geist umgehn.«

Ich weiß nicht, wieso, aber dem Großvater glaubte ich mehr. Ich träumte auch oft von einem Windhund oder vielmehr von jener Fülle von Windhunden, von der der Großvater erzählt hatte. Einmal träumte mir, ich säße auf einem Pferd, im Sattel, gespornt, die Mütze auf dem Kopf, und um mich herum eine Meute Windhunde, solche und solche, manche einander noch unähnlicher als der Großvater immer erzählte. Hingegen allesamt so, wie der Onkel zu erzählen pflegte, also der Länge lang durchgetrennt, obwohl ich die offene Seite mit den Eingeweiden nicht sah. Sie liefen langsam, träge, als sollten sie jeden Moment umkippen, sich nach der durchtrennten Seite hin öffnend, und die Eingeweide freilegen. Vielleicht konnten sie sich auch nur nicht entscheiden, ob sie noch Hunde waren oder schon Hundegeister und ob sie, wenn dies der Fall war, teilnehmen sollten an der Jagd oder schon als Spuk umgehen für ihre Sünden. Und ich ängstigte mich in diesem Traum entsetzlich, es könnte ein Hase auftauchen, denn dann stellte sich vielleicht heraus, dass auch der Hase nicht von dieser Welt war. Und mit einem quälenden Schuldgefühl erkannte ich in einem von den Windhunden, der sich ganz am Ende hinschleppte und absichtlich hinter den anderen zurückblieb, den Onkel Władek. Aber richtig der Onkel Władek war es auch nicht, sondern Mohrchen, der anstatt des Onkels spukte.

Das alles aber hatte damit angefangen, dass nach einem kurzen morgendlichen Granathagel, der gut ein Dutzend Gehöfte in Brand gesteckt hatte, und der darauf folgenden bedrohlichen, mit Ungewissheit und Erwartung aufgeladenen Stille, die von Zeit zu Zeit unterbrochen wurde von der himmelschreienden menschlichen Verzweiflung und dem Brüllen des Viehs, irgendwann gegen Mittag die Front herangerückt war.

Wir saßen im Keller, vertieft in die laute Litanei an das Herz Jesu, die die Großmutter anführte, denn sie allein konnte sie auswendig, wir sprachen ihr nur nach, erbarme dich unser, erbarme dich unser, erbarme dich unser, als oben die Tür aufging und in einer Garbe trüben Augustlichts Sascha erschien, den Lauf seiner Maschinenpistole in das Dunkel des Kellers, auf uns, richtend. Zunächst stieß er nur atemlos hervor:

»Germanza net?«[28]

Worauf wir im Chor zurückschrieen:

»Net! Net!«[29] Und der Großvater noch hinzusetzte: *»Byl,* aber *uschol«*[30]

Da kam er ein Stück herunter, ließ sich dicht über unsern gereckten Köpfen auf einer Stufe nieder und lächelte sein breites kindliches Lächeln. Er setzte den Helm ab und zog aus der einen Jackentasche ein Säckchen mit Machorka, aus der andern eine gefaltete Zeitung, riss ein Stück ab, streute Tabak hinein und begann sich eine Zigarette zu drehen.

»So jung und rauchst schon«, sagte die Großmutter. »Wie alt bist du?«

»Oh, alt, *babuschka*[31]«, sagte er.

»Alt, von wegen, rasierst dich noch nich mal, ich sehs doch. Milch sollteste lieber trinken.«

Die Treppenstufen hinauf, längs der Wand, stand in Tongefäßen die Milch von mehreren Tagen, in manchen war sie

[28] (russ.) Kein Deutscher da?
[29] (russ.) Nein! Nein!
[30] (russ.) Der war da, aber ist wieder weg.
[31] (russ.) Großmutter

schon sauer. Er trat die Zigarette aus und griff sich den nächsten Topf, obwohl ihm die Großmutter zu einem andern riet, dem vom Morgenmelken. Er steckte fast den ganzen Kopf in den Topf und schluckte so gierig, als hätte er seit Kriegsbeginn keine Milch mehr getrunken, vielleicht auch seit er ein kleines Kind gewesen war und an der Brust seiner Mutter gesaugt hatte, die Milch rann ihm das Kinn hinab, über die Jacke, über die Maschinenpistole. Aber er achtete auf nichts. Er trank.

Die Front rückte weiter, wir dachten schon, der Krieg sei aus und zogen aus dem Keller zurück ins Haus. Großvater und die Onkel begannen sogar die Sensen zu dengeln, hoffend, doch noch was zu ernten, wenn nicht fürs Brot, so wenigstens für die Aussaat. Der August war halb vorbei, das Korn überreif, versengt von der Sonne, plattgewalzt von den Panzern, niedergetrampelt von den Schützenketten, und auf fast jedem Feld Gräben, Gruben. Sie richteten den Leiterwagen her, die Großmutter, die Tanten machten Garbenbänder, Mutter kochte, und sogar der Vater, der immer öfter lag, stand aus dem Bett auf, saß auf dem Hackklotz im Hof und sah dem Treiben zu, gleichsam voll Zuversicht, dass auch er wieder gesund werden würde. Von allen Gehöften klang das Dengeln der Sensen herüber, sogar von dort, wo die Brandstätten der Katen, Scheunen, Ställe noch schwelten. Dieses Dengeln vermischte sich mit den fernen Detonationen und den prasselnden Feuersalven der abziehenden Front wie ein Abschiedsecho.

Doch nach ein paar Tagen hatte sich die Frontmaschine plötzlich festgefahren, etwas klemmte, keuchte atemlos, immer mehr verwundete Soldaten wurden auf Autos, Fuhrwerken oder Bahren gebracht, manche schleppten sich aus eigener Kraft voran, abgerissen, blutig, den Kopf, die Brust bandagiert, den baumelnden Arm in der Schlinge, manche ohne Jacke, mit blutdurchtränkten Hemdfetzen umwickelt, auf einen Stock gestützt oder sich gegenseitig stützend oder einer hängend zwischen zweien zu seiner Seite. Manchmal zog ein ganzer Zug von solchen vorbei.

Und wieder kehrte die Furcht ein, und wieder gingen Granaten über dem Dorf nieder, diesmal von der entgegengesetzten Seite, so dass wir aus dem Haus in den Keller zurück mussten. Auch Sascha kam zurück, zum Glück heil und gesund und keineswegs betrübt, er bleckte nur die Zähne in diesem breiten, kindlichen Lächeln und beteuerte, bald brächen sie von neuem nach Berlin auf, und wir könnten unser Getreide ernten.

Die Front machte mehrere Kilometer vor unserm Dorf Halt, um, wie Sascha sagte, Atem zu schöpfen, was nicht lange dauern würde, doch das waren, wie sich später zeigen sollte, nur Trostworte, denn sie steckte monatelang fest. Und nach ein paar Wochen beschloss man, unser Dorf sowie mehrere Nachbardörfer ans andere Ufer der Weichsel zu evakuieren. Bevor es jedoch dazu kam, schaute Sascha jedesmal, wenn er an die Front ging, zu uns herein, um Abschied zu nehmen, denn vielleicht käme er nicht zurück, und er hatte so gute Milch bei uns getrunken, und er trank wieder seine Milch und lobte ihre Güte. Und immer mit diesem seinen breiten, kindlichen Lächeln, als sprenge ihm die Freude die Brust, dass er vielleicht nicht zurückkam, als sei der Ruhm eines gefallenen Soldaten etwas Erhabenes und Natürliches im Krieg und das Leben allein ein Zufall und unbegreiflich.

Die Großmutter riet ihm, zu Gott zu beten, dann käme er immer zurück, worauf er erwiderte, sie hätten keinen Gott, sie hätten den Genossen Stalin. Gott gab es vor der Revolution, seine Mutter hat ihm das gesagt. Aber seine Mutter ist tot, sein Vater ist tot, Gott ist gestorben, und es gibt nur den Genossen Stalin.

Trotz aller Ermahnungen begleitete ich Sascha meist bis ans Ende des Dorfes und oft auch ein gutes Stück über das Dorf hinaus. Es schmeichelte mir, dass ich da mit einem echten Soldaten ging, der jetzt an die Front zog und obendrein nicht an Gott glaubte und den Tod verachtete. Ich sagte Sascha zu ihm, er sagte Petja zu mir, was meinen Stolz nur noch nährte. Und einmal, als ich ihn wieder ein gutes Stück über das Dorf hinaus begleitet hatte, kriegte er plötzlich Lust zu rauchen, wir setzten uns also an den Rand eines tiefen Bombenkraters, und da gestand ich ihm, ich wünschte mir einen Windhund.

Er versprach mir nichts, er lachte nur, doch eine Woche, vielleicht auch zwei Wochen danach, irgendwann nachmittags, es war still im Dorf, nichts fiel auf uns herab, nichts detonierte, nichts brannte, hörte ich in der offenen Kellertür Saschas Ruf:

»Petja! Petja!«

Ich sprang die Treppe hinauf und traute meinen Augen nicht. Am Kellerausgang stand Sascha, den Sack auf der Schulter, die Maschinenpistole über der Brust, und neben ihm ein Wesen, das nach einem Hund aussah. Hochbeinig, nach vorn verschoben, wie in Großvaters Erzählung, und gleichsam auch die Hälfte eines der Länge nach durchtrennten Hundes, wie in Onkel Władeks Einwand.

»Windhund!« sagte Sascha und bleckte die Zähne in seinem breiten, kindlichen Lächeln. Er hielt ihn an einem durch das Halsband gezogenen Stück Stacheldraht. *»Nu, tschto ty?«,*[32] sagte er, halb verwundert, halb fragend, als er den Zweifel in meinen Augen las, denn ich empfand durchaus kein Glück, dass mein Traum Wirklichkeit geworden war. Im Gegenteil, mich befiel Angst, geradeso als sei er mit dem Windhund hier, um mir meinen Traum zu stehlen.

»Nu, tschto ty?«, sagte er noch einmal. *»Beri!«*[33] Und er ergriff meinen Arm, zog mich zu sich heran und drückte mir das Ende des Stacheldrahtes in die Hand. Einen Moment lang war mir, als gäbe er mir nur den Draht. Er blickte immer verwunderter drein, als begriffe er nun gar nichts mehr, und sein breites, vor Leben sprühendes Lächeln erstarrte allmählich und wurde zur Grimasse, die jenen Grimassen glich, von denen die

[32] (russ.) Na, was hast du?
[33] (russ.) Nimm!

Gesichter der von der Front kommenden Verwundeten gezeichnet waren. »Windhund!« wiederholte er. *»Jej Bohu*[34], Windhund!«

Erst da schmolz etwas in mir, und ich begann mich zu freuen, obwohl die anfängliche Angst mich keineswegs verließ. Ich freute mich mit meiner ganzen Willenskraft, wie jener Angst zum Trotz, und ich rief alle meine Freuden aus all den Jahren seit meiner Geburt zu Hilfe.

»Ein Windhund! Ein Windhund!« schrie ich in die Tiefe des Kellers hinab. »Sascha hat mir einen Windhund mitgebracht!«

Es rumorte dort in der Dunkelheit, als hätte ich mit meinen Schreien die unterirdischen Gewölbe in Bewegung gesetzt. Als erster tauchte Onkel Władek aus dem Keller auf, mit huschenden Augen, das Gesicht langgezogen, aufs Haar einem Hund ähnlich, der einem Hasen nachjagt. Hinter ihm Onkel Stefan, wie stets ein wenig unbeholfen durch das Übermaß der in ihm wohnenden Kraft, den Mund leicht geöffnet in einem ebenso unbeholfenen Lächeln. Danach, Stufe für Stufe, der Großvater, Ernst in den blinzelnden Augen, wie immer, wenn es galt, ein Urteil zu fällen oder wenn es um das Wetter für morgen ging oder um die Großmut oder die Ungnade des Herrgotts. Danach die Mutter, ganz außer sich vor Neugier, wie eben die Mutter, sobald es sich um mich drehte. Tante Jadwinia, mit blühender Güte in den Augen und schneller pochendem Herzen, die Worte Piotruś hat einen Windhund! Piotruś hat einen Windhund! schon bereit. Tante Marta, bleich wie das Licht des Mondes, Trauer auf dem Gesicht, als wüsste sie nicht, wozu sie eigentlich heraufkam. Hinter ihr die Großmutter, mit der einen Hand alle Röcke raffend, mit der andern sich an der Wand entlangtastend, den Kopf gesenkt, wie in der Gewissheit, alles auf dieser Welt sei Buße und so auch dieser Weg aus dem Keller ans Licht. So stiegen sie einer nach dem andern herauf wie aus dem Grab, wiederauferstanden kraft

[34] (ukrain.) Mein Gott

meiner kindlichen Rufe: »Ein Windhund! Ein Windhund!« Kraft meiner Freude, die sie doch bezeugen mussten, denn dies ist die Bestimmung jeder Auferstehung.

»Windhund, ach was«, sagte da Onkel Władek auch schon, ohne abzuwarten, bis die andern draußen waren. »Es is einer, oder es is keiner.« Er begann argwöhnisch um ihn herumzugehen, sah ihm unter den Bauch, unter den Schwanz, drückte ihm aufs Rückgrat, ob es nicht nachgab. »Eine Hündin is es nich, wird er wenigstens nich läufig. Aber Windhund is es nur ein halber, wenns hoch kommt.«

»Nu tschto, kein Windhund?«, entrüstete sich Sascha. *»Polkownik Subow skasal, tschto* Windhund, *totschno* Windhund.«[35]

»Ein Windhund«, bestätigte der Großvater. »Als täte ich einen Windhund nich erkennen!«

»Wie spaßig er ist«, sagte Tante Jadwinia. »Und wie sonderbar. Was willst du damit, Piotruń?«

»Heilige Jungfrau, was is denn das da«, stieß die Großmutter entsetzt hervor und hob schon die Hand, als wollte sie sich bekreuzigen.

Zum Glück brachte Tante Marta sie davon ab, sie hauchte ihr müde ins Ohr:

»Das is kein Hund, das is der Tod.«

»Wieso der Tod? Wieso der Tod? Was du bloß immer«, fiel die Mutter über sie her, denn sie mochten sich nicht besonders. »Siehst du nicht, dass es ein Hund ist? Da, Schnauze, Beine, Schwanz, alles wie beim Hund.« Dafür fuhr sie jetzt mich an: »Was, zum Donnerwetter, willst du mit ihm, Junge?«

»Hasen mit ihm jagen.«

»Ich werd dir gleich – Hasen. Man kann die Nase nicht aus dem Keller stecken, und der macht Jagd auf Hasen. Und wo?!«

Und da erst erschien der Vater in der Kelleröffnung. Er kam

[35] (russ.) Von wegen, kein Windhund. Der Oberst Subow hat gesagt, es ist ein Windhund, ein echter Windhund.

ganz langsam herauf, mit offenstehendem Mund, den er vergeblich noch weiter zu öffnen versuchte.

»Wartet«, rief er und schnappte mit diesem geöffneten Mund nach Luft. »Ich sag euch, ob es ein Windhund ist.«

»Ich glaub, es is einer«, ließ sich, wie stets nach langer Überlegung, nachdem er zuvor alle angehört hatte, Onkel Stefan wenig überzeugt vernehmen.

»Komm du lieber nicht raus«, sagte die Mutter und rannte zu dem Vater. »Oder gib mir die Hand, ich helf dir rauf.«

Aber er schlug ihre Hilfe aus, er hielt nur kurz inne, um zu verschnaufen.

»Im vorigen Krieg hab ich eine Menge Windhunde gesehen. Auf einem Gutshof im Osten, als wir den Bolschewiken hinterher sind.« Und er kam weiter heraus und war bis zur Brust, nach einer Weile bis zum Gürtel in der Kelleröffnung zu sehen. »Wartet!«

Doch keiner wollte warten, und wer weiß, ob irgendwer in dem anschwellenden Lärm seine klägliche Stimme gehört hätte. Zumal Onkel Władek auf eine sofortige Entscheidung drang.

»*Polkownik Subow…*«, beteuerte Sascha, fast schon wütend.

»Geh mir weg mit deinem *polkownik.*« Onkel Władek ließ ihn nicht einmal ausreden. »Und wärsch ein General, wieso soll er sich auf Windhunde verstehn? Is er General für Windhunde? Und sogar dein Stalin, wieso soll er? Der Stalin is fürs Proletariat da und nich für Windhunde, haste selber gesagt.«

»*Tak totschno,* für *meschdunarodny proletariat.*«[36]

»Na, siehste. Wenn das da ein Windhund wär, wärn dem seine Beene länger. Die Schnauze länger.«

»Ein Windhund«, sagte der Großvater mit Nachdruck. »Aufs Haar wie die von damals, bei der Treibjagd. Ich besinn mich.«

»Der Vater besinnt sich, ja und?« Onkel Władek gab sich nicht geschlagen.

[36] (russ.) Jawohl, fürs internationale Proletariat.

Im selben Moment überkam mich der hasserfüllte Wunsch, eine verirrte Kugel möge den Onkel treffen. Nicht tödlich. Aber in den Arm, ins Bein. Ja, ich malte mir aus, wie Tante Marta zu Onkel Władeks blutendem Arm oder Bein hinstürzte und sprach:

»Was musste auch sagen, dass es kein Windhund is? Dummkopf du? Wozu? Wir sind ausm Keller raus, dann mags meintswegen ein Windhund sein.«

Und der Großvater:

»Nana, nich tödlich, zum Glück. Das war bloß zur Warnung. Aber obs verschlägt?« Und er wiederholte: »Ein Windhund, ein Windhund. Ich erinner mich. Einmal sind wir los, und von den Windhunden eine Meute, du dachtest, die Pferde stolpern drüber…«

Doch Onkel Władek ließ den Großvater nicht zu Wort kommen:

»In der Erinnerung, Vater, da melkste die Kühe fünfmal am Tage, und die Pferde ziehn zwei Wagen uff eenmal, immer doppelt und dreifach alles. Aber in dem da steckt ne andre Rasse, zur Hälfte jedenfalls. Die Hunde paarn sich auch, mit wems grade kommt. Nich Rasse mit Rasse, nee, Hündin mit Hund. Und wenns bloß ein halber is, is es kein Windhund nich.«

»Streit dich nicht, Władziu«, bat Tante Marta. »Lass uns lieber wieder runtergehn.«

»Heilige Jungfrau!« sagte die Großmutter erstaunt. »Der glubscht uns an wie wenns kein Hund nich is. So viele Fremde, und der knurrt nich mal.«

»Er wittert halt keine Feinde in uns.« Tante Jadwinia hatte ihn schon ins Herz geschlossen: »Hundi, Hundi.« Sie versuchte, ihn zu streicheln. »Guckt mal, er lässt sich streicheln. Bestimmt hat er Hunger.«

»Kuschal«, warf Sascha ein. *»Ja jemu dal tuschonki, nu, on ne chotel, snatschit, ne golodny.«*[37]

[37] (russ.) Er hat gefressen. (…) Ich hab ihm Schweinefleisch gegeben, tja, aber er wollte nicht, also hat er keinen Hunger.

»Da, wie das bibbert«, sagte Tante Jadwinia besorgt. »Warum bibbert er so?«

»Kann sein, vom Krieg verschreckt«, sagte Onkel Stefan. »Die Hunde sind jetzt alle verschreckt. Hat sich Mohrchen etwa nicht von der Kette losgemacht?«

»Und wo steckt das Biest?« Bei dem Gedanken an Mohrchen bebte Onkel Władek vor Zorn. »Ich hab gesagt, in den Keller mitnehmen.«

»Da müssten die Pferde, Kühe, Schweine, Hühner, Gänse und die Katze auch alle mit. Der Keller is keene Arche Noah nich. Der Herrgott muß nich mal uns lassen am Leben,« erwiderte, gleichsam bereit, sich in die Vorsehung zu schicken, der Großvater.

»O ja, ein Windhund«, sagte, in tiefen Zügen Luft holend, der Vater, der endlich ganz heraustrat aus dem Keller oder, recht betrachtet, den Keller erschöpft von seinen Schultern warf.

»Auf diesem Gutshof im Osten…«

Er sprach nicht zu Ende, denn im selben Augenblick pfiff gellend ein Geschoss über unsere Köpfe hinweg, und wir stürzten alle auf einmal zurück zum Keller.

»Odin, dwa, tri, tschetyre, pjat«, zählte Sascha seelenruhig, bis irgendwo in der Ferne eine gewaltige Detonation ertönte. *»Pjat kilometrow«,* sagte er. *»Slyschno, kak letit, snatschit ne nado bojatsja.«*[38]

Aber außer uns beiden und dem Großvater waren schon alle im Keller, und der Vater stieg, auf die sich aus der Öffnung beugende Mutter gestützt, eben hinunter.

»Piotrek, komm sofort her!« rief sie nach mir. »Hast du gehört?!«

Wieder ertönte ein Pfeifen, nun genau über uns, wir schafften es kaum, uns zu ducken, und Sascha hatte noch nicht mit

[38] (russ.) Eins, zwei, drei, vier, fünf(…) Fünf Kilometer (…) Man hört, wie es fliegt, man braucht also keine Angst zu haben.

dem Zählen begonnen, als ein mächtiger Schlag den Boden unter unsern Füßen erzittern ließ und ganz in der Nähe Flammen aufschossen und ein abgesäbelter Eschenbaum über die Katen hinweg gen Himmel sauste.

»Bei den Kubiks«, sprach der Großvater, »das is denen ihre Esche. Aber die hocken im Keller, grade so wie wir. Höchstens, dass die Frau in die Hütte is, Mittag machen.«

»Hast du gehört?!« rief die Mutter wieder. »Piotrek! Ich ärger mir noch die Schwindsucht an den Hals mit dem Jungen.«

»Ne wolnuites, ne wolnuites«[39], sagte Sascha beschwichtigend, der leeren Kelleröffnung zugewandt.

»Nun, mein Kind, was willste mit ihm tun?« Der Großvater deutete auf den Windhund.

»Hasen mit ihm jagen«, stieß ich glühend überzeugt hervor.

»Hasen, jetze? Auf den Feldern is genauso Krieg.«

»Dann eben nach dem Krieg.«

»Nu, da«, sprang mir Sascha bei. *»Tscheres dwa, tri dnja Germanza ushe ne budet. A my na Berlin.«*[40]

»Aber die Hasen sind auch weg«, sagte der Großvater und sah sich bekümmert auf dem Hof um. »Wo willste ihn hier halten? Das is kein gewöhnlicher Hund nich wie unser Mohrchen, mein Kind. Der braucht Auslauf.« Und da er offenbar keinen Ausweg sah und mir die Freude nicht verderben wollte, sagte er:

»Ich guck mal, was mit den Kubiks is.«

Mohrchens Kette lag frei herum, ich beschloss also, den Windhund daran festzumachen, denn vorerst hatte ich ihm nichts anderes zu bieten. Ich dachte im übrigen, an die Kette gelegt, werde er sich rascher an mich gewöhnen. Die Kette war lang. Sie reichte von der Hütte bis über den halben Hof, bis zu den Ställen, dem Keller, dem Gartentor, bis in den Obstgarten,

[39] (russ.) Regen Sie sich nicht auf, regen Sie sich nicht auf.
[40] (russ.) Aber ja (...) In zwei, drei Tagen ist der Deutsche weg. Und wir ziehn nach Berlin.

ich war also sicher, er werde genügend Auslauf haben, wenn es nun mal ein Hund war, der ohne nicht leben konnte. Mohrchens Hütte war auch groß, sie hatte eine große Öffnung, denn sie war nicht nach Mohrchens Maß, sondern für alle Hunde, für die vor Mohrchen und für die nach Mohrchen, gebaut. Ich tat nur frisches Stroh hinein und breitete eine alte Pferdedecke drüber.

Am schlimmsten war es mit dem Fressen, weil ich nicht wusste, was so ein Windhund fraß. Onkel Władek wiederholte stur, nicht das, was alle Hunde, denn alle Hund fressen, was man ihnen vorsetzt, Wassersuppe, Brot, Knochen, nicht aber ein Windhund. Der Großvater hingegen rätselte eher, dies oder das, denn er hatte Windhunde nur auf der Jagd gesehen, und auf der Jagd bekamen sie nichts zu fressen. Und er bedauerte, dass er den Mann auf dem Schloss nicht gefragt hatte, was diese Windhunde so fraßen. Auch der Vater wusste es nicht, denn auf dem Gutshof im Osten hatten sie nicht die Windhunde interessiert, sondern die Bolschewiken, von denen sie verdrängt worden waren, und als sie dann wiederum die Bolschewiken verdrängten, gab es keine Windhunde mehr, weil es gar nichts mehr gab, nur noch Schutt und Asche.

Ich wusch also Mohrchens Schüssel aus und goss ihm Milch hinein. Er leckte ein bisschen, offenbar ausgedörrt durch den Weg von der Front, von wo Sascha ihn hergebracht hatte, und von der Augusthitze, der Rest wurde sauer. Am nächsten Tag wollte er weder trinken noch fressen, er lag bloß vor der Hütte und winselte. Ohne darauf zu achten, dass die Geschosse kreischend die Luft zerteilten und die Mutter mich verzweifelt aus dem Keller rief, setzte ich mich zu ihm und hielt ihm meine Hand mit Brotkrumen hin oder die Schüssel mit frischer Milch und redete ihm zu, bat ihn in den zärtlichsten Tönen, von denen mir selbst die Tränen kamen, na, friss, friss schon, keiner will dir hier was zuleide tun, friss, wir essen hier alle das gleiche. Ich schmiegte mich an ihn, umschlang seinen Kopf, er aber winselte.

Von der Milch schlabberte er manchmal noch was, aber das Brot, den Käse, den Speck rührte er nicht an, ja sogar das Fleisch von dem Hühnerbein nicht, als Onkel Stefan, eine Kriegspause nutzend, einmal ein Huhn schlachtete und die Mutter auf dem Herd in der Kate eine Brühe kochte, weil wir schon seit Tagen nichts Warmes im Bauch gehabt hatten. Der Großvater hatte mir ein Stück von seinem Hühnerbein auf den Teller geworfen und gesagt, da, schaffs ihm hin, vielleicht frisst er das.

Er stand gerade, was mich hoffen ließ, er werde vielleicht fressen, denn man sah ihn selten stehen, meistens lag er. Darum erweckte es sogar den Anschein, als sei er bereit, sich in sein Schicksal zu fügen, da er stand.

»Ich bring dir ein Stück Hühnerbein!« rief ich froh. »Großvater schickt es dir. Jetzt wirst du endlich fressen. Wenn der Großvater das isst, kriegen alle große Augen.«

Doch er reckte nur die Schnauze gen Himmel, die Kette an seinem Hals klirrte, und er winselte so kläglich, als wollte er sein Leid dem Herrgott höchstpersönlich klagen.

Alle zerbrachen sich schon den Kopf, was man ihm noch geben könnte, es ging nicht mal mehr darum, dass er hungrig, sondern dass sein Gewinsel nicht mehr auszuhalten war. Bisweilen schlug das Winseln in ein anhaltendes, gleichsam von Heimweh geschwelltes Stöhnen um, bisweilen in ein ganz und gar hundeunähnliches Piepsen, wie von einer Katze, einer Maus, bestenfalls konnte man meinen, es sei das Piepsen eines frischgeborenen Hundes, der noch nicht sieht, nicht läuft, oder er verstummte ganz. Doch wenn er verstummte, war das noch schwerer zu ertragen, denn alle warteten angespannt, wann er wieder zu winseln begänne. Sobald aber die Nacht anbrach, ließ er das Winseln und begann zu jaulen. Und das war schaurig, denn keiner der Dorfhunde jaulte so. Die Dorfhunde winselten normal, und sie heulten normal, und man wusste, das waren Hundestimmen, ohne sie wäre das Dorf nachts unwirtlich, leer. Nun aber wurde die Nacht durch sein Jaulen zum uferlosen Abgrund, als sollte es niemals mehr Tag werden. Das war schlimmer als alle pfeifenden Geschosse, Detonationen, Brände, alles Wehgeschrei und als der ganze Krieg. An den Krieg waren wir gewöhnt, gegen den Krieg konnte man übrigens beten, aber gegen sein Gewinsel, Gejaule gab es kein Mittel.

Mitunter kamen die Nachbarn und fragten, was denn bei uns so winsele und jaule. Und keiner wollte glauben, dass es ein Hund war. Und dass wir ihn zu unserer eigenen Pein an der Kette hielten, das konnten sie schon gar nicht verstehen. Laufenlassen, das Vieh, mag er sich trollen, rieten sie. Auch Soldaten kamen vorbei. Einmal kam ein ranghoher Offizier.

»Nu tschto on, sumaschedschi? Tak nado sastrelit.«[41]

Der Großvater überzeugte ihn jedoch, nein, er ist noch jung, ist nur die Kette nicht gewöhnt, aber er gewöhnt sich, dann winselt und jault er nicht mehr. Mir aber blutete pausenlos das Herz, ich war bereit, ihn zu verteidigen, selbst gegen den höchsten Offizier und gegen alle. Und falls ihm was zustieße, dann wünschte ich mir, mir solle das gleiche zustoßen. Und wenn mir nach Weinen zumute war, presste ich die Lider zusammen, um nicht zu weinen. Denn ich wusste, er brauchte mein Weinen nicht, sondern meine Ausdauer, also musste ich ausdauernd sein wie ein Soldat.

Zusammen mit meinem blutete auch das Herz von Tante Jadwinia.

»Heilige Jungfrau, wir müssen was tun.« Sie gab nicht auf, auch als alle schon ratlos waren, was so ein Windhund wohl fressen könnte. »Er krepiert uns doch, wenn er nicht frisst. Langt der Krieg nicht, solln wir noch zusehn, wie der Hund krepiert. Und bevor er krepiert, mein Gott, was wird er da zusammenwinseln, zusammenjaulen. Stefan, denk nach, mach was.«

»Und was?« Auch Onkel Stefan tat es leid, nicht so um den

[41] (russ.) Was hat er, ist er verrückt? Dann muss man ihn erschießen.

Windhund, mehr um Tante Jadwinia. »Ich kann ihm höchstens mein Teil abgeben. Ich habs nicht so ängstlich mit dem Essen.«

»Ein rohes Ei tät er vielleicht fressen«, überlegte die Tante einmal. »Hunde holen die Eier aus den Nestern. Weißt du noch, der Zottel von den Bąks, Stefuś? Der hat nur gewartet, dass die Henne vom Nest geht. Na lauf, lauf in die Scheune und sieh nach, ob eine gelegt hat.«

»Als ob die Hühner jetzt legen, in dem Durcheinander! Die dürften eine Woche lang nicht ballern. Man muss warten, bis die Front weiter is.«

Aber er ging, brachte ein paar Eier, Tante Jadwinia schlug sie mit Zucker, und ich trug das dem Windhund hin. Er winselte auf, stöhnte, doch er leckte nicht einmal daran. Er begann nur irgendwie seltsam zu quietschen, als säße eine Maus in seinem Bauch und er würde und würde sie nicht los. Ich dachte, er krepiert. Ein Kloß steckte mir im Hals. Ich rannte zum Keller, der Windhund sei am Krepieren.

»Der Windhund krepiert!«

Der Großvater kam heraus, die Onkel, Tanten, die Mutter, die Großmutter, und nach einer Weile kroch auch der Vater nach draußen, schnaufend, Schweiß netzte ihm die Stirn.

»Nee«, sprach der Großvater, »er krepiert nich, mein Kind. Der macht das bloß so. Siehste, er steht auf.«

Er erhob sich tatsächlich, als fände er, bei so vielen Menschen, die um ihn herumstanden, dazu unterschiedlichen Alters, gehöre es sich für einen Hund nicht, so dazuliegen. Tante Jadwinia streichelte ihm die Schnauze, und er leckte ihr die Hand.

»Wenn er doch nur fressen wollte, mein Gott, wenn er nur fressen wollte«, sagte sie gerührt.

»Der frisst nicht mehr«, sagte der Vater, der selten das Wort nahm, wenn sie rätselten, was so ein Windhund wohl fressen könnte, oder warum er so winselte, so jaulte, oder wenn die Mutter ihn fragte:

»Sag du was, weißt du keinen Rat. Du bist gebildet.«

»Woher soll ich es wissen? Es ist nicht so einfach, etwas zu wissen, und seis über einen Hund. Lass ihn frei, Söhnchen, besser, er geht seiner Wege. Schade um das Tier.«

»Wenn ihr mich fragt«, Onkel Władek fuhr wie der Blitz aus heiterem Himmel dazwischen, »der muss die Tollwut haben.«

»Was denn, Władziu«, sagte Tante Jadwinia erschrocken, »die Tollwut?«

»Du gibst doch immer was Dummes von dir.« Der Großvater war empört. »Wär er tollwütig, tätste nich so rumstehn hier. Und Schaum hätte er vorm Maule.«

»Kann sein, Vater, Windhunde sind anderscher toll. Mehr so traurig, und sie beißen nich, sie winseln bloß und jaulen.«

»Tollwut is Tollwut, und er hat Jadwinia geleckt, wie de siehst«, versetzte der Großvater.

»Da, und er hat Tränen in den Augen«, fiel Tante Jadwinia dem Großvater fast ins Wort. »Er weint, wies scheint.«

»Bei dir weint gleich alles«, ließ sich Onkel Stefan vernehmen. »Der Hund weint, die Henne weint, das Kalb weint. Der hat vom Hunger so glasige Augen.«

»Und wenns gar kein Hund nich is, und eine fremde Seele geht in ihm um, Jesus von Nazareth!« Die Großmutter erschrak über ihre eigenen Worte. »Frag ihn einer, was der Seele beliebt.«

»Närrischer Aberglauben, Mutter«, knurrte Onkel Władek wütend.

»Ei, Aberglauben, Aberglauben.«

So hielten sie noch lange Rat, bis der Windhund sich wieder legte und anfing zu winseln und alle in den Keller zurückgingen, wie getröstet durch das Winseln, denn wenn er winselte, war er nicht am Krepieren. Und am Abend, als er noch anfing zu jaulen, tröstete mich der Großvater:

»Hörste, er jault. Und wenn er jault, fehlt ihm nischte, mein Kind. Der wird noch fressen. Und du gehst mit ihm Hasen jagen, is der Krieg erscht aus.«

Und so schlief ich zum ersten Mal seit den paar Tagen glücklich ein. Und vor lauter Glück träumte ich nicht einmal. Am Morgen erwachte ich später als gewöhnlich, alle waren schon lange auf den Beinen, über uns explodierten wieder und wieder die Geschosse, dass der Keller bebte, und an einigen Stellen der Putz abplatzte.

Die Mutter beschwor mich:

»Komm zurück, Piotrek! Wo willst du hin?! Untersteh dich!«

Tante Jadwinia bat:

»Geh nicht raus, Piotruś. Bleib.«

Onkel Stefan mahnte:

»Wart wenigstens, bis sie aufhörn zu ballern!«

Onkel Władek schrie:

»Druffgehn wirschte noch! Komm zurück!«

Aber ich war schon auf der Treppe. Ich stieß die Luke auf, in der Erwartung, auf den ersten Blick meinen Windhund zu sehen. Und im selben Moment erstarb mir das Herz. Der Windhund war weg. Ich lief zu seiner Hütte. Nur die Kette lag da, sogar das Halsband, doch von dem Windhund keine Spur. Ich griff mir die Kette und schleifte sie über den Hof, so als verspürte ich den Wunsch, mich selbst in den Windhund zu verwandeln, obgleich ich nicht weiß, ob ich mir überhaupt etwas wünschte außer dem Tod. Ich stürzte zu der Kelleröffnung und schrie aus Leibeskräften in die Tiefe:

»Der Windhund ist weg! Der Windhund ist weg!«

Doch niemanden wunderte das, kein Laut aus dem Keller schlug an mein Ohr. Und während ich in dieser Öffnung wartete, dass jemand die Treppe zu mir heraufkam, vernahm ich die gedrückte Stimme des Großvaters:

»Ich hab ihn freigelassen, mein Kind. Vergib mir. So is es besser für ihn. Es is ein herrschaftlicher Hund.«

Ich war nicht einmal imstande, Hass gegen den Großvater zu empfinden. Ich raste sofort ins Dorf, von einem letzten Rest Hoffnung angetrieben, dass ich den Windhund vielleicht noch irgendwo zu schnappen kriegte. Ich brauchte nicht mal weit zu rennen. Ein Dutzend Katen von uns entfernt, bei der Kapelle, erspähte ich einen Militärwagen, umringt von Leuten. Sie standen herum und schienen zu beratschlagen und starrten zu Boden, und einer der Militärs nahm sogar die Mütze ab und kratzte sich den Kopf. Ich war schon fast bei ihnen, und ich ahnte noch nicht, worüber sie so beratschlagten und worauf sie starrten. Bis schließlich der, der sich den Kopf gekratzt hatte, lauthals fluchte:

»Job jego mat! Ja ne chotel! Jej Bohu!«[42]

Und da erblickte ich zwischen seinen gegrätschten Beinen meinen Windhund, der verrenkt auf dem Boden lag. Ich zwängte mich durch die Menschen und schrie:

»Das ist mein Windhund! Mein Windhund!«

Ich sank vor ihm auf die Knie. Er war tot. Aus seiner Schnauze sickerte ein dünnes blutiges Rinnsal. Ich schmiegte mich an ihn, und obwohl ich mir das Weinen verbiss, weinten, unabhängig von mir, meine Augen, und es weinte, von Zuckungen geschüttelt, mein Körper.

»Nu, ja ne chotel. Jej Bohu«, rechtfertigte sich der Militär noch immer. *»Maltschik, sluschaj. My jechali, a on …«*[43]

Und da vernahm ich in der Höhe, über meinem kindlichen Weinen, die heisere, müde Aufforderung des Sekretärs:

»Und jetzt hat der Genosse vom Kreis das Wort.«

[42] (russ.) Verdammichnochmal! Das hab ich nicht gewollt! Mein Gott!

[43] (russ.) Nun, ich hab es nicht gewollt. Mein Gott! (…) Hör zu, Junge, wir kommen angefahren, und er…

KAPITEL 3

Mohrchen

Ich weiß nicht, wie der Wunsch in mir aufgekommen war, einen Windhund zu haben. Zumal es Mohrchen schon gab. Und seit wir ins Dorf gekommen waren, zu den Großeltern, bei Ausbruch des Krieges, war Mohrchen mein treuester und wohl mein einziger wahrer Freund und der Mitwisser meiner geheimsten Kümmernisse. Ich könnte sogar sagen, es war Mohrchen, der mir Eingang in eine mir unbekannte Welt verschafft hatte, in die Wiesen, die Kühe, die Jungs auf der Weide. Und so sah ich in Mohrchen nicht den Hund. Keiner sah den in ihm bei den Großeltern. Mohrchen war Mohrchen, ein Hausgenosse, zur Familie gehörig, eingebunden in ihre Sorgen, Nöte, Mühen, Schmerzen und Ängste, doch auch in die seltenen Augenblicke der Freude. Er war übrigens empfänglich für alle diese Stimmungen, und sobald etwas Betrübliches geschah, verfiel er sofort in Schwermut, kam nicht aus der Hütte und hatte für die Schüssel mit dem Fressen, die ich ihm brachte, denn diese Aufgabe fiel mir zu, nur einen gleichgültigen Blick. Er bellte dann nicht, selbst wenn ein Fremder den Hof betrat, und die Hühner, Gänse, Enten konnten ihm regelrecht auf der Nase herumtanzen. Nachts jaulte er nicht, mochte der Mond rund sein wie eine Plinse, nicht einmal dann, wenn einer im Dorf im Sterben lag. Und wenn man ihn von der Kette ließ, sauste er nicht ins Dorf, sondern kam in die Kate, legte sich unter den Tisch und blieb so liegen, fühllos gegen die zärtlichsten Worte oder gegen Streicheln. Sogar die Katze konnte dann ungeniert auf der Ofenbank liegen.

Schon gar nicht aber vertrug er, wenn einer im Haus weinte. Dann schwänzelte er ihm um die Beine herum, kletterte ihm auf den Schoß, kläffte ihn an oder winselte zur Abwechslung, aber irgendwie so seltsam, dass es einen kalt überlief. Dann hieß es, wein nicht, sonst weint Mohrchen.

In den seltenen Augenblicken der Freude hingegen war das Haus erfüllt von Mohrchen, er sprang, rannte, von Onkel Władek zu Onkel Stefan, vom Großvater zur Großmutter, von der Mutter zu Tante Jadwinia, von Tante Marta zum Vater, zu mir. Er zerrte an Hosen, Röcken, tat, als wollte er beißen. Er zog unter den Betten hervor, was er gerade fand, Schuhe, Latschen, Fußlappen, Socken, Strümpfe, schleifte sie durch die Stube, beutelte sie, knurrte, als hätte er es mit etwas Lebendigem zu tun, und zuweilen geriet er dermaßen außer Rand und Band, dass man ihn hinauswerfen musste, anders war seiner nicht Herr zu werden. Einmal stieß er vor lauter Freude den Melkeimer um, den Tante Jadwinia hereingebracht hatte. Ein andermal fiel er in den Spülichtzuber. Dann wieder zertepperte er eine Lampe, sie hatte am Rand des Tischs gestanden, und er war nach einer Schmeißfliege gesprungen, die sich eben dort niederließ. Und das alles, um zu bezeugen, wie er sich mit uns freute.

Neben den gewöhnlichen Pflichten versah er in der Familie also noch viele andere Aufgaben, in einer, wie man sagen könnte, nicht genau zu bezeichnenden, einzig einem Hund vorbehaltenen Sphäre. Genau dieses Thema hatte mir einmal der Herr Lehrer gestellt, bei dem ich Stunden nahm, der Hund im Leben des Menschen. Und als ich über Mohrchen schrieb, hatte er Zweifel geäußert, ob das ein Hund sei.

Natürlich hatten wir, wie es in einer Familie so geht, an Mohrchen allerhand auszusetzen, mal hatte er auf etwas nicht richtig aufgepasst, mal jemandem erlaubt, den Obstgarten zu betreten und den Birnbaum oder den Pflaumenbaum zu plündern, mal sich mit anderen Hunden herumgebissen, und andauernd brachte er Flöhe heim. Vor allem aber rannte er den Hündinnen hinterher, überließ den Hof sich selbst und schlief dann den ganzen Tag wie erschlagen. Für diese Herumtreiberei zog ihm Onkel Władek manchmal eins über, oder er packte ihn bei den Zotteln, schmiss ihn aus der Stube oder legte ihn zur Strafe ein, zwei Tage an die Kette, je nachdem, wie er seine Schuld bewertete. Denn Onkel Władek hatte Mohrchen für gewöhnlich am meisten vorzuwerfen, man könnte sagen, all seine Vorwürfe und all seine Klagen richtete er gegen Mohrchen. Und zu Mohrchens unverzichtbaren Aufgaben gehörte es, auch das zu ertragen.

Nicht, weil es mir jemand befohlen hätte, brachte ich Mohrchen das Fressen, ich tat es aus freien Stücken. Mitunter, wenn die Großmutter oder Tante Jadwinia oder Onkel Stefan oder Onkel Władek schon mit der Schüssel zu ihm wollten, riss ich sie ihnen aus der Hand, ich bring es ihm, denn ich fühlte mich jedesmal erhoben, wenn er bei meinem Anblick aufsprang, hüpfte, meine Beine umschlang und mich die Schüssel nicht zur Hütte tragen ließ und regelrecht winselte vor Freude, als sei ich der Grund. Und das alles dank Tante Jadwinia, denn schon am ersten Tag, wir waren kaum bei den Großeltern zur Tür herein, die Großmutter stellte gerade die Essteller auf den Tisch, und Tante Jadwinia machte die Schüssel für Mohrchen fertig, hatte Tante Jadwinia mir diese Schüssel in die Hand gedrückt und gesagt:

»Geh, bring das dem Mohrchen, mag er dich kennenlernen. Am besten fängt man beim Hund an. Danach gehn wir in die Ställe, du machst dich mit den Kühen, den Schweinen, Gänsen, Hühnern, Enten bekannt. Na, geh schon, hab keine Angst. Du bringst ihm sein Fressen, da beißt er dich nicht. Bloß Flöhe hat er viel. Doch gegen die gibts nichts. Du musst auch seine Flöhe lieb gewinnen, wenn du einen Freund haben willst. Und mit den Jungs lass dich lieber nicht ein. Schweinepack alles. Die horchen dich aus, wie sie können. Und bringen dir noch Unanständigkeiten bei.«

Und sehr bald sollte ich mich von der Wahrheit ihrer Worte überzeugen, als ich anfing, die Kühe zu hüten und mich entsetzlich fürchtete. Sie waren nicht bloß riesig, ich hatte auch noch drei von ihnen und ein Kalb. Zwar versicherte mir Onkel Stefan, Kühe sind leichter als Gänse, sie sind die reine Gefügigkeit, es genügt, ihnen eins mit der Peitsche zu geben, doch nicht über den Bauch, und er zeigte mir, wie ich die Peitsche handhaben müsse, aber ich konnte meine Furcht vor ihren großen Leibern nicht bezwingen. Ihre Augen erschienen ja wie der Himmel, sanft und ehrlich, versunken in ein feuchtes Sinnen, die Schritte würdevoll, geduldig, doch woher sollte ich wissen, was in ihren Riesenleibern steckte. Im übrigen verließ mich niemals mehr die Überzeugung, dass sie von allen Geschöpfen dieser Erde die unergründlichsten sind.

Die Mutter versuchte mich sogar in Schutz zu nehmen, ich kann nicht hüten, ich bin ein Stadtkind, sie lässt keinen Kuhhirten aus mir machen, ich muss endlich in eine Schule, wann soll ich meine Aufgaben erledigen? Wann Bücher lesen? Ich lese doch so gern, mich interessiert nichts außer den Büchern. Da, der Vater hat ihm eins über Napoleon gekauft, über Kolumbus, *Die Jungen vom Waffenplatz*, er hat geweint, wie ers gelesen hat. Bis spät in die Nacht liest er manchmal. Geh schlafen, Piotrek. Aber der liest. Und ihr gebt ihm die Kühe? Hätt ich gewusst, dass das so kommt, wir wären nicht hier. Was lernt er bei den Kühen? Zigaretten rauchen und Schweinereien von den Hütejungen.

»Wenigstens am Nachmittag«, redete ihr der Großvater freundlich zu. »Da, die Wiesen sind gewachsen nachm Regen, schade drum, wenn das verkommt. Unsre Kühe sind friedlich, er kann gut ein Buch mitnehmen.«

»Wo er nicht mal weiß, wie man sie auf die Weide treibt«, sperrte sich die Mutter, den Tränen nahe. »Und wenn eine ein Käfer beißt, und sie dreht durch? Oder sie stoßen sich mit fremden Kühen? Was wird das Kind tun? Mein Gott! Mein Gott! Wohin hat uns der Krieg gebracht. Mein Kind und Kühe hüten.«

»Tja, wenn wir wen hätten«, rechtfertigte sich der Großvater. »Aber wir haben keinen. Siehste ja selber.«

Und da sagte Onkel Stefan, um die Mutter zu trösten:

»Sorg dich nich. Das Mohrchen geht mit ihm hüten. Das Mohrchen bringts ihm bei. Das zwingt sie zum Umkehrn, wenns sein muss. Mohrchen holt eine zurück, die sich verlaufen hat. Mohrchen jagt sie auseinander, wenn sie sich stoßen. Auf Mohrchen hören sie eher wie auf die Peitsche.«

Und so war es. Noch auf dem Hof, sie hatten kaum den Stall verlassen, begann Mohrchen sie anzubellen und formierte den Zug. Man sah übrigens, dass sie ihm gehorchten, denn er bellte nicht einmal allzu sehr. Und auf dem Weg zur Weide flitzte er um sie herum, bellte nur manchmal kurz, mehr, um sich in Erinnerung zu bringen, damit sie nicht glaubten, er sei so klein, er könne zwischen ihren Beinen, im Staub verschwunden sein.

Sie gingen dicht hintereinander, schwer schwankend nach beiden Seiten, und keine erlaubte sich eine Abweichung, alle in dem gleichen gemessenen Rhythmus, wie außerhalb des Rhythmus dieser Welt, nach einem allein ihnen bekannten Maß, dem Urmaß vielleicht. Nur das Kalb am Ende trippelte ein bisschen. Und Mohrchen, wie er sich da zwischen ihnen tummelte, ein aufgeregtes Bündel, so dass ich ihn manchmal ermahnen musste, tob nicht so, Mohrchen, sie gehn, lass sie gehn, sie wissen selber, wohin.

Dafür streckte er sich, sowie wir auf der Weide angelangt waren, ins Gras, drückte sich fest an den Boden, man konnte meinen, er schlafe, eingesponnen in seine Hundeträume. Doch er sah die Wiesen auch noch in seinen tiefsten Träumen, und er fuhr bei jedem Verstoß gegen eine der Vorschriften urplötzlich hoch und holte die Kuh mit wütendem Kläffen an ihren Platz zurück.

Ich hätte also auf Mohrchen vertrauen können und mich unbesorgt in den Schatten des Weidichts oder unter eine von den Korbweiden legen, die die Wiesen von den Sümpfen trennten, und, wie der Großvater der Mutter geraten hatte, in aller Ruhe ein Buch lesen, hätte ich nur Lust dazu gehabt. Aber entgegen den Beteuerungen der Mutter, wie gern ich Bücher läse, hatte ich keineswegs Lust, denn ich war rasch zu dem Schluss gelangt, Kühe hüten sei viel interessanter und der Krieg habe auch seine freundlichen Seiten. Und als ich mich dann noch mit den anderen Kuhhirten anfreundete, war auch ohne Lesen eine Menge zu erfahren, und obendrein Aufregenderes als aus den Büchern.

Ich weiß nicht, was ich für Mohrchen war, doch auf der Weide rechnete er mich deutlich zu den Kühen. Denn er schloss mich nicht nur in seine Hundepflichten ein, er gab sogar besonders sorgsam auf mich acht, fast wie auf Großvaters Kalb. Entfernte ich mich ein Stück tiefer in die Wiesen und verließ sein Wachrevier, sofort kam er angerannt, stellte sich mir in den Weg und kläffte, ich solle umkehren. Ebenso wenn wir Jungen uns prügelten, jagten, allerlei derbe Spiele spielten, Mohrchen war stets in meiner Nähe, und wenn er fand, mir geschehe ein Unrecht, besonders, wenn einer mich geschlagen, mir den Arm verrenkt, ein Bein gestellt hatte, oder überhaupt versuchte, sich an mir auszulassen, bleckte er bedrohlich die Zähne und blieb keinem was schuldig. Der Teufel aber fuhr in ihn, wenn er sah, dass ich weinte. Er biss sich an den Hosen des Schuldigen fest, an den Waden, zerrte an seiner Peitsche, unempfindlich gegen die Hiebe, die auf ihn niedergingen, und danach setzte er sich neben mich, wedelte mit dem Schwanz, er hatte mich doch gerächt, nun könne ich aufhören zu weinen.

Für mich war Mohrchen ein Licht in der Finsternis. Mir schien, er sei mein Führer, er erlaubte mir das eine, warnte mich vor dem anderen, stand wie ein Schutzwall hinter mir, passte auf und verstand alles, wunderte sich über nichts und war außerdem treu, wie eben ein Hund. Vor allem jedoch war er mein erster Vertrauter, der meine Kindergeheimnisse kannte. Nie hätte ich jemandem gesagt, weder den Jungs, noch dem Vater, noch der Mutter, noch dem Priester bei der Beichte, was ich Mohrchen manchmal sagte. Wenn man dabei bedenkt, dass jedem Geheimnis ein Gefühl von Schuld zugrunde liegt, dann diente mir Mohrchen auch noch als Mitschuldiger. Vielleicht entdeckte ich sogar durch Mohrchen, dass man sich jemandem anvertrauen kann. Im übrigen nötigte er mir diese Geständnisse ab. Sobald er merkte, dass mich etwas quälte, setzte er sich neben mich, stellte die Ohren auf und wedelte mit dem Schwanz, als wollte er mich ermuntern, red schon.

Einmal kam Fredek Guz mit der Kunde auf die Weide, dass die Frau des Friseurs es treibt. Noch waren nicht alle Kühe auf der Wiese, da schrie er schon von weitem:

»Die Friseursche treibts. Die Friseursche treibts!«

Nichts Weltbewegendes gewissermaßen, andauernd kam einer von den Jungs mit solchen Neuigkeiten auf die Weide, die treibt es, jene treibt es, mit wem, wie, wo, in den kleinsten Einzelheiten. Mitunter traten ihre Geschichten gegeneinander an, wer sticht wen aus, so wie man eine Karte, einen Einsatz sticht, eine Bank überbietet. Man konnte daraus entnehmen, dass alle im Dorf es trieben, Jungfrauen und Ehefrauen, Mütter von Kindern, Witwen, welche, die eben erst getraut worden waren und die Allerfrömmsten. Außer den Alten. Aber auch bei den Alten überboten sie sich ab und zu, wie die es früher mal getrieben hatten. Und selbst bei den Toten, wer sich da besonders hervorgetan hatte, ganz früher, im Dorf, und nur aus diesem Grund im Gedächtnis der Leute geblieben war.

Doch Fredek Guz stach alle aus. In die siebente Klasse ging er, und das zum soundsovielten Mal, er rauchte Zigaretten, fluchte wie ein Erwachsener, und nicht jeder Erwachsene hätte es mit ihm aufnehmen können. Tja, und er erzählte wie kein Zweiter. Sobald er sich aus dem Tabak, den er bei seinem Vater abzwackte, eine Zigarette gedreht hatte und einen tiefen Zug tat, war jeder bereit, ihm zu dienen, wenn er nur erzählte. Die größte Strafe aber war, wenn er einen ausschloss. Du hörst mir nicht zu, verpfeif dich. Und man sich so weit entfernen musste, dass man nichts mehr hörte, denn dann erzählte er meist am spannendsten. Man musste ihn lange betteln, dass er einen wieder zum Hören zuließ. Oder ihn mit was bestechen. Ganz hoch im Kurs standen bei Fredek Zigaretten, dann durfte man sich sogar neben ihn setzen. Und so mauste ich dem Vater, der sonntags manchmal heimkam, immer ein paar Zigaretten für Fredek. Denn nur der Vater rauchte richtige Zigaretten, der Großvater, Onkel Władek drehten sich welche aus Machorka, und Onkel Stefan rauchte nicht.

Wir hingen an Fredeks Lippen, wenn er erzählte. Und wenn er unterbrach, um einen Zug zu tun, stockte uns der Atem vor Erwartung, wann er den Rauch endlich ganz ausgestoßen haben würde. Doch er nahm, wie absichtlich, einen langen Zug, und er stieß den Rauch in winzigen Wölkchen aus, oder er vergnügte sich damit, Ringe zu blasen, wir aber warteten, wann nach all dem Rauch wieder ein Wort auftauchen werde, bangend, dass Fredek nicht bockte. Denn manchmal stieg ihm etwas in die Nase, dann warf er die halbaufgerauchte Zigarette fort und schnaubte:

»Weg hier. Aber hoppla. Sonst reiß ich euch die Beine aus dem Arsch.« Und er verschwand in die Moorwiesen, um nach Vogelnestern zu suchen. »Und dass ihr mir auf die Kühe aufpasst!«

Das geschah meist, wenn sein Vater ihn verbläut hatte, denn er verbläute ihn oft, was man an den blauen Flecken, den Schrammen und Kratzern auf seinem Gesicht, seinen Händen und Beinen sah. Doch wenn er guter Dinge war, konnte man ihn sogar ausfragen:

»Aber wieso, Fredziu, glaubst du, dass sie es alle?«

»Weil sics alle. Am ärgsten in der Johannesnacht, wenn in den Flüssen das Wasser getauft ist. Gehst du um Mitternacht am Ufer lang, dann seufzen sie, stöhnen, heulen, wie wenn der Wind ins Gebüsch fährt. Sie hetzen nackend durch den Fluss, und die Kerle, nackend, ihnen nach. Und schnappt so ein Kerl eine von ihnen, taucht er sie unter und kriecht dann auf sie. Genauso zur Heumahd, wenn die Kräuter in den Wiesen stehn, die Weiber und Männer zusammentreiben. Einmal, beim Heueinfahren, hat der Midura im Schober ein kleines Kind gefunden. Er hätte es mit der Forke aufgespießt, aber es hat gewimmert. Na, und zu was waten die Störche auf den Wiesen rum? Und wenn das Getreide reif ist, durch jeden Kornschlag führt ein Trampelpfad bis in die Mitte, und wozu? Am allerärgsten aber am Sonntag. Wäre die Welt mal freigelegt, an einem Sonntag, die Katen, Scheunen, Ställe, Gärten, Büsche, ihr würdet vielleicht sehn, wie das alles rammelt, zappelt, übereinander kriecht. Eine Schlangengrube. Aber Gott sieht nicht ein Viertel davon, denn es ist alles zugedeckt, und bei der Beichte, da speisen sie ihn gnädig mit ein paar Wörtchen ab und treiben es weiter. Auf den Hochzeiten, zu guter Letzt, treiben es die Bräute und alle Brautjungfern. Was glaubt denn ihr? Den Bräutigam machen sie besoffen wie ein Schwein, und die Braut tobt sich aus, und wer ihr unterkommt, den zerrt sie in die Scheune, in den Garten oder in einen Winkel. Und hinterher, das Blut im Laken, das stammt von einer Gans. Er hat es bei den Bartoszs gesehn, nach der Hochzeit, im Morgengrauen, haben sie eine Gans geschlachtet. Die Alte hat das Laken gehalten, und der besoffene Bartosz hat sich geschunden und mit dem abgehackten Gänsehals das Laken vollgespritzt. Die Alte hat gekreischt, wozu so viel, sie hat doch kein Balg verloren. Drauf der Bartosz, blödes Weib, sie gibt eine erstklassige Jungfrau ab, unsere Baśka.

Doch die Frau des Friseurs, das war was anderes, die ging nicht aufs Feld, jätete nicht, molk keine Kühe. Der Friseur schnitt die Haare, rasierte, und sie, nur Ondulationen hin und wieder. Vor dem Krieg, in der Stadt, hatte sie, hieß es, auch die Fingernägel gemacht. Aber wem sollte sie hier, auf dem Dorf, schon die Nägel machen. Meist stolzierte sie aufgeputzt durchs Dorf, täglich in einem anderen Kleid, auf hohen Absätzen, die Lippen rot, die Fingernägel rot, den Kopf voll rabenschwarzer Locken. Kein Mann, der sich nicht nach ihr umsah. Sie kamen von den Feldern heim, gekrümmt, ermattet, mit trübem Blick, und mit diesem trüben Blick saugten sie sich regelrecht fest an ihr, wenn sie gegen Abend zu den Łabęds Milch holen ging. Doch niemand hatte ihr etwas nachsagen können, auch die größten Klatschmäuler nicht. Erst Fredek.

Wir stürzten uns alle auf Fredek. Erzähl schon, Fredziu, mach. Und der, wartets ab, setzen wir uns. Und als wir saßen, befahl er, passt mir auf die Kühe auf. Er zog Seidenpapier hervor, drehte sich eine, tat einen Zug und begann Ringe zu blasen. Wir baten ihn, und er liebte es ungeheuer, wenn man ihn bat, na, red schon, Fredziu.

Er war also eines Mittags zum Baden an die Biegung gegangen. Kein Mensch zu sehen. Ihm aber scheint, als höre er irgendwo weiter ab ein Plantschen. Er schleicht dorthin, hockt sich hinter einen Strauch und traut seinen Augen nicht. Mitten im Fluss, dort, an der seichten Stelle, die Friseursche, nackt. Jesus, Jungs was für Titten! Na, groß wie eure Nischel. Und zwischen den Beinen ein Busch, ich sag euch, und der, tot will ich umfalln, genauso rabenschwarz. Ach was, du schwindelst, Fredek. Was hätte ich davon? Dann schwör. Schwören, wozu? Glaubts, wenn ihr wollt. Wie die anfing sich einzuseifen, ging mir der Schniepel hoch, ich musste ihn mir runterholen. Und die Friseursche? Was die Friseursche? Na, wie du ihn dir runtergeholt hast? Die seifte sich weiter ein. Den Bauch, die Titten, unter den Achseln, doch am meisten dort, fährt rauf und runter, rauf und runter, die Beine gespreizt, fast über den halben Fluss. Und macht einen Schaum und hat dann dort so was wie eine Riesenpusteblume. Mit der setzt sie sich in den Fluss, zuerst nur leicht, wie obenauf, dann ein Stück tiefer, und sie guckt zu, wie ihr der Fluss die Blume wegwäscht. Und dann fängt sie an zu reiten, hopphopphopp. Ich denk, was klatscht sie sich den Arsch so auf? Mit einmal sackt sie tiefer weg, das Wasser geht bis zu den Titten, und sie wiegt sich, vor und zurück, vor und zurück. Das macht Wellen, wie wenn ein Boot vorbeischaukelt. Sie schlagen fast bis ans Ufer. Dann fasst sie sich mit der Hand irgendwohin, kauert sich, die Locken hängen im Fluss, ich denke, sie will sich ertränken, weil sie ächzt, stöhnt und immer tiefer geht, wie wenn sie wegtauchen will. Sich ertränken, im Seichten, ist sie nicht bei Troste? Ich will schon hin, da kreischt sie auf wie eine Katze und fällt auf den Rücken. Das Wasser deckt sie zu, aber gleich wird es weiß unter der Oberfläche. Und sie rührt keinen Arm, kein Bein, liegt bloß so da, wie ein Fisch, den Bauch nach oben gestreckt, und der Fluss trägt sie.

Nun, und so verliebte ich mich in die Frau des Friseurs. Noch am selben Tag, als ich die Kühe von der Weide heimgetrieben hatte, rannte ich an den Fluss, zu der Biegung, wo sie, laut Fredek, gebadet hatte. Ich saß mit Mohrchen am Ufer, und wir schauten auf den Fluss, ob wir nicht eine Spur erspähten, dass sie hier gebadet hatte. Doch der Fluss floss sanft dahin, spiegelglatt, und streifte kaum die eigenen Ufer. Und auch nicht ein Laut verriet, dass er floss. Und er war klar bis hinab zum Sand auf seinem Grund, von der Sonne vergoldet von Ufer zu Ufer und bis hinunter in die Tiefe. In ihm spiegelten sich die Gedanken und jede Qual. Jedes Verlangen. Jeder Schmerz. Jeder Gram. Und winzige Fische sah man unter der Oberfläche wie kleine Tränen. Und uns, mich und Mohrchen, wie wir da sitzen, ich spreche zu Mohrchen, Mohrchen hört zu, und der Fluss trägt meine Worte mit sich fort. Ich, Mohrchen, ich heirate nie. Die Frau des Friseurs hat den Friseur, eine andere will ich nicht, alles Heulsusen und kindisch. Ach, wenn die Deutschen eine Razzia auf Friseure machten und der Friseur nicht wiederkäme. Wie hätte ich Mohrchen nicht lieben sollen!

Scheinbar hatte er nichts Besonderes an sich, ein gewöhnlicher Köter und, nach Onkel Władeks Urteil, sogar etwas zu klein geraten für einen Dorfhund, für eine Wirtschaft. Das ganze Dorf wimmelte übrigens von solchen Mohrchen. An keinem Hof konnte man vorbei, ohne dass einer die Zähne bleckte, kläffte, sich fast von der Kette riss. Aber man wusste, der Mut dieses hündischen Getobes steckte bloß in den Ketten, denn losgelassen, waren sie lammfromm und machten um Menschen meist einen Bogen. Dafür rächten sie sich sozusagen nachts für alle am Tage erlittene Unbill, sie streunten herum, bissen sich, paarten sich, jaulten, und bei jedem, der in der Dunkelheit vorbeikam, kläffte das ganze Dorf. Die Leute scheuchten sie weg, jagten sie auseinander, droschen bisweilen erbarmungslos auf sie ein, und manch einer hinkte dann sein Lebtag, manch einem schimmerte die verblasste Narbe durchs Fell, und manch einer hatte noch eine frische Wunde.

Den Jungs gestand ich nichts, versteht sich, sie hätten mich nur ausgelacht. Doch seitdem zog es mich nicht mehr so zum Hüten, nur Mohrchen wurde mir noch lieber. Oft suchte ich jene Stelle am Fluss auf, wenn ich die Kühe heimgetrieben hatte, zu verschiedenen Tageszeiten und stets mit Mohrchen. Ich hoffte nicht, die Frau des Friseurs beim Baden anzutreffen, eine geheime Furcht warnte mich sogar vor solch einer Begegnung, aber ich liebte es, dort zu sitzen und den Fluss dahinströmen zu sehen. Mitunter warf ich einen Stein hinein und sah zu, wie sich die Kreise weiteten, bis die äußersten bis an die Ufer reichten, wie damals vielleicht, als die Frau des Friseurs hier gebadet hatte. Der Platz wurde zur Heimstatt meiner Pein, aber ich fühlte mich wohl, gepeinigt.

Später war ich noch in die Frau des Bürgermeisters verliebt, als die Deutschen, wer weiß weshalb, den Schulzen in der Gemeinde gegen einen Bürgermeister ausgetauscht hatten. Gewiss, sagten die Leute, das Dorf ist groß, es könnte auch eine Stadt sein, wenn man noch ein paar Katen draufschlägt. Bei der Frau des Bürgermeisters war es mit unschuldiger Pein allerdings nicht getan, so dass ich nicht mit herablassender Nachsicht sagen kann, ich war verliebt. Denn das damals war nur der unschuldige Beginn einer langen, vielleicht nie abgeschlossenen Geschichte, die mit der Zeit die Gestalt eines bleibenden Zeichens auf meinem Weg annahm. Denn immer, wenn ich zu Allerheiligen ans Grab des Vaters fuhr und später an das von Tante Marta, das der Großmutter, des Großvaters, denn in dieser Reihenfolge waren sie gestorben, lebte sie wieder in mir auf und entwickelte sich gleichsam weiter und brachte immer neue Ahnungen, Vermutungen hervor.

Obwohl ich die Frau des Bürgermeisters nach ihrer Abreise, nachdem Partisanen ihren Mann erschossen hatten, nie wieder traf. Das war irgendwann mitten im Krieg gewesen, der Bürgermeister hatte also nicht zu lange regiert, alles in allem zwei Jahre. Zum ersten Mal sah ich die Frau des Bürgermeisters an einem Julitag. Der Großvater hatte mich auf die Gemeinde mitgenommen, und dort hatte er eine Frau unter einem bunten Schirm in einem bunten Kleid gegrüßt, die ein Buch im Schoß hielt, und sie hatte den Gruß erwidert.

»Die Bürgermeistersche«, hatte er gesagt. »Eine hübsche Frau, hoho, wenn auch eine Deutsche.«

Aber am Anfang war die Frau des Friseurs gewesen. Ich traf sie eine Weile nachdem uns Fredek von ihr erzählt hatte. Sie kam mir entgegen, auf derselben Straßenseite, und die Sonne schien so grell, dass man die Augen nicht ganz öffnen konnte. Vielleicht wäre ich irgendwie abgebogen, aber diese Sonne, und eben hatte ich über sie nachgedacht, und da auf einmal. Obendrein trug sie ein durchsichtiges Kleid, so dass ich mich wehren musste, um nicht hinzusehen, und duftete wie ein Jasminstrauch. Sie fragte, was macht die Schule, aber gleich lachte sie auf, ach was, es sind ja Ferien, wie geht es der Mama, dem Papa, kommt er jeden Sonntag nach Hause? Dann strich sie mir über den Kopf. Dein Haar ist zu buschig, Piotruś. Komm in den Laden, mein Mann schneidet dich. Oder nein, ich schneid dich selber, magst du? Ich sagte, ja danke, denn das zu sagen hatte mir die Mutter beigebracht, obwohl mich die Jungs deswegen hänselten, ja danke, ja danke! Du, Jadanke, hol die Kühe zurück! Oder stammelte es vielmehr. Ich ersehnte nur das eine, dass sie endlich ging oder dass jemand käme, mit dem sie ein Gespräch begänne, und sie von mir abließ. Doch zu meinem Unglück war das Dorf wie ausgestorben, alle auf dem Feld, und wer nicht auf dem Feld war, hockte im Haus, weil die Sonne so schreckte. Und nur ein altes Weib huschte vorbei, murmelte Gelobt sei, und als sie vorüber war, spuckte sie aus: Pfui! Da sagte die Frau des Friseurs irgendwie traurig, was sind das für Menschen. Und darauf, ach, dieser Krieg. Wir wären nicht hierhergekommen.

Und dann weiter über mein Haar, entschieden zu buschig sei das, kurz ist das beste für einen Jungen in meinem Alter, auf der Stirn ein paar Ponyfransen, da, so, und sie berührte meine Stirn, aber nicht mit der Hand, sondern wie mit einem Jasminzweig, und ich wehrte mich immer noch, zu ihr hinaufzusehn. Und sah die ganze Zeit nach unten, auf ihre weißen Schuhchen, die nur aus zwei überkreuz verbundenen Riemchen bestanden, auf ihre rot angemalten Nägel. Und ich stellte mir vor, es seien Perlen, je fünf an jedem Fuß, von groß bis winzigklein. Und etwas lockte mich, zu sagen, oh, Perlen. Ich les sie für Sie auf. Und sie ihr zu geben, warm, wie sie waren, in voller Blüte, gleichsam geschwellt vom Blut. Bitte sehr. Und aus ihrem Mund zu hören, ach, was bist du höflich, Piotruś. Ich danke dir. Nun, was ist, kommst du?

Und kurz danach erschien sie mir im Traum. Obwohl ich nicht ganz sicher war, ob sie. Scheinbar sie, aber ihr Haar reichte bis zur Erde, und dieses Haar hüllte sie ein, so dass nur hier und da etwas von ihrem Leib durchschien, der Hals, eine Schulter, die Spitze einer Brust, der Nabel, die Knie, die Hände. Sie stand an meinem Bett und sagte, rutsch ein Stück, Piotruś. Ich aber begann zu schreien, ich schlaf mit Mama! Ich schlaf mit Mama! Ich wollte mir das Federbett über den Kopf ziehen, doch das Bett gab nicht nach, als hielte sie es unten fest, bei den Beinen. Worauf sie es langsam herunterzog, und als es ganz herunter war, staunte sie, ach, dann bist du schon ein Mann, Piotruś. Mein Gott, selbst die Kinder sind schon erwachsen durch den Krieg. Ich stammelte verzweifelt, ich komme zum Schneiden zum Herrn Friseur. Ich komme zum Schneiden. Ich komme.

Ich war versucht, auf der Weide vor den Jungs zu prahlen, die Friseursche ist mir im Traum erschienen. Um sie wenigstens einmal in Staunen zu versetzen, doch eigentlich, womit konnte ich prahlen, dass ich es mit der Angst zu tun gekriegt hatte? Ich hätte mich zum Gespött gemacht. Und Fredek schon gar, der hätte mir das nicht nachgesehen, was bist du für ein Schafskopf, Jadanke! Wär mir das passiert, ich hätte nicht gerufen, ich schlaf mit Mama! Ich schlaf mit Mama!

Ich sagte ihnen also nichts, obwohl wir uns erzählten, wenn einer was Interessantes geträumt hatte. Aber auch träumen träumten sie immer mehr als ich. Und Fredek, der hatte Träume wie ein Reicher. Beinahe jede Nacht suchten sie ihn heim, einer üppiger als der andre. Ihm träumten Meere und Ozeane, Schiffe, Ungeheuer, Drachen, Riesenfische, einer hatte ihn sogar verschluckt und wieder ausgespuckt. Irgendwelche Inseln, auf einer war er König, lief mit der Krone herum, hatte sechs Frauen, jede von anderer Farbe, die hübscheste war blau. Ihm träumte, wie er durch die Lüfte flog, ohne Arme, ohne Flügel, und wie er im Wald über die Baumkronen spazierte, und dann sprang er hinunter, genau aufs Dach des Forsthauses, wo ein Wunder von Försterstochter wohnte. Ihm träumte, ein großer Herr habe ihn auf sein Schloss geladen, er sollte sein Sohn werden, aber er wurde es nicht, denn es hätte ihm leid getan, nicht mehr mit uns Kühe zu hüten. Und einmal träumte er sogar von der Hölle, er kroch wie ein Maulwurf in den unterirdischen Gängen herum, die Teufelswachen verneigten sich vor ihm, doch sie konnten ihm nicht sagen, wo es zu Luzifer ging.

Manchmal legte er sich unter einen Weidenbusch, denn sein Vater holte ihn nachts aus dem Bett, noch ehe es tagte, damit er die Handmühle drehte, und schon fing er an zu träumen. Jungs, ich hab geträumt, ich hab einen Zug mit Deutschen in die Luft gejagt. Ich will tot umfallen! Ihr glaubt es nicht? Vollgestopft mit Soldaten war er, mit Pferden, Panzern, Geschützen. Und lang, von hier bis hin zum Jungfernberg. Vielleicht noch länger, die Lokomotive war schon dort hinterm Himmel verschwunden, und hinten sah man noch kein Ende. Ich trug einen Korb mit Gurken, und einer aus dem Zug warf mir ein Päckchen Zigaretten zu, ich ihm eine Gurke. Da rumst es auf einmal. Ein Blitz. Ein Knall. Ich denke, ein Wunder. Ich höre nichts, so betäubt bin ich. Kein Himmel zu sehen, nur Soldaten, Pferde, Panzer, Geschütze, Waggons, alles weit oben und immer höher, so wie das bemalte Gewölbe in der Kirche. Das brüllt und schreit *mein Gott! mein Gott!*[44]. Und da tut sich so ein kleiner heller Kreis mitten am Himmel auf, und dann ein Loch, und irgendwelche Hände schnappen sich hier einen, da einen und die Pferde, und der Rest fällt auf die Erde.

Wer weiß, vielleicht hatte sich Fredek mit diesem Traum ein erstes Zeichen seines bevorstehenden Todes offenbart. Denn Fredek war umgekommen, wie um für diesen Traum zu büßen. Obwohl gewiss jeder Traum ein Vorbote des Todes ist, selbst wenn uns die Schönheit einer blühenden Wiese, die Sonne an einem wolkenlosen Himmel erscheint. Wenn wir von uns selbst träumen, träumt immer unser Tod von uns. Jeder unserer Träume entstammt seiner unteilbaren Welt. Nur der Hochmut lässt uns sagen, ich habe geträumt. Es müsste heißen, mein Tod hat geträumt. Also mein Tod träumte von einer blühenden Wiese und von der Sonne an einem wolkenlosen Himmel. Mein Tod träumte, die Frau des Friseurs kam zu mir. Vielleicht hatte der Tod Fredek schon lange gelockt, und er war mehr mit ihm als mit uns auf der Weide. Und seine Träume hatte er gesammelt, von ihnen war er erfüllt gewesen und hatte sich jener Grenze genähert, da auch wir nur mehr ein Traum seines Todes sein würden. Man könnte sogar sagen, er war in einem seiner Träume gestorben.

Als die Front nach mehrmonatigem Stillstand wieder vorankam, irgendwann um die Mitte des Winters, kehrten die Großeltern, die Tanten und Onkel wieder zu sich ins Dorf zurück, und ich zog mit Mutter und Vater in die nahe Stadt. Aus Rück-

[44] im Original deutsch

sicht auf den Vater vor allem, mit dem es immer mehr bergab ging und der einen Arzt brauchte, der endlich herausfand, was ihm fehlte, nun, und im Falle eines Falles, ein Spital. Obwohl der Vater sicherlich wusste, was ihm fehlte, und nur der Mutter immer sagte, es seien die Nerven.

Ich gewöhnte mich anfangs nur schwer an die Stadt und besuchte öfters die Großeltern, Onkel, Tanten, zumal es nur sieben Kilometer dorthin waren, und auch wenn die Chaussee, aufgerissen durch Granaten, Bomben, Panzer, den Füßen keine große Bequemlichkeit bot, eilte ich für gewöhnlich wie auf Flügeln zu ihnen, und bei einem meiner Besuche sagte Onkel Stefan, diesen und jenen aufzählend, der aus dem Dorf umgekommen war, wie nebenbei, tja, und der Fredek Guz. Auf ihrem Feld hat ein Blindgänger gelegen, sie konnten weder pflügen noch säen. Selbst auf den Feldern ringsum pflügten und säten sie nicht wegen der Bombe. Groß war sie wie eine krepierte Kuh. Und der verrückte Kerl hat sich in den Kopf gesetzt, er entschärft sie. Ich sage dir, es gab nichts einzusammeln. Der eine Arm lag draußen auf Jamrozens Feld, den andern haben sie bis heute nicht gefunden. Der hatte immer Hummeln im Hintern. Pioniere wärn gekommen und hätten sie entschärft. Ich widersprach dem Onkel nicht, es war vielleicht so, wie er sagte. Aber es konnte auch sein, dass nur sein Tod von ihm geträumt hatte.

Nun, und wer noch? Und während der Onkel überlegte, wer noch, kam ihm der Großvater zu Hilfe, na wer? Der Wicek Sobótka doch, mit dem seinen Jędrek haste Kühe gehütet. In die Erde hat er sich gerammt mit seinem Pflug, und hin war er. Und dem Pferde nischt. Zum Glück. Da sagte Onkel Władek, der an der Aufzählung, wer umgekommen war, nicht teilgenommen hatte, um dem Großvater, der wieder zum Reden ansetzte, das Wort abzuschneiden, tot is tot. Wir haben Krieg, da kommen Menschen um, das weeß jeder. Dass Mohrchen noch nich zurücke is, das is schlimmer.

Denn Mohrchen war, als die Front anrückte, plötzlich spurlos verschwunden. Wir stellten die verschiedensten Vermutungen an, vielleicht hatte er sich, aus Angst vor der Schießerei, irgendwo verkrochen, oder er war mit den Soldaten mitgerannt. Auch abgeknallt konnte ihn jemand haben, obwohl – weshalb? Onkel Władek war sogar durchs Dorf gegangen und hatte die Leute, die Soldaten befragt, da und dort hatte er nachgeschaut, vielleicht fand er ihn wenigstens tot. Mich quälte der Verdacht, auch wenn ich das niemals zugab, bestimmt sei das meine Schuld, er hatte wohl geahnt, dass ich mir einen Windhund wünschte und hatte dem Windhund Platz gemacht.

Noch am Abend hatte er sich vor den Kellereingang gestellt und irgendwie seltsam herabgewinselt. Doch niemand wäre darauf gekommen, dass er für immer von uns Abschied nahm. Und in der Nacht, als alle schliefen, hatte er sich von der Kette losgemacht, und auch der Großvater, der bei jedem kleinsten Geräusch aufwachte, hatte nichts, rein gar nichts gehört.

»Der kommt vielleicht noch«, sagte er zuversichtlich, um einen Streit mit Onkel Władek, der in der Luft hing, abzuwehren. »Hunde kommen manchmal nach Jahren an.«

»Ich muss den Mistkerl finden, der ihm das Auge ausgeschlagen hat«, sagte Onkel Władek, auch etwas sanfter. »Kann sein, er kommt wegen dem Auge nich, weil wersch bis heute nich gerächt ham. Jetzt, wo der Krieg aus is, wirds leichter, jetzt zerrn se allerhand Verräter und andres Geschmeiß aus ihren Löchern.«

»Damals is er genau so verschwunden«, sagte, die Sanftheit des Onkels mit Sanftheit erwidernd, der Großvater. »So lange war er weg, und mit mal war er wieder da, auch ohne das Auge.«

Damals hatten sie schon einen anderen Hund nehmen wollen, ein Hof kann nicht ohne Hund sein, na und die Hütte steht leer, die Kette liegt rum, rostet, in der Nacht meldet keiner, ob ein Dieb herumschleicht, und morgens aus der Kate treten, und kein Hund da, das ist das Schlimmste, das ist, als ob der Tag nicht anfängt. Der Großvater hatte sich umgehört, wo eine

Hündin geworfen hatte, denn am besten nimmt man einen, der grade erst aufgehört hat zu saugen, so einer verwächst für immer mit der Familie, dem Haus, dem Hof, den Ställen, Pferden, Kühen, Schweinen, Hühnern, Gänsen, Enten, und an die Katze gewöhnt er sich, dass es ihm scheint, sie ist ein zweiter Hund.

Und da war, nicht mehr erwartet, Mohrchen mit der vernarbten, fast leeren Augenhöhle aufgetaucht. Der Freude war kein Ende. Alle nahmen ihn auf den Schoß, er war ja nicht groß, was Onkel Władek ihm übrigens ständig vorwarf, das soll ein Hund sein, in einer Wirtschaft brauchts einen großen. Freilich, ein großer Hund, da überlegt sogar ein Dieb hundertmal und zieht ab, und auch die Nachbarn rücken einem nicht so auf den Leib. Doch der Großvater nahm Mohrchen in Schutz, ein großer Hund frisst auch viel, schläft viel, und es ist viel Trägheit in ihm, und ein kleiner hat mehr Verstand.

Auch bei dem ausgeschlagenen Auge hatte der Großvater geraten, zwecklos, das Rumgerätsel, wer dem Mohrchen das angetan hat, das erfährste nich, ein Strolch, das is alles, der Herrgott soll ihn strafen. Doch Onkel Władek ließ sich nicht so leicht mit dem Herrgott abspeisen, ja er nahm Mohrchen nicht mal auf den Schoß wie alle, sondern er kochte vor Wut und stieß die ausgefallensten Verwünschungen aus, verdächtigte sogleich die nächsten Nachbarn, dann die etwas ferneren, bis er auf der einen Seite bei der Kapelle und auf der andern bei der Mühle angelangt war. Dann schwenkte er, wie in einer Erleuchtung, um bis zur Kirche und verfluchte der Reihe nach Kate für Kate, auf der einen und auf der anderen Straßenseite und ließ auch die uralten Schwestern Maziejko nicht aus, sie waren Hexen, sie hatten Mohrchen was eingegeben, oder eine hatte ihm das Auge mit dem glühenden Schürhaken ausgebrannt. Dann rannte er von neuem zu der Mühle und gegen den Müller, der hatte Mohrchen in die Mühle gelockt, und er hatte allen Grund, denn Onkel Władek hatte ihn mal einen Betrüger geschimpft, ob sich der Großvater erinnere? Aber der

Großvater erinnerte sich nicht. Dann zog er vor die Schule, doch sich die Katen der Reihe nach vorzunehmen, überstieg seine Geduld, und seine Wut schlug so hohe Wellen, dass er sich die Katen aufs Geratewohl, gleichsam überraschend, herausgriff, und wen immer ihm das wutschnaubende Gedächtnis eingab, wem gegenüber er den leisesten, wenn auch längst begrabenen Groll gehegt hatte. Und wie man weiß, grollt jeder jedem, wenn man seit Urväterzeiten in einem Dorf zusammenlebt, man kommt schon auf die Welt mit diesem Groll, der Groll wächst mit den Menschen, den Groll ererbt man, alle Dörfer stehen auf solchem angeblich längst begrabenen Groll, und die unschuldigen Hunde haben das manchmal auszubaden. Und so konnte jeder Mohrchen das Auge ausgeschlagen haben.

Und als er das ganze Dorf durch hatte, und keiner ihm mehr einfiel, setzte er sich auf die Bank, zog Mohrchen an den Zotteln zu sich heran, klemmte sich seinen Schädel zwischen die Knie, blickte ihm in die Augen, oder eigentlich in das eine und in die Augenhöhle, und begann ihn rachgierig zu trösten:

»Macht nischt, du führst mich zu dem Mistkerl, und ich erschlag ihn. Reiß ihm die Beine ausm Hintern, brech ihm das Kreuz, soll er auf allen Vieren kriechen. Dass ich tot umfall, ich brechs ihm, die Schuhe wird er sich nich mehr schnüren am Sonntag, den Löffel bringt er nich mehr bis zum Maule. Das ganze Leben wird er an dein Auge denken. Im Sterben wird er sich noch dran erinnern. In Rauch lass ich den aufgehn. Ausräuchern so ein Geschmeiß, ausbrennen mit dem glühenden Eisen, dass es die heilige Erde nich mehr trägt. Und dem seinen Hund schlag ich gradeso das Auge aus. Der Kurtyka vielleicht, wie? Sieht ihm ähnlich, dem falschen Aas. Oder der Janiszewski? Nein. Wer dann? Führ mich zu ihm. Führste mich? Bist doch ein Hund, du findest hin. Musst hinfinden.«

Aber Mohrchen wand sich nur zwischen des Onkels Knien, versuchte, sich loszureißen, quietschte und verstand nicht, warum der Onkel so wütend war, denn er, Mohrchen, würde sich gern freuen, dass er zurück war.

Tante Marta bat, quäl ihn nich, Władziu. Tante Jadwinia bat, lass ihn in Ruh, Władek. Gut, dass er wieder da ist. Ob ein Auge oder zwei, es ist unser Mohrchen. Die Mutter bat, was verrennst du Dummkopf dich bloß so? Der Hund ist klüger als du. Bis der Großvater sich schließlich aufs Knie klatschte.

»Lass ihn! Der Hund weeß von nischt, siehste das nich?!«

Wie mit dem letzten Rest von Wut stieß der Onkel Mohrchen von sich weg in die Stube.

»Geh, blödes Vieh! Verdammtes! Wir wern ja sehn, wie de nu mit dem eenen Ooge wirscht sehn. Bloß die Hälfte sehn wirschte, ja!«

Mohrchen kollerte bis zur Schwelle, prallte mit der Schnauze dagegen und jaulte auf. Doch sofort sprang er wieder hoch und rannte zurück zum Onkel, winselnd vor Freude, dass er ihn sah.

»Weeßtes oder weeßtes nich?« Der Onkel gab nicht auf. »Vielleicht der Molenda? Wenn ja, dann belle. Los, belle!« Worauf er gleichsam das Urteil über Mohrchen sprach, indem er sagte: »Nu biste keen Hund nich mehr. Ohne das Ooge biste ein Sack, keen Hund nich.«

Dem Onkel zum Trotz hinderte das ausgeschlagene Auge Mohrchen nicht, seine Hundepflichten mit dem gleichen Eifer zu erfüllen wie bisher, so dass keiner auch nur aus Versehen den anderen Hund erwähnte, der Mohrchen hatte ersetzen sollen. Auch Onkel Władek nahm das Urteil, das er verhängt hatte, zurück. Doch seither ließ ihm der Gedanke an Mohrchens Auge keine Ruhe, er schlug immer tiefer in ihm Wurzeln, entfaltete sich immer üppiger und verwandelte sich in einen unbestimmten Groll gegen alles und alle. Ja das Auge löste sich gewissermaßen von Mohrchen ab und wurde zu des Onkels ureigener Pein, mit der er nie mehr fertig werden sollte. Vielleicht auch nicht wollte.

Wen er nur traf im Dorf oder am Fluss, wenn er mit den Eimern nach Wasser zur Böschung ging oder die Pferde tränkte oder auf dem Feld säte, pflügte, mähte, ganz an die Erde hingegeben, wie es schien, und jemand kam zufällig des Wegs gefahren oder gegangen und schreckte ihn auf aus seiner Selbstvergessenheit durch das übliche Grüß Gott, wo immer übrigens, auf der Brücke, in der Mühle, vor der Gemeinde, auf jemandes Hochzeit, jemandes Begräbnis, er ließ keine Gelegenheit aus, um zu fragen:

»Vielleicht wisst ihr, wer unserm Mohrchen das Auge ausgeschlagen hat? Vielleicht weißt du, wer unserm Mohrchen das Auge ausgeschlagen hat? He, wer hat unserm Mohrchen das Auge ausgeschlagen, vielleicht wisst ihr das?«

Oft streunte er durch das Dorf, fast wie ein Tagedieb, in der nicht nachlassenden Hoffnung, auf jemanden zu stoßen, der etwas weiß oder der weiß, wer etwas weiß. Vielleicht verriet sich einer durch Zufall, vielleicht rutschte wem was heraus, vielleicht wurde einer verlegen, das wäre schon eine Spur. Meist bedrängte er Kinder, denn er glaubte, Kinder würden ihn schneller zur Wahrheit führen als Erwachsene, denn nur in den Kindern glimmen noch Überreste von der Unschuld der Welt, wie er zu sagen pflegte. Und Kinder wiederholen gern, was die Erwachsenen sagen, nun und sie lieben Hunde. Und Hunde lieben Kinder.

Traf er ein Kind, hockte er sich sofort neben es hin, strich ihm übers Köpfchen, als rührte ihn der bloße Anblick jener kurzwährenden Unschuld, ja er versuchte ein Lächeln, um diese Unschuld durch sein bitteres Gesicht nicht aufzustören.

»Sag, zu wem gehörst du?« Zuerst zerstreute er das Misstrauen. »Aaah. Dann wohnt ihr dort, und euer Haus is das mit dem Schornstein. Und wie heißt du? Ein schöner Name. Und ich bin der Onkel Władek. Magst du den Onkel Władek? Dann weißt du vielleicht, wer Mohrchen das Auge ausgeschlagen hat? Ich kauf dir ein Eis, am Sonntag, wenn der Eismann kommt. Ich kauf dir ein Bonbon. Irgendwas kauf ich dir. Weißt du es, ja oder nein?«

Und an den Abenden, wenn er vom Feld gekommen war,

hockte er nun immer auf der Bank vor dem Haus, und jeden, der vorbeikam, lockte er in sein Netz, auch wenn er ihn nur einlud, sich zu setzen, zu verschnaufen, die Beine auszustrecken, weshalb so eilig, sie schwatzen ein bisschen, die Welt ist interessant jetzt durch den Krieg, hier macht man den ganzen Tag den Mund nicht auf, die Arbeit, da tut es gut, wenigstens am Abend, vorm Schlafen, ein bisschen zu schwatzen. Und er lenkte das Gespräch so, dass es vom Krieg zuletzt doch noch auf Mohrchen herauskam. Wisst Ihr nicht, wer? Nichts brachte ihn davon ab, nicht das Missgeschick anderer Hunde noch das anderer Geschöpfe, der Katzen, Kühe, Schweine, Pferde, auch nicht das Unglück der Menschen. Und wenn sie ihm rieten, vielleicht einer aus dem andern Dorf, dort soll er suchen, am leichtesten glaubt sich ja, einer aus einem anderen Dorf ist schuld, erwiderte er:

»Was können die gegen Mohrchen gehabt haben, aus dem andern Dorf? Den Hündinnen is er dorthin nich nachgerannt. Du lebst in dem, in dem de zur Welt kommst, drum haste Feinde in dem, nich im andern. Ich finds raus, ich finds raus, früher oder später. Ich sterb nich, bis ichs nich rausgefunden hab. Und wärs nur, um dass man weiß, mit wem man im Dorf gelebt hat, vielleicht noch als Nachbarn. Vielleicht haste ihm gar die Sense geborgt, das Pferd fürs Gespann, hast ihm Grüß Gott gewünscht, Schnaps mit ihm getrunken. Wozu in einem andern Dorf suchen.«

Einmal lockte er den Pfarrer in sein Netz, wie er abends so auf seiner Bank saß. Der Pfarrer hatte es eilig zur Preference zum Müller, doch der Onkel wusste nicht, was Preference ist, und der Pfarrer musste sich wohl oder übel für ein Weilchen zu ihm setzen, zumal es sich nicht schickte, wegen der Preference den Kummer immerhin eines Pfarrkindes, denn so hatte es der Onkel dem Pfarrer dargetan, er habe großen Kummer, hintanzustellen. Und gleich wieder von Mohrchens Auge, ob der Herr Pfarrer nicht Rat weiß, wer. Der Herr Pfarrer kennt die Menschen am besten, denn er kennt ihre Seelen. Der

Herr Pfarrer tauft, traut, begräbt. Dem Herrn Pfarrer sagen die Leute viel bei der Beichte, obwohl, versteht sich, nicht alles. Bei der Beichte kriegt er am schnellsten raus, wer. Der Pfarrer brauste auf, wozu ihn der Onkel da überrede, die Beichte ist ein heiliges Geheimnis. Władysław, Władysław, es ist Sünde, wahrlich eine schwere Sünde, den Pfarrer zu so was zu überreden. Gegen Gott kehrst du, wie ich sehe, deine Gedanken.

Der Onkel begann ihm zu erklären, nicht darum sei es ihm zu tun, das Geheimnis würde der Pfarrer für sich behalten, aber wenn er es wüsste, könnte er am Sonntag von der Kanzel herab bekanntgeben, Gott wisse, wer Mohrchen das Auge ausgeschlagen hat. Und wenn er noch hinzusetzte, was denjenigen in der Hölle erwartete, vor der Hölle fürchtet sich jeder, dann würde so ein Strolch wenigstens was mürbe, und dann fände er leichter heraus, wer. Er könnte sogar ein Gleichnis aus dem Evangelium über Mohrchen erzählen, zur Ermahnung, auch für die andern. Und der Herr Pfarrer müsse nicht gekränkt sein, dafür würde er einen Leuchter für die Kirche kaufen oder ihm das Feld bestellen, den Mist wegkarren, pflügen, eggen, säen, irgendwie würd ers ihm schon vergelten. Denn auch für einen Hund muss es eine Strafe geben, wenn es für einen Menschen eine gibt.

Der Pfarrer verstand den Onkel nicht. Vielleicht hatte er es auch so eilig zu seiner Preference, dass er sich einfach herauswand.

»Vertraue auf Gott, mein Sohn«, sagte er, was er übrigens zu jedem sagte. »Aller Kreatur wird Gerechtigkeit widerfahren. Nicht hier, so dort. Und auch dein Mohrchen wird nicht vergessen werden. Übe dich in Geduld. Und ein Leuchter, ich verhehle es nicht, käme der Kirche zustatten.«

Der Onkel war jedoch von Natur aus nicht geduldig, und überdies fiel wohl auch der Unterschied zwischen dem Pfarrer und dem Onkel in Bezug auf das Wort Gerechtigkeit für Mohrchen oder, genauer, für den, der Mohrchen das Auge ausgeschlagen hatte, schwer ins Gewicht, denn kurze Zeit darauf machte der Onkel im Laden eine solche Szene, dass ihn die Besitzerin mit einer Schaufel Mehl bewarf. Als der Onkel nach Hause kam, dachten wir, er sei in der Mühle gewesen.

Zuerst hatte er sich mit jemandem in die Wolle gekriegt, dieser Jemand hatte über ihn gespottet, ein anderer mischte sich ein, und dann, wie das im Laden so geht, noch der und der und wer immer da war, die Worte flogen hin und her, wie Nadeln, Steinchen, Steine, des Onkels Blut geriet in Wallung, er fluchte und wetterte, ohne zu unterscheiden, wer gegen ihn, wer für ihn war, gegen alle, die heilige Erde dürfe sie nicht tragen, nur niederbrennen so ein Dorf, nur die Sintflut über so ein Dorf, wo sie einem Hund das Auge ausschlagen, weil ihnen der Krieg, wies aussieht, nicht genügt. Alles Halunken, Strolche, Pack! Jeder verdient die Hölle! Was hat ihnen so ein Mohrchen denn getan?! Was?! Und als die Ladenbesitzerin anfing zu kreischen, er ist verrückt! er ist verrückt! raus hier!, griff er sich die Tüte mit Salz, die sie gerade wog, und schüttete sie ihr über das ondulierte Haar. Sie quiekte meine Haare! meine Haare!, griff sich die Schaufel mit Mehl und bewarf damit den Onkel. Da packte der Onkel, ohne zu fackeln, das Glas mit den Maggiwürfeln vom Ladentisch und schmetterte es zu Boden. Später musste er die ganzen Maggiwürfel bezahlen. Er bezahlte anstandslos und fragte nicht einmal, wie viel Würfel es gewesen waren.

Einmal ließ er sich von einer Zigeunerin wahrsagen. Sie sollte ein Huhn bekommen, wenn sie ihm weissagte, wer. Sie musste sich jedoch mit einem Liter Milch und ein paar Eiern begnügen, denn aus ihren Prophezeiungen ging nicht viel hervor, außer, dass er sich vor dem Herz-Buben in Acht nehmen müsse, die Pique-Dame hingegen sei ihm gewogen. Dieser Herz-Bube machte dem Onkel etwas zu schaffen, wer konnte das sein, bestimmt ein Rothaariger, doch im Dorf gab es keinen richtig Rothaarigen, es gab Blonde, Albinos, Dunkelhaarige, Gemischte. Denn die Pique-Dame war gewiss Tante Marta, ebenso schwarz, stand sie, versteht sich, hinter dem Onkel wie eine Mauer.

Als er sich schließlich gar keinen Rat mehr wusste, fragte er übrigens Tante Marta, du, Marta, fühlste nich, wers gewesen sein kann? Wenn einer krank is, fühlt er manchmal mehr wie ein Gesunder. Gesundheit trübt den Blick, aber in der Krankheit kann eine Klarheit über einen kommen, dass man sieht, was ein Gesunder nie sehen wird. Doch Tante Marta schürzte bloß die Lippen, jetzt biste völlig übergeschnappt. Obwohl, wenn es ihr besser ging, appellierte sie geduldig, ja mit einer Spur von Zärtlichkeit, an seinen Verstand:

»Gib Ruhe, Władziu. Hör auf, dich so zu quälen. Ums Auge von einem Hund. Mohrchen hats längst vergessen, und du denkst immer noch dran.«

»Was heeßt hier, gib Ruhe? Wenn ses hätten dir ausgeschlagen, tätste Ruhe geben? Ein Hund kann nischt verlangen. Bringt keenen vor Gericht. Ein Hund weeß nich, was Gerechtigkeit is. Auge um Auge. Find ich den Mistkerl nich im Wachen, werd ich mal von ihm träumen. Die Träume wissen am meisten. Im Traume erfährschte, was de sonst nie erfährscht.«

Und nicht mal die nächtlichen Seufzer der Tante, die aus den Abgründen des Todes heraufzusteigen schienen, verschlugen was. Komm, Władziu, komm zu mir. Na, komm. So dass ich mir vergeblich das Bett über den Kopf zog, um nichts zu hören, denn der Onkel knurrte gewöhnlich zurück, lass mich in Frieden, ich schlaf schon. Vielleicht träum ich von dem Mistkerl. Und sofort fing er an, laut zu schnarchen.

Er dachte auch daran, sich zu den Partisanen zu melden, denn gegen so einen Mistkerl, sagte er, wer weiß, ob da die Partisanen nicht das beste sind, ein Urteil und eine Kugel durch den Schädel, oder auch ohne Urteil, nur die Kugel, wozu so einem noch das Urteil vorlesen. Aufbammeln, an den Beinen, an einem Ast, soll er verrecken. Und überhaupt, die Partisanen brauchts mehr für die eignen Mistkerle wie für die Deutschen, vermehrt hat sich das Geschmeiß und wuchert wie Unkraut. Der Großvater musste ihn bisweilen mäßigen, du Hundsfott tätst alle aufhängen, alle abknallen.

Die Idee mit den Partisanen suchte ihn nicht nur heim, sobald er wütend war, er hatte angeblich im Dorf herumgefragt, ob einer wüsste, wo man sich melden könne. Doch niemand wusste es, oder sie wollten es ihm nicht sagen, denn nach dem Auftritt im Laden, der sich im Dorf herumgesprochen hatte, fingen sie an zu reden, der Onkel Władek sei nicht ganz dicht. Besonders der Großvater machte sich um den Onkel Sorgen, der Hundsfott meldet sich noch, insgeheim, und möglichst nich dort, wo er soll, das wird erscht was.

Zum Glück kam eines Sonntags der Vater heim, denn mindestens einmal im Monat kam er über den Sonntag. Mir brachte er den Matrosenanzug mit, in dem ich auf dem Foto bin, und versprach mir dabei, wir fahren ans Meer, sowie der Krieg vorbei ist, dafür ist er gerade richtig, der Mutter Stoff für ein Kleid, Tante Jadwinia Strümpfe, er hatte für jeden etwas. Und unverhofft erklärte er, er führe nicht zurück. Er bliebe bei uns. Es kam wie ein Blitz aus heiterem Himmel für alle. Was ist passiert? Haben sie dich entlassen? Nein, es ist alles in Ordnung. Sogar eine Gehaltserhöhung hat er bekommen, da, er hat es schriftlich, und einen zusätzlichen Bezugsschein für ein Kilo Wurst, ein Kilo Zucker und einen Liter Schnaps. Er fing an, seine Taschen nach diesem Schreiben abzusuchen. Doch er hatte es in der Eile wohl liegenlassen. Knapp eine Stunde hatte er bis zum Zug gehabt. Die Organisation war aufgeflogen. Im übrigen hatte er schon seit einiger Zeit gespürt, sie hatten ihn im Visier, und gerade hatten sie Leute dort abgeholt, so dass täglich, nein, stündlich mit weiteren Verhaftungen zu rechnen gewesen war. Zumal einer der Verhafteten, ein anständiger Mensch, gewiss, nicht stark genug sei und kein Zweifel bestünde, dass er auspacken werde. Wahrscheinlich tat er das schon. Sie brauchten ihm nur Stecknadeln unter die Fingernägel zu jagen, worauf sie sich so gut verstanden, oder auf seine Fersen einzuschlagen, oder sie ließen ihn kein Auge zutun, oder sengten ihn mit einem glühenden Eisen, pumpten ihm Wasser in den Dickdarm, quetschten ihm die Finger zwischen eine Tür, brachen ihm die Gelenke, tja, die haben Methoden, da fängt selbst ein Stummer zu reden an. Und auch wenn sie nur mit dem Ochsenziemer prügeln, treten, es hält kaum einer aus, es sei denn, ihm liegt nichts mehr am Leben. Aber wem liegt schon nicht daran? Und wenn sich einer noch so verbeißt, sie pressen ihm die Worte ab, mit seinem Blut, mit seinem Schmerz, und die geheimsten Gedanken. Du willst nichts verraten, aber die Worte verraten dich, kommen wie von selbst aus dir heraus. Du platzt wie ein Geschwür, und du empfindest nicht Gewissensbisse, sondern Erleichterung.

»Ach, wie wunderhübsch!« Die Mutter, entzückt von dem Stoff, ließ Vaters Erzählung über den Verrat noch nicht an sich heran. »Wo hast du den nur aufgetrieben? Jetzt gibts doch gar nichts in den Läden. Das muss dich was gekostet haben.« Sie breitete den Stoff über die ausgestreckten Arme, drehte sich um sich selbst, schmiegte das Gesicht hinein. »Und wie weich, wie zart. Es muss echte Seide sein.« Sie nahm den kleinen Spiegel von der Wand, denn nur so einen hatten sie bei den Großeltern, stellte ihn an die Tischkante und begann sich zu betrachten, während sie sich den Stoff bald über die eine, bald über die andre Schulter warf, ihn bis zu den Knien, bis zu den Waden, bis zum Boden fallen ließ, sich ihn als schützende Hülle um den Hals schlang, und so bald die halbe Stube damit abging, bald mit dem Kopf fast in den Spiegel kroch. »Und wie kleidsam. Diese Farben stehen mir am besten.« Und an Tante Marta gewandt: »Halt du mir mal den Spiegel, Marta, vielleicht seh ich dann mehr. Dass es nicht einen größeren im Haus gibt! Eine Schande.« Und wieder begann sie den Stoff um ihre Figur zu wickeln, mal so, mal so. »Gleich morgen trag ich ihn zur Schneiderin. Ich weiß bloß nicht, zu Pela oder zur Witkowa? Pela näht sicher schöner, doch bei der liegt er. Kommst du mit, Marta? Aber die Machart? Gibts vielleicht Stecknadeln im Haus, wir könnten was stecken.«

Tante Marta holte aus der Schublade an der Nähmaschine ein Kissen voller Stecknadeln.

»Da!«

»Endlich gibt es mal was in diesem Haus«, sagte die Mutter erfreut. Und mit Tante Martas Hilfe begann sie den Stoff an sich selbst auf die verschiedenste Weise zu drapieren, das künftige Kleid war bald weit, bald eng, kürzer, länger, mit Glockenrock, mit gekraustem Rock, mit Naht in der Taille, mit verlängerter Taille, mit Sattel, mit Ausschnitt, hochgeschlossen, mit Kragen, ohne Kragen, im Rücken geknöpft, mit Knopfleiste vorn, langärmelig, mit kürzeren Ärmeln, an der Schulter angeriehen, glatt eingesetzt.

Die ganze Stube war ausgefüllt von diesem Kleid. Es schien, als zöge die Mutter dauernd ein anderes an, und an jedem hatte sie etwas auszusetzen. Bis Tante Martas bleiches Gesicht rot anlief, als käme sie nicht mehr hinterher mit dem Zureichen all der Kleider, und ihr zuletzt die Puste ausging, und sie sagte:

»Ich setz mich ein bisschen. Mag Jadwinia dir beim Stecken helfen.«

Und das gleiche begann noch einmal von vorn mit Tante Jadwinia. Ja, die Mutter steckte, drapierte sogar an Tante Jadwinia herum und beteuerte, auch ihr stünde das gut, obwohl Tante Jadwinia sich sträubte, für so ein Kleid, da muss man eine Dame sein, so wie die Mutter, nicht eine wie sie, Hühner, Schweine, Kochpötte, da, schau, was hab ich für Hände.

Die Männer aber saßen im Schatten dieses Kleides um den Tisch an der Wand, besorgt, still, abgerissene Sätze murmelnd, als fürchteten sie, alles, was sie da sprachen, könne über den Tisch hinausgelangen. Plötzlich fuhr etwas in den Großvater, und er sagte zu Onkel Władek, der auch etwas bekümmert schien über das, was der Vater erzählte:

»Da hastes, du Krätze, und dich juckts, dich zu melden dort.«

Das störte den Vater auf, der fragte:

»Was, wo?«

Worauf der Onkel erwiderte:

»Ach nischt, manchmal geht mir das so im Koppe rum. Du ahnst nich, Zygmunt, was für Mistkerle unter uns rumlaufen. Einer hat unserm Mohrchen das Auge ausgeschlagen. Wenn ich den…«

Doch der Großvater, der sah, dass Onkel Władek den Vater gleich vollreden würde mit diesem Auge, fiel ihm ins Wort:

»Durch dich finden die auch noch hierher, zu ihm. Wie an der Schnur.« Und an den Vater gewandt: »Gräm dich nich, irgendwie wern wer schon leben. Manches Mal kannste auf die Kirschen aufpassen. Aufs Feld wirschte ja nich rauswolln. Dazu brauchste Kraft.«

Und nach dem Großvater Tante Jadwinia:

»Freilich werden wir leben. Na, gräm dich nich.«

Und nach Tante Jadwinia der Onkel Stefan:

»Bloß zur Gemeinde musste, melden, dass de jetzt bei uns wohnst. Wozu sich was anhängen lassen, falls mal was is.«

Und Onkel Władek, nich mehr lange, und die holt der Teufel. Und er fuhr richtig hoch von der Bank.

»Na, das Radio sagt, irgendwo haben se schon Dresche bezogen. Und von dort bis zu uns, is das so weit? Der Hanke hat mich sogar gefragt, ob er darf ein Bild von mir machen. Früher hat er das nie, er hats gemacht. Ich zu ihm, da müsste ich erscht den Anzug anziehn, Krawatte, Schnürstiefel, mich rasiern. Höchstens am Sonntag.«

Und da fragte die Mutter, hochtauchend aus ihrem Kleid, mit Panik in der Stimme:

»Was ist denn passiert?«

»Na, Zygmunt fährt nich mehr zurück. Ihre Organisation is aufgeflogen, und se sind ihm auf den Fersen.«

»Jesusmaria! Und was wird aus uns?« Sie begann zu jammern, sie könnten ihn doch auch hier finden. Schon wollte sie sich den Stoff vom Leib reißen, aus dem sie das Kleid gesteckt hatte. Zum Glück hinderte Tante Jadwinia sie noch rechtzeitig daran:

»Wart, ich nehm die Nadeln raus.«

Und während sie die Stecknadeln herausnahm, wurde die Mutter irgendwie stutzig und fragte:

»Was denn für eine Organisation?«

»Ja was für eine, die Partisanen«, sagte Onkel Władek.

»Dann warst du bei den Partisanen und hast es mir verheimlicht? Bestimmt hätt ich dir davon abgeraten. Schließlich, als Beamter, solltest du auf deinen Ruf bedacht sein. Du hast eine Frau, einen Sohn, an die musst du denken. Und bis der mit der Ausbildung fertig ist« – sie zeigte auf mich –,«hast du einen Grund zu leben. Bist du die Kriege noch nicht leid? Im vorigen warst du und in dem gegen die Bolschewiken, und haben sie dir was eingebracht? Ja, eine Mütze und ein Koppel. Und wie viele Jahre musstest du auf die Beförderung warten? Und hast immer noch nicht mehr wie die zwei Sterne. Solln jetzt die Jungen kämpfen. Oder welche, um die keiner trauert.« Am Schluss dieser Klagen aber schwang auf einmal Zweifel in ihrer Stimme: »Ach geh, du und in einer Organisation. Das sagst du nur so.«

Der Vater musste viel Geduld aufbringen, um sie zu überzeugen. Er war doch Offizier, und wer das einmal ist, bleibt Offizier sein Leben lang, weil niemand einen Offizier von seiner Pflicht entbinden kann, wenn das Vaterland ihn braucht, nicht einmal Gott. Wofür hat er die Sterne, die Medaille, das Koppel mit dem Schulterriemen denn bekommen? Soll sein Sohn einmal von ihm denken, er hat einen Feigling zum Vater gehabt? Die Jungen kämpfen schon, aber sie brauchen einen über sich, der militärische Erfahrung hat. Einen Teil der Möbel hat er verkauft, einen Teil bei Bekannten untergebracht, nach dem Krieg holen sie sie, im übrigen, nach dem Krieg kaufen sie neue, solche, wie sie sich wünscht, Esche oder Nussbaum, einen Trumeau, einen Teppich, was sie sich nur wünscht. Er tröstete sie noch, hier fänden sie ihn bestimmt nicht, er habe sich in eine andere Wohnung umgemeldet und in noch einer anderen gewohnt. Er gab nicht zu, dass man ihn entlassen hatte, weil er schon damals schwerkrank war.

Diese seine Krankheit ließ sich im übrigen nicht lange verbergen. Er wurde blass, ihm wurde schlecht, er quälte sich bei jeder Anstrengung, begann irgendwelche Tropfen einzunehmen, die er mitgebracht hatte, zuerst verschämt, sich rechtfertigend, nach alledem, was er mitgemacht hatte, müsse er sich etwas um seine strapazierten Nerven kümmern. Und alle brachten dafür Verständnis auf. Kein Wunder, ständig in der Furcht leben, dass sie dich jeden Tag abholen können, so hatte er ja dort gelebt. Sie brachten ihm jetzt sogar irgendwie mehr Achtung entgegen. Zumal weder Onkel Władek noch Onkel Stefan der Organisation angehörten, weil der Großvater sie nicht gelassen hatte. Tu rechtschaffen dein Tagewerk, das is genauso gut wie mit dem Gewehr rumziehn, jedenfalls schießen se dich nich tot. Der Krieg vergeht, die Arbeit besteht. Und auf Tante Marta oder Tante Jadwinia zeigend, da, bei denen hockt. Sollen die Junggesellen kämpfen.

Onkel Stefan übrigens kam das sehr zupasse, der Großvater schien seine geheimsten Gedanken zu bestätigen. Er hatte für nichts Augen als für Tante Jadwinia, und sowie er sie, fern von den andern, einmal zu packen bekam, hob er gleich ihren Rock, ohne auf ihr Erschrecken, ihr Sträuben zu achten, es kann jemand kommen, nicht hier, Stefuś, nicht jetzt, es sieht noch einer. Ging sie nach Kartoffeln für die Schweine in den Keller, ging er ihr hinterher, um ihr beim Tragen zu helfen, sie wird doch den Korb nicht allein die Treppe raufschleppen. Ging sie nach Kleie für die Schweine, nach Weizen für die Hühner in die Scheune, ging er ihr hinterher, obgleich er ihr da nicht zu helfen brauchte. Und am Abend, wenn sie die Kühe melken ging, wartete er oft nicht einen Moment, und sei es auch nur zur Täuschung der Hausbewohner, nein, kaum hatte die Tante die Tür hinter sich zugemacht, stand er auf, er geht nachsehn, ob sich nicht einer im Obstgarten rumtreibt oder ob die Scheune zugesperrt ist, ob nicht irgendwas mit den Pferden, weil sie so schwer geackert haben, ob die Sterne schon am Himmel stehn und was für Wetter wird morgen. Alle errieten, dass er der Tante hinterherging, aber nie legte einer ihm auch nur ein Wort in den Weg, obwohl klar war, dass die Sterne am Himmel standen und dass schönes Wetter sein würde morgen.

Tante Jadwinia brauchte für gewöhnlich länger in solchen Fällen, aber auch sie fragte niemals einer, was brauchst du so lange? Sie kam gerötet zurück, zuweilen zerzaust, mit frohen, leuchtenden Augen und fragte schon auf der Schwelle, als vermöchte sie ihre Furcht nicht gänzlich zu bezwingen, wo ist denn der Stefuś? Denn der Onkel kam meist nach der Tante, manchmal gleich, manchmal später, und er fragte bisweilen gern ebenso albern, da biste schon fertig mit Melken?

Einmal drosch der Onkel Weizen in der Scheune. Das Tor war zugesperrt, denn er mochte es nicht, wenn einer beim Dreschen zu ihm hereinsah. Der kräftige, obzwar gedämpfte Rhythmus des Dreschflegels hing schon seit Tagesanbruch über dem Hof, unterbrochen nur, wenn das ausgedroschene Stroh weggeräumt und neue Garben ausgebreitet werden mussten.

Ich hatte die Kühe auf die Weide treiben sollen, aber im Garten reifte gerade die Zuckerbirne, der Baum stand gleich bei der Scheune, nicht weit vom hinteren Tor. Oft hatte es geheißen, es wäre gut, ihn zu fällen, das Tor lasse sich nicht weit genug öffnen, wenn das Korn gesiebt wurde. Ich pflück mir ein paar von den Birnen, dachte ich bei mir, denn jeder brachte was mit auf die Weide. Ich ergriff einen Ast und wollte mich eben hinaufschwingen, da ließ mich nicht die Stille da hinter dem Tor, sondern Tante Jadwinias Stimme in dieser Stille aufhorchen. Was macht die Tante dort, fragte ich mich, holt sie Weizen für die Hühner?

Ich stahl mich zum Scheunentor, presste das Auge an einen Spalt zwischen den Brettern. Onkel Stefan konnte ich nicht erkennen, doch er war bestimmt dort, nur außerhalb des Blickfelds, das mir der Spalt einräumte. Gerade hatte er noch gedroschen. Als ich ins Geäst des Birnbaums hinaufsah, hatte ich noch das Schlagen des Dreschflegels gehört. Offenbar stand er da irgendwo, mit dem Flegel gegen die Wand aus Garben gelehnt, die die Bansen bis an den Rand füllten, oder er saß auf einem von den Kleiesäcken vor dem Verschlag, der die Bansen von der Tenne trennte.

Im Dämmer der Scheune, auf dem ausgebreiteten Weizen, mitten auf der Tenne, in dem Lichtstreif, den mein an den Spalt gepresstes Auge auszusenden schien, erblickte ich nur Tante Jadwinia. Sie stand da, das Gesicht in die Richtung gekehrt, wo der Onkel sein musste. Eine seltsame Verwirrung ging von ihr aus, sie hielt die Hände krampfhaft vor der Brust gefaltet, als wollte sie jeden Moment niederknien, um den Onkel um etwas anzuflehen.

»Was denn, Stefuś, so bei Tage?« hörte ich ihre versagende Stimme, in der halb Vorwurf, halb Klage schwang.

»Mach, zieh dich aus.« Die Stimme des Onkels war weich, gedämpft durch das Halbdunkel, durch die Bansen voll Getreide und Heu.

»Aber doch mit was zugedeckt. Nich so offen zur Schau. Wie soll ich denn…«, wehrte sich die Tante. »Dann vielleicht bloß den Rock. So wars schon manchmal, und es war gut.«

»Nein, alles zieh aus«, drängte der Onkel, noch immer mit weicher Stimme, doch ungerührt wie ein Stein.

»Dann auch die Bluse?«

»Auch die Bluse. Und was du sonst anhast.«

»Sogar wenn ich wollte, ich hab das Mieder mit einer Nadel zugesteckt. Alleine krieg ichs nich auf.«

»Ich mach dirs auf.«

»Heilige Jungfrau, was biste so versessen?« Die Tante öffnete die Knöpfe an ihrer Bluse, aber sie gab noch nicht auf.

»Vor mir schämste dich?«

»Vor mir selber schäm ich mich. Und nich, weil ich nich will. Bloß irgendwie so.« Sie zog die Bluse aus, dann stieg sie aus dem Rock. »Der Mensch, Stefuś, muss sich wohl schämen müssen. Schon im Paradies haben sie sich geschämt. Es gab noch keine Welt, noch keine Kleider. Du hast es ja gesehn, sie haben Blätter vor. Und sie sind auch Mann und Frau.«

Sie stand schon im Unterrock, doch sie schwankte noch, ja sie verschränkte die Arme bis zu den Ellbogen über den vordrängenden Brüsten, wie um sie zurückzuhalten, damit sie ihr nicht von allein entsprangen.

»Wir könnten herkommen, Stefuś, wenn es was dunkler ist. Dann würd ich ohne Widerrede auch den Unterrock und was du willst...«

»Aber es ist schon seit der Hochzeit so, Jadwinia. Im Dunkeln oder heimlich. Noch nie haben wir uns ganz nackend gesehn, nur immer ein Stückchen. Alle trampeln sie auf uns rum, jetzt noch die aus der Stadt. Und wir immer bloß in den Ecken, den Ställen, am Feldrain, schnell, schnell, weils einer sehen kann. Sogar nachts müssen wir tun, als ob wir schlafen. Nich mal laut zu atmen trauste dich. Nein, Jadwinia. Schämen können wir uns, wenn wir alt sind.«

»Und wenn einer kommt, Stefuś?«

»Es kommt keiner, ich hab den Riegel vorgelegt.«

Die Tante schlüpfte aus dem Unterrock, streifte irgendwie das Mieder ab, eine Sicherheitsnadel sah ich nicht daran, die hatte sie sich wohl zu ihrem Schutz ausgedacht. Ihre Brüste schnellten vor, als wollten sie hinüberspringen zu dem Onkel, der ihr irgendwo dort gegenüber stand. Nur die Schlüpfer widersetzten sich ihr noch und blieben an den Hüften, den Schenkeln, den Knien hängen, während sie sie abwärts schob und schob und sich, ihnen nachfolgend, bis zu den Füßen hinunterbeugte. Und dann kam und kam sie nicht von diesen Füßen hoch. Nur allmählich richtete sie sich auf, wie bange, ob sie ihren der Kleider ledigen, ihren bloßen Leib würde halten können. Und krümmte sich und schien ihn von allen Seiten mit den Armen zu umfangen und warf dem Onkel verstörte Blicke zu.

»Schäm dich nich«, sagte er, vielleicht auch beschämt durch ihre Qual. »Gott hat dich ohne Kleider geschaffen.«

Die Stimme des Onkels war rissig, körnig, noch nie hatte er mit solcher Stimme gesprochen. Er sprach für gewöhnlich bedächtig, doch nachdrücklich, und selbst wenn er leise sprach, war er in der ganzen Stube zu hören, oder wenn er zur Nacht betete, wenn auch nur flüsternd, dann schien noch jedes seiner Worte wie von der Stubendecke herabzufallen. Mir war, als spräche er nicht in Worten, sondern durch dieses Korn, das er gerade erst ausgedroschen hatte, als ließe er es aus einer Hand in die andere rinnen, anstelle von Worten. Und vielleicht brachten diese Wort-Körner den Leib der Tante langsam zum Schmelzen. Zuerst löste sie den Kopf aus der geduckten Verstörung. Dann erlaubte sie den Brüsten, gerade wegzustehen, und dem Bauch, aus den Hüften herauszutreten, und den Armen, an den Seiten herabzuhängen. Und als sie endlich ganz wehrlos stand, sagte sie:

»Nun, Stefuś, zieh du dich auch aus.«

Mein Herz hämmerte, dass ich es weithin hörte, auf der Tenne, im Weizen, rund um die Füße der Tante. Ich dachte keineswegs, es sei Sünde, dies mit anzusehen, im Gegenteil, ich spürte, ich wohnte einem Geheimnis bei, und es gehörte nicht nur dem Onkel und der Tante.

Der Onkel entgegnete nichts, ja er rührte sich nicht. Als hätte er plötzlich die Gewissheit verloren, ob er wirklich der Tante gegenüber stand, und als glaubte er es und glaubte es wieder nicht. Denn wie ging es zu, dass sie sich ihm so mitten auf der Tenne, auf diesem ausgebreiteten Weizen, den er gerade erst mit dem Dreschflegel gedroschen hatte, in dieser dämmrigen Scheune offenbarte, und so reich in ihrer Nacktheit, als wäre sie nicht seine Frau, mit diesen Brüsten, die wie Früchte waren am Baum ihres Leibes, mit dieser anmutig über die Schenkel hinabfallenden schwarzen Holunderdolde, so eine konnte man nur im verborgensten und insgeheim begehren, und die eigene Frau begehrt man doch nicht wie ein Geheimnis. Vielleicht ließ ihn also die Furcht erstarren, dass er schon Gesichte habe von dieser Drescherei seit Tagesanbruch, rattatata, rattatata. Und also wäre die Tante ohne mein an den Spalt zwischen den Brettern gepresstes Auge vergangen, nicht festgehalten durch jemandes Entzücken, so wie jene Blüte des Farns, die nur ein einziges Mal erscheint.

Durch das Scheunentor gegenüber sickerten die dünnen Strahlen der Morgensonne, und sie vermehrten und vergoldeten all die Hügel, Wölbungen, Mulden, aus denen ihr Leib bestand. Schier nicht zu glauben, dass dies dieselbe Tante Jadwinia war, die in der Bluse, im Rock, ein Tuch um den Kopf, ärmliche Pantinen an den Füßen, in der Schürze, beim Mähen hinter dem Onkel wegrechte, einen Korb Kartoffeln aus dem Keller heraufschleppte, den Zuber leerte, das Futter für die Schweine quetschte, die Kuh molk, den Hühnern Körner vorwarf, der Katze die Kehle kraulte oder auch mit gewaschenem Haar, im bunten Kleid, in Halbschuhen, die lederne Handtasche am Arm, neben dem Onkel in der Kirche stand und sang »Vor deiner Türe steh ich, Herr« und ganz und gar versunken aufsah zu dem gekreuzigten Gott auf dem Altar.

Und deshalb konnte ich es auch nie glauben. Selbst noch nach Jahren, wenn ich sie manchmal besuchte, als die Tante schon grau war und ihr Gesicht von einem Netz aus Fältchen überzogen, wollte mir scheinen, das Kleid der Tante verberge noch immer den Leib aus jenem Scheunendämmer, aus dem unter ihren Füßen knirschenden Weizen, vermehrt noch, vergoldet von den dünnen Strahlen der Morgensonne, die durch die Ritzen des Tores gegenüber gesickert waren, denn was vermögen Kleider nicht alles zu verbergen.

Obwohl auch die Tante mich mit immer dem gleichen ungläubigen Ruf begrüßte, mein Gott, Piotruń, was bist du ein Mannsbild und warst so ein hübsches Kind und wirst es für mich immer bleiben. Aber ich, siehst du, ich bin nun alt, nein, Piotruń, das Leben betrügst du nicht, du musst dich dreinschicken.

Vielleicht betrachtete also auch der Onkel damals ungläubig diesen Leib und rang mit sich, sollte er glauben oder sollte er weiterdreschen. Denn er sagte noch immer kein Wort, ja er rührte sich nicht, als wäre er nicht in der Scheune. Und nur mein an den Spalt zwischen den Brettern gepresstes Auge legte Zeugnis ab für die Tante.

»Hörst du, Stefuś? Zieh auch du dich aus«, wiederholte sie.

Und da vernahm ich diese körnige, rissige Stimme des Onkels:

»An mir gibts nichts zu sehn, Jadwinia. Ein Kerl wie jeder. Komm schon.«

Die bloßen Füße der Tante knirschten über den Weizen, und sie entschwand mir aus dem Spalt zwischen den Brettern des Scheunentors gleichsam für allezeit.

Ich hätte das Auge wohl weiter an den Spalt gehalten, nur tauchte da der Vater auf. Er war so leise aus dem Obstgarten, zwischen den Bäumen hervorgetreten, dass ich ihn erst hörte, als er fragte:

»Was machst denn du hier? Hast du die Kühe noch nicht hinausgetrieben?«

Ich aber hatte mir weder Birnen gepflückt noch besaß ich den Mut, ihm zu erwidern, ich sei hier, um mir ein paar Birnen zu pflücken. Ich rannte sofort in den Stall, trieb die Kühe nach draußen, und schleunigst zogen wir auf die Weide.

Und über alledem nahm ich nicht einmal Mohrchen wahr, der die Kühe umrundete, wie es seine Art war, und Acht gab, dass sie gingen, wie er sie aufgestellt hatte, eine hinter der andern und zuletzt das Kalb, und dass sie nicht von dem zugewiesenen Weg abwichen. Bis er einmal und ein zweites Mal bellte, wie um sich in Erinnerung zu bringen, da erst wurde mir bewusst, auch Mohrchen war bei uns. Vermutlich deshalb, weil mein Blick die ganze Zeit gleichsam geteilt gewesen war, das eine Auge hielt ich noch immer an den Spalt gepresst, und nur das andere führte mich hinter den Kühen her. Zudem quälte mich, ob der Vater etwas gesehen hatte.

Ich hätte übrigens mit ihm rechnen können und warf mir sogar vor, das nicht bedacht zu haben. Denn obwohl die Sauerkirschenzeit vorbei war und er nun nichts mehr vor den Krähen zu schützen brauchte, wie ihm der Großvater aufgetragen, hatte er Gefallen gefunden an dem Garten. Wann immer man hinging, traf man ihn dort, wie er unter den Bäumen spazierte, in ihr Geäst hinaufblickte oder unter einem Stamm saß und döste oder etwas las, oder aber er stand am Ende des Gartens und sah dem Fließen des Flusses zu. Und überhaupt brachte er mehr Zeit im Obstgarten zu als in der Kate. Der Großvater bestärkte ihn übrigens darin, der Garten is richtig, denn falls was wäre, dann bloß rüber übern Fluss, nach Podgórki, und rein in den Wald, hingegen in der Kate, da schnappen sie ihn gleich. Onkel Władek riet ihm sogar, nicht in der Kate zu schlafen, sondern für die Nacht in die Scheune zu gehen, oder aber sie machten ihm ein Lager überm Stall, wenigstens so lange, bis sich alles beruhigt.

Doch davon wollte die Mutter nichts hören. Er in der Scheune, über dem Stall, bist du denn dumm? Noch nachts soll er nicht da sein? Sie warf ihm ohnehin vor, er sei und sei nicht da. Wie du weg warst, nun, da da warst du weg, aber wenigstens sonntags bist du manchmal gekommen. Und jetzt bist du bei uns, und bist und bist nicht da. Keiner da zum Reden, keiner da, um ihn um Rat zu fragen. Was treibst du in diesem Garten? Ist das vielleicht ein Wald, wo man so gehen und gehen kann?

Oft musste sie ihn schon zum Frühstück suchen, denn kaum war er aufgestanden, ging er in den Garten. Und zum Mittag rief sie ihn fast immer aus dem Garten nach drinnen. Oder wenn sie mal Sehnsucht nach ihm hatte, war er nur im Obstgarten für sie zu finden. Denn er ging selten ins Dorf, und für gewöhnlich ging er dorthin, wo er auf möglichst wenig Leute stieß. Sogar wenn das Wetter schlecht war, dann spannte er den Schirm auf, jetzt werde er sich anschaun, wie es auf die Blätter regnet. Nur wenn er seine Tropfen nehmen musste, kam er von allein und stets zur rechten Zeit.

Onkel Władek indessen führte weiter seinen Krieg gegen das

Dorf wegen Mohrchens ausgeschlagenem Auge, und er war davon derart in Anspruch genommen, dass ihn ein anderer Krieg, den es da auch noch gab, immer weniger interessierte. Den verfluchte er nur, wenn ihm die Gemeinde den Kontingentbescheid schickte oder die Gendarmen kontrollieren kamen, ob die Kühe und Schweine beringt waren, oder wenn er mit den Pferden zur Inspektion musste und die ihnen dort mit dem Eisen ein Zeichen in die Hinterteile brannten, was den Onkel hochfahren ließ vor Schmerz, als brennten sie ihm selbst eins ein. Obwohl, wer weiß, vielleicht gehörte für ihn auch das noch zu Mohrchens ausgeschlagenem Auge, so wie der ganze Krieg.

Allein der Vater hörte ihm stets ruhig und voll Verständnis zu. Darum ging Onkel Władek, sowie er vom Feld kam und den Vater nicht im Haus fand, in den Garten, um ihn zu fragen, na, was is? Gehste rum? Gut so. Ich sag dir, für deine Nerven is der Garten das beste. Und so viel zu tun is auch wieder nich. Ich würde gerne so rumgehn mit dir, aber ich muss gleich wieder raus aufn Acker.

Bis eines Abends der Bürgermeister durch das Dorf geritten kam, während der Onkel auf der Bank vor dem Haus saß, wie gewöhnlich darauf aus, jemanden in sein Netz zu locken. Der Bürgermeister liebte es, so durch das Dorf zu reiten. Nicht nur abends, man kann sagen, er hatte keine bestimmte Zeit. Meist tauchte er unverhofft auf, wenn man ihn am wenigsten vermutete, wenn er noch hätte schlafen müssen, denn der Morgen graute gerade erst über dem Dorf, und die ersten Leute erhoben sich. Wenn er auf dem Gemeindeamt hätte sitzen müssen. Wenn er Mittag zu essen hatte, weil sie in allen Häusern aßen. Wenn es schien, er müsste sich jetzt erholen, denn die Amtszeit war vorbei. Oder eben abends, wenn es sich gehört hätte, dass er bei seiner Frau war, zumal er eine schöne Frau besaß. Gewöhnlich dann, wenn er nicht hätte kommen dürfen, tauchte er auf, immer in Breeches, gespornt, im grünen Tirolerhut, mit Reitpeitsche, und das Pferd, ein Fuchs, unter ihm wie gemalt.

Manchmal ritt er im Schritt, irgendwie versonnen oder traurig, dann war er am menschlichsten, erwiderte einen Gruß, hielt an, plauderte über alltägliche Dinge oder fragte zumindest dies und das. Doch es kam vor, dass er gereizt vorüberritt, im Trab, die Zügel so straff, dass das Pferd den Kopf nach hinten warf. Oh, dann brauchte nur einer nicht zu grüßen, und sofort machte er kehrt und brachte ihm bei, wie er an seinem Bürgermeister vorbeizugehen habe, mit tiefer Verbeugung und einem lauten Guten Tag, und die Mütze vom Nischel, wenn er eine hatte. Mitunter exerzierte er das auch mit der Peitsche durch, bei einem, der störrisch war, bis der blutete, und er beschimpfte ihn aufs unflätigste, bis er fand, er habe es ihm endlich beigebracht. Es geschah jedoch auch, dass er im Galopp vorüberfegte, wie der Sturmwind, das Dorf in Staubwolken zurücklassend, und dann interessierte ihn keineswegs, ob einer ihn grüßte.

Mit dem Bürgermeister auch nur die kleinste Hoffnung zu verbinden, war also dasselbe, wie zu glauben, es werde einer kommen, sich zu einem auf die Bank setzen und freiwillig gestehen, ich war es, der deinem Mohrchen das Auge ausgeschlagen hat. Zumal man nie sicher sein konnte, was so eine Begegnung mit dem Bürgermeister für Folgen haben würde, selbst dann, wenn er im Schritt ritt und anhielt auf einen Schwatz.

Vielleicht hätte sich der Onkel im übrigen in die Kate verdrückt, denn jeder verdrückte sich für gewöhnlich beim Anblick des Bürgermeisters, obwohl der Bürgermeister es gar nicht mochte, wenn einer vor ihm die Flucht ergriff. Es war jedoch zu spät. Kein Laut, der Schlamm auf dem Weg war abgetrocknet, und nun lag dort hoher Staub, das Pferd ging leise, katzengleich, und die Dunkelheit war schon so dicht, dass der Blick nur bis zur Nachbarkate reichte. Da schälte sich aus dem Dunkel, wie ein Geist, der Bürgermeister zu Pferde, und hielt vor dem Onkel an. Vielleicht hatte er auch schon lange so gestanden, bis sich das Dunkel für einen Augenblick lichtete. Der Onkel sprang auf und verbeugte sich, denn jeder im Dorf war inzwischen belehrt über die dem Bürgermeister gebührende Ehre.

»Guten Abend, Herr Bürgermeister.«

Er knurrte nicht mal zurück, sondern begann sofort, den Onkel auszufragen:

»Was hockst du hier rum? Habt ihr die Ernte rein?«

»Fehlen tut noch was vom Weizen, Herr Bürgermeister. Dann is Schluss.«

»Macht, macht, das Kontingent muss abgegeben werden.«

»Es wird, Herr Bürgermeister, wies aufm Bescheid steht. Nich ein Tag Verzug.«

»Bedrückt dich was?« Plötzlich änderte er den Ton, als habe er selbst vor, dem Onkel etwas anzuvertrauen.

»Neenee, nischt«, sagte der Onkel erschrocken, weil er wusste, dass der Bürgermeister nach so viel Herzlichkeit oft unverhofft in Wut geriet.

»Nun, und du gehst nicht schlafen, sondern hockst rum und vergeudest deine Zeit? Ihr müsst schlafen, damit ihr morgen in der Frühe alle wieder an die Arbeit gehen könnt. Euch muss man das Arbeiten beibringen. Dazu bin ich hier.«

»Wir arbeiten, Herr Bürgermeister.«

»Einen Scheißdreck tut ihr! Da, du hockst rum, statt zu schlafen. So wie du schläfst, arbeitest du dann.«

Und der Onkel, der sah, dass in dem Bürgermeister schon die Wut hochstieg, und wer weiß, worauf das hinauslief, wenn sie, wie das mitunter geschah, in Raserei umschlug, bekannte, dem Mohrchen hat einer ein Auge ausgeschlagen, und wegen dem Auge ist er so bedrückt, weil er nicht rauskriegt, wer.

Der Bürgermeister brach in ein prustendes Gelächter aus, das Pferd, auf dem er saß, begann zu trippeln.

»Du Tölpel! Deutsche Soldaten sterben tagtäglich zu Tausenden an der Front, und du kommst mit einem Hundeauge. Wo steckt denn dein Mohrchen?! Ich erschieß ihn, und Schluss mit der Quälerei!« Man wusste nicht, lachte er noch, oder griff mit diesem Lachen schon die Raserei um sich, denn er fluchte, was das Zeug hielt, auf polnisch, auf deutsch, und wiederholte in einem fort: »Du Tölpel! Du Tölpel!«

Plötzlich schien sich etwas in ihm umzukehren. Er sprang vom Pferd, zog es am Zügel zu der Bank und ließ sich neben den Onkel fallen.

»Mit euch hab ich was, ja hab ich was am Hals. Ist das bloß dieses Dorf, oder ist die Welt schon so? Alles Tölpel.« Und er wandte sich dem Kummer des Onkels zu und fragte: »Nun, und hast du jemanden im Verdacht?«

»Was weiß ich, Herr Bürgermeister. Mal kommt mir der ein, mal der, doch nischt Genaues nich. Wie so ein Habicht zieh ich meine Kreise, von der Mühle bis zur Kirche, von der Schule bis zum Flusse, die Gedanken tun mir schon weh davon.«

»Vielleicht ist das Dorf zu eng für dich.«

»Tja, die Leute sagen, es könnt auch einer aus einem andern Dorf, was weiß ich…«

»So kommst du nie dahinter. Kleingeisterei und Zeitvergeudung. Mal wirst du dir einbilden, der, dann wieder der, und wenn der nicht, dann der dort oder noch ein anderer. Du verstrickst dich, und wozu, zum Teufel? Zu viele Zweifel, das heißt, immer weiter weg vom Ziel. Zuletzt drehst du durch und fängst an, dich selber zu verdächtigen. Vielleicht warst du es selbst. Ja doch, ja. Man landet immer bei sich selber, wenn man aufs falsche Ziel setzt. Die Erdnähe frisst dich auf. Die madige Erdnähe. Euch alle hier übrigens. Nicht von der Erde in den Himmel, sondern vom Himmel auf die Erde musst du gucken. Was siehst du von da oben, ein Gewimmel? Und glaubst du, Gott sieht was? Gott, das ist nur die andere Perspektive. Und diese Tölpel bilden sich alle ein, er sieht den da und jenen dort und jeden einzeln. Wollte er jeden einzeln, käm er doch völlig durcheinander. Denn das Gewimmel pulsiert gehörig, das heckt, verreckt und noch allerhand Sachen. Schon der erste Mensch hat bei Gott Misstrauen erregt, obwohl er ihn nach dem eignen Bild erschaffen hatte, und wozu erschaffen? Er hatte doch gar kein Ziel für ihn, was denn für eins?

Lediglich die eigene göttliche Macht wollte er spüren oder prüfen, ob diese Macht auch ihre Kehrseite hat. Er verbot, heißt es, die Frucht. Doch das ist Humbug zum Quadrat. Glaub das ja nicht, erschrocken ist er vor dem Menschen und hat ihm einen Maulkorb verpasst. Eine Art Schutzimpfung, könnte man sagen. Obwohl auch das nicht viel geholfen hat, aber ohne wärs vielleicht noch schlimmer. So zeichnete er ihn mit der Sünde, uns alle und für alle Zeit. Er hat nicht den hier oder jenen dort ausgewählt. Hat sich nicht mit mir, mit dir und diesen Millionen oder Milliarden verzettelt. Alle. So eine Abhilfe konnte nur Gott ersinnen. Die Sünde wurde das oberste Gebot der Ordnung, die Gott schuf. Und darum ist nicht das Ziel das Wichtigste, sondern die Ordnung. Die Ordnung setzt der Welt das Ziel. Ohne Ordnung ist jedes Ziel ein Scheißdreck. Zumal er gleich voraussah, dass es irgendwann ein Gewimmel geben würde, und man früher oder später würde Ordnung schaffen müssen. Drum darfst auch du nicht einzeln den oder jenen verdächtigen. Wir stehen alle unter dem Gesetz des gegenseitigen Verdachts, so wie unter dem Gesetz des Todes oder der Schwerkraft. Darauf gründen wir unser Zusammenleben, die Herrschaftssysteme. Und wenn sich plötzlich herausstellt, der hier oder jener dort hat deinem Hund das Auge ausgeschlagen? Was würdest du dann tun? Du würdest ihm höchstens aufs Maul hauen. Aber Genugtuung hättest du nicht. Du könntest sogar enttäuscht sein. Weil das deine Qual nicht aufwiegt. Könntest dich danach sogar rächen an deinem, wie heißt er gleich?«

»Mohrchen.«

»Ja, so. Oder an deiner Frau. Einem aufs Maul hauen – wie abgeschmackt. Abscheu vor sich selbst kann man sich zuziehen. Und bitter bereuen, dass man weiß, wer, nun für immer weiß, wer, und sich dieser abwechslungsreichen Qual des Nichtwissens beraubt hat. Und das wäre, als hättest du dich eines Geheimnisses beraubt, durch das du so reich, so frei, so rein gelebt hast. Ich hau euch selbst oft eins aufs Maul, ich weiß. Hinterher fühl ich mich, als steckte ich noch tiefer in der Scheiße. Ich sag dir, wünsch dir nicht, dass du ihn so leicht findest. Der Gerechtigkeit würde nicht Genüge getan, glaub das ja nicht. Die Gerechtigkeit ist immer in jemandes Händen, und das Gesetz beugt sich fortwährend den Umständen, solchen, anderen, weiß der Henker, welchen. Und seis nur, weil die Bedeutung der Wörter nicht beständig ist. Denn die Bedeutung eines jeden Dings ist unbeständig. Selbst Gott verändert sich in der Geschichte. Ihn modeln um, die zu ihm beten. Sie schneiden ihn zu auf ihre Bitten, Leiden, auf ihr Unglück, von ihren Geschäften ganz zu schweigen, auf die vor allem. Denn die Geschichte ist aus Tränen, Blut und törichten Hoffnungen gemacht. Sie kommt vom Fleck, wenn ihr die einen oder die andern einen Tritt versetzen. Und rollt, ehrlich gesagt, stracks auf die Hölle zu. Die Hölle steht uns allen bevor, Władysław. Nicht Gott, sondern die Hölle ist das Geheimnis unseres Geschicks. Und ein paar alberne Klugscheißer klügeln und klügeln, bald über die Gerechtigkeit, bald über die Wahrheit, übers Paradies und lügen sich selbst die Hucke voll, und, was schlimmer ist, auch den Geringen, Naiven, Gutmütigen, die wie die Dürstenden in der Wüste auf Gott weiß was warten. Aas und Lumpenpack! Erschießen so was! Die machen, dass es in der Welt dauernd drunter und drüber geht. Dabei sollte die Ordnung der Welt so einfach sein wie das Stillgestanden, das Rührt euch, das Augen links, Augen rechts, Rückwärts kehrt, Vorwärts marsch. Wie Tag und Nacht, Sonnenaufgang, Sonnenuntergang, die vier Jahreszeiten. Du siehst, wie einfach das ist, obwohl, ich bestreite es nicht, auch wieder schwierig. Drum glaub du nicht, was sie dir vorfaseln. Ich sage dir ja, du hast nichts davon. Selbst wenn du ihn findest, den da oder jenen dort. Bestimmt so ein Habenichts. Das Ausspucken nicht wert. Ein Saufbold, Blödian, wenn nicht gar ein Idiot. Ist das der Passende für deine Qual? Kein Genuss, wenn du den findest. Als wenn du einen Floh zerquetschst. Such, aber setz alles dran, dass du ihn eben grad nicht findest.

Verstehst du? Gar nichts verstehst du. Mohrchen, ja? Deinem Mohrchen hat einer ein Auge ausgeschlagen. Hahaha! Endlich mal etwas Metaphysisches in diesem beschissenen Dorf. Nicht nur Kontingente, Schlägereien, Anordnungen, Verbote, Unterricht im Grüßen. Ein Hundeauge. Welche Ironie. Göttliche Ironie. Und was für Möglichkeiten. Scheinbar ein Dorf, aber was für ein Sündenpfuhl des Menschengeschlechts, fünf Sphären der Einweihung, zehn Kreise der Buße. Das Verbrechen der Epoche, das Geheimnis der Geheimnisse. Dass ich tot umfalle! Oh, du machst mir Spaß. Mohrchen, ja? Nicht Rex, nicht King, nicht Kaiser! Mohrchen! Hahaha! Und so ein Samenkorn wolltest du Tölpel vergeuden. Und wer, und wer? Wie der letzte Trottel, dem sie eingetrichtert haben, er hätte irgendwas mit der Milch der Mutter eingesaugt. Nichts hast du eingesaugt. Abgezapft hast du ihr die Milch und hast die Scheißerei gehabt. Warte. Vielleicht bist du auch gar nicht so dämlich? Vielleicht will sich auch in dir was losreißen von den ganzen Bestimmungen, Pflichten und Schuldigkeiten, Banden, Zugehörigkeiten, Notwendigkeiten und all den Sachen. Ein goldenes Korn. Hoho, aus so einem Korn sprießt unendliche Vielfalt. So einem Korn kann alles entsprießen. Eine Kathedrale und ein Kant. Du weißt wohl nicht, wer Kant ist? Das macht nichts, musst du nicht. Nur du und Gott, einander gegenüber. Teufel, Teufel! Nicht umsonst hatte ich Lust auf einen Ausritt. Wir geben dem Fall den Decknamen Hundeauge. Vorerst bescheiden, und keiner weiß, worum sichs dreht. Das Hundeauge setzen wir an den Anfang. So wie: Am Anfang war das Wort. Hört sich etwas nach Militäroperation an, aber mit Krieg hat das nichts zu tun. Eher mit Schönheit. Dem Schönen, das der Allheit als Idee innewohnt. Dem einzigen Grund, aus dem Gott die Welt erschuf. Wobei sich seine Variante überlebt hat. Auch der allergewöhnlichste Geschmack muss sich jetzt davor ekeln. Denn selbst die Welt kann sich heut nicht mehr freun, dass sie erschaffen wurde. Diese Millionen, Milliarden, in keiner Idee bringst du die mehr unter. Bleibt das

Schöne, nur noch im Schönen ist Dasein möglich. Und wäre es Verzweiflung, dieses Schöne. Du denkst bestimmt, ich glaube nicht an Gott. Ich glaube, ich glaube. Du siehst mich doch jeden Sonntag mit meiner Frau in der Kirche. Ich bete sogar inbrünstig, sofern ich kann. Im übrigen ist Gott für mich das vollkommene Schöne. Vielleicht nichts als das Schöne. Aber wir brauchen heute einen neuen Gesichtspunkt. Aus der Mitte heraus, vom Grunde. Des Verbrechens wie des Leidens. Der Stärke wie der Hilflosigkeit. Ja, höchste Zeit, das ganze Poem neu zu dichten. Auch die Poeme überleben sich. Hundeauge. Welch ein Titel. Allumfassend. Obendrein ein ausgeschlagenes. Es existiert also nicht. Aber pst! Kein Sterbenswörtchen. Hast du verstanden? Damit ich dir hinterher nicht aufs Maul hauen muss. Und schick mir nicht zufällig die Gestapo auf den Hals. Du kannst dich verquatschen, wenn du den da suchst. Und du weißt, wie die sind. Die zertrampeln dir mit ihren Stiefeln die zarteste Materie. Und haben für alles nur eine Methode. Sie kommen, nehmen Geiseln, erschießen. Das sind Bestien. Und hier brauchts Phantasie. Nun, und das Dorf gehört mir! Mir! Du kannst nicht sagen, dass ihrs schlecht getroffen habt. Seit ich hier bin, ist keiner verhaftet worden. Man haut euch aufs Maul, aber zu euerm eignen Wohl. Es geht euch glänzend. Irgendwo ist Krieg, und ihr pflügt, sät, mäht, vermehrt euch. Und keiner stört euch dabei. Und warum? Weil ich viel vermag. Du weißt nicht, wer ich mal war. Ich bin nur hierher abgeordnet. Meine Zeit kommt erst noch. Die werden mich noch bitten. Sollen sie anderswo verhaften! Hier regiere ich! Hundeauge. Hahaha! Und lass das Denken sein. Geh schlafen. Das Denken übernehme ich.«

Nicht viel hatte der Onkel von alledem verstanden, vielleicht gar nichts. Das Gespräch mit dem Bürgermeister hatte jedoch sichtbar zur Folge, dass er nun abends nicht mehr herauskam auf die Bank. Er mied die Bank auch bei Tage. Und wenn er vor die Kate trat, dann meistens so, als sei er herausgekommen, um sich etwas im Dorf umzusehen. Und wenn jemand sich wunderte, wieso er sich nicht setzte, da ist doch eine Bank, rechtfertigte er sich, er ist herausgekommen, um nachzuschauen, ob es Regen gibt, ob die Schwalben hoch fliegen, ob der Rauch aus den Schornsteinen nach oben steigt oder sich flachlegt, ob Tante Marta nicht aus dem Laden heimkommt, denn sie ist und ist noch immer nicht zurück. Und er fragte keinen mehr, ob er nicht wüsste, wer Mohrchen das Auge ausgeschlagen hat. Und wenn einer mal von sich aus fragte, bloß so, um was zu sagen, weißt du nun, wer deinem Mohrchen das Auge ausgeschlagen hat, erwiderte er, ich weiß es und weiß es nich, was ich weiß, weiß ich für mich.

Ebenso wurde er Mohrchen gegenüber gleichgültig und behandelte ihn wie jeden gewöhnlichen Hund. Denn vielleicht peinigte ihn jetzt der Bürgermeister und nicht mehr Mohrchens Auge. Er hätte sich von allem befreit fühlen können, der Bürgermeister hatte ihm ja gesagt, er solle das Denken bleiben lassen. Doch vielleicht hatte gerade das Zweifel in ihm geweckt, ob es ihm wirklich um Mohrchens Auge ging, denn was ist letzten Endes so ein Hundeauge. Und der Bürgermeister hatte das durchschaut. Vielleicht lag er deshalb seither ständig auf der Lauer nach dem Bürgermeister. Man unterhielt sich über dies und das, und da, der Onkel, wie aus heiterm Himmel:

»War der Bürgermeister heut im Dorfe?«

Doch der Bürgermeister erinnerte sich gewiss nicht mehr an jenen Abend, denn wann immer er den Onkel traf, ritt er ungerührt an ihm vorüber und hatte allenfalls ein Brummen für sein Guten Tag oder Guten Abend, Herr Bürgermeister, oder er winkte mit dem Tirolerhut und fragte ihn wie jeden erstbesten:

»Na, wie stehts?« Und ritt weiter, ohne die Antwort abzuwarten.

Man konnte also meinen, der Onkel habe Mohrchens Auge endgültig und ein für allemal aufgegeben. Und überhaupt, er hatte sich verändert, als hätte der Bürgermeister ihn verhext. Während er zuvor beinah genussvoll jedem bei jeder Kleinigkeit widersprochen hatte und besonders dem Großvater, fügte er sich nun selbst ihm ohne Murren. Er pflichtete ihm sogar noch bei, es is, wie der Vater sagt, und so soll es sein. Selber sprach er gerade so viel, wie er brauchte, um den Tag zu überstehen.

Sie begannen sich sogar zu sorgen, vielleicht ist es um seine Gesundheit schlecht bestellt, er will es bloß nicht zugeben, denn so eine Zustimmung zu allem sieht nicht nach Gesundheit aus, ebenso wie des Onkels Erbitterung zuvor nicht nach Gesundheit ausgesehen hatte. Der Mensch is am besten zwischendrinne von was, sagte der Großvater einmal, so wie in der Mitte zwischen Erde und Himmel, an dem einen zu nahe dran oder am andern zu nahe, keins von beiden is nich gut nich. Nur dass Onkel Władek, abgesehen von seiner Zustimmung zu allem, durch nichts anderes belegte, dass es ihm an Gesundheit fehlte. Stets fleißig, arbeitete er jetzt für zwei, und so ein Arbeiten spricht am besten für Gesundheit. Obendrein war er, was am meisten auffiel, verändert gegenüber Tante Marta. Früher allenthalben schroff, betrachtete er ihre nun immer schärfer hervortretende Schönheit, denn schön war Tante Marta, je näher dem Tode, umso schöner, und fragte ohne jeden Sinn, denn die Zeit für solche Fragen war längst vorbei, doch offenbar vermochte er aus dem Gedankenknäuel nur solche Fragen herauszuräufeln:

»Ob wer nich irgendwohin fahrn? Vielleicht is noch Rat, Marta?«

Damit rührte er sie sichtlich. Ihre Augen, meist starr in hasserfülltem Schmerz, schienen sich plötzlich hinter die Lider zu flüchten. Aber sobald sie ihnen wieder Gehorsam abgenötigt hatte, vergalt sie es dem Onkel mit mitleidiger Verachtung:

»Geld ausgeben willste? Du hast mich Sahne trinken lassen, Dachsschmer essen. Ich hab getrunken, hab gegessen. Ich will nich länger trinken, essen.«

Es ist jedoch nicht auszuschließen, dass durch das Gespräch eine geheimnisvolle Bindung zwischen dem Bürgermeister und dem Onkel geknüpft worden war, was der Onkel bestimmt nicht ahnte, und vermutlich war sie stärker als das, was ihn mit Mohrchens ausgeschlagenem Auge verband, wenn sie sogar Mohrchen verdrängt hatte. Und obwohl er nicht zu dem Begräbnis des Bürgermeisters gegangen war, brach er doch danach gleich auf zu seinem Grab. Das wollte er übrigens heimlich tun, aber der Schulze hatte im Auftrag der Gestapo zwei Männer bestimmen müssen, die Tag und Nacht beim Bürgermeister wachten, und die posaunten es sofort im Dorf aus. Manch einer hielt ihm vor, was tut er dir so leid? Ein Mistkerl, weiter nichts. Geschieht ihm recht. Auch zu dir war er nicht besser als zu den andern. Aufs Maul hat er dir eins gegeben, wie du mal nicht gegrüßt hast, hast du das vergessen? Es sei denn, er hat euch was vom Kontingent erlassen und ihr gebts nicht zu.

Doch auch später, als der Bürgermeister längst mit dem Friedhof eins geworden war, ging der Onkel oft dorthin, stand ein Weilchen, zupfte ringsum das Unkraut aus oder setzte sich auf die Platte und saß einfach so da. Damals hatte er noch kein Grab, das ihm gehörte, wo er hätte stehen, Unkraut zupfen oder sitzen können.

Zu jener Zeit steckte der Friedhof erst in den Anfängen. Der Weizen vom Gutsherrn stand noch ungemäht, aber der Gutsherr hatte das Stück Land für den künftigen Friedhof ausersehen, das Grab des Bürgermeisters lag also verlassen und einsam, wie an zufälligem Ort. Nur in einer Ecke gab es schon ein paar aufgeschüttete Erdhügel mit darin steckenden Kreuzen. So konnte der Onkel ihn besuchen, um ihn in seiner Einsamkeit zu trösten, zumal die Frau des Bürgermeisters gleich nach dem Begräbnis abgereist war und er keinen Angehörigen im Dorf besaß. Aber vielleicht war das Gespräch von damals, auf der Bank, am Abend, vor der Kate, Grund für den Onkel, zu ihm zu gehen und ihn zu drängen, es fortzuführen über das Grab hinaus. Wer weiß, vielleicht fühlte er sich, ermutigt, weil der Bürgermeister nun nicht mehr so furchterregend war, ihm sogar ebenbürtig und stellte ihm allerhand Fragen, er möge ihm dies und das erklären, was er damals, am Abend, auf der Bank, vor der Kate, nicht verstanden hatte. Jedenfalls waren sie nun wie zwei Nachbarn aus demselben Dorf, ja aus nebeneinander stehenden Katen, die nach einem arbeitsreichen Tag auf der Bank sitzen und kurz vor dem Schlafengehen Gott, den Menschen, die Weltenordnung zu ergründen suchen.

Wiewohl es auch möglich ist, dass dies alles nur die Fortsetzung der Geschichte mit Mohrchen und somit ein sich mehr und mehr zuspitzendes Hadern mit dem Schicksal war, für das der Onkel einen wie Mohrchen brauchte oder, genauer, einen, der Mohrchen das Auge ausgeschlagen hatte, und der Bürgermeister hatte das Geheimnis dieses Auges mit ins Grab genommen. Vielleicht aber war es auch die Verzweiflung über das ausgeschlagene Auge, die nach fortwährendem Erinnern verlangte, und das Grab des Bürgermeisters kam dem Onkel gerade recht, denn die Verzweiflung wird bemessen nach der Dauer des Erinnerns.

Einmal besuchte ich Onkel Władek mit Paweł, nun und natürlich Onkel Stefan, Tante Jadwinia, weil sie Paweł noch nicht kannten. Irgendwie lief mir das Leben davon, und ich schaute meist nur allein bei ihnen vorbei, auf einen Sprung, zu Allerheiligen. Mitunter kam ich knapp vor der Messe, manchmal, wenn die Prozession schon den Friedhof erreichte, und fuhr gleich danach, direkt vom Friedhof, wieder ab. Wir sahen uns also bloß während der kurzen Zeit an den Gräbern, tja und dort? Was gibts bei dir? Und was bei euch? Wie gehts? Wie solls schon gehn? Gut siehst du aus. Ihr auch. Könntest mal für länger kommen. Tu ich. Und bring endlich deinen Paweł mit, zeig ihn vor. Es war wie im Vorübergehen.

Wir waren frisch von der See zurück, ich hatte noch ein paar Tage Urlaub und beschloss, die Tage bei der Mutter zu verbringen und bei der Gelegenheit auch die im Dorf zu besuchen.

Die Großeltern waren lange tot, Tante Marta war schon vor ihnen gestorben, und in der alten Kate lebte nur noch Onkel

Władek, denn Onkel Stefan und Tante Jadwinia hatten ein eigenes neues Haus bezogen, mit breiten Fenstern, einem Laubengang, jeden Raum betrat man gesondert aus der Diele, und auf dem Boden gab es noch zwei kleine Zimmer für die Schulfreundinnen oder Schulfreunde ihrer Mariolka, falls sie über die Ferien jemanden zu sich, aufs Dorf, einladen wollte. Eigene Kinder besaßen sie nicht, Mariolka hatten sie aus dem Kinderheim zu sich genommen.

Onkel Władek hatte nach Tante Martas Tod nicht wieder geheiratet. Er lebte allein und, wie das so geht, nur von einem Tag auf den nächsten, was in Haus und Hof zu sehen war, unaufgeräumt, verwahrlost. Er besaß weder Hund noch Katze, zu schweigen von Hühnern und anderem Federvieh, dabei hatte ich Paweł versprochen, bei Onkel Władek könne er mit dem Hund und mit der Katze spielen, werde er Hühner, Gänse, Enten, Puten sehen.

»Wozu, Pietrus?« rechtfertigte er sich schlicht. »Ein Pferd, eine Kuh, das langt mir, wo ich alleine bin. Und zu den Stefans, sag ich dir gleich, da geh ich wenig«, fügte er hinzu. »Mal so, wenns was im Fernsehn gibt. Vernarrt sind die in ihre Mariolka, täten am liebsten bloß von der. Im Fernsehn hörste nich, was in der Welt passiert, weil die bloß von der. Wie ähnlich se ihnen sieht, freun se sich. Aber ich sehs und sehs nich, und wozu falschsagen, geh ich lieber nich hin. Ein andrer Vater, ne andre Mutter, das merkste nu mal raus. Und wenn se über Sonntag aus der Schule herkommt, is die was von rausgeputzt, wie nich von hier. Nachm Abitur wolln se se schicken zum Studiern, was, kann ich dir nich sagen. Irgendwas Komisches, ich kanns dir nich sagen. Nich das eigne Blut, da weeßte nie, was da drinnesteckt und was mal rauskommt. Nich eine Minute ham se können sein eens ohne das andre, und dann was ausm Heim. Nu sage mir, wie das geht.«

»Und was gibts bei dir?« fragte ich, um dem Gespräch eine andere Wendung zu geben.

»Du siehst, ich lebe, was soll sein. Du hast wenigstens den.«

Er deutete auf Paweł. »Und ich hab was? Hätt ses nich weggemacht, wär vielleicht auch was da. Selber wollte se nich leben, und was anderm hat se nich wolln das Leben geben. Is nie drüber geredet worden, zu was.«

Irgendwas ließ mich aufhorchen an seiner Klage, nicht, dass er allein lebte, das hatte ich gewusst, auch nicht, dass Tante Marta abgetrieben hatte, was ich zu ihren Lebzeiten nicht hatte wissen können, denn außer dem Onkel wusste es vielleicht niemand, es war ihrer beider Geheimnis. Aber, tief unter den Worten verborgen, eine Art Anspruch an mich, den er geltend machte, auf Anwesenheit in meinem Gedächtnis.

Es fiel mir schwer, es näher zu bestimmen, zumal Onkel Władek durchaus nicht leicht war in dem, was er so sagte, auch wenn er einfach sprach. Zudem hatte er mich immer befangen gemacht, und das hatte sich mit den Jahren keineswegs gelegt. Vielleicht durch seine ewige Unzufriedenheit mit allem und seinen Hang zu streiten um jede Kleinigkeit. Und ganz besonders durch diese seltsame Erbitterung, mit der er die Grenzen jeder Sache und jedes Dings, ja oft des unwichtigsten Satzes auszuweiten suchte und die er fortwährend in sich zu schüren schien. Kurz, er war die rätselhafteste Gestalt in der Familie, und schon das genügte, einen befangen zu machen. Obwohl er wiederum der einzige von allen war, den mir in meinen bittersten Augenblicken der Strom der Erinnerung zutrug.

So auch damals, als ich beschloss, ihn mit Paweł zu besuchen. Den Entschluss hatte ich noch an der See gefasst, als ich, in den Anblick des fernen Horizonts versunken, der sich in den Strahlen der dem Meer zusinkenden Sonne plötzlich als riesiges grellrotes Halbrund vor mir auftat, zu dem im Sand neben mir spielenden Paweł sagte:

»Wir fahren aufs Dorf. Magst du? Wir besuchen Onkel Władek.« Es kam für mich selber unerwartet. Nicht Tante Jadwinia, die immer zärtlich und herzlich zu mir gewesen war, nicht Onkel Stefan, sondern Onkel Władek hatte ich da gesagt. Als löste das bloße Wort ein plötzliches Verlangen aus, oder als legte es in mir etwas Vergessenes frei, gegen das ich mich vielleicht gar all die Jahre gewehrt hatte. »Dort siehst du Hühnchen, Schweinchen, ein Pferd, Kühe. Onkel Władek hat ein Hündchen, ein Kätzchen, mit denen kannst du spielen. Du warst noch nie bei Onkel Władek. Bestimmt freut er sich.«

So lange die Großeltern gelebt und noch alle miteinander in dem alten Haus gewohnt und die Jahre, die seit meinem Kühehüten vergangen waren, sich noch mit einer Klammer hatten zusammenhalten, ja mit einer lyrischen Schleife hatten zusammenraffen lassen, hatte ich sie ziemlich oft besucht. Nach Vaters Tod, doch auch, als ich schon aufs Gymnasium ging und später, als ich zum Studium weg war, und gleich nach dem Studium, und mit Anna einmal, noch als meiner Braut. Jedenfalls hatte ich mich lange nicht von dieser kindlichen Bindung an sie freimachen können, die eine Art Treue gewesen war, eine noch unbewusste, also nicht frei gewählte, sondern von Natur aus gegebene. Solch eine Treue oder auch nur die Möglichkeit zu ihr, gibt uns ein Gefühl der Sicherheit, ja sie weist uns unseren Platz zu in den noch ungeahnten Räumen unseres Horizonts und wird so zum Zeichen unserer Bestimmung. Und es ist nicht von Belang, ob diese Sicherheit nur eine scheinbare ist. Letztendlich laufen alle Gefühle und alle Gedanken auf Täuschung hinaus. Es war mir stets ein großes, meine Eitelkeit anstachelndes Vergnügen gewesen, mich in den Großeltern, Onkeln, Tanten betrachten zu können wie in dem freundlichsten aller Spiegel, der in das für mein Selbstbewusstsein günstigste Licht gerückt war. Oh, Piotruń, was bist du gewachsen. Und männlich geworden. Im Anzug, wie sichs gehört, im Mantel, wie sichs gehört. Du trägst schon eine Brille? Nun ja, das musst du wohl, fürs Lernen. Und wo wohnst du jetzt? Arbeiten gehst du? Hohoho! Bist was geworden. Geh ins Dorf, zeig dich, solln sie dich sehen. Unser Piotruń, na!

Mit der Zeit waren meine Besuche seltener geworden, versteht sich. Und das hatte nichts zu tun gehabt mit den aufeinander folgenden Toden, Tante Marta, der Großvater, die Großmutter. Ich entfernte mich nur mehr und mehr von dem, der ich damals gewesen war, dem aus der Kinderzeit. Ich versuchte mich zu rechtfertigen, das sei natürlich, so müsse es wohl sein, denn damals wusste ich noch nicht, dass ich mich schon gegen etwas wehrte. Ja wusste es wohl lange nicht, es spielte sich wie außerhalb meines Bewusstseins ab, und ich gebrauchte allerhand alltägliche Erklärungen, Ausreden und gewöhnliche Lügen. Es offenbarte sich, was ich auch lange nicht verstehen konnte oder, vielleicht, nicht wollte, einzig in einem immer deutlicheren Gefühl von Unbehagen, das mir jeder Besuch bereitete, in einer von Besuch zu Besuch wachsenden Fremdheit gegenüber diesem Platz. Und so fuhr ich nur noch zu den Gräbern, denn von den Gräbern kommt man am schwersten los. Zumal der Gräber mehr wurden, nach der Großmutter Tante Jadwinia, Onkel Stefan, die Mutter und als letzter Onkel Władek, der nicht nur alle überlebte, sondern auch das höchste Alter erreichte. Zunehmend verschlossener, war er nirgends mehr hingegangen, hatte Stückchen für Stückchen das Land verkauft und davon gelebt, so dass er, bevor er starb, nicht einmal mehr Pferd und Kuh besaß, die Scheune leer, die Ställe leer. Und in der leeren Kate nur noch er.

Ich kam buchstäblich wenige Tage vor seinem Tod, verständigt von den Nachbarn, mit Onkel Władek stimme was nicht. Er saß in einem Winkel am Herd, in eine alte Decke gehüllt, ein verschossenes Barett auf dem Kopf, die Schuhe mit Draht umwickelt, unrasiert, und nur in den Augen glühte noch das gleiche Fieber.

»Ich warte auf den Bürgermeester«, sagte er. »Haste ihn nich gesehn, aufm Weg von der Station?«

»Ich bin mit dem Auto da.«

»Aah! Und der is zu Pferde. Ein hübsches Pferd hat der. Ich sage dir. Ein Fuchs. Es war nie recht Zeit, mal zu reden. Aber er is freier jetze, und mich hält auch nischt mehr.«

Und in Wahrheit begriff ich wohl erst mit Onkel Władeks

Tod, dass ich diesen Platz eigentlich nie verlassen hatte. Zwar waren das ihre Gräber, doch sie waren das Zeichen, dass ich hier hingehörte. Wer weiß, vielleicht war hier sogar die Mitte meines Horizonts, denn allein hier war ich imstande, jenen empfindlichen Schmerz zu erleben, dass nach ihnen auch ich stürbe und nicht nur die Welt um mich herum. Und das so gewöhnlich, alltäglich, dass dieser Schmerz in Entzücken umschlug, als stünde ich Auge in Auge vor dem höchsten Geheimnis. Und hätte Lust, einzutauchen in dieses Sterben wie in eine blühende Wiese und in die Sonne zu blicken, die über mir erlischt.

Also hatte die Furcht, die mich mit der Zeit bei jedem Besuch befiel und die machte, dass ich sie immer seltener besuchte, als wäre ich in Gleichgültigkeit verfallen, ihren Grund darin gehabt, dass ich der Erkenntnis immer näher gewesen war, dies hier sei mein Platz. Mag sein, ich hatte ihn sogar gesucht und mich zugleich gewehrt, ihn zu finden, weil ich geahnt hatte, dass es nie gelingen würde, ihm zu entfliehen oder ihn durch einen anderen zu ersetzen, denn wo wir auch sind, dieser Platz ist in uns. Und nicht als Erinnerung oder als Gewissen, sondern als Schicksal, denn das Schicksal ist der Raum, der uns abgesteckt ist durch die Gräber.

Als ich mit Paweł die Kate betrat, saß Onkel Władek am Tisch und aß Erbsensuppe aus einer Schüssel. Die ganze Stube roch nach dieser Erbsensuppe. In der einen Hand hielt er einen großen Ranften Brot, in der anderen den Löffel, und sein Kopf tauchte fast ein in die Schüssel, so dass nur das mausgraue Barett über diesem Essen aufragte. Eben riss er mit den Zähnen etwas von dem Brot ab, blickte über den Schüsselrand zu uns und erstarrte. Es sah aus, als versuchte er angestrengt, sich zu erinnern, vielleicht verwirrte es ihn, dass Paweł bei mir war. Doch nach einer Weile verzog er irgendwie schief das Gesicht, was wohl ein Lächeln sein sollte, und sagte:

»Ah, du bist das? Da biste hergekommen?« Und verbesserte sich sogleich: »Da seid ihr hergekommen? Ich hab Erbsensuppe gekocht. Esst ihr was mit? Erbsensuppe, ich sage dir, is das beste. Die kochste für die ganze Woche, dann wärmste se bloß auf. Is se zu dicke, gießte Wasser nach, und se wird fast nich alle.«

»Nein, danke«, sagte ich. »Wir haben unterwegs gegessen.«

»Ja, wenn ihr schon habt.« Er gab sich zufrieden und drängte uns nicht. »Unterwegs isst man manches Mal besser wie zu Hause. Mal ham wer aufm Weg zum Jahrmarkt Eisbein mit Erbsen gegessen. Ich sage dir, ich hab noch ofte geträumt davon danach. Setzt euch, was steht ihr rum? Hier, auf die Bank. Zum Glück kannste dich noch setzen bei mir. Is das dein Sohn? Und wie heißt er?«

»Paweł. Hab ich dir schon einmal gesagt.«

»Kann sein, du hast. Paweł, genau wie der Urgroßvater. Und wie alt is er?«

»Er wird bald fünf.«

»Ein hübscher Junge. Aber ob er nach dir kommt oder nach ihr, ich könnts nich sagen. Die Augen sind mehr ihre.«

»Du erinnerst dich?«

»Wie sollte ich nich! An alles erinner ich mich. Noch an Sachen von vorm Krieg. Als obs gestern gewesen is. Manchmal kommt einer her, wie war das noch mal, erinnerste dich, Władysław? Und ich erinner mich. An zu viel, sage ich dir, Pietrus, erinner ich mich. An so viel darfste dich nich erinnern. Der Mensch is keen Fass. Nich alles geht in ihn rein. Und wenn er überläuft, is es schlimm. Dann wollt ihr nischt von meiner Erbsensuppe?«

»Nein, danke. Wir haben wirklich gegessen. Paweł hat nicht mal aufgegessen.«

»Mäklig oder ein schlechter Esser? Vielleicht will er Milch? Ich hab grade erscht gemolken zu Mittag. Sie is noch warm, frage ihn. Wer keene Kinder hat, weeß nich mal, wie man fragt. Fünf Jahre alt. Nich zu glauben, dass eener kann fünf Jahre sein. Da hat er noch allerhand vor sich. Hauptsache, ihm stößt nich zu, was dir. Das Leben geht gerne über von einem aufn nächsten. Aber gut, dass de ihn hast. Da tut alles halb so weh. Wenigstens die eene Waagschale is nich leer. Ich seh durchs Fenster, wer da mitm Auto kommt, aber zu mir, das hätt ich nich gedacht, nana. Wollt ihr noch weiter?«

»Nein«, erwiderte ich, doch ich bereute es sofort. Ja, hätte ich sagen sollen, wir sind bloß hier vorbeigekommen, denn als wir den Fuß über die Schwelle setzten, da war, mit dem Geruch der Erbsensuppe, jenes sonderbare und so wohlbekannte Gefühl des Unbehagens wieder in mir aufgetaucht, von neuem hier zu sein. Und es griff, als entstiege es den Winkeln dieses Hauses, von Minute zu Minute mehr um sich und war immer schwerer zu ertragen. Vielleicht spürte Paweł das auch, denn ich sah, wie sich sein Mund verzerrte, was für gewöhnlich geschah, wenn ihm nach Weinen zumute war. Ich aber fuhr hilflos fort:

»Weiter, wohin? Wir sind hier, um dich zu besuchen.«

»Mich?« fragte er halb verwundert, halb ungläubig. Er sah zum Fenster, sah zum Herd, zu dem ungemachten Bett, zu dem Fliegenfänger an der Decke, der schwarz war vor Fliegen, erstaunlich, dass noch eine dort Platz gefunden hatte, denn soeben begann sie verzweifelt zu surren. »Den müsst ich runternehmen«, sagte er. »Die wissen nich mehr, wo se sich solln hinpappen. Aber ich schaff und schaffs nich in den Laden.« Noch lange ließ er den Blick so durch die Stube schweifen und vermied es, uns anzusehen.

»Pawełek wollte unbedingt seinen Onkel kennenlernen«, sagte ich. »Nicht wahr, Pawełek? Nun, und mit dem Hündchen, mit dem Kätzchen spielen, sich die Hühnerchen, die Schweinchen angucken.«

»Ich hab jetzt nich Hund und nich Katze, Pietrus, Hühner und Schweine halt ich ooch keene. Hätt ich gewusst, dass ihr kommt…«, sagte er beinahe schuldbewusst.

»Wir haben dir was mitgebracht«, sagte ich, um die Stimmung aufzulockern, griff nach der Tasche und zog ein in gemustertes Papier eingewickeltes, überkreuz verschnürtes Päckchen hervor, das eine bunte Schleife zierte.

»Was is das?« Er betrachtete es sichtlich verstört.

»Ein Geschenk«, sagte ich.

»Ein Geschenk?« sagte er gedehnt, als bräche er das Wort mittendurch, um einen Blick in sein Inneres zu werfen und zu sehen, was es bedeutete.

»Ein Geschenk, ein Geschenk«, wiederholte er fassungslos.

»Ein elektrischer Rasierapparat«, erläuterte ich, als er das Päckchen mit unsicheren Händen entgegennahm. »Von Philips. Ein ausländischer. Aber Pawełek hat auch was für dich.« Ich zog das nächste Päckchen aus der Tasche. »Gib es dem Onkel, Pawełek. Rasierwasser, Kölnisch Wasser, eine Creme.«

Er strich dem trotzig dreinblickenden Paweł über den Kopf, dann legte er beide Päckchen auf den Tisch, betrachtete sie, als wären sie vielleicht doch nicht für ihn bestimmt, und sagte:

»Das hättste nich müssen, Pietrus.«

Doch dann, allmählich, verklärte sich sein Gesicht, und durch die Bartstoppeln und das Alter schimmerten, ungläubig lächelnd, die Augen eines Kindes hindurch. So hat er vielleicht einmal gelächelt, als er selbst fünf war, dachte ich da, denn in diesen Augen flackerte es hell. Muss er so weit zurückgehen in seinem Leben, um lächeln zu können?

»Für mich, nana. Ein Geschenk. Haste dich in Unkosten gestürzt. Und von Pawełek, nana. Ich weiß nich, was sagen. Ich, Pietrus, ich brauch ja nich mehr viel. Ein elektrischer Apparat, nana. Und hier hats nich mal Strom. Den ham se abgestellt, im Winter, ich hab nich bezahlt. Muss ich wohl hingehn und bezahln. Mein Lebelang hab ich mich mit dem Rasiermesser rasiert. Nu bloß noch selten. Für die Kirche, manchmal. Da, siehste, an die zwei Wochen hab ich mich nich rasiert.« Er fuhr mit der Hand über sein Kinn wie über ein fremdes Gesicht. »Ich hab dauernd zu tun. Aber hätt ich gewusst, ihr kommt, ich wär zum Friseur. Es is wieder einer bei uns im Dorfe. Samstags bringste dort keen Been rein, so ein Andrang. Der damals is nachm Kriege wieder fortgemacht. Nich gleich, aber bald. Sie hat auch manchmal geschnitten, die Kinder meistens.

Welche wie Pawełek und was größre. Die hatte die Geduld. Manchmal ham se geheult, sage ich dir. Am schlimmsten, wenn se ihnen übern Kopp is mit dem Maschinchen. Oder bloß mitm Kamme oder der Schere, das leiden Kinder nich.« Er irrte, tappte zwischen den Worten umher, zunehmend hilfloser, unverwandt vor sich auf den Tisch starrend. Mit einmal hob er den Kopf, und seine Augen leuchteten fast vor Glück: »Erinnerste dich an Mohrchen?« Und sogar seine Stimme klang klarer, wie umgewandelt durch die Wirkung dieses Namens, Mohrchen.

»Mohrchen?« Ich hatte lediglich bejahen wollen, doch ich empfand plötzlich etwas wie Schmerz oder wie Schuld, und vielleicht nahm es sich deshalb aus wie Vergessen, denn er fiel fast grimmig über mich her:

»Na, aber!? An den musste dich erinnern. Er hat Kühe mit dir gehütet. Das Fressen haste ihm gebracht. Ihr wart zusammen am Fluss und überall. Weeßte nich mehr, wie er dich hat vor den Jungs in Schutz genommen? Keener durfte dich anrührn. Gleich hat er in eine Wade geschnappt oder in einen Hintern. Deinen Pawełek hätt er bestimmt auch gerne gehabt. Was war das für ein Hund. So was findste nich noch mal. Siehst ja, wie alles gekommen is. Ob durch den Krieg oder bloß so, von selber. Ein Hund, und alles kommt anderscher. Erscht da lang, dann dort lang. Aber vielleicht steht alles weiter am Flecke und dreht sich um sich selber. Und du weeßt nich, ob de zwischendrinne bist oder am Rande oder auf einer Leiter und hast nich die Lust, zwei Sprossen tiefer zu klettern oder zweie höher. Ich wollt mir einen nehmen. Wie die Hündinnen hier geworfen ham, bin ich rum, aber keener hat mir gepasst. Du nimmst dir son Winzling und ziehst wer weiß was auf. Lauter Krätze und Räude, wie willste das wissen? Manchmal is mir wie, ich hör ihn, sag ich dir, und meistens nachts. Er bellt dort, bellt hier. Ich wache auf, bestimmt ein Dieb. Ich geh raus, ruf, fass, Mohrchen, fass! Oft zieht mich das Gebelle bis in den Garten. Obstgarten is das nu ooch keener mehr. Alles zu mit

Holunder. Oder er heult. Nana, denk ich, jetzt gehts wohl ans Sterben. Denn das ham wer ausgemacht, dass er dann heult. Und oft hör ich ihn an der Türe kratzen. Ich mach auf, und er unter den Tisch, ja und dann liegt er hier unterm Tische rum. Jemand hat ihm ein Auge ausgeschlagen, weeßte noch? Was hab ich nich gegrübelt, hab ich nich gesucht, wer bloß, wer? Een Dorf, keene Stadt, aber such du die Stecknadel im Heuhaufen. Den find ich, hab ich mir geschworn, und wenn ich soll Kate für Kate uffn Kopp stelln. Die Taschen durchsuchen. Denn wie kann man so leben, Pietrus. Vielleicht drückste dem Strolch täglich die Hand oder sagst ihm Grüß Gott. Vielleicht haste ihm dein Pferd geborgt, und er hat dich zum Schnaps eingeladen. Du triffst ihn und fragst vielleicht, wie gehts, Jan, Stanisław, Marcin, Łukasz? Und er fragt dich, wie gehts, Władysław? Ihr guckt in denselben Himmel, werdet vom selben Regen nass. Vielleicht stammste von denselben Wurzeln ab. Vom selben Korn. Und weeßt nich, dass der dich betrügt. Ich find ihn, finde ihn. Ich hab bloß noch ein paar Gräber, und eins davon sagts mir. Nu denkste, ich bin dumm im Koppe? Bin ich nich, Pietrus. Im Dorfe denken se das ooch. Aber ich bin nich. Die Gräber sind wie ein kluges Buch. Nie wirschte von den Lebenden erfahrn, was de von den Toten erfährscht. Geh doch durchs Dorf. Was erfährschte? Hier, in eine Hand passt das. Aber rede mal mit den Gräbern. Es hat einer gelebt, er is gestorben, Herr, leuchte seiner Seele. Und jedes Grab is eine Seite in dem Buch, und die Seiten tun sich von selber vor dir auf. Bloß ihre Sprache musste verstehn. Glaub mir, Pietrus, die Gräber ham ihre Sprache, so wie die Hunde, Katzen, Pferde, wie die Bäume, die Erde, wie die Häuser ihre Sprache ham. Denkste, der Tisch hier spricht nich? Du musst bloß ein Leben lang dran gegessen ham. Und keene Leckerbissen, nee, mal gabs was, mal gabs nischt, Erbsensuppe, Wassersuppe oder trocken Brot, und war Fleisch da, dann eben Fleisch. Früher, weeßte noch, da gabs am Sonntag immer einen Hahn, Brühe, Nudeln. Die Gräber, ich sage dir, wissen am meisten. Dass de was verheimlichst, vertauschst, verdrehst, wegschiebst, dort gibts das nich mehr. Nur hier hat der Mensch seine doppelte oder gar dreifache Sprache, eene für sich selber, eene für die andern und noch eene für Gott.«

Ich lauschte ihm, zunehmend schutzloser, ertrank fast in seinen Worten, ohne mich wehren zu können, ja ich duldete wohl, dass sie mich aufsaugten. Ich setzte all meine Hoffnung auf Paweł, der mich vielleicht zu drängeln begänne, lass uns endlich fahren, Papi, lass uns endlich fahren, komm schon, Papi. Dann konnte ich zumindest sagen, denn nur diese Worte wären am Platz gewesen, die einzigen, die fähig waren, den Worten von Onkel Władek entgegenzutreten:

»Für uns wird es Zeit, Onkel. Wir kommen wieder mal her, dann reden wir weiter.«

Doch wie zum Possen brannte, als wir hereinkamen, der Herd, und das Feuer lockte Paweł, so dass er darüber uns, die Stube, ja die ganze Welt vergaß. Er fragte den Onkel nur, ob er das Türchen aufmachen dürfe, was ihm der Onkel erfreut erlaubte, als böte sich ihm unvermutet eine Gelegenheit, Paweł für die Enttäuschung zu entschädigen, dass er keinen Hund, keine Katze, keine Hühnerchen und Schweinchen besaß. Und obendrein hatten wir weder seine Erbsensuppe noch seine Milch haben wollen.

»Ja, mach ruhig auf, mein Kind. Hier sind Scheite. Leg nach. Heiz ruhig ein. Wenn se alle sind, gleich hinter der Wand vor der Kate hats genug gehacktes Holz. Sag was, und ich hol dir welches rein.«

Er sprang sogar auf und legte selbst ein paar Scheite ins Feuer. Und als sich Paweł vor den Herd hockte und, das Gesichtchen starr vor Staunen, in das offene Türchen sah, fügte er fast mitleidig hinzu:

»Das Kind hat noch keen richtsches Feuer nich gesehn. Wie lebt ihr denn dorte, in euern Städten? Seht ihr ooch mal die Sonne? Oder brennen bei euch bloß Lampen den lieben langen Tag? Neons, so heeßt das wohl heute?«

Vorerst konnte ich also nicht auf Paweł zählen. Zumal die mit dem Nachlegen neu aufschießenden Flammen ihn restlos fesselten. Er starrte gebannt ins Feuer. Und als es dann zu prasseln und zu bullern begann, als hätte es im Herd keinen Platz mehr, rief er mit einer Verzückung, in der ich zugleich einen kaum merklichen Ton des Schreckens hörte:

»Papi, sieh doch! Papi, sieh doch!« Und er sprang aus der Hocke und versuchte, mich an der Hand zu diesem Feuer zu zerren. »Sieh doch, Papi!«

»Ich sehs auch von hier, Söhnchen.«

»So sieh doch, komm!«

»Ein guter Herd«, sagte der Onkel. »Der zieht, sage ich dir. Und noch nischt dran zu reparieren. Und kocht, kannste drauf warten. Sogar Nasses verheizt er. Da, ich brings ausm Regen rein, und wie das brennt jetze.«

Unterdessen hatte sich Paweł, schmollend, weil es ihm nicht gelungen war, mich hinzuziehen, damit ich sein Entzücken teilte, wieder vor den Herd gehockt. Er legte Holz nach und blickte fast reglos ins Feuer, als nähme er die Flammen gar nicht wahr. Und legte nur immer Scheite nach.

»Setz dich auf das Bänkchen, da, hier is ein Bänkchen, sonst schlafen dir die Beine ein«, sagte Onkel Władek.

Doch er hörte nicht und starrte unverwandt in dieses Feuer. Und er bemerkte auch nicht, dass ich zu ihm sagte:

»Hast du gehört, was der Onkel gesagt hat? Es ist bequemer für dich.«

Er blickte in dieses Feuer und legte immerfort Holz nach, und er ließ nicht zu, dass die Flammen auch nur kurz erstarben, in sich zusammensanken, es musste für ihn bullern, prasseln. Uns beachtete er nun überhaupt nicht mehr. Und es war mehr in dem allen als nur ein kindliches Sich-nicht-satt-sehenkönnen an etwas bisher Unbekanntem, mehr als die bloße Ehrfurcht vor dem Feuer, als jenes verschwommene Echo unseres Uranfangs. Vielleicht fand er in diesem Feuer eine Vorahnung von sich selbst? Vielleicht verhieß es ihm etwas? Vielleicht aber vermochte er sich nicht mehr zurückzuziehen aus seiner anfänglichen Verzückung, die in ihm wuchs, ihn in Bann schlug. Er rutschte dichter an das Türchen heran, dann noch dichter. Und mit einemmal sah er zu mir, und ich erkannte in der Kürze dieses Lidschlags in seinen Augen Furcht. Ich sagte:

»Rutsch ein Stück weg, Pawełek. Es ist gefährlich, so nah am Feuer.«

Auch Onkel Władek war wohl beunruhigt, selbst wenn er sich nur mühsam von seinen Worten losriss, denn er blickte, wie angelockt vom Knistern der Flammen, zu Paweł hin und sagte:

»Nu sag mir, Pietrus, wie das is, das Feuer is Leben, das Feuer is Tod. Und so gehts mit allem.« Auch ich wollte etwas sagen, selbst das Allerbanalste, und nicht, weil es angebracht war, etwas zu sagen, sondern weil ich dachte, vielleicht fände sich so endlich eine passende Gelegenheit, ohne Gewissensbisse sagen zu können, für uns wird es nun Zeit, Onkel. Denn ich ertrug diese immer enger werdende Umzingelung nur noch schwer. Doch ehe ich etwas sagen oder ihm wenigstens beipflichten konnte, ja, so ist es, kehrte er zu seinen Worten zurück:

»Siehste, so lebe ich und lebe nich. Aber ich find ihn, finde ihn. Nur das hält mich noch, sag ich dir. Ich bin jetzt geduldiger. Such mehr mitm Verstand.«

Ich war also gezwungen, ihm weiter zuzuhören, ertrinkend in immer denselben Worten, dauernd hinabgestoßen in diese seine brennende Erinnerung an Mohrchen, die ein Opfer von meiner Erinnerung verlangte, so als dürfte nie enden, was einmal begonnen und also ein für allemal das Recht auf Anwesenheit erworben hat, als sei Nichtvergessen eine Sphäre des Gewissens und Sterben nur ein Hinüberwechseln von der Zeit in den Raum.

Ich empfand immer deutlicher, wie mir aus seinen Worten – über Mohrchen, über Mohrchens ausgeschlagenes Auge – eine Art Klage entgegentrat. Das war so leicht nicht herauszulesen, war gleichsam zusammengesetzt aus einzelnen Buchstaben, gebosselt von einer abgearbeiteten, der Buchstaben ungewohnten Hand, verbarg sich unter der Haut der Wörter, in den Eingeweiden der Wörter, in der Qual der Wörter und in ihrem Hass. Und Mohrchen war nur die Maske für diese Klage. Mag sein, es war die Klage um meine Kindheit, die ich nun verlassen hatte und in der der Onkel weiter lebte. An meiner Statt gab es Paweł, doch Paweł war damit befasst, das Feuer zu entdecken, nun, und er hatte Mohrchen nicht gekannt.

So saßen wir einander gegenüber, am selben Tisch, in derselben Stube, im selben Dorf, und doch in verschiedenen, weit, weit voneinander entfernten Zeiten. Aber vielleicht war es ihm gerade darum zu tun, diese Zeiten von neuem in eins zusammenzuführen.

Jedenfalls quälte er mich mit diesem Mohrchen, bis das längst vergessene Gefühl des an Mohrchen begangenen Verrats wieder in mir aufstieg, dass ich mir ja einen Windhund gewünscht hatte und Mohrchen nach dem Krieg nicht mehr heimgekommen war. Aber es kann auch sein, dass ich, zum Schutz gegen die Klage des Onkels, überhaupt eines Gefühls von Verrat bedurfte und Mohrchen mir nur gelegen kam. Ich verhehle nicht, dass mich das schmerzte. Doch vielleicht ging es ihm gerade darum?

KAPITEL 4

Die erste Unterrichtsstunde

Mitunter geschah es, dass die Mutter, wenn sie aus der Stadt nach Hause kam, anstatt wie sonst über die Treppe zu schimpfen und zum wer weiß wievielten Male zu beschließen, eine neue Wohnung zu suchen, in Weinen ausbrach. Eigentlich sollte man sagen, dass sie sich von diesem Weinen befreite wie von den vollen Einkaufsnetzen, die sie trug. Dieses Weinen musste sich den ganzen Heimweg über in ihr angestaut haben, denn wenn sie zur Tür hereintrat, auf beiden Seiten behängt mit diesen Netzen voll Kartoffeln, Roter Rüben, Möhren, Kohl, Zwiebeln, Brot, manchmal Quark, Speck, sah man gleich, sie trug, außer der Erschöpfung, etwas Ungutes in ihren Augen. Und es war, als habe sie diese Augen unter Anspannung ihres Willens im Zaum zu halten und ihnen verboten zu weinen, bis sie das Haus nicht erreicht und diese Netze nicht heimgebracht, ja bis sie diese Netze nicht an ihren Platz vor den Herd gelegt hatte, wo sie sie für gewöhnlich ablegte, wenn sie aus der Stadt kam.

Es wurde nie laut darüber gesprochen, doch man wusste, woher dieses Weinen kam, nicht von der Treppe und nicht von der Wohnung, und auch in der Stadt, auf dem Markt oder im Laden hatte der Mutter nichts zustoßen können, das ihr Anlass zu diesem Weinen gab. Auf dem Markt oder im Laden hatte sie höchstens wütend werden können, und wütend wurde sie oft und gern, sie betrachtete das als eine Art Abwechslung im grauen Einerlei des Kaufens von Kartoffeln, Rüben, Möhren, Kohl, Zwiebeln, Brot, also im grauen Einerlei des Lebens. Sie schürte diese Wut sogar noch auf dem Heimweg mit jeder Nachbarin, die sie traf, nicht selten auch mit Unbekannten. Diese Wut vom Markt oder aus dem Laden vermeldete mitunter von weitem, dass die Mutter kam. Dann hörte man schon auf der Treppe, zumal wenn das Fenster offen stand, wie sie aufgebracht auf jemanden einredete, Diebe, Halsabschneider, der Krieg war noch nicht genug für die, ausräuchern das, mit dem Höllenfeuer. Und sobald sie in der Türe stand, immer noch wutentbrannt und behängt mit diesen Netzen, die fast bis zur Erde reichten, goss sie diese Wut für gewöhnlich über mir aus:

»Piotrek, so hilf mir doch! Was für ein Kind! Nicht mal auf der Treppe kommt er der Mutter entgegen!«

Auch der Vater hatte eine Rolle bei diesen Wutausbrüchen zu übernehmen, er nämlich musste sie wenigstens immer fragen:

»Was ist passiert, dass du so wütend bist?«

Das bestärkte die Mutter in dem Gefühl, sie habe diese ihre Wut nicht umsonst mitsamt den vollen Netzen heimgeschleppt.

»Na, stell dir vor, das Luder beim Fleischer wollte mich doch beim Abwiegen beschupsen.« Worauf sie ihre ganze Wut in die Erzählung legte: »Ein Viertel Speck, bitte. Und die, die Waagschale steht noch nicht ganz, schwupp, schon herunter und wickelt mir das ein. Das soll gewogen sein? sag ich. Bitte wiegen Sie das noch mal. Und die geht auf mich los, ich wollte ein Viertel Kilo, das ist ein Viertel Kilo, ich soll mich hier nicht aufspielen, die andern warten. Ich bitte sie höflich, es mir noch einmal auszuwiegen, doch innerlich koch ich. Und die wiegt schon für eine andre die Grützwurst ab, und genauso, die Schale wackelt noch, schwupp, und runter. Ich geh hier nicht weg, bis es nicht noch mal gewogen ist. Die Leute sind auf meiner Seite, denn dort beschupsen sie jeden. Was du nicht kaufst, du wirst betrogen. Salz, Zucker, sogar bei der Hefe. Du kaufst fünf Deka und hast ein Deka Papier dabei. Dann wunderst du dich, dass der Teig nicht geht. Wie soll er auch, wenn im Rezept fünf Deka stehn. Ich schnapp mir das, legs auf die Waage, und die plärrt los, in ihrem Laden hab ich gar nichts zu bestimmen. Ich soll woanders kaufen gehn. Und mehr als ein Deka wars nicht. Tja, Deka zu Deka, wie viel kommt da zusammen an einem Tag? Wo stammen denn ihre Fingerringe her, an der Hand zwei und an der andern drei. Wie mit Gold schneidet die. Ersticken soll sie dran, Betrügerin. Es geht mir ja nicht drum, aber wie kann sie so vor meinen Augen!«

Die noch immer blubbernde Wut wurde mit jedem Satz schwächer, und alles endete damit, dass die Mutter aus den Netzen holte, was sie eingekauft hatte, und erzählte, bei wem, für wie viel, wie sie den Preis noch herunterhandeln konnte, wer reichlich abgewogen hatte, und lobte, das ist frisch, nicht holzig, nicht madig, nicht zäh, hat eine hauchdünne Rinde, ist gesund, mürbe, fest. Und der Vater bestaunte jedes Ding einzeln, als bestaunte er Berge, Wälder, Seen, das Meer, den Regenbogen, die funkelnden Sterne am Abendhimmel.

»Wahrhaftig! Wie hast du das aufgetrieben? Ich könnte das nicht. Dazu muss man eine Gabe haben.«

Ob er aus freien Stücken so staunte oder weil ihm die Mutter alles vor die Nase hielt und ihm nichts übrigblieb als zu staunen, das war mir ein Rätsel, das war ein undurchschaubares Spiel zwischen ihnen.

»Da, schau, was für schöne Möhren. Und die Roten Rüben. Nicht allzu groß, so schmecken sie am besten. Und der Sauerkohl, weiß wie Milch. Probier mal. Nicht zu sauer, nicht wahr? Eine herrliche Kohlsuppe gibt das. Ist der Quark nicht zu wässrig, oder kommt mir das bloß so vor? Ich hab ihn auf dem Markt gekostet, da schien er mir richtig.«

»Aber ja, richtig ist er, was du nur hast.«

»Dann mach ich heut vielleicht Quarkknödel? Und die Kohlsuppe morgen. Was meinst du?«

Und sofort wusch sie sich die Hände, band das Vortuch um, holte das Nudelbrett hervor, und wenig später knetete sie schon den Teig für die Knödel.

Doch wenn sie außer diesen vollen Netzen in den Händen auch noch die Ankündigung des Weinens in den Augen mit nach Hause brachte, hatte sie keinen Blick für die Netze. Sie lagen, wie überflüssigerweise angeschleppt, vor dem Herd herum, während sie, auf dem Schemel in einem Winkel hockte und weinte. Dann brachte auch der Vater nicht den Mut auf, sie wenigstens zu fragen:

»Du sagst uns also nicht mal, was du eingekauft hast?« Er sagte höchstens: »Wein nicht. Es wird alles gut.« Oder nur: »Wein nicht.«

Sie bemühte sich für gewöhnlich, leise zu weinen, mehr in sich hinein als nach außen, das Gesicht in den Händen bergend oder über ihre Knie nach unten gebeugt. Ihr Weinen erinnerte mehr an einen sanften Nieselregen vor dem Fenster, und wenn man wollte, brauchte man es nicht zu hören. Trotzdem waren der Vater und ich wie gelähmt durch ihr Weinen und wussten nicht, was wir mit uns anfangen sollten, ja, der Vater flüchtete sogar mit den Augen zum Fenster hinaus und traute sich nicht, den Blick zur Stubendecke zu heben, also vermieden wir auch, einander anzusehen.

In solchen Momenten spürt man am besten, wie nützlich es ist, eine Katze im Haus zu haben, wenigstens miez, miez kann man dann sagen, kann sagen, na, komm schon her, kann sie fragen, ob sie auf Mäusejagd war, muss aber auch gar nichts sagen, sondern vergräbt nur die Hand in ihrem warmen Fell und harrt aus.

Wir warteten also, bis dieses Weinen von allein in ihr versiegte oder etwas geschah, das ihr half, mit Weinen aufzuhören. Eine Nachbarin hereinstürmte und noch an der Schwelle rief:

»Fisch, es gibt Fisch! Kaufen Sie?! Mit Minen haben sie sie getötet in der Weichsel. Aber Sie weinen ja. Ist was passiert?«

Und die Mutter, der Nachbarin dankbar für diese Fische, auch wenn sie keine kaufte, fragte:

»Was verlangen sie dafür?« Worauf sie sich die Augen

trocknete, sich schnäuzte. »Ich würde ja. Aber ich hab schon Quark gekauft und will heut Knödel machen.«

Oder plötzlich jemand draußen anfing zu streiten, denn die Leute in Rybitwy stritten sich oft, und am meisten die Krankenschwester Madejska mit der Bazylukowa, der Polizistenwitwe, obwohl damals noch keiner wusste, dass sie eine Witwe war, ihr Mann, also der Madejski, der zum Fällen der Eichenpfeiler bei den beiden zerstörten Weichselbrücken eingesetzt ist, bringt nie ein Stück Holz heim, sondern schleppt alles zu ihr, der Hure, also der Bazylukowa. Schon wieder hat er der einen Klotz gebracht, mit dem sie selbst eine Woche hätte kochen können. Von wegen, die Eiche stammt nicht von den Brücken!? Wo gibts denn sonst so schwarzes Holz? Und die Mutter hob den Kopf in ihrem Weinen, denn so ein Streit war schwer zu überhören, der drang durch Wände und durch jedes Weinen, und sagte, wie durch diesen Streit zum Schiedsrichter berufen:

»Als könnte er nicht mal der einen und mal der andern was bringen! Sie müssen doch beide kochen. Oder soll sich der Bazyluk endlich heimscheren. Was mussten sie ihn auch verhaften.« Oder an der Stubendecke die leisen Schritte der Fräulein Poncka ertönten. Denn ob sie zu Hause waren, dem galt, wie der Tag lang war, der Mutter unvermindertes Interesse, das war wichtiger, als alles, was in Rybitwy geschah, und half ihr am schnellsten über alle Kümmernisse hinweg und über das Weinen. Wenn das gedämpfte Huschen an der Stubendecke lange nicht zu hören war, wurde die Mutter zusehends unruhiger.

»Irgendwie sind sie lange weg«, sagte sie unverhofft, obwohl es so aussah, als schmeckte sie die Suppe ab und überlegte, ob wohl genügend Salz dran war. Und wenn der Vater, aus seinen Gedanken gerissen, nicht verstand, wer weg war, deutete sie zur Stubendecke: »Na, sie. Hörst du nicht, wie still es ist?«

Sie war wie durch ein unsichtbares Kabel fest angeschlossen an diese Stubendecke, und selbst wenn sie sich mit dem Vater unterhielt oder etwas zu mir sagte oder ernsthaft mit etwas befasst oder ihren Gedanken nachzuhängen schien, machte sich diese Unruhe unerwartet Luft:

»Wo sie nur so lange bleiben?«

Bei den Schritten der Fräulein Poncka senkte sich sogleich Ruhe über die Mutter.

»Oh, sie sind wohl da?« Sie hob die tränengefüllten Augen und blickte hoffnungsvoll zu dieser Stubendecke. »Horch mal, Piotrek.« Sie rief mich zum Zeugen an, auch wenn ich nicht verstand, wozu sie mich brauchte. Sie bezweifelte doch nicht, dass sie da waren. Dennoch musste ich den Kopf recken und bestätigen, sie sind da. »Allein?«

»Ich glaub, allein. Andere Schritte kann ich nicht hören.«

»Ah, dann geh ich rauf und hör mir ein paar Tangos bei ihnen an.«

Der Vater sah diese Vertraulichkeiten zwischen der Mutter und den Fräulein Poncka nicht gern, und manchmal hielt er ihr vor, das sei nicht die richtige Gesellschaft für sie, was sollen die Leute sagen.

»Ach, lass sie sagen, was sie wollen. Ich weiß mein Teil. Sie sind unglücklich, das ist alles.«

Wenn sie von ihnen kam, war sie wie umgewandelt, kaum zu glauben, dass sie vor kurzem noch auf dem Schemel in der Ecke gehockt und geweint hatte und nicht mal einen Blick in die Netze mit den Einkäufen hatte werfen wollen. Ein Lächeln auf dem Gesicht, das nicht die leisesten Spuren des eben überstandenen Weinens verriet, von neuem voller Lebenslust, begeistert von diesen Tangos, oft noch ein Restchen von einem dieser Tangos auf den Lippen. Auch wenn sie uns nur sagte, was sie heute für uns zu Mittag kochen werde, der Tango wich nicht von ihren Lippen. Und was immer sie bei den Fräulein Poncka Neues erfahren, Neues gesehen hatte, das Fräulein Róża hat eine neue Bluse, und Ewelina hat einen mit einem hohen Posten kennengelernt, der Tango blieb auf ihren Lippen. Und wenn sie den wie gewöhnlich in Gedanken versunkenen Vater bestürmte, nicht länger zu grübeln, irgendwie kommt es schon ins Lot, dann schwang dieser Tango auch in diesen Bestürmungen weiter.

Diese Tangos im Ohr, ja restlos davon erfüllt, wurde sie herzlich, verträglich, verständnisvoll, auch für die Fräulein Poncka, die sind zwar jung, hübsch, schick, und trotzdem wünscht sie keinem so ein Leben, was wissen die Leute schon, nichts wissen sie, man muss tief in ein fremdes Leben einsteigen, um was zu wissen. Auch für die Wohnung, es hilft nun mal nichts, mag es vorerst so bleiben, einmal mietet sie vielleicht eine bessere. Und für die Treppe, nicht nur wir müssen sie ja hinauf, sondern alle aus Rybitwy. Und selbst für mich, das nächste Mal kauft sie Pflaumen und kocht für mich Pflaumensuppe, ich ess doch so gern Pflaumensuppe. Und überhaupt kam ihr das Leben weitaus erträglicher vor, jedenfalls aber fühlte sie sich ihm gegenüber nicht so ratlos, um sich hinzusetzen und zu weinen.

Dabei kamen ihr, wie in einer plötzlichen Erleuchtung, die verschiedensten Einfälle. Einmal wollte sie die Möbel in unserem Souterrain umstellen, so wie es ist, hat sie es satt, obwohl wir an Möbeln alles in allem zwei Betten, einen Tisch, drei Stühle und einen Schemel besaßen, und auch das fand kaum Platz, nicht mal einen Schrank gab es, die Kleider hingen an einer Stange in der Ecke hinter einem Vorhang, ähnlich wie der Waschwinkel durch einen Paravent abgetrennt war. Nur mit Mühe konnte der Vater sie davon abbringen, lass es, wie es ist, wenn du sie umstellst, wird es noch enger, oder stell sie um, wenn ich mal tot bin. Einmal wollte sie weißen, aber auch davon hielt sie der Vater ab. Doch nicht alles war ihr so leicht auszureden, manchmal setzte sie ihren Kopf durch, gegen seine Ansichten, gegen seine Bitten, und obwohl er schon auf dem Weg war in jene andere Welt.

Einmal kam sie von den Fräulein Poncka zurück, auch nach so einem Tränenausbruch, noch das Echo eines Tangos auf den Lippen, ich glaube es war *Du kommst und schließt sie in die*

Arme, und erklärte, in der kommenden Woche fahre sie mit Tellern über Land. Es soll Teller geben in dem Laden gegenüber vom Magistrat.

»Unsere Fräuleins borgen mir ihre Koffer.« Sie deutete zur Stubendecke. »Sie haben zwei, die sind so groß, da passt was rein, hoho. Vielleicht kauf ich ein paar Tassen dazu. Ich werd doch nicht den Siegelring von dir versetzen für die Esserei, der bleibt für den Notfall, oder wenn du mal eine teure Medizin brauchst, und die Trauringe, na, die müssen wir für Piotrek aufheben, wenn der mal heiratet. Sie wollen mir auch Geld borgen. Sie sind gut, die Fräuleins. Was die Leute über sie reden, ist mir schnurzegal. Und würde die heilige Teresa oder die heilige Jadwiga in Rybitwy wohnen, die wüssten immer noch was zu reden. Ich könnte zweite Güte kaufen und sie als erste verkaufen. Erste oder zweite, wer kennt sich schon aus nach diesem Krieg, wo die Leute gar nichts haben. Kommt mal was in die Läden, kaufen sie sogar angeschlagene, von etwas muss einer ja essen. Aus der Hand oder vom Schoß isst du nun mal nicht. Ein Stück Fleisch oder eine Plinse, die nimmt man zur Not noch in die Hand. Tja, den Leuten ist viel zu Bruch gegangen durch den Krieg, Teller am meisten. Erinnerst du dich, wo wir ausgesiedelt waren, die hatten nur einen Teller dort, und der stand in der Kredenz, hinter der Scheibe, zur Zierde. Gegessen haben sie aus Konservendosen. Nicht mal anrühren durfte man ihn, damit nicht noch der kaputtgeht und sie dann überhaupt nicht mehr wissen, wie Teller aussehen. Mein Gott, wie die gegessen haben. Vielleicht fahr ich sogar zu denen. Bei denen war alles in Scherben, da muss das ganze Dorf in Scherben sein. Das nächste Mal kann Piotrek mitkommen. Wir würden mehr mitnehmen. Ich die beiden Koffer, er einen Korb. Denn in den Nachbardörfern ist bestimmt auch alles kaputt. Mal abgesehen, auch ohne Krieg geht was kaputt, nichts hält ewig. Besonders Teller und Tassen, dauernd wäschst du sie ab, trocknest sie ab, stellst sie hin, reichst sie zu, du weißt nie, wann dir einer aus der Hand rutscht und krach, weg ist er.

Unser Service, das mit dem Paradies, mein Gott, was hab ich aufgepasst. Nur zu großen Anlässen hab ich es rausgeholt. Und dann nur ganz sanft und ganz zart, weil es so durchsichtig war und so dünn, als ob du ein frisch geschlüpftes Küken in die Hand nimmst. Und wenn einer die Tasse ein bisschen lauter abgestellt hat, hat mir das Herz gestockt. Weißt du noch, auf jedem war ein anderes Bild. Und die gleichen auf den Tassen. Adam, Eva, der Baum, die Schlange, und jedes anders. Ich hab manchmal so bei mir gedacht, sechs Tassen, sechs Kuchenteller, sechs Untertassen und das ganze Schicksal des Menschen. Zuerst hat es eine Tasse erwischt, irgendwie ist sie mir so aus der Hand gefallen, dass es nichts mehr aufzuklauben gab. Dann war der Henkel von einer andern hin, ich hab sie abgetrocknet und hatte ihn plötzlich in der Hand. Dann ein Teller, ein Kuchenteller. Und einen hat Piotrek wohl zerteppert, er wollte es bloß nicht zugeben. Zerteppert hast du ihn, erzähl nicht. Und wie wir bei den Eltern gewohnt haben, du bist noch manchmal sonntags heimgekommen, ich komm aus dem Garten, war Petersilie holen, und Władek gibt auf einer Untertasse mit diesem Paradies der Katze Milch. Hast du den Verstand verloren, sag ich? Und er, die will von gar nichts saufen, is wohl krank. Ich hab sie mir geschnappt und krach, futsch war sie. Und so immer weiter. Was man heut dafür bekäme. Eine Tasse mit der Untertasse hab ich verkauft, da fragt mich der Kerl, ob ich nicht mehr davon habe. Aber die letzte, die verkauf ich nicht mehr, die bleibt als Andenken. Der hatte noch nie solche gesehen. Und er hatte die verschiedensten. Er wurde gar nicht wieder, wie ich ihm gesagt hab, es sind so viele kaputt. Man denkt an nichts, und man zerschlägt sie. Man gibt acht, und man zerschlägt sie. Man bibbert, weil man sie nicht zerschlagen will, und da geht sie von selbst kaputt. Und wo sie wie Hund und Katze miteinander leben, zerteppert der eine dem andern was zum Possen. Sie einen Teller, darauf er zwei, wie du mir, so ich dir, oder umgekehrt, der eine zerteppert und weint, und der andere knirscht mit den Zähnen. Oder er verlässt das Haus und sagt, schmeiß, immer schmeiß, wenn du damit fertig bist, komm ich wieder. Oder komm nicht. Es geht verschieden zu im Leben. Weißt du noch, in dem Film. Mit diesem Schauspieler, na, dem schicken, großen, blonden. Wie hieß er gleich? Einmal hat er einen Cowboy gespielt. Sie haben das Vieh durch die Prärie getrieben, und er, mit der Peitsche, zu Pferde, dreckig, staubig, es passte gar nicht recht zu ihm. Ich weiß nicht mehr, war ich mit dir da drin oder mit der Zarębowa? Dich hat man immer schwer mitgekriegt. Nur Kriegsfilme hattest du gern. Aber sonst, da musste ich manchmal eine von meinen Bekannten bitten. Oder mit Piotrek. Sie wollten ihn nicht reinlassen, da hab ich ihn zwischen die Leute geschoben und ihn so durchgeschleust. Angeblich sollte es eine Komödie sein, aber so viel zu Lachen gabs gar nicht. Den ganzen Film durch haben sie sich gestritten. Und reich waren die. Und sie war auch nicht hässlich. Kleider hatte die, hoho, ein Schrank, lang wie die Wand. Dauernd hat sie sich umgezogen und sagt noch, sie hätte nichts anzuziehn. Wenigstens den Herrgott solltest du nicht beleidigen, hab ich bei mir gedacht. Die Gäste sind weg, und die schnappt sich einen Teller und krach. Er erst mal nichts. Sie einen zweiten und krach. Und alles vom Service. Ist schließlich kein Porzellan für alle Tage. Und er weiter nichts, er sieht bloß zu, wie sie sich die Teller greift und zerschmettert. Du bist vielleicht ein Teufelsbraten, dachte ich bei mir. Leb mal ein ganzes Leben lang mit so einer. Die hatte nur Rosinen im Kopf. Ich an deiner Stelle würde täglich dem Herrgott danken für das alles, statt Teller zu zerschmettern. Und nicht nur Teller, Tassen. Gläser, Pokale, was ihr zwischen die Finger kam, krach, krach. Die Pokale müssen aus Kristall gewesen sein, so hoch, geschliffen. Wenn es noch einen Grund gegeben hätte. Aber es gab keinen Grund. Vor lauter Überfluss. Obwohl man manchmal auch aus Armut was zerschlägt. In der Armut einen Teller, im Überfluss gleich zehn oder mehr. Aber in der Armut reicht Wut nicht aus. Wenns im Haus drei, vier Teller gibt, dann nimm die mal und zerschlag sie. Da muss den Menschen schon irgendein Schmerz um den Verstand bringen. Obwohl dir auch in der Armut mal einer von selber aus der Hand rutscht. Da sagt man, macht nichts, und ist noch um den einen Teller ärmer. Und in der Armut spürt man den einen zertepperten Teller auch nicht so, weil es an allem fehlt. Tja, die Armut ist weitaus versöhnlicher als der Überfluss. Ich hab nicht mal recht verstanden, worum es ihr ging. Vielleicht hatte er eine andere angesehen? Was ist schon dabei? Soll er die ganze Zeit nur sie angaffen? Mann und Frau bekommen einander genug zu sehen. Haben ein ganzes Leben dafür. Außerdem, wozu hatten sie sich denn Gäste eingeladen? Vor den Gästen hat sie sogar gelacht, schön getan und gequasselt für zwei. Und wie die Gäste weg waren, fragt er sie nach was, und sie schnappt sich den Teller und krach. Und dann ging das ganz wie von selbst alles zu Bruch. Und wie nichts mehr auf dem Tisch war, fing sie an zu kreischen, mit den Füßen zu trampeln. Ist sie verrückt geworden, dachte ich? Da macht er die Kredenz auf, und dort steht noch mal soviel von allem. Und stell dir vor, er reicht es ihr zu, damit sie weiter schmeißt. Und die nimmt und schmeißt und schmeißt. Und die Leute grölen nur so vor Lachen. Worüber, denke ich bei mir, dass sie Teller in Scherben schmeißen? Das soll so spaßig sein? Wut ist überhaupt nicht spaßig. Wut, Tränen oder Kummer. Und wie er dann noch anfing, zusammen mit ihr zu schmeißen, da wackelte das ganze Kino. Es war nicht mal mehr zu hören, ob sie was sagen, oder ob sie bloß Teller zerschmeißen. Außerdem, was hätten sie schon sagen sollen? Sie zerschmissen alles, das ist gewissermaßen, als ob sie was sagen. Manchmal sogar mehr. Mit Worten lässt sich nicht immer alles sagen, was man gern möchte. Woher die Worte nehmen für das alles. Aber ein Teller, krach, und man weiß Bescheid. Oh, die lachten, sag ich dir, wie die lachten. Und worüber? Na, worüber? Geht einem zu Hause was kaputt, ist einem gar nicht nach Lachen, sondern eher nach Heulen zumute. Oder man flucht, oder man seufzt zu Gott. Man weiß ja, man hat von diesem Teller gegessen, besser, schlechter, und nun, krach, und hin ist er, heil wird er nicht wieder. Auch wenn er nur gesprungen oder angeschlagen ist, es ist immer, als verlierst du was von dir selber. Er reicht ihr eine Tasse, damit sie sie zerschlägt, und er zerschlägt auch eine Tasse. Er gibt ihr ein Kompottschälchen und zerschlägt auch ein Kompottschälchen. Ich dachte, sie, na sie macht das eben, doch wieso zerteppert er? Ich sage dir, das passte überhaupt nicht zu ihm. Richtig gewundert hab ich mich, dass er bereit war, in so einem Film mitzuspielen. Da war mir schon lieber, er treibt Vieh durch die Prärie. Da war er wenigstens zu Pferde. Ein Mann muss nun mal ein Mann sein. Ich habs gern, wenn sie Ritter von früher spielen. Liebhaber hab ich auch gern, aber welche mit Manieren, nicht wenn sie die Frau bloß ausnutzen. Polizisten hab ich gern. Offiziere. Obwohl, für die Uniform, da muss ein Schauspieler entsprechend gewachsen sein. Denn lass mal so einen zu kurz Geratenen Befehle erteilen. Was ist so ein Befehl dann wert? Aber so Abgerissene, die kann ich schon gar nicht verknusen. Es sei denn, es ist einer nur verkleidet. Einmal hat so einer einen Spion gespielt, der drückte sich hier vor der Tür rum, da unterm Fenster. Und das eine Auge hatte er mit einer schwarzen Binde verbunden, weil er angeblich blind war. Und dann kam er nach Hause, nahm ein Bad, stieg in einen Anzug, den hättest du nicht wiedererkannt, er nahm den angeklebten Bart ab. Na, ich sag dir, ich konnte nicht verstehen, wozu der den Spion gemacht hat. Und wohnen tat er wie ein Graf. Wie viel die damals in Klump geschmissen haben. Der Fußboden, der sah aus, wie wenn einer absichtlich, heißa, Glas ausgestreut hat. Dann ist schon besser, wenn sie sich beschimpfen oder anfangen zu weinen, und die Teller bleiben ganz. Was kann denn so ein Teller dafür? So ein Teller weiß nicht mal, dass er jemandem gehört. Und kommt seine Zeit, dann geht er ohnehin zu Bruch. Früher, später. Außerdem, wenn sie nicht zu Bruch gingen, würde es heut mehr Teller auf der Welt geben als Menschen. Obwohl es vorkommt, dass so ein Teller einen Menschen und alle Wirren überlebt. Erinnerst du dich, ich hab so einen Teller von der Großmutter zu unsrer

Hochzeit bekommen. Ich geb ihn dir, er soll dir Glück bringen, mein Kind, hat sie gesagt. Hüte ihn wie deinen Augapfel. Er soll in der Kredenz stehen. Es sei denn, ihr streitet euch einmal, dann sollt ihr zum Friedenschließen von ihm essen. Ich hab ihn noch von meiner Mutter. Und sie hat von ihrer Herrschaft vom Gutshof sechs solche zu ihrer Hochzeit bekommen. Er stand die ganze Zeit in der Kredenz, und ich erinnere mich nicht mal, wie er zu Bruch gegangen ist. Manchmal hab ich schon gedacht, wir haben kein Foto von der Großmutter, dann wenigstens den Teller. Und irgendwie so, entweder hab ich Staub gewischt, oder er ist von allein zersprungen. Piotrek hatte gerade angefangen zu zahnen. Ich hab gleich was für eine Messe für die Großmutter gegeben, denn vielleicht war es ein Zeichen von ihr. Manchmal ist es ja so, du willst es nicht, und dir geht was kaputt. Du denkst, dass es bloß nicht kaputtgeht, und schon ist es kaputt. Du passt auf, und alles umsonst. Bloß, wenn man in Eintracht lebt, ist der Verlust irgendwie nicht so schwer. Eins tröstet das andre. Und wenn er nicht tröstet, sagt er zumindest nichts. Und wenn er was sagt, bereut ers hinterher. In der Eintracht ist der Zorn nur halb so schlimm. Die hätten sich doch auch zanken, sich gegenseitig beschimpfen können und nicht alles gleich zerschmeißen. Da wärs schon besser gewesen, er hätte sie verprügelt, denn sie, dieser Teufelsbraten, war ja schuld. Und weshalb? Selbst wenn er eine andere angelächelt hat. Manchmal betrügt einer den andern, und sie zerschmeißen trotzdem nichts. Obwohl, Betrug würde ich nicht verzeihen. Aber Teller würde ich auch nicht zerschmeißen. Was ist das für ein Leben, zerschmeißen, zerschmeißen, und dann lies das mal auf.«

Mitunter kam die Mutter jedoch ebenso niedergeschlagen von den Fräulein Poncka zurück wie sie zu ihnen gegangen war. Sie trug keinen von diesen Tangos auf den Lippen, und überhaupt war ihr nicht nach Reden zumute, nur ihre Augen waren ausgetrocknet vom vielen Weinen. Allenfalls sagte sie so wie nebenbei:

»Arm dran ist diese Ewelina, arm dran ist diese Róża, arm sind sie beide dran.«

Oder:

»So jung, diese Ewelina, so jung diese Róża, jung sind sie beide, hübsch, gut gebaut und kleiden sich so geschmackvoll und haben und haben kein Glück.«

Und wenn sich der Vater, wie gewöhnlich, wenn es um die Fräulein Poncka ging, leidlich Interesse abrang und fragte:

»Und wieso sind sie so arm dran?«

»Eben so«, antwortete sie dann kurz und war zu weiteren Äußerungen nicht zu überreden.

Hübsch waren die Fräulein Poncka, das ist wahr. Die Leute in Rybitwy pflegten zu sagen, wie Künstlerinnen. Einmal fragte mich jemand sogar so nach ihnen, weißt du nicht, wo hier diese Künstlerinnen wohnen? Jeden Tag anders gekleidet, immer eine Brosche, eine Blume am Kleid, immer in Schuhen mit hohen Absätzen, immer mit lackierten Fingernägeln. Und erst das Haar, zu üppigen Flechten verschlungen, umrahmte es die zierlichen Köpfchen wie der Heiligenschein auf den Heiligenbildern.

Nun, aber vor allem war es durch die Fräulein Poncka nicht so grau in Rybitwy. Es gab was zu erzählen, was zu hören, und nicht nur, wer im Krieg zu Tode gequält, verbrannt, verschleppt worden und wer aus ihm noch nicht heimgekehrt war. Und weil sie ihre Rolle schätzten, grüßten alle in Rybitwy sie auch als erste, oh, Fräulein Ewelina, oh, Fräulein Róża, wie die Künstlerinnen. Und sie, immer mit einem Lächeln, freundlich, erhoben sich über niemanden, blieben mit jedem gern stehen, erkundigten sich nach der Gesundheit, dem Mann, der Frau, den Kindern, und unterstützten auch öfters einen, der in Not war oder sonst was brauchte, denn sie hatten angeblich Bekanntschaften an oberster Stelle in der Stadt. Doch sie waren nicht nur Objekt der Bewunderung, sondern auch des Neids. Denn hinter ihrem Rücken nannte sie keiner anders als diese Huren. Die Ponckas, diese Huren. In Rybitwy kursierten auch oft Geschichten, was sich in den Nächten so abspielte bei den Ponckas, diesen Huren. Hoho, die suhlen sich noch jetzt in ihren Lotterbetten.

Ich glaubte all diese Geschichten nicht recht, wir mussten es ja am besten wissen, wenn die Fräulein Poncka, wie die Leute es nannten, ein Lotterleben führten. Sie wohnten über unseren Köpfen. Und an der Stubendecke war lediglich das sanfte Auftreten ihrer Füße zu hören und bisweilen, vielleicht etwas lauter als gewöhnlich, die Tangomelodien.

Oft horchte ich, während ich tat, als ob ich schliefe, zur Decke hinauf, um verdächtige Stimmen, Gelächter, Gekreische aufzuschnappen, ja ich versuchte, in meiner Vorstellung diese Stubendecke zu durchdringen, weil ich vielleicht eher etwas hörte, wenn ich mir ausmalte, wie sie da eben herumlotterten, bei rotem Licht, denn oft hieß es, die ganze Nacht über hätte in ihren Fenstern rotes Licht gebrannt. Doch nichts, nur dieses sanfte Auftreten und mitunter vielleicht etwas lautere Tangomelodien. Und schon gar nicht ließ ich den Gedanken zu, die Fräulein Poncka könnten mit jedem Dahergelaufenen. Denn so hieß es von den Huren. Ach, das ist eine, die mit jedem Dahergelaufenen, selbst die Mutter sagte das manchmal über eine. Jedoch nie über die Fräulein Poncka. Die Fräulein Poncka nahm sie immer in Schutz. Und auf das Hergeziehe der Leute erwiderte sie, nicht mit jedem meint das Leben es so, wie er es gern möchte, denn auch wenn jeder für das Glück geschaffen ist, begegnet es selten einem, sie wären bestimmt gute Ehefrauen, wenn ihr Leben anders verlaufen wäre. Aber vielleicht renkt es sich noch ein, jung wie sie sind.

Und so behandelten die Fräulein Poncka die Mutter fast wie eine ältere Schwester. Und tauchten alle Nase lang bei uns auf, mal Ewelina, mal Róża. Andauernd brachten sie was an, um uns was abzugeben, für sie sei es zu viel, dann wieder, um ein neues Jäckchen, neue Schuhchen vorzuführen, bald um sich Rat zu holen, wie viel Eier sie in den Piroggenteig schlagen sollten, denn sie hatten Appetit auf Heidelbeerpiroggen, und grade geht eine Frau mit Heidelbeeren herum, oder um sich nach Vaters Gesundheit zu erkundigen, vielleicht braucht er eine Medizin, sie wollten gerade zur Apotheke. Und gar wenn sie eine neue Schallplatte hatten, dann kamen sie immer aufgeregt angerannt, als sei etwas Wichtiges passiert, und sie schleiften die Mutter mit, sie muss sie sich anhören.

Die Mutter jedoch spürte sofort, ob sie nur deshalb kamen oder wegen einem Herzeleid. Und selbst wenn sie beim Mittagmachen war, notfalls trug sie dem Vater auf, acht zu geben, dass nichts überkochte, und sie ging mit dem Fräulein Ewelina oder dem Fräulein Róża wenigstens auf die Bank vors Haus und hörte sie dort an. Der Vater brummte für gewöhnlich, sie hätte sagen können, sie sollten nach dem Essen wiederkommen, als wär das so brandeilig, denn bei ihm genossen die Fräulein Poncka nach wie vor keine große Gunst. Worauf die Mutter erwiderte, das Essen kann warten, aber ein Herzeleid nicht. Denn wenn den Menschen was schmerzt, ist das als ob ihm der Boden wegrutscht unter den Füßen. Vor Hunger aber knurrt ihm höchstens der Magen. Nun, und ein Mensch muss für den andern sein wie ein Beichtstuhl, auch wenn da kein Pfarrer und kein Herrgott hinterm Gitter sitzt, ihm ist hinterher leichter, wenn er sich jemandem anvertraut hat, verstehst du das nicht?

Denn sie hatte für jedes menschliche Problem so viel Verständnis, als lebte sie schon wer weiß wie lang auf Erden und hätte schon alles durchgemacht, kein Gram, keine Qual, kein Schmerz war ihr fremd, dabei war sie nur ebenso viel älter als die Fräulein Poncka, wie sie jünger war als der Vater. Man könnte sogar sagen, sie war begierig auf fremdes Unglück. Das hatte jedoch nichts gemein mit jener Begierde, die die gewöhnliche Neugier zu befriedigen trachtet oder auf Abwechslung im eigenen Leben aus ist. Denn immer verstand sie es, in sich so viel Trost für den anderen zu finden, wie sie für sich selbst nie aufbrachte, und der ihr anvertraute Kummer wurde zu ihrem eigenen Kummer.

»Mein Gott, dass doch manchmal jemandem gar so alles schief geht, und man weiß nicht, wieso«, sann sie gewissermaßen allgemein über den Menschen nach, obwohl leicht zu erraten war, dass es um das Fräulein Ewelina oder das Fräulein Róża ging. Vielleicht war sie, indem sie mit solcher Bereitwilligkeit an fremdem Unglück teilnahm, nur auf der Suche nach einer Weisheit, die sie in den Stand setzte, das eigene Unglück zu verstehen, sich mit dem eigenen abzufinden.

Deshalb lohnten es die Fräulein Poncka der Mutter mit der dankbarsten Dankbarkeit. Oft war ich unfreiwillig Zeuge jener überschäumenden Dankbarkeit, mit Ihnen ists wie mit der leiblichen Mutter, besser noch, der leiblichen Mutter würde man das nicht alles erzählen. Und sie bekräftigten ihre Dankbarkeit für gewöhnlich mit etwas, mal mit Strümpfen, mal mit einer Bluse, die noch ganz neu, mal mit einem Rock, der so weit gut war, dass sie ihn wenigstens daheim noch tragen konnte, mal mit einem Pullover, aus dem die Mutter dann für mich einen Pullover machte, mal mit einer Crème für die Nacht, mit Haarklemmen, einem Kragen für ein Kleid.

Nein, die Fräulein Poncka konnten keine Huren sein. Huren kamen in das Haus von Kuferblum, das sah ich. Und in Büchern las man manchmal was von Huren. Nicht in denen, die ich vor den Augen der Mutter, des Vaters las, versteht sich. Denn in denen winkten die Frauen mit Tüchlein, seufzten, beteten, weinten, wenn sie von ihren Rittern, Seefahrern, Helden zahlreicher Aufstände Abschied nahmen, oder sie standen am Ufer des Meeres, auf den Zinnen von Burgen, unter Kreuzen, Heiligenfiguren, ihrer Rückkehr harrend. Die Huren dagegen standen abends in den Straßen herum, wackelten mit dem Hintern, zeigten die Knie und höher hinauf, bändelten an, beschwatzten, na, und sie verkauften ihren Körper, und wem, das war ihnen egal, Hauptsache teuer verkaufen.

Die Fräulein Poncka indessen sah nie jemand irgendwo herumstehen. Sie hielten sich meist zu Hause auf, hörten Tangos, manchmal kochten sie, wuschen, bügelten, und wenn Männer zu ihnen kamen, dann ganz normal zu Besuch, was die Mutter meist bestätigte, obwohl der Vater über Mutters Worte höhnte, wie naiv du doch bist, von wegen zu Besuch, aber glaub du das ruhig.

Ich war auf Seiten der Mutter, versteht sich, doch es interessierte mich, was sich hinter dem Hohn des Vaters verbarg, von wegen zu Besuch, glaub du das ruhig, und ich begann diesen Besuchern nachzugehen.

Ich machte mir sogar einen Bogen und richtete mir hinterm Haus, dem Hügel zu, nicht weit von der Tür der Fräulein Poncka, einen Schießstand ein, indem ich am Stamm einer alten Kastanie eine Zielscheibe aus Papier aufhängte. Oder ich übte Sprünge auf der Treppe, genau gegenüber der Tür, aus dem Stand, mit Anlauf, von oben herunter, nach oben hinauf, oder ich schoss zur Abwechslung eine leere Konservendose mit dem Fuß in ein Tor, das ich aus zwei Steinen errichtet hatte. Und das manchmal bis in den späten Abend. Und jedem der Besucher wünschte ich, als hätte mich das Fräulein Róża oder das Fräulein Ewelina darum gebeten, während er sichtlich auf ihre Tür zusteuerte, einen guten Tag, wenn es noch Tag, oder einen guten Abend, wenn es schon Abend war. In diesem einen, einzigen Fall befolgte ich also voll und ganz die Ermahnungen der Mutter, in Rybitwy alle, die älter waren als ich, zu grüßen, alldieweil Höflichkeit noch nie jemandem geschadet hat und damit sich keiner untersteht, ihr vorzuhalten, ich bin schlecht erzogen. Die Mutter wäre also bestimmt stolz auf mich gewesen, wenn sie gesehen hätte, wie ich mich bemühte, jedem unter die Augen zu treten und ihm einen guten Tag zu wünschen, wenn es noch Tag war, oder einen guten Abend, wenn es Abend war.

Im allgemeinen waren sie elegant, ich kann es nicht anders sagen, Anzug, Schlips, Mantel, manche mit Hut, manche mit Aktentasche, ja mit Schirm, auch das kam vor, wenn es gerade regnete. Man sah, sie gehörten zur besseren Gesellschaft, was mich vermuten ließ, auch die Fräulein Poncka müssten zur besseren Gesellschaft gehören, und wenn sie in Rybitwy wohnten, dann vielleicht nur zur Tarnung, denn es war keine gute Zeit für die bessere Gesellschaft. Man hörte sogar, es seien Leute aus der besseren Gesellschaft verhaftet worden. Wohl deshalb wirkten manche von den Besuchern verstört, schauten nicht geradeaus, sondern zu Boden, oder gingen irgendwie seitlich. Manch einer schlenderte herum, blieb stehen, blickte sich um, ob ihn auch keiner sah, bevor er seine Schritte endlich auf die Wohnungstür der Fräulein Poncka zu lenkte. Mitunter zog einer den Kopf zwischen die Schultern, stellte den Mantelkragen hoch, rückte den Hut, die Mütze tiefer, oder er verkroch sich ganz unter dem Schirm, wenn es gerade regnete. Und allesamt klopften sie sacht, ganz sacht an die Tür, wie mit Vogelschnäbelchen. Es war fast ein Wunder, dass die Fräulein Poncka so ein Klopfen hörten. Kurz gesagt, sie machten eher den Eindruck, als schlichen sie zu einer Geheimversammlung und nicht, als kämen sie zu Besuch zu den Fräulein Poncka, und als sei der Krieg für sie noch nicht zu Ende. Andere wieder erschienen, wenn es schon ziemlich dunkel und noch andere, wenn der Abend endgültig hereingebrochen war.

Darum vielleicht antwortete mir selten einer höflich auf meinen höflichen Gruß. Für die meisten war dieses mein Guten Tag oder Guten Abend wohl keineswegs so angenehm, im Gegenteil, oft versetzte es sie geradezu in Panik.

Manchmal ließ ich einen bis dicht vor die Tür, und wenn er eben den Finger krümmte, um anzuklopfen mit diesem Vogelschnäbelchen, tauchte ich wie zufällig neben ihm auf mit meinem Guten Tag, wenn es Tag, oder Guten Abend, wenn Abend war. Oder ich grüßte einen zur Abwechslung schon von weitem, wenn er noch nicht ahnte, dass man ihm längst ansah, wohin er ging.

Man könnte meinen, was ist schon dabei, wenn einer Guten Tag sagt oder Guten Abend, obendrein wenn es ein herumlungernder Bengel sagt, aber mancher von ihnen wurde regelrecht steif vor Schreck, als stürzte ich mich unverhofft mit Indianergeheul auf ihn. Mancher riss ruckartig den Hut herunter, wenn er gerade im Hut war, als wollte er die Taktlosigkeit wiedergutmachen, dass er mich nicht als erster gegrüßt hatte. Mancher brummte kurz etwas zurück und wandte sofort den Kopf ab, wie von etwas abgelenkt, damit ich nur ja sein Gesicht nicht genau sah. Und manch einer gab, sicherlich überzeugt, dass er, wenn er nicht Laut gab, auch unsichtbar blieb und also nicht verriet, wohin er strebte, gar keine Antwort. Mancher wiederholte, hocherstaunt, wieso man ihn hier unerwartet wie im vornehmsten Hotel begrüßte, ein paarmal, ah, Guten Tag, Guten Tag, Guten Tag oder Guten Abend, Guten Abend, Guten Abend, als verwahrte er sich auf die Art gegen den Verdacht, er wolle zu den Fräulein Poncka.

Es geschah jedoch auch, dass jemand, statt mir mit einem ebensolchen Guten Tag oder Guten Abend zu antworten, zischte, scher dich, Rotzbengel. Ich geb dir einen Tritt in den Hintern, dass dirs vergeht. So einen erkannte ich übrigens sofort, weil er sich weder mit dem Mantelkragen noch mit dem Hut abschirmte, sich nicht umsah, nicht stehenblieb, sondern forsch ausschritt, den Kopf hoch erhoben und von oben herab blickte, als wollte er nachgerade, dass alle sahen, wohin er ging und wozu. Und er klopfte nicht wie ein Vogelschnäbelchen an die Tür, sondern schlug mit der ganzen Hand ans Fenster, zerrte an der Klinke und rief, he da, macht auf, Mädels! Denn auch solche kamen manchmal zu Besuch zu den Fräulein Poncka, allerdings selten, und nicht immer machten die Fräulein Poncka auf, obwohl ich wusste, sie sind zu Hause.

Einmal blieb einer auf meinen höflichen Gruß hin verblüfft stehen und fragte dann:

»Kennen wir uns? Wir kennen uns nicht. Also worum geht es? Wir können uns aber bekanntmachen. Wiktor mein Name. Sie nennen mich Baca. Und wer bist du?«

»Piotr.«

»Dann haben sie dir aufgetragen, so Guten Tag, Guten

Abend zu sagen? Oho, ich sehe, sie entfalten ihr Geschäft. Und was zahlen sie dir dafür? Nichts? Dann hast du hier ein paar Złoty.«

Und er war es, der mich auf den Gedanken brachte, ich könnte an dieser meiner Höflichkeit verdienen. Obgleich es mit meiner Verdienerei bald vorbei war, weil mich eines Tages einer ernstlich erschreckte. Dickbäuchig war er, im Hut und mit Aktentasche. Ich sagte ihm Guten Abend, obwohl ich ihm vielleicht hätte Guten Tag sagen sollen, denn die Sonne war eben erst hinter dem Hügel versunken, und er erstarrte urplötzlich, als drückte ihm jemand die Pistole in den Rücken und brachte erst nach einer Weile ein Eh, Hm hervor, drehte sich langsam zu mir um und sagte:

»Da hast du mir aber einen Schreck versetzt, mein Junge. Und ich hab ein schwaches Herz.« Und er steckte die Hand unters Jackett und befühlte dieses Herz. »Alles durch diesen Krieg. Er ist sozusagen aus, doch in den Menschen, weißt du, da steckt er noch. Tja, und man hat allerhand mitgemacht. Oh, wie das pocht. Es will heraus. Die Zeit seines Abflugs ist wohl nahe.« Seine Stirn war dicht mit Schweißperlen benetzt. Er nahm den Hut ab, fächelte sich Luft zu, während er zugleich besorgt nach den Seiten Ausschau hielt, und obwohl wir einander gegenüberstanden, sprach er in den Himmel, ohne mich auch nur anzusehen. Dann zückte er ein Taschentuch und wischte sich die Stirn, setzte den Hut wieder auf. »Du gestattest, dass ich meine Medizin einnehme.« Und er zog ein Röhrchen mit Pastillen aus der Jackentasche, nahm eine Pastille unter die Zunge. »Diese Fräuleins wohnen also hier? Und du vielleicht bei ihnen? Der Bruder oder der Sohn? Ich hatte einen Sohn in deinem Alter. Aber mal abgesehen, warum hast du mir, einem Unbekannten, Guten Abend gesagt? Es ist zwar noch Tag, du hättest also Guten Tag sagen müssen, aber das tut nichts zur Sache. Offenbar verfolgst du einen Zweck. Vielleicht haben sie dir das aufgetragen? Gut, ich dringe nicht in dich, auch du musst deine Geheimnisse haben. Wie jeder. Vielleicht ist sogar nur wichtig, was von Geheimnissen umwoben ist. Dass ich hier bin, ist auch ein Geheimnis. Ich war noch nie bei solchen. Immer mit der eigenen Frau, wie es Gott befiehlt. Doch einmal muss man es wagen. Gibst du ihnen Bescheid? Du könntest fragen gehen, ob sie mich empfangen. Ich möchte nicht aufdringlich sein. Ich denke, du verstehst. Du siehst aus, als wärst du ein gescheiter Junge. Durch diesen Krieg verstehen auch die Kinder mehr als früher. Und oft mehr als die Erwachsenen.« Wieder zückte er das Taschentuch und wischte sich die schweißnasse Stirn. Und als suchte er etwas in der Innentasche seiner Anzugjacke, begann er von neuem sein Herz abzutasten. »Es fliegt davon, ich fühle es. Vielleicht sind es seine letzten Augenblicke bei mir. Es schlägt noch, aber bestimmt gesellt es sich bald der Herde zu. Der Herde der gestorbenen Herzen. Hübsch, nicht? Ich hab mal so ein Gedicht gelesen. Dass jemandem so was in den Sinn kommt.« Unvermittelt, als sei ihm etwas eingefallen, griff er in seine Hosentasche. »Hier, das ist für Bonbons. Aber du hast mich hier nie gesehen, merk dir das.«

In der Nacht weckte uns ein lautes Klopfen am Fenster. Ewelina oder Róża wollte unbedingt mit der Mutter sprechen, und die Mutter ging im Morgenrock zu ihnen hinaus. Irgendwie blieb sie lange weg, denn bevor sie zurück kam, war ich wieder eingeschlafen. Am nächsten Tag stellte sich dann heraus, dass einem während seines Besuchs bei den Fräulein Poncka schwach geworden war. Ich erfuhr jedoch nicht, ob eben dem, der gesagt hatte, sein Herz fliege davon, weil die Mutter mir mehr nicht sagen wollte, den Fräulein Poncka aber war nicht mal anzumerken, dass einem bei ihnen schwach geworden war.

Ich drückte mich also weiter in der Nähe ihrer Tür herum, doch nun ohne großen Eifer, und ich sagte auch selten einem Besucher Guten Tag, wenn es noch Tag war, oder Guten Abend, wenn es Abend war. Zumal mich die Mutter einmal unverhofft fragte:

»Was bist du mit mal so höflich? Unsere Fräuleins beklagen sich schon, dass du ihnen die Gäste verscheuchst. Kommt das so über dich oder was? Zu höflich musst du auch nicht sein, sonst bringt einer es fertig und denkt, du willst was von ihm.«

Ich tat, als verstünde ich nicht, worum es ihr ging, sie hatte mir doch befohlen, alle Älteren in Rybitwy zu grüßen, sollte ich nun grüßen oder nicht? Der Mutter wiederum erschien es nicht sehr passend, die Sache restlos zu klären.

Ich tat das den Fräulein Poncka übrigens durchaus nicht zum Possen. Wie sollte ich? Ich ging ja Tag für Tag zu ihnen zum Kakao, und wann immer sie von jemandem eine Bonboniere bekamen, gleich riefen sie mich, komm, komm, Piotruś, bedien dich. Und wenn mich eine unter ihren Fenstern vorbeigehen sah, komm, Piotruś, du isst ein Schnittchen mit. Und einmal schlang mir Ewelina oder vielleicht Róża einen Schal um den Hals und sagte, hübsch siehst du aus, Piotruś. Behalt ihn. Ein andermal ließ sie mich ganz neue Militärstiefel anprobieren, mit dicken Gummisohlen, Schnallen überm Knöchel. Und sie beugte sich sogar zu meinen Füßen hinunter, um mir diese Schnallen zu schließen und zu sehen, wo meine Zehen steckten. Ein bisschen zu groß. Aber du ziehst doppelt Socken an, und die Spitzen kann man mit Watte ausstopfen, dann hast du was für den Winter. Ein Offizier hat sie uns dagelassen. Sie behandelten mich übrigens, als gehörte ich zur Familie.

Und erst später, als ich aufs Gymnasium ging und besonders, als ich schon studierte und, wenn ich die Mutter besuchte, auch bei ihnen vorbeisah, rannten sie, kaum hatten sie bei meinem Anblick freudige Schreie ausgestoßen, so überrascht waren sie, huch, hach, der Herr Piotr, zum Spiegel, schubsten und drängelten sich davor, um das Haar zu richten, die Brauen, die Wimpern zu korrigieren, die Lippen nachzumalen, die Näschen zu überpudern, die Dekolletees zu parfümieren oder wenigstens die ohnehin tadellos sitzenden Kleider glatt zu streichen. Obwohl sie, seit ich den Fuß über die Schwelle unseres Souterrains gesetzt hatte, wussten, dass ich gekommen war, denn sie hatten mich entweder selbst erspäht oder die Mutter war, sozusagen verstohlen und ganz insgeheim, sofort zu ihnen gerannt, um zu vermelden, der Sohn ist gekommen, und sie warteten, längst fertig, angeputzt, mit Halsketten behängt, mit Broschen, Ringe an den Fingern, angemalt, einparfümiert, und aus dem Grammophon erscholl schon ein Tango, den sie gerade gehört haben wollten. Dieser Tango war ein Trick, der ihnen erlaubte, ihre Verwirrung zu verbergen und, vor allem, um überzuleiten zu den ersten Worten:

»Bestimmt mag der Herr Piotr Tangos nicht. Dann stell leiser, Ewelina, stell leiser, Róża. Oder mach ganz aus. Was ist in der großen Welt denn jetzt so Mode, Herr Piotr? Ach, ja, ja. Wir haben mal so eine Platte geschenkt bekommen. Nicht anzuhören. Das Herz macht, statt zu seufzen, gleich einen Satz. Da bleiben wir lieber bei den Tangos, Herr Piotr. Schönere Melodien wirds nie für uns geben.«

Und auf dem Tisch standen stets Wein, Törtchen, manchmal eine Bonboniere, gewissermaßen einfach so, wie halt immer bei ihnen, und nur wie nebenbei forderten sie mich auf, bitte, bedienen Sie sich. Ein Schlückchen Wein vielleicht? Wie nett, dass Sie uns nicht vergessen haben, Herr Piotr. Was macht das Studium? Was macht Frau Anna? Und nicht der allerkleinste Missgriff in Worten, im Ton, nicht die allerleiseste Erinnerung an die Zeit, da ich zu ihnen zum Kakao gekommen war. Und nach einer Weile sprang eine von ihnen auf, Sie trinken doch einen Tee, Herr Piotr? Und kaum war sie in die Küche verschwunden, kam sie schon zurück, mit klirrendem Tablett, darauf Tassen, Zuckerdose, nun und eine Kanne mit diesem Tee, denn auch der Tee hatte schon fertig auf mein Erscheinen gewartet. Und sie erlaubten es sich nicht, auch nur im Scherz einzuwerfen, möchten Sie nicht doch lieber Kakao, obwohl ich nach wie vor gern Kakao trank.

Doch als ich noch zum Kakao zu ihnen gegangen war, hatten sie mich meist im Morgenrock empfangen, in Hausschuhen, mit zerstrubbeltem Haar, wie eben aus dem Bett gestiegen, nicht angemalt, nicht gepudert, irgendwie fahl, farblos, geradezu sich selbst nicht ähnlich, den schicken, eleganten Fräulein Poncka. Eine brachte den Becher mit dem Kakao aus der Küche, stellte ihn vor mich hin und sagte kurz, trink. Und erst vor mir kleideten sie sich an, legten den Morgenrock ab, zogen sich Strümpfe an die Beine, und zwar so hoch hinauf, dass das Bein fast schon zu Ende war, oder sie wechselten den Unterrock, weil der alte zum neuen Kleid nicht passte, und keiner von ihnen wäre eingefallen, auch nur zu sagen, dreh dich um, Piotruś, oder schau nicht her, Piotruś. Ich musste also aus eigenem Willen nicht hinschauen und tat, als tränke ich begierig meinen Kakao und sog mich mit dem Geschmack des Kakaos voll.

Unter allen Besuchern der Fräulein Poncka fiel der Hauptmann Jefremow besonders auf. Und nicht nur, weil er gut aussah und jung war und obendrein der einzige in Uniform. Er war es, der ihnen die Militärstiefel dagelassen hatte, die ich später bekam. Außer den Stiefeln hinterließ er im übrigen noch eine Menge anderer Dinge, eine Rubaschka[45] und Hosen und eine Wanduhr, die jede Stunde schlug, und das so laut, dass man es bis zu uns ins Souterrain hörte. Er hinterließ auch einen Sessel, ein wenig ramponiert, aber mit so reichen Schnitzereien an Beinen und Lehne, dass die Mutter Verdacht schöpfte, er müsse aus dem Schloss sein. Er hinterließ einen Leuchter, bestimmt auch aus dem Schloss, ja sogar einen ganzen Ballen Stoff für Fenstervorhänge. Hinterher hatten alle in Rybitwy Vorhänge aus diesem Stoff, weil ihn die Fräulein Poncka für ein Spottgeld verkauften. Bei uns vorm Fenster hingen auch solche, und außerdem nähte sich die Mutter aus diesem Stoff ein Sommerkleid, denn sie hatte so viel davon von den Fräulein Poncka bekommen. Und noch lange sagten die Fräulein Poncka, während sie dies und das gewissermaßen aus den Winkeln des Vergessens hervorkramten, ja das hat uns so

[45] typisches »Russenhemd«

ein Offizier dagelassen, und sogar nach Jahren, ja das hat uns so ein Offizier nach dem Krieg dagelassen, ohne je zu sagen, der Hauptmann Jefremow, ohne ihn wenigstens bei Vor- und Vatersnamen zu nennen, Michail Semjonowitsch, oder, wie sie damals noch zu ihm gesagt hatten, der Mischa.

Gewiss, er hatte sie nicht lange besucht. Aufgetaucht war er zusammen mit der Nachricht, die eines Tages in Rybitwy umging, im Collegium Gostomianum liege von der Front ins Ruhequartier abgezogenes russisches Militär. Und zusammen mit diesem Militär war er nach drei Wochen wieder abgefahren. Und die Fräulein Poncka konnten nicht einmal sagen, kommt er oder kommt er nicht zurück, nur so viel, dass er sich nicht einmal verabschiedet hatte. Und sie seufzten ihm nach, so jung, ach, so jung, denn unter ihren Bekannten war nur ich noch jünger. Er fiel aber unter all ihren Besuchern auch noch dadurch auf, dass er täglich kam und zu verschiedenen Zeiten, morgens, mittags, um die Dämmerstunde, abends, in der Nacht, und mitunter zwei, dreimal am Tag. Und er verheimlichte das nicht. Im Gegenteil, wenn er gekonnt hätte, er hätte ganz Rybitwy mitgeteilt, er geht zu den Fräulein Poncka. Er hatte es übrigens nahe, nur den Hügel hinunter, zumal er niemals die Treppe benutzte, sondern auf dem kürzesten Weg den Hügel hinabrutschte, und ebenso kehrte er zurück, über den Hügel nach oben.

Manchmal waren sie seiner müde, ja sie versteckten sich vor ihm, er aber, er konnte sich nie damit abfinden, dass er sie nicht antraf. Er hämmerte gegen die Fenster, gegen die Tür und fluchte, schimpfte sie diese und jene, und es kam vor, dass er die Pistole zückte und ihnen mit dieser Pistole drohte, er erschießt sie, *jej Bohu*[46], er erschießt sie. Mitunter jagte er sogar fuchsteufelswild durch Rybitwy und fragte die Leute, wo diese und jene steckten. Manchmal stürzte er zu uns herein, aber die Mutter wusste ihn immer irgendwie zu beruhigen und die Fräulein Poncka vor ihm in Schutz zu nehmen:

[46] (ukrain.) hier: bei Gott!

»Bitte, setzen Sie sich doch, Herr Hauptmann. Man muss das Leben nicht gleich so nervös angehen. Sie sind jung, sehen gut aus. Und in dem Alter schon Hauptmann, Sie werden bestimmt bald General. Die beiden sind hier hin, da hin oder zu Verwandten aufs Land gefahren und kommen heut wohl nicht mehr heim. Es ist nicht so einfach jetzt mit dem Zurückkommen. Geradeso wie mit dem Fahren, wenn man muss.«

Und wenn der Vater noch was auf russisch sagte, dann war der Hauptmann Jefremow eine Seele von Mensch. Er zog Fotos von seiner Frau, seiner Tochter hervor und freute sich auf das baldige Wiedersehen. Berlin ist erobert, sie müssen sich nur noch zurückholen, was man ihnen im Krieg weggenommen hat, nun und ein paar Dinge erledigen, vor allem aber soll es auch bei uns keine Ausbeuter mehr geben, sondern alles Gleiche, dann gehn sie zurück. Er versprach zu schreiben, wenn er zurück war, denn wir müssten zu ihnen kommen, danach kommen sie zu uns, denn er will seiner Frau und seiner Tochter zeigen, wo er sein Blut vergossen hat.

Und er ließ immer da, was er für die Fräulein Poncka mitgebracht hatte, er wollte es nicht wieder ins Quartier mitnehmen, doch er bedang sich aus, es ihnen nicht zu geben, er kommt morgen und gibt es ihnen selbst.

Kein Wunder also, dass sie sich, immer wenn sie sich vor dem Hauptmann Jefremow versteckt hatten, hinterher vorwarfen, sie hätten sich albern benommen, wie dumme Dinger, ja sich gegenseitig beschuldigten, Róża sei was in die Nase gefahren oder Ewelina habe sich erschöpft gefühlt, und wovon? Sich verstecken oder nicht verstecken vor dem Hauptmann, das war also für gewöhnlich ihr größter Zwiespalt. Mehr als einmal vertrauten sie sich darin der Mutter an, besonders wenn sie sich nicht einig werden konnten, oder wenn der Zwiespalt die Gestalt von Gewissensbissen, von Klagen, von Seufzern annahm. Manchmal schnappte ich was davon auf, ich wusste also, dass es um den Hauptmann Jefremow ging, obwohl mich die Mutter in der Regel wegjagte, wenn sie mit ihnen auf der Bank vor dem

Haus saß und sich ihre Zweifel anhörte. Ach, dieser Mischa. Lieb ist er, gut ist er. Und so jung. Aber so oft, das geht nicht, und er vertreibt uns die Gäste. Der Richter war schon so lange nicht bei uns. Und der vom Komitee hat regelrecht Angst vor ihm. Er sagt, wir sollen aufpassen, er ist vom Enkawede. Wissen Sie nicht, was das ist? Womöglich irgendeine Krankheit? Ach du lieber Gott.

Ich wusste, was Enkawede bedeutet, und am nächsten Tag, beim Kakao, sagte ich beiläufig, heute nacht hat der Enkawede mehrere Personen in der Stadt verhaftet. Das hatten die Leute beim Bäcker erzählt, die Mutter hatte mich am Morgen nach Brot geschickt. Und plötzlich klatschten sie beide vor Freude in die Hände und begannen mir mit diesen duftenden kleinen Händen den Kopf zu streicheln, so samtig, dass ich den Geschmack des Kakaos kaum wahrnahm oder er mir jedenfalls nicht mehr so gut wie sonst vorkam. Dann setzten sie mich in einen Sessel an den Tisch, stellten eine große Bonboniere vor mich hin und redeten mir zu, mich zu bedienen, ich könnte sogar alles aufessen. Und eine von ihnen flüsterte über meinem Kopf:

»Na, siehst du. Wir haben uns unnötig so geängstigt.«

Ich kann indes nicht behaupten, mich hätte, was die Leute in Rybitwy über die Fräulein Poncka sagten, überhaupt nicht bekümmert. Ich erstickte alle Bedenken in mir, aber das verschlug nicht viel. Und vielleicht war es genau damals, dass ich die Grenze meiner kindlichen Naivität überschritt, wenn auch nicht auf einmal. Ich kam wie gewöhnlich nach Hause gerannt, und die Mutter saß mit Ewelina auf der Bank, und ich hörte nur mit halbem Ohr, denn meine Aufmerksamkeit war auf etwas anderes gerichtet, die Worte, die mir entgegen wehten. Ach, was der mit mir angestellt hat, sag ich Ihnen. Ein Tier. Und mit Róża genauso. Und die Mutter, die mich heranstürmen sah, konnte nur noch flüstern pssst, was ich schon deutlich vernahm, und warnend Ewelinas Hand berühren. Das gab mir zu denken, ja ich fühlte mich innerlich verletzt, die Wunde war vielleicht nicht groß, doch sie begann rasch zu wachsen.

Ich machte mich an die Hausaufgaben, aber ich begriff nichts von dem, was der Herr Lehrer mir aufgegeben hatte. Der Vater fragte mich, was hat der Herr Lehrer dir aufgegeben, denn er fragte mich immer, und ich konnte ihm nicht sagen, was er mir eigentlich aufgegeben hatte. Ich ließ also die Aufgaben sein und ging nach draußen. Ich wusste nicht, wohin ich wollte. Aber irgendwie lenkte mich etwas von allein, und ich erklomm den Hang bis fast zur Spitze des Hügels, wo ich im Gebüsch ein Versteck besaß, das ich aufsuchte, wenn mich die allertiefste Schwermut befiel, denn ein zweites, für gewöhnliche Rückzüge, hatte ich nahe beim Haus, damit ich hörte, wenn mich die Mutter rief, und ein drittes hinter der Molkerei im Holunder.

Ich setzte mich hin, die Sohlen fest in die Grasbüschel gestemmt, um nicht abzurutschen, legte den gedankenschweren Kopf auf die Knie und starrte dumpf in die weite Ebene vor mir. Über die ferne Eisenbahnbrücke rollte gerade ein Zug, doch man hörte ihn nicht. Und die Weichsel floss, als flösse sie nicht, als wüsste man nicht, in welche Richtung sie floss, man hätte meinen können, sie flösse rückwärts. Und die Pfefferberge muteten nicht an wie Berge, sondern lediglich wie eine Anstauung dieser weiten Ebene, die irgendwohin, weit fortdrängte, gegen den Horizont. Und ich konnte mich der Überzeugung nicht erwehren, dass hinter diesem Horizont die Welt zu Ende war. Und etwas lockte mich, aufzustehen und loszugehen und diese Grenze zu überschreiten.

Nach dem einen Zug rollte der nächste Zug hinüber, nicht lange drauf wieder der nächste, denn die Züge fuhren jetzt fast ohne Pause. Die Leute sagten, die fahren das jetzt aus Deutschland raus wegen diesem Krieg, bis sie ganz Deutschland rausgefahren haben, und es gibt kein Deutschland mehr, und überall ist Russland. War dann vielleicht auch wahr, was die Leute über die Fräulein Poncka sagten? Und wer konnte dieses Tier sein, dass die Mutter die Hand auf Fräulein Ewelinas Hände hatte legen und flüstern müssen pssst… Der Hauptmann Jefremow war doch lange abgereist und hatte ihnen, vielleicht in einer Vorahnung, dass er bald abreisen würde, zu guter Letzt noch eine Nähmaschine gebracht, obwohl ohne Beine, bloß das Oberteil. Damals hätten sie nie vermutet, wie nützlich diese Maschine noch einmal für sie sein würde. Sie kauften irgendwo Beine dazu, oder jemand machte sie für sie, und sie verlegten sich aufs Nähen, zuerst benähten sie Rybitwy und später auch verschiedene Damen aus der Stadt, ja sie wurden berühmt dafür, von allen Schneiderinnen in der Stadt den besten Geschmack zu haben. Bei den Brautkleidern aber konnte angeblich gar keine mit ihnen mithalten. Und so waren sie denn, noch ehe Rybitwy verschwand, in die Stadt gezogen, hatten eine Wohnung am Markt gemietet und nähten dort weiter. Der Hauptmann Jefremow hatte jeder noch sein Foto dagelassen, in Uniform, Mütze, Reihen von Orden auf der Brust, mit den Worten auf der Rückseite: es lebe *Polscha*[47], für Ewelina – Mischa, es lebe *Polscha*, für Róża – Mischa.

All das, was die Leute sagten, nahm mich jedoch keineswegs gegen die Fräulein Poncka ein, nein, es entflammte nur noch meine ohnehin schon heißen Gefühle. Ich wusste bloß nicht, ob mehr für Róża oder mehr für Ewelina oder ob für beide zugleich, es war ja auch schwer, sie voneinander zu trennen, so fest gehörten sie zusammen. Manche von den Besuchern fragten sogar, sind die Fräulein zu Hause, und nicht, ist eine von ihnen da. Und die Mutter, die mich oft wegen etwas zu ihnen schickte, sagte immer, spring doch mal zu unseren Fräuleins. Oder wenn sie zur Stubendecke hinaufsah, horch doch mal, ob sie schon da sind. Als stellte es sie nicht zufrieden, wenn nur eine da war. Und die Leute sagten oft, wenn sie Ewelina oder Róża irgendwo sahen, da, wieder ziehen diese Huren rum.

Auch ich brachte also jeder von ihnen doppeltes Gefühl entgegen, weil auch ich sie nicht in zwei, also gesondert in Ewe-

[47] (russ.) Polen

lina und gesondert in Róża, hätte zerteilen können und nur eine wählen, denn das wäre mir vorgekommen, als hätte ich nur die Hälfte von einer gewählt.

Dieses mein Gefühl offenbarte sich auf verschiedene Weise, Unter anderem stellte ich mir vor, sie seien meine großen Schwestern. Sie ziehen mich an, kämmen mich, machen mir Frühstück, legen meine Hefte, meine Bücher zusammen, wenn ich zum Unterricht zum Herrn Lehrer gehe, und jeden Samstag baden sie mich in der Bütte, und sie nehmen mich auch gegen die größeren Jungen in Schutz. Nun, und wir schlafen in einem Bett, versteht sich, worüber man sich wiederum kaum zu wundern braucht, wenn man bedenkt, dass in unserem Souterrain mit Müh und Not zwei Betten Platz hatten. In dem einen schlief ich mit der Mutter, in dem andern der Vater. Und erst als der Vater tot war, zog die Mutter um auf das freie Bett. Und bestimmt nicht wegen der Bequemlichkeit, sondern um nachts ungehemmt um ihn weinen zu können, ohne mich aufzuwecken.

Denn sie weinte nur in den Nächten und erst, wenn sie sicher war, dass ich fest schlief und keine von ihren Tränen in meinen Schlaf drang. Und wenn an der Stubendecke über uns auch nicht das leiseste Füßehuschen der Fräulein Poncka die Stille störte und das Echo der Tangos, des Gelächters ihrer Gäste längst verhallt war. Und wenn ganz Rybitwy in tiefem Schlaf lag und die ganze Stadt auf dem Hügel, die Uhr auf dem Glockenturm an der Kathedrale ausgenommen, die, wenn sie die Viertelstunden und die Stunden schlug, von der tiefen Stille über den menschlichen Träumen zu künden schien. Erst dann begann die Mutter um den Vater zu weinen. Aber so leise, geräuschlos, um, Gott bewahre, diese nächtliche Stille über der Stadt nicht zu stören, wobei sie bestimmt das Gesicht ins Kissen drückte. Und so war es, als käme ihr Weinen von der Kellerseite her, von wo für gewöhnlich das Echo der Tangos bei den Fräulein Poncka kam, ja manchmal sogar von außerhalb des Hauses, aus dieser weiten Ebene, von den Pfefferbergen, von der Weichsel her, so dass ich lediglich erriet, dass sie weinte.

Bei Tage jedoch passierte es nie, dass ich sie irgendwo weinend antraf. Sie war höchstens nachdenklich oder traurig, und nur wie aus Versehen entfuhr es ihr manchmal:

»Wir müssen uns überlegen, wie wir jetzt hier weiterleben. Der Vater ist nicht mehr da und kommt nie mehr wieder.«

Ich verstand nicht recht, was es da zu überlegen gab, denn sein Tod hatte nicht viel geändert in unserm Leben und in meinem fast gar nichts, so kam es mir damals wenigstens vor. Er war seit langem krank gewesen, und alles hatte die Mutter auf dem Hals gehabt, umso weniger hätte ich ihr also raten können, wie wir jetzt hier weiterleben sollten. Und im übrigen, was für eine Frage! In der Wohnung war es nun luftiger. Und keiner fragte mich mehr, wo ich gewesen war, warum ich mir kein Buch zur Hand nahm, ob ich die Aufgaben schon gemacht und was ich auf hatte, ja, woran ich dachte, als wäre es möglich, darauf die Wahrheit zu erwidern. Auch wollte keiner mehr, dass ich Arzt wurde, und die Mutter ließ nur hin und wieder fallen, lerne, Sohn, lerne, und mehr aus Gewohnheit, weil ihr wohl der Vater im Kopf herumging. Für mich hob das alles seinen Tod auf, noch lange hatte ich keinen Zugang zu ihm, wer aber den Tod nicht gespürt hat, spürt auch das Leben nicht, auf meine Art wusste ich also, wie jetzt hier weiterleben.

Die Fräulein Poncka kamen nun weitaus häufiger zu uns und blieben für gewöhnlich länger. Obwohl sie, als ich aufs Gymnasium ging, wieder scheuer wurden, so ähnlich wie zu Lebzeiten des Vaters. Und wenn eine zu uns kam, fühlte sie sich mindestens verpflichtet zu sagen:

»Ach, der Herr Piotr sitzt an den Aufgaben, dann will ich mal nicht stören.«

Sie beschämten mich mit diesem »der Herr Piotr«, ja es tat mir weh, denn ich nahm diesen Herrn Piotr für ein Zeichen, dass sie sich von mir entfernten. Für die Mutter dagegen war er Grund, ihren Stolz zu bekunden. Sie fand jedoch, am besten bekunde sie ihren Stolz, indem sie widersprach:

»Ach was, er und ein Herr, er ist doch noch ein Kind. Kommen Sie nur herein, Fräulein Ewelina oder Fräulein Róża, bitte sehr. Er sitzt dran, ja freilich, dann sitzt er halt ein bisschen nicht mehr dran. Dauernd bloß über den Büchern und Heften hocken kann er auch nicht.«

Zunächst indessen waren die Fräulein Poncka meine großen Schwestern gewesen. Und als meine großen Schwestern sah ich sie oft in meinen Tagträumen. Ich ging zu dem Werder an der Weichsel oder in eins meiner Verstecke, damit die Mutter, der Vater, nicht durchschaute, wovon ich träumte. Aber nicht immer konnte ich mich aus dem Haus stehlen, mal regnete es, mal durfte ich zur Strafe nicht nach draußen. Dann machte ich mich an die Hausaufgaben. Und wer weiß, ob das nicht das Sicherste war, denn über dem Buch oder dem Heft konnte ich keiner anderen Sache bezichtigt werden, als meine Aufgaben zu machen. Die Mutter bestätigte für gewöhnlich diese Sicherheit, na, wenigstens machst du deine Aufgaben und treibst dich nicht herum. Lerne du, lerne, das ist alles, was wir dir geben können. Und der Vater steuerte noch was bei zur Unterstützung der Mutter. Versteht sich. Tja, eben. Wie wahr, bei Gott. Wenn es ihm jedoch besser ging, genügte es ihm nicht, die Mutter lediglich darin zu unterstützen, wie recht sie habe, sondern er gab eine tiefschürfende Begründung dafür ab:

»Als ob er das verstünde! Er hört dir nicht mal zu, wenn du mit ihm sprichst. Er wirds verstehen, wenn er älter ist. Hoffentlich ist es dann nicht zu spät. Ich sag ihm ja dauernd, was einer im Kopf hat, kann ihm keiner nehmen. Der Krieg hat das am deutlichsten gezeigt. Die Menschen haben das Vermögen, die Ersparnisse, die Stellung verloren. Wir hatten auch was auf dem Sparbuch. Bis heute hätten sich Zinsen angesammelt, und ich hätte dir einen Pelzmantel gekauft. Es sollte eine Überraschung sein.«

Kaum aber hatte ich das Heft oder das Buch aufgeschlagen,

schon erschien das Fräulein Ewelina oder das Fräulein Róża oder beide auf einmal, und mich mit schmachtenden Blicken aus ihren umflorten Augen, Ewelinas blauen, Różas schwarzen, liebkosend, fragten sie mich:

»Was wollen wir heute tun, Piotruś? Ach, wieder hockst du über den Aufgaben. Und immerfort diese Kirchen, Glocken, Türme, Tore. Wer möchte in einer Stadt wohnen, wo es nur Kirchen, Glocken, Türme, Tore gibt? Kann dir der Herr Lehrer nicht mal was über die Liebe aufgeben? Die Liebe muss man zusammen mit den Wörtern lernen. Vielleicht sogar früher als die Wörter? Und ganz bestimmt früher als Lesen und Schreiben.«

Und so sah ich mich manchmal regelrecht in der Wohnung um, ob sie nicht meinen Gedanken entsprungen waren. Zum Glück interessierte den Vater kaum noch was und am wenigsten, woran ich dachte. Er starrte nur immer auf das Fenster vor sich oder zu der Stubendecke über sich, und über diesem Starren sank er manchmal in Schlummer. Mitunter schnarchte er sogar. Doch die Mutter weckte ihn sofort, schnarch nicht, du störst ihn bei den Hausaufgaben. Sie hatte nämlich ein fast frommes Verhältnis zu diesen Hausaufgaben, und selbst wenn sie am Herd hantierte, bemühte sie sich, das so leise zu tun, wie sie nur konnte. Und wenn zufällig die Nachbarin kam, ließ sie sie keinen Fuß über die Schwelle setzen, sondern ging mit ihr nach draußen, weil Piotruś Hausaufgaben macht. Und wenn an der Stubendecke die Füße der Fräulein Poncka vorüberhuschten, wurde sie wütend, was gehen die heut so laut herum? Ziehen sie ihre Schuhe nicht aus oder was? Und auch wenn sie weinte, hörte sie schlagartig auf, sowie ich mich an die Hausaufgaben machte.

Das beste war, mich an die Hausaufgaben zu machen, wenn sich das Weinen der Mutter in die Länge zog und keine Aussicht bestand, dass etwas passierte, die Nachbarin kam oder sie irgendwo in Rybitwy einen Streit anfingen oder an der Stubendecke die Schritte der Fräulein Poncka ertönten. Absichtlich raschelte ich mit den Heften, den Büchern, legte laut den

Federhalter auf den Tisch, stellte laut das Tintenfass hin und setzte mich, so laut es mir nur möglich war, stuhlschurrend, an den Tisch. Selbst wenn ihr Weinen den Gipfel erreicht hatte, erstickte sie es, so dass es nur ab und zu aufs Fensterbrett klackte wie Tropfen nach einem Regen. Hin und wieder nutzte auch der Vater meine Methode und schloss an dieses Geraschel, Geklopfe, Geschurre die Frage an:

»Was hast du denn auf?«

»Die Glocke im Leben des Menschen.« Denn etwas in der Art gab mir der Herr Lehrer dauernd auf.

»Und was willst du schreiben? Hast du dir das überlegt? Du solltest es dir gut durch den Kopf gehen lassen. Vielleicht machst du erst einen Plan.«

»Die Glocke?« fragte die Mutter verwundert durch ihr versiegendes Weinen hindurch, denn wie sich zeigte, war meine Methode auch für sie hilfreich.

»Das hat er ihm aber hübsch aufgegeben. Nicht wahr, Zygmunt?« wandte sie sich an den Vater, weniger, weil er das bestätigen, mehr, weil er ihr verzeihen sollte, dass sie geweint hatte.

»Vor allem gescheit.« Der Vater verzieh ihr, schroff, doch voll Verständnis.

»Die Glocke, wieso?« Plötzlich regten sich, wie ein Nachhall dieses Weinens, Zweifel in ihr. »Wenn es im Dorf keine Kirche hat, hat es auch keine Glocke. Und wo eine Kirche ist, da gibts eine Glocke für alle. Für die aus mehreren Dörfern, also kann sie nicht bloß für das Leben eines einzigen Menschen da sein. Zu unserer Kirche gehören, wart mal…« Sie streckte uns die Hand wie zum Beweis entgegen und zählte an den Fingern ab: »Bożydar, Mściów, Szczytniki, Słupcza, Winiary, Winiarki, Doraz, Kamień, na, und unser Dorf. Und für das alles eine Glocke. Und die läutet, wie wenn sie keine Kraft hat, am Ende des Dorfs hört man sie kaum noch. Wer hört sie dann in den andern Dörfern?«

»Was erzählst du ihm da von Dörfern? Er geht doch zum

Lehrer in die Stadt. Und dort gibt es sechs Kirchen. Eine Stadt voller Glocken.«

»Voller Glocken? Aber hier bei uns, hinterm Berg, was hörst du da? Vergangene Woche haben sie Messen abgehalten für die, die gefallen sind im Krieg, da hat die Stadt angeblich nur so gedröhnt vor Glocken. Hinterher sind die Leute den ganzen Tag mit diesen Glocken in den Ohren rumgelaufen. Und hier hörst du, obwohl es bis zur Kathedrale nahe ist, selten mal was. Wir leben wie die Kartoffeln, in der Grube. Nein, ich muss eine andre Wohnung suchen. Kommende Woche soll es Gardinen geben in dem Laden beim Abtei-Tor. An Gardinen würde man am besten verdienen. Was denkst denn du? Sie sind den Leuten verschlissen über den Krieg. Wie ich letztes Mal mit der Hefe auf den Dörfern war, über der Weichsel, da hat mich eine richtig angefleht, gute Frau, wenn Sie mal Gardinen bringen, vergolden tät ich Sie. Da, wie auf dem Präsentierteller sieht man uns durch die nackten Fenster. Die Blumen als einziges, die schützen uns ein bisschen. Aber vor der menschlichen Neugier schützen Blumen nicht. Wir könnten Zimmer und Küche mieten. Du hättest was, wo du dich ausruhen kannst, und Piotrek was, um seine Aufgaben zu machen. Und man müsste nicht diese Satanstreppe rauf und runter. Und die Glocken würde man hören. Dann wärs für Piotruś auch leichter, was drüber zu schreiben.«

»Die Glocke im Leben des Menschen, darüber soll er schreiben, dazu muss sie nicht für ihn läuten«, fiel ihr der Vater heftig wie selten ins Wort, vielleicht, weil er spürte, die Mutter begann wehmütig zu werden, gleich konnten Tränen in ihre Augen treten. Zumal es ihr mit dieser Hefe beim letzten Mal gar nicht so gut ergangen war, obwohl sie sich von dieser Hefe ebensoviel versprochen hatte wie jetzt von den Gardinen.

Sie hatte einen ganzen Koffer und eine Tasche voll mitgenommen. Und in einer ersten Anwandlung hatte sie gewollt, ich solle auch mitfahren, dann könnte sie noch mehr nehmen. Zum Glück war ihr eingefallen, dass ich den Unterricht verpassen würde. Ich brachte sie mit dem Herrn Jaskóła nur zur Bahnstation, die auf der anderen Seite der Weichsel lag. Man fuhr lange, denn es war eine Pontonbrücke, und zuerst ließen sie die Militärfahrzeuge und die Militärkolonnen hinüber, und zwar abwechselnd von der einen und von der andern Seite. Freilich hatten wir bis zur Abfahrt des Zuges noch reichlich Zeit, außerdem war die Abfahrt unverbindlich, denn bis zum letzten Augenblick wusste niemand, ob der Zug überhaupt kommen und abfahren würde, oder ob er sich um eine Stunde verspätete oder um einen halben Tag. Und so erlaubte der Herr Jaskóła dem Pferd im Schritt zu gehen und feuerte die Mutter den ganzen Weg über in ihrer Hoffnung an, an dieser Hefe werde sie verdienen, hoho, und ob, wie bisher noch nie an was:

»Eins, zwei kaufen die Sie leer. Und bezahlen jeden Preis. Die Kartoffeln sind den Bauern erfroren durch die Front und taugen bloß zum Fusel. Drum brennen sie welchen in einer Tour, in jeder Kate, in jedem Dorf. Denn füttern, womit? Das Vieh is abgeschlachtet, höchstens eine Milchkuh hält sich noch mancher, Schweine keiner mehr. Die Fleischer aus der Stadt fahrn bis ans Ende der Welt nach lebenden Tieren. Denn was, Frau, is jetzt Geld? Ein Stück Papier. Außerdem hört man, es wird umgetauscht, da haben die Leute Angst, sie werden wieder betrogen. Denn wozu sonst tauschen sies um. Außerdem, was kaufen Sie jetzt für Geld? Aber für Fusel alles. So war es damals nach dem Krieg, und so bleibt es. Fusel is pures Gold. Da, die Uhr.« Er nahm die Zügel in die rechte Hand, drehte sich zu uns um, denn ich saß mit der Mutter hinten, und hielt uns die Armbanduhr vor die Nase. »Für Fusel, Frau, vier Liter hat mich die gekostet. Der wollte sechs, aber er hat den Geschmack geprüft und war mit vieren einverstanden. Beim Russen gegen Fusel alles. *Na tschorta nam dengi*[48], sagen sie. *Wodka dengi*[49]. Sie bringen aus Deutschland ganze

[48] (russ.) Wozu Geld, zum Henker
[49] (russ.) Wodka ist Geld

Autos voll. Bettlaken, Bezüge, Sofadecken, Hosen, Hemden, Kleider, Schlüpfer für die Weiber, was Sie wollen. Aber bloß gegen Fusel. Und wenn Sie was fürs Haus brauchen. Töpfe, Bratpfannen, Waschschüsseln, Eimer. Auch eine Heiligenfigur können Sie kaufen oder ein Porträt für an die Wand. Der Suszek, der den Stand auf dem Markt hat, hat sich eins gekauft, das is jetzt sein Vorfahre. Für einen Liter. Nur haben muss man den Fusel, Frau. Meine, die drängelt wegen einem Teppich fürs Zimmer, irgendwie is es so kahl auf dem nackten Boden. Aber mir würd ein Sessel besser passen. Unsereins fährt was zusammen, dann hätte man was, um sich reinzusetzen, auszuspannen. Bloß woher nehmen, den Fusel? Ich werd doch die Pferde nich aufgeben. Ja, die Bauern, Frau, die haben es jetzt gut. Aus dem Boden holt man nie so viel raus wie aus dem Fusel. Bloß die Maische, und nach zwei Wochen tröpfelt das Geld schon aus dem Röhrchen. Und was für Geld. Die Mäuse fressen es nich, es verfault nich, der Umtausch hat ihm auch nichts an, selbst wenn sies jeden Tag umtauschen. Fusel kann stehn. Der steht und wird bloß stärker und stinkt nich so. Bloß vor der Polizei muss man ihn gut verstecken. Außerdem, die Polizei oder jetzt denen ihre Miliz, Polizei, Miliz, die trinkt genauso. Die Regierungen können wechseln, die Kaiser, die Systeme, gegen den Fusel, Frau, kommt keine Macht an. Die sagen, jetzt wird das Volk regieren, das gibt erst eine Sauferei. Jeder hat daheim sein Fässchen, seine Röhrchen, und wenn nich, dann im Waschkessel oder in der Bütte. Und wie viel Hefe wird da draufgehn! Hoho, Sie werden verdienen. Nich mal die Hacken ablaufen müssen Sie sich und von Kate zu Kate ziehn. Sie gehn zu der ersten, es spricht sich rum, dass Sie mit Hefe da sind, und die kommen von selber angerannt aus dem ganzen Dorf. Hoho, Sie werden verdienen!«

Die Mutter jedoch hatte nicht verdient, ja, wohl nicht mal die Kosten hereinbekommen. Gut ein Dutzend Hefewürfel hatte sie wieder mitgebracht, denn von solchen wie sie waren in den Dörfern viele aufgetaucht. Obwohl, ganz richtig wollte sie mit der Sprache nicht heraus, was eigentlich passiert war. Immer von neuem zählte sie das heimgebrachte Hefegeld, und sie weinte bei jedem Zählen. Schuld an allem aber trug der Herr Jaskóła, und gegen ihn richtete die Mutter ihren Groll, denn wer weiß, ob er, als er sie so mit seinen Geschichten über die Vorzüge des Fusels unterhielt, nicht allzu große Hoffnungen in ihr geweckt hatte, wer weiß, vielleicht gar auf das Mieten einer neuen Wohnung. Lange konnte sie ihm nicht vergessen, dass er sie so enttäuscht hatte. Erst als er den Vater ins Spital gebracht hatte und dann den Sarg mit seinem Leichnam zu den Großeltern aufs Dorf, denn die Mutter hatte beschlossen, ihn dort zu begraben, damit er bei den Seinen lag, und er nicht mal für den Futtersack der Pferde etwas genommen hatte, entfuhr ihr einmal unter Tränen der Seufzer, ein guter Mensch, dieser Jaskóła. Ein Kutscher, aber mit einem menschlichen Herzen. Denn bisher hatte sie ihn nicht anders als dieser Betrüger, dieser Pharisäer, dieser Trunkenbold genannt. Als ob ein Kutscher je die Wahrheit sagt. Zumal er nach der Rückkehr der Mutter auch noch fragen gekommen war:

»Na und, wie wars? Haben Sie verdient?«

Und als die Mutter unfreundlich etwas knurrte und ihm die wieder mit heimgebrachten Hefewürfel zeigte, die auf dem Schrank lagen, hatte er nicht gesagt, es sei seine Schuld, ja hatte sich nicht einmal gewundert, nicht geflucht, wie es seine Art war, sondern mit der gleichen Feierlichkeit eines Weisen, der, weil er ein Leben lang mit dem Fuhrwerk herumfährt, allwissend ist, gesagt:

»Tja, in den Läden is Branntwein aufgetaucht, da geht der Fusel nich mehr so.« Und hatte gerade so viel Reue gezeigt, dass er nach kurzer Überlegung, nach einem Blick auf die betrübte Mutter, den betrübten Vater, die auf dem Schrank gestapelten Hefewürfel, sagte:

»Na, vier Würfel kauf ich Ihnen ab, vielleicht bäckt meine was.«

Und irgendwann nach dieser Hefe brach die Mutter, als sie

mit ihren vollen Netzen aus der Stadt nach Hause kam, dann in Tränen aus, und es wollte so gar nichts geschehen, was ihr geholfen hätte, mit Weinen aufzuhören. Weder schaute eine Nachbarin herein noch stritt sich jemand in Rybitwy noch waren die Fräulein Poncka daheim, denn an der Stubendecke hörte man nicht das leiseste Huschen von Füßen. Also schnaubte sie die verweinte Nase in ein Taschentuch aus und sagte auf einmal, dieses Weinen noch in der Stimme, so könne es nicht weitergehen, man müsse mich unbedingt zu jemandem in Unterricht schicken, sonst verwildere ich völlig. Und dieses ganze angestaute Weinen, das sie plötzlich durch den Beschluss in sich erstickt hatte, so könne es nicht weitergehen, entlud sich in Form von Vorwürfen über mir. Nichts als mich dauernd nur herumtreiben, das tu ich, keine Minute hält es mich im Haus, dass ich mir mal ein Buch nehmen oder im Haus mit anfassen würde, nein, nur immer an die Weichsel, auf die Wiesen, in die Pfefferberge, an die Weichsel, in die Wiesen, in die Pfefferberge, durch Zaunlöcher, durchs Gebüsch, und sie, immer stopf, flick du nur, denn immerfort ist was zerrissen und für was Neues kein Geld da. Ein Jahr hab ich durch den Krieg sowieso verloren. Ruf du ihn ruhig, Piotrek! Piotruś! Er antwortet nie, und stünde er dreist an der Ecke vom Haus. Oder schick ihn mal nach Salz, Zucker, Brot in die Stadt, immer heißt es: später. Geh schon, Piotruś, na geh schon, mein Kind. Du drehst mit den Nerven durch, hier kocht es schon, und du hast grad kein Salz mehr, und der: später. Und ewig tobt er auf dieser Treppe rum, rauf, runter, rennt, springt, rauf, runter. Aber den Vater zum Arzt begleiten, da schmollt er gleich, als hätte man ihm sonst was angetan. Sogar die Nachbarinnen fragen schon, Frau, was hat Ihr Junge bloß dauernd auf der Treppe zu tun, man kann hinkommen, wann man will, der bloß immer rauf, runter, rauf, runter. Einmal hat er die Bazylukowa fast umgerannt. Sie steigt nach oben, und der witscht von oben runter, aufgeschrieen hat sie, Allerheiligste Jungfrau! Gut, dass sie sich am Geländer festgehalten hat. Was hast du Krätze nur auf dieser Treppe zu suchen? Da, was für aufgeschlagene Knie so was hat. Und an den Vater gewandt, der wie gewohnt auf dem Bett herumlag, vor sich hin starrend, an die Stubendecke über sich oder auf das Fenster vor sich, sagte sie, Ärger in der Stimme:

»Und stell dir vor, was er der kleinen Joasia von der Madejska in den Sand geschrieben hat. Und aufgemalt.« In dem Moment erstarrte mir das Blut in den Adern. Zum Glück war es der Mutter in letzter Minute wohl peinlich, denn sie setzte nur hinzu: »Das sag ich dir lieber später.«

Ich atmete erleichtert auf, denn diese blöde Joasia hatte angefangen mich auszufragen, was das ist und was das, und obwohl ich es ihr vorgelesen hatte, kapierte sie weiter nicht, was es war, also hatte ich ihr aufgetragen, sie solle ihre Mutter fragen. Und offenbar hatte sie gefragt. Ich dachte, es wäre vielleicht besser, nach draußen zu gehen, sollte die Mutter es dem Vater lieber gleich sagen, sie sagte es ihm ja sowieso, also fragte ich schüchtern:

»Mama, darf ich rausgehn?«

»Sitzen bleibst du!« wies sie mich zurecht und warf mir einen entschiedenen, wenn auch noch tränennassen Blick zu, »bis ich ausgeredet habe.« Und wieder an den Vater gewandt: »Das hab ich heut alles in der Stadt erfahren, wie die Madejska auf mich los ist, wie erziehen Sie Ihren Sohn? Er hat meiner Joasia das und das in den Sand geschrieben. Und aufgemalt. Und sie ist doch noch ein Kind. Kommt nach den Ferien erst in die erste Klasse. Wie ich ihn erziehe? Besser, wie Sie glauben. Die wird mir erzählen, wie ich erziehe. Er hats geschrieben, man muss es ja nicht lesen. Und was regt Sie denn daran so auf? Ist das so neu für Sie? Hat Mann und Kinder und spielt die Unschuld vom Lande. Wie ich erziehe? Überhaupt, Ihr Mann ist schlimmer als was mein Sohn geschrieben und aufgemalt hat, vom frühen Morgen an dröhnt ganz Rybitwy, so flucht er. Ob einer will oder nicht, er muss es hören. Nicht nur die Kinder. Die Kinder erfahren es früher oder später sowieso, sie haben das Leben vor sich. Aber sogar die Alten, die nichts mehr wissen wollen. Mein Junge braucht nur die Ohren aufzusperren. Ich werd ihm nicht befehlen, dass er in Ohrenschützern rumläuft. Da siehst du, wie ich erziehe.« Und ihre Empörung von der Madejska auf mich übertragend, brauste sie auf: »Dass du dich nicht schämst?! Dass fremde Leute mir so was sagen! Ich wäre am liebsten im Erdboden versunken. Und einem kleinen Mädchen?! Nein, so kann es nicht weitergehn. Ich hör mich nach einem Lehrer um, und du nimmst Unterricht. Und wenn es sonst was kostet. Und nach den Ferien ab in die Schule. Wahrscheinlich hast du schon Lesen und Schreiben verlernt.«

»Wieso verlernt?« warf zum ersten Mal der Vater ein, der bisher geschwiegen hatte. »Du sagst doch, er hat etwas geschrieben.«

»Eine Schweinerei, selbst wenn einer es nicht kann, die schreibt dir jeder.« Die Stimme der Mutter überschlug sich fast vor Empörung. »Und du nimmst ihn noch in Schutz. Nie sagst du mal ein Wort, damit er wenigstens spürt, dass er einen Vater hat. Im übrigen, auch in die Schule geht er mir nicht so verwildert.«

Und sie begann sich nach diesem Lehrer umzuhören. Aber vor allem bat sie die Fräulein Poncka, sich umzuhören, sie hatten doch so viele Bekannte. Und als sie eines Tages von ihnen wiederkam, verkündete sie, die Fräulein hätten einen Lehrer für mich gefunden. Er hatte vor dem Krieg am Gymnasium unterrichtet und war angeblich hochgebildet, und er wohnte gleich hinter der Kathedrale, allerdings war er alt, aber besser nicht so ein junger Spund, auf ihn würde ich wenigstens hören. Und wir würden gleich losgehen, denn die Fräulein Poncka hätten es so ausgemacht. Ich musste mich waschen, kämmen, den Matrosenanzug anziehen, den mir der Vater im Krieg mitgebracht hatte und in dem ich mit ihm auf dem Foto bin. Selbst begann sie sich auch herzurichten, wozu sie die Fräulein Poncka um Hilfe bat.

Ich mochte diesen Matrosenanzug nicht, und zwar von Anfang an. Und es überzeugte mich nicht, dass wir einmal ans Meer fahren würden, und dort laufen alle so herum. Zumal die Jungs im Dorf, sobald ich mich in dem Anzug zeigte, über mich höhnten und nicht mit Spottnamen sparten, eh, Waschbüttenmatrose, Dachrinnenseemann, Jaucheschiffer, du segelst doch wohl durch die Jauche? Und am ärgsten Fredek, der mich immer mit wie ein Arsch siehst du aus, nicht wie ein Matrose begrüßte. Matrosen haben lange Hosen, nicht so kurze Buxen. Sie zerrten an meinen Mützenbändern oder rissen mir die Mütze vom Kopf, spielten damit, warfen sie sich zu oder bolzten sogar auf der Erde damit herum, als hätten sie sich gegen diese weiß Gott unschuldige Mütze verschworen. Hinterher wusch sie die Mutter und schimpfte lauthals über mich und die Jungs. Und der Großvater, die Großmutter, die Tanten, die Onkel stimmten in das Geschimpfe ein, und Onkel Władek hackte noch zusätzlich auf mir herum, Prügel austeilen musste lernen, Prügel austeilen, sonst prügeln se dich. Und diesen Fredek, den Mistkerl, den erwisch ich schon mal. Dem reiß ich die Beine ausm Hintern. Der kann unserm Mohrchen das Auge ausgeschlagen haben. Der Hund von denen humpelt auch auf einem Bein. Würde der nich im Dorfe rumrennen, wär er vor Hunger längst krepiert, die geben ihm nischt zu fressen. Und nur Tante Jadwinia nahm mich in Schutz:

»Da kann man nichts machen, so sind die Dorflümmel nun mal. Der Piotruś ist ein zartes Kind. Was musst du ihm sagen, dass er sich mit ihnen prügeln soll, Władziu? Sie wird ausgewaschen und ist wie neu.«

Ich zog mich an, doch ich konnte weder Arme noch Beine bewegen, so eng war er geworden.

»Aber, wann bist du denn so gewachsen?« sagte die Mutter vorwurfsvoll. »Du lieber Gott, der ist doch noch fast neu. Und so was ist heut nicht mehr aufzutreiben. Außerdem, was das kosten würde. Für den erstbesten Lumpen verlangen sie Reichtümer. Grad war er noch wie gemacht für dich. Wann hast du ihm den mitgebracht, Zygmunt? Ach was, das stehst du durch, wenigstens siehst du aus wie ein Stadtkind.«

Der Herr Lehrer war tatsächlich alt, ja ich erschrak im ersten Augenblick vor ihm. Er glich einem halbverdorrten alten Baum, der jedes Frühjahr mühsam wiederaufersteht. Mir schien sogar, als wären so alte Menschen gar nicht mehr in den Straßen zu sehen. Denn ich konnte mich nicht entsinnen, jemand so altem in letzter Zeit irgendwo begegnet zu sein, nicht einmal auf der Treppe. Dabei sah man auf der Treppe höchst verschiedene Alte. Sie hangelten sich am Geländer hoch, zogen die Beine nach, schnauften, ächzten, blieben auf jeder Stufe stehen, aber sie waren, im Vergleich zu dem Herrn Lehrer, um vieles jünger, dafür hätte ich meinen Kopf gewettet.

Er saß in einem Schaukelstuhl, bis zum Hals in eine Decke gewickelt, und blickte der Mutter und mir aus zu Schlitzen verengten Augen entgegen, als blendeten wir ihn, wie wir da an der Tür standen. Er wiegte sich sacht in diesem Stuhl, murmelte etwas, vielleicht röchelte er auch so beim Atmen, während ihm die Mutter umständlich darlegte, weshalb wir zu ihm kämen, in einer Tour wiederholend, weil er sonst verwildert und verwildert. Er hatte etwas Haar über den Ohren und hinten im Nacken, die ganze Oberseite seines Kopfes aber war wie ein spiegelndes Parkett, und daraus ragte noch, einem Stubben gleich, eine Geschwulst hervor. Seine Nase war groß, breit und lief am Ende in eine Art Beule aus, und unterm Kinn hing ihm ein üppiges schwabbeliges Doppelkinn, das eine dunkelblaue Fliege mit weißen Punkten zusammenhielt wie eine Schleife. Denn unter dieser Decke trug er einen Anzug, ein weißes Hemd und Fliege. Im übrigen war sein ganzes Gesicht schlaff, und vielleicht blickten uns diese Augen deshalb wie aus schmalen Schlitzen entgegen. Obwohl sich später, als ich mich an ihn gewöhnt hatte, herausstellte, dass sie groß und vertrauensvoll waren und zudem von einem für ein so altes Gesicht unglaublich grellen Blau. Und sein ganzes Gesicht verjüngte sich mit der Zeit und kam mir nicht mehr so alt vor, als dass ich ihm nicht auf der Straße oder gar auf der Treppe hätte begegnen können, über die er von uns, von Rybitwy aus, auf den Hügel, in die Stadt hinaufstieg.

»Na, so setzen Sie sich doch endlich«, sagte er mit Nachdruck, als er sah, dass die Mutter, trotz wiederholter Aufforderungen, immer noch stand und ihm in einem nicht aufzuhaltenden Wortschwall erklärte, weshalb wir zu ihm kämen, als wollte sie ihm alles auf einen Schlag sagen, und zumindest nichts auslassen, was in ihren Augen wichtig war. Und wichtig war, dass ihr Mann krank ist, dass wir ein Souterrain in Rybitwy gemietet haben, dass wir direkt nach der Umsiedlung dorthin gezogen sind, sowie die Front abrückte, weil sie wollte, dass ihr Mann unter ärztliche Beobachtung kommt, dann wird er eher gesund, und sobald er gesund ist, sucht er sich eine Stelle, vor dem Krieg war er Hauptbuchhalter und vorher Offizier, es ist ihnen nicht schlecht gegangen, und jetzt hat sie zu tun, um über die Runden zu kommen, manchmal fährt sie über die Dörfer und handelt mit was, denn sie hat schon fast alles versetzt, was wir mitnehmen konnten, als sie uns umgesiedelt haben, und überhaupt ist das Leben für keinen leicht nach diesem Krieg. Sie wollen mich zum Arzt ausbilden lassen, ihr Mann und sie, denn ich war von der ersten Klasse an begabt, habe sogar allein Lesen und Schreiben gelernt, und jetzt ist keiner da, der auf mich aufpassen kann, sie hat diesen Handel, und der Mann ist krank, da strolche ich nur herum. Na, und sie hat Angst, dass ich ganz und gar verwildere.

Er lauschte aufmerksam, unterbrach ihren Wortschwall nicht durch die leiseste Ungeduld. Und als der Mutter endlich nichts mehr übriggeblieben zu sein schien von alledem, was sie sich für das Gespräch zurechtgelegt hatte, oder sie vielleicht selbst befand, das sei vorerst genug, sagte er:

»Nun, ich sehe, Sie werden vermutlich nicht zahlen können.«

In seiner Stimme war jedoch keine Enttäuschung zu spüren, eher schien er sich zu bestätigen, was er erwartet hatte.

»Tja, es hat sich gerade so ergeben…« Die Mutter begann verwirrt nach Entschuldigungen zu suchen, während sie die zitternden Hände ineinander barg. »Ich hab nichts bei mir, nicht mal für einen Vorschuss. Aber der Piotruś bringt es Ihnen. Er bringts bestimmt.«

»Aber so setzen Sie sich doch.« Er erlaubte ihr nicht, sich länger zu rechtfertigen. »Sonst muss ich aus dem Sessel aufstehen, und ich fühle mich heute nicht besonders. Deshalb empfange ich Sie in dieser Decke, ich habe mich nicht einmal entschuldigt. Verzeihen Sie.«

»Das macht nichts«, sagte die Mutter, die unverhoffte Höflichkeit mit einem gekünstelten Lächeln erwidernd. »Wir sitzen auch manchmal in der Decke. Im Frühjahr zieht es ärger von den Wänden als im Winter. Und noch in unserm Souterrain…«

»Eben«, sagte er. »Offenbar steckt der Frostkern vom Winter noch in den Mauern. Vielleicht wenn man heizen würde. Aber meine Nachbarin arbeitet den ganzen Tag. Und geht schon morgens aus dem Haus. Und abends wiederum…«

»Oh, Piotrek kann bei Ihnen heizen«, platzte die Mutter heraus, die endlich in dem ungleichen Gespräch eine Chance für sich entdeckte.

Er blickte aus seinen schmalen Augen zu ihr hoch und sagte schroff:

»Nur womit?« Er war sichtlich verstimmt, weil sie sich gar so weit in seine Sorgen vorgewagt hatte. Doch gleich setzte er sanft, eine Spur Hilflosigkeit in der Stimme, hinzu: »Leider habe ich kein Bröckchen Kohle.«

»Dann mit Holz.« Die Mutter gab nicht auf, ja sie fing an, dieses Holz anzupreisen. »Mit Holz heizt es sich auch gut. Wenn es trocken oder geteert ist, geht nicht viel drauf, und die Wärme ist die gleiche wie von Kohle. Man darf es bloß nicht ganz runterbrennen lassen, zuschrauben, wenn es noch glüht.«

Sie sprach mit einer Überzeugung und Kenntnis über dieses Heizen mit Holz, als wollte sie sich die Chance nicht wegnehmen lassen, dank derer sie sich nach ihrer anfänglichen Verlegenheit und Erregung zurechtzufinden begann. Er sah sie mit wachsender Verwunderung an, riss die Augen immer weiter auf und brachte der Mutter zunehmend mehr Vertrauen entgegen. Auf einmal gestand er ihr sogar, er müsse sie enttäuschen, aber auch Holz habe er leider keins.

Doch er kannte die Mutter nicht, die niemals aufgab, der sogar das Weinen nur dazu diente, neue Kraft zu schöpfen. Man könnte sagen, das Weinen gab sie der unausgesetzten Hoffnung wieder.

»Oh, dann bringt Ihnen der Piotrek welches«, sagte sie vorwurfsvoll, weil er es nicht gleich zugegeben hatte. »Wenn er das nächste Mal zu Ihnen zum Unterricht kommt. Oder auch sofort, sowie wir zu Hause sind. An der Weichsel zerhacken sie die bombardierten Brücken, das gibt Holz. Bei uns, in Rybitwy, nimmt ein Nachbar den Piotrek ab und zu zum Helfen mit. Einen oder gar zwei Balken verdient er da manchmal. Und Eichenholz, das brennt wie Kohle. Und so ein Balken ist manchmal zwei, dreimal so lang wie das Zimmer hier. Und dick, hoho.« Sie umschlang diesen Balken in der Luft, ohne jedoch die Arme dabei zu schließen, was heißen sollte, so dick war er.

»Danke«, sagte er, verwirrt durch die unerwartete Güte der Mutter, vielleicht auch mehr erdrückt von ihrer Zudringlichkeit, gegen die er sich zu wehren beschloss, denn seine Stimme nahm einen etwas härteren Ton an: »Zum Unterricht hat er zu mir zu kommen und nicht, um mir Holz zu bringen.«

»Und was schadet es ihm?« stieß die Mutter hervor und ließ sich, nun ohne Aufforderung, auf den Rand eines abgeschabten grauen, einst grünen Plüschsessels plumpsen, dass die Sprungfedern quietschten. »Ob er was im Korb mitnimmt oder einfach in der Hand. Und in der anderen die Hefte, Bücher. Hat ers etwa weit? Bloß die Treppe rauf und das Stückchen hier, hinter die Kathedrale. Wie viele Male am Tag springt er die Treppe rauf und runter und ohne Grund. Wir verfeuern sowieso nicht alles allein. So ein Balken, das gibt Holz und Holz.

Soll er es selber sagen. Sag schon, Piotruś.« Sie hatte die Sicherheit vollständig zurückgewonnen, war von neuem rührig, bereit zu helfen, nahm sich wie immer jemandes Kummer so zu Herzen, dass sie darüber den eigenen vergaß.

Der Herr Lehrer sah die Mutter staunend an, ja sogar der Anflug eines Lächelns trat in seine grellblauen Augen. Man konnte meinen, er lausche ihr nicht nur aufmerksam, sondern er bemühe sich, dass ihm auch nicht das kleinste Wörtchen von dem entging, was sie über dieses Brennholz im Ofen sagte. Im übrigen bereitete es ihm bestimmt Freude, sie anzuschauen. Sie war in ihrem besten Aufzug, genauso drückte sie sich aus, das ist ihr bester Aufzug, der ihr aus der Zeit vor dem Krieg geblieben ist, und wirkte viel jünger als alle Tage, in unserem Souterrain, wenn sie am Herd hantierte oder mit den vollen Netzen behängt aus der Stadt heimkam, wenn sie sich zum Vater setzte, um ihn zu trösten, gewiss werde er gesund, wenn sie weinte. Sie trug ein hellgraues Kostüm, in dessen Ausschnitt sich die Rüschen einer hellroten Bluse mit weißen Punkten bauschten, und aus der Tasche auf der Brust hing ein ebenso üppiger hellroter Buschen mit weißen Punkten. Dazu hatte sie schwarze Schuhe mit hohen Absätzen an den Füßen und auf dem Kopf einen schwarzen Hut mit nicht zu breiter Krempe, die sich auf der einen Seite schräg nach unten neigte und auf der andern nach oben umgeschlagen war, das alles noch aus Vorkriegszeiten. Die Lippen hatte sie mit Schminke angemalt, die ihr die Fräulein Poncka geliehen hatten, ebenso waren die Brauen und die Wimpern mit der Tusche der Fräulein Poncka geschwärzt.

Die Fräulein Poncka hatten sie zu überreden versucht, auch die Fingernägel zu bemalen, persönlich bemalen würden sie sie ihr, sie solle nur einwilligen, na, eins, zwei Ewelina die eine Hand, Róża die andere, und sie sieht aus wie eine wirkliche Dame, sie solle nur einwilligen. Denn als die Mutter sich herrichtete, standen sie ihr die ganze Zeit treulich zur Seite, korrigierten, rückten zurecht, strichen glatt, als wollten sie selber zu Besuch zu dem Herrn Lehrer, und sie rannten wohl an die dreimal zu sich hinauf nach der Schminke, bis die Farbe endlich mit der Farbe der Bluse übereinstimmte. Und die Brauen über ihren Augen zogen sie nach, mit einem Pinselchen, mit den Fingerspitzen, und dabei plapperten sie, wie ihnen der Schnabel gewachsen war. Über den Herrn Lehrer, versteht sich, was für ein kluger Mensch er ist, wie gebildet, wie gut er einmal ausgesehen hat, in seiner Jugend war angeblich die ganze Stadt in ihn verliebt, das heißt, alle Frauen, nicht nur die Mädchen, die unter die Haube wollten, auch die Verheirateten, und welche aus der besseren Gesellschaft, Anwaltsgattinnen, Arztgattinnen, die Gattinnen von Richtern, Apothekern, Offizieren, die Töchter und die Ehefrauen der reichsten Kaufleute, ja adlige Damen. Eine hat sich wegen ihm sogar in die Weichsel gestürzt und den Mann, die Kinder zurückgelassen. Eine andere hat den Verstand verloren und musste bewacht werden, weil sie immerzu weglief, zu ihm, zu ihm. Und auf den Bällen haben sie sich angeblich um ihn gerissen. Aber als Walzertänzer, da hatte er schon gar nicht Seinesgleichen. Und bei so einem Erfolg, wie ungerecht es doch zugeht, na, sagen Sie selbst, das ganze Leben dann so allein und gottverlassen. Wie oft sieht man Leute auf der Straße, er klein, dick, kahl, schwitzend, und sie neben ihm wie ein Röslein, taufrisch, duftend, und sie sind Mann und Frau. Dass so etwas heiratet. Abscheulich.

Tja, zugehen tut es verschieden. Umgekehrt ist es auch manchmal, Fräulein Róża, Fräulein Ewelina. Sie eine Kröte, und er wie eine Kerze. Sie platsch, platsch, und er stramm wie zur Marschmusik. Nicht wegen dem Aussehen liebt man einen, sondern wegen was weiß ich. Und wenn man liebt, dann liebt man das, was außen und das, was verborgen ist, und was dir wie mir zustoßen kann, also ihm oder ihr. Und dann ist nicht wichtig, ob einer kahl ist, oder ob er schwitzt. Man liebt nicht getrennt, dass einer groß ist oder dass er solche oder solche Augen hat oder dass er sonst wie schön redet, denn der eine kann wortgewandt sein und ein anderer nicht. Außerdem, von wie vielen Menschen müsste man was zusammensammeln für diesen einen einzigen, damit er keine Fehler hat, und am Ende kommt womöglich ein Scheusal heraus und kein Mensch. Man liebt einen genauso für seine Fehler und Missgeschicke und vielleicht sogar noch tiefer, und am tiefsten liebt man für den Schmerz. Es kann einer großgewachsen, gepflegt, gewaschen sein, gut riechen, und er hat nichts, wofür man ihn lieben könnte. Es waschen sich sowieso alle meist am Sonntag, oder wenn sie irgendwohin wollen, und manchmal hat man nicht mal Lust, sich zu waschen, weil man keine Lust zu leben hat. Dann muss man halt den Dreck des andern mitlieben. Ich bin auch nicht alle Tage elegant, wie denn, in unserm Souterrain, vor dem Krieg, das war was anderes. Und wollte ich jetzt nicht zu ihm, ich wär auch nicht aufgelegt. Aber da, die Mutter zeigte auf mich, wenn der weiter so auf der Treppe rumspringt, rauf, runter, rauf, runter, verwildert er noch ganz. Wollen wir nicht ein bisschen Rouge, wie? Das macht die Wangen frischer. Sie müssen mich nicht jünger machen, Fräulein Ewelina, Fräulein Róża, man darf mir mein Alter ruhig ansehn. Da, schaun Sie, wie groß der Piotrek ist! Und wann ist er so groß geworden? Und ich werd hier tun, als ob. Bin ich zu elegant, denkt er noch, er kann mich ausnehmen. Wissen Sie, die Leute erzählen, er hat angeblich wegen einer Nonne nicht geheiratet. Schwester Brygida hat sie geheißen und war entzückend, die reinste Muttergottes. Sogar das Habit wollte sie für ihn ablegen, aber er wollte nicht. Es wäre eine Liebe gegen Gott, und sie würden nicht glücklich. Tja, manchmal kommt es vor, dass man sich sogar aus Liebe gegen Gott versündigt. Denken Sie mal, weswegen Gott Adam und Eva aus dem Paradies vertrieben hat. Wegen der Liebe doch. Reicht es jetzt nicht mit dem Rouge? In seiner Jugend hat er angeblich Tuberkulose gehabt und ein Gelübde getan, wenn er gesund wird, heiratet er nicht. Musste er das geloben, so unbedacht, nicht wahr? Er ist doch sowieso gesund geworden. Oder konnte er nicht was anderes geloben, es wär auf eins rausgekommen. Wir haben gelobt, Sie wissen schon, damals, wie wir uns so geängstigt haben, dass wir eine Pilgertour machen. Im Herbst soll eine nach Sulisławice gehen, zum Dank für die Beendigung des Krieges, das ist nicht so weit. Und wissen Sie, ein Pfarrer hat uns gesagt, ein sehr kluger, und wie gut er aussieht, Sie würden es nicht glauben, dass Gott nur unsere Herzen zum Geschenk annimmt, selbst wenn einer ein Übeltäter ist, sein Herz ist unschuldig. Erinnern Sie sich an die Übeltäter, die neben dem Herrn Jesus hingen? So kann jedem verziehen werden. Hat der Pfarrer gesagt. Und uns gar keine so schwere Buße auferlegt. Wir haben eine Bekannte gefragt, eine ältere Person, die täglich in die Kirche geht, der hat er genauso viel aufgegeben. Denn Gott bedeutet der menschliche Körper angeblich gar nichts. So ein Pfarrer muss das am besten wissen. Wie ein Kleid, das unmodern geworden ist, gerade mal so viel. Man hat es getragen, und jetzt hängt es im Schrank. Man sieht nur manchmal nach, ob sich die Motten nicht drüber hergemacht haben, und man wundert sich, dass es einem mal so entzückend vorgekommen ist und man sich darin so wohl gefühlt hat, dass man es hier getragen hat und da, und jeder war begeistert, ach, was für ein entzückendes Kleid haben Sie an, Fräulein Ewelina, Fräulein Róża. Und jetzt ist es zu lang, zu weit, Glockenrock, rechteckiger Ausschnitt, das Mieder bis rauf zum Busen und noch irgendwie grell gemustert, dabei ist heute glatt modern. Um keinen Preis würde man das jetzt anziehen. Und so ist es mit dem Körper, wissen Sie, genauso. Am nächsten Tag erinnert man sich an gar nichts mehr. Höchstens, dass jemand über Sie herzieht. Und herziehen, das können die Leute. Niemand sieht einem ins Herz, nur was die sich so ausmalen, und ihre eigene Schuld schlagen sie zusätzlich drauf. Manche denken, so haben sie weniger Schuld. Ja, jetzt sind die Brauen richtig. Nur noch die Spitzen vielleicht. Irgendwie schmiert diese Tusche. Das Schlimmste ist, wenn einer kein Verständnis für den andern hat. Dann leiden alle. Und am meisten die, die für heilig angesehen werden wollen. So einer ist früher mal zu uns gekommen. Immer stand ihm die Angst in den Augen, zuerst mussten wir unsere Medaillons abmachen und dann das Bild von der Wand nehmen, das mit der Schwarzen Madonna. Und Licht durften wir erst wieder brennen, wenn er ging. Als wären wir was weiß ich was. Schließlich saugen wir keinem das Blut aus. Rauben ihm nicht seine Liebe. Lieb doch, wen du willst. Uns musst du nicht. Wir möchten das nicht mal. Wir helfen dir trotzdem, dazu sind wir da. Wir warten. Adieu. Adieu. Aber dann ist er nicht mehr aufgetaucht. Von einem wieder, da dachten wir schon, er ist tot. Und dann war er wieder da. Das ist kein Leben ohne euch, Mädels, so hat er gesagt, wissen Sie. Und oh, so eine Torte hat er angeschleppt. Eine ganze Woche haben wir dran gegessen. Mohn mit Rosinen. Einmal kamen gleich zwei. So feine Manieren, Sie würden es nicht glauben. Vielleicht haben Sie sie mal gesehen? So ein Großer, Blonder, der andere ein bisschen kleiner, schon etwas kahl über der Stirn. Der Große war ein Militär, aber er kam in Zivil, und der andere sagte, wir sollen ihn nach nichts fragen, es ist ein Geheimnis. Sie sagten, jemand sehr Wichtiges würde uns gern besuchen, wir müssten nur verschwiegen sein wie das Grab, bei so einem Posten, das werden wir wohl verstehen. Die Stunde war schon ausgemacht, der Tag. Wir hatten uns rausgeputzt. Fast alles neue Sachen hatten wir an. Und das Herz wummerte uns. Wenn einer so wichtig ist, kann ja allerhand passieren. Lassen Sie den mal müde sein, was machen Sie dann, ach du lieber Gott? Der verhaftet uns noch. Und diese zwei sollten die ganze Zeit draußen aufpassen, dass nicht jemand unangemeldet zu uns will. Das Zimmer hatten wir mit Parfüm besprengt. Den roten Lampenschirm auf die Stehlampe gezogen, und das Licht oben, hatten wir beschlossen, das schalten wir aus. In Rot wirkt gleich alles anders. Die schönsten Tangos hatten wir ausgewählt. Für den Anfang *Die Nacht ist unser, und außer ihr haben wir nichts.* Danach wollten wir *Was ist geblieben von unsrer ersten Liebe* auflegen und danach *Wer deine Lippen je gekostet.* Und dann *In starkem Wein ertränk ich diese Liebe.* Doch er ist nicht gekommen. Angeblich hatten sie ihn auf einen noch wichtigeren Posten versetzt. Für ihn kam sein Stellvertreter, haben sie uns gesagt. Aber was war das für ein Stellvertreter, ich bitte Sie. Ein gewöhnlicher Flegel. Er sah kein bisschen nach Stellvertreter aus. Tangos wollte er überhaupt nicht hören, das sind Überbleibsel oder so etwas. Und pausenlos betatschte und kniff er uns, grapschte nach unsern Knien, stellen Sie sich das vor. Momentchen, gleich sind wir fertig. Und Schnaps, ich bitte Sie, der hatte nämlich Schnaps mitgebracht, und wir mussten Wassergläser holen und aus den Wassergläsern trinken, Schnapsgläschen sind auch Überbleibsel oder so etwas. Und wir können Schnaps nicht ausstehn. Aber was sollten wir tun? Wir mussten lächeln. Denn bei so einem Flegel, ich bitte Sie, da weiß man nie. Täubchen hat er uns immerzu genannt. Aber auch die Täubchen haben ihm nicht gepasst. Was für ein Flegel! Trotzdem, das Wichtigste ist, sich stets als Dame zu fühlen, was einem auch passiert. Denn man ist das, als was man sich fühlt. Und man muss sich nicht gleich alles zu Herzen nehmen.

Doch die Fingernägel ließ sich die Mutter nicht bemalen. Nein und nein, sie hat keine Handtasche, hat keine Handschuhe, und die bloßen Hände, noch ohne Ring, ohne Armband, denn die hat sie versetzt, trägt man nicht so vor sich her. Und schon gar nicht legt man sie vor sich in den Schoß, beim Sitzen, oder auch auf die Sessellehne, wozu sie rot markieren, damit man noch besser sieht, dass sie bloß sind? Denn zu diesem Vorkriegsaufzug fehlten der Mutter die schwarze Lederhandtasche und die schwarzen Lederhandschuhe, die sie einmal zu dem hellgrauen Kostüm getragen hatte. Die Handschuhe waren in den Kriegswirren irgendwo verlorengegangen. Und aus der Handtasche hatte der Schuster mir den einen Schuh nachgemacht, den ich in der Umsiedlungszeit, auf dem Weg in die Nachbargemeinde, wo der Vater eine Stelle antreten sollte, verloren hatte. Die Fräulein Poncka wollten ihr Handtasche und Handschuhe borgen und auch einen von ihren Hüten, ihrer sei schon ein wenig unmodern, doch sie wollte nicht, sie wird sich nicht mit Fremdem schmücken.

Und so kam sie mit diesen ihren bloßen Händen nicht zurecht während des Besuchs bei dem Herrn Lehrer. Sie schlang die Finger ineinander, knickte sie ein, barg die eine Hand in der andern, vergrub die Hände in den Jackenärmeln und beließ sie auch nicht einen Moment in jener nachgiebigen Ruhe, die so bezeichnend ist für wirkliche Damen. Sie behinderten sie sichtlich, ja es war, als wollten sie das, was die Mutter da sagte, was sie dachte, was sie fühlte, nicht billigen.

Damals nahm ich zum ersten Mal die Hände der Mutter wahr: wie aufgeschreckt, miteinander ringend, irgendwohin fortstrebend, vergeblich, und beinahe krank vor Vergeblichkeit, fort vielleicht aus meinem Blick und auch aus dem Blick des Herrn Lehrers, der seit einer Weile kein Auge von diesen Händen ließ. Seltsam, aber bis dahin hatte ich ihre Hände niemals wahrgenommen. Jedenfalls nie so schmerzlich und so gesondert von der übrigen Gestalt, als besäßen sie ihre gesonderte Angst, gesonderte Hoffnung, gesonderten Träume. Natürlich, ich wusste, dass die Mutter Hände hatte, die haben alle, aber das waren Hände, um etwas zu greifen, zu berühren, festzuhalten, aufzuheben, herzubringen, zuzubinden, zu schließen, zu öffnen, um den Nudelteig auszurollen, die Töpfe zu rücken, Wäsche zu waschen, um zu stopfen, sich auszukleiden, anzukleiden, zu kämmen, dem Vater die Tropfen auf dem Löffel zu reichen, um sich beim Abendgebet zu bekreuzigen, manchmal Geld zu zählen und hin und wieder, um mich an die Hand zu nehmen. Und solche Hände sieht man nicht, solche Hände sind da, weil der Mensch nun einmal Hände hat. Nur der Vater erwähnte die Hände der Mutter bisweilen, und dann auch wie etwas Gesondertes, wenn sie heimkam aus der Stadt, die Netze voller Kartoffeln, Rote Rüben, Möhren, Kohl, Zwiebeln schleppend, was hast du kräftige Hände. Und einmal eine

Zigeunerin, als die Fräulein Poncka die Mutter beschwatzten, sich aus der Hand lesen zu lassen, denn sie hatten sich eben aus der Hand lesen lassen, wo werden solche Hände geboren, die die ganze Wahrheit so heraussagen, bis hin zum Tod. Da, hier steht dein Glück geschrieben, meine Schöne, und hier dein Kreuz. Doch zwischen Glück und Kreuz erkenn ich bei dir keinen Zwiespalt.

Ganz offensichtlich fehlten der Mutter die Handtasche und die Handschuhe, um diese Handtasche öffnen und ein Taschentuch hervorholen oder sie nur so öffnen und schließen zu können, und die Handschuhe, um sie einfach so von einer Hand in die andere zu nehmen. Denn diese Hände hatten in der Leere rund um sie herum gar nichts, um sich festzuhalten, und sie rangen die ganze Zeit hilflos miteinander.

Das hatte offenbar auch der Herr Lehrer bemerkt, denn er unterbrach sie, ohne sich daran zu kehren, dass sie zu ihm sprach:

»Nun lassen Sie schon diese schönen Hände in Frieden. Die brauchen nichts. Sie genügen sich selbst.«

Und da barst etwas in der Mutter. Sie faltete die Hände, erhob sie über ihrem Schoß und sagte, fast mit Erbitterung in der Stimme:

»Und was die Bezahlung angeht, ich begleiche alles. Sie können unbesorgt sein. Und wenn ich mein letztes Kleid verkaufen muss.«

Da beugte er sich zu ihr und legte seine alte, faltige, mit braunen Flecken gesprenkelte Hand auf ihre vor Schmerz gefalteten Hände und sagte:

»Sie müssen nichts verkaufen. Mag er herkommen. Ja sogar heute schon bleiben. Wir unterhalten uns ein bisschen. Mit Vornamen heißt du wie?« wandte er sich an mich.

»Piotruś, das heißt, Piotr«, sprang die Mutter für mich ein, obgleich ich meinen Namen schon auf den Lippen hatte, doch vielleicht fürchtete sie, ich würde etwas verdrehen, oder ich zögerte, für ihr Zeitgefühl, zu lange mit der Antwort – Piotr.

So dass sie mich während des ganzen Besuchs nicht einmal meinen eigenen Namen hatte aussprechen lassen.

»Piotr«, wiederholte der Herr Lehrer, als überlegte er, was dieser Name bedeutete. »Piotr.«

Ich wusste nicht, wunderte er sich oder argwöhnte er, etwas sei an dem Namen nicht geheuer. Doch gleich darauf sagte er ganz normal:

»Richtig, wir unterhalten uns ein bisschen. Du sagst mir, was du tust, ob dich etwas interessiert? Oder ob du ein Buch gelesen hast in letzter Zeit.«

»Ach was, nichts liest er jetzt«, griff die Mutter wieder ein. »Im Krieg, da schon, wie wir bei meinen Eltern gewohnt haben, auf dem Dorf. Damals hat es ihn mehr zum Lesen hingezogen, obwohl er Kühe gehütet hat. Was über Reisen und über Indianer, das hat ihm gefallen, und über Geschichte, und heimlich hat er gelesen. Wenn wir es ihm verboten haben, ist er auf den Dachboden oder in die Scheune. Und ein Buch gab es, das hieß, ich weiß nicht mehr…«

»Die Jungen vom Waffenplatz«, half ich schüchtern ein.

»Ja, wohl so. Wir haben ihn gar nicht beruhigen können, so hat er geweint.«

»Vielleicht bist du auch in einem interessanten Film gewesen?« Er bremste die Mutter in ihrer Rede. »Nun, wir finden schon etwas. Und die Mama wollen wir nicht länger aufhalten, nicht wahr? Sie hat bestimmt genug Pflichten daheim.«

»Oh, manchmal weiß man nicht, wo man zuerst anfassen soll«, bestätigte sie dankbar und begann sogleich im einzelnen aufzuzählen, was sie daheim erwartete, sie schaffte es jedoch nur, die Wäsche zu erwähnen, da unterbrach er sie:

»Nun eben.«

Als die Mutter gegangen war, musterte er mich ein Weilchen schweigend, dann sagte er beiläufig:

»Ich hatte einen Sohn Piotr. Er ist umgekommen.« Und sofort ging er zu dem angekündigten Gespräch über. »Was würdest du mir gerne über dich erzählen?« Und er wartete wie irgendein großer Vogel, zudringliche Aufmerksamkeit in diesen seinen von faltigen Lidern umrahmten Augen, was ich ihm gerne über mich erzählen würde. Und als ich nichts erwiderte, weil ich nicht wusste, was ich ihm über mich erzählen könnte, fragte er mich oder bestätigte vielmehr: »Nichts?« Und nahm diese Augen von mir. »Nun, ich sehe, wir werden uns aneinander gewöhnen müssen. Vertrauen fassen, sonst kann ich dir nichts beibringen. Gib mir die Brille. Sie liegt dort. Und dieses Buch da, vom Regal, nicht das, das andere, links. Für dieses erste Mal will ich dir etwas vorlesen. Wenn es dich interessiert, nimmst du es mit und liest es, wenn nicht, suche ich etwas anderes für dich. ›Huldreiche Herren, seid Ihr willens, eine schöne Geschichte zu vernehmen? Dies ist die Historie von Tristan und von Isolde, der Königin. Höret, wie sie einander liebten in großer Freude, in großer Trauer, später aber starben denselben Tag, er durch sie, sie durch ihn‹.«

Es interessierte mich jedoch nicht, aber ich dachte bei mir, das kann ich ihm doch nicht sagen, und ich nahm es mit nach Hause und las es erst nach Jahren. Ich war darauf gefasst, dass er mich in der nächsten Stunde fragen würde, wie stehts, hast dus gelesen? gefällt es dir?, und ich wollte antworten, Onkel Stefan ist gekommen, und ich musste ihnen im Dorf beim Kartoffelstecken helfen. Zum Glück hatte er vergessen, dass ich es hatte lesen sollen, und überhaupt vergaß er, dass er es mir geborgt hatte.

In der nächsten Stunde trug mir der Herr Lehrer auf, mir ein Heft, einen Federhalter mit Stahlfeder, ein Tintenfass zu kaufen, dabei zog er das Portemonnaie hervor, drückte mir Geld in die Hand und sagte:

»Hier, für das alles. Die Mama gibt es mir irgendwann zurück.«

Er war anders als bei dem Besuch der Mutter, heiter, lebhaft, saß nicht im Sessel, sondern ging in der Wohnung auf und ab, als habe er auf mich gewartet. Er fragte, was macht die Mama, wie geht es dem Vater, und dann kündigte er an, ich werde zu jeder Unterrichtsstunde einen Aufsatz schreiben. Der erste heiße: Der Horizont.

»Der Horizont, du weißt doch, was das ist?« fragte er, denn ich sagte nicht Muh und nicht Mäh und zog wohl eine verdutzte Miene. Er streckte den Arm lang vor sich aus und sagte, während er sich mit dem ausgestreckten Arm wie um eine alte, rostzerfressene Achse drehte: »Da, diese Linie ringsum, zwischen Erde und Himmel, die uns einschließt. Obwohl das nur eine Täuschung ist. Wolltest du sie erreichen, würde sie immer von dir abrücken und die gleiche Entfernung beibehalten. Und immer wärst du in der Mitte. Und würdest sie nie erreichen. Was freilich beweist, dass die Erde rund ist.«

Ich wollte schon sagen, gar nicht wahr, der alte Kaziuń, mit dem ich Kühe gehütet habe, der hat sie erreicht. Aber ich dachte, bestimmt glaubt er mir nicht, und schaute blöde zu, wie er sich mit diesem ausgestreckten Arm in der Wohnung drehte, und verstand nicht, worum es ihm eigentlich ging. Und genauso deutete er das offenbar, denn er rollte mit diesem Arm über meinen Kopf hinweg und ließ ihn plötzlich resigniert sinken.

Im übrigen hatte auch dem Kaziuń keiner glauben wollen, wenn er manchmal den Arm zum Horizont ausstreckte und sagte, dort geht er hin, seht ihr, wo Himmel und Erde zusammenstoßen, und dann nur nach oben, und in ein, zwei Tagen, Jungs, bin ich hier über euch. Bloß muss ich erst da hingelangen. Bis er eines Tages den Stock mit seinem Bündel schulterte und sagte:

»Gebt auf meine Kühe acht, sie sollen sich gut satt fressen. Und dann treibt sie zum Sroczyński und sagt, ich komm nicht wieder. Ich geh dorthin.« Und er streckte den Arm zu diesem Horizont hin aus, drehte sich um sich selbst, als wüsste er noch nicht, wo entlang. Und wanderte los.

»Du dummer Bock! Geh du nur, geh! Wir werden ja sehn, ob du nicht wiederkommst!« schrie ihm Fredek nach, denn Fredek glaubte dem Kaziuń am wenigsten.

Obgleich uns allen schien, der Kaziuń rede nur so, um zu reden, dass er sich einst dorthin aufmachen werde. Denn er redete allerhand Zeug, und oft war es nicht von dieser Welt. Manches ließ uns den Atem stocken, wenn wir um ihn herumhockten im Gras, und dann liefen uns die Kühe weit in die Wiesen davon. Doch über anderes lachten, höhnten wir, und wir sagten, der Kaziuń ist verdreht im Kopf vom Alter. Denn der Kaziuń war tatsächlich alt. Allerdings wusste niemand, wie alt wirklich, und er selbst wusste es auch nicht. Sie wussten es nicht im Dorf, wussten es nicht bei den Sroczyńskis, obwohl er von Kind auf bei ihnen gehütet hatte, bis er über dem Hüten alt geworden war. Ebenso wusste niemand, wie er zu den Sroczyńskis gekommen war. Die Sroczyńskis selber sagten, von irgendwelchen fernen Verwandten aus irgendeinem fernen Dorf, die waren ihm weggestorben, wie er noch in der Wiege lag, und hatten ihn als Waise zurückgelassen. Aber manche sagten, der Kaziuń ist der Gewissensbiss des alten Sroczyński, mit anderen Worten, sein in einer Jugendsünde gezeugter Sohn.

Der Kaziuń selbst hingegen, befragt, wie er zu den Sroczyńskis käme, pflegte zu sagen, er sei ausgeschlüpft aus einem Stern, so wie ein Küken aus dem Ei. Er zeigte uns diesen Stern sogar am Himmel. Von ihm war er herabgefallen in das Storchennest auf der Scheune, und weil die Störche schon abgeflogen waren, hatten die Sroczyńskis ihn zu sich genommen, wie man ein Storchenjunges zu sich nimmt, das der Schwarm verstößt. Aber er ist nur vorläufig bei ihnen, denn er ist dazu bestimmt, in den Himmel zu gehen. Der Himmel, Jungs, ist nicht weit, sagte er. Dort, seht ihr, wo die Erde aufhört, dort ist der Rand des Himmels. Nur dort hingelangen, und dann, auf der andern Seite, nach oben und nach oben und wieder bis hierher zurück, über die Wiesen. Ich werd euch sehen, jede von euern Kühen und jeden von euch, dich, Fredek, und dich, Michaś, dich, Staś, und dich, Piotruś, aber ihr mich nicht, denn man sieht nur von dort.

Er schlief im Stall, obwohl er wie die andern Kinder der Sroczyńskis sein eigenes Bett in der Stube hatte, sogar mit einer Decke abgedeckt, das die Sroczyńska und später die Schwiegertochter der Sroczyńskis von Zeit zu Zeit bezog, auch wenn er nie drin schlief. Er war von allein in den Stall gezogen, noch als Kind, als er aufgehört hatte, die Gänse zu hüten und mit den Kühen anfing. Der Sroczyński hatte ihn für die Schule anmelden wollen, als die Zeit heran war, doch Kaziuń hatte nicht gewollt, weil wozu lernen. Lesen liest er, was er sieht, zu schreiben wieder hat er keinem, und Gott genügt es, wenn ers sagt, denn Gott schreibt auch nicht, sondern sagt den Menschen alles.

Monatelang lief er ungeschnitten, unrasiert herum, das Haar ging ihm bis zur Schulter, der Bart reichte bis zur Brust. Und so schleppte ihn der Sroczyński und später Seweryn, sein Sohn, immer mal mit Gewalt zum Friseur. Doch der Friseur weigerte sich, Kaziuń zu schneiden und zu rasieren, das machte die Frau des Friseurs.

»Verdammt, so zuzuwachsen«, schimpfte der Friseur, wenn seine Frau den Kaziuń schnitt und rasierte. »Er hat bestimmt auch Läuse. Pass auf, Irka.«

Und es half nichts, dass die Sroczyńskis beteuerten, der Kaziuń badet jeden Tag im Fluss, sobald er die Kühe rausgetrieben hat, und sogar im Winter, im Eisloch.

»Wirres Zeug reden und keine Läuse haben! Er muss welche haben«, schimpfte der Friseur. »Pass auf, Irka.«

Rasiert, geschnitten, erschien uns der Kaziuń sich selbst unähnlich, wir glaubten ihm, was er da redete, sogar weniger, erst zugewachsen war er von neuem der richtige Kaziuń. Und wir lachten, höhnten auch viel mehr über ihn, wenn er so geschnitten, rasiert war, als wenn er so zugewachsen herumlief. Im übrigen war er sichtlich selbst verlegen, so geschnitten und rasiert,und uns gegenüber weitaus ergebener. Zumal sein kleines, des Bartes entledigtes Gesicht trotz des Alters beinahe kindlich wirkte. Seinen Kopf bedeckte stets ein alter, verschlissener Hut, und hätte Fredek ihm den nicht bisweilen heruntergerissen, wir hätten nicht gewusst, dass sein Scheitel schon ganz kahl war.

Aber selbst Fredek war außerstande, den Kaziuń zu erniedrigen, obwohl Fredek auf allerlei Einfälle kam, ganz als wurmte ihn diese Würde des Erniedrigten, mit der Kaziuń sich verlachen, verhöhnen ließ, denn an Würde fehlte es Fredek, auch wenn er der Stärkste war auf der Weide, ein Messer besaß und am saftigsten fluchte.

Obwohl es auch sein kann, dass der Kaziuń in ihm die Furcht geweckt hatte, er werde es nie schaffen, in die Welt aufzubrechen, wovon Fredek immerzu träumte. Sowie er alt genug war, ginge er los, verlasse Vater, Mutter, die Wirtschaft, dieses ganze beschissene Dorf, die Wiesen, Felder, was sollte er hier, ein beschissenes Dorf, ein beschissenes Leben, ein beschissener Tod. Der Kaziuń aber sagte ihm oft, er werde nie losgehen, denn losgehen ist das Schwerste. Nicht hingelangen, sondern losgehen. Diesen ersten Schritt tun. Denn dieser erste Schritt ist nicht ein Schritt der Beine, sondern des Herzens. Zuerst geht das Herz los, die Beine folgen ihm nur nach. Und nicht bloß stark musst du sein, sondern auch dazu bestimmt, das Herz zu überwinden und ihm zu sagen, nun geh ich los. Und das ist schwerer als zu sagen, nun sterb ich, wenn auch nicht ganz so schwer wie zu sagen, nun werde ich geboren. Und dessen war Fredek sich vielleicht nicht sicher, ob er imstande wäre, eines Tages zu sich selbst zu sagen, nun geh ich los. Ob sich dieses ganze Dorf, diese Felder, Wiesen, Kühe, der Vater, die Mutter, der Tod nicht an seine Beine hängen würden. Bei Kaziuń war das was anderes, der hatte keinen, der sich an seine Beine hängen konnte, der hütete nicht mal die eigenen Kühe, bei den Sroczyńskis atmeten sie nur auf, wenn er ginge, denn sie mussten sich ohnehin bald nach einem jüngeren Hirten umtun.

Und darum wahrscheinlich riss Fredek dem Kaziuń oft den Hut vom Kopf, schimpfte ihn sonstwas, verhöhnte ihn und glaubte ihm am wenigstens von allen.

»Du alter Hammel. Du Bock. Geh, immer geh. Du kommst dort an, und es ist genauso weit von dort wie von hier und wieder genauso weit, wenn du dort ankommst. Und so ohne Ende. Hat uns die Lehrerin denn nicht gesagt, dass die Erde rund ist? Ein Flugzeug müsste man sein, um hinzukommen.«

Der Kaziuń zog den Kopf zwischen die Schultern, doch manchmal gab er es dem Fredek auch zurück:

»Sag ichs nicht, dass du nie losgehst? Du bist zu hitzig. Und solche haben einen kalten Glauben. Deine Lehrerin hat eine Menge Bücher und Hefte gelesen und weiß grad so viel, wie in den Buchstaben Platz hat. Und was sind die Buchstaben? Würmchen. Und was hat schon in Würmchen Platz? Wie Kühe müssten sie sein, dann hätte was Platz. Lies du lieber in den Kühen. Aber du hütest und hütest und bist noch genauso dumm. Der Vater prügelt dich, und du bist immer noch dumm. Du weinst manchmal und bist noch dümmer. Bloß fluchen kannst du, oh, das kannst du für drei. Drum wirst du hier hocken und fluchen bis zum Tod.«

Damals, als ich das erste Mal die Kühe des Großvaters auf die Weide trieb, hatte ich mich mit Mohrchen bang an den Rand der Wiese gesetzt, weit weg von den Jungs, zumal sie sich bei meinem Anblick aus dem Gras erhoben und schweigend zu mir herüberäugten, ich Fredek sogar verächtlich sagen hörte:

»Wer ist der Scheißer? Wolln wir ihm nicht die Beine mit Brennnesseln versengen, Jungs? Żaba, los, renn, bring Brennnesseln her.«

Der Kaziuń hatte gesagt:

»Wenn du einem mal nichts zuleide tätest. Du wirst nochmal einen brauchen, dem du nichts getan hast.«

Und er war zu mir herübergekommen, und als er heran war, hatte er vorwurfsvoll gesagt:

»Was treibst du sie so spät raus? Der Große dort, der so flucht, das ist Fredek. Und ich bin von den Sroczyńskis, der Kaziuń. Dein Hund hört auf welchen Namen? Mohrchen, so einen hatten sie auch bei den Sroczyńskis, dann hats ihnen nicht mehr gefallen, sie haben ihn umgetauft in Rex, und krepiert ist er. Kannst du erkennen, wann die Kühe sattgefressen sind?« Er stemmte die Fäuste in die Seiten. »Siehst du, in diesen Kuhlen, wo die Hinterbeine anfangen, wirds kugelig. Komm, ich zeigs dir.«

Und so belehrte er mich Tag für Tag über diese Kühe, vom einfachsten Wissen angefangen bis zu der frommen Überzeugung, in der Kuh sei das ganze Geheimnis der Schöpfung enthalten, ein tieferes als im Menschen. Dem Geheimnis der Sterne, der Sonne, des Todes ebenbürtig. Und nicht nur mir brachte er bei, wann die Kuh satt ist und wann gebläht, denn manchmal kann man die Satte nicht von der Geblähten unterscheiden. Und wie man die Käfer aus ihrer Haut drückt, die Fliegen von ihren Augen verscheucht, wie man sie trennt, wenn sie sich stoßen, und wo diese tödliche Mulde hinter den Hörnern ist, empfindlicher als das menschliche Gemächte.

»Leg den Finger dort hinein, aber nicht zu fest. Spürst dus? Oder halt das Ohr an ihren Bauch. Hörst dus? Es ballt sich zusammen. So ballt sichs in der ganzen Welt. Im Gras ballt sichs, im Dorf ballt sichs, am Himmel ballt es sich zusammen, nur dort weiter oben ist Frieden. Bald geh ich dorthin. Bloß erst bis zu dem Rand dort kommen.« Und er zeigte auf den Horizont. »Stell dich vor ihren Schädel und guck ihr in die Augen. Siehst du, du blinzelst, und sie blinzelt nicht. Die Fliegen setzen sich um ihre Augen, sie blinzelt nicht. Die Haut zuckt an ihr, sie blinzelt nicht. Der Mensch hat seichte Augen, bei jedem siehst du auf den Grund, ist er ein Geizhals oder ein Heuchler, hat er ein sündiges Gewissen oder ist sein Leben schmerzensreich. Bei der Kuh haben sie keinen Grund. Keine Ränder. Da. Siehst du, wie dieses Auge die Wiesen umschließt? Das alles ringsum ist ein Kuhauge, und wir sind tief in ihm drin. Aber mehr sag ich dir, wenn ich dort bin. Ich hab schon Hartkäse für den Weg und einen Rüsterstock.«

Später erkundigte ich mich öfters bei dem einen oder andern, mit dem ich damals Kühe gehütet hatte auf den Wiesen, ob der Kaziuń zurückgekommen sei. Er war nicht zurückgekommen, aber wie hätte der Tölpel sollen, wenn er nur den Hinweg kannte? Und mit der Zeit, als ich dann immer seltener kam, hatte ich hinzufügen müssen, der, der früher die Kühe bei den Sroczyńskis gehütet hat. Und nach Jahren, als ich nur noch zu Allerheiligen erschien, musste ich den Leuten sogar erzählen, wer der Kaziuń gewesen war, dass er das ganze Leben die Kühe bei den Sroczyńskis gehütet hatte, und ich erfuhr, dass er wohl nicht zurückgekommen war, denn keiner erinnerte sich an ihn. Bestenfalls äußerte jemand die Vermutung, bei den Sroczyńskis müssten sie es wissen, wenn er bei ihnen gehütet hatte. Doch bei den Sroczyńskis waren inzwischen alle tot, und die Enkelinnen hatten studiert und waren abgereist. Und das Haus stand leer.

Onkel Stefan wunderte sich regelrecht bei meinen Fragen:

»Kaziuń? Kaziuń? Nein, schlag mich tot, ich erinnre mich nich. Bei den Sroczyńskis, sagst du? Außerdem, Pietrus, wenn man sich so wöllte an alle rundherum erinnern, einen Kopf wie einen Zuber müsste man haben.«

Und Tante Jadwinia setzte hinzu:

»Und dann, Piotruń, hieß denn nur einer im Dorf Kaziuń? So ruft man jedes Kind, das auf Kaźmierz getauft ist.«

Nur Onkel Władek, kurz vor seinem Tod, als ich ihn damals besuchte, erinnerte sich an Kaziuń:

»Wohin, sagste, hat er sich uffgemacht, in den Himmel? Was so ein Kuhhirte nich manchmal ausbrütet in seinem Nischel. Ich sag dir sogar, der hat Mohrchen mitgenommen. Drum traut er sich nich zurücke. Der weeß, ich reiß ihm die Beine ausm Arsch. Was Gescheutes kommt nie raus bei so einem Findel. Obwohl, Mohrchen hat ihn gerne gehabt. Denn es muss einer gewesen sein, den das Mohrchen gerne hatte. Sonst hätt ich den Mistkerl längst gefunden. Aber er kann hingekommen sein. Mit Mohrchen, da kann er hingekommen sein.«

KAPITEL 5

Die Jakobskirche

Ach ja, du gehst zum Herrn Lehrer, da nimmst du das Stück Fleisch für ihn mit. Wenn ers kochen will, soll er es zuerst waschen, dann in den Topf, kaltes Wasser drauf, Petersilienwurzel, Möhren, Zwiebeln schneiden, aber die Zwiebel vorher auf dem Blech braun werden lassen. So schmeckt sie am besten. Und auf kleiner Flamme soll ers kochen. Und die Fusseln nicht vergessen abzuschöpfen, sonst wird die Brühe trüb. Wirst du dir das merken? Wiederhole. Aber wenn ers schmoren will, muss er es erst in Würfel schneiden, etwas Schmalz zerlassen in der Pfanne, eine Zwiebel rein, na so in Scheiben, anbraten, bis sie leicht gebräunt ist, und dann die Zwiebel ins Kasserol. Er hat doch ein Kasserol, du hast keins gesehn? Dann in den Topf. Und in die Pfanne, in das Schmalz, tut er das Fleisch, salzen, eine Prise Pfeffer ist nicht verkehrt, bloß wo nimmt man heut Pfeffer her, und genauso anbraten, aber auch ja von allen Seiten, dann tut ers ins Kasserol oder in den Topf, gießt Wasser drauf, deckts zu, und so langsam vor sich hin schmoren lassen. Und wenn es gar ist, macht er die Mehlschwitze. Einen Löffel Mehl in einem Töpfchen mit der Soße vom Fleisch verquirlen. Wirst du dir das merken? Wiederhole. Und wo hast du das Salz gelassen? Mit dem Wasser, in dem er das Fleisch gewaschen hat, soll er die Blumen gießen. Er hat Blumen im Fenster, ich habs gesehn. Ich habs immer dazu genommen, und sie sind prächtig gekommen. Weißt du noch, Zygmunt, unser Farn? Wir mussten ihn vom Fenster nehmen, weil er zu groß geworden war. Mein Gott, ich hab so gern Blumen im Fenster, und hier passt nichts hin. Ach ja, und vergiss nicht, ihm zu sagen, es ist ganz frisch.

Wir konnten das Fleisch nämlich nicht mehr allein aufessen. Der *Starschina* Iwan oder einer von den Gehilfen brachten uns fast täglich einen halben Eimer voll, und zwar die besten, aus den Hinterteilen herausgesäbelten Stücke, bis die Mutter bat, sie sollten mal welches mit Knochen bringen, sie würde eine Brühe kochen, wir hätten schon lange keine Brühe gehabt. Mitunter versuchte sie dem *Starschina* zu erklären, es sei zu viel Fleisch für uns, wenn sie vielleicht jeden zweiten Tag was brächten, er aber winkte ab, *nitschewo*[50], da, die Herde liegt in den Wiesen und wartet, und so kreuzlahm, jede zweite Kuh zum Schlachten, und sie haben Nachricht, dass die nächste schon anrückt und nach ihr die nächste. Er zeigte auf mich, ich wachse, da muss ich viel Fleisch essen, auf den Vater, wenn der Fleisch isst, wird er schneller gesund.

Also aßen wir dieses Fleisch Tag für Tag, zu allen Mahlzeiten, und die Mutter gab sogar acht, dass wir nicht zu viel Brot dazu nahmen. Iss nicht so viel Brot. Man braucht nicht so viel Brot zu Fleisch. Nur der Vater aß weniger, weil er keinen Appetit, nun und weil der Arzt ihm geraten hatte, maßvoll zu essen, aber auch ihm redete die Mutter zu, Zygmunt, iss wenigstens ein Stück Fleisch, da, schau, wie mager, wie weich, die reine Gesundheit. Dann eben hier, das kleinere. Essen wir, essen wir, solange sie noch diese Kühe aus Deutschland hertreiben, denn hinterher heißts wieder grübeln, was wir in den Topf tun. Gebs Gott, dass sie sie noch lange treiben. Wo kommen bloß die vielen Kühe her in einem einzigen Staat? Vielleicht essen sie dort kein Rindfleisch, so wie die Juden nichts vom Schwein? Nicht mal Kassler oder Schinken. Die Szmuls, die bei den Eltern gegenüber wohnten, haben zu den Feiertagen immer nur eine

[50] (russ.) macht nichts

Gans gekauft. Manchmal, im Herbst, wenn der Vater geschlachtet hatte, haben wir ihnen ein Stück Presskopf oder Blutwurst rübergebracht oder was vom Blatt, aber sie habens nicht genommen, der Glaube erlaubt es ihnen nicht. Was ist das für ein Glaube, der dir verbietet, Fleisch zu essen? Hat der Vater im Garten Wurst geräuchert, ist der Szmul gekommen, hat sich vor die Tonne gesetzt und geschnalzt, wie das riecht, ei, wie das riecht. Alle Wiesen, alle Felder, alle Gaben Gottes riechen nicht so, wie Eure Wurst, Józef. Und wenn man bedenkt, dass sich der Mensch die Wurst ausgedacht hat, denn Gott hat ihm nur den Knoblauch gegeben. Das hat er gesagt. Das riecht im Magen, riecht in den Ohren, riecht in den Augen, Józef. Dann greif zu, Szmul, reiß dir ein Stücke ab und iss, hat der Vater gesagt. Soll ich es für dich abreißen? Nein, Józef, Gott erlaubt es uns nicht. Ich sündige schon, dass ich hier sitze und schnuppre. Ach was, du faselst, und uns erlaubt er es, wieso? Weil euer Gott jünger ist, Józef. Und die Jungen, wisst Ihr, die stellen die Welt gern auf den Kopf und hören nicht auf die Alten. Hätte eurer auf unsern gehört, wär er nicht gekreuzigt worden. Unsrer wusste, wie alles kommen wird. Er hats gewusst und hat die Welt so eingerichtet, dass unsrer kommen musste, um sie zu heilen? Unnötig, Józef. Sie war nicht so schlecht, die Welt. Und eine heilere wird es nicht geben.

Wir hatten das Fleisch satt, und wenn der *Starschina* Iwan oder einer von den Gehilfen wieder mit dem Eimer ankam, bat der Vater die Mutter sogar manchmal, kochst du heut nicht eine Kartoffelsuppe. Zumal noch Fleisch von gestern übrig war, rohes und gekochtes, und von vorgestern und von den vorangegangenen zwei, drei Tagen und manchmal noch von früher. Denn die Mutter versuchte, solange es ging, das Fleisch zu retten, sie trug es in den Keller, salzte es ein, beträufelte es mit Essig, wickelte es in Brennnesseln, abgesehen davon, dass sie das größte Stück immer zu den Fräulein Poncka brachte.

Aber die Fräulein Poncka sträubten sich, sie fürchteten, dick zu werden, und sie nahmen nur so viel, dass es gerade mal reicht für zwei kleine Beefsteaks, wie sie sagten. Und es half nicht, dass die Mutter unablässig auf sie einredete, sie müssten dicker sein, sie sind zu mager, die Männer haben was Dickeres lieber, wenn sie was dicker sind, finden sie eher einen Mann, sie werden doch nicht ewig ledig bleiben, solange sie jung sind, na gut, aber die Jugend vergeht, und was dann? Sie gaben der Mutter recht, irgendwie beschämt über ihre Magerkeit, obwohl sie gar nicht so mager waren. Sie bedankten sich, wiederholten in einer Tour, wie gut Sie sind, wie die leibliche Mutter, aber sie nahmen nur so viel, dass es gerade mal reichte für diese zwei kleinen Beefsteaks.

Die Mutter trug auch Fleisch auf den Markt, natürlich heimlich, und verkaufte es oder tauschte es bei den Händlerinnen gegen Milch, Sahne, Eier, Butter ein. Und wenn sich der Vater wunderte, woher kommt die Butter bei uns, woher die Eier, die Sahne, antwortete sie ihm, fast beleidigt, dass er sich unterstand zu fragen:

»Du musst nicht gleich immer alles wissen. Sieh lieber zu, dass du gesund wirst. Keine Angst, ich steh nicht unter der Laterne.« Aber auch so häufte sich das Fleisch, gekocht und roh, oft war es angeschimmelt, fing an zu stinken, wenn man von draußen hereinkam, roch es nach Aas. Die Mutter verteidigte dieses Fleisch jedoch erbittert auch gegen die leiseste Vermutung, hier stinke was. Es stinkt wahrscheinlich von den Wänden her, aus den Ecken, der Schwamm steckt drin, was sonst, im Souterrain. Und wehe, man sagte, kein Schwamm, das Fleisch stinkt.

»Guckt euch den an, das Fleisch stinkt ihm in die Nase«, enpörte sie sich. »Bete zu Gott, dass ers dein Leben lang so stinken lässt. Wenn sie aufhören, die Kühe aus Deutschland herzutreiben, hörts auf zu stinken. Wir werden ja sehen, was dann ist.«

Und wirklich trafen sie seit einiger Zeit seltener ein, zuerst eine Herde am Tag, dann eine aller zwei, drei Tage, und bisweilen noch seltener. Nun warteten nicht mehr die Kühe auf den

Starschina Iwan und seine Gehilfen, sondern der *Starschina* Iwan und seine Gehilfen warteten auf die Kühe. So brachten sie uns nicht mehr so oft, jedenfalls nicht täglich wie zuvor, einen Eimer mit Fleisch. Anfangs nahmen wir das mit Erleichterung auf. Der *Starschina* Iwan hockte jetzt häufiger bei uns. Vater und er waren sogar übereingekommen, sie seien im selben Krieg gewesen, dazu an derselben Front, am selben Abschnitt, nur auf entgegengesetzten Seiten. Und wenn sie sich so in diesen Krieg vertieften, stellte sich heraus, dass sie dieselben Städte, Städtchen, Dörfer, Marktflecken, Gutshöfe erobert und aufgegeben hatten, und sie entschuldigten sich fast voreinander, wenn einer hatte etwas erobern müssen, und umgekehrt, der eine bemitleidete den andern, wenn der etwas hatte aufgeben müssen, als berechtigte sie der Umstand, dass sie einmal Feinde gewesen waren, jetzt nicht nur zu gemeinsamer Erinnerung. Durch diesen Krieg hatten sie sich so angefreundet, dass der *Starschina* Iwan zunehmend schwerer seufzte, nicht mehr lange, und er wird von uns Abschied nehmen müssen, und auch der Vater bedauerte, dass sie sich nicht wiedersehen würden, denn selbst wenn der *Starschina* Iwan einmal käme, wie er versprach, den Vater fände er bestimmt nicht mehr vor.

Und eines Tages erschien der *Starschina* Iwan in funkelnagelneuer Uniform, mit Orden behängt, einem vollen Eimer mit Fleisch und sagte, den bringt er uns zum letzten Mal, sie ziehen ab. Sie hätten Befehl, den Schlachthof zu schließen, Kühe würden keine mehr hergetrieben, das gestern war die letzte Herde, was notwendig war, haben sie geschlachtet, der Rest ist nach Russland weiter.

»So ein reiches Land soll das sein, dieses Deutschland«, sagte die Mutter wehmütig. »Und schon haben sie keine Kühe mehr? So viel habt ihr nun auch wieder nicht geschlachtet. Sie könnten ruhig noch welche hertreiben. Für die Menschenmengen, die sie ermordet haben, müssten sie treiben und treiben.«

»Nun, vielleicht haben sie noch welche, aber ein paar müssen wir ihnen lassen«, nahm der *Starschina* Iwan die Deutschen vor der Mutter in Schutz. »Feind bleibt Feind, aber die Kinder müssen Milch trinken. Die Kinder sind uns nichts schuldig.« Und er straffte den Oberkörper mit diesen Orden vor dem Vater, als wollte er ihm ein letztes Mal Meldung machen, und sagte: »Dass du mir auch am Leben bist, wenn ich komme, *Lejtenant*[51]. Vergiss das nicht.«

Und erneut gingen wir zu Kartoffelsuppe, Brotsuppe, Grütze mit Milch, mit Speck, Quarkknödeln über und erwähnten bei jeder Gelegenheit das Fleisch aus jener anderen Zeit, jenem anderen Leben, jener anderen Welt. Das Schlimmste aber war, dass ich nicht wusste, wie ich vor dem Herrn Lehrer jetzt begründen sollte, warum ich ihm kein Fleisch mehr brachte. Der Vater hatte der Mutter im übrigen von Anfang an Vorhaltungen gemacht, wie kann man dem Lehrer Fleisch bringen, er denkt womöglich, es ist anstelle von Bezahlung. Auch ich hatte mich gewehrt, es sei mir peinlich, mit Fleisch zum Unterricht zu gehen, ich schmier mir die Hefte noch mit Blut voll, oder der Lehrer lacht mich aus, aber sie war nicht zu überzeugen gewesen.

»Nimm, du Dämel. Was für ein Junge! Wieso soll er dich auslachen? Als hätt ich nicht gesehen, wie er darbt. Fleisch ist jetzt das beste Geschenk. So wie vorm Krieg ein Korb mit Blumen. Ich selber tät mich freuen, würde mir jemand welches bringen. Die Hefte trägst du in der einen Hand, da kannst du in der andern das Fleisch tragen. Und wenn er fragt, woher wir es haben, sagst du, vom Onkel aus dem Dorf.«

Entgegen meinen Befürchtungen, lachte mich der Herr Lehrer nicht aus, ja er wunderte sich nicht einmal, er fragte nur, was er zahle. Und als ich ihm sagte, nichts, das sei vom Onkel aus dem Dorf, murmelte er etwas über dem schon geöffneten Portemonnaie, schloss es, steckte es ein und sagte, mein Dankeschön an die Mama.

Ebenso beim nächsten Mal, wieder langte die Mutter, schon

[51] (russ.) Leutnant

fast wie aus Gewohnheit, ein Stück Fleisch aus dem Eimer, weil sie ihn eben gebracht hatten, das nimmst du mit für den Herrn Lehrer. Und der Herr Lehrer fragte nicht mal mehr, was er zahle, er sagte nur, leg es dorthin, und danach gleich, was hast du zu heut auf. Und von da an brachte ich ihm dieses Fleisch, solange sie die Kühe aus Deutschland trieben, wenn auch nicht zu jeder Stunde, sondern zu jeder zweiten, dritten, damit er nicht denkt, wir sind reich und verheimlichen ihm das nur, wie die Mutter sagte, oder wir haben gar eine Schlächterei.

Dass wir, den Umstand nutzend, dass er ihn selbst niemals einforderte, den Lohn für die Stunden schuldig blieben, ist eine andere Sache. Und das manchmal wochenlang, bis die Mutter wieder einmal über Land gewesen war und was verdient hatte, dann durfte ich auch dem Herrn Lehrer eine bestimmte Summe hintragen, obwohl nicht alles. Zuerst rechnete sie aus, wie viel sie für was würde ausgeben müssen, unter anderem für den Arzt und für Vaters Medizin, wonach sich meist herausstellte, dass nicht mehr viel übrigblieb für den Herrn Lehrer. Bitte ihn um Entschuldigung, wenn du hingehst, beim nächsten Mal geben wir ihm dann alles zurück. Vielleicht, wenn ich mit Zigaretten fahre.

Doch auch das, was ich dem Herrn Lehrer hintrug, versetzte ihn für gewöhnlich in eine seltsame Verlegenheit. Er blickte auf das Geld, als traute er sich nicht, es anzunehmen, und fragte noch besorgt, ob wir selbst was hätten, ob wir auch bestimmt was hätten, ich solle ihm die Wahrheit sagen. Und er beugte sich vor, sah mir tief in die Augen, na, schau mir in die Augen. Doch ich verstand mich schon darauf, alles in meinen Augen zu verbergen, und ich erwiderte seinen besorgten Blick kalt, wir hätten wirklich was.

Bei sonnigem Wetter machte der Herr Lehrer, statt der Unterrichtsstunde, mit mir Ausflüge in die Stadt. Meist erwartete er mich dann schon ausgehbereit, im Anzug, mit Krawatte, glattrasiert, nach Kölnisch Wasser duftend. Mitunter aber trug er, anstelle der Krawatte, eine ausladende Fliege, die mit einer Stecknadel oder Sicherheitsnadel unmittelbar an seinem schwabbeligen Doppelkinn festgesteckt zu sein schien, und sobald ich in der Tür erschien, erklärte er, heute machten wir einen Spaziergang, es sei zu schade, bei so schönem Sonnenwetter in den vier Wänden zu hocken. Er setzte den Hut auf, nahm den Spazierstock, und wir gingen los.

»Aber geh nicht zu schnell«, ermahnte er mich im Hinblick auf sein Alter, wie es schien, doch gleich fügte er erklärend hinzu: »Du tust denselben Schritt nie ein zweites Mal.«

Und jeder Spaziergang begann damit, dass er nach gut zehn Schritten stehenblieb und mich aufforderte, mich in der Gegend umzusehen, worauf er fragte:

»Und was siehst du? Na, um dich herum, was siehst du da? Schau dich gut um.«

Ich schaute mich also um und zählte auf, was ich sah, Gebäude, Bäume, Zäune, Menschen, Tauben auf dem Dach, Wolken am Himmel, aber nie nickte er darauf bestätigend, sondern fragte nur weiter:

»Und was noch?«

Und als ich sagte, mehr sähe ich nicht, half er mir nicht ein, dies noch und das, er warf nur hin, dann gehen wir weiter und ließ mich in der quälenden Ungewissheit, ob ich nicht etwas übersehen hatte. Mitunter war ich drauf und dran, umzukehren und nachzuschauen, was, doch es gab kein Zurück, denn wir gingen weiter. Darauf verhielten wir an einem neuen Fleck, nicht unbedingt weit entfernt von jenem, aber mit veränderter Sicht, und wieder fragte er mich:

»Na, und was siehst du hier? Schau dich in Ruhe um. Wir haben es nirgendwohin eilig. Stell dir vor, wir warten hier auf jemanden, und er kommt vielleicht in einer Stunde, oder er kommt gar nicht, aber wir sind verpflichtet, auf ihn zu warten.«

Einmal, von dem Gedanken gequält, dass ich mehr nicht zu sehen vermochte, und wir wollten gerade weiter, fasste ich mir ein Herz und wandte mich, vielleicht sogar das Gebot der Mutter übertretend, gehorsam zu sein, beinahe dreist an ihn:

»So sagen Sie mir doch, was noch da war und was ich nicht gesehen habe.«

»Ich weiß es nicht«, erwiderte er zu meiner Verwunderung.

Ein Lehrer, dachte ich bei mir, und weiß es nicht. Er redet sich raus. Oder er sieht schlecht, weil er alt ist, und führt mich deshalb zum Spaziergang aus, damit ich auf ihn achtgebe wie ein Hund, der die schlecht Sehenden führt oder die ganz Blinden, zumal er mich öfters ermahnte:

»Entferne dich nicht zu weit. Halt dich in meiner Nähe.«

Bloß, wieso trug er keine Brille, wenn das so war? Alle, die schlecht sahen, trugen eine. Er aber setzte nur manchmal in der Wohnung, wenn er lesen wollte, was ich in meinem Aufsatz geschrieben hatte, eine auf.

»Weißt du«, sagte er, als wir jenen Fleck schon verlassen hatten, »das, was du siehst, sieht kein anderer. Und sähe er noch so viel.«

Ich verstand kein Wort von alledem, doch ich traute mich nicht, nachzufragen, denn wir blieben wieder stehen, und wieder pochte er, wie es seine Art war, mit dem Spazierstock aufs Pflaster, und wieder vernahm ich über mir, denn er war groß, so dass ich ständig zu ihm aufblicken musste:

»Nun, und was siehst du hier? Du brauchst nicht der Reihe nach, sag, was du siehst.«

Manchmal ließ er mich allein, damit ich mich umschaute, was es zu sehen gab, und trat zu einem Bekannten, der ihn eben besonders überschwenglich begrüßte:

»Ah, der Herr Professor. Meinen Gruß, meinen Gruß. Was macht die werte Gesundheit? Man hat Sie lange nicht in der Stadt gesehen.«

Im übrigen begrüßten ihn alle, denen wir auf unsern Spaziergängen begegneten, auf diese Weise, überschwänglich, ehrerbietig, bisweilen unterwürfig, manche geradezu scheu, befangen. Und es gab niemanden, der ihm nicht mindestens grüßend zugenickt hätte. Selbst die Frauen taten das als erste, alte, junge, arme, elegante, mit Händen wie Weidengerten, denn manchmal hielten sie an und reichten ihm die Hand zum Kuss.

Er schien jedoch nicht glücklich darüber, dass ihn hier alle kannten, ja ihn bedrückte wohl die Pflicht, dass er sich fortwährend erinnern musste, denn das verlangten von ihm all die Gesichter und jedes Guten Tag, Herr Professor, was macht die Gesundheit, Herr Professor, die nicht bedachten, dass sie inzwischen zu viele waren für ein einziges menschliches Gedächtnis, selbst das eines Lehrers, wer weiß, ob es nicht sogar zu viele gewesen wären für das Gedächtnis Gottes.

»Je länger man lebt, umso weniger Leute kennt man«, seufzte er manchmal bedauernd, besonders wenn eine Frau ihn zuerst gegrüßt hatte. »Das Gesicht kam mir bekannt vor«, fügte er nach kurzer Überlegung hinzu, »aber ich habe sie nicht erkannt, da siehst du mal. Wäre es ein Mann gewesen, ginge es noch an, alle Männer sind wie Tropfen aus demselben Fass. Doch bei den Frauen sollte man sich an jede einzelne erinnern.«

Auf einem dieser Spaziergänge bog er einmal in eins der am oberen Markt abzweigenden winzigen Gässchen ein und führte mich zu einer Stelle, wo der Hügel, auf dem die Stadt lag, steil abfiel. Auf der anderen Seite der hier parallel zum Markt verlaufenden verwahrlosten, kopfsteingepflasterten löchrigen Straße zog sich, unmittelbar am Rand des steil abfallenden Hügels, fast wie über dem Abgrund hängend, eine Reihe niedriger verfallener Häuschen entlang, in der nur da und dort eines aus rotem Ziegelstein mit gemauertem Fundament herausstach. Ungefähr in der Mitte zwischen ihnen stand ein stattliches Gebäude, das die andern an Größe übertraf, und, auch wenn die Türen und Fenster herausgerissen waren, regelrecht stolz aussah.

»Das ist die Synagoge«, sprach der Herr Lehrer.

Ich wusste, dass es die Synagoge war. Im Krieg hatten wir mit dem Großvater die Szmuls bis vor die Synagoge gefahren.

Und genau hier hatte mein Fuß zum ersten Mal diese Stadt betreten. Später hatte mich der Großvater noch dreimal zum Jahrmarkt mitgenommen, der Jahrmarkt aber fand auf dem Markt statt, und das war alles, was ich von der Stadt gekannt hatte, bevor wir für fest hierher gezogen waren. Doch ich gestand ihm nicht, dass ich es wusste, im übrigen erwartete er das nicht von mir.

»Vor noch gar nicht langer Zeit haben hier die Juden gewohnt«, sprach er wieder und sah zu den verfallenen Häusern längs der Straße hinüber. »Erinnerst du dich an die Juden?«

Er überraschte mich mit dieser Frage, deshalb zögerte ich, ob ich ihm antworten sollte, ich erinnere mich, oder nicht, denn ich dachte, wenn ich ihm sage, ja, gibt er mir bestimmt zur nächsten Stunde auf, schreib, woran du dich erinnerst. Mir aber stand Sulka vor Augen, und was sollte ich über Sulka schreiben, dass sie ohne Schlüpfer herumgelaufen war? Doch wenn ich ihm sage, ich erinnere mich nicht, kann er mir aufgeben, schreib, woran du dich nicht erinnerst, denn er gab einem über alles etwas auf. Zum Glück hatte er die Frage wohl nur an sein eigenes Gedächtnis gerichtet und streckte auch gleich den Arm zu diesen Häusern hin aus und sagte:

»Dort hat Vogel gewohnt, der Schuster. Und dort die Waschfrau Bajgele. Und dort Mojsze Caruso. So haben sie ihn genannt. Eine schöne Stimme hatte der, obwohl er ein Dieb war.«

Er machte mir ein Zeichen, und wir gingen auf die andere Straßenseite. In einer breiten Lücke zwischen den Häuschen blieben wir stehen, dicht am Rand des steil abfallenden Hügels. Von hier aus hatte man Aussicht auf die Weichselbiegung, die Jakobskirche und, weiter, auf die Paulskirche mit den hohen Baumwipfeln, die den Friedhof anzeigten, auf die zahlreichen, meist von Obstgärten überzogenen Anhöhen, nahe, entferntere, und auf die in diesen Obstgärten verstreut liegenden Häuser. Wie zufällig wählte er aus der ganzen Umgebung den nächstgelegenen Garten aus, mit einem weißen Haus mittendrin, auf der Anhöhe gegenüber, von der uns lediglich ein tiefes grellgrünes Tal trennte, und sagte:

»Schau, dieser Garten dort. Siehst du, wie er mit Sonne angefüllt ist? Als schritte die Sonne zwischen den Bäumen hindurch.« Worauf er den Arm ausstreckte und, nach links in die Ferne weisend, fortfuhr: »Und dort Sankt Jakob, verdeckt von den alten Linden. Es heißt, der heilige Jacek hat sie selbst gepflanzt. Wir gehen einmal hin. Vielleicht warst du schon dort?«

»Nein.«

»Dann gehen wir einmal im Unterricht hin, wenn schönes Wetter ist.«

Später hatte ich ihn fast im Verdacht, dass er etwas gewusst haben musste damals oder dass er vielleicht die Gabe besaß, menschliche Schicksale vorauszuahnen, denn in jenem weißen Haus, in dem Garten, auf der Anhöhe gegenüber, wohnte Anna, was ich noch nicht wissen konnte, und in St. Jakob fand unsere Trauung statt, nun, und zuvor hatten wir uns meist dort verabredet.

Denn Anna hatte einmal den Einfall gehabt, wir könnten uns in der Kirche verabreden, falls es regnete oder kalt wäre, hätten wir ein Dach über dem Kopf, und außerdem wohnte sie ganz in der Nähe, aus der Kirchentür heraus und nur den Hohlweg hinunter und nach Verlassen des Hohlwegs hinein in das grellgrüne, hier und da mit Häusern bestückte Tal, und linkerhand den Weg durch den Garten hinauf, wo ganz auf dem Gipfel ihr Haus stand. Dieses Haus war aus dem Tal kaum zu sehen, es schimmerte nur da und dort durch den Garten, und zur Zeit der Baumblüte verschmolz es fast mit dem Weiß und war zusammen mit der Anhöhe ein einziges trächtiges Blühen. Dafür sah man es von dem Hügel der Stadt, von der rückwärtigen Seite des Marktes aus, wo mich der Herr Lehrer damals hingeführt hatte, und wo er mich dann noch öfters hinführte, wie aus der Vogelperspektive. Und es war wie in Reichweite, fast zum Greifen nahe. Man konnte meinen, man brauchte nur den Arm auszustrecken und könnte, über das grellgrüne Tal hinweg, ohne weiteres die Baumspitzen dieses blühenden Gartens streicheln wie das Fell einer sich in der Sonne räkelnden Katze und vielleicht gar mit dem Finger an das eine oder andere Fenster des Hauses klopfen, das dort auf dem Gipfel stand.

Das Wichtigste jedoch war, in St. Jakob konnten wir uns wesentlich öfter treffen als irgendwo sonst in der Stadt. Denn hier fanden dauernd irgendwelche Nachmittagsandachten statt, so dass sich Anna nicht für jedes Ausgehen rechtfertigen und faule Gründe ausdenken musste, sie sagte nur wahrheitsgemäß, sie ginge in die Kirche. Denn sie wurde gehütet und gehegt. Kein Wunder, sie war das einzige Kind und die Familie groß und fromm, und also erwies sich dies als die beste Methode, sich leidlich Freiheit zu verschaffen, ganz abgesehen von dem Beifall, den ihre plötzliche Frömmigkeit fand. Wenn sie ankündigte, sie wolle zur Maiandacht, zur Andacht für das heiligste Herz Jesu, zum Rosenkranz, zur Vesper, zur Fastenandacht, nahmen das alle im Haus mit Erleichterung auf, ja die Großmütter seufzten hoffnungsfroh, vielleicht gebe ihr Gott dafür einmal einen guten Mann, nicht einen Säufer, und dazu einen reichen. Sie antwortete für gewöhnlich empört, sie denkt nicht an einen Mann, sondern nur daran, das Abitur zu machen und angenommen zu werden zum Studium. Die Großmütter also etwas kleinlauter, doch nicht jetzt, ach was, nein irgendwann, in der Zukunft, einmal kommt die Zeit, weil sie kommen muss. Jetzt, ja freilich, ist das Lernen wichtiger. Aber keinen Säufer, sondern einen Reichen, darauf beharrten sie, und sie empfahlen ihr aus Herzensgüte und aus Erfahrung, bei jeder Andacht ein extra Ave Maria dafür zu beten.

Sie aber stichelte gegen die Alten, sie betet nicht um einen Reichen, sie wird einen heiraten, den sie liebt und der sie wiederliebt, und der muss nicht reich, der kann arm sein, denn die Liebe ist ihr Reichtum.

»Jaja, gut wär es schon, wenn er dich liebt«, stimmten die

Alten ein. »Aber reich könnte er auch sein, was schadet das. Mit Liebe allein kommt man schwer durchs Leben.«

Natürlich versäumte sie nicht, mir zuvor in einer Pause in der Schule zuzuflüstern, heute geht sie zur Maiandacht, zur Andacht für das heiligste Herz Jesu, zum Rosenkranz, zur Vesper, zur Fastenandacht.

»Ich bin heut in der Jakobskirche. Kommst du? Komm. Wir könnten früher weg und spazierengehen. Oder du bringst mich wenigstens das Stück bis zu unserm Garten.«

Es geschah jedoch mitunter, dass jemand von der Familie beabsichtigte, mit ihr zur Andacht zu gehen, dann warnte sie mich:

»Aber ich bin nicht allein. Die Mama oder die Großmama kommt mit. Ich kann ihr doch nicht sagen, sie darf nicht. Misch dich unter die Leute, am besten unter der Empore oder seitlich, am Eingang. Wo wirst du stehen, damit ichs weiß? Dann sind wir wenigstens so zusammen. Ich werd an dich denken. Und denk du auch an mich.«

Mit der Jakobskirche verband uns auch, dass der Organist Jan gestorben war, bei dem Anna Klavierstunden genommen hatte. Das waren eigentlich keine Unterrichtsstunden in des Wortes wirklicher Bedeutung gewesen. Denn Jan hatte in Anna nicht die Schülerin, sondern eher den letzten Funken Freude in seinem Leben gesehen. Mein Engelchen, ah, da ist es ja, mein Engelchen, und ich dachte schon, es kommt heut nicht. Bei dem Sturm, der Kälte, einen Hund würd man nicht vor die Türe jagen. Nicht so spielt man das, mein Engelchen. Schlag das Cis kräftiger an, mein Engelchen. Und weil er schon sehr alt und gebrechlich war, ließ er Anna durchgehen, dass sie über ihn bestimmte. Er gab ihr nichts auf, wenn sie nicht wollte, oder sie übte nicht das, was er ihr aufgegeben hatte, ja sie vergaß sogar, dass sie zum Unterricht musste, oder sie rannte in letzter Minute los, eine ganze Stunde verspätet, und Jan, glücklich, dass sie noch gekommen war, begrüßte sie erfreut, ah, da ist es ja, mein Engelchen.

Aber auch Anna erzählte von Jan stets voller Rührung, wie von jemandem, der ihr sehr nahestand, und sie hätte sich nicht vorstellen können, nicht zu Jan in den Unterricht zu gehen. Obendrein nahm er keinen Heller. Dafür brachte sie ihm manchmal ein Körbchen Äpfel, Pflaumen, Aprikosen oder wenigstens eine von den ersten gelben Birnen mit, und er nahm es nur an, weil es aus dem eignen Garten war, als einen Beweis, dass sie an ihn dachte, und nicht als Bezahlung, Gott bewahre, dazu wäre er nie bereit gewesen.

Trotz seines Alters und seiner Gebrechlichkeit klammerte sich Jan an die Kirche. Er kraxelte mit sichtlicher Mühe auf die Empore, allein kraft seines Willens zog er sich mit den gichtkrummen Händen am Treppengeländer hoch, polterte mit den Füßen, dass die Kirche dröhnte. Doch nicht einmal zu einer kurzen Reise, irgendwohin zur Erholung, ließ er sich vom Pfarrer überreden, und schon gar nicht wollte er hören, es sei vielleicht an der Zeit, dass ihn ein Jüngerer ablöse. Manchmal brauchte ihn der Pfarrer nur ganz harmlos und ohne einen Hintergedanken zu bedauern oder ihm vorzuschlagen, heute hielte er vielleicht eine stille Messe ab, dann müsse Jan nicht auf die Empore, und schon war Jan erzürnt:

»Mein Spiel schrillt Ihnen in den Ohren, was? Aber dem Herrgott schrillt es nicht. Und hier, in der Kirche, regiert der Herrgott. Der Pfarrer hat seinen Altar, an den soll er sich halten. Die Empore steht unter meinem Kommando. Ich hab genug zu Gottes Lob gespielt, gesungen und hab manchen Pfarrer überlebt, nur Gott kann mir befehlen, auszuruhen. Und Gott sagt mir, spiel, Jan. Ich hab mich an dein Spielen gewöhnt und will kein andres. Bestell das dem Pfarrer. Bestimmt will er einen aus der Sippe unterbringen. Soll sein, soll sein. Aber solange deine Finger leidlich gehn, spiel du für mich.«

Als Jan plötzlich starb, nahm das den Pfarrer trotz allem so sehr mit, dass er lange Zeit gar nicht versuchte, einen neuen Organisten zu finden. Die Leute nannten ihm die verschiedensten Kandidaten, doch jeder war nicht der richtige, nicht der, und mit Jan vergleichen konnte er sich erst gar nicht. Er zögerte und betonte immerzu, man müsse das gut überlegen, sich gründlich umsehen, suchen, vielleicht in den Pfarren auf dem Dorf, wer weiß, ob es in einem Dorfkirchlein nicht einen gebe, der Jans Billigung als sein Nachfolger fände. Nun, und da fiel ihm ein, dass Anna ja Jans Schülerin gewesen war. Er bat sie also, Jan zu vertreten, vorübergehend, versteht sich, bis ein neuer Organist da ist, was nicht lange dauern wird, der Bischof höchstpersönlich hat versprochen, zu überlegen, wer Jan hier würdig ersetzen kann. Die Kirche kann nicht länger ohne Musik bleiben, nicht mal zur Messe am Sonntag ist einer da, der wenigstens die paar bescheidenen Akkorde spielt, ob also Anna für die kurze Zeit nicht könnte, auf die Art ehrt sie ja auch Jan, sie war doch seine Schülerin, und Jan konnte ihren Fleiß nicht hoch genug loben. Immer hat er ihm voller Stolz erzählt, wie begabt sie ist, wie rasch sie vorankommt. Und er redete auf sie ein und bat sie so inständig, dass Annas Erklärungen – sie habe nicht viel gelernt, Jan war zu gut zu ihr, sie hat den Unterricht nicht ernst genommen, was sie jetzt bereut, sie hätte so viel von Jan lernen können, so viel Herz, Geduld, Zeit hat er aufgebracht, und sie kann nach all den Stunden nur ein bisschen klimpern, ja zu Schulfeiern, zu bunten Nachmittagen oder zur Abschlussfeier hat sie schon gespielt, irgendwann im Rathaus für arme Kinder, im Kindergarten zum Tag der Erzieherin, im Offiziersklub zum Jahrestag irgendeiner Schlacht, aber nur Soldatenlieder, die Klaviere sind ja auch überall verstimmt, und keinen stört das, da stört es auch nicht, wie sie spielt, Hauptsache, sie spielt, doch in der Kirche, dazu auf Jans Harmonium, nein, nein, das kann sie nicht, da hat sie Angst, und sie brach sogar in Tränen aus –, dass also all ihre Erklärungen und Tränen nichts halfen, zumal Annas Familie es als große Auszeichnung empfand, dass sie in der Kirche den Organisten vertreten sollte, und alle dem Pfarrer nach Kräften beistanden, bis sie schließlich nachgab.

Ich ging mit ihr zu den Proben in die Kirche, die nachmittags stattfanden. Denn sie übte Tag für Tag und manchmal mehrere Stunden lang, um sich vom Klavier auf das Harmonium umzustellen, nun und um jeden Ton vorzubereiten, den sie während des Gottesdienstes spielen, und außerdem noch den Sprechgesang, mit dem sie dem Pfarrer antworten musste. Der Pfarrer trug Sorge, dass die Kirche während der Proben leer war, ja er gab ihr jedesmal den Schlüssel, damit sie sich einschloss.

Natürlich ging ich ohne Wissen des Pfarrers mit ihr hin. Ich stand gewöhnlich hinter einer von den alten Linden des heiligen Jacek, während sie nach dem Schlüssel zum Pfarrer ging, und wenn sie zurückkam, sah sie sich zuerst genau um, ob auch niemand in der Nähe war, worauf sie die Kirchentür aufschloss und mir ein Zeichen gab, ich könne eintreten.

Auf Zehenspitzen, damit uns nicht einer womöglich durch die Mauern hörte, doch mit einem Herzklopfen, von dem die leere Kirche widerhallte, stiegen wir auf die Empore. Und dort nahm ich sie, statt ihr zu erlauben, sich gleich ans Harmonium zu setzen, sofort in die Arme, nicht ohne ihre Duldung übrigens, wenn auch gegen einen spürbaren Widerstand ihrerseits, und wir schmiegten uns aneinander, küssten uns, berührten einander zaghaft, bis sie, immer als erste, plötzlich hochschrak und verstört sagte:

»Warte, zuerst muss ich spielen, damit was zu hören ist in der Kirche.« Und sie flüchtete von mir zum Harmonium und setzte sich beinahe fieberhaft an die Tasten. »Und du stell dich dort hin.« Sie wies mir einen Platz zu, der möglichst weit entfernt war von dem ihren. »Noch ein Stück weiter. Da kannst du mich besser hören. Außerdem mag ich es nicht, wenn mir einer auf die Finger schaut, wenn ich spiele.«

Ich stellte mich, wenn auch ungern, an den Platz, den sie mir zugewiesen hatte, doch ich war außerstande, mich auf ihr Spiel zu konzentrieren, obwohl sie von Zeit zu Zeit den Kopf vom Harmonium wandte und mich fragte, als wollte sie mich mit diesen Fragen an dem Platz festhalten, den sie mir zugewiesen hatte:

»Nun, gefällt es dir? Heute geht es schon besser, nicht wahr?«

Ich nickte bestätigend, o ja, es gefällt mir, und heute geht es schon weitaus besser, obwohl ich die ganze Zeit sie, wie sie da saß, in mich aufnahm, nicht ihr Spiel. Dieses Spiel erklang irgendwo weit hinter mir und erreichte mich lediglich in vereinzelten, gedämpften Tönen.

Und vielleicht aus Dankbarkeit, dass ich noch immer an diesem Platz stand, den sie mir zugewiesen hatte, wandte sie sich von Zeit zu Zeit zu mir und lächelte mit ihren großen Augen und schleuderte, lächelnd, ebenso kokette wie tadelnde Blitze, die zu verheißen schienen, wir haben doch noch das ganze Leben vor uns.

Es gelang mir jedoch nicht allzu lange, so demütig auf einem Fleck zu stehen, und sowie sie sich in ihr Spiel vertiefte, machte ich mich auf den Weg zu ihr, bemüht, meine Schritte so leise wie möglich zu setzen. Im übrigen kam es mir so vor, als wartete sie dort auf mich: Sie spielt zum Schein, doch sie wartet, wendet manchmal den Kopf, lächelt, tadelt mich, aber das alles ist Warten. Und ich hörte sogar ihr Herz rascher schlagen, gewissermaßen im Rhythmus meiner Schritte, wie ich da auf dem Weg zu ihr war. Ja mir schien, sie spielte bei jedem meiner Schritte kraftvoller, tiefer, so als wollte sie diese meine Schritte und dieses ihr rascher schlagendes Herz in sich ersticken. Darum spürte ich auch, als ich ihren Kopf umschlang, wie sie ihn erleichtert in meine Hände legte, wie sie sich mir ganz, willenlos ergab, so dass ich ihren Leib widerstandslos hätte von dem Harmonium forttragen, ja ihn zusammen mit diesem Harmonium, vielleicht auch zusammen mit dieser Kirche, hätte forttragen können. Und sie wehrte sich höchstens noch mit ein paar matten Worten gegen mich, gegen sich:

»Nein, Piotr, das dürfen wir nicht. Wir sind in der Kirche. Gott kann uns bestrafen.«

Der Pfarrer musste etwas gemerkt haben, vielleicht hatte

ihm auch jemand hinterbracht, dass Anna nicht allein zum Üben in die Kirche kam. Und eines Tages gab er ihr den Schlüssel nicht und erklärte, sie brauche sich nicht länger einzuschließen, der Kirchendiener werde in der Zeit aufräumen, saubermachen, fegen und gleichzeitig ein Auge drauf haben, dass keiner sie stört. Es gab also keine Möglichkeit, dass ich weiter heimlich mit ihr hineinging. Wir mussten den Kirchendiener für uns gewinnen. Anna setzte ihm auseinander, ich sei ein Kamerad, aus derselben Schule, aus derselben Klasse, was nicht stimmte, denn Mädchen und Jungen hatten getrennte Klassen, was er bestimmt nicht wusste, obendrein lerne ich auch Musik, ja wir nehmen zusammen Stunden, und darum hat sie beschlossen, mich hereinzulassen, damit ich ihr sage, ob sie sich auch nicht irrt, ob sie richtig spielt, und ich widme meine Zeit, ebenso wie sie die ihre, schließlich der Kirche.

Trotz dieser Erklärungen war es nicht leicht, den Kirchendiener zu überzeugen. Wozu der Schulkamerad, der stört das Fräuleinchen ja nur. Zum Glück erlag er Annas Charme. Doch auf die Empore wollte er mich nicht lassen, und selbst Anna war nicht imstande, seinen Starrsinn zu brechen. Der Pfarrer hatte ihm aufgetragen, niemand und niemand dürfe sie stören, da musste er ein Auge drauf haben, dass auch keiner störte. Er befahl mir, mich in eine Bank zu setzen, auch hier ist gut zu hören, was auf der Empore gespielt wird, sogar besser, weil das Spiel durch die ganze Kirche schallt.

Ich saß also nach seinen Anweisungen in der Bank, und er schwänzelte die ganze Zeit in der Kirche herum, schlurfte laut über den Steinboden, wie absichtlich, denn er hielt Wache. Ebenso laut fegte er aus, wischte Staub, stellte was auf, rückte was um, und selbst wenn er die Dochte der Kerzen herunterschnitt, klapperte er mit den Leuchtern, wie um seine fortwährende Gegenwart zu beweisen. Dass er alle Hände voll zu tun hatte, stand auf einem anderen Blatt. Nie hätte ich vermutet, dass eine Kirche, sobald die Gottesdienste darin verstummen, eine Art Wirtschaft ist. Irgendwie verschwindet sogar das Geheimnis, und es gilt, ganz gewöhnlich auszufegen, auszuschütteln, aufzustellen, alle Heiligenfiguren, die heiligen Gesichter auf den Gemälden, die Bänke, Beichtstühle, Leuchter und selbst den Altar mitsamt Gott abzuwischen, und dies ohne jede Andacht.

In Anspruch genommen von diesen Verrichtungen, blickte er dennoch immer wieder eifrig zu mir herüber, ob ich auf meinem Platz saß, wie befohlen. Und sobald ich mich nur ein wenig rührte, die alten Bänke knarrten grauenhaft schon bei der geringsten Bewegung, sofort traf mich sein strafender Blick.

Ich hatte mich jedoch an ihn gewöhnt und er sich wohl auch an mich, denn manchmal klagte er mir sein Leid, wie er sich hier in der Kirche abrackere und am schlimmsten am Sonntag, denn da war Frühmette und Hochamt und nachmittags noch Vesper, da lösch einer nur immerfort die Kerzen und zünd sie wieder an. Und erst im Herbst, der reinste Schweinestall, obwohl eine Kirche, denn die Leute treten nie die Schuhe ab, sondern stampfen so herein, da fegt er manchmal einen ganzen Sack von diesem Dreck zusammen nach einem Gottesdienst. Manchmal setzte er sich neben mich in die Bank, auf einen Verschnaufer, wie er sagte. Und manchmal bat er mich, ihm die Leiter zu halten, denn er musste ganz hoch hinauf, um ein Bild zu erreichen und den Staub abzuwischen.

Ich dachte also bei mir, er würde mir dieses Sitzen an einem Fleck nun erlassen und versuchte einmal, in eine andere Bank zu rutschen, näher hin zum Altar, hoffend, von dort werde es mir gelingen, Anna zu erspähen, die auf der Empore spielte, und er stand eben auf der Leiter und polierte, einen Riesenlappen in der Hand, in den er hin und wieder spuckte, das Gesicht irgendeines Heiligen. Doch kaum hatte ich mich von meinem Platz erhoben, die Bank hatte noch nicht einmal geknarrt, da bemerkte er schon meine Absicht und wies mich scharf zurecht:

»Umsetzen will er sich, und wozu? Er sitzt genausogut dort,

wo er sitzt. Er wird nur knarren und das Fräuleinchen stören. Die Bänke sind alt, wenn man mal sitzt, bleibt man sitzen. Für neue wollen die Leute kein Geld geben.« Ich fühlte mich wie auf frischer Tat ertappt, und um mich zu rechtfertigen, sagte ich, was mir gerade einfiel:

»Ich wollte mir bloß die Prinzessin Adelajda ansehn.«

»Ach was, Prinzessin!« Er war entrüstet. »Ein Stein. Ein paar Striche hat irgendwer eingeritzt, und alle gleich, eine Prinzessin. Dort gibts nichts zu sehen.« Und sich mit dem Riesenlappen gegen das Gesicht des Heiligen stützend, drehte er sich zur Empore um und reckte den Kopf zum Zeichen seiner Bewunderung für Anna. »Da, hör er lieber zu, wie das Fräuleinchen spielt. Die gäb einen Organisten ab. Wozu nach einem andern suchen. Und der junge Mann könnte Kirchendiener hier werden, wenn ich erst tot bin. Wo könntet ihrs besser haben? Eine Arbeit bei der Kirche, die ist sicher bis zum Tod.«

Wieder spuckte er in den Lappen, murmelte etwas in seinen Bart, wovon ich verstand, gnade Gott, wer heut in die Welt rausfährt, und polierte weiter das Gesicht des Heiligen, was ihn nicht daran hinderte, von Zeit zu Zeit argwöhnisch zu mir herüberzuäugen, ob ich auch noch auf meinem Platz saß.

Gleich als wir aus dem Haus traten, umfing uns das durchdringende Rauschen der turmhohen Bäume, die die Kathedrale umstanden. Ein heftiger Wind, der von der Weichsel her oder eigentlich aus der weiten Ebene hinter ihr kam, schüttelte die Wipfel, so dass ich nicht hörte, was der Herr Lehrer zu mir sagte. Auf einmal beugte er sich tief zu mir herab und schrie mir ins Ohr:

»Heute gehen wir in die Jakobskirche!«

Mit der einen Hand musste er den Hut auf seinem Kopf festhalten, dazu bog er den Körper weit nach vorn, als wollte er sich in diesen Wind legen. Den Jackettkragen hatte er hochgeschlagen, mit der anderen Hand raffte er die Revers zusammen und presste zugleich die große blaugepunktete braune Fliege gegen das schwabbelige Doppelkinn, als fröre er gerade dort am meisten. Bei schärferen Böen blieb er mitunter sogar stehen und stellte sich mit dem Rücken zum Wind.

Ich verstand nicht, wieso er sich bei dem Wetter zu einem Spaziergang mit mir entschlossen hatte. Bei solchem Wetter saß er für gewöhnlich in seinem Schaukelstuhl, in die Decke gewickelt, und klagte, er fühle sich irgendwie nicht besonders, vielleicht macht das das Wetter, vielleicht auch das Alter.

Tiefziehende dunkle Wolken verhingen den Himmel, und es sah aus, als sollte es jeden Augenblick anfangen zu regnen. Wir waren von der Kathedrale bis zum Schloss hinuntergestiegen. Hier schien er kurz zu zögern, ob wir anhalten sollten, denn er verlangsamte merklich den Schritt, doch dann sagte er lediglich:

»Siehst du, was sie aus dem Schloss gemacht haben? Ein Gefängnis. Aber vielleicht erleben wir es noch, dass die Schlösser wieder Schlösser sind. Du ganz gewiss.« Und mit einem besorgten Blick auf mich sagte er: »Du hättest dich wärmer anziehen sollen.«

Durch eine enge, kopfsteingepflasterte, einem Sattel ähnliche Gasse stiegen wir noch tiefer hinab und, bei einem morschen Holzbrückchen über einem Bach, wieder sanft aufwärts, auf der Weichselseite geschützt durch den Fürstengarten, der jedoch den Wind nicht aufhielt. Dieser Wind beutelte uns, stieß uns vorwärts, die Kälte drang mir durch Mark und Bein. Schließlich traten wir in eine Reihe alter Linden ein, die zu beiden Seiten eines schmalen Weges wuchsen, und verhielten vor dem roten Bau der Kirche.

»Da wären wir«, sagte er, mehr hörte ich nicht mehr, denn wieder fuhr der Wind in die Bäume und bahnte sich heulend einen Weg durch das Gewirr der Zweige.

Wir traten ein, und sogleich befanden wir uns mitten in einem gewaltigen dämmrigen Berg aus Stille. Selbst die rohen Mauern waren wie aus Stille gemacht. Wir bewegten uns zaghaft, behutsam vorwärts, dennoch schien jeder unserer Schritte die ganze Kirche zu erschüttern, etwas knirschte in den Mauern, auf der Empore knackten die Balken.

»Tritt leiser auf«, sagte der Herr Lehrer, über mein Ohr gebeugt, und sein Flüstern klang wie ein Donner in dieser Stille.

Es war keine Menschenseele in der Kirche, nur wir und diese Stille, vielleicht auch nur diese Stille. Es war, als saugte uns diese Stille in sich ein. Ich dachte bei mir, ob ich nicht wenigstens kurz das Knie beugen und mich bekreuzigen sollte, doch ich bemerkte, dass der Herr Lehrer nicht vorhatte niederzuknien, so schickte es sich auch nicht für mich.

Wir blieben in der Mitte stehen, und der Herr Lehrer befahl mir, mich umzusehen. Auch er reckte den Kopf, bis von seinem schwabbeligen Kinn nur noch eine kleine Hautfalte übrigblieb, und mir war, als hätte er seinen Kopf vom Hals genommen und hielte ihn hoch über sich in den Händen, drehte ihn nach allen Seiten, ganz langsam, feierlich, wie der Priester die Monstranz, höher, tiefer, hierhin, dorthin. Und manchmal verharrte er an einer Stelle, als wollte er ihn irgendwo an einem Nagel aufhängen.

Also drehte auch ich, seinem Kopf folgend, meinen Kopf, wenngleich viel tiefer, mein Blick folgte seinem Blick, und ich hielt inne, wenn er innehielt, zumal ich sicher war, dass er mir aufgeben würde, über diese Kirche zu schreiben, vielleicht auch nur über diese Stille. Obwohl es, ehrlich gesagt, in dieser Kirche nichts zu sehen gab, und der Herr Lehrer bestätigte das sogar, denn er stieß, den Hals noch immer gereckt, auf einmal in andächtiger Ergriffenheit hervor:

»Hier gibt es fast nichts, und doch, wie majestätisch.«

Die unverputzten Mauern, vielleicht war der Putz im Lauf der Jahrhunderte auch abgefallen, wirkten abweisend kühl durch die rohen Ziegel, und ein da und dort an sie geschmiegter Beichtstuhl erinnerte an den Stubben eines morschen alten Baums. Altersgeschwärzte Bilder hingen vereinzelt an den Wänden, bisweilen trat darauf ein Totengesicht hervor oder auch eine fahle Hand, ein vergilbter Heiligenschein oder der heller funkelnde Strahl eines Kreuzes. Hier und da war, verschwommen, eine mit der Mauer verschmelzende steinerne Tafel zu erkennen, manchmal mit den Spuren goldener Inschriften, und das war das ganze Gold in der Kirche. Ansonsten füllte Grau diesen Berg aus Stille, vom Fußboden bis unter die Decke, vom Altar bis unter die Empore. Auch die spitzen Fensterbögen füllte Grau, kein Licht. Und die dunkle hölzerne Decke schien sich wie ein Sargdeckel über diesem Grau zu wölben und über uns.

Der Herr Lehrer machte mir ein Zeichen, und wir setzten uns in die nächste Bank. Die Bankreihen, zahnlosen Gaumen ähnlich, waren leer, und doch war mir, als entstiege ihnen Gebetsgemurmel. Der Herr Lehrer stützte die Ellenbogen aufs Pult und barg das Gesicht in den gespreizten Fingern. So erstarrte er. Ich glaubte jedoch nicht, dass er betete. Deshalb begann ich, ohne mich zu bekreuzigen, damit er nichts merkte, in Gedanken ein Vaterunser für den kranken Vater zu beten, das Gebot der Mutter befolgend, ein Gebet für den kranken Vater zu sprechen, wann immer ich in einer Kirche war. Ich selbst hätte mir nicht angesehen, dass ich betete, denn ich erlaubte den Worten nicht, über meine Lippen zu kommen, außerdem gab ich acht, dass auch die Gedanken stumm blieben, und ein paarmal blickte ich mich, der Täuschung halber, in der Kirche um, desto mehr verwunderte es mich also, dass der Herr Lehrer auf einmal die Hände vom Gesicht nahm und mich fragte:

»Bist du fertig mit Beten? Dann lass uns gehen. Ich zeige dir jetzt die Prinzessin Adelajda, die Stifterin dieser Kirche. Sie war die Tochter von Kazimierz dem Gerechten und die Schwester von Leszek dem Weißen. Weißt du, wer Kazimierz der Gerechte war?«

»Nein.«

»Und Leszek der Weiße?«

»Nein.«

»Das macht nichts.«

Auf Zehenspitzen, so hatte er mich geheißen, folgte ich ihm zu einer Kapelle im linken Kirchenschiff. Vor einem massiven schmiedeeisernen Gitter machten wir Halt. Der Lehrer beugte sich zu mir, wies mit den Augen hinter das Gitter und sagte mit vor Rührung brüchiger Stimme:

»Da ist sie. Siehst du sie?«

Ich sah gar nichts. Aber ich traute mich nicht, wieder nein zu sagen und schaute mit schuldbewussten Augen zu ihm auf.

»Dort, auf der Platte«, sagte er und streckte den Zeigefinger durch das Gitter. Ich folgte diesem Finger mit dem Blick und erkannte auf einer Steinplatte in der Wand den Umriss einer liegenden Gestalt.

»Mit den Füßen haben sie sie abgetragen all die Jahrhunderte hindurch«, sagte er betrübt. »Denn sie hat einmal dort gelegen, in der Mitte der Kirche. Bis sich einer erbarmt hat und sie sie hierher verlegten. Unvorstellbar, dass sie zu Staub hätte zerrieben werden können. Aber so geht es immer mit dem Schönen, es ist angewiesen auf unser Erbarmen. Es kann sich nicht selbst wehren, es schweigt und brennt nur im Innern irgendwo. Und kann schweigend so brennen jahrhundertelang, unbemerkt, in den Boden getreten, bis jemand in ihm seine Hoffnung erkennt und seine Verzweiflung, bis es jemandes leeres Leben erfüllt.«

Ich war sicher, er sprach nicht zu mir, wozu hätte er zu mir sprechen sollen? Er wusste doch, dass ich nichts von alledem begriff. Aber er hatte niemanden, zu dem er in dieser leeren Kirche sprechen konnte, und so sprach er zu mir. Seine Stimme schwoll an, klang jetzt wie ein Schmerzensschrei, wie eine Klage:

»Genauso verhält es sich mit der Prinzessin Adelajda.« Unverhofft verließ er diese Höhe und stieß schroff hervor: »Ich schreibe ein Buch über sie. Bestimmt war sie auch als Frau schön. Es kann nicht anders sein. Man sieht es übrigens heute noch, nach so vielen Jahrhunderten. Natürlich nicht so gewöhnlich schön wie die Gesichter von Lebenden. Alles Lebendige ist ja nur ein Ersatz, um nicht zu sagen, ist Stoff für die Schönheit. Es muss erst den Tod durchlaufen, um zu Schönheit zu werden. Der Tod schmilzt es ein wie in einem Tiegel, und zurück bleibt das reine Erz. Ohne den Tod wird das Lebendige immer mangelhaft, unzulänglich, unvollkommen sein.«

Plötzlich senkte er die Stimme zu einem Flüstern: »Aller Schmerz unseres Daseins ist Stoff für die Schönheit. Darum hat auch Gott sterben müssen. Leider hat sich kein Zeugnis für die Verehrung der Prinzessin Adelajda erhalten. Vielleicht ist das auch besser so. Sie war nur ein Augenblick des Leidens in der Ewigkeit, und sie hinterließ uns die Ewigkeit des Leidens. Zwar sagen uns die Quellen nicht viel über sie, aber sie muss doch gelitten haben. Ihrem Leid entstammt ja die Kirche hier. Es ist erwähnt, dass sie nicht geheiratet hat, doch in meinem Buch werde ich beweisen, dass sie versprochen war. Wem, das war leider nicht festzustellen. Sie hätte also eine glückliche Ehefrau, hätte Mutter sein, Kinder, Enkel haben können. Warum also?« stieß er ratlos hervor und schob das Gesicht so dicht an das Gitter, dass ihm die Eisenstäbe in Wangen und Stirn schnitten, und er starrte zu der steinernen Platte hin, als erwartete er von ihr eine Antwort. Und nach geraumer Weile, nun wohl versöhnt mit dem Schweigen, welches als Antwort von jenseits des Gitters kam, sprach er:

»Den meisten Frauen genügt der Mann. Ja, sie nehmen als ihre Bestimmung, wen die Zeit und der Zufall ihnen bescheren. Manchmal jedoch wird eine geboren, deren Verlangen allein Gott stillen kann. Und sie folgt Gott nach.«

Irgendetwas sagte er noch, doch nun bestimmt nicht mehr zu mir. Mich aber beschlich die Furcht, dass sich auf diese seine Worte dort hinterm Gitter die Prinzessin Adelajda von der steinernen Platte erheben, einen steinernen Atemzug tun, die steinernen Augen aufschlagen, ihr steinernes Kleid glatt streichen und schließlich, leibhaftig und zerbrechlich, an das Gitter treten, das Gesicht auf jener Seite an die Eisenstäbe drücken würde, so wie er sein Gesicht auf dieser. Und vielleicht würde sie etwas sagen, obwohl ich mir nicht ein einziges Wort von ihr vorstellen konnte, so als widersetzten sich die Worte ihrer Auferstehung.

Plötzlich durchfuhr mich der Schreck, gleich werde er sagen, und zur nächsten Stunde schreibst du was über die Prinzessin Adelajda. Was aber hätte ich über die Nichtauferstandene schreiben sollen? Dann schon besser über die Fräulein Poncka, Ewelina oder Róża, selbst wenn das auch nicht leicht gewesen wäre, ja sogar über Sulka, über die allerdings war es am schwersten. Obwohl die Fräulein Poncka, in eine steinerne Platte gemeißelt und jahrhundertelang so liegend, auch Prinzessinnen hätten abgeben können. Zuweilen nahmen sie mich am Sonntag zur Kirche mit, weil die Mutter nicht vom Vater weg wollte, und ich konnte mich nicht sattsehen an ihren betenden Gesichtern. Sie waren für mich die Allerschönsten, nicht nur von allen Menschen, nein auch von allen Bildern, Statuen, allen Gebeten, allem Gesang. Und wenn sie dann noch selber sangen, und ihre Zähne blitzten beim Gesang wie Elfenbein, konnte ich mich des Eindrucks nicht erwehren, sie seien Engel und würden auffahren in den Himmel, und ich mit ihnen, emporgehoben von ihren Engelsflügeln. Ewelina oder Róża kollerte manchmal sogar eine Träne über das Gesicht, gleichsam vor Schmerz, dass sie das irdische Jammertal nun verließen. Wenn ich mir verstohlen so eine Träne ansah, wie sie unterm Lid schwoll, unter den Wimpern hervorquoll und abwärts rollte, sich einen Weg über Puder und Rouge bahnend, dachte ich bei mir, ich an Gottes Stelle würde eine Frau erschaffen, die stets wenigstens eine solche Träne unterm Lid trüge, die anschwölle, unter den Wimpern hervorquölle und ganz langsam abwärts rollte, unwillentlich, so wie man unwillentlich Augen, Mund und Nase hat, denn mit diesen Tränen, so inbrünstig betend, so aus voller Brust singend, waren sie noch schöner.

Immer wenn ich zwischen ihnen stand, empfand ich Stolz, umso mehr, als sie meist auch am hübschesten von allen gekleidet waren und sich alle dauernd nach uns umsahen. Und beinahe jeden Sonntag hoffte ich darauf, dass die Mutter wieder zu der Überzeugung käme, sie könne nicht weg vom kranken Vater, und die Fräulein Poncka bäte, Fräulein Ewelina, Fräulein Róża, kann Piotrek nicht mit euch mit zur Messe. Ich wollte hin, aber meinem Mann geht es schlechter. Und allein, da rennt er an die Weichsel oder stromert durch die Stadt und erzählt mir hinterher, er war in der Kirche. Nur weiß er nie, was der Pfarrer bei der Predigt gesagt hat. Und passt mir auf ihn auf, dass er auch betet.

Sulka aber hatte ich gleich an dem Tag kennengelernt, als wir, auf der Flucht vor dem Krieg, zu den Großeltern gekommen waren. Der Vater, die Mutter hatten noch nicht die Koffer ausgepackt und waren schon mit allen im Gespräch, und ich trat vors Haus, um mir das Dorf anzusehen, und auf der anderen Straßenseite, auf dem Steintreppchen vor der Kate gegenüber, saß Sulka. Sie hatte die Knie unters Kinn gezogen, das Kleid bis über die Knie hochgeschlagen, und sie umschlang diese Knie irgendwie so mit den Armen, dass sie ganz davon umschlungen und umflochten war, bis über die Schultern. Ihr Kopf ruhte in diesem Geflecht wie in einem Körbchen, von roten Haaren zugeschüttet, die das Gesicht verdeckten und hinab fielen bis fast ans Ende des Treppchens. Es sah aus, als wollte sie sich mit diesen Haaren vor der Sonne schützen, denn die Sonne überflutete sie regelrecht, und mit ihr das Treppchen, die Kate, ja sie wogte fast in ihrem roten Haar. Ich war überzeugt, dass sie mich nicht sah, obwohl die Straße, die uns trennte, nicht breit war, gerade so, dass zwei Wagen aneinander vorbei kamen, und die Kate der Großeltern, vor der ich stand, und die gegenüber, vor der sie auf dem Treppchen saß, sich ineinander spiegelten wie alle Katen zu beiden Seiten der Straße.

»Du, was bist du für einer?« kam es plötzlich unter den roten Haaren hervor.

Ihre scharfe Stimme, in der sogar etwas wie Zorn mitschwang, erschreckte mich. Doch ich dachte bei mir, ich seh ihr Gesicht nicht, ich kann tun, als hab ich nichts gehört, und ich flüchtete mit dem Blick ins Dorf. Doch das Dorf war leer, die Katen lagen schläfrig, und außer der Sonne, die die Straße übergoss, gab es eigentlich nichts, die Gänse ausgenommen, die sich dort in der Mitte im Staub plusterten, nun und die Stimmen der Onkel, Tanten, des Großvaters, der Mutter, die hinter mir durch das Fenster drangen. Am vernehmlichsten die von Onkel Władek, der, wenn er etwas sagte, die Kate fast aus den Angeln hob, so wütend war er:

»Genauso schnell haun die wieder ab, die Schweine. Der Krieg is grade erscht losgegangen. Wer als Letzter gewinnt, gewinnt. Vors Gemeindeamt haben se alle bestellt…«

»He, bist du taubstumm?« Sie riss den Kopf unvermittelt von den Knien hoch und warf das ganze Gewirr aus roten Haaren hinter sich, als würfe sie die Sonne, die darin wogte, über ihre Schulter. Dann lehnte sie sich, die Hände gegen die Stufen stemmend, weit zurück, und im selben Moment gingen ihre Beine auseinander, und ich sah, dass sie ohne Schlüpfer war.

Bestürzt wandte ich den Blick wieder der Straße zu und starrte krampfhaft in diese sonnige Leere, zu den schläfrigen Katen, den sich im Staub plusternden Gänsen.

»Bist du aus der Stadt?«

Ich sah zu ihr hin, sie aber saß, als wäre nichts geschehen, weiter mit den gespreizten Beinen da, und ich gewahrte tief zwischen ihnen einen Schatten, so als reichte die Sonne, die sie übergoss, dort nicht mehr hin. Die Stimme blieb mir im Halse stecken, und ich brachte nicht einmal die simple Bestätigung heraus, ja, aus der Stadt.

»Ihr seid vor dem Krieg geflüchtet, was?«

Sie räkelte sich träge, und ihre Beine klafften noch weiter auseinander, und dieser Schatten in der Tiefe schoss plötzlich buschig auf und zerfiel in zwei Hälften, wie mittendurch getrennt durch einen helleren Strich. Es konnte scheinen, als sei ein winziger Sonnenstrahl dorthin vorgedrungen und der habe ihn zerteilt.

Sie reckte das Gesicht in die Sonne, schloss die Augen und

regte sich nicht mehr, als hätte sie mich aus ihrem Gesichtskreis entfernt. Es lockte mich, die Gelegenheit zu nutzen, dass sie nicht zu mir sah, und wieder zu ihr hinzusehen. Doch ich vermochte meine Scham nicht zu überwinden, und ich sah weiter ins Dorf. Nur manchmal schielte ich hinüber zu ihren Haaren, die dort, hinter ihr, über das Treppchen gebreitet lagen, hinüber zu ihrem reglos in die Sonne gereckten Gesicht, und wenn mein Blick abwärts und zwischen ihre gespreizten Beine glitt, zog ich ihn sofort zurück, wie verbrannt durch diesen Schatten in der Tiefe. Da sagte sie, ohne die Augen zu öffnen:

»Die einen flüchten von hier, die andern flüchten hierher. Mein dummer Vater will auch, dass wir flüchten. Wie dumm er ist. Alle sind dumm.« Und sie lachte auf, grell, hell wie diese Sonne. »Du guckst zu mir?« fragte sie unverhofft, die Augen noch immer geschlossen. »Guck ruhig. Mir ist das einerlei. Haben tust du nichts davon.« Und mit einem Ruck warf sie das Haargewirr nach vorn, legte den Kopf wieder auf die Knie, zog die Beine eng zusammen, ja begann hastig das Kleid zurechtzuzupfen. »Du bist vielleicht verdorben. Ein Hosenscheißer und schon so verdorben. Man sieht gleich, dass du aus der Stadt bist. Alle dort sind verdorben. Gott wohnt nur noch in den Dörfern. Aus den Städten ist er lange ausgezogen. Und wie heißt du?«

»Piotr«, stammelte ich, denn ich empfand noch immer Scham, obwohl sie die Arme schon um ihre Beine geschlungen hatte, damit sie nicht wieder auseinandergingen.

»Und ich Sulka«, sagte sie von oben herab. »Piotr, Piotruś, Piotrusiek.« Spielerisch wiederholte sie meinen Namen in allen möglichen Koseformen. »Aber hier werden sie dich Pietrek nennen oder du Bankert oder du Jude. Hier kriegst du deine Abreibung, du wirst schon sehen. Lange bist du nicht mehr der junge Herr. Die Kühe lassen sie dich hüten. Und wenn du größer bist, drücken sie dir die Sense in die Hand, da, mähe. Hier isst man nicht umsonst, schläft man nicht umsonst, atmet man nicht umsonst. Der junge Herr«, höhnte sie lachend, »der junge Herr.« Und lachte noch lauter. Erneut schleuderte sie das Haargewirr hinter sich und beugte den Kopf leicht zurück. Und die Sonne bedeckte erneut ihr Gesicht und schien durch es hindurch und floss weiter mit diesen roten Haaren hinter ihr die Treppe hinab. Erst jetzt sah ich, dass ihr Gesicht von Sommersprossen übersät war, als hätte diese Sonne kleine Löcher hineingebrannt.

»Ich würde gern heiraten«, sagte sie träumerisch, das Gesicht noch immer in der Sonne. »Aber du bist noch zu grün. Und für mich ist es längst Zeit. Willst du mich zur Frau?« Erneut lachte sie auf, das eben Gesagte in Spott verkehrend. Sie schüttelte sich so vor Lachen, dass die Sommersprossen auf ihrem Gesicht zu hüpfen begannen.

Ich dachte, von diesem Lachen gingen ihre Beine wieder auseinander, oder sie ließe wenigstens die Arme los, mit denen sie sie umschlang, und sie werde sagen:

»Guck, immer guck. Sieh dich ruhig satt. Ein Büschel Haare, Dummkopf, mehr nicht. Und weshalb zitterst du? Als ob ichs nicht seh, du zitterst, du zitterst.«

Und plötzlich bekam ich Angst vor ihr, und ich nahm mir vor, gleich zu schreien:

»Ich nehm mir eine Frau, die keine Sommersprossen hat! Dich will ich nicht!« Und nach Hause zu flüchten.

Doch im selben Moment, das Gesicht immer noch in der Sonne, fragte sie:

»Du, warst du schon mal im Kino?«

Ich spürte, dass sie mir aus freien Stücken die Oberhand über sich gab, und ich erwiderte fast hochmütig:

»Bestimmt an die hundertmal.« Und ich begann ihr lauter Filme aufzuzählen, in die mich die Mutter eingeschleust hatte, oft gegen den Willen des Vaters. »Ich war in der *Heide*, im *Kurier des Zaren,* in *Maria Walewska …*«

»Das erzählst du mir einmal. Wir gehen in die Wiesen, und du erzählst es mir, magst du?«

»Sogar im *Blauen Engel* war ich.« Der Hochmut sprengte mich fast auseinander, und ich hätte ihr weiter lauter solche aufgezählt, doch da kam die Großmutter unverhofft heraus und schrie, als sie Sulka sah:

»Du scher dich weg. Im Namen des Vaters und des Sohnes!« Und auch über mich fiel sie her: »Hierher, Pietrek, nach Hause. Red nich mit dieser Schamlosen. Die Szmuls haben ihr Kreuz mit der. O weh, das haben sie. Und so anständige Juden.«

Sulka hatte die Wahrheit vorausgesagt, bald begann ich die Kühe zu hüten, und der verzweifelte Widerstand der Mutter, sie lässt mich nicht zum Kuhhirten machen, half mir nichts, denn ich war genau in dem Alter, in dem man Kühe hütet, und weder der Großvater noch die Großmutter noch Onkel Stefan, Onkel Władek, Tante Marta, ja nicht einmal Tante Jadwinia, die mir die Sterne vom Himmel geholt hätte, verstanden, wieso einer in dem Alter keine Kühe hüten konnte.

Obwohl mir die Kühe jetzt die Tage ganz ausfüllten, vergaß ich nicht, dass ich Sulka Filme erzählen sollte, es stand mir sogar oft vor Augen, wir gehen durch die Wiesen, und ich erzähle ihr der Reihe nach alle Filme, die ich gesehen habe, und auch die Wiesen sind aus dem Film, die Wiesen nehmen kein Ende, die Wiesen ziehen sich bis an den Horizont, die Wiesen duften, brennen, zittern vor Käfern und allerhand kleinem Getier.

Doch ich bekam sie jetzt selten zu Gesicht. Nur manchmal, wenn ich abends die Kühe von den Wiesen heimtrieb, saß sie auf dieser Treppe, schon eingehüllt von der Dämmerung, so dass ihr rotes Haar alles Rot verloren hatte und grau erschien, und ebensolches Grau klang aus ihren Worten, wenn sie bei meinem Anblick wie nebenbei sagte:

»Gut hast du heut gehütet. Schlecht hast du heut gehütet.«

Und tagsüber huschte sie nur vorbei, tauchte auf und war schon verschwunden, von weitem sah es aus, als sei sie das dort, und von nahem war sie es nicht mehr. Sie erschien in der Tür, und noch ehe ich Sulka! rief, war die Tür zugesperrt. Und wenn es geschah, dass ich mal auf sie stieß, und sie konnte mir nicht so ohne weiteres entwischen, floh sie mich mit den Augen, und sie erwähnte nicht nur die Filme nie mehr, sie lachte auch nicht, ja sie spottete nicht einmal, he du, junger Herr.

Sie verscheuchten sie allerdings auch in einem fort, besonders von der Treppe. Sobald sie auf dieser Treppe erschien, und Onkel Władek sah sie, selbst hinten aus dem Hof oder durchs Fenster, oder einer wies ihn drauf hin, da, Sulka hockt auf der Treppe, sofort rannte er hin und schrie:

»Wirschte dich wohl da runter machen! Aber marsch! Und lass dich nie wieder vor unsern Fenstern blicken!« Und Zorn in den Bewegungen, den Augen, der Stimme, lief er häufig los und rief Szmul aus der Kate:

»Szmul! Szmul! Sulka hockt auf der Treppe. Holt se rein. Ihr habt versprochen, sie wird nich. Oder kauft ihr, gottverdammichnochmal, Schlüpper! Wir ham die aus der Stadt jetze da. Und der Pietrek is noch nich zehne.«

Szmul schälte sich langsam aus der Tür, als wollte er dem Onkel Zeit lassen, abzukühlen, und dann kam er Fuß vor Fuß die Stufen herunter bis auf die Straße und erläuterte geduldig, als erläuterte er die Sterne am Himmel, warum der hier leuchtet, der andere dort, warum der eine heller als der andere:

»Ja denkst du denn, sie hat keine? Eine ganze Fuhre hat sie davon. So eine Truhe voll und noch ein Schrankfach. Was sag ich, Fach, einen Schrank voll hat sie. Weiße hat sie, blaue hat sie, rosafarbene hat sie, weiß sie selbst nicht, was sie alles hat. So wie Szmul nicht weiß, was sie hat. Und wenn Szmul nicht weiß, wie willst dann du wissen, was sie hat? Szmul ist arm, aber Sulka hat Szmul nur die eine auf der Welt. Darum hat sie solche und solche und noch andere, eijei, sie hat, und ob sie hat, Władysław. Und will sie haben mehr, wird sie haben mehr. Will sie welche aus Gold, Szmul wird ihr kaufen aus Gold, warum nicht, und wenn sie nicht drin geht, mag es liegen, mag es glänzen, aber sie hat. Denn Gold ist da, damit es liegt, glänzt und damit der Mensch es hat. Als Beispiel zum Beispiel, wer wird in goldenen Schuhen herumgehn oder in goldener Mütze? Damit es ihn reibt und zwackt? Die Krone ist aus Gold, aber geht der König drin, was denkst du? Er ist ein bisschen König am Morgen oder vor den Leuten, wenn sie zu ihm kommen, und gleich setzt er sie wieder ab. Eiwei, dieses Regieren. So eine Krone, die drückt verdammich schwer, denke du nicht. Oder denkst du, er ist dumm, er schläft in der Krone oder sonst noch was? Da möchte er lieber nicht König sein. Da möchte er lieber der Szmul sein oder du. Es ist kein Rat, Władysław, die Jungen lehnen sich jetzt auf, so will auch Sulka nicht hören auf Szmul. Jeden Morgen wird ihr gesagt, zieh Schlüpfer an, Suluś. Es ist Sünde ohne Schlüpfer oder schlimmer, es ist Sodom und Gomorrha. Es wird ihr gesagt, wird ihr gesagt. Es wird ihr gesagt, dass ihr die aus der Stadt da habt. Und nur über die Straße, von Fenster zu Fenster. Zieh sie an, Suluś. Sie hat auch seidene, wie eine von Adel oder eine andere feine Dame. Und leinene hat sie, wie eure Frauen. Sie hat welche für den Sommer, hat welche für den Winter, eijei, sie hat, und ob sie hat. Und für die Hochzeit hat sie welche mit Spitzen, mit Rüschen, gestickt, du möchtest dich selbst mit ihr verheiraten, Władysław, wenn du nicht wärst verheiratet. Ach, wenn so ein Fürst wollen möchte, warum denn nicht, Sulka ist zu haben, Szmul gibt seinen Segen. In Schlüpfern, Władysław, oder ohne, auf etwas anderes läuft es nicht hinaus, das überlege dir mit deinem Verstand. Gott hat es so geschaffen, nicht Szmul. Und Gott muss nichts verbergen. Weshalb soll Sulka sich Gott widersetzen?«

Bis es eines Tages im Dorf hieß, die Juden würden in die Stadt gebracht, die Gemeinde sei damit beauftragt, und nicht nur aus unserm, sondern aus allen Dörfern. In unserm wohnten außer den Szmuls noch die Reszeks, Cycyngier, der Schneider, Szyjka, der Schankwirt, dem sie die Schänke schon vorher weggenommen hatten, und die alte Buba, auch im Dorf, aber drüben überm Fluss, im Judenwinkel, wie die Leute sagten. Sonst lebte dort niemand mehr, nur noch die alte Buba, die ein winziges Stübchen in einem noch erhaltenen Teil des alten Gesindehauses bewohnte. Sie war alt, die Älteste im Dorf, wie es hieß, dazu stocktaub. Man musste ihr ins Ohr brüllen, komm her, Buba, ich geb dir Grütze! Komm her, Buba, ich geb dir Mehl! Komm her, Buba, ich hab Brot gebacken! Denn Buba lebte nur noch, weil die Leute an sie dachten. Sie erschien jedoch selten im Dorf, ihr Alter fesselte sie meist ans Bett, aber wenn sie erschien, ging es von Mund zu Mund, die alte Buba ist im Dorf, als sei das irgendein Zeichen.

Für gewöhnlich ging sie mitten auf dem Weg, auch durch den größten Dreck, durch Pfützen, Löcher, die Kühe wichen ihr aus, die Fuhrwerke fuhren um sie herum. Und einmal ließ sie sogar ein Trauerzug vorbei, der Pfarrer gab einen Wink, sie hörten auf zu singen, gingen auseinander, traten mit dem Kreuz, dem Sarg zur Seite und setzten sich erst wieder in Bewegung, als Buba vorbei war. Behängt mit Taschen, Beuteln, Säckchen, mit allem, was ihr die Leute so gegeben hatten, sah sie selbst aus wie ein Bündel, das sich geradewegs auf die Ewigkeit zu bewegte. Umso mehr wunderte man sich also, weshalb man auch Buba in die Stadt bringen sollte? Soll sie doch bleiben, hier sterben, wie lange noch?

Der Schulze hatte die Fuhren festgelegt, je eine auf jede Familie, jedoch vor jeder zwei Pferde. An Habseligkeiten durften sie nur so viel mitnehmen, wie auf ein Fuhrwerk ging, denn in der Stadt würden sie nur vorübergehend bleiben, danach brächte man sie noch weiter weg und für immer, und dort würde dann auf jeden ein Haus mit Garten warten, wenn einer Gärtner werden wollte, oder eins mit Vorgarten, falls einem nur Blumen vor den Fenstern, ein Flieder- oder ein Jasminbusch, ein Baum genügten, in dem die Wildtauben nisten. Wer aber Imker werden wollte, der würde Bienenstöcke kriegen. Szmul fand, für den Anfang reichten ein paar, um sich an die Bienen zu gewöhnen, sich mit ihnen anzufreunden, wenn sie dann ausschwärmen, fängt er sie und setzt sie in die Stöcke. Ja er lud den Großvater schon zu seinem Honig ein. Lindenblütenhonig oder Akazienblütenhonig, was hat der Großvater lieber, fragte er. Und wer pflügen, säen, mähen will, kriegt ein Stück Boden, fruchtbaren Boden, Weizenboden, denn nur solchen gibt es dort, wo sie später aus der Stadt hingebracht werden würden. Und mit dem Boden bekommt er Pferde, Kühe, Gänse, Hühner, Enten, Puten, Perlhühner, einen Hund mit Hütte, nichts wie hin und anfangen zu wirtschaften. Und wer von einem kleinen Laden träumt, bekommt einen Laden, Seidenzeug oder Kolonialwaren. Wer hier Schankwirt gewesen ist, bekommt dort eine Schänke, und eine größere als hier. Denn die, die hier einen Beruf gehabt haben, die Schneider, Schuster, Sattler, Schächter, sollen auch dort ihren Beruf haben, alle sollen bekommen, was sie hier schon gehabt haben, damit kein Paar Hände und kein Kopf ungenutzt bleibt. Und die alte Buba kommt ins Altersheim, denn dort darf niemand mehr betteln gehen.

So jedenfalls erklärte es Szmul dem Großvater, als wir die Szmuls in die Stadt brachten. Mit den Szmuls fuhr auch die alte Buba, denn für Buba allein hatte der Schulze keine Fuhre bestimmen können. Im übrigen bestand Bubas Besitz nur aus Kopfkissen, Federbett und ein paar Bündeln, und das wurde irgendwie zwischen die Bündel der Szmuls gestopft, am Wagenende, an der Klappe, wo Buba auch saß. Und wo sie kaum zu sehen war zwischen Szmuls aufgetürmten Bündeln.

Die Szmuls saßen auf einem breiten Sitz, den ihnen der Großvater aus zwei Strohgarben gepolstert und noch mit einer Pferdedecke abgedeckt hatte, so dass alle vier darauf passten. Szmul und Sulka mit dem Gesicht nach vorn, die Szmulowa mit der Szmulschen Großmutter mit dem Rücken zu ihnen. Großvater und ich saßen auf einem schmalen, über die Leitern gelegten Brett, genau über dem Langbaum, anders wäre kein Platz für die Bündel der Szmuls gewesen. Der Großvater musste die Hände mit der Peitsche und den Zügeln dicht vorm Bauch halten, so eng war es, denn der Großvater war breit in den Schultern, und er hätte den Platz gut und gern allein ausgefüllt. Gleich hinter dem Dorf setzte ich mich also mit dem Rücken zu ihm, das machte es etwas luftiger, jedenfalls so viel, dass er mehr Bewegungsfreiheit für die Arme bekam. Dafür saß ich jetzt Sulka gegenüber, und zwar so nah, dass ich die Sommersprossen auf ihrem Gesicht zählen konnte. Ich dachte, durch diese Nähe werde sie sich vielleicht erinnern, dass ich ihr Filme hatte erzählen sollen, und sie werde sagen:

»Dann erzähl mir einen Film, junger Herr. Wir sind nicht in die Wiesen gegangen, aber es kann auch auf dem Wagen sein.«

Doch sie sah mich an, als sähe sie mich gar nicht oder sah mitten durch mich hindurch, obwohl ich mich in ihren stummen Augen spiegelte und meine Knie an ihre Knie reichten. Sie hatte das Kleid bis über die Waden hinabgezogen, und auf den geschlossenen Knien lagen, wie verlassen, die schmalen, schlanken Hände. Manchmal riss sie, wer weiß warum, diese Hände hoch und zerrte an ihren Fingern, dann faltete sie sie, entfaltete sie sie, zupfte irgendwelche Halme, Stachel, Schiefer davon ab, abwechselnd an der einen, an der anderen, und ihre Augen waren dann unangenehm, voll seltsamer Flämmchen. Doch wenn sie die Hände wieder zurücklegte auf die Knie, gab sie auch ihren Augen die Ruhe zurück, und beruhigt sahen sie wieder nichts, obwohl sie mich so aus der Nähe anblickten.

Der Großvater hatte mich nicht mitnehmen wollen, es is kein Platz, die Szmuls könnten noch dies und das aufladen, und sie ladens nich, wenn kein Platz nich is, und wozu, wozu willste mit? Die Fahrt geht nich zum Jahrmarkt. Aber ich bettelte, ich brauch nicht viel Platz, ich werd Sulka auf dem Weg Filme erzählen, weil ich es ihr versprochen habe, ja sie hat mich gefragt, ob ich mitfahre.

Der Großvater war nicht eingeteilt gewesen, doch als er hörte, dass die Fuhren schon eingeteilt waren, hatte er am nächsten Morgen beim Frühstück gesagt:

»Der Kubik soll die Szmuls fahrn. Aber was is das für ein Wagen, ewig vollgemistet. Und mit dem Bąk muss er zusammenspannen. Und dem sein Gaul wieder, die Rippen spießen ihm durchs Fell. Wir fahrn die Szmuls. Bloß zum Schulzen müssen wer hin und Bescheid geben.«

»Ja freilich, das müssen wir.« Tante Jadwinia griff sofort Großvaters Worte auf. »So viele Jahre haben sie uns gegenüber gewohnt, von Fenster zu Fenster, dann müssen wir das. Vielleicht kommen sie nicht mehr hierher zurück? Stefan fährt sie.«

»Stefan soll dem Boduła morgen am Göpel helfen. Sie haben es ausgemacht, der kann nich weg.« Der Großvater sah Tante Jadwinias Unterstützung nicht gern, obwohl Onkel Stefan gleich berichtigte, nich morgen, sondern übermorgen.

»Morgen oder übermorgen.« Der Großvater war nicht zu überzeugen, obwohl auch die Großmutter Tante Jadwinia beistand:

»Der Stefuś tät sie können fahrn, ja. Den Herrn Jesus haben se ans Kreuz geschlagen, aber ihr Teil haben se durchgelitten, und vielleicht is noch nich Schluss.«

»Doch nich die Szmuls, red nich«, brauste der Großvater auf.

»Die Szmuls oder nich die, aber so welche wie die.«

Der Großvater gab es auf, die Großmutter zu überzeugen, aber er begründete weiter, weshalb er dagegen war, dass Stefan die Szmuls fuhr:

»Kann sein, man wird se müssen weiter bringen? Woher willste das wissen? Dann biste übermorgen noch nich zurück.«

»Dann soll Władek sie fahren«, warf Tante Jadwinia wieder ein.

Tante Marta, die bisher ruhig gewesen war, funkelte die Krankheit aus den Augen.

»Du schick mir nicht den Władek vor. Władek hier, Władek da. Władek dies, Władek das, dauernd nur Władek, und du mit deinem Stefuś, ihr würdet nur immer schnäbeln. Fahr nicht, Władziu. Juden fahren, das hat dir noch gefehlt.«

»Stille nu!« Großvater hielt im Essen inne. Den Löffel mit den Kartoffeln vorm Kinn, sah er drohend in die Runde, und erst nach einer Weile schob er ihn in den Mund, dann nahm er einen Löffel *Żur*[52] und spülte nach. »Der Władek…«, sprach er, als überlegte er noch, und betretenes Schweigen trat ein, und nicht nur das Löffelgeklapper auf den Blechtellern riss ab, sondern auch das Schlürfen verstummte. »Der Władek würde se wie der Sturmwind und setzt se noch irgendwo raus, weil er so schnells geht wieder zu Hause sein will. Und er drischt die Pferde halbtot.«

»Und wieso müssen wir se fahrn, Vater, wenn se den Kubik eingeteilt ham?« hielt Onkel Władek dem Großvater sozusagen ruhig entgegen, obwohl er sichtlich aufgebracht war, denn die Muskeln an seinen Kinnladen sprangen vor, als kaute er hartes Fleisch, dabei kaute er nur *Żur* mit Kartoffeln. »Juden oder nich, dadrum gehts mir nich. Wer weeß, wie das mit dem Herrn Jesus gewesen is, ob das wirklich sie. Außerdem, Gott hätte sich nich müssen kreuzigen lassen. Hat er wohl selber so gewollt. Aber is das Pferd vom Kubik kein Pferd? Ausgemergelt? Ja, weil der Mistkerl es mit Streu füttert, nur ab und zu mal ne Handvoll Hafer, wie solls da nich ausgemergelt sein? Ihn selber, den Lumpenhund, würd ich vor den Wagen spannen und zieh! Vor den Pflug und zieh! Vor die Mähmaschine, zieh! Und beim Getreideeinfahrn würd ich ihm drei Reihen aufladen und hüh! Und mit der Peitsche in die Waden! Und über den blöden Nischel. Wirschte mich weiter mit Streu füttern, Mistkerl?! Zieh! Hüh! Und schwupp, mit der Peitsche. Aufn Knien würde er mich anflehn. Schlag mich nich, Władziu, und nimm ein paar Garben runter. Schwupp, übern Arsch. Von jetzt an, Władziu, kriegste bloß noch Hafer. Der Herrgott soll mich strafen für diese Streu. Und zu saufen, Władziu, zu saufen. Sauf Galle, du Pest. Und schwupp. Und untern Schwanz mit der Peitsche.«

[52] saure Mehlsuppe

Wieder verhielt der Löffel mit den Kartoffeln vor Großvaters Kinn, und der Großvater sah drohend in Onkel Władeks wütendes Gesicht, als wollte er ihn zur Vernunft bringen.

»Hat dem sein Wagen nich vier Räder, so wie unsrer, Vater? Zu was sich drängeln, soll er fahrn. Den Szmuls is es einerlei, wir oder der Kubik. Wir bringen ihn nich ins Paradies und der Kubik nich auf die entgegengesetzte Seite.« Plötzlich schmiss er den Löffel in den Teller, dass ihm die Suppe ins Gesicht spritzte. »Dass doch der Henker!«

Der Großvater ließ mit steinerner Ruhe die Sturzbäche von Onkel Władeks Wut an sich vorüber brausen und schob den Löffel mit den Kartoffeln in den Mund, dann trank er Suppe nach, schluckte und sagte:

»Sag ichs nich? Dem schleppt sich sogar ein Begräbnis zu lange hin, der Pfarrer redet ihm zu lange bei der Predigt, wenn das Feuer im Herd nich knattert, brennts für den nich. Und auf der Fahrt mit den Szmuls tät er erscht gar aus der Haut fahrn. Ich selber fahr.«

Er hatte Onkel Stefan aufgetragen, die Pferde zu striegeln, ihnen die Mähne zu kämmen, das Paradegeschirr, Kummet, Kandare, Aufhalteketten zurechtzumachen, ja die Peitsche mit den Zierknoten, die noch von Onkel Stefans und Tante Jadwinias Hochzeit irgendwo auf dem Dachboden lag, musste er bringen, und Onkel Władek trug er auf, den Wagen zu richten, die Achsen zu schmieren, damit sie nicht quietschten, die Großmutter musste eine Pferdedecke für den Sitz herausgeben, Tante Jadwinia einen Korb mit Essen, Trinken für alle fertigmachen, und er ging nach dem Frühstück zum Schulzen.

»Vielleicht ist das endlich unser Gelobtes Land, Józef?« sprach Szmul, als er alles aufgezählt hatte, was wer dort bekommen sollte, alle Berufe und alle Wünsche, und sich selbst irgendwo in der Mitte zwischen Laden und Bienenstöcken platziert hatte, mal näher zum Laden, mal näher zu den Bienenstöcken, und der Großvater pflichtete ihm bei:

»Vielleicht.«

Wir beschlossen den Zug der Fuhrwerke, in einiger Entfernung von Kotula, der mit den Cycyngiers, der größten jüdischen Familie aus unserm Dorf, vor uns fuhr. Wir sahen, wie manche von ihnen, wenn es bergauf ging, vom Wagen stiegen und nebenher gingen. Manchmal winkten sie uns, als wollten sie, dass wir schneller führen. Der Großvater jedoch riss nicht ein einziges Mal an den Zügeln, und schon gar nicht ließ er die Peitsche über den Rücken der Pferde knallen, sondern er erlaubte ihnen, das Tempo selbst zu bestimmen. Und so gingen sie im Schritt, und wenn die Löcher in der Straße nicht gewesen wären, hätte man meinen können, wir schaukelten nur im Takt ihrer schaukelnden Hinterteile, statt zu fahren. Und wenn es bergab ging, zog er ihnen sogar aus Leibeskräften die Schädel nach hinten, damit sie nicht beschleunigten. Dann musste ich mich vom Wagen lehnen, um Platz für des Großvaters breite und obendrein weitgespannte Schultern und abgespreizte Ellbogen zu machen. Und bei einer größeren Abfahrt schaltete sich auch Szmul ein und pochte dem Großvater mit dem Finger auf diese Schultern:

»Haltet Euch, Józef, haltet Euch. Dass die Cycyngiers nicht denken, wir hetzen ihnen nach. Der Lump hat mir einmal eine Hose ohne Schlitz genäht. Ist das ein Mensch?«

Und der Großvater spannte die Schultern noch weiter und zerrte den Pferden die Schädel nach hinten, bis sie mit dem Hinterteil fast auf dem Ortscheit saßen und mit den weit aufgesperrten Mäulern den Himmel zu beißen schienen. Und so begannen die Cycyngiers, obwohl ihrer so viele waren und sie bergab meist zu Fuß neben dem Fuhrwerk her gingen, allmählich kleiner zu werden, bis sie zu winzigen schwarzen Punkten geschrumpft waren und schließlich zu Szmuls Freude ganz verschwanden.

»Endlich sind sie weg. Oh, wie leicht. Die Welt ist gleich heller. Dort, im Gelobten Land, kennen wir uns nicht länger. Und auch unsere Frauen, Kinder, Enkel werden sich nicht kennen. Und wenn noch ein Fluss zwischen uns würde fließen, ei,

Józef, tief bis zum Hals, bis zu zwei Hälsen, das wäre ein Glück von Gott. Aber am besten ein Meer. Willst du was, Lumpenhund, dann komm mit dem Schiff zu mir. Und vielleicht würde er einmal für meine Hose ersaufen.«

»Kann sein, es gibt einen Fluss«, pflichtete der Großvater Szmul bei. Ihm war ganz offensichtlich nicht nach Reden zumute, wie übrigens allen, außer Szmul. »Der bei uns hier is klein. Grade dass de dich kannst waschen, dein Zeug waschen, die Pferde, die Kühe tränken. Aber Ihr hattet keine Pferde, keine Kühe.«

»Dort wird sein alles, Józef. Das Gelobte Land, wie soll es nicht?«

»Ei, du Gelobtes Land«, ließ sich in seinem Rücken stöhnend seine Frau vernehmen. »Hör schon auf zu schwafeln.«

»Von wegen schwafeln? Von wegen schwafeln? Du selber schwafelst. Und wetz dich nicht an meinem Rücken.«

Er verstummte jedoch, verfiel in eine Art Teilnahmslosigkeit und hielt den Kopf nicht einmal bei den Schlaglöchern steif, immer wieder rutschte er ihm bald auf die eine, bald auf die andere Seite. Es musste ihn etwas quälen, denn auf einmal riss er sich heftig die Mütze herunter, aber dann kratzte er sich nur den Kopf. Und das ein paarmal, und er sagte dazu kein Wort. Plötzlich stellte er sich im Wagen auf, starrte auf die Straße vor uns und sagte halb empört, halb erfreut:

»Sie sind nicht zu sehen, die Lumpenhunde, Gott hats gegeben. Weg sind sie.«

»Ihr wolltet doch, dass sie weg sind«, sagte der Großvater.

»Wie soll ich nicht wollen gewollt haben. Aber nicht so weit.«

»Tate, setzt Euch«, sagte Sulka kurz. »Der Wagen fängt an zu schlingern, und Ihr fallt herunter.«

Er setzte sich hin, nahm wieder die Mütze ab und kratzte sich wieder den Kopf.

»Dass sich den Leuten bloß nicht der Kopf verwirrt, wenn wir erst dort sind.« Es war, als dröselte er die Worte aus einem Knäuel ihn quälender Gedanken heraus, und Sulka blickte plötzlich bestürzt zu ihm auf, in mir aber krampfte sich etwas zusammen, denn mir schien, als sei ihr Blick aus den Lidern gefallen und würden mich nie wieder treffen.

»Wieso soll er sich verwirren?« Der Großvater wunderte sich und wunderte sich auch nicht. »Nur von der Not wern die Leute wirr im Koppe.«

»Oh, auch vom Überfluss, Józef. Vom Überfluss noch mehr. Im Überfluss können sie ihren Beruf vergessen, was wer früher hier gemacht hat, sie können ihre Bestimmung vergessen, wozu jeder geschaffen war. Und es bleibt nur die Habgier. Hier war er ein einfaches Schneiderlein, aber dort will er womöglich eine Schänke haben oder eine Schnapsbrennerei und eine Brauerei dazu. Und auch wenn er Schneider bleibt, kann man bei dem nichts mehr wenden lassen und aus Alt Neu machen, der ist nur noch da für Anzüge, Fracks, Pelze. Und wer hier einen Kramladen gehabt hat, Petroleum, Salz, Zündhölzer, der wird dort wollen auf der faulen Haut liegen. Oder sie möchten alle Sägemühlen, Mühlen, Kutschen haben, von was das alles, Józef? Nicht einmal das Gelobte Land hält das aus. Ein Glück, dass die dort schon alles aufgeschrieben haben, was wer kriegt, was denkt denn Ihr. Die lieben die Ordnung. Ordnung ist bei denen dasselbe wie Bestimmung. Bei denen kommt die Ordnung an erster Stelle, Józef, noch vor dem Herrgott. Würden die die Welt nochmal von vorn erschaffen, gäbs nicht, was wer so will. Keiner wird aus dem Paradies vertrieben. Und hinterher muss man nicht diese Sintflut machen. Der Herrgott hat seinen Frieden. Alle haben ihren Frieden. Auch wir brauchen unser Gelobtes Land nicht suchen. So aber will jeder unbedingt ein Endchen für sich. Manche mit dem Himmel dazu. Und manche für Knoblauch, Petersilie, Zwiebeln. Und damit die Sonne nicht dauernd mal da und mal dort untergeht. Es möchte nicht reichen, möchte nicht reichen, Józef. Obwohl es heißt, reicht oder nicht, trotzdem wird es dort besser. Hier gabs nicht mal einen zum Heiraten für Suluś. Hast du die Schlüpfer angezogen, Suluś? Dort musst du.«

»Na, mögs Euch dort besser gehn«, sagte der Großvater, der der Meinung war, er müsse was sagen.

»Es wird, Józef«, versicherte Szmul fieberhaft. »Es wird so sein, wenn sie es sagen.«

»Gibt es auch einen Puff dort, Tate?« fragte Sulka kurz. »Denn ich will in einen Puff.«

Szmul fuhr verdattert hoch.

»Was sagst du da, Töchterchen, Herr, erbarme dich dieser Armen. Sie hat es nur so dahingesagt. Sie wollte es nicht sagen. Sie hat gar nichts gesagt. Du hast es nicht gehört, Herr. Spuck mir gleich das räudige Wort aus. Spucks aus, Suluś. Zu beiden Seiten des Wagens, spuck es aus.« Und Szmul spuckte dreimal auf der einen Seite des Wagens und, über Sulkas Knie hinweg, dreimal auf der anderen Seite des Wagens aus, um Sulka vorzumachen, wie sie spucken sollte. »Ich, dein unglücklicher Vater, spucke aus. Und Gott möge ihn für dich strafen. So als hätte er dieses Wort gesagt. So als hätte er dieses Wort gedacht. So als sei es in ihm ausgebrütet worden. Und du spuck aus, Suluś. Spuck aus. So, ja spuck es von der Zunge, spuck es aus deinen Gedanken, spuck es aus deinem Herzen. Denn uns kann großes Unglück widerfahren. Eine Schande, Suluś. Und vor dem Herrn Pietrek. Der Herr Pietrek hört nicht hin, der Herr Pietrek stopft sich die Ohren zu.«

Sulka, gleichgültig gegen die Aufforderungen des Vaters, blickte zur Seite, als ginge sie das alles nichts an, und nicht eine einzige Sommersprosse zuckte auf ihrem Gesicht. Hinter Szmul stimmte nun die Szmulowa ein Gezeter an, und sie wetterte gegen Sulka, schimpfte sie diese und jene, drohte mit der Hölle, mit Gott, und in ihrer Erbitterung begann sie sich an Szmuls Rücken zu reiben, bis der wütend rief:

»Wetz du dich nicht an mir, verdammt! Wetz dich an ihr. Sie ist deine Tochter.«

Hinter der Szmulowa begann jetzt auch die Szmulsche Großmutter etwas zu murmeln, wovon ich lediglich verstand, das käme alles von den Schlüpfern, die Sulka nicht hatte anziehen wollen.

»Und ihr, der Vater, die Mutter, nichts.«

Auf dieses ganze Zeter und Mordio fragte Sulka irgendwie erstaunt:

»Das Gelobte Land und keinen Puff? Es gibt jetzt so viel Soldaten auf der Welt.«

Das Szmulsche Gezeter hätte sich wohl noch lange hingezogen, doch zum Glück hatten wir die ersten Gebäude der Vorstadt erreicht. Und bald darauf bogen wir in eine gepflasterte, rechts von einer hohen Mauer und einer Reihe ebenso hoher Pappeln gesäumte steil ansteigende Straße ein, die geradewegs in die Stadt führte. Szmul, wie plötzlich von etwas aufgestört, gebot allen zu schweigen:

»Pst! Keinen Mucks jetzt. Sie sehen uns schon. Sie gucken durch ein Fernrohr. Die bringen es fertig und schreiben auf, dass die Szmuls Streithammel sind. Und hinterher, Gott bewahre, allerhand kann da sein. Alles kann da sein. Sie möchten uns einen Schuppen geben, statt ein Haus. Sie möchten sagen, du, Szmul, wirst tun, was du bisher getan hast. Und was hab ich getan, eine Kuh, ein Kalb habe ich manchmal erhandelt. Und was für ein Geld ist das. Gar kein Geld ist das. Sie können, sie können. Ist es nicht so, Józef?«

»Nu ja, können können se«, pflichtete der Großvater bei.

Ich stieg wieder um zum Großvater, denn ich wollte die Stadt vor Augen haben, in die wir einfuhren. Auf dem Sitz der Szmuls machte sich Trübsal breit, alle hingen sie ihren Gedanken nach, und alle strebten sie voneinander fort wie die Zweige an einem gemeinsamen Strauch.

Auf dem Hügel geradezu, den wir mühsam hinaufklommen, denn die Pferde neigten die Schädel schon bis hinab zur Deichsel, und ihre Hufeisen ratschten scharf übers Pflaster, reckte sich weit in den Himmel hinauf ein dunkelroter quadratischer Turm mit einer Krone.

»Was ist das für ein Turm, Großvater?« fragte ich.

»Kein Turm nich«, antwortete er, »ein Tor.«

»Ein Tor?« staunte ich, denn so ein Tor hatte ich noch nie gesehen. Es schien in den Himmel zu führen, zumal wir die ganze Zeit aufwärts und ihm entgegenfuhren.

»Das Abtei-Tor«, erklärte der Großvater. »Hat noch einer von den Königen gebaut, welcher, kann ich dir nich sagen. Vielleicht der Kaźmierz, der hatte es am meisten so mit Schlössern und Toren.«

Wir kletterten noch ein paar hundert Meter höher hinauf, und das Tor wuchs und wuchs, bis es den Himmel ganz verdeckte, und schließlich fuhren wir hinein in seinen kühlen, engen Schlund. Meine sprachlose Bewunderung für das Tor schlug nun um in Angst, ich fürchtete, es werde über uns zusammenstürzen, denn es schwankte deutlich von den schweren Schritten der Pferde und dem hochbeladenen Wagen. Und als die Pferde auf der anderen Seite wieder ans Licht kamen und hinter den Pferden wir, hatte ich Angst, mich nach ihm umzusehen. Mir war, als schwankte es immer noch über uns, und als führen wir noch immer durch seinen kühlen, engen Schlund.

»Na, da wärn wer durch«, sagte der Großvater mit einem Seufzer der Erleichterung, so als sagte er, mit dem Blick auf einen gemähten Kornschlag, na den hätten wir geschnitten. »Wir sind fast da.«

Er bog auch gleich nach rechts in ein kurzes Gässchen ein, das eine Holzbude beschloss, auf der geschrieben stand: Photo-Atelier, Bilder zu Hochzeit, Festen, Kommunion, Portraits, und kurz vor dem Fenster schwenkte er nach links ab. Und wir befanden uns in einer langen Straße auf der rückwärtigen Seite des Marktes, dicht am Rande des Stadthügels, genau da, wo ich mit dem Herrn Lehrer stand, der mir den blühenden weißen Garten auf der Anhöhe gegenüber zeigte, mit dem weißen Haus mittendrin.

Die Pferde bewegten die Hinterteile immer träger, als ahnten sie, dass die Fahrt bald zu Ende war. Der Wagen rollte kaum noch, denn die Straße war voller Löcher und Dellen, man könnte sagen, sie war gepflastert mit Löchern und Dellen, ja er hüpfte eigentlich über diese Dellen und sackte in diese Löcher, und wir mit ihm. Und vielleicht wäre unsere Reise noch so weitergegangen, doch da tauchte zwischen den Häusern längs der Straße am Rande des Hügels ein stattliches Gebäude auf.

»Da, die Synagoge«, sagte Szmul.

»Anhalten bei der Synagoge?« fragte der Großvater und wollte die Zügel schon kürzer fassen.

»Anhalten?« Szmul schien aus dem Schlaf zu schrecken.

»Nein hier, bei dem Haus, da haltet an«, sagte die Szmulowa.

»Wo hier? Wo hier?« Szmul fuhr von seinem Sitz hoch. »Zuerst muss man fragen gehen. Muss man sich erkundigen. Es geht nicht, wo du wollen willst. Und für was willst du eben hier?« Szmuls Stimme klang vorwurfsvoll, und er wiegte den Kopf vor Erbitterung. »Du weißt, wer hier wohnt? Der Tischler Lanc wohnt hier. Der macht Kommoden. Der macht Schränke. Was weiß er, wo wir anhalten sollen?« Und an den Großvater gewandt: »Fahrt, fahrt, Józef. Hört nicht auf sie.«

»Dann haltet bei der Synagoge, wenn er es so will«, lenkte die Szmulowa ein. »Man wird den Herrgott fragen. Vielleicht rät er.«

»So gibt es Gott noch dort?« ließ sich die alte Buba hinter ihrem Bündelberg vernehmen.

»Und Ihr erst dort!« rief Szmul wütend. »Ihr sitzt, dann sitzt auch. Gar nicht mit habt Ihr gesollt.« Und er ließ seine ganze Wut auf die alte Buba wieder an der Szmulowa aus. »Und du genauso. Für was willst du Gott fragen? Er muss nicht wissen, wer wir sind. Guck du nicht mit dem Rücken, setz du dich um und guck du mit den Augen.«

Und den Hals nach dem Großvater verrenkend: »Fahrt, fahrt, Józef.«

»Vielleicht ist es nicht in dieser Straße?« sagte die Szmulowa. »Vielleicht haben wir uns verirrt?«

»Wie nicht in dieser?« ereiferte sich Szmul. »Sie haben gesagt, bei der Synagoge. Du heißt mich den Herrgott fragen, und du siehst nicht, es ist die Synagoge. Guck du mit den Augen. Guck du hin, was du siehst. Nicht in dieser. Und in welcher? Wir haben uns verirrt. Länger werden wir uns nicht verirren.«

Der Großvater hielt jedoch die Pferde an und sagte:

»Geht irgendwo fragen, statt dass Ihr streitet.«

Szmul begann missmutig vom Wagen zu klettern.

»An die Cycyngiers, an die Szyjkas hätten wir uns halten sollen«, sagte die Szmulowa. »Die sind schon dort.«

»An die Cycyngiers? Was schwafelst du?« Und schon auf dem Boden, packte er mit beiden Händen wütend die Sprossen der Leiter. »An die Szyjkas? Was schwafelst du? Du hast, wie ich seh, den Verstand verloren. Siehst du, wo sie sind? Nicht da sind sie. Und recht geschieht ihnen.«

»Geht, geht«, trieb ihn der Großvater an.

Und Szmul setzte sich in Bewegung, wutschnaubend und blubbernd:

»Die Cycyngiers. Die Szyjkas. Wir haben uns verirrt.«

Als Szmul gegangen war, hob Sulka plötzlich die Arme über dem Gewirr aus roten Haaren, räkelte sich und sprang, geschmeidig wie eine Katze, vom Wagen. Sie ging bis an den Rand des Hügels, in einer Lücke zwischen zwei verfallenen Häusern blieb sie stehen und stand, gebannt und versunken, denn sie wandte nicht mal den Kopf, als sie mich rief:

»Komm her, junger Herr, hier gibts was zu sehen!«

Ich trat neben sie und suchte mit den Augen nach dem, was es hier zu sehen gab, doch ich sah nur einen blühenden weißen Obstgarten, mit einem weißen Haus mittendrin, auf der Anhöhe gegenüber, und etwas weiter ab, linkerhand, eine rote Kirche, die zwischen Bäumen aufragte.

»Siehst du. Na dort«, sagte sie in fast träumerischem Ton. »Da, durch den Garten gehn welche zur Hochzeit. So möcht ich gehn.«

Ich saß in der selben Bank, die zu verlassen der Kirchendiener mir damals nicht erlaubt hatte, und versuchte mir vorzustellen, wie unser Leben hätte verlaufen müssen, wenn es nach ihm gegangen wäre. Doch vielleicht war nicht ich es, der da versuchte, sich etwas vorzustellen, sondern vielmehr trug mir meine Vorstellung ungefragt Bildfetzen zu, die weder meinem Willen noch meiner Erinnerung gehorchten. Eher müsste ich also sagen, ich empfand meine Vorstellung, so wie man Sehnsucht empfindet oder Verlangen. Mitunter war mir, als spielte jemand auf der Empore, doch die Klänge des Harmoniums mischten sich mit den kratzenden Strichen des absichtlich fest aufgesetzten und in weitem Schwenk über den Boden geführten Besens. Und seltsam, sie kamen nicht von einer einzigen Stelle her, sondern waren in der ganzen Kirche zu hören, und sie bewegten sich wie in Ringen auf mich zu, und zugleich klang die Musik immer kräftiger hindurch. Ist mein Denken wirklich so stark an jene Zeit gebunden? fragte ich mich. In Wahrheit kehren die Gedanken doch ungern zu den Orten der Vergangenheit zurück, Zurückdenken ist Entwurzelung.

Wir waren eben vor dem Altar angelangt, als Anna, an meiner Schulter lehnend, sich plötzlich umsah und über die nachdrängende Menge hinweg mit dem Blick die Bänke suchte, wie um mich zu finden, der ich dort irgendwo in einer von ihnen saß. Das dauerte nur ganz kurz, doch lange genug, um in ihren nach mir ausspähenden Augen jene mir so vertraute Furcht zu erkennen.

Sie trug dasselbe weiße Kleid, doch jetzt erst sah ich, wie leuchtend sich dieses Weiß abhob von dem roten Teppich, auf dem wir das Menschenspalier durchschritten. Der Saum umspielte ihre Füße wie Wellen, die ihre zierlichen, jedoch würdigen Schritte zerteilten. Auch ihr Kopf war ganz von Weiß umhüllt, und aus der Bank, von der aus ich uns betrachtete, sah ich ihn als einen leuchtenden Streif, zumal ein ebenso leuchtender weißer Schleier von ihm herabfloss und sich noch weit hinter ihr über den roten Teppich ergoss.

Ich trug den selben dunkelblauen, für meine Magerkeit vielleicht etwas zu weiten Anzug, obwohl dieser etwas zu weite Anzug mir damals Männlichkeit hatte verleihen sollen, während man mir obendrein prophezeite, in ein, zwei Jahren sei ich bestimmt dicker, und dann säße er genau richtig, denn einen Anzug näht man nicht für ein einziges Mal, und sei es für die Hochzeit, er muss einem auch danach noch dienen und, so Gott will, bis zum Tod. Denn es kommt vor, dass einer im Hochzeitsanzug begraben wird.

Diesen Anzug hatte mir übrigens die Mutter gekauft, für Geld, das sie bei den Fräulein Poncka geliehen hatte, und sie hatten es nie zurückverlangt und hatten das Gewissen der Mutter beschwichtigt, sie gibt es zurück, sobald sie kann, das Wichtigste ist, dass der Herr Piotr entzückend darin ausgesehen hat und, ehrlich gesagt, hübscher als die Frau Anna, obwohl auch sie entzückend aussah. Ich konnte mich nur nicht entsinnen, was für eine Krawatte ich umgehabt hatte, aber ich sah aus dieser letzten Bank, unterm argwöhnischen Blick des fortwährend zu mir äugenden Kirchendieners, der die ganze Kirche auf einmal zu fegen schien, unsere Hochzeit ja auch nicht deutlich genug, denn sie war verdeckt von den Leuten, verschwamm durch ihre Neugier, ihr Gedrängel, erstarb unter ihrem Getuschel, ihren Bemerkungen, Anna geht zu steif, und ich sehe aus wie ein Schwindsüchtiger, so leichenblass, warum so leichenblass, wenn sie wie das blühende Leben ist, der Anzug schlottert ihm um den Leib, obwohl, ihr Schleier könnte auch länger sein und hübscher das Gesteck auf ihrem Kopf, dafür trägt sie goldene Ohrringe, aber vielleicht sehen sie nur aus wie aus Gold, denn echt goldene, was würden die kosten? Darum hörte ich, als wir uns auf den Stufen des Altars das Jawort gaben, weder unsere Worte noch die des uns segnenden Pfarrers.

Am meisten verdeckten die Hochzeit jedoch die Fräulein Poncka, zumal sie für diesen Anlass riesige breitflügelige Hüte aufgesetzt hatten, so dass der Altar fast ganz hinter diesen Hüten verschwand. Hinter Różas, wie mir scheint, crèmefarbenem, und Ewelinas wohl lichtgrünem. Zudem standen sie beide, wie in der Rolle der ersten Brautjungfern, dicht hinter unserm Rücken und hatten alle zurückgedrängt, samt unseren Familien. Und so musste, wer uns da vorm Altar genauer sehen wollte, sich kleiner machen und unter diesen Hüten durch blicken oder sich auf die Zehen stellen oder sich weit über den Rand der breitflügeligen Hutkrempen hinausrecken. Und um ihre Wichtigkeit zu unterstreichen, rückte Ewelina sozusagen unauffällig, doch gleichzeitig so, dass alle es sahen, dauernd etwas an Annas Kleid zurecht, strich etwas glatt, und Róża schnippte irgendwelche nur ihr in die Augen stechenden Stäubchen von den Schultern meines Jacketts, dass mir der Rücken davon juckte.

Jenes Bild, das sich mir aus der Bank bot, war also nicht so deutlich wie das vom Rande des Stadthügels aus, auf der rückwärtigen Seite des Marktes, wo der Herr Lehrer mich manchmal hinführte und von wo wir, in einer Lücke zwischen den verfallenen Häusern stehend, die hügelige Umgebung, die zwischen den alten Linden aufragende Jakobskirche und besonders jenen Obstgarten betrachteten, mit dem weißen Haus mittendrin, auf der Anhöhe gegenüber, gleich jenseits des grellgrünen Tals, der fast zum Greifen nahe lag. Ich ging mit Anna den Gartenweg entlang, zwischen früchteschweren Bäumen, eine gleißende Nachmittagssonne beleuchtete sie wie vom Boden her, und jeder Zweig und jede Frucht trat für sich grell hervor.

Es war Ende August, ein außergewöhnlich gesegnetes Jahr, wie es hieß, besonders reich an Äpfeln. Das Grün der Bäume war schon leicht verblasst, matt, so dass es aussah, als seien sie über und über mit funkelnden bunten Kugeln behängt, bei manchen brannten die Kronen lichterloh, und manche schienen wie mit Blut besprengt. Es war, als hätte jemand dem Garten zu unserer Hochzeit Lichter aufgesteckt.

Anna ging vor mir, mit der einen Hand hob sie das weiße

Kleid an, damit der Saum nicht übers Gras schleifte oder hängenblieb an einem abgefallenen Zweig, mit der anderen stützte sie sich auf meine Hand, ich ging hinter ihr. Nach uns, im Gänsemarsch, da der schmale Pfad es nicht erlaubte, dass auch nur zwei nebeneinander gingen, folgten im langen Zug, laut schwatzend und lachend, die Hochzeitsgäste, durchwirkt von Bäumen, verschwindend zwischen den bis auf die Erde herabhängenden schweren Kronen, dann wieder auftauchend, wieder verschwindend, und ganz am Schluss, etwas hinter den andern zurückbleibend, trippelten die Fräulein Poncka, Ewelina, hinter ihr Róża, vielleicht auch umgekehrt.

Selbst vom Rande des Stadthügels aus war zu erkennen, wie unbequem es für sie war, die hohen Absätze, der lehmige Weg und noch bergab. Zumal sie die ganze Zeit achtgeben mussten auf ihre breitflügeligen Hüte und sie sich bei fast jedem Baum bückten, sie mal nach der einen, mal nach der andern Seite bogen oder, den ausladenden Kronen ausweichend, den Weg verließen und durchs Gras gingen. Obwohl es ihnen nicht immer gelang, dass nicht irgendein Zweiglein dennoch gegen den Hut schlug, an ihm hängenblieb, ihn verrückte, ihn nicht wenigstens streifte. Sie hielten diese Hüte auf ihren Köpfen fest, und dazu trugen sie noch riesige Blumengebinde, die für uns bestimmt waren, Handtaschen, Schirme, obwohl es nicht nach Regen aussah, im Gegenteil, das Wetter war wie bestellt für unsere Hochzeit.

Anna, gefesselt in ihrem langen Kleid und gleichfalls auf hohen Absätzen, tat ein ums andere Mal, als stolpere sie und bat, die großen lachenden Augen auf mich gerichtet, mit gespieltem Vorwurf:

»Halt mich fester. Willst du, dass ich falle?«

Plötzlich ließ sie das Kleid fahren, riss einen Apfel, der auf uns zukam, von einem tiefen, wie eigens für uns bereithängenden Zweig, hielt ihn mir vor den Mund und sagte:

»Beiss ab. Wir müssen nicht so ernst sein. Es ist doch unsere Hochzeit.«

Ich biss also in den Apfel in ihrer Hand, und dann grub sie ihre weißen, lächelnden Zähne hinein, dass es krachte, und aß diesen Apfel mit fröhlicher Begierde, und bei jedem Biss richtete sie ihre großen lächelnden Augen auf mich. Und in diesem Lächeln, das sie mir wieder und wieder über die Schulter zuwarf, verschwanden wir in dem Hohlweg, der zu der Kirche führte, wie hinterm Rand eines Fotos, und nach uns verschwanden die Hochzeitsgäste, und ganz am Ende verschwanden die Fräulein Poncka in ihren breitflügeligen Hüten, die jenes vom Stadthügel aus geschaute Bild beschlossen.

KAPITEL 6

Im Regen

Die ganze Ebene war erfüllt vom Dröhnen, Rattern, Knattern der Traktoren, Planierraupen, Bagger und Gott weiß was für Maschinen, die in Scharen mit der lehmigen gelben Erde rangen und, hin und her kurvend, Unmengen dieser Erde beiseite schoben, ganze Ströme von ihr ausspieen oder sich bis tief hinab in ihre Eingeweide fraßen.

Denn unverhofft war der Hügel ins Rutschen geraten, und die Stadt war in Gefahr, unterzugehen. Wirklich so unverhofft? Seit Menschengedenken tauchten an verschiedenen Punkten der Stadt, meist nach starken Regenfällen, immer wieder Risse, Sprünge, Verwerfungen auf, nicht selten von der Ausdehnung eines Stollens, es gab jedoch auch weitläufigere. Vorwiegend am Markt oder in einem der vom Markt abgehenden Gässchen, jedenfalls fielen sie dort besonders auf, und über sie redete man für gewöhnlich in der Stadt. So eine Absenkung wurde zunächst durch einen Zaun abgesperrt, und so stand sie dann, bis sie zugeschüttet wurde. Hin und wieder barst das Mauerwerk der alten Häuser, und auch solch ein Riss klaffte eine Weile, bis man ihn verputzte oder ihm Eisenklammern anlegte.

Man hatte sich indes daran gewöhnt, als sei es ganz natürlich, dass die Stadt auseinanderbarst und sich senkte, nicht nur die Erinnerung der Menschen, auch die ältesten schriftlichen Überlieferungen bezeugten das ja – es war nun mal so eine Stadt. Vielleicht war dies sogar ihre Bestimmung. Kein Wunder übrigens, gelegen auf einem Hügel aus Löss, und Löss ist, wie man weiß, halb Erde, halb Staub, nicht gefeit gegen Wasser, der würde die Stadt nicht lange halten, dazu eine, die sich, wie zum Knoten geschürzt, beinahe ganz auf diesem Hügel drängte, bis an seine Ränder.

Das Schlimmste jedoch war, dass man irgendwann vor Jahrhunderten Verliese in dem Hügel ausgehoben hatte, was in festem Fels nicht weiter gefährlich gewesen wäre, so aber waren sie wie ein Urteilsspruch über diese Stadt. Wie tief, wie lang, man wusste es nicht, denn noch nie hatte sie einer abgeschritten, man wusste nicht einmal, ob es einen Eingang zu ihnen gab. Und so wiederholten manche hartnäckig, dagegen lässt sich nichts tun, die Stadt bricht eben auseinander und senkt sich. Entsetzen griff freilich um sich, als jemand am Kiosk eine Zeitung kaufte und buchstäblich vor den Augen des Besitzers, der ihm eben das Wechselgeld herausgab, verschwand, weil sich plötzlich der Boden unter seinen Füßen auftat. Und als etwas später, am Markttag, eine Erdspalte ein Pferd samt Fuhrwerk verschlang, erhob sich Panik und Tumult, und im Handumdrehen stob der Markt schreiend auseinander:

»Die Stadt versinkt! Die Stadt versinkt!«

An den Ausläufern des Hügels war alles niedergewalzt, und die lehmige gelbe Erde türmte sich bis hin zur Straße, die zu der Brücke führte. Von keinem Haus war auch nur eine Spur geblieben, auch nicht von dem, in dem wir einmal das Souterrain bewohnt hatten, und überhaupt konnte man bezweifeln, ob es je ein Rybitwy gegeben hatte. Zudem bebte der Hügel durch die Maschinen im Innersten, und dieses Beben drang vor bis zu unseren Füßen, bis hinauf auf den Gipfel, wo ich mit Paweł stand. Ja es war, als ergösse sich dieses Beben, mag sein durch jene Leere, die die Häuser und Menschen dort zurückgelassen hatten, über die ganze weite Ebene. Und als reichte es bis an den Himmel über der Ebene und versetzte auch die Sonne am Himmel in Beben.

Etwas gab mir ein, dieses Beben als das verhallende Echo

sämtlicher Schlachten anzusehen, die in dieser Ebene geschlagen worden waren. Vielleicht entsprach das am besten dem Ausmaß dieser Leere. Zumal die Treppe, die als einziges erhalten geblieben war und dort in der Tiefe, am Rande jener lehmigen gelben Erde, vor der einstigen Wohnungstür der Fräulein Poncka, abriss, mitten in diese Leere zu führen schien. Vermutlich war sie deshalb durch eine Eisenbarriere abgesperrt, an der eine Tafel mit der Aufschrift hing: »Kein Durchgang! Verboten!«

»Lass uns da hinunter gehen«, sagte ich dennoch.

Worauf Paweł die Hand abwehrend gegen die Tafel hin streckte und sagte:

»Siehst du nicht, es ist verboten?«

»Das macht nichts«, entgegnete ich.

»Von hier hast du doch alles zum Greifen nahe«, sagte er.

»Aber vielleicht sehen wir dort, weiter unten, mehr?« sagte ich.

Er erwiderte nichts, aber bestimmt fand er meine Worte wieder seltsam, jedenfalls empfand ich es so. Seit einiger Zeit wurde ich den Verdacht nicht los, dass alles, was ich sagte, ihm seltsam klang, was wohl ein Zeichen dafür war, dass allmählich jene immer schwieriger zu überschreitende Grenze zwischen uns entstand, die uns voreinander, genauer, die ihn vor mir schützen würde. Die vielleicht schon seinen eigenen Horizont absteckte, der nicht sehr viel mit diesem Platz auf dem Hügel zu tun hatte, wo die Treppe anfing, an der wir gerade standen, und nicht mit dieser Stadt. Er hatte sich sichtlich unwillig bereit gefunden, mit mir hierher zu fahren. In seinem Unwillen war eine Spur von Widerstand gewesen, um nicht zu sagen, von Verzweiflung, was bisher nie vorgekommen war. Er hatte sogar etwas gesagt wie:

»Ich kann nicht an Mutters Stelle treten. Versteh das doch.«

Ich sagte:

»Wenigstens die paar Stufen. Hier gewesen und nicht die paar Stufen hinuntergestiegen zu sein, solange sie noch da sind?«

Vielleicht tat ich ihm auch unrecht, und es war nicht alles so einfach, wie ich in meinem Misstrauen glaubte. Unverhofft sagte er sanft und nachgiebig:

»Dann komm, wenn du Lust hast.« Und er warnte mich sogar, als wir abwärtsstiegen: »Aber halt dich nicht an dem Geländer fest, es ist bestimmt morsch.«

»Ich lass nur die Hand dran runtergleiten«, sagte ich und spürte einen Stich in der Brust. »Wie glattgewetzt es ist. Wie viele Hände müssen darübergegangen sein. Dabei haben in Rybitwy gar nicht so viele Leute gewohnt. Man könnte sich eine Kette von Händen vorstellen, die das Geländer entlanggleiten, irgendwo zwischen ihnen auch meine, die deiner Großeltern, die von den Fräulein Poncka.«

»Guck vor deine Füße«, warnte er mich wieder.

Wir stiegen jedoch nicht bis ganz hinunter, denn irgendwo auf halber Höhe, jedenfalls sah ich schon die Türklinke an der Wohnungstür der Fräulein Poncka, erreichte uns aus der Tiefe, aus dieser lehmigen gelben Erde eine dröhnende Zurechtweisung:

»Verboten! Könnt ihr nich lesen?! Dort oben hängt eine Tafel! Da steht groß und breit dran: Verboten!«

»Wir wollten uns nur was ansehen!« brüllte ich zurück.

»Hier gibts nichts zu sehn! Aber fix! Zurück! Verboten is verboten!«

Wir blieben ein Weilchen auf der Stufe stehen, auf der wir angehalten worden waren, und schauten unsicher in die Runde, etwas beschämt vielleicht, dass wir uns hierher gewagt hatten, obwohl es verboten war, und auch noch gerügt worden waren.

»Lass das mal absacken, wer is dann dran?!« brüllte jene Stimme von unten zu uns herauf, schon etwas versöhnlicher, ja mit einer Spur von Verständnis für unseren Versuch.

»Hier gibt es wirklich nichts mehr zu sehen«, sagte Paweł wie das verebbende Echo jener Stimme aus der Tiefe.

Ich zögerte, ob ich ihm nicht zustimmen sollte, doch im selben Moment erblickte ich im Fenster der Fräulein Poncka, hinter der gemusterten Gardine, den mit Lockenwicklern gespickten Kopf von Fräulein Ewelina oder vielleicht von Fräulein Róża. Ich verspürte sogar den Wunsch, dass sie, bevor sie verschwand, mit einer einzigen ruckartigen Bewegung die Gardine wegreißen, das Fenster öffnen und sich über das Fensterbrett beugend, die Arme hierher, zu der Treppe, zu uns hin recken und fröhlich heraussprudeln möge, denn nur sie vermochten ihre Freude so herauszusprudeln:

»Ach, der Herr Piotr!«

Sie aber hielt die Gardine weiter mit der einen Hand oberhalb des Mundes fest und zeigte nur ein Stückchen von ihrer Wange im Fenster, dennoch sah ich tiefe Trauer auf ihrem Gesicht. Da fiel mir ein, das sei vielleicht wegen der Lockenwickler in ihren Haaren. Denn mit Lockenwicklern hatten sie sich stets mehr als nötig geschämt. In Lockenwicklern hatten sie sich ausnehmend behindert gefühlt, wie eingesperrt in einem Käfig.

Als ich noch zu ihnen zum Kakao gegangen war, hatten sie sich wegen nichts bei mir entschuldigt, selbst wenn sie, eben erst aus den Betten, in Hauslatschen und Morgenröcken herumgelaufen waren, nicht zugeknöpft, nicht angemalt, zerzaust, doch wenn ich sie in Lockenwicklern angetroffen hatte, waren sie verstört gewesen, als hätte ich sie bei etwas Unanständigem ertappt, und sie überboten sich in Entschuldigungen:

»Ach du lieber Gott, der Piotruś, und wir in Lockenwicklern! Entschuldige, Piotruś. Vergib uns, Piotruś. Gleich bekommst du deinen Kakao.«

Und die eine rannte in die Küche, um mir den Kakao zu machen, und die andere setzte sich vor den Spiegel, fitzte in höchster Hast die Lockenwickler aus den Haaren und wiederholte in einer Tour:

»Gleich bin ich frisiert. Ja, gleich bin ich frisiert. Und ich hab noch zu Ewelina gesagt, der Piotruś kommt, und wir sind noch in Lockenwicklern.«

Und bis die andere mit dem Kakao aus der Küche zurück war, hatte die hier schon alle Lockenwickler aus ihren Haaren geklaubt und machte der andern vor dem Spiegel Platz. Und jetzt klaubte die andere in ebensolcher Hast die Lockenwickler aus ihren Haaren und wiederholte das gleiche in einer Tour:

»Gleich bin ich frisiert. Ja, gleich bin ich frisiert. Noch ehe du deinen Kakao ausgetrunken hast. Aber trink langsam, er ist heiß, Piotruś.«

»Lass uns umkehren«, sagte ich, »wenn sie uns hier nicht wollen.« Und ich ergriff das Geländer und begann nach oben zurückzusteigen. Paweł stand noch da und sagte etwas in meinem Rücken. Dann übersprang er die paar Stufen, die ich ihm voraus war, mit einem Satz und sagte, nun neben mir:

»Vielleicht hakst du dich bei mir ein?«

»Nein, danke. Für so einen Greis musst du mich noch nicht halten«, sagte ich mit gespielter Entrüstung.

»Du hast mich nicht verstanden«, versuchte er sich zu rechtfertigen.

»Dann vergib mir«, sagte ich. »Verstehen ist offenbar schwieriger als leiden. Es ist vielleicht die höchste Stufe des Leidens, wer weiß.«

Er sah mich misstrauisch an, als verstünde nun er nichts, vielleicht verblüffte ihn auch das Unnatürliche, das Hochtrabende an meinen Worten, denn es verblüffte auch mich, als ich sie ausgesprochen hatte. Und vielleicht, um den Eindruck von Unnatürlichkeit zu verwischen, warf ich, überraschend für mich selbst, hin:

»Lass uns etwas verschnaufen.«

Nein, ich fühlte mich keineswegs erschöpft. Im übrigen waren wir kaum ein Dutzend Stufen hinaufgegangen, dazu ohne Eile, Fuß vor Fuß, Stufe um Stufe, die Treppe selbst zwang einem ja diesen Rhythmus auf, jeder andere hätte ihrer Natur Gewalt angetan. Als ich sie damals in Riesensätzen hinab und hinauf gejagt war, war es den Leuten, die mich ermahnten, wohl gar nicht darum zu tun gewesen, dass ich mir das Bein verstauchen oder ein anderes Leid zufügen konnte, sondern mehr darum, dass ich der Natur dieser Treppe nicht entsprach. Damals jedoch hatte ich nicht gewusst, dass die Natur dieser Treppe in menschlicher Erschöpfung bestand. Und so meldete sich vielleicht ein noch nicht ganz verhalltes Echo aus jener Zeit in mir, als ich da sagte:

»Lass uns etwas verschnaufen.«

Und diesen Worten folgend, blieb ich stehen und, mich gleichzeitig mit der linken Hand am Geländer haltend, wandte ich mich fast ohne es zu wissen von dem Hügel ab und der weiten Ebene zu. Im selben Moment wurde mir bewusst, dass ich Paweł zu keinem anderen Zweck hierhergeführt hatte, als diese Worte auszuprobieren:

»Lass uns etwas verschnaufen.«

Ich fühlte Gewissensbisse ihm gegenüber, dass ich ihn hinterhältig in ein Spiel hineingezogen hatte, in dem ich meine Rolle besaß, und zugleich überkam mich die Furcht, ich könnte dieser Rolle nicht gewachsen sein. Denn ich müsste ja wenigstens den rechten Arm ausstrecken und, auf die scharfe Linie des Horizonts in der Ferne zeigend, sagen… Ja eben, was sagen? Ich empfand Leere, auch nicht das jämmerlichste Wort wollte mir erscheinen. Und mir war, als sei es die sich vor uns dehnende Ebene, deren Leere in mir war.

Paweł musste etwas gemerkt haben, denn er sagte, deutlich um mir zu Hilfe zu kommen:

»Vielleicht bleiben wir hier ein bisschen stehen.«

Ich zögerte, ob ich nicht sagen sollte:

»Nein, komm schon.« Und während ich so zögerte, ertappte ich mich dabei, dass ich die ganze Zeit die Treppe hinuntersah, bis hinab zu dieser lehmigen gelben Erde, und dass ich darauf wartete, dass Vater und ich hier anlangten, wo ich jetzt mit Paweł stand. In diesem Warten lag vielleicht die Hoffnung, mit unserem Näherkommen stellten sich auch die Worte ein. Denn sowie Vater und ich stehengeblieben waren, der weiten Ebene zugewandt, und er den Arm dorthin ausgestreckt hatte, waren ihm die Worte wie Vogelschwärme zugeflogen, und aus diesen Worten waren alle diese Schlachten entstanden, zwischen Worten waren sie ausgetragen worden, Worte waren aufeinander eingedrungen, Worte hatten einander in die Flucht geschlagen, Worte verströmten ihr Blut, röchelten, hauchten ihr Leben aus, und diese Ebene war, um die Wahrheit zu sagen, übersät gewesen von gefallenen Worten.

Sogar sein schwerer Atem begann mich aus der Tiefe zu erreichen, obwohl wir zwei, drei Stufen, allerhöchstens, erklommen hatten, so jedenfalls erschien mir das von hier oben aus, wo ich mit Paweł stand, und er hangelte sich nur noch mühsam an dem morschen Geländer hinauf, und vermutlich hielt ihn nur die Scham davon ab, nach den zwei, drei Stufen zu sagen:

»Lass uns etwas verschnaufen.«

Immer weiter öffnete er den Mund, und immer enger wurde ihm um die Brust. Nie hätte ich damals vermutet, dass ihn solch eine Qual von Stufe zu Stufe führte. Denn erst von hier aus, wie ich da hinunterschaute, war diese Qual bei jedem Anheben des Fußes, bei jedem Weiterrutschen der Hand um ein winziges Endchen am Geländer zu erkennen. Er trug den Kopf tief gesenkt, bedeckt von dem zu großen Hut, so dass es mir nicht gelang, auch nur ein Streifchen seines Gesichts zu sehen. Ich sah nur mein eigenes, das missmutig war, wie stets, wenn ich ihn über die Treppe hinauf zum Arzt bringen musste. Es hielt sich dicht neben seiner mageren Schulter, die so mager war, dass sie durch den Gabardinemantel spießte, der auch zu groß war, denn er hing an ihm herunter bis auf die Treppe.

Vielleicht ahnte er, dass wir irgendwo dort oben auf dieser Treppe standen, denn mir war, als verspürte er den Wunsch, den Kopf zu heben und zu uns hinauf zu blicken, aber es gelang ihm nicht. Deutlich spürte ich auch die Wärme seiner Hand auf dem Geländer, auf dem meine Hand lag, ja ich konnte sogar das schwache Pulsieren seines Herzens fühlen, obwohl ich mir nicht restlos sicher war, ob es das Herz war. Wie auch hätte das Herz imstande sein sollen, von dort ganz unten bis hier hinauf zu reichen, zu uns, wo ich mit Paweł stand, obendrein über ein gewöhnliches Holzgeländer, zudem ein morsches, und ein so krankes Herz wie seins, das kaum noch schlug.

Mitunter kam es ihm selbst so vor, als schlüge sein Herz nicht mehr, und er bat die Mutter, ihre Hand an seine Brust zu legen, ob es ihm nur so vorkomme, als ob es aufgehört habe. Und dann bedankte er sich wer weiß wie bei ihr, so als hätte sie seins gegen das ihre ausgetauscht.

Im übrigen wunderten sich alle in Rybitwy, dass wir mit so einem Herzen die Treppe hinauf zum Arzt gingen. Und diese Verwunderung blieb, versteht sich, vor allem auf mir hängen, weil ich den Vater nicht über die Brauereistraße brachte, ein bisschen weiter, doch jedenfalls nicht so steil, oder wenigstens den Hang rundherum, und dann beim Schloss raus, viel weiter und trotzdem immer noch kürzer als über die Treppe. Wo hat man das gesehn, einen Menschen mit so einem Herzen die steilste und längste Treppe in der Stadt raufzuzerren, nicht mal durchs Nadelör, auf der andern Seite, an Sankt Jakob vorbei, ist sie so steil und so lang. Aber er selbst wollte keinen anderen Weg gehen, immer nur diese Treppe hinauf, so wie alle.

Oft versuchte uns der ein oder andere Bekannte, wenn er uns die Treppe betreten sah, zurückzuholen:

»Wärs nich besser über die Brauereistraße? Die Brauereistraße nehmt, sag ich. Über die Brauereistraße führ den Vater.«

Und manchmal fiel einer gleich empört über mich her:

»Oh, Junge, Junge, hast du kein Gewissen? Lassen Sies ihm nicht durchgehn. Heutzutag schleifen die Kinder die Väter aufs Ärgste. Manchmal aus Groll, aber manchmal auch aus Rachsucht.«

»Der nicht«, nahm mich der Vater in Schutz.

Doch das überzeugte niemanden.

»Gehörig den Arsch voll, dem Hosenscheißer«, ließ sich Funio Salarucha, gerade mal nicht betrunken, vernehmen. »Den Arsch voll, dann kommt er zur Vernunft.«

»Der nicht, Herr Funio.«

»Von wegen, das möcht ich sehn.«

»Jesus von Nazareth, was führst du den Vater nur diesen Leidensweg hinauf?! Konntet ihr nicht über die Brauereistraße?!« empörte sich sogar die Frau Bazylukowa einmal über mich, obwohl sie meist gleichgültig an uns vorbeiging, wenn sie uns auf der Treppe traf, und allenfalls fragte:

»Wieder zum Doktor?«

Darum hielt der Vater es auch nicht für notwendig, darauf zu antworten, er zog nur seinen zu großen Hut vor ihr.

Und obwohl ich mich nicht schuldig fühlte, erboste mich das. Und nach seinem Tod begann mein Gedächtnis, gewissermaßen sich selbst gegen den Strich, diese ganze menschliche Empörung zusammenzutragen, und in dieser Empörung wurde die Treppe länger, wuchs, wurde steiler und steiler, als wollte ich, irgendwo in meinen verborgensten Wünschen, die Qual des Vaters noch vermehren. Vielleicht dafür, dass er gestorben war.

Zumal die Mutter, inzwischen gefasst, ohne zu weinen, bei dem Versuch, sich selbst klarzumachen, weshalb er gestorben war, unter den verschiedensten Gründen, der eine Krieg, der zweite Krieg, kein Geld für bessere Ärzte, besseres Essen, eine bessere Wohnung, auch einmal angeführt hatte:

»Und du, wenn du ihn nicht immer diese Treppe raufgeschleift hättest, hätte er noch was länger leben können. Ich hab dich manches Mal gebeten, geh mit ihm über die Brauereistraße. Über die Brauereistraße hätte er noch was länger leben können. Noch ein, zwei Monate, das ist schon was, die hätte er noch leben können. Einem Gesunden kann die Treppe den Garaus machen. Und er hatte ein Herz wie ein verschrecktes Vögelchen.«

Und das gleiche sagte der Herr Jaskóła, als wir den Sarg mit dem Leichnam des Vaters zu den Großeltern aufs Dorf brachten, denn die Mutter hatte beschlossen, dass er dort beerdigt werde, und sie neben ihm, wenn sie erst tot war, das trug sie mir auf, du kannst mal liegen, wo du willst, aber ich neben dem Vater, merk dir das.

»Hättet ihr aufm Flachen gewohnt, könnte der Vater noch leben. Aber für so eine Treppe, mein Lieber, da brauchts ein Herz wie eine Glocke. Sogar wenn du nur einmal am Tag in die Stadt gehst. Und, versteht sich, genau solche Beine. Na, und einen Blasebalg, was die Lunge ist. Aber das Herz allen voran. Die Beine, die Lunge, die sind das Fuhrwerk, die Räder. Aber das Herz, mein Lieber, das ist das Pferd, und das zieht den Menschen. Und wie oft muss das pumpen, damits so eine Treppe schafft. Aufm Flachen, da kannst du dem Pferd eine volle Fuhre verpassen, Kohle, Säcke, Bierkästen, schneller ziehts trotzdem nich, immer Fuß vor Fuß, und gibste ihm zehnmal die Peitsche. Aber der Mensch, der traktiert sein Herz bloß mit der Peitsche. Ein Glück, dass er nich viel auf den Rippen hatte. Obwohl, so gesehn, Schuhe, Anzug, Mantel, Hut, das hat auch sein Gewicht, und alles auf das eine Herz. Und das ist nun mal bloß faustgroß. Und so eine Viertelportionperson ist für so ein Herz immer noch zu groß. Aufm Flachen ist es halb so wild, aber diese Treppe rauf. Bei einem Fettsack, da spielt das Herz Feuerwehrpumpe. Es schnauft, aber es pumpt. Es kann nich mehr, aber es pumpt. Tja, mein Lieber, manche essen, dass ihnen der Wanst bis an die Gurgel steht. Kein Maß kennen die Leute heute. Da kippt man schon besser seinen Schnaps, der tuts auch. Zwei Herzen spannst du nich zusammen wie zwei Pferde. Das sagt sich nur so. Dummes Gewäsch. Jedes muss für sich.«

Und über die Schulter mir zugewandt, denn wir saßen zwar auf dem gleichen Sitz, doch er mit dem Gesicht zu den Pferden, ich mit dem Gesicht zum Sarg, sagte er:

»Konntest du den Vater nich über die Brauereistraße führen, statt ihn die Treppe raufzerren? Na, er hätte noch was länger leben können. Ein, zwei Monate, auch schon was. Jeder stirbt lieber morgen als heute. Und die zurückbleiben, habens zu ihm auch ein Stück näher.«

Wir fuhren Fuß vor Fuß, weil der Herr Jaskóła fand, anders schicke es sich nicht mit einem Sarg.

»Wir fahrn keine Kohle, keine Säcke, keine Bierkästen. Nich mal mit der Peitsche knallen schickt sich. Die Pferde ziehn wie sie ziehn, die wissen schon, was, einen Sarg mit einem Toten.«

Ich weiß nicht, weshalb er sich so rechtfertigte, ich trieb ihn ja nicht an. Vielleicht, damit ich nicht schlecht von seinen Pferden dachte, oder weil es ihm leid tat um den Vater, denn er hatte den Vater gemocht. Er war oft gekommen, um mit ihm zu plaudern, oder er hatte nur kurz hereingeschaut, um sich nach seiner Gesundheit zu erkundigen. Und wenn er nur die Mutter antraf, hatte er nie vergessen zu fragen, wie gehts dem Mann, und ebenso mich, wie gehts dem Vater?

Auch wenn der Vater schon im Jenseits ist und er nicht mal weiß, dass wir ihn fahren, es würde aussehen, als ob wir ihn antreiben wollen. Zwei Pferde für so einen Sarg, das ist wie für vier Kästen Bier oder einen Sack Getreide oder, sagen wir, für was mehr, aber ums Gewicht gehts nicht. Er hat die zwei Pferde nicht eingespannt, damit eins nichts zum Ziehen hat, sondern weil der Tod sich durch was unterscheiden muss, denn dass einer gestorben ist, das allein bedeutet noch gar nichts. Außerdem fährt er nicht gern schnell, nur so, wie ers durch die Kohle gewohnt ist oder die Säcke oder das Bier. Vielleicht mag ers auch von der Seele her nicht. Er hat eine Peitsche, ja freilich, aber geschlagen hat er sein Pferd noch nie. Manchmal lässt er sie knallen, aber in der Luft, über die Hinterteile weg, das ist alles. Auf sie eindreschen, wie die Leute das tun, nie und nie. Das Pferd schaffts nicht, dann heißt das, es schafft es nicht. Und hetzen hat sowieso keinen Zweck. Den Tag überholst du nicht, und schon gar nicht das Leben. Das überholt eher dich. Deshalb lässt er sich nicht zu Hochzeiten anmieten, zu nichts, wo man die Pferde hetzen muss. Tja, er hats gern, wenn sich die Hinterteile so vor seinen Augen wiegen. Dann wiegt sich auch was in ihm. Und wenn er noch so wütend ist, er setzt sich auf den Wagen, nimmt bloß die Zügel, die Peitsche in die Hand, und gleich fängt sich was an in ihm zu wiegen, und die Wut ist wie weggeblasen. Hat er Streit mit der Alten, fährt er ein Stück, und wenn er heimkommt, ist er wieder sanft und zahm. Denn er streitet nicht gern. Und schon gar nicht mit der Eigenen, das ist, als ob man sich mit sich selber streitet. Wie ihm die Tochter gestorben ist, hat er nicht geweint, zu wem hätte er weinen sollen? Es genügt, dass die Alte geweint hat. Er hat die Pferde angespannt, sich auf den Wagen gesetzt, die Peitsche genommen, die Zügel, und ist die ganze Zeit um die Stadt herumgefahren, bis es dunkel wurde. Manchmal duselt er ein, wenn sich die Pferdehintern so vor ihm wiegen, dann träumt er von seiner Tochter, dass er sie in den Armen wiegt oder auf dem Schoß schaukelt, denn er hat sie manchmal auf den Schoß genommen und geschaukelt.

Nicht alles, was er da sagte, drang bis zu mir, und nicht nur, weil wir mit dem Rücken zueinander saßen, nein, er sprach so leise, als spräche er zu den Pferdehintern, die sich vor seinen Augen wiegten. Und meine Aufmerksamkeit wiederum war in Anspruch genommen vom Sarg des Vaters, der mit dem Kopfteil dicht vor meinen Knien stand, oder eigentlich mehr noch von der Tafel auf diesem Sarg, so dass ich kaum etwas hörte, kaum etwas sah. Obwohl, was stand schon darauf, die Vornamen, der Familienname, gestorben im Alter von, er ruhe in Gott. Erst durch diese Tafel aber erfuhr ich, dass der Vater einen zweiten Vornamen gehabt hatte – Adam. Und mir kam sogar der seltsame Verdacht, er habe diesen Vornamen in einem anderen Leben benutzt, weil er mir irgendwie fremd vorkam. Als verberge sich hinter diesem Namen ein mir völlig Unbekannter. Vielleicht hatte er den Namen auch vom Militär behalten, als er noch die Offiziersuniform getragen hatte, hochgeknöpft bis unter den engen Kragen, der besetzt gewesen war mit gezackten Silbertressen, die viereckige Mütze auf dem Kopf, gegürtet mit Koppel, Schulterriemen? Und als er aus dem Militär ausgeschieden war, hatte er den Namen aufgegeben? Denn er hatte oft gesagt, wer aus dem Militär ausscheidet, der lässt alles zurück, sogar die Seele. Und er wird nie wieder ein richtiger Zivilist. Dann hatte er diesen zweiten Namen vielleicht für jene andere Welt angenommen? Aber wozu? Doch auch sein Familienname kam mir auf dieser Tafel seltsam vor, und es war doch derselbe wie meiner. Ja mich befielen Zweifel, ob der meine nicht doch anders war. Denn seiner zog sich hin, gestorben im Alter von, er ruhe in Gott. Meiner war kürzer.

Obwohl, vielleicht kam das alles daher, dass ich den ganzen Weg die Verwunderung darüber nicht los wurde, dass ich es war, der diese Tafel betrachtete, ich auf diesem Fuhrwerk saß, mich die uns auf diesem Weg folgende Sonne wärmte, und dass in dem Sarg zwischen den Leitern er lag, mein Vater. Diese Verwunderung schwankte zwischen der Unfähigkeit, zu glauben, dass er es war, und zwischen dem Schmerz, dass ich es war. Und mitunter verschwamm das alles, verschwand, so dass ich auf der Tafel nur die Mohnblumen sah, ohne die Vornamen, ohne den Familiennamen, ohne das Gestorben im Alter von, ohne das Er ruhe in Gott, sondern nur die Mohnblumen. Und mir war, als führen wir gar nicht auf diesem Fuhrwerk und kämen an gar nichts vorbei, nicht an Dörfern, nicht an Äckern, und morgen, übermorgen würde ich den Vater wieder zum Arzt bringen müssen, und die Leute, die wir träfen, würden mich ebenso rügen, wärs über die Brauereistraße nicht besser gewesen, hast du denn kein Gewissen, Junge, den Vater so eine Treppe raufzuschleifen? Und auf dieser Treppe würde er, wie immer, nach ein paar Stufen mühsam nach Luft schnappen und keuchend sagen, lass uns etwas verschnaufen. Und er würde sich der weiten Ebene zuwenden, den Arm ausstrecken und mir die nächste Schlacht erzählen. Und ein paar Stufen weiter die Fortsetzung. Und so stiegen wir diese Stufen hinauf, die niemals endeten, solange er mir diese

Schlacht erzählte. Und vielleicht wäre es die Schlacht, in der er fiele, denn ich konnte nicht glauben, dass er gewöhnlich gestorben war. Ganz deutlich erreichten mich die Worte:

»Der Saum der Sonne trat eben über den Horizont, da erscholl der Ruf der Hörner, und in geschlossener Ordnung rückten sie gegeneinander vor.«

Denn was gibt es Wichtigeres als die Worte, alles beginnt bei den Worten, und selbst die blutigste Schlacht wird um die Worte geschlagen, die nach ihr bleiben.

Er sagte:

»Der Nebel war dicht wie eine milcherne Wand, und als er zu fallen begann, standen, wie dem Erdboden entwachsen, vor ihren Augen die Heerscharen des Feindes.«

Er sagte:

»Da aber erschienen vor dem Antlitz des Königs zwei Ritter zu Ross, saßen ab und stießen zwei Schwerter vor ihm in die Erde.«

Er sagte:

»Die Kanonen steckten bis über die Achsen im Schlamm, die Pferde versanken bis zum Bauch, und die erschöpften Soldaten mussten sie mit ihren Händen herausziehen, und viele fielen damals.«

Er sagte:

»Der linke Flügel seiner Reiterei stand hinterm nächsten Hügel, und er würde ihn zurückhalten, bis zuletzt, bis die andern einen tiefen Keil mitten in sein Fußvolk trieben.«

Er sagte:

»Und der Hetman zu Pferde, ein Riese vor einem Ameisenhaufen, mit wehendem Haar, Erbitterung und Willenskraft in dem gesammelten Antlitz, der Säbel heiß vom Blut der Feinde.«

Er sagte:

»Es schlugen für sie die Trommeln, auf sie feuerten Kanonen, sie aber gingen geschlossen, einer neben dem andern, dahinter die nächsten Reihen, immer tiefere Breschen entstanden, sie fielen daneben, fielen vorn, drum kannten, die am Ziel anlangten, kein Erbarmen.«

Er sagte:

»Einer schrie, die Flagge ist gefallen, da überkam sie Scham, dass sie sich so leicht geschlagen gaben, und manche fingen an zu weinen, und im selben Augenblick kam eine Kraft über sie, und sie stürzten sich von neuem in den Kampf.«

Er sagte:

»Er taugte nicht zum Führer, doch er war hochgeboren, und so vertraute man ihm die Legionen an, doch als beim Angriff der schwerbewaffneten Reiterei Panik aufkam, verlor er den Kopf und ergriff als erster die Flucht und lieferte das Heer dem Feind aus.«

Er sagte:

»Die Kanonade hatte einen ganzen Tag und eine Nacht gedauert, und am Morgen rückten sie aus zum Angriff, sie waren sicher, nichts würde sie mehr aufhalten, sie würden über ein Totenfeld gehen, das übersät wäre mit Gefallenen, Verwundeten und Verschreckten, doch sie hatten nicht mit der Hartnäckigkeit der Verteidiger gerechnet.«

Er sagte:

»Ihre Schützengräben lagen sich gegenüber, nicht weit entfernt voneinander, und sie kamen, wenn es ruhig war, heraus, grüßten sich, lachten, fragten, was es Neues gebe, was die einen, die andern zum Mittag gehabt hatten, die einen sangen sogar die Lieder der andern, doch wenn der Befehl zum Angriff kam, fielen sie übereinander her wie wilde Tiere.«

Er sagte:

»Man vermutete, er werde übersetzen und erwartete ihn am andern Ufer, doch der König ließ Feuer entzünden, um sie zu täuschen, und setzte im Schutze der Nacht mit der ganzen Armee am Unterlauf des Flusses über, und im Morgengrauen führte er sein Heer unterm Dröhnen der Kriegshörner und unter Schlachtrufen gegen den überraschten Feind.«

Er sagte:

»Und von der Sonne her kam ein weißer Vogel geflogen und verhielt über der Ritterschaft, und da sagte einer, Gott gibt uns ein Zeichen, dass Er mit uns ist, und sie rückten ohne Furcht vor.«

Er sagte:

»Schild prallte gegen Schild, Schwert schlug gegen Schwert, sie besudelten einander mit Blut, spieen einander ins Gesicht, stießen wüste Flüche aus, ja sie zerrten einander mit den Händen von den Pferden.«

Er sagte:

»Der Kaiser blieb bei einer zerschmetterten Kanone stehen, unter der einer seiner Grenadiere verblutete, doch als der den Kaiser erblickte, rief er in übermenschlicher Anstrengung Vive L'empereur, welches heißt, es lebe der Kaiser, und starb.«

Er sagte:

»Und als sie ihm das Haupt abgeschlagen hatten, steckten sie es auf eine Lanze und zeigten es herum auf dem Schlachtfeld, und der zügellose Pöbel höhnte und feierte den Sieg.«

Er sagte:

»Den Soldaten froren die Finger am Abzug fest, ihr Atem verwandelte sich in Rauhreif, ihr Blick verlor sich in den schneeigen Weiten, und gar mancher sehnte sich nach Hause und ahnte, dass er nie mehr dorthin zurückkehren werde.«

Er sagte:

»Der Oberbefehlshaber rief, Bauern, jetzt seid ihr an der Reihe, zeigt, wie ihr eure heilige Erde verteidigen könnt, und sie trugen die Sensen gesenkt vor sich her und rückten los im Haufen, und sie blickten nicht zur Seite und nicht hinter sich, sondern nur zu den Kanonen, die ihr Feuer mitten in sie hineinspieen.«

Er sagte:

»Sie flehten ihn an, König, es ist höchste Zeit, unsere Reihen brechen auseinander, nicht mehr lange, und sie ergreifen die Flucht, und nichts wird sie aufhalten, doch er wartete kalten Blutes bis zuletzt, bis die andern sicher waren, dass das Heer abgezogen sei.«

Er sagte:

»Alles, was Beine hatte, lief hinaus auf die Mauern, ja die Kranken erhoben sich aus ihren Betten, Krüppel, Hinkende, Aussätzige, wer immer zu gebrauchen war, sie schütteten kochendes Wasser von oben herab, warfen Steine, doch alles vergebens, denn jemand hatte Verrat begangen und eine vergessene Pforte geöffnet.«

Er sagte:

»Zuerst begannen die Leichtbewaffneten ein Scharmützel und versuchten, jene aus ihren Positionen zu locken, und als ihnen das gelungen war, stoben sie davon, und die Bogenschützen kamen hinter ihren Schilden hervor und begruben jene unter einem Hagel von Pfeilen.«

Er sagte:

»Der Regen hatte seit Tagen nicht aufgehört, den Soldaten in den Schützengräben stand das Wasser bis zum Knöchel, kalt, Herbst, manche litten an Durchfall, manche versengte das Fieber, sie husteten, phantasierten, die Läuse fraßen sie auf, und der Befehl zum Angriff kam nicht.«

Er sagte:

»Und während sich seine Soldaten in der Stadt zerstreuten, plünderten, brandschatzten, Frauen, Greise, Kinder niedermetzelten, ließ er, der Führer, sich in den Ruinen des zerstörten Tempels nieder und vergoss Tränen über die Nichtigkeit seines Siegs.«

Und auf der andern Seite, in meinem Rücken, redete der Herr Jaskóła, mit kurzen Unterbrechungen, um seine Gedanken zu sammeln oder auch nur, um genügend Worte für seine Gedanken zu sammeln. Manchmal stieß er mich sogar in die Seite und zeigte mir links oder rechts etwas mit der Peitsche.

»Guck, da, ein Panzer. Na, dem haben sie eins reingehaun. Den ganzen Lauf hats abgefetzt. Die müssen drin verbrannt sein, der ist ganz schwarz. Eine Menge Eisen, was drinnesteckt in so einem Scheusal. An die tausend Pferde könntest du damit beschlagen. Und dort, im Getreide, guck, noch einer. Von dem ist bloß der Schädel zu sehn. Wie das Getreide aufgegangen ist, keiner hats doch gesät, wann denn. Irgendwo unterkriechen, daran hat man gedacht. Guck, da, ein Geschütz. In einem Hof haben sies abgestellt, die Hundesöhne. Warum nich gleich in der Stube. Und wann holen sie das alles hier raus? So viel Eisen. Und wie viel Menschenknochen? Obwohl, die Knochen deckt die Erde früher oder später selber zu. Aber die ganzen Schützengräben, Unterstände, Gruben, schütt die mal zu. Oder nimm einen Bunker auseinander, wenn das Ding aus Beton ist. Und das wird bis in alle Ewigkeit so gehn. Die Knochen, na, die werden morsch, aber so ein Panzer, so ein Geschütz oder so ein Bunker, wird der morsch? Guck, da, dort ragt bloß noch der Schornstein raus. Na, die hatten einen Ofen. Weißt du, wie viel Brot du in so einem Ofen backen kannst? An die sieben Laiber, jedes groß wie ein Wagenrad. Meine Mutter, bei uns daheim, die hat so Wagenräder gebacken. Ein Backtrog Mehl ging drauf. Vorher die Flammenkuchen. Ach, ich sag dir, mit Sauermilch, kein bessres Essen gibt es nich. Guck, da, der Garten, verbrannt. Die Birnen, Äpfel, Pflaumen, die müssen vielleicht geschmurgelt haben. Menschen können auch drunter gewesen sein, wer weiß. Oder Vieh. Guck, da, Minen. Siehst du? Wieso siehst du nicht? Dort. Es steht geschrieben: *Miny. Nelsja*[53]. Die hocken da drin und warten. Die faulen nich wie Kartoffeln oder Rüben. Die können jahrelang warten. Geduldig, verdammtes Dreckszeug. Die schlafen, bis jemand sie aufweckt. Na, und einer weckt sie am Ende auf. Wahrscheinlich der, dem das Feld gehört. Na, das wird noch Arme, Beine abfetzen, gibt noch Tote. Der Krieg ist noch nich aus, obwohl er angeblich vorbei ist.«

Und manchmal fragte er auch:

»Holperts auch nich zu arg? Sag was, wenns holpert. Der

[53] (russ.): Minen. Verboten.

Vater sagt nichts mehr, und wenns ihn auf die Seite dreht. Die Hände können ihm auseinanderrutschen, und so steife, die faltest du dann nich mehr. Höchstens mit Gewalt. Und einem Toten Gewalt antun, das schickt sich nich, mein Lieber.«

Von Zeit zu Zeit kam er erneut darauf, dass der Vater, hätten wir auf dem Flachen gewohnt, noch was länger hätte leben können:

»Denn aufm Flachen, da geht der Mensch anders, denkt anders, lebt anders, da puckert das Herz bloß. Die ganze Woche schindet er sich nich so ab, wie das eine Mal auf der Treppe.«

Es holperte, und zwar arg, mitunter war mir, als wälzte sich der Vater so im Sarg. Wenn aber ein Rad in eine tiefere Kuhle geriet oder an einem Schlagloch hängenblieb, tat der Sarg regelrechte Hüpfer. Und bei dem Gedanken, dass der Deckel dabei abfallen konnte, verging ich vor Angst. Ich sagte dem Herrn Jaskóła jedoch nicht, dass es holperte, was hätte er denn machen sollen? Die Straße war voller Furchen, und langsamer als er fuhr, konnten wir ohnehin nicht mehr fahren. Er versuchte im übrigen, jedes größere Loch zu umrunden, zu schweigen von den Trichtern. Wieder und wieder wechselte er die Seite, so dass wir fast im Zickzack fuhren, und an manchen Stellen wich er sogar aufs Feld aus, weil er fand, das Loch sei für den Sarg zu groß.

»Aufm Flachen, mein Lieber, da gehst du lieber irgendwohin. Zu den Leuten oder dir wenigstens die Beine vertreten. Das Haus hält dich nich so. Die Welt lockt dich mehr. Und überallhin ists näher, versteht sich. Aus unserm Rybitwy in die Stadt, aufm Flachen wär das wie in die nächste Straße. Aber die Treppe rauf, das ist wie in eine andre Stadt, und für einen Kranken vielleicht gar bis ans Ende der Welt.« Und er zeigte mir mit der Peitsche den nächsten Panzer an der Seite. »Konntet ihr euch nich in einer andern Stadt niederlassen, wie ihr von der Aussiedlung zurück seid, wos flach war? Den Vater bis hierher verfrachten? Über der Weichsel ist es überall flach. Und vielleicht wars leichter, eine bessere Wohnung zu mieten.

Nich im Souterrain. Ein Kranker in so einem Souterrain, der ist lebendig begraben. Dazu braucht das Herz auch noch Luft. Und bei euch, das eine Fensterchen. Enge, mein Lieber. Und bei so einem Berg ist die Enge noch schlimmer. Gehste vors Haus, weißt du nich wohin, willst du zu den Leuten, dann nur über die Treppe. Es sei denn, in die Wiesen. Doch was gibts in den Wiesen? Aber aufm Flachen hätte der Vater mal hierhin, mal dahin gehn können. Hätte jemanden getroffen, wäre rangegangen, hätte mit ihm geschwatzt. Gefragt, was es so gibt. Und auch wenn man bloß so vorbeigeht, guten Tag sagt, das bedeutet auch eine Menge. Von einem Guten Tag wird manchmal alles anders. Ja, das war ein kluger Mann, der sich das Guten Tag ausgedacht hat. Aber aufm Flachen, denn aufm Flachen sind die Leute sanfter, leben langsamer, schlafen langsamer, reden langsamer, da schlägt auch das Herz in ihnen langsamer. Und hier stehste auf, denkst bei dir, wieder die Treppe rauf, und gleich hast du keine Lust mehr, bereust, dass der Tag schon angefangen hat. Und das Tag für Tag, Woche für Woche, für wie lange soll dein Herz so reichen? Aufm Flachen könnte es dich hundert Jahre lang ziehn. Aber hier, ja eben, wie mit dem Vater. Hier kannst du nich gehn wie ein Mensch, die Stadt ist nun mal so. Einer hat sich ausgedacht, sie soll aufm Berg sein, und alle schnaufen, ächzen, bleiben stehn, du kommst ins Schwitzen und manchmal auch in Rage. Willste was erledigen, alles da oben, was kaufen, da oben, wen treffen, da oben, die Ämter da oben, die Kirchen da oben. Kein Wunder, dass die Leute lieber zu Hause hocken. Einer hat auf der andern Seite, beim Nadelöhr, einen Obstgarten, auch aufm Berg. Dem hab ich mal die Äpfel runtergekarrt, da wusste man nich, wie raus und wie runter. Der Wagen ist mir umgekippt, der Langbaum war gebrochen. Den Pferden hats bald die Beine weggehaun. Verdammich, denk ich bei mir. Nochmal karr ich da nich rauf, und wenn er mir wer weiß was zahlt. Der Mann kann ja nich dafür. Der hat bloß seinen Garten aufm Berg. Das ist keine Schuld nich, das ist ein Unglück. Und ich bin nich mehr gefahrn. Er ist gekommen, hat gebettelt, doppelt soviel wollte er mir zahlen. Aber ich hab gesagt, nein und nein, ich fahr nich. Obwohl ich nich dickköpfig bin. Da siehste mal, was so ein Berg aus dem Menschen macht. Dir selbst kannst du befehlen, aber dem Herzen, mein Lieber, der Lunge, den Beinen befiehlst du nich. Dem sagst du nich, schlag langsamer, das schlägt, wies ihm der Berg befiehlt. Wie viel weniger hätte es gemusst schlagen, wenn der Vater aufm Flachen gewesen wär. Guck, da, wieder ein Panzer, Minen, mein Lieber, Minen schreiben sie, auf russisch und auf polnisch. Das gibt noch ein Minenlesen. Klümpchen für Klümpchen werden sie müssen die Erde abtasten. Und dort, guck, eine tote Kuh. Nur noch der Schädel und das Gerippe. Die müssen Hunde so abgenagt haben. Ich, musst du wissen, ich hab mich hier in Rybitwy verheiratet. Das Haus war schon da. Der Pferdestall, ohne Pferde freilich, der Schwiegervater hatte sie versoffen. Den Wagen versoffen, das Geschirr versoffen. Und Schulden hat er mir auch noch hinterlassen. Und ich hab die Frau genommen, wie es so schön heißt, nackscht und im Hemde, mit dem Haus freilich und mit dem Pferdestall. Aber wie ich gesehn habe, dass ich jeden Tag werd da hochkrauchen müssen, hab ich gegrübelt, ob ich heiraten soll. Aber du heiratest ja nich den Berg und nich den besoffnen Schwiegervater. Der hat nich mehr lange gemacht, ich musste ihm bloß schwören, ich bezahle alles, und er ist abgetreten. Und für den Berg, hab ich mir überlegt, musst du dir was einfallen lassen. Einmal, am Sonntag, rauf in die Kirche, oder mal am Abend rauf, um mit wem zu reden. Ich komm von drüben über der Weichsel, flach wie ein Tisch, mein Lieber. Am Anfang wollt ich sogar wieder rüber. Aber hier das Haus, der Pferdestall, wenn auch leer, na und die Frau wollte um nichts weg. Zum Glück hatte der Kuferblum hier die Brauerei, der Stall war da, ich hab ein Pferd gekauft und hab für ihn Bier ausgefahren. Und das Jahr drauf das zweite. Und dann sind die Kinder gekommen. Zuerst die eine Tochter, dann die, die gestorben ist, dann der Junge. Danach hat die Alte zu kränkeln angefangen, Krampfadern an den Beinen hat sie gekriegt. Von Doktor zu Doktor hab ich sie gekarrt, und die Beine bloß immer dicker. Dabei hatte sie mal so hübsche. Ich kann ihr doch nich sagen, jetzt sind sies nich mehr. Alles wegen dem Berg. Dem Berg, den Kindern. Sogar waschen muss ich selber, die kann nich an der Bütte stehn. Manchmal kann sie nich mal alleine nach draußen, da nehm ich sie aufn Arm. In die Kirche, sag ich zu ihr, gehst du mir nich mehr, ich bete für dich mit. Und sie hatte mal welche, wie aus Marmor gehauen.«

Er verstummte. Wieder kamen wir an einem Panzer, einem Geschütz, einem niedergebrannten Anwesen und, etwas abseits, an einem ganzen Dorf vorbei, von dem nur noch die Stumpen der Schornsteine aufragten. Er stieß mich nicht mehr in die Seite, sagte nicht mehr:

»Guck, da, ein Panzer. Guck, ein Geschütz. Guck, ein verbranntes Anwesen. Ein Garten. Ein ganzes Dorf.«

Ich war sicher, dass ihn die Hinterteile der Pferde eingewiegt hatten und er eingeschlafen war. Doch nach geraumer Weile sagte er, wie hochtauchend aus dem Gewiege:

»Da musste jetzt den Vater und den Sohn abgeben.« Worauf er plötzlich rührselig wurde: »Mein Vater hat mich auch so in deinem Alter zur Waise gemacht. Betrunken hat er sich und ist in ein Eisloch gefallen. Er wollte nachts von der andern Seite rüber nach Hause. Drüben hat er den Schwager gehabt, und mit dem Schwager hatte er gesoffen. Damals war die Grenze an der Weichsel. Auf der Seite die Russen, auf der andern die Österreichischen. Die Leiche ist raufgekommen, wie der Eisgang anfing.« Wir versackten in einer Spalte, dass es den Sarg ordentlich aushob, aber als der Wagen wieder ruhiger fuhr, sprach er weiter: »Hoho, die Flüsse haben den Menschen schon manches Unglück gebracht. Und erst die Grenzen an Flüssen, gar nich zu sagen. Er muss sich übers Eis geschlichen haben, damit sie ihn nich sehn. Und mit dem Kopf vorneweg rein.«

Er redete noch lange von seinem Vater und verknüpfte dessen Tod mit der Weichsel, der Grenze, den Russen, den Österreichischen und ließ sich des langen und breiten darüber aus, dass zu beiden Seiten längst Polen ist und diese Grenze trotzdem noch in den Menschen steckt und noch lange stecken wird, denn die Grenzen sterben nicht so leicht, die Erinnerung ist manchmal schon tot, und die Grenze lebt weiter. Manchmal besucht er den Bruder auf der andern Seite, da fragt er sich immer, ist das sein Bruder oder ist ers nicht. Oder er holt Kohle von der Bahn ab, da kommt es ihm vor, als holt er sie aus dem Ausland.

»Bei meinem, das war ein unverhoffter Tod«, sagte er auf einmal. »Aber bei deinem hat man ihn in den Augen gesehn.«

Das erstaunte mich, wieso hatte man in Vaters Augen den Tod sehen können. Am selben Tag, als er gestorben war, hatte ich ihn nachmittags im Spital besucht, und ich hatte nichts von Tod in seinen Augen gesehen. Eigentlich war ich ihn nicht besuchen gegangen, sondern die Mutter hatte mir aufgetragen, ihm Graupensuppe hinzubringen und eine Decke, nun und eine Decke und Graupensuppe bringt man nicht jemandem, der gleich stirbt. Also hatte offenbar auch sie nicht den Tod in seinen Augen gesehen und hatte nur so für alle Fälle gesagt, der Vater werde wohl bald sterben.

Ich saß an meinem Aufsatz über den Regen oder, genauer, über den Nutzen, den uns der Regen bringt, da kam sie mit Einkäufen aus der Stadt zurück, und gleich an der Tür, heut kocht sie eine Graupensuppe, die bring ich dem Vater ins Spital, weil er so gerne Graupensuppe isst, und eine Decke, denn ihm ist kalt. Das kam mir nicht gelegen, am nächsten Tag hatte ich Unterricht beim Herrn Lehrer, und am Nachmittag wollte ich zum Angeln. Schlimmer war jedoch, dass mir der Aufsatz nicht von der Hand ging, was lässt sich schon schreiben über den Regen? Dass er die Beete sprengt, die Gärten, die Felder, dass das Wasser in der Weichsel steigt, wenn es zu lange regnet, und sie manchmal über die Ufer tritt, dass Regenwasser das beste ist zum Haarewaschen?

Die Mutter hatte das Haus am Morgen verlassen, sie wäre erst zu Mittag zurück, ich saß also allein, und mir fiel nichts ein. Ja ich bekam Wut auf den Herrn Lehrer, dass er sich ausgerechnet diesen Regen für mich ausgedacht hatte. Obwohl, ehrlich gesagt, er hatte ihn sich nicht ausgedacht, sondern einen Spaziergang mit mir gemacht, und kaum waren wir auf dem Markt angelangt, da erschien von irgendwoher am heiteren Himmel eine pechschwarze Wolke, und es schüttete wie aus Kannen. Noch ehe wir uns im Torbogen des nächsten Hauses unterstellen konnten, waren wir nass bis auf die Haut. Von diesem Tor trennten uns nur ein paar Schritte, aber der Regen war so dicht, bindfadendick, und der Herr Lehrer konnte nicht rennen und pochte nur mit dem Spazierstock aufs Pflaster, wohl um sich selbst vorzumachen, er renne, und ich konnte ihn nicht allein lassen. Dennoch redete er mir zu:

»Du lauf, immer lauf. Unter den Torbogen, an dem Haus dort. Ich komm auch gleich hin.«

Im übrigen flüchtete ich nie vor dem Regen, ob es nur grau, feucht und nieselig war oder ob es wie aus Kannen schüttete oder ob es in Strömen goss. Auch im ärgsten ging ich noch dahin, als lachte die Sonne und nicht ein Wolkenfetzchen trübte den Himmel. Ich hielt ihm das Gesicht entgegen, weil ich es liebte, wenn er mir auf Stirn, Augen, Nase, Wangen, Kinn fiel, denn wenn ich ganz und gar vollgesogen war von diesem Regen, von den Haaren über die Kleider bis hinunter zu den Füßen, hatte ich das Gefühl, er fiele durch mich hindurch vom Himmel herab bis in die Erde. Nur vor Blitzen fürchtete ich mich. Aber im Regen konnte ich gehen und gehen. Wenn einer von den Nachbarn im Vorbeihasten sah, wie ich so Fuß vor Fuß vor mich hinging, den Regen mit dem Gesicht auffangend, sagte er meist entsetzt:

»Mach, dass du heimkommst, stell dich wo unter. Bist du noch richtig im Kopf. Wart nur, ich sags deiner Mutter.«

Doch die Mutter wusste gleich Bescheid, wenn ich so durchnässt ankam, regentriefend, dass ich nicht zufällig nass geworden war, und sie rang für gewöhnlich entgeistert die Hände:

»Großer Gott! Wieder musstest du irgendwo im Regen rumstehn. Ich weiß mir keinen Rat mehr mit dir. Sofort alles runter vom Leib.«

Am meisten aber liebte ich es, auf den Hügel zu steigen, wenn es regnete, und von dort oben zuzusehen, wie es in diese weite Ebene dort unten regnete. Unter dem Vorwand, ich müsse auf den Abort, worauf der Mutter nichts anderes einfiel, als sich zu wundern, ausgerechnet bei so einem Regen, stahl ich mich aus dem Haus und klomm in Windeseile die Treppe hinauf. Seltsam, der Vater wunderte sich nie, ja er setzte sich bei der Mutter für mich ein, mich laufenzulassen, wenn ich nun mal wollte. Vielleicht mochte er auch, wenn es regnete, obwohl er mir nie etwas davon sagte, aber er starrte ja meist nur gedankenverloren auf das Fenster vor sich oder zu der Stubendecke über sich. Und so stieß er mit einer Art schmerzlicher Duldung hervor:

»Lass ihn doch, wird er eben nass. Irgendwas muss er ja wollen dürfen.«

Auf dem Hügel, über der sich da unten dehnenden Ebene, war der Regen ganz anders als am Fenster, wenn ich durch die Scheibe sah, oder wenn ich in einem Haustor stand, und ich hatte den Regen direkt vor mir, oder auf der Straße, wenn ich durch den Regen ging, oder auf den Wiesen, wenn ich mit den Jungs Kühe hütete. Auf den Wiesen war mir, als drückte der Regen uns nieder, als befänden wir uns unter einer riesigen nassen Kuppel. Und nur manchmal befahl uns Fredek, uns nackend auszuziehen, die Kühe laufen auch nackicht herum, und es passiert ihnen nichts, sie niesen nicht, sie rotzen nicht, und noch nie hat sich eine erkältet.

Vom Hügel aus erschien mir der Regen immer riesengroß und so klar, so sichtbar, dass ich sah, wo in der Wolke er begann und wo in der Ebene er endete. Wenn ich den Kopf hob, erschien mir der Regen hoch wie ein Hochwald, und wenn ich in die Ebene hinunterblickte, sah ich ein dichtes Kornfeld. Dann hatte ich Lust, einen Schritt hinaus in den Raum dieses Regens zu tun, und dort, zwischen dem Kornfeld da unten und dem Wald da oben, vor mich hin zu gehen, so weit mich meine Beine trugen, und sei es bis unter die Wolke, und mir eine Handvoll von diesem Regen zu pflücken wie frische Schoten.

Auch Anna hatte es gern, wenn es regnete, sie wurde nur nicht gern nass, deshalb spannte sie immer einen Schirm über uns auf, selbst wenn es nur nieselte. Oft gingen wir statt in die Jakobskirche, die unsere Zuflucht war, einfach so spazieren, durch Gässchen, Hohlwege, über Pfade, und es kam vor, dass uns der Regen sogar bis vor die Stadt hinausführte, in die Felder oder bis hinunter zur Weichsel. Manchmal langten wir auf diesen unseren Wanderungen am Rande des Hügels an, und wir schauten zu, wie es regnete, denn nirgends regnete es so. Jedenfalls sah man den Regen nirgends so ganz – wie er vom Himmel herabfiel bis auf die Erde.

Einmal, bei so einem Guss, hakte ich sie zum ersten Mal unter. Sie hatte den Schirm aufgespannt und sagte plötzlich:

»Komm mit drunter, du wirst sonst nass.« Und sie beugte sich unter dem Schirm hervor: »Komm näher heran. Es regnet auf deine Schulter.« Und nach ein paar Schritten, während derer sich wohl unser ganzes Leben entschied, sagte sie mit leiser, bebender Stimme: »Hak mich doch unter. Dann geht sichs bequemer.«

Der Herr Lehrer streckte den Kopf unter dem Torbogen hervor und sagte:

»Oh, das Ende der Wolke ist schon in Sicht. Bald können wir weiter.« Und als er den Kopf wieder zurückgezogen hatte, sagte er, als empfände er das Bedürfnis, sich wegen des Regens vor mir zu rechtfertigen: »Hier, am Markt, ist das immer so. Man sieht nicht, wann die Wolke heraufzieht und aus welcher Richtung. Erst wenn sie über einem ist. So wie heute. Sonnenschein, und schon gießt es in Strömen. Das kommt von den

Häusern hier rundherum. Sie umschließen den Markt wie einen Hof.« Und als mich sein Blick unwillkürlich streifte, sagte er verwundert: »Aber, was bist du nass, was bist du nass, bestell deiner Mutter, sie möge verzeihen. Es ist meine Schuld. Doch der Regen war notwendig. Vielleicht schreibst du zur nächsten Stunde über den Nutzen, den uns der Regen bringt.«

Ich saß also an diesem Regen und dachte nach, aber es kamen mir nur die Fräulein Poncka in den Sinn, zumal ich am Morgen zu ihnen zum Kakao gegangen war und ich das Fräulein Ewelina nackt gesehen hatte. Nicht einmal den Morgenrock hatte sie zur Hand gehabt, um sich notdürftig zu bedecken. Sie hatte nur geschrien:

»Ach du mein Gott, Piotruś!« Und hatte mit den Händen ihre Brüste umfasst, sich hingekauert und mir flehentlich zugerufen:

»Dreh dich um, Piotruś! Mach die Augen zu! Schau nicht her!«

Ich schloss sie also, wie mir geheißen, doch das half nicht viel. Ich sah sie nach wie vor nackt, bei geschlossenen Augen. Und vernahm Różas Lachen.

»Du Dumme, wovor schämst du dich? Vor Piotruś schämst du dich? Hör nicht auf sie, Piotruś! Mach die Augen auf. Schau hin.«

Ich schlug sie also auf, wie mir geheißen, obwohl nur halb.

»Wo ist mein Morgenrock?!« Verstört und nackt hetzte Ewelina durch das Zimmer. »Wo ist mein Morgenrock?! O Gottogott! Hast du ihn nicht irgendwo gesehen?« Und als sie sah, dass ich die Augen halb geöffnet hatte, begann sie erneut zu flehen: »Schau nicht her, Piotruś. Mach sie zu. Nimm dir doch eine Praline. Sie stehn auf der Kredenz. Wo ist der verdammte Morgenrock?«

Ich schloss sie also von neuem.

»Du wirst ihn in der Küche gelassen haben«, sagte Róża und begann wieder zu lachen. »Schau hin, Piotruś! Wieso soll er wegen dir mit geschlossenen Augen dastehn.«

»Nein, Piotruś. Noch nicht. Oh, wo ist dieser Morgenrock?« Ewelinas Stimme klang fast verzweifelt.

Und vielleicht schlug ich unterm Einfluss ihrer Verzweiflung neuerlich die Augen auf und schloss sie sofort wieder, wie ich sie da so nackt erblickte. Sie stürzte zur Tür und streifte mich dabei mit ihrem nackten Leib, denn ich stand dicht an der Tür.

»Lauf nicht weg! Lauf nicht weg!« lachte Róża der flüchtenden Ewelina hinterher. »Einmal wirst du dich ihm sowieso zeigen müssen.« Und mit plötzlicher Wehmut in der Stimme, fügte sie hinzu: »Wenn nicht du, dann eine andere. Was ist das schon für ein Unterschied.« Worauf sie ein Stühlchen unterm Tisch hervorzog und ohne eine Spur von Verwunderung sagte: »Da, hier liegt ihr Morgenrock. Immer fledert sie ihn irgendwohin. Und du, wirst du weiter so mit geschlossenen Augen rumstehn? Du kannst sie ruhig aufmachen. Sie ist weg. Hat sich verdrückt.«

Zum Glück war die Mutter nicht zu Hause, denn ich hatte, seit sie am Morgen in die Stadt aufgebrochen war, kaum den ersten Satz geschrieben, dass der Mensch ohne Regen nicht leben kann. Sie hätte mich schon mehrmals gefragt, na, kommst du voran? Der Nutzen, den der Regen bringt? Na ja, alles wächst gleich anders, wird grün. Und ohne Regen verdorrt es, und überhaupt, schreib du nur, es wär kein Leben. Obwohl, gegen alles hilft der Regen nicht. Geld braucht man manchmal auch noch. Selbst wenn dir ein paar Groschen fehlen, wie musst du dir den Kopf zergrübeln, wo du sie hernimmst. Na, für die Medizin oder für deine Hefte, die Bücher. Aber auch Geld ist zu nichts gut, wenn keine Eintracht herrscht. Ohne Eintracht, das ist wie ohne Regen, heißt es.

Denn so war es immer. Sie schälte Kartoffeln, knetete den Teig für die Knödel, legte im Herd nach, wusch, spülte ab, und sie sah sofort, sobald ich überlegte oder auch nur am Federhalter kaute. Und sie musste zumindest sagen:

»Manchmal fällt und fällt einem nichts ein. Du denkst und denkst, und die Gedanken laufen vor dir davon.«

Ja eben, die Gedanken liefen immerfort vor mir davon, und nur die Fräulein Poncka und die Fräulein Poncka kamen mir in den Sinn. Mal die lachende Róża, aber meistens die nackte Ewelina. Oder umgekehrt, Ewelina lachte, und Róża war nackt. Unverhofft sagte Ewelina lachend:

»Wirklich, wie dumm ich bin. Wozu brauch ich denn den Morgenrock? Vor Piotruś soll ich mich schämen? Oh, wo es noch so heiß heut ist.« Und sie nahm mich bei der Hand. »Komm wir gehn in die Küche, Piotruś, ich mach dir deinen Kakao. Das haben wir auf den Tod vergessen. Aber mach die Augen auf. Willst du mit geschlossenen Augen trinken?«

Sie nahm die Büchse mit der Aufschrift Kakao aus dem Spind, gab zwei gehäufte Teelöffel in den Becher. Um den Zucker herunterzuholen, musste sie sich auf die Zehen stellen, denn er stand im höchsten Fach.

»Wir stellen ihn so hoch hinauf, damit er uns nicht in Versuchung führt«, sagte sie. Sie schüttete einen Schwapp Milch in ein Töpfchen, stellte das Töpfchen zurück auf die Flamme und begann den Kakao zu rühren, so schnell, dass ihre Brüste wie Glocken hin und her schwangen, und ein paar Kakaotropfen spritzten mir ins Gesicht. Sie wischte sie mir sogleich mit ihrer warmen weichen Hand ab.

»Ach, entschuldige, Piotruś. Nun hättest du Sommersprossen durch mich. Und fürs ganze Leben.« Ich wollte sagen, sie solle sich auch abwischen, denn sie habe die Brustspitzen mit Kakao vollgespritzt, doch ich fürchtete, dann würde sie mir entschwinden, und ich würde wieder darüber nachdenken müssen, welchen Nutzen uns der Regen bringt.

Da begann die Milch zu kochen.

»Oh, die Milch kocht!« rief sie aus und riss mit den roten Fingerspitzen das Töpfchen vom Feuer und stellte es im letzten Moment zur Seite, denn die Milch trat schon über den Rand. Sie goß Milch in den Becher mit dem Kakao, rührte um und gab mir den Becher, wobei sie mir mit einer von diesen roten Fingerspitzen die Hand streichelte.

»Da, trink.« Sie sah zu, wie ich trank, streichelte mich manchmal, und manchmal ermahnte sie mich: »Schau mich nicht an, trink.« Und mit einmal räkelte sie sich, bettete den Kopf in die im Nacken gefalteten Hände wie auf ein Kissen und sagte: »Ach, wie schade, dass du noch nicht erwachsen bist, Piotruś. Wir gefallen dir, nicht wahr? Was gefällt dir denn am besten an uns?«

Ich genierte mich, sicherlich wurde ich auch rot, und ich sagte nichts, trank weiter meinen Kakao. Aber sie glaubte mir wohl nicht, dass ich trank, denn sie fragte begieriger:

»Schäm dich nicht, sags.« Umso begieriger trank ich also den Kakao, obwohl er heiß war und ich mir die Lippen, die Kehle verbrannte, ja sogar im Magen spürte ich, wie er brannte. »Bitte, sags.« Sie legte die Hände auf ihre Brüste und strich, bei diesen Brüsten beginnend, über ihren Körper abwärts und bat mich in einem fort, den Tränen nahe: »Na, sag es schon, Piotruś.«

»Der Bauchknopf«, stieß ich, ohne den Becher abzusetzen, in einem Atemzug hervor.

»Der Bauchknopf?« Sie ließ die Hände aufflattern. »Der Bauchknopf« stieß sie, Verwunderung und Enttäuschung in der Stimme, hervor. »Aber wieso?«

Ich wusste nicht, wieso. Vielleicht hatte der Aufsatz über den Regen mir das eingegeben. Dieser Knopf in der Mitte ihres Bauches erschien mir wie eine kleine Muschel, die in einer goldenen Sandbank steckte und die vom Fluss dorthin geworfen worden war. Ich stellte mir sogar vor, ich könnte diese Muschel aus ihrem Bauch schälen und in den Fluss zurückwerfen.

»Der Bauchknopf?!« Plötzlich brach sie in Gelächter aus und begann zum Zimmer hin zu rufen: »Róża! Róża! Oder vielleicht Ewelina! Ewelina! Komm schnell her! Hör dir an, was dem Piotruś am besten gefällt. Der Bauchknopf!« Und nun begann sie, hemmungslos lachend, mit diesem Wort zu spielen: »Der Bauch-Knopf!« Und wieder brach sie in Gelächter aus: »Bauch-Knopf!«

Dann fiel sie unverhofft aus diesem Lachen wie in einen Abgrund, griff sich die Büchse von der Kredenz, schüttelte sie und stieß entsetzt hervor:

»Ach du lieber Gott! Der Kakao ist fast alle. Wer bringt uns wieder welchen? Róża! Róża! Oder vielleicht Ewelina! Ewelina! Wir haben bald keinen Kakao mehr für Piotruś!«

In dem Moment ging die Tür auf, und in der Tür stand die Mutter. Sie hatte, wie gewöhnlich, wenn sie aus der Stadt kam, in beiden Händen Netze voller Kartoffeln, Roter Rüben, Möhren, Zwiebeln, Brot, Kohl und mit irgendwas, das in Papier eingewickelt war, vielleicht Brühknochen, Quark, ein Stück Speck. Ihre Augen quollen hervor unter der Last dieser Netze, doch als sie mich über dem Aufsatz am Tisch sitzen sah, wusste ich gleich, dass sie etwas Ungutes in diesen Augen mitbrachte. Vielleicht wieder Zorn auf die Treppe? Aber dann wäre sie schon über mich hergefallen:

»Piotrek, so hilf mir doch! Was für ein Kind, kommt der Mutter nicht mal auf die Treppe entgegen!«

Wenn es nicht Zorn ist, dann vielleicht dieses Weinen, dachte ich bei mir. Und ich wartete angespannt, dass sie die vollen Netze vor dem Herd ablegte, sich danach einen Schemel in die Ecke rückte, sich setzte und anfing zu weinen, oder dass dieses Weinen von selbst aus ihr abfloss, so wie manchmal, geräuschlos und, wie es scheinen konnte, ohne jeden Grund.

Es war jedoch auch nicht das Weinen. Denn als sie die Netze vorm Herd ablegte, sagte sie:

»Du schreibst, mein Sohn. Schreib. Schreib.« Und sie ging sofort daran, die Netze auszupacken. »Ich war beim Vater im Spital. Er wird wohl bald sterben.« Und während sie etwas aus dem Papier wickelte, sagte sie: »Da, ich hab ein paar Knochen aufgetrieben, ich werd eine Graupensuppe kochen, die bringst du ihm am Nachmittag. Er mag nichts essen, aber die Graupensuppe isst er bestimmt. Mit Brühknochen angesetzt, mit frischer Petersilie. Er hatte immer gern viel frische Petersilie dran. Und eine Decke nimmst du ihm mit, ihm ist kalt. So eine Hitze, und ihm ist kalt. Ich hab den Pförtner erweichen können, er wollte mich nicht reinlassen, Besuchsstunden sind am Nachmittag. Nein und nein, erst am Nachmittag. Sie haben meinen Mann hier eingeliefert, sag ich. Ich muss mich erkundigen. Was sind Sie so stur, ich seh doch, Sie sind ein guter Mensch. Da, dunkelbraune Augen haben Sie, und das sind gute Augen. Der hatte eine Schnapsfahne, kann ich dir sagen, und geschaut hat er wie ein Räuber. Aber manchmal muss man was zusammenlügen. Wer bestreitet schon, dass er gut oder jung oder hübsch ist, wenn du ihm sagst, er ist gut, jung, hübsch. Wahrscheinlich sollte ich ihn schmieren, aber woher nehmen.«

Wieder wickelte sie etwas aus, begann es sich misstrauisch zu beäugen und in der Hand zu wiegen. Sie legte es in die andere Hand, wog es abermals und sagte:

»Ist das hier ein halbes Pfund? Guck doch mal. Ein halbes Pfund, aber irgendwie so wenig. Ein halbes Pfund, ich weiß doch, wie viel das ist. Das Luder muss mich übers Ohr gehauen haben. Du Luder, du, dass dirs der Herrgott vergilt. Du guckst ihnen auf die Finger, und sie behumsen dich doch. Die müssen solche Gewichte haben, statt zehn Deka wiegen sie neun oder acht. Oder sie stellen die Waagen falsch ein. Bei dem ein Deka, bei dem eins, großer Gott, wie viel raffen sie da zusammen an einem Tag! Nicht mal der Krieg hats ihnen abgewöhnt. So viele Menschen sind gestorben für nichts und wieder nichts. Vorm Krieg haben sie nicht so betrogen. Und wenn du in einen andern Laden gehst, damit sies nachwiegen, die haben doch überall die gleichen Gewichte, genau solche Waagen. Außerdem, du gehst ja nicht mit diesem Endchen Speck da hin, weil es zwei oder ein Deka weniger wiegt, das ist dir ja peinlich. Und der Vater hat sie noch in Schutz genommen, ich bin überempfindlich. Wie soll man nicht überempfindlich sein, wenn man auf Schritt und Tritt betrogen wird. Wäre er selber einkaufen gegangen, da hätte er gesehn, wie überempfindlich ich bin. Sterben ist einfach, und wie soll einer dann alleine weiterleben…«

»Mama, stör mich nicht. Ich schreibe«, unterbrach ich sie.

»Ach, das hatte ich vergessen. Entschuldige, mein Sohn. Ich bin schon still. Schreib. Koste nur noch, was für feinen Quark ich gekauft hab. Na, koste schon. Das Fitzelchen hier, vom Rand. Ach was, du bist ein Kind, und schon ein komischer Kauz. Nach wem kommst du bloß? Nach Onkel Władek wahrscheinlich, genau so ein komischer Kauz. Der mag überhaupt keinen Quark. Der Vater hat immer probiert. Er kam von der Arbeit, da hat er als erstes gefragt, was ich heut auf dem Markt gekauft hab. Hab ich ihm gesagt, Quark, dann lass mich mal kosten. Und er hat ihn immer gelobt, der zergeht einem ja regelrecht auf der Zunge. Denn ich kauf nie ruck, zuck, vorher mach ich einen Rundgang, koste hier, koste dort, und erst dann. Quarkknödel mit Speck, wie ich die gemacht hab, die hat er kaum gekaut, geschluckt hat er die. Kau sie wenigstens ein bisschen, hab ich gesagt, das hält doch der Magen nicht aus. Meiner schon, meiner schon, ich hab einen Soldatenmagen. So war es immer mit ihm. Nie hat er sich geschont. Wenn du reinkommst, liegt er gleich rechts. Ich hab ihn nicht erkannt. Den ganzen Saal bin ich abgegangen. Mein Mann liegt hier irgendwo, sag ich. Und da erst, mit fadendünnem Stimmchen, hier bin ich. Kaum vom Laken ist er zu unterscheiden. Ich hab mich zu ihm auf den Bettrand gesetzt, frag, wie gehts dir, brauchst du was? Der hat mich bloß bei der Hand genommen, zu sich runtergezogen, und gleich war er schweißgebadet, und kein einziges Wort. Er hätte doch sagen können, so oder so, besser, schlechter. Irgendwas muss man sagen, erst recht, wenn man weiß, dass man sterben wird. Und ich weiß doch, dass er es weiß. Mich hintergeht keiner, nicht mit der Waage und nicht mit dem Tod. Da fing mich dann der aus dem Nachbarbett zu trösten an, machen Sie sich keine Sorgen. Ihr Mann hat gestern Abendbrot gegessen, heut hat er das Frühstück aufgegessen. Aber ich denk mir mein Teil. Ich schau hin, und ich weiß Bescheid. Einen Lautsprecher haben sie an der Wand, da hören sie mal was. Die ein, zwei Monate hätte er ruhig noch leben können, Jesusmaria, wo nehm ich jetzt was für das Begräbnis her. Schon der Sarg, wie viel. Und der Priester? Eine Messe muss sein. Oder der Organist, ob der spielt oder nicht, geben muss ich dem was. Und wehe dem Kirchendiener nichts. Der macht dir die Kerzen aus, bevor der Priester alles besprengt hat. Hoho, du darfst zahlen, wenn einer stirbt. Jeder bedauert dich sozusagen, dabei passt er auf, was du ihm gibst. Wie viels beliebt angeblich, aber man weiß ja, es beliebt möglichst viel. Und dann die Totengräber, die sind heute vielleicht gefragt. Bei uns dort, auf dem Dorf, ist auch noch Lehmboden. Da nimmt so ein Halsabschneider fürs Grab und erst recht für diesen Boden. Der Kopf platzt mir noch, ich grüble und grüble. Ich hätte vielleicht in der Zeit noch was verdient, wenn er noch was gelebt hätte. Im Schnittwarenladen sollen sie kommende Woche Bettfedern zum Nachfüllen kriegen. Bettfedern, die würden gehn, durch den Krieg ist doch bei den Leuten alles zerschlissen. Weißt du noch, damals, wie wir mit den Gläsern unterwegs waren, wie mich die eine gebettelt hat? Frau, Flicken an Flicken, und mein Alter tritt auch noch um sich im Schlaf, als hätt er den Teufel in den Beinen, jeden Früh sind wir über und über mit Federn bestreut. Und lies das dann mal von dir ab, das dauert, und da die Schweine, die Kühe. Eine Bekannte von unseren Fräuleins ist dort Verkäuferin, ich hätte mit ihnen geredet, vielleicht hätte sie mir was auf Pump gegeben. Ich hätts ihr ja zurückgebracht. Hab ich schon mal wem was nicht zurückgebracht?«

»Mama, stör mich bitte nicht. Du siehst doch, ich schreibe«, sagte ich in einem Atemzug, um ihr zuvorzukommen, bevor sie den nächsten Satz begann. Ich schrieb natürlich nicht, und mir stand gar nicht der Sinn danach. Nun hatte sie auch noch die Fräulein Poncka erwähnt, und erneut erschien mir Ewelina oder vielleicht Róża nackt und laut lachend:

»Der Bauchknopf! Hahaha! Der Bauchknopf!«

»Na dann schreib, schreib, mein Sohn. Irgendwie bin ich ins Schwatzen gekommen. Macht nichts, ich bin schon still.

Manchmal überkommts einen so. Statt zu weinen, schwatzt und schwatzt man. Und ein andermal wieder will man nicht weinen und auch kein Wort sagen. Natürlich, wenn jemand schreibt, und der andere schwatzt, ist das, als würde er Steine aufs Geschriebene werfen. Und dem laufen die Gedanken davon. Und wenn die Gedanken davonlaufen, wie soll man da was schreiben? Mit leerem Kopf? Ja, ich leg mir das alles zurecht, und du schreib. Gleich muss ich das Essen aufsetzen. Die Graupensuppe, das geht ja eins, zwei. Und morgen mach ich am besten Rote Rüben mit Kartoffeln. Würdest du das essen? Ich hab ein Viertelchen Sahne gekauft. Das gibt feine Rote Rüben.« Und wieder begann ihr ein Wortschwall zu entströmen, als hätte sie nicht die Kraft, ihn aufzuhalten, obwohl sie versuchte, sich ihm zu widersetzen. Dieser Widerstand hielt jedoch nur so lange vor, wie sie das Glas mit der Sahne aus dem Netz holte und es auf dem Herd abstellte. Dort erschien es ihr jedoch nicht sicher genug, denn als sie die Roten Rüben aus dem Netz geholt hatte, brach sie plötzlich ab und trug das Glas zum Wandregal. »Ich bring es noch fertig und reiß es aus Versehen runter. Und ich hab so gute Sahne gekauft. Die fälschen jetzt auch die Sahne. Mehl mit Milch. Die kannst du mit dem Messer schneiden, wenn einer sich nicht auskennt, aber sie ist gefälscht. Mir machen sie mit der Sahne nichts vor. Und wenn sie sonst wie dick ist. Mit Mehl, weißt du, da setzt sich niemals Wasser ab. Und alle Frauen glauben, sie ist echt. Aber wenn sie echt ist, muss sich zumindest etwas Wasser absetzen, ohne dem ists keine Sahne. Die beste schöpfst du von der Sauermilch. Sie habens sogar sauber in diesem Spital. Eine Schwester hat ihnen allen die Kissen aufgeschüttelt. Gut, dass ich grad da war, da hab ich dem Vater wenigstens den Kopf gehalten, da konnte sies besser aufschütteln. Ich frag ihn, war der Arzt bei dir? Ja. Und was hat er gesagt? Nichts. Wieso nichts? Was ist das für ein Arzt? Von solchen haben dich schon ein paar behandelt. Du bist hingegangen, hingegangen, bis er dich schließlich ins Spital gesteckt hat, schon durch die Treppe, was die dich an Gesundheit gekostet haben mag? Und ewig nur Tropfen und Tropfen. Als könnte er dir nicht irgendwelche Spritzen. Selbst wenn wir sie hätten bezahlen müssen. Mein letztes Kleid hätt ich versetzt. Wo kuriert man sich denn mit Tropfen aus? Vielleicht wollte er auch geschmiert werden, obwohl er für die Visite genommen hat, hoho, und wie viel. Alle wollen sie nur geschmiert werden, wo du hinsiehst. Und wovon? Mir gibt keiner was dafür, dass ich lebe, und obendrein muss ich mich noch so schinden. Na, das Brot ist wieder teurer geworden. Sie sagen, der Zucker soll auch teurer werden. Und du hättest den Vater auch nicht immer und ewig die Treppe raufzerren müssen, immer diese Treppe rauf.«

»Mama hör auf. Ich schreibe«, zischte ich, und vor Wut strich ich sogar aus, was ich schon dastehen hatte, dass er die Beete, die Gärten, die Felder sprengt, dass das Wasser in der Weichsel steigt und sie manchmal über die Ufer tritt, dass Regenwasser das beste zum Haarewaschen ist.

»Ich seh, dass du schreibst«, entrüstete sie sich. »Ich bin nicht blind. Jedesmal hab ich dich erinnert, geht die Brauereistraße rauf. Geht die Brauereistraße rauf, mein Sohn. Oder wenigstens beim Schloss rum. Das ist länger, aber es wäre auch so näher gewesen für sein Herz.«

»Aber der Vater wollte nicht«, stieß ich hervor und bereute es sofort, weil ich das Gefühl hatte, ich hätte ein Geheimnis verraten, das mich mit dem Vater verband.

»Was wollte er nicht?« Sie richtete sich auf und begann, eine Mohrrübe in der Hand, denn sie hatte gerade eine Mohrrübe aus dem Netz geholt, irgendwelche Zeichen in die Luft zu malen und drückte so ihren Schmerz aus. »Was hat er denn nicht wollen können, er hat ja die Beine kaum hochgekriegt?! Du wolltest nicht! Hättest du gesagt, wir gehn über die Brauereistraße, mit keinem Wort hätte er widersprochen. Er war immer verträglich. Da bin ich eher hochgegangen. Aber er immer, tu, was du für richtig hältst. Es wird sein, wie du es möchtest. Manchmal hab ich geweint, da hat er es in Lachen verkehrt, damit nur wieder Eintracht herrscht. Nicht mal eifersüchtig war er wegen mir. Er hat sich gefreut, wenn ich Erfolg hatte. Und ich Dumme, hab ihm das vorgehalten. Na, was für ein Mann ist das? Einmal, zu Silvester, waren wir im Klub. Ich hatte ein entzückendes Kleid an. Blau mit so schwarzen Tupfern drauf, schwarze Hackenschuhe, und ich war noch beim Friseur gewesen, heilige Jungfrau, wie viel das damals gekostet hat, aber er, geh du nur. Er hat sie ein bisschen geschnitten, gelegt, so wie das damals Mode war. Der Vater war auch hübsch angezogen. Er hatte den dunklen Anzug an. Weißes Hemd, Krawatte, so blau und dunkelblau gestreift. Wir sitzen am Tisch, die Kapelle spielt. Ich sag ihm ins Ohr, komm, wir gehn tanzen. Aber er konnte nicht besonders tanzen. Beim Walzer hat er sich noch irgendwie im Kreise gedreht, aber beim Tango ist er mir auf den Füßen rumgetrampelt, und ich musste führen. Nicht immer so in die eine Richtung, hab ich gesagt. Jetzt nach links, nach rechts. Langsamer, wir sind aus dem Schritt gekommen. Zu schnell, das ist ein Tango, hörst du das nicht? Na, dann komm, sag ich. Sie gucken schon auf uns, wieso wir nicht tanzen. Alle vom Tisch waren tanzen gegangen. Wir waren drei Paare, seine Kollegen aus dem Büro mit ihren Frauen. Und er, lass uns erst was essen, lass uns was trinken, wir haben die ganze Nacht vor uns. Und da hat mich der Ingenieur Imiela aufgefordert. Und der Vater wusste, dass der Ingenieur Imiela in mich verschossen war. Natürlich hat er gefragt, ob er darf. Der hat getanzt, ich sag dir. Man hat fast nichts gespürt. Und so, und so. Ich bin noch keinem begegnet, der so Tango getanzt hat. Dann hat er mich zum zweiten Mal aufgefordert. Und der Vater nichts. Später noch mal, sie haben *Die Nacht ist unser* gespielt. Und was für ein gutaussehender Mann. Alle haben sich gewundert, wieso er nicht verheiratet ist. Aber weiß man, was in einem Menschen steckt? Das kann die verschiedensten Gründe haben. Am Tisch fingen sie schon an, mich aufzuziehen, aber der

Vater nur, auf das Wohl meiner Frau, auf das Wohl meiner Frau, nun, und auf das der andern Frauen, abwechselnd. Aber wie er mich wieder aufgefordert hat, war ich schon wütend, hätte er wenigstens gesagt, wo wollen Sie denn noch hintanzen mit meiner Frau? Nicht ein Wort. Er hat gelächelt, genickt und war zufrieden. Wie wir nach Hause sind, hat er ihn den ganzen Weg lang gelobt, was für ein begabter Ingenieur das ist, der Imiela. Bis ich gesagt hab, hör auf! Wo gibts denn so was, mit der eignen Frau kein einziges Mal tanzen! Erst hinterher hab ich erfahren, dass er da schon herzkrank war. Wie ich mit der Hefe rum bin, hab ich im Zug den Zaciera getroffen. Seinen Kollegen aus dem Büro, nur in anderen Abteilungen haben sie gearbeitet. Der hatte den Krieg überlebt und handelte auch ein bisschen, er machte, glaub ich, in Selterswasser. Das haben Sie nicht gewusst? Na aber! Er hat ja zum Tee dauernd irgendwelche Tropfen genommen. Ich bin öfters zu Ihrem Mann zum Tee, ich habs mit eigenen Augen gesehn. Momentchen, Herr Łucjan, ich zähl gerade. Vierzig. Bitte, setzen Sie sich. Es war mir fast peinlich, die eigene Frau und hat nichts gewusst. Aber so war es immer mit ihm, er hatte Ärger auf der Arbeit, aber nie hat er was zugegeben. Manchmal war er bekümmert, ich hab doch gesehn, dass er bekümmert ist, ich frag ihn, ist was passiert? Ach, nichts. Warum bist du dann so bekümmert? Bin ich gar nicht, kommt dir bloß so vor. Und ich Dumme hab ihm das alles abgenommen. Gut, dass ich wenigstens den Anzug nicht verkauft hab. Dabei hat er mir zugeredet, verkauf ihn, verkauf ihn, zum Silvester gehen wir sowieso nie mehr. Außerdem fängt er wieder an zu arbeiten, da kauft er sich einen neuen und für mich ein neues Kleid, Schuhe. An dem hier sind die Hosen zu weit, jetzt trägt man sie enger und das Jackett weiter, einreihig, längere Revers, und Umarbeiten lohnt nicht. Sogar einen Käufer gab es dafür, aber was wollte der schon geben. Ich war wütend auf den Kerl und hab zu ihm gesagt, für Sie reicht einer aus Drillich, und das ist reine Wolle. Wo kriegen Sie jetzt reine Wolle her? Und schon das Nähen, wie viel? Mein Mann hat den Anzug ganze drei Mal angehabt. Der ist fast neu. Und der hat noch gemault, wie er ihn anprobiert hat, hier ist er zu eng, die Knöpfe müssen umgesetzt werden. Dann lass es bleiben, blöder Kerl! Man muss eben die Figur haben für so einen Anzug. Selbst wenn man dich mit der Axt zurechthaut, du hast hinterher immer noch nur Dreiviertelhöhe. Ein Anzug schwebt ihm vor. Mein Mann hat ihn zu Silvester getragen, wie im Film hat er drin ausgesehn. Oder ich mach morgen Quarkknödel mit Speck und die Roten Rüben übermorgen? Würdest du die gern essen, Quarkknödel mit Speck? Vorm Krieg hab ich dir immer Pflaumensuppe gekocht, aus Pflaumen, die hattest du am liebsten. Durchs Sieb gerührt, Sahne druntergehoben. Das hat mir der Arzt geraten, aus Pflaumen soll ich dir welche machen, aus Kirschen, Heidelbeeren. Gläser hab ich damit vollgepackt für den Winter…«

Und diese Suppen boten mir wieder Gelegenheit, ihr ins Wort zu fallen. Zumal sie mich betrafen, ich hatte also das Recht, mir das anhören zu wollen oder nicht. Und so sagte ich:

»Ich hab dich gebeten, Mama, mich nicht zu stören. Du siehst doch, Mama, dass ich schreibe.« Ich sagte es sanft, ebenso sanft, wie sie von diesen Suppen erzählt hatte. Denn sie hatte geredet, als wollte sie keinen Unterschied machen zwischen der Pflaumensuppe und der Heidelbeersuppe oder der Kirschsuppe, sondern jeder die gebührende Gerechtigkeit widerfahren lassen. Und so waren sie denn alle gleich süß, gleich schmackhaft, gleich gesund gewesen, und unter alle hatte sie Sahne untergehoben. Und zu meiner Entschuldigung sagte ich noch: »Ich hab morgen Unterricht beim Herrn Lehrer. Wie soll ich ihm erklären, dass ich nichts geschrieben habe.«

»Was hast du denn?!«, schnauzte sie mich unvermittelt an, von der Sanftmut überwechselnd zu höchster Empörung. »Als ging ich mit dem Messer auf dich los! Ich sag doch nur. Darf man kein Wort mehr sagen vor dir. Ich schreibe. Ich schreibe. Ich seh, dass du schreibst. Denkst du, wenn du schreibst, hat deine Mutter nichts Kluges mehr zu sagen? Ich schreib zwar nicht, aber denken tu ich. Und niemand wird mir sagen, ob schlecht oder gut. Das muss ich selber wissen. Ich schreibe. Dann schreib. Wenn du an das denken würdest, was du schreibst, könnten hier Kanonen feuern. Aber du denkst bestimmt an Firlefanz, drum stört dich, was ich sage. Die Mutter stört ihn, guckt euch den an. Und was sag ich schon groß? Mit wem soll ich denn reden? Soll ich nach oben gehn, zu denen? Und die fangen mir an die Blusen zu zeigen, die sie sich gekauft haben? Oder die Schuhe? Oder hören Sie sich diesen Tango an? Ach, was für einen entzückenden Tango wir haben! Als steht mir jetzt der Sinn nach Tangos. Sogar das Weinen ist mir vergangen. Ich hab genug geweint. Und auf dem Begräbnis werd ich wieder müssen, auch wenns nichts mehr zu Weinen gibt, sonst ziehn die Leute über einen her, ha, nicht mal geweint hat sie. Die Ehefrau. Und dann noch wer weiß wie lange. Wie viele Tränen braucht es da! Der Tod geht nicht so gleich vorbei. Mitunter zieht er sich hin bis ans Lebensende. Manche Frauen fallen sogar in Ohnmacht. Aber das ist auch nicht gut, denn dann heißt es, die hat vielleicht ein Theater gemacht. Irgendwo muss ich mir ein schwarzes Kopftuch borgen, denn im Hut, da hecheln sie, ich hätte mich aufgedonnert. Meiner ist auch unmodern. Bluse hab ich zum Glück die schwarze mit den weißen Punkten. Es ist Sommer, da störn die weißen Punkte weiter nicht. Außerdem hab ichs nicht gern, wenn jemand so ganz in Schwarz geht, ohne einen hellen Faden. Die Kleidung nimmt einem den Schmerz nicht ab. Doch was du anziehst? Ich überleg und überleg, kann nicht schlafen. Aber du schreib, mein Sohn. Hör nicht auf das, was ich so rede. Ich red mehr mit mir selber. Es sei denn, du ziehst den Matrosenanzug an. Bist was herausgewachsen, aber zur Not geht er noch. Und wann bist du so gewachsen? Ein entzückender Anzug. Ans Meer wollten wir fahren. Irgendwann hab ich hier sogar vom Meer geträumt. Wir fuhren Dampfer, und die Wellen waren groß wie der Himmel. Und der Vater sagt, halt dich fest, sonst wirft dich die Welle ab. Und ich sag, Zygmunt, Zygmunt. Ja, und dann bin ich aufgewacht. Bloß die Mütze, die brauchst du nicht aufsetzen, auf dem Friedhof musst du sie sowieso abnehmen. Aber was an die Füße? Du kannst doch nicht in zwei verschiedenen Schuhen gehn. Die gucken dort nicht nur hin, ob du weinst, sondern auch, was du an den Füßen hast. Mein Gott, jedesmal, wenn mir das einfällt, bricht es mir fast das Herz. Sie haben beinah doppelt so viel gekostet wie bei einem billigen Schuster. Hast du nicht gemerkt, dass es plötzlich leichter war auf deinem Rücken? Zwei oder einer, das ist das halbe Gewicht, wenn man was trägt. Und du hast nichts anderes getragen. Und ich geb dem Lumpenkerl meine schöne Handtasche, und der macht dir diesen Kloben draus. Halunke der. Und lügt mir noch ins Gesicht, er sieht genauso aus. Schwört bei allen Heiligen, genauso und genauso. Ich wollt ihn nicht nehmen, da sind sie alle auf mich los. Sogar der Vater, er sieht genauso aus. Von wegen genauso! Mit bloßem Auge ist zu erkennen, der eine von Kaiphas, der andere von Hannas. Sogar gehen tust du in jedem anders. Einmal hat mich die Potocka gefragt, Frau, wieso geht Ihr Junge auf jedem Bein anders? Dulden Sie das nicht, er gewöhnt sich dran, dann geht er immer so. Und deiner, hab ich gedacht, der geht noch schlimmer, wie eine Ente, und ist um so viel älter als meiner. Ermahn du erst mal deinen eigenen. Aber gesagt hab ich, vielen Dank, gut, dass Sie mich darauf aufmerksam gemacht haben.«

Und plötzlich stürzte sie zum Bett, kniete sich hin, griff mit der Hand so weit darunter, dass sich die Bettkante in ihre Wange drückte, und angelte die Schuhe hervor.

»Na, sieht er nun genauso aus? Von wegen genauso!?«

Sie stellte die Schuhe krachend auf den Tisch, mir direkt vor die Nase.

»Mama, stell sie mir nicht auf den Aufsatz«, sagte ich. »Sonst muss ich ihn noch mal abschreiben.«

»Dann schreibst du ihn ab! Zu was gehst du in Unterricht. Von wegen genauso! Kein bisschen ist der eine dem andern ähnlich. Da, der hat eine zierliche, eine schmale Spitze, und hier dieser Kloben. Dabei hast du sie schon etwas eingelaufen. Denn wie sie neu waren, ists noch mehr aufgefallen. Da, nicht mal den Schlamm hat er abgekratzt. Nennst du das pflegen? Denkst du, ich kauf dir neue? Für was? Es reicht nicht mal, um den Vater zu begraben.«

»Er ist doch noch gar nicht tot«, warf ich schüchtern ein.

»Nicht tot?« Sie blickte mich mit geschwollenen Augen an, und es schien, als werde sie gleich in lautes Weinen ausbrechen, aber sie wiederholte nur irgendwie ungläubig: »Nicht tot?« Und nahm die Schuhe vom Tisch.

So stand sie eine Weile mit ihnen da und drehte und wendete sie vor ihren Augen.

»Da, der hier ist sogar heller als der«, sagte sie. »Und der hat eine andere Fersenkappe. Und an dem ist die Naht anders. Und andere Ösen haben sie. Und das heißt, er sieht genauso aus? Wie die Faust aufs Auge passt einer zum andern. Und der will mir das einreden wie einem Gesunden die Krankheit. Krumm und bucklig soll er werden!« verwünschte sie den Schuster. »Sie verstehn sich nicht drauf. Sie verstehn sich nicht drauf. Der linke Schuh und der rechte Schuh sind immer verschieden. Ich versteh mich nicht drauf?! Du Stümper! Hufeisen kannst du höchstens aufschlagen. Von Schuhen lass die Finger, wenn dus nicht kannst.« In ihren Augen sammelten sich immer mehr Tränen, ihre Erregung wuchs mit jedem Wort. »Und es ist nicht das Leder von meiner Tasche! Als ob ich meine Tasche nicht erkenne? Er hat es gestohlen und ihn dir nachgemacht aus einem alten Schaft. Sie verstehn sich nicht drauf. Ich hatte im Leben so viele Schuhe an den Füßen, wie du nicht geflickt hast.« Wieder stellte sie krachend die Schuhe auf den Tisch. »Von wegen genauso!? Ein Betrüger! Ein Dieb!« Und plötzlich packte sie die Schuhe und rannte damit zu den Fräulein Poncka. »Sollen sie sagen, ob er genauso aussieht.« Und sie knallte die Tür hinter sich zu, dass ein Zittern über den Tisch lief und von dem Tisch auf mich überging.

Ich empfand jedoch keine Erleichterung. Nachdem sie draußen war, saß ich geraume Weile wie halbtot da und traute mich weder, den Kopf nach der Tür zu drehen noch mit dem Fuß unterm Tisch zu wippen noch den Federhalter ins Tintenfass zu tauchen, um noch einmal den Satz hinzuschreiben, den ich in einer Anwandlung von Wut ausgestrichen hatte.

Die Fräulein Poncka wollten mir nicht mehr erscheinen, und es begann mich zu quälen, inwieweit ich schuld daran war, dass ich damals den Schuh verloren hatte. Ich hatte ihn ja nicht verlieren wollen. Zu meiner Verteidigung könnte ich sogar sagen, die Mutter war ebenso daran schuld wie ich. Die Sonne war kaum überm Horizont aufgetaucht und der Tau auf den Feldern noch nicht getrocknet, da hatte sie gesagt:

»Nein, wie das sengt, wie das sengt. September, und so eine Hitze.«

Und bei unserer ersten Rast, als wir uns unter eine alte Weide setzten und alle ein Ei essen sollten und sie schon zu dem Netz griff, in dem der Vater die Eier getragen hatte, sagte sie plötzlich verwundert:

»Wieso hast du denn die Schuhe an, Piotrek? Da, wie heiß der Boden ist.« Und sie berührte den Weg dicht vor ihren Füßen. »Du kannst doch barfuß gehn. In dem Dorf, durch das wir durch sind, waren alle Kinder barfuß, hast du gesehn. Und auf den Wiesen, alle haben sie barfuß gehütet. Wer weiß, wie lange die Schuhe noch reichen müssen. Und bald ist Winter, mein Sohn.«

Ich ging also barfuß und trug die Schuhe, die in die Jacke eingewickelt waren, auf dem Rücken, die Ärmel der Jacke aber hielt ich über der Brust fest. Darum weiß ich auch nicht, wie einer hatte herausfallen können. Es war wohl nicht mit rechten Dingen zugegangen, denn ich hätte es zumindest hören müssen, vom Rücken bis auf den Boden, das ist eine gewisse Höhe, und ein Schuh ist keine Feder, lautlos hatte er nicht auf den harten Weg fallen können, ja nicht mal ins Gras am Wegrain. Außerdem hatte die Mutter nach jeder Rast nachgesehen, ob wir auch nichts dagelassen hatten.

Ehrlich gesagt, störte es mich überhaupt nicht, dass dann der aus ihrer Handtasche nachgemachte Schuh etwas anders war. Auch dem Vater kam er wohl nicht sehr viel anders vor, denn wenn die Mutter manchmal gegen den Schuster wütete, beruhigte er sie stets mit der Geduld des schon Kranken, was sie bloß von dem Schuh wolle. Vielleicht war er also gar nicht anders, denn als der Schuster ihn brachte, und als sie dann beide nebeneinander auf dem Tisch standen, hatte nur die Mutter den Unterschied gesehen und sich um nichts in der Welt überzeugen lassen wollen, dass er genauso aussah. Im übrigen hatte sie dem Schuster von Anfang nicht getraut.

Als wir gegen Abend, nach der vergeblichen Suche nach dem Schuh, zu den Großeltern zurückkamen und sie unentwegt drängelte, man müsse was tun, war der Großvater mit dem Bauern losgegangen und hatte den Schuster mitgebracht. Es sah so aus, als dauerten wir den Schuster sogar, trotzdem ging die Mutter gleich auf ihn los, der Schuh müsse genauso aussehen.

»Aber dass er auch ja genauso aussieht«, wiederholte sie wieder und wieder mit Nachdruck, als der Schuster sich den übriggebliebenen Schuh von allen Seiten gegen das Licht beguckte. Gewiss, er beguckte ihn ziemlich lange, und dazu stöhnte und schnaufte er noch irgendwie sonderbar und sagte kein Wort, und allein dadurch stieg wohl die Anspannung der Mutter ins Unerträgliche.

»Wenn er nicht genauso ist, zahle ich nicht.« Und als der Schuster den Schuh weiter drehte und wendete, riss sie ihm ihn aus der Hand und ordnete an: »Da, die Kappe, dass die mir ist wie an dem. Und hier, die Naht, wie an dem. Da, und hier, genauso. Und hier, und hier.« Sie fuhr mit dem Finger über den Schuh hin wie über einen Globus und zeigte dem Schuster alle Länder und Ländchen, alles genauso wie hier. Und der Schuster stöhnte und schnaufte weiter. Dann stieß er auf einmal die Luft lauter aus und sagte, wie plötzlich in seiner Schusterehre gekränkt, was fuchtelt sie ihm mit dem Schuh vor der Nase rum, ist er hier der Schuster oder sie? Er hat schon eine Menge Schuhe gemacht, Offiziersstiefel hat er gemacht, Schuhe für Hochzeiten, knarrende und ganz leise hat er gemacht, für den und für den, für den Pfarrer hat er welche gemacht, für den Gutsherrn, und jetzt macht er dem russischen Leutnant welche, der beim General dient. Ja, gestern war der bei ihm, sie haben getrunken, gesungen, der hat eine Schweinshälfte angeschleppt, dabei hat er erst das Oberleder auf den Leisten gezogen. Wenn wir nicht Umsiedler wären und in Not, wäre er gar nicht mitgekommen. Aber in der Not muss einer dem andern helfen, wie man weiß, das Schlimme ist nur, dass er kein Leder hat. Für die Sohlen würde er noch ein Fetzchen altes finden, denn wer guckt schon auf die Sohlen, man geht damit auf dem Boden, tja, und in der Kirche darf ich eben nicht knien, höchstens auf dem einen Knie, dem mit dem nicht verlorenen Schuh, bevor ich den Nachgemachten nicht eingelaufen habe. Und lauf ich ihn lange ein? Der Herbst, der Winter, ich reiß ihn runter, schleif ihn auf den Rutschbahnen ab, und keiner erkennt mehr, welcher welcher war. Für einen Toten einen nachmachen, das wäre was anderes, im Sarg ragen die Sohlen in die Welt hinaus, da müssen die Sohlen glänzen. Im Sarg ist das Oberleder weniger wichtig. Aber hier muss es das gleiche Oberleder sein wie an dem, und das ist Gamsleder. Militärleder hätte er vielleicht noch ein Stückchen. Aber er macht mir doch keinen aus Militärleder nach, wenn der aus Gamsleder ist. Und er zuckte die Achseln.

Da griff sich die Mutter ihre Handtasche, die über der Stuhllehne hing, schüttete alles auf den Tisch, drückte sie dem Schuster in die Hand und sagte:

»Nehmen Sie, machen Sie. Das ist Gamsleder. Nur genauso muss er sein.«

Ihre Schärfe beeindruckte den Schuster offenbar, vielleicht bekam er sogar Angst vor ihr, denn er hörte auf zu stöhnen und zu schnaufen. Und etwa nach einer Woche erschien er mit dem nachgemachten Schuh, schon auf der Schwelle strahlend vor Zufriedenheit, weil er Wort gehalten hatte. Wie versprochen, hatte er die Stiefel des russischen Leutnants zurückgestellt, hatte noch jemanden und noch jemanden zurückgestellt und hatte sich meinen vorgenommen. Und es war ihm gelungen, den Schuh so gut nachzumachen, dass Sie ihn nicht erkennen, sagte er, als er beide Schuhe nebeneinander auf den Tisch stellte. Gleichzeitig bat er, den Lampendocht voll aufzudrehen. Onkel Władek nahm die Lampe sogar von der Wand, stellte sie neben die Schuhe auf den Tisch und drehte den Docht hoch, dass die Großmutter schrie, nicht so hoch, sonst springt das Glas.

Geputzt und gewienert, glänzten sie im hellen Licht der Lampe, und aller Augen, der Großeltern, Onkel, Tanten, des Vaters, der Mutter starrten auf diese Schuhe, und von diesen Augen glänzten sie zusätzlich, ja sie schienen ihr eigenes Licht zu verbreiten in dem ringsum herrschenden Halbdunkel der Stube. Die Großmutter, entrüstet, dass die Schuhe neben dem Brot stehen, nahm das Brot weg, und Onkel Władek rückte sie in die Mitte des Tisches, Seite an Seite nebeneinander, richtete die Spitzen aus, hob die Lampe in die Höhe und ließ sie eine gute Weile über ihnen kreisen. Er stellte die Lampe vor die Fersenkappen und zeigte die Schuhe in dem, seiner Ansicht nach, für sie günstigsten Licht. Der Schuster, stolz, dass sein Werk so glänzte, setzte sich etwas abseits, auf den Schemel am Herd, und begann sich eine Zigarette zu drehen.

Das Herz hämmerte mir wie wild in der Brust, ja ich sah mich in der Stube um, ob es womöglich jemand hörte. Doch alle waren in den Anblick der Schuhe versunken und wägten sicherlich in Gedanken ab, ob nun der eine dem anderen ähnlich war, oder sie wägten nur die Worte selbst, ähnlich, nicht ähnlich. Ich streckte die Hand nach dem Nachgemachten aus, doch im selben Moment hielt mich die Mutter fauchend zurück:

»Lass!«

»Wieso lassen Sie sie den Jungen nicht anfassen?« sagte der Schuster ärgerlich. »Es sind seine Schuhe. Er wird darin gehen, nicht Sie.«

»Woher wisst Ihr, dass er wird?« warf Onkel Władek ein. »Es is noch nich raus, ob er ähnlich is. Wenn sich nun rausstellt, er is nich ähnlich?«

»Was nicht ähnlich? Wie nicht ähnlich?« brauste der Schuster auf und stieß einen großen Rauchballen in die Stube aus, der auf die Schuhe zu wehte, als sollten sie in einer Wolke verschwinden.

Onkel Władek aber, der offenbar Unterstützung suchte, wandte sich an die Mutter:

»Wieso sagste nischt?«

»Zu was gleich reden?« kam der Großvater der Mutter zuvor, obwohl nicht sicher war, ob die Mutter vorgehabt hatte, dem Onkel zu antworten. Sie sah zu den Schuhen, und nur ihre Augen wurden immer größer. »Bloß bei dir, du Krätze, liegen die Worte obenauf. Und hinterher denkst du.«

Normalerweise hätte der Onkel jetzt einen Streit mit dem Großvater begonnen, doch zum Glück war der Schuster da, und er übertrug seinen ewigen Groll auf ihn:

»Habt Ihr ihn auch gut ausgeraspelt? Sind keine Nägel mehr drinne? Sonst reibt er sich auf.«

»Soll er sie doch anprobieren«, sagte der Schuster, spuckte die Kippe aus und zerquetschte sie mit dem Absatz wie einen Wurm.

»Probiern muss er se so und so«, sagte der Großvater wieder. »Obwohl, das beste wär, er läuft ne Woche drinne, dann erscht lässt sich was sagen.«

»Ich glaub, er is ähnlich«, warf Onkel Stefan ein, der bislang geschwiegen hatte, und es schwang sogar eine Spur Verwunderung in seiner Stimme. »Wenn mans nich wüsste, man würde nich erkennen, welcher der Verlorne is. Vergessts und sehts euch genau an, der oder der?« Und schon erhob er sich von der Bank, um die Schuhe vom Tisch zu nehmen, sie jedem der Reihe nach vorzuhalten und zu fragen, der oder der, zur Bestätigung, dass er es nicht erkannte.

»Sitzengeblieben!« Die Mutter, vor Ärger den Tränen nahe, erlaubte dem Onkel nicht, aufzustehen. »Du hast ihn nicht verloren, da kannst du ihn auch nicht erkennen.«

Worauf sich Tante Jadwinia, die dem Onkel offensichtlich zu Hilfe eilen wollte, gerührt vernehmen ließ:

»Das Wichtigste ist, das der Piotruś wieder was an den Füßen hat. Mein Gott, nicht genug, dass sie uns ausgesiedelt haben, verliert das Kind auch noch den Schuh. Zum Glück ist der Kummer ausgestanden.«

»Weil wenn man was verliert«, meldete sich die Großmutter aus dem Halbdunkel der Stube, »hilft nischt wie zum heiligen Antonius beten!«

»Ohne die Handtasche hätte mir auch der heilige Antonius nicht geholfen!« fauchte die Mutter zurück.

»Was gibts denn da zu überlegen?« sagte der Vater mit der gleichen Sanftmut, mit der er für gewöhnlich die Mutter bändigte, wenn er sah, dass ihre Wut jeden Moment überzulaufen drohte. Und er machte eine Bewegung, als griffe er schon nach dem Geld in der Brusttasche seines Jacketts, und fragte, an den Schuster gewandt: »Wie viel sind wir Ihnen schuldig?«

»Holla! Moment mal!« Die Mutter trat zwischen den Vater und den Schuster. »Was bist du so fix mit dem Bezahlen? Es steht noch nicht fest, ob er ähnlich ist oder nicht. Hast du deine Abendtropfen schon genommen? Dann nimm erst deine Tropfen.«

»Von wegen nicht ähnlich?« brauste der Schuster wieder auf. »Wie Zwillinge, Frau, sind die! Wie von einer Mutter.«

Er war wohl drauf und dran zu lachen, weil er das mit den Zwillingen so getroffen hatte, denn sein Gesicht verzog sich irgendwie, doch es erstarrte zu einer Grimasse, denn da sagte Onkel Władek mit drohender Stimme:

»Von eener Mutter haste ooch verschiedne Kinder. Sogar

Zwillinge. Der Pawełko bei uns im Dorfe hat Zwillinge, der eine rabenschwarz, der andre rothaarig und ein falsches Aas.«

»Weil nich immer zweie ein Paar sind«, warf Onkel Stefan ein. »Nich mal bei den Pferden, nich jede zwei kannst du vor eine Deichsel spannen, es muss ein Paar sein. Und so ists mit den Schuhen, einer der linke, der andre der rechte, trotzdem, es muss ein Paar sein.«

»Dunkelt die Lampe was ab«, sprach der Großvater. »Bei weniger Licht siehste manches Mal mehr.«

»Dann dunkelt sie ab!« rief der Schuster, nun sichtlich wütend. »Sogar ausmachen könnt ihr sie!« Und er ging wieder daran, sich eine Zigarette zu drehen, doch die Hände zitterten ihm so, dass er den Tabak nicht ins Papier brachte, also gab er es auf und steckte den Beutel wieder ein. »Die Scheune würde euch abbrennen, und ihr würdet nichts sehen. Fledermäuse, verdammt, zu hell ist es ihnen! Ähnlich, nicht ähnlich!«

»Weil er ganz und gar nicht ähnlich ist.« Die Mutter sprach plötzlich das Urteil.

Und seltsam, der Schuster erwiderte darauf kein Wort. Wie aus Ehrfurcht vor diesem Urteil zog er sogar den Kopf zwischen die Schultern und blieb, so in sich zusammengesackt, sitzen.

Schweigen trat ein, und nach einer Weile war vom Bett her zum ersten Mal die Stimme von Tante Marta zu hören, die wohl eben erst aufgewacht war:

»Vielleicht probierst du sie, Piotruś.« Sie ging schon früh am Abend schlafen, weil ihre Kräfte nicht für lange reichten. Tagsüber legte sie sich auch. Der Herbst ist die schlimmste Jahreszeit, pflegte sie zu sagen. Im Herbst glaubte sie immer, jetzt ginge es ans Sterben. »Das Wichtigste ist, ob du drin laufen kannst.«

Die Worte der Tante scherten niemanden, auch nicht Onkel Władek, obwohl der, selbst wenn es keinen Grund gab, gern wegen ihrer Krankheit über sie herfiel. Aber vielleicht hatten sich schon alle daran gewöhnt, dass sterbende Worte nichts bedeuten. Und vielleicht, um die Worte von Tante Marta nicht so im leeren Raum stehenzulassen, seufzte Onkel Władek ohne jeden Zusammenhang:

»Ja, wenn Mohrchen noch wäre!«

Doch selbst dieser Seufzer regte niemanden dazu an, auch nur eine Silbe zu sagen, und kaum einer starrte noch auf die auf dem Tisch glänzenden Schuhe, sie schauten eher in sich hinein, zu Boden, auf die Wände, und Tante Jadwinia setzte sich ganz still in eine Ecke, obwohl sie trotzdem wie immer den Raum füllte. Darum war es, als schleuderte jemand einen Stein in dieses Schweigen, als der Großvater sagte:

»Wie lange wolln wer noch so grübeln? Irgendwas müssn wer beschließen.«

»Was gibts hier zu grübeln?!« fiel der Schuster dem Großvater ins Wort. Er fuhr von seinem Schemel hoch. »Leute, seid ihr verrückt geworden?!« Und er breitete ratlos die Arme aus. »Wenn nicht, nehm ich ihn wieder mit!«

»Und der Rest vom Leder, wo ist der?« attackierte die Mutter den Schuster, der ratlos dastand.

»Von was für Leder?« Der Schuster ließ die Arme sinken und sackte auf den Schemel zurück.

»Na, dem von meiner Handtasche?«

»Ich musste noch was von meinem drauflegen für die Kappe, weils nicht gereicht hat.«

»Vom Ochsen haben Sies draufgelegt, das sieht man. Aber das war Gemse.«

Und sie griff sich den nachgemachten Schuh vom Tisch, warf ihn dem Schuster in den Schoß und schrie: »Nehmen Sie ihn mit! Mein Sohn wird nicht in so einem und so einem rumlaufen! Es muss genau so einer sein! Großer Gott, eine Gamsledertasche und macht so einen Kloben draus!«

Dieser Kloben kränkte den Schuster zutiefst, so dass sie ihn lange beruhigen mussten, ebenso wie die Mutter, denn die war in Tränen ausgebrochen und hockte im finstersten Winkel der Stube. Doch in dem Maße, wie ihre Tränen versiegten, räumte sie allmählich ein, er sei vielleicht doch ähnlich, jedenfalls erkennt man nicht gleich, dass er nicht ähnlich ist. Dazu wird es bald Herbst, kommt der Winter, da reiß ich ihn runter, und wer wird dann erkennen, dass er nicht ähnlich ist. Und damit die Mutter endlich aufhörte, dass er nicht ähnlich sei, ging der Schuster sogar noch ganz hübsch im Preis herunter.

Die Schuhe ließen ihr jedoch keine Ruhe mehr. Bei jeder Gelegenheit stellte sie den Unterschied zwischen ihnen heraus, als wollte sie sich nicht darein schicken, dass sie einander im Laufe der Zeit immer ähnlicher wurden. Vielleicht befahl sie mir deshalb fast jeden Tag, sie zu putzen, weil sie, eingecremt, blitzend, alle, auch die allerkleinsten, Unähnlichkeiten offenbarten und ihr so die Möglichkeit gaben, zu barmen:

»Mein Gott, na sind sie nicht verschieden, der und der? Ich dachte, du würdest sie ein bisschen ablaufen, und dann wärs nicht mehr zu sehen. Der Mensch sucht ja im Schlimmsten noch das Gute. Aber ach was. An das Gute erinnert man sich manchmal gar nicht mehr. Doch die Spur des Betrügers ist ewig. Wie hast du ihn verloren?«

Vielleicht war es ihr gar nicht um den Schuh zu tun, denn immer wenn sie ihn erwähnte, hatte ich das Gefühl, als helfe ihr der verlorene Schuh, etwas Schmerz abzulassen, denn sie war übervoll von Schmerz. Ich verstand nur nicht, wieso ausgerechnet der Schuh?

Diesen Schuh hielt sie mir bis an ihr Lebensende vor. Ebenso wie sie dem Vater vorhielt, dass er sie so früh zur Witwe gemacht hatte, wobei sie seinen Tod, obwohl sie wusste, dass er ihn sich nicht hatte aussuchen können, als Verrat ansah, den er aus freien Stücken und hinter ihrem Rücken begangen hatte. Sie sprach von diesem Tod stets mit einer Spur Enttäuschung, mit der noch irgendwo in ihr glimmenden Überzeugung, er hätte nicht sterben müssen, wenn er nur gewollt hätte. Und je weiter sie sich von seinem Tod entfernte, desto häufiger tauchte in ihren Vorhaltungen etwas wie die Bereitschaft auf, ihm zu verzeihen, wenn er zu ihr zurückkäme. In der Nähe seines Todes aber drückte sich auch dauernd mein verlorener Schuh herum. Viele wichtigere Dinge vergaß sie ganz und gar, bei manchen wandte sie sich an mein Gedächtnis um Unterstützung, erinnerst du dich nicht, ich komm nicht drauf? Doch den Schuh hatte sie immer griffbereit, ebenso wie den Tod des Vaters, wenn sie wütend war, wenn sie weinte oder völlig ohne Grund, beim Kochen, Stopfen, Bügeln.

Ich hatte die Schuhe längst verschlissen, aber aus ihrem Gedächtnis wollte sich auch die kleinste Einzelheit nicht verflüchtigen. Sie erinnerte sich an den ganzen Weg, den wir zurückgelegt hatten, was wir getragen, wo wir gerastet, was wir gegessen, getrunken hatten, wo ein Wald, wo weidende Kühe in den Wiesen gewesen waren, wo ein Feuer, wo Leute auf dem Feld Kartoffeln gehackt hatten, wo wir an einem Wagen mit diesen Kartoffeln, an einer Frau mit Bündeln, an einem pflügenden Bauern und wo an einem säenden, wo an einem Kreuz, einer Heiligenfigur, einem Sumpf, einem Bach, einem Flüsschen vorbeigekommen waren. Ja in ihrem Gedächtnis vermehrten sich die Einzelheiten noch.

»Na weißt du nicht mehr, irgendwo fing zum Angelus eine Glocke zu läuten an. Aber es war keine Kirche zu sehen. Hier ein Dorf, dort ein Dorf, die Katen sah man, den Rauch aus den Schornsteinen, aber keine Kirche. Ich hab gesagt, schau mal nach, vielleicht liegt der Schuh dort in den Büschen. Bekreuzige dich. Es gibt einen Gott, auch wenns manchmal ist, als obs keinen gibt.«

Ich studierte schon und kam zu Weihnachten zu Besuch. Sie begrüßte mich kaum und huschte über die Wörter hin, was ein deutliches Zeichen dafür war, dass sie mit einer Neuigkeit heraus musste:

»Nun, wie gehts? Alles in Ordnung? Bei Anna auch? Bring sie mit. Ich hab eine Gans gebraten.« Und sofort verkündete sie mit triumphierender Stimme: »Stell dir vor, ich glaub, ich weiß, wo du damals den Schuh verloren hast. Ich hab vom Vater geträumt, und er hat gesagt, wir sollen im Schlehdorn nachsehen.

Erinnerst du dich, dieser Weg, wo auf einmal die Schlehdornbüsche wuchsen?« Doch ich erinnerte mich nicht, obwohl ich ihr gern die Freude gemacht und wenigstens genickt hätte, ja, an den Schlehdorn erinnere ich mich. »Die ganze Zeit haben sie uns in die Seite gepiekt, und sie zogen und zogen sich hin. Bei mir haben sie sich hier am Ärmel vom Kleid festgehakt und ihn ein bisschen aufgerissen. Und dir ist die Jacke auf dem Rücken verrutscht, und wir sind stehngeblieben, damit du sie zurechtrückst. Ein kahles Feld, das würde mich nicht wundern, aber dass du dich an die Schlehdornbüsche nicht erinnerst! Wie Fliederbüsche, so hoch waren sie. Der Vater hat sogar einen Zweig gepflückt und ihn mir gebracht. Der blühte über und über, war wie mit Schnee überschüttet. Aber der Schlehdorn blüht doch im Frühling, und das war im September. Und er, das ist anstatt Blumen, weil ich dir zu meinen Lebzeiten so wenig Blumen geschenkt habe. Und da hab ich gesehn, dass dein Schuh in diesen Schlehdornbüschen liegt, ich hab ihn bloß nicht rausgekriegt, so haben sie mich gestochen. Ja, und da bin ich aufgewacht. Was Schlehdornbüsche wohl bedeuten? Aber blühende, das ist bestimmt was anderes. Dass dein Leben mit Anna wenigstens mal anders verläuft als meins mit dem Vater. Dass du dich auf die Schlehdornbüsche nicht besinnst, das wundert mich regelrecht. Wie merkst du dir dann, was du lernst?«

Doch ich erinnerte mich nicht an Schlehdornbüsche. Ich erinnerte mich nur, wie wir rückzu den ganzen Weg abgesucht hatten, bis in die Nacht hinein. Doch hinzu, da erinnerte ich mich nicht mehr an viel, jedenfalls nicht an das gleiche wie sie. So als hätten sich die Wege ihrer und meiner Erinnerung für immer getrennt bei diesem Schuh.

KAPITEL 7

Auf der Suche nach dem verlorenen Schuh

Die Mutter ging voran, hinter ihr der Vater, und am Schluss ich. Und obwohl sie von uns dreien am meisten trug, nämlich zwei pralle Koffer, kamen wir nur mühsam nach. Der Abstand zu ihr war nicht mal groß, aber irgendwie ließ sie uns erst einen Schritt, dann zwei, drei, zehn Schritte hinter sich, und mitunter riss sie sich ganz von uns los, so dass der Vater rufen musste, langsamer, was rennt sie so? Dann setzte sie die Koffer ab und wartete, und sobald wir sie eingeholt hatten, empfing sie uns ungehalten:

»Heilige Jungfrau, was zottelt ihr so?«

»Und du, wohin hast dus so eilig?«

»Wenn wir so weiter gehn, schnappt dir inzwischen einer die Stellung weg. Und überhaupt, langsamer geht sichs gleich viel schwerer.«

Wir waren unterwegs in die Nachbargemeinde, wo sie angeblich einen Sekretär suchten, und der Vater hoffte, die Stellung zu bekommen. Als wir am Vortag gegen Abend mit den Großeltern, Onkels, Tanten, zwei Kühen und einem Kalb bei dem Bauern eingetroffen waren, bei dem wir einquartiert werden sollten, hatte sich außerdem herausgestellt, dass der Platz nicht für alle reichte. Der Großvater hatte kaum prrr! gesagt und die Pferde zum Stehen gebracht, da kam ein kleines mageres Weiblein im Kopftuch aus der Kate gerannt und rang bei unserm Anblick die Hände.

»Jesus von Nazareth, so viele seid ihr? Eine Familie hats geheißen. Eine Familie, na, da haben wir Ja gesagt. Aber ihr seid ein Wagen voll. Und Kühe, ein Kalb. Wo solln wir alle hin? Glaub einer dem Schulzen, eine Familie hats sein sollen.«

Hinter ihr trat ein großer, schnauzbärtiger Mann aus der Tür und sagte:

»Gelobt sei Jesus Christus. Willkommen!« Und knurrte zu der Frau hin: »Hör auf. Zu essen müssen sie kriegen, sie sind müde von der Fahrt.«

Und als wir dann aßen, jeder wo er konnte, denn nicht alle fanden am Tisch Platz, sagte der Bauer über seinen Teller hinweg zum Vater:

»Ihr, Herr, müsst gebildet sein. Ihr seht mir danach aus.«

Und die Mutter, die auf der Bettkante saß, den Teller mit der Kartoffelsuppe im Schoß, ließ den Vater nicht für sich selbst antworten, sondern platzte sofort heraus:

»Hohoho! Und wie! Vorm Krieg hat mein Mann einen wichtigen Posten im Büro gehabt. Und davor war er Offizier. Nein, Sie verstehn sich auf Menschen. Auf den ersten Blick. Ich könnte das nicht.« Und ohne Zeit zu verlieren und den Löffel, den sie unterm Kinn hielt, zum Munde zu führen, fragte sie: »Gäbs hier nicht eine Stellung für meinen Mann?«

»Stellung?« überlegte der Bauer. »Auf dem Dorf ist jeder bei sich in Stellung. Höchstens, sie machen Kolchosen. Die Leute munkeln so was. Dann sind wir alle in Stellung.« Wieder überlegte er, eigentlich aber riss er mit den Zähnen ein Stück Brot ab, schickte einen Löffel Suppe nach. »Höchstens in der Gemeinde«, sagte er. »Aber nicht in unsrer. In unsrer hats sowieso schon zu viele. In der Nachbargemeinde.« Er nannte einen Namen. »Einer von dort hat mir neulich gesagt, sie suchen einen Sekretär, ihren haben sie abgeholt, und der Schulze kann nicht lesen und schreiben. Irgendeine schlüpfrige Angelegenheit, zu sechst sind sie ihn holen gekommen vom Kreis.«

Am Sonntag geht er zum Hochamt, da hört er sich um, denn manchmal kommen die aus der Gemeinde dort hier in die Kirche. Die von denen ist während der Front abgebrannt, eine aus Holz, hier die ist gemauert und bloß zerschossen. Vielleicht kommt sogar der Schulze? Obwohl, die Schulzen meiden die Kirchen jetzt irgendwie, zeigen sich nicht mehr wie früher. Bald werden sie nicht mehr gewählt, heißt es, sondern gebracht. Aber vielleicht kommt er, denn er ist schon vorigen und vorvorigen Sonntag nicht dagewesen.

Und wer weiß, ob er mit dieser Erzählung von den Schulzen nicht die Mutter aufgestört hatte, denn sie fiel ihm ins Wort und entschied, morgen gingen wir los. Wozu erst bis Sonntag warten.

»Sie zeigen uns nur den Weg. Und wir gehen. Das Nötigste nehmen wir mit, den Rest holen wir später, und gehen los.«

Der Bauer versuchte ihr klarzumachen, erst müsse man sich umhören, warum so stürmisch, als wärs so weit bis zum Sonntag, heut haben wir Dienstag, nur noch Mittwoch, Donnerstag, Freitag, Samstag, und schon ist Sonntag. Und alle waren dafür, sich erst umzuhören. Onkel Władek trug dem Bauern sogar auf:

»Und fragt auch gleich, was se zahlen. Die setzen ihre drei Kreuze hin, und einen Gebildeten speisen se ab, da solln se sich einen Dummen suchen. Oder bringt den Schulzen her, dann bereden wirs.«

Und der Großvater versprach, sowie er hört, es gibt die Stellung, dann fahrn wir euch. Ihr müsst nich zu Fuß losrammeln. Und ihr nehmt, was ihr habt, auf einmal mit. Denn so umsonst, tät mersch leid um die Pferde.

Aber die Mutter, nein, wir gehen los.

»Wozu lange rumhören, umso schneller erfahrn es die andern und bringen einen.«

Im Morgengrauen brachen wir auf. Wie ein Küken aus der Schale, so schälte sich die Sonne langsam aus der Erde, und der Frühtau war noch nicht getrocknet.

»Der Tag wird schön«, sagte die Mutter. »Und bevor wir was erfahren hätten, würde es vielleicht schon regnen.«

Worauf der Bauer, der die Worte der Mutter offenbar auf sich bezog, scharf entgegnete:

»Besser im Regen gewonnen wie in der Sonne zerronnen.« Doch gleich fügte er friedlich hinzu: »Die haben bestimmt noch keinen, und ihr seid die ersten.«

Er begleitete uns zum Dorf hinaus, bis hinter die letzten Katen, dort zeigte er uns genau, welchen Weg wir einschlagen müssten, und er beschrieb uns nicht nur jedes Dorf, sondern auch was vor und hinter jedem lag, die Mühlen, Wehre, Bäche, Stege, Wiesen, Erhebungen, Heiligenfiguren, Kreuze, und erst zum Schluss nannte er den San, obwohl der an den Anfang gehört hätte. Der Fluss bildete ja das größte Hindernis. Nicht nur dass er breit und reißend war, die Brücke war außerdem zerstört, und wer weiß, wie lange wir auf die Fähre würden warten müssen.

»Der Fährmann, das Faultier, setzt über wies ihm passt«, sagte er besorgt. »Wenn er drüben ist, schreist du dir die Seele aus dem Leib, der schnarcht im Gebüsch. Manchmal liegt er den halben Tag so auf der Bärenhaut. Höchstens, ihr trefft ihn auf dieser Seite. Aber suchen müsst ihr ihn trotzdem, der schnarcht irgendwo im Gebüsch.«

Die Mutter schreckte das nicht.

»Wir schaffen es schon«, sagte sie. »Kehren Sie um. Und vergelts Gott.«

»Geht mit Gott«, sagte er. Und als wir schon ein gut Stück weiter waren, rief er uns noch nach: »Und falls dort irgendwas nicht so ganz, kommt zurück! Wir rücken zusammen!«

Vor dem Aufbruch hatte mich die Mutter geheißen, Schuhe an die Füße zu ziehen, morgens ist es jetzt schon frisch, der Boden kalt nach der Nacht, und du bist kein Dorfkind, dass du barfuß läufst. Mit den Kühen und bei uns im Dorf, das ist was anderes. Die Leute werden fragen, wohin wir wollen, wer glaubt uns, dass der Vater eine Stellung antritt, wenn du barfuß bist?

Doch je höher die Sonne über uns heraufstieg, desto unbequemer ging es sich in den Schuhen, sie rieben mich, brannten, neu wie sie waren, vielleicht war mir deshalb so heiß, dass ich zuerst die Jacke auszog, dann die Hemdsärmel aufkrempelte, und immer noch war mir heiß. Ich lauerte also auf eine passende Gelegenheit – wenn die Mutter die nächste Rast anordnete, gelänge es mir vielleicht, sie zu überzeugen, es ist heiß, der Boden warm, ich könnte barfuß gehen, schade um die Schuhe, Mama.

Die Ruhepausen aber waren kurz, die Mutter hatte sich in den Kopf gesetzt, spätestens zu Mittag müssten wir in der Gemeinde sein. Und als mir einmal herausrutschte, es sei heiß, schnauzte sie mich an, bald wirds noch ärger, die Sonne wird nämlich nicht kleiner, sondern größer. Und wenn der Vater ihr hinterher rief, etwas langsamer! Was rennst du so?!, wartete sie nur, bis wir heran waren, griff sich erneut die Koffer und marschierte weiter.

Dem Vater war es wohl auch zu heiß, er trug zwar nur ein Netz und auf dem Rücken eine Art Rucksack, doch er war in Hut und Anzug, und über den anderen, freien Arm hatte er den Mantel gehängt. Obwohl ich gut ein paar Schritte hinter ihm ging, hörte ich seinen keuchenden, leicht röchelnden Atem. Aber damals wusste noch niemand, dass er herzkrank war, nur seine Nerven waren angegriffen durch den Krieg. Von Zeit zu Zeit nahm er den Hut ab, wie zum Beweis, dass ihm heiß war, und trug ihn zusammen mit dem Mantel in der freien Hand. Gerade hatte er ihn wieder einmal abgesetzt und rief der Mutter hinterher:

»Etwas langsamer! Was rennst du so?!«

Sie hielt an, stellte die Koffer auf den Boden und wartete, und als wir bei ihr angelangt waren, fragte sie plötzlich erstaunt:

»Wieso trägst du den Hut in der Hand? Setz ihn auf. Du siehst gut aus im Hut. Wenn du so ohne Hut rumläufst, kriegts noch einer fertig und denkt, du bist von hier.«

Nun, und da sagte ich nicht mehr, ich wolle die Schuhe ausziehen.

Ein Pfad führte jetzt durch Wiesen, an Reihen alter Korbweiden vorbei, und wieder rief der Vater der Mutter hinterher, etwas langsamer! Sie blieb stehen, drehte sich, die Koffer in den Händen, zu uns um, und erwiderte ihm vorwurfsvoll:

»Hab ich vielleicht diese Sonne erfunden? Mir ist genauso heiß.« Dann erst stellte sie die Koffer auf die Erde. »Oh, wie hübsch es hier ist«, sagte sie. »Weiden, Wiesen. Man rennt und rennt und sieht nichts von der Welt. Wir rasten ein Weilchen. Essen wenigstens ein Ei.« Und wie wir schon unter einer Weide saßen, fragte sie mit einmal verwundert: »Du läufst noch in Schuhen rum? Wirst sie schön eingematscht haben in diesem Tau. Zeig her. Besser, du ziehst sie aus, mein Sohn. Der Boden ist warm genug.« Sie berührte mit der Hand den Pfad. »Na, und wie warm. Da und da. Geradezu heiß. Sogar im Schatten. Und es geht sich für dich bequemer. Neue Schuhe läuft man stückchenweise ein, sonst reiben sie einem die Füße auf. Du kriegst bloß Blasen. Zieh aus. In der Stadt würd ich das nicht verlangen. Aber hier, wer sieht dich schon, und wir müssen sparen. In den Dörfern achtet keiner auf ein Kind, da gehn auch die Alten barfuß. Hast du doch gesehn, wie wir durch sind?«

Ich begann die Schnürsenkel aufzuknoten, doch als sie sah, wie ich da knaupelte und knaupelte, kam sie mir zu Hilfe.

»Gib her, ich helf dir. Wie oft hab ich dir schon gesagt, du sollst Schleifen binden, aber du, als wärs der Strick von einer Kuh.« Und plötzlich geriet sie ernstlich in Wut: »Wie kannst du nur das Schnürsenkel so verwürgen, heilige Jungfrau! Hierher mit dem Fuß.« Und sie presste den Mund an den Schuh und begann es mit den Zähnen aufzuknüpfen. »Am besten, du wickelst sie in die Jacke und trägst sie auf dem Rücken.«

»Wird das auch nicht zu kalt für ihn, barfuß?« Den Vater befielen Zweifel. Sichtlich erleichtert, hatte er sich unter der Nachbarweide niedergelassen, den Rucksack abgesetzt, den Hut abgenommen, als hoffte er, wir würden es uns unter den Weiden nun länger wohl sein lassen.

»Was heißt denn kalt?« Sie war entrüstet. »Als hätte er nicht barfuß Kühe gehütet bei den Großeltern! Manchmal den ganzen Herbst durch. Es lag schon Rauhreif auf den Wiesen. Und hier, warm wie im Hochsommer.« Und sie sprang von der Erde auf, sagte kurz: »Na dann, gehen wir.«

»Wir wollten doch ein Ei essen?« fragte verblüfft der Vater.

»Das essen wir etwas weiter«, erwiderte sie. »Was du heute essen sollst, iss morgen, und was du morgen tun sollst, tu heute, sagt der heilige Franziskus.« Und sie ergriff die Koffer und stellte sie auf den Pfad.

»Wer hat schon gehört, was so ein Heiliger gesagt hat.« Der Vater war spürbar verärgert, dass wir dieses Ei nicht gegessen hatten.

»Es müssen wohl welche gehört haben.« Sie stand zwischen den Koffern auf dem Pfad, bereit, danach zu greifen und loszumarschieren. »Sonst hätten sies nicht weitergesagt.«

»Jeder schwafelt, was ihm gerade einfällt, und dann waren es die Heiligen.« Sichtlich widerstrebend huckte er den Rucksack auf. »So ein Oberstleutnant beim Militär hat auch immer gesagt, ich denke, also bin ich. Ich denke, also bin ich, meine Herren Offiziere, sagt der heilige Augustinus. Bis ich mir mal ein Herz gefasst und gemeldet habe, nicht der heilige Augustinus, Herr Oberst, vielmehr Cartesius. Er hat die Stirn gerunzelt und mir befohlen, nach dem Rapport dazubleiben. Sie glauben nicht an Gott, Herr Leutnant? Oder irre ich mich da?«

Aber das hatte die Mutter bestimmt nicht mehr gehört, denn sie war mit den Koffern davon, und noch ehe der Vater seinen Mantel über den Arm gehängt hatte, war sie längst weit voraus. Sie hätte es nicht einfach durchgehen lassen, dass sich irgendein Oberstleutnant erdreistet hatte, dem Vater etwas vorzuwerfen.

Und das war die einzige Stelle, die unter diesen Weiden, an die ich mich erinnerte, weil ich dort die Schuhe ausgezogen hatte und weiter barfuß gegangen war. Die Schuhe hatte ich, wie mir die Mutter aufgetragen hatte, in die Jacke gewickelt, sie auf den Rücken genommen und mit einer Hand die ineinander geschlungenen Ärmel über der Brust festgehalten, in der anderen trug ich ein Köfferchen. Danach hatten wir noch kürzer oder länger Rast gemacht und sogar die versprochenen Eier gegessen, der Vater drei, ich zwei, die Mutter eins, in irgendeinem Dorf war sie in eine Kate gegangen, um Milch zu kaufen, aber nirgendwo war etwas vorgefallen, das sich mir eingeprägt hätte und wobei ich den Schuh verloren haben konnte.

Die Sonne stand im Zenit, als wir das Dorf erreichten, in dem das Gemeindeamt war. Und als die Mutter bei einer Kate am Weg einen Schwengel sah, rief sie:

»Oh, ein Brunnen! Wartet, ich geh nur fragen, dann kannst du dir die Füße waschen und die Schuhe anziehn. Wie sieht das aus, der Vater will eine Stellung antreten, und du bist barfuß.« Und sie setzte die Koffer ab und betrat die Kate. »Sie erlauben es«, sagte sie, als sie zurückkam. »Vielleicht fände sich sogar eine Unterkunft bei ihnen. Sie lagern Kleie und Korn drin, das würden sie auf den Boden schaffen. Ziemlich klein, aber für den Anfang wärs recht.«

Wieder griff sie sich die Koffer, stieß das Zauntürchen auf. Den Vater hieß sie, sich auf die Bank vor der Kate zu setzen, stellte die Koffer neben ihn.

»Du ruh dich aus, du bist irgendwie blass. Vielleicht reibst du dir ein bisschen die Backen, damit du Farbe kriegst. Bei der Gemeinde denken sie noch, du bist krank.«

Sie ließ den Eimer am Schwengel hinab, zog ihn herauf und, den vollen Eimer gegen die Einfassung lehnend, rief sie nach mir:

»Komm her mit deinen Schuhen, Piotrek! Bring das Handtuch mit der Seife mit. Es ist in dem Netz, das der Vater getragen hat.«

Als ich die Jacke aufband, erstarrte ich vor Entsetzen. Es war nur ein Schuh darin. Der rechte. Ich breitete die Jacke auf dem Boden aus und begann sie abzutasten, hier, dort, als könnte der andere, linke, irgendwo darin versteckt sein.

»Na, komm schon«, trieb sie mich an, und als sie sah, dass ich nach etwas in der Jacke suchte, fragte sie besorgt: »Ist was?!«

»Es fehlt wohl ein Schuh« sagte der Vater, der zusah, wie ich dicht neben ihm mit dieser Jacke rang. Er sagte es normal, nachgerade seltsam gelassen: »Der linke, nicht wahr?« Er nahm nur den Hut vom Kopf und strich sich mit der Hand über die schweißnasse Stirn.

»Was denn, der eine ist da, und der andere sollte nicht da sein?« fragte die Mutter ungläubig. Und mit einemmal ließ sie den vollen Eimer fahren, der vom Brunnenrand in die Tiefe stürzte und krachend irgendwo unten aufschlug, und kam zu mir gerannt.

»Zeig schon.« Sie riss die Jacke vom Boden und begann sie zu schütteln. »Großer Gott!«

Sie stellte den einen Schuh auf die Bank neben den Vater, doch gleich stellte sie ihn auf die andere Seite, dann verrückte sie ihn wieder.

»Vielleicht ist er irgendwo hier?«

Sie beugte sich unter die Bank.

»Rutsch mal«, befahl sie dem Vater. »Er kann rausgefallen sein, wie du die Jacke aufgebunden hast.«

Erneut schnappte sie sich die Jacke.

»Oder hast du ihn vielleicht in den Koffer gesteckt, erinnerst du dich nicht?«

Sie fing an, alles aus meinem Köfferchen zu zerren, dann aus dem Netz, das der Vater getragen hatte, und wiederholte mit wachsender Verzweiflung:

»Großer Gott! Großer Gott! Ich hab gesagt, geh nicht barfuß! Der Boden ist schon kalt, wir haben Herbst! Großer Gott!«

Dann den Rucksack des Vaters, dann auch die beiden Koffer, die sie selbst getragen hatte, alles durchwühlte sie.

»Womöglich ist er dir rausgefallen, wie wir hier rein sind.«

Die Augen fest auf den Boden geheftet, rannte sie zu dem Zauntürchen.

»Warst du nicht hier? Oder vielleicht hier?« fragte sie mich ein ums andere Mal ratlos, während sie den Hof absuchte, den Brunnen umrundete, obwohl ich bis zum Brunnen gar nicht gekommen war. »Vielleicht liegt er irgendwo auf dem Weg.« Und sie stieß das Türchen auf und rannte hinaus.

Eine ganze Weile kam sie nicht zurück. Der Vater saß schweigend, nahm immerfort den Hut ab und wischte sich den Schweiß von der Stirn. Ich stand da und starrte zu Boden und traute mich nicht, zu dem Türchen zu schauen, hinter dem sich die letzte Hoffnung verbarg.

Zuerst vernahmen wir vom Weg her ein dünnes Wimmern:

»Oje, ojemine. Ojemine!«

Wieder nahm der Vater den Hut ab, wischte sich den Schweiß von der Stirn, doch er setzte ihn nicht wieder auf. Mich überlief es kalt. Ich sah in die Richtung, aus der das Wimmern kam. Über den Zaunspitzen glitt der gebeugte Kopf der Mutter vorbei, und mir war, als sollte die Mutter nie mehr hinter diesem Zaun auftauchen, über seinen Spitzen würde nur immer ihr Kopf vorbeigleiten und leise wimmern:

»Oje, ojemine. Ojemine!«

Plötzlich stieß sie das Türchen auf, und mich ergriff ein seltsames Gefühl der Rührung. Ihre Augen standen voller Tränen, aber sie weinte nicht, dafür war mir nach Weinen zumute. Sie erkannte es offenbar an meiner Miene, denn sie blickte mich mit schmerzlichem Vorwurf an: »Wein nicht, mein Kind. Vielleicht finden wir ihn noch.« Und sagte scharf: »Wir gehen.«

Der Vater, überzeugt, wir gingen zur Gemeinde, erhob sich von der Bank, setzte den Hut auf, griff nach dem Rucksack, um ihn aufzuhucken.

»Du bleibst«, bestimmte sie. »Du ruh dich aus. Gib auf die Sachen acht. Die Tropfen sind in dem Köfferchen, gleich am Rand, vergiss nicht, sie zu Mittag einzunehmen. Bitte die Bäuerin, dass sie dir Wasser gibt. Vielleicht hat er ihn in der Nähe verloren, dann sind wir bald zurück.«

»Wo willst du hin?« sagte der Vater seufzend, denn es tat ihm um die Mutter leid. »Du läufst dir nur die Beine ab. Und wenn er ihn am Anfang verloren hat? Willst du so ein Ende gehn? Verloren hat er ihn, na schön. Daran ist nichts zu ändern. Wir lassen ihm neue machen.«

»Und für was?!« platzte sie heraus.

»Ich werd doch die Stellung haben.«

»Du hast dir immer mehr vorgestellt als du hinterher gekonnt hast.« Und dichte Tränen brachen aus ihren Augen. Doch sie bereute wohl ihre Worte, denn sie wischte sich die Augen rasch und sagte: »Kann sein, wir finden ihn noch, wenn nicht gleich, dann ein Stück weiter.«

Doch sie konnte nicht an sich halten, wieder und wieder wischte sie sich die Augen, und die Tränen strömten und strömten.

Der Bauer erschien in der Katentür.

»Ist was passiert?«

»Der Junge hat einen Schuh verloren.«

»Einen?« fragte der Bauer, als wäre das von Bedeutung. »Den rechten oder den linken?« fragte er, ebenso sinnlos. »Deibel eins. Den linken« Er kratzte sich den Kopf, als wüsste man nicht, sei das nun schlechter oder besser. »Deibel eins«, wiederholte er. »Aber weinen hilft nicht. Ihr findet ihn. Wer ist schon auf einen einzelnen Schuh aus. Dazu den linken. Linkshänder hats gar nicht viel. In unserm Dorf sinds wohl ganze drei.« Und er begann, sie an den Fingern abzuzählen, doch er kam nur auf zwei, den dritten konnte er irgendwie nicht finden, obwohl er in einem fort sagte: »Wer ist der dritte? Deibel eins, wer ist der dritte?« Er rief zur Stube hin: »Zośka! Weißt du nicht, wer bei uns im Dorf Linkshänder ist?«

In seinem Rücken erschien die Bäuerin.

»Zu was brauchste denn Linkshänder?«

»Tja, weil der Junge einen Schuh verloren hat.«

»Barmherziger Gott!« Sie trat aus der Tür und vor den Bauern. »Und, warn es gute?«

»Neue«, sprach der Vater.

»Barmherziger Gott! Dann lauft und sucht. Für welche von den Soldaten wolln sie zehn Liter Fusel. Einer verkauft sie dir, ein andrer kommt und nimmt sie dir wieder weg, weil, sie gehörn dem Militär. Für ihn wärn sie auch zu groß, die haben alle große Latschen. Barmherziger Gott! Immer den gleichen Weg geht. Den gleichen Weg zurück, dann findet ihr ihn. Vielleicht hat ihn schon einer gefunden und auf den Zaun gesteckt oder auf den Weg hingestellt. Das machen die Leute, wenn sie was finden.«

»Ja früher mal«, sagte der Bauer. »Jetzt brauchst du für jede Kate ein Vorhängeschloss. Drum wärs besser, es hat ihn keiner gefunden, denn wenn einer ihn findet, findet ihr ihn nicht mehr.«

»Und beten müsst ihr auf dem ganzen Weg«, riet die Bäuerin noch.

»Meinen Mann lass ich euch da«, sagte die Mutter. »Gebt ihm etwas Wasser, er muss seine Tropfen nehmen.«

»Ist schon recht, soll er bleiben«, sagte die Bäuerin freundlich. »Zu was sollt ihr alle los. Ich bring ihm gleich ein bisschen Sauermilch raus. Und betet auch ja.«

Zweifel befielen die Mutter, als wir die letzte Kate hinter uns gelassen hatten und uns zwischen kahlen Feldern befanden, die, gewebt aus grün-gelb-grauen Streifen, zu beiden Seiten weit in die Ferne reichten.

»Sind wir hier entlang?« sagte sie leise, als befragte sie sich selbst und ließ den Blick bang über diese Felder schweifen.

Ihre Hand packte nun fest zu. Denn sie hatte mich gleich an der Hand genommen, als wir uns von der Kate, vor der der Vater zurückgeblieben war, entfernten, obwohl sie mich selten an die Hand nahm.

»Hast du wenigstens noch den Nichtverlorenen?« fragte sie. »Gib auf ihn acht, wenn du den noch verlierst, hats keinen

Sinn, weiterzugehen. Sowie wir einen treffen, müssen wir fragen, ob wir hier entlang sind. Hinzu ist mir das irgendwie anders vorgekommen.«

Je weiter wir uns von dem Dorf entfernten, umso mehr quälte sie diese Ungewissheit, ob es auch derselbe Weg war.

»Erinnerst du dich nicht?« fragte sie besorgt, da waren wir schon weit, denn als ich mich umsah, war das Dorf schon ganz zusammengeschrumpft, nicht mal die Fenster der letzten Kate sah man mehr, nur der Schornstein hob sich noch blaß von ihrem Strohdach ab. »Hier muss doch das Feld gewesen sein? Es war gepflügt und zog sich weit, weit hin. Eine Menge Krähen waren drauf. Hier ist einer reich, hab ich gesagt, so ein langes Feld.«

»Es ist auf dieser Seite«, sagte ich.

Ängstlich sah sie zur anderen Seite.

»Wahrhaftig.« Mir schien, als seufzte sie erleichtert, aber es war, wie ich mich gleich überzeugen sollte, nicht Erleichterung. »Wahrhaftig«, wiederholte sie. »Wie sich so ein Feld verändern kann, je nachdem, ob man in die oder in die Richtung geht.« Und sie verlangsamte den Schritt und betrachtete eindringlich dieses Feld, als geschähe dort etwas, das nur sie sah, vielleicht versuchte sie auch einfach zu glauben, dass es dasselbe Feld war, an dem wir auf unserm Weg zu dem Dorf vorbeigekommen waren.

»Wahrhaftig. Sieh einer an.« Noch immer staunte sie über dieses Feld und verlangsamte noch mehr den Schritt, und wenn uns wer begegnet wäre, hätte er nie vermutet, dass wir etwas suchten. »Wahrhaftig.« Und im selben Moment lebte die Ungewissheit wieder in ihr auf. »Aber das dort, mein Sohn, war irgendwie länger. Bei dem hier würd ich nie und nimmer sagen, der muss reich sein. Von wegen reich, ein Ende Sand. Kartoffeln, ja, die gibts noch her. Aber nur, wenn das Jahr feucht ist. Bei dem dort hat die Erde geglänzt vor Fett. Und Krähen sind auch keine drauf.«

»Vielleicht sind sie weggeflogen.«

»Ach geh, von einem fetten Boden fliegen die nicht so leicht weg. Ein fetter Boden steckt voll von diesem Dreckszeug, da haben sie zu tun. Und so lang sind wir noch nicht unterwegs.« Und sie legte meine Hand von ihrer Rechten in ihre Linke und streckte den rechten Arm in die Höhe. »Da stand die Sonne, und jetzt steht sie hier. Eine Elle vielleicht, die sie weitergerückt ist, mehr nicht.«

Da fiel mir in einiger Entfernung ein gewaltiger Stein auf, der das Feld gegen einen schmalen grünen Streifen abgrenzte. Ich sagte:

»Da, derselbe Stein, Mama, wie auf dem dort. Du hast noch gesagt, die müssen sich arg in den Haaren haben, wenn sie so einen Brocken zwischen sich legen.«

Sie sah kurz und unwillig zu dem Stein hin, nahm meine linke Hand wieder in ihre Rechte und sagte kurz:

»Mag sein.« Und zog mich weiter. »Komm schneller, so ein Suchen führt zu nichts. Wir gucken uns Steine an, und der Schuh witscht uns unter den Füßen durch.«

Und nach einem Dutzend Schritten riss sie regelrecht an meiner Hand.

»Kein Wunder, du musstest ja den Schuh verlieren, wenn du das alles so gesehen hast. Ich hatte keine Zeit, so in der Gegend rumzugaffen, nur vorwärts, vorwärts. Und noch mit zwei Koffern.«

Wir hatten das Feld ein gut Stück hinter uns gelassen, und ab und zu blickte sie jetzt furchtlos auf den Weg zurück, und ihr Gesicht war friedfertig und nur etwas bekümmert, und meine Hand spürte nicht, dass sie etwas quälte, und sie ermahnte mich ruhig:

»Guck vor deine Füße, mein Sohn. Aber schau auch auf die Ränder. Wenn er dir aus der Jacke gefallen ist, liegt er am Weg, er ist ja nicht davongeflogen.«

Jener Stein lag schon lange hinter uns, und die Mutter sah sich nun auch nicht mehr nach den Feldern um. Ich dachte also, ihre anfänglichen Zweifel, ob dies derselbe Weg war, seien restlos verflogen und nur der verlorene Schuh nehme sie noch in Anspruch. Deshalb begriff ich im ersten Moment nicht, worum es ihr ging, als sie unverhofft meine Hand losließ und sagte:

»Du bleibst hier stehen. Und rührst dich nicht.«

Und sie entfernte sich mit hastigen Schritten, als hätte sie plötzlich irgendwo dort, in einer Fahrrinne auf dem Weg, den Schuh erblickt und wollte ihn schleunigst fassen. Sie war ein Stück gegangen, drehte sich zu mir um, ob ich auch noch stand, und befahl mir wieder:

»Du bleibst dort stehen. Und rührst dich nicht.« Und nach einem weiteren Dutzend Schritten wandte sie sich abermals um: »Steh, hab ich gesagt.«

»Ich steh doch!« brüllte ich zurück.

Ich sah, wie sie sich entfernte, und noch immer konnte ich nicht begreifen, weshalb sie mir befohlen hatte, hier stehenzubleiben und mich nicht zu rühren. Mir war sogar, als beschleunigte sie den Schritt und entfernte sich noch rascher. Angst würgte mich, sie wolle mich vielleicht hierlassen, zur Strafe für den verlorenen Schuh, und ich schrie ihr nach:

»Mama!«

Sie drehte sich um.

»Steh, hab ich gesagt!«

Sie langte bei einem Baum an, wahrscheinlich einer Weide, denn nur Weiden waren uns auf dem Weg begegnet, und das brachte sie wohl zum Stehen. Sie machte kehrt und kam zurück, nunmehr ohne Eile, Fuß vor Fuß, und sah sich aufmerksam die Felder an.

»Vielleicht sind wir doch hier entlang«, sagte sie, während sie auf mich zu kam, der ich, wie mir geheißen, noch am selben Fleck stand. »Da, sogar das Schwalbenkraut wuchs, glaub ich, hier am Rand. Ich hab noch gedacht, du hast eine Warze an der Hand, die muss ich dir mit Schwalbenkraut einreiben. Aber erst, wenn der Vater die Stellung angetreten hat.«

Fast demütig fand sie sich damit ab, dass wir auf diesem Weg gekommen waren, jedenfalls sah sie nicht erleichtert aus. Aber nicht der Argwohn, ob es derselbe Weg sei, hatte sie dazu bewegt, den Weg zu prüfen. Es war die Angst gewesen, ob wir den Schuh wirklich fänden, die sie umgemünzt hatte in Argwohn gegen den Weg. Das machte sie übrigens immer so, ihre Kümmernisse, jedenfalls die, denen sie sich hilflos ausgesetzt sah, verlagerte sie gleichsam in eine andere, sanftere Sphäre, übertrug sie auf andere Fälle, Umstände oder andere Personen, und verkehrte sie dabei oft in ihr genaues Gegenteil. Deshalb konnte sich der allertiefste Schmerz bei ihr als Lebensfreude offenbaren.

Als ich Anna das erste Mal in unser Haus oder vielmehr in unser Souterrain mitbringen wollte, hatte sie zunächst Staunen vorgetäuscht, als überträfe das ihre kühnsten Erwartungen. Danach hatte von Tag zu Tag die Unruhe in ihr zugenommen, aber nicht die, die sie tatsächlich fühlte. Sie zermarterte sich, ob sie auch alles gerichtet hatte, wie sichs gehört, und immer fand sie noch etwas Neues, obwohl sie schon große Wäsche gewaschen, die Wände geweißt, den Fußboden geschrubbt, den Herd gesäubert, ausgeklopft hatte, was es auszuklopfen gab, obwohl sie Staub gewischt, das Stroh in den Strohsäcken gewechselt, die Betten bezogen und in den Ecken, wo die Nässe durchkam, irgendwelches Buntpapier aufgehängt hatte, rückte sie hier etwas um, dort etwas um, und am Tage von Annas Besuch ging sie morgens noch einmal los und brachte einen riesigen Blumenstrauß an, den sie in einer Vase auf den Tisch stellte, aber das wäre zu verstehen gewesen. Vor allem jedoch drangsalierte sie mich mit ihren Bedenken, was sie sagen, wie sie Anna begrüßen, ob sie ihr nur die Hand geben oder sie vielleicht küssen sollte, ob sich ein Weilchen zu uns setzen oder gleich Tee und Kuchen servieren, denn auch einen Kuchen hatte sie gebacken, ob sie Anna Fragen stellen sollte und wonach, denn bloß nicht zu viel fragen, oder sich zuganzallererst anhören, was Anna selbst sagt, ob sie herzlich lächeln oder vielleicht am Anfang ernster sein sollte.

Sie lag schon im Bett und schien zu schlafen, da erreichte ein Seufzer tiefster innerer Zerrissenheit mein Ohr:

»Vielleicht komm ich doch besser an die Tür, wenn ihr anklopft, und mach euch auf. Und sag nicht nur durch die Tür Herein?«

»Quäl dich nicht rum mit Albernheiten. Schlaf.«

»Das sind keine Albernheiten, mein Sohn. Denn siehst du, wenn sie mir Guten Tag sagen würde, könnte ich sagen, nur keine Begrüßung über die Schwelle, nicht über die Schwelle, Gott behüte, das bringt womöglich Unglück. Aber ich würde lächeln, damit es nicht wie eine Warnung klingt. Sie wird doch wissen, dass man sich über die Schwelle nicht begrüßt. Und vielleicht würde sie auch lächeln. Sind das Albernheiten? Manchmal ist es so ein erster Augenblick, und der hat dann Gewicht fürs ganze Leben. Nicht mehr für meins, meins ist schon gewogen. Für deins, also für eures. Wenn der Mensch könnte, wie er wollte, er würde manchen ersten Augenblick gern zurückdrehen. Er meint, ihm fliegt eine Mücke vor der Nase vorbei, dabei hat sich die Schlinge um seinen Hals schon zugezogen. Albernheiten sind das nicht, mein Sohn.«

Das Sonderbarste aber war, dass sie sich nicht mehr mit den Fräulein Poncka traf, als sei sie ihnen wegen etwas gram.

»Wieso besuchst du unsere Damen nicht mehr?« fragte ich.

»Wozu?« knurrte sie, ohne sich auf ein Gespräch einzulassen.

Doch auch die Fräulein Poncka hatten die jähe Veränderung bemerkt, denn sie liefen sichtlich beunruhigt umher, ja sie mieden uns, als fürchteten sie, es sich noch mehr mit der Mutter zu verderben, obwohl es sonst keinen Tag gab, da die eine oder die andere nicht bei uns hereinplatzte, oft auch mehrmals am Tag.

Ich kam eben aus der Schule, da rief mich Ewelina, dic wohl schon auf mich lauerte, denn das Fenster sprang unter einem leichten Fingerdruck auf, hinter den Geranien verborgen, leise zu sich:

»Herr Piotr. Herr Piotr. Bitte, kommen Sie mal. Wissen Sie nicht, weshalb die Mama gekränkt ist?«

Ich zuckte die Achseln.

»Wieso soll sie gekränkt sein?«

»Aber ja, sie ist. Es tut uns so leid. Das Schlimmste ist, wir wissen nicht, weshalb.«

Das quälte sie offenbar arg, denn anderntags fasste sich Róża ein Herz und erschien unverhofft und begann, als wäre nichts geschehen, gekünstelt munter, die Mutter gleich an der Tür regelrecht anzuflehen, ihnen noch einmal das Rezept für diese Quarktorte zu geben, sie hats ihnen schon einmal gegeben, sie habens bloß verlegt. Ach, was für eine göttliche Torte, wem sie sie vorgesetzt haben, jeder hat zugelangt. Jetzt wollen sie wieder backen, sie bekommen lieben Besuch, dem sie viel verdanken, den möchten sie mit etwas Ausgefallenem bewirten. Sie dachten, am besten mit dieser Quarktorte, deren geradezu göttlichen Geschmack sie noch auf der Zunge haben.

Das hatten sie sich schlau ausgedacht, denn Rezepte, nicht nur für Quarktorten, gehörten zu den größten Schwächen der Mutter. Wer sie begütigen wollte, wenn sie zornig, gekränkt, traurig war oder gar weinte, oder sich einfach in ihre Gunst einschleichen, der brauchte sie nur um ein Rezept zu bitten, das sie ihm verraten solle. Ja, verraten. Denn sie gab es nicht weiter oder borgte es aus. Sie hütete diese Rezepte wie Geheimnisse und verriet sie nur in Ausnahmefällen. Zumindest aber zögernd und nicht jedem. Sie musste jemanden für vertrauenswürdig halten, oder sie war jemandem besonders zugetan, oder sie handelte einen Moment lang unbedacht. Letzteres warf sie sich hinterher immer bitter vor:

»Und ich hab ihr das Rezept für die Ente mit Sauerkirschen verraten. Ich war nicht recht bei Trost.«

Sie besaß mehrere dicke Hefte, angefüllt mit Rezepten, und einen alten Schuhkarton voller Ausschnitte aus den Zeitschriften »Efeu« und »Die Dame«, die der Vater ihr vor dem Krieg regelmäßig gekauft hatte, denn selbst hätte sie nicht einen Groschen für derartige Gelüste ausgegeben. Wenn er sie mitbrachte, versäumte sie es nie, obwohl die Freude in ihren Augen flackerte, ihm Vorhaltungen zu machen:

»Was gibst du so viel aus. Eine hättest du kaufen sollen, das hätte auch gereicht.«

Die Rezepte waren ihr Stolz, zumal sie ihr Ansehen unter den Bekannten verschafften, die sich oft an sie wandten, was sie backen, was kochen sollten, oder sie überhaupt um Rat fragten, der Namenstag des Mannes, ein Jubiläum steht bevor, es kommen Gäste, ganz zu schweigen von Weihnachten, Ostern, denn dann rühmten und priesen sie die Mutter, kein Kochbuch könne mithalten mit ihren Rezepten.

Diese Rezepte hatte sie mit zu den Großeltern aufs Dorf genommen, als wir zu Beginn des Krieges dorthin geflüchtet waren, obwohl wir von unserer ganzen Habe nur so viel hatten mitnehmen können, wie unsere Hände trugen. Sie hatte diese Rezepte auch nicht vergessen, als wir mit dem Anrücken der Front umgesiedelt worden waren, wenngleich jeder bei fast jedem Ding überlegte, mit oder nicht mit, denn zu viel konnten wir nicht auf die Fuhre nehmen bei einer ganzen Wirtschaft und so vielen Familien. Sie aber hatte, was die Rezepte betraf, keinen Zweifel gehabt, mit oder nicht mit, und sie als erstes in den Koffer gepackt.

Und selbst damals, als wir zu dieser Gemeinde aufgebrochen waren, wo der Vater die Stellung hatte antreten sollen, und wir nur das Allernötigste mitnahmen, für die paar Tage, bis uns der Großvater, wie abgemacht, den Rest nachbrächte, hatten sich die Rezepte wieder als das Allernötigste erwiesen, obwohl sie fast einen halben Koffer belegten. Die Mutter ging sogar leicht auf die Seite geneigt, auf der sie diesen Koffer trug, und von Zeit zu Zeit nahm sie ihn in die andere Hand.

Und diese Rezepte waren dann mit uns zurückgekehrt, als eins von den wenigen Dingen, die all die Wanderungen überstanden hatten, als die Front nach Westen weitergezogen war und wir endlich zurück konnten.

Darum vermochte ich mich, als ich sie nach ihrem Tod im Herd verbrannte, auch des Gefühls nicht zu erwehren, es seien Blätter aus ihrem Tagebuch, die mir da durch die Finger glitten. Denn es war die einzige Aufzeichnung, die die Mutter hinterlassen hatte. Mir kamen sogar Tontafeln von Ausgrabungen in den Sinn, die mit den Symbolen von Speisen beschrieben worden waren, um jeden auf eine falsche Fährte zu führen, der versuchte, ihnen ihr Geheimnis zu entreißen. Und so konnte ich lediglich vermuten, sie habe ihre geheimsten Gedanken, Seufzer, Sehnsüchte, Kümmernisse, Ängste, Tränen darin verborgen, die sie weder dem Vater noch mir anvertraute, die sie, vielleicht, gar vor sich selbst verbarg. Doch der Erkenntnis sind Grenzen gesetzt, wäre ich also imstande, wirklich etwas zu enträtseln? Und obgleich ich manche von diesen Rezepten, bevor ich sie ins Feuer warf, ein paarmal las, mich in sie vertiefte, um hinter dem ganzen wie viel Mehl, wie viel Eier, wie viel Butter, wie viel von dem und dem, bis hin zu den scheinbar allerbanalsten Einzelheiten – kaltstellen, kaltstellen, kaltstellen –, etwas zu erraten, aufzuspüren, entnahm ich ihnen nicht viel mehr, als was mir meine Phantasie eingab. Mitunter ertappte ich mich dabei, wie ich so ein Rezept stumpf vor mich hin hielt und schwankte, ins Feuer werfen oder es noch mal lesen, als erwartete ich, es flüstere mir vielleicht von allein jenen traurigsten aller Sätze ein, den ich jemals von ihr gehört hatte:

»Was soll ich dir erzählen, du kannst mir doch nicht helfen.«

Nur eine Mohntorte mit Schokoladenguss, ein Schweinebraten in Bechamel, mit Käse überbacken, ein Karpfen à la Radziwill, eine pikante Kürbissuppe, ein Admiralsomelett, Pfirsiche in Gelee, eine Weincrème, mehr nicht, und dennoch hatte ich den Eindruck, ich stünde hier vor einem Geheimnis, das nicht zu ergründen sei, nicht zu ergründen, weil es so denkbar einfach aufgezeichnet worden war, dass es nicht mehr die allerkleinste Spur von ihr selbst enthielt.

Die Herdplatte glühte rot, in dem sonst feuchten, kalten

Souterrain, aus dem es mich oft genug hinausgetrieben hatte, war es behaglich warm. Ich hatte nicht bemerkt, wie es Abend geworden war. Aber ich wollte nicht aufstehen, um Licht zu machen. Wozu? Ich hatte die Augen voll Licht, wie ich da saß, vor dem offenen Türchen, den hungrigen Flammen gegenüber, obendrein auf dem selben Schemel, auf dem sie stets gesessen hatte, wenn sie Holz nachlegte, die Asche aus dem Kasten kratzte oder wenn sie, ein notdürftig zurückgehaltenes Weinen in den Augen, aus der Stadt heimkam und ihm nun irgendwo in einer Ecke erlaubte, sich auszuweinen.

Seltsam, mag sein, doch hin und wieder überkam mich ein bis dahin nicht gekanntes Gefühl des Friedens, so als trüge mich dieses Licht der Flammen, das aus dem offenen Türchen drang, und dieser rote Schein, der über der glühenden Herdplatte aufstieg, in die Zeit vor meiner Geburt zurück oder hinaus in die Zeit nach meinem Tod, was ja das gleiche ist. Und ich fühlte mich wohl. Oder die Zeit war nur stehengeblieben, denn der Stapel von Rezepten, den ich mir unter dem Herd zurechtgelegt hatte, war kaum kleiner geworden. Nie hätte ich vermutet, dass sie solche Mengen davon besaß. Bis an ihr Lebensende hatte sie sie gesammelt, auch nach dem Tod des Vaters und als ich schon zum Studium gewesen war und danach, sooft ich sie besuchte, immer hatte sie mich gebeten, wenn ich wieder fuhr:

»Bring mir ein paar alte Zeitungen mit, wenn du das nächste Mal kommst.«

»Alte willst du lesen?« erwiderte ich verwundert, obschon ich wusste, worum es ihr ging.

»Vielleicht sind irgendwelche Rezepte drin. Die aus den alten sind die besten.«

Sie schrieb diese Rezepte ab, schnitt sie aus, wo immer sie konnte, übernahm sie von Bekannten, Nachbarinnen, die meisten aber stammten von den Fräulein Poncka. Sie hielt diese Rezepte nicht nur in Heften fest, sondern auf losen Zetteln, auf Zeitungsrändern, auf Fetzen von Einkaufstüten, auf

Kalenderblättern und oft auch auf unbeschriebenen Stellen in Briefen, von mir oder von Anna. Auf Postkarten mit Glückwünschen oder mit Grüßen überschrieb sie die Glückwünsche und Grüße bis an die Ränder, ja sie schrieb zwischen die Zeilen und um die Anschrift herum. Später dann nahm sie nur noch die Glückwünsche und Grüße von mir und von Paweł und unsere Briefe. Auf eine Ansichtskarte mit der Akropolis, die ihr Paweł von einer Fahrt nach Griechenland geschickt hatte, zwischen seine weit auseinander stehenden Wörter »Liebe Großmama, die herzlichsten Grüße aus dem Land Apolls sendet Dir Paweł. Ich küsse Deine Hände«, hatte sie geschrieben: zwei Glas Mehl, vier Eier, ein Viertel Butter, Rosinen, Mandeln, das Eigelb getrennt schlagen…

Nicht nur die beiden Koffer, die sie auf dem Weg zu der Gemeinde getragen hatte, damals, als der Vater die Stellung hatte antreten sollen, waren damit gefüllt gewesen. Wo immer ich nachsah, was ich auch öffnete, überall lagen Rezepte. In allen Schubladen, im Tisch, in der Kredenz, auf allen Borden, unter den Betten, im Schrank zwischen der Wäsche, selbst auf dem Schrank fand ich einen vergilbten, verstaubten Stoß, was besagte, dass sie sie dort abgelegt und nie wieder hineingeblickt hatte. Ein ebensolcher Stoß war hinter das Bild mit dem Meer geklemmt, das Anna und ich ihr zum Geburtstag mitgebracht hatten, sie hatte sich so sehr wenigstens ein kleines Bild mit dem Meer gewünscht, sie liebt das Meer so sehr, nicht einfach bloß mehr als die Berge, das Meer, da kann sie schauen und schauen, vor den Bergen fürchtet sie sich, obwohl, gewesen ist sie weder da noch dort. Eine Rezeptrolle, mit einem zur Schleife gebundenen roten Band verschnürt, als habe sie sie jemandem schenken wollen und es vergessen, steckte in der Kristallvase, die, wer weiß warum, hinter dem Pfosten am Kopfteil ihres Bettes stand. Auch im Gesangbuch hatte sie bei einzelnen Gebeten als Zeichen Zeitungsausschnitte mit Rezepten eingelegt. Ein Rezept für Kartoffeln »nach Maxim« fand ich sogar in ihrer Manteltasche.

Gierig raffte das Feuer all diese Marmeladen, Kuchen, Suppen, Fleischgerichte und Nachspeisen an sich, und während ich zusah, wie es sich an den Rezepten sättigte, hatte ich deutlich das Gefühl, erst jetzt verlasse mich die Mutter wirklich, mit jedem dieser zu Asche zerfallenden Rezepte trete auch sie für immer weg ins Nichts. Plötzlich hörte ich sogar, wie sie zum Abschied sagte:

»Ich muss das einmal machen. Vielleicht zu deinem Namenstag.« Wie zum Dank für die alte Zeitung aus der sie sich das Rezept ausgeschnitten hatte.

Als wir noch bei den Großeltern auf dem Dorf wohnten, hatte sie hin und wieder, besonders an Sonntagnachmittagen, gern laut solche Rezepte vorgelesen, durchaus nicht in der Absicht, jemandem etwas aufzuschwatzen oder Appetit zu machen, sondern bloß so, um zu sagen:

»Hört mal, das muss vielleicht gut sein. Ich muss das einmal machen.«

Die Großmutter konnte sich nie genug wundern, was alles zu einem Kuchen oder einer Speise nötig war, und seufzte in einem fort:

»Heilige Jungfrau, was eine Menge Zeugs. Heilige Jungfrau…«

Tante Marta ärgerten die Rezepte:

»Zu was liest du das vor? Du weißt doch, wie man hier isst.«

Nur Tante Jadwinia war stets voll gutwilliger Bereitschaft, etwas nach diesen Rezepten der Mutter zu braten oder zu kochen, und wusste für alles einen Rat:

»Lass den Stefuś nur erst mit dem Beuteln fertig sein, dann braten wir eine. So oft hat michs schon gejuckt, ich leg der Glucke ein paar Enteneier unter. Wir könnten zum Sonntag eine Ente braten. Vielleicht tausch ich mit der Marcowa. Eine was kleinere Gans gegen eine Ente, die braten wir dann. Man muss auch mal was Bessres essen, damit man weiß, wie andre leben. Sind wir denn schlechter? Oder wir schlachten mal wieder ein Schwein. Dann geb ich keinem mehr was von den

Koteletts ab, und wir machen das. Zwei Kilo schreiben sie? Das merk ich mir. Zu Weihnachten machen wir das. Bis Weihnachten ist zu lange hin? Dann halt zu Ostern. Zu Pfingsten.«

Bei dieser gutwilligen Bereitschaft von Tante Jadwinia blieb es jedoch, und wir aßen weiter, was wir gegessen hatten, Mehlsuppe, Kartoffelsuppe, Quarkknödel, Grütze mit Milch, mit Speck, manchmal Piroggen, und nur am Sonntag wurde ein Hahn geschlachtet.

Der Großvater indes setzte den Rezepten der Mutter stets das Brot entgegen:

»Hauptsache Brot is da, mehr brauchts nich. Zu was noch mehr erfinden und den Herrgott kränken.«

Mit diesem Brot regte er Onkel Władek auf, der sich, wie stets, verpflichtet fühlte, dem Großvater zu widersprechen, besonders, wenn es um Gott ging:

»Der Herrgott und Brot, was wirschte das vermengen, Vater. Der Herrgott hätte ooch lieber Wurscht und Butter druff, anstatt trocknes. Und wenn er täte mähen, würden wer ja sehn, ob er bei trocken Brot mit seiner Sense weiterkommt wie een paar Dutzend Schritte. Wie der Mensch so der Herrgott, er is gestorben wie ein Mensch, da muss er ooch essen wie er arbeitet. Der rackert sich mit der Welt nich weniger ab wie wir mit der Ernte.«

Die Mutter hielt Tante Jadwinia jedoch niemals vor, dass sie versprochen hatte, etwas nach ihren Rezepten zu braten oder zu kochen. Und wenn sie eines Sonntagnachmittags, in den Rezepten blätternd, wieder etwas vorlas, und Tante Jadwinia wieder versprach, das braten oder das kochen wir, nahm sie das im besten Glauben auf, ja, sie legte das Rezept ganz obenauf, um nicht zu vergessen, dass sie das braten oder kochen wollten.

Ich hatte den Verdacht, in Wahrheit sei es ihr wohl nicht wichtig, ob sie etwas braten oder kochen würden, und ich konnte das beim besten Willen nicht verstehen. Außerdem brachte die Mutter Tante Jadwinia unter allen Mitgliedern der

Familie ein besonderes, fürsorgliches Verständnis entgegen und nahm sie stets in Schutz, besonders vor Tante Marta, die Tante Jadwinia nicht mochte. Manchmal hörte ich auch, wie sie Tante Jadwinia, wenngleich unnötig, vor Onkel Stefan lobte:

»Eine gute Frau hast du abgekriegt, Stefan. So jung und hat für jeden ein Herz. Sei du auch gut zu ihr.«

Und Onkel Stefan, der viel jünger war als die Mutter, jünger auch als Onkel Władek, und der auf dem Foto aus jenen Jahren noch weich, noch glatt aussieht, als wäre er der Kindheit eben erst entwachsen, lief bei ihren Worten rot an, schlug die Augen nieder und sagte verwirrt:

»Tja, irgendwie ists so gekommen. Irgendwie ists so gekommen.«

Die größte Freude jedoch bereitete es der Mutter, vielleicht kam es mir auch damals nur so vor, in den Rezepten zu blättern, wenn sie mit dem Vater allein war. Sie las ihm ein Rezept laut vor und erwartete sichtlich einen Rat, ja eine Art Bestätigung von ihm:

»Hier, hör mal, vielleicht könnte ich das mal machen. Sag, würde dir das schmecken?« Es hatte im übrigen keinen Sinn, dass sie ihn fragte, denn ihm schmeckte alles, was in ihren Rezepten stand, und was immer sie ihm vorlas, er billigte alles, nickte zu allem und lobte alles, was sie lobte. »Oder das. Ich muss das einmal machen, zu deinem Namenstag, wenn du wieder gesund bist. Es kommt bestimmt teuer, aber ich machs. Vielleicht nicht gar so teuer, wenn du die Stellung erst hast. Du lädst deine Kollegen aus dem Büro ein, so wie vor dem Krieg, weißt du noch? Wir nehmen eine andere Wohnung. Hierher wirst du sie doch nicht bitten, in dieses Souterrain. Hier würde ich, glaub ich, vor Scham vergehn, auch wenn einer bloß gratulieren käme. Oder das hier, hör mal. Das muss auch gut sein.«

Und überhaupt keine Ruhe ließ sie ihm mehr mit diesen Rezepten und verstrickte ihn, so wie er mich in die Geschichten über die Schlachten, in diese ganzen Kuchen, Suppen, kalten und warmen Fleischgerichte, in Geflügel, Fisch, Pilze, Braten, Nachspeisen, als man schon mit bloßem Auge sah, dass es um seine Gesundheit von Tag zu Tag schlechter bestellt war. Denn manchmal stand er nur auf, wusch und rasierte sich, zog sich an, aß etwas zum Frühstück, nahm seine Tropfen und legte sich, bleich, erschöpft, als hätten ihn die morgendlichen Verrichtungen den letzten Rest Kraft gekostet, so wie er war, im Anzug, nur ohne Schuhe, gleich wieder auf das abgedeckte Bett, taub gegen all ihr Zureden, sich etwas die Beine zu vertreten, frische Luft zu schnappen.

Obwohl, wer weiß, ob sie nicht tief im Innern Befriedigung empfand, dass er sich nicht zu dem Spaziergang hatte überreden lassen, denn wenn er so auf dem Bett lag und nur immer zu der Stubendecke über sich starrte oder auf das Fenster vor sich, schien er irgendwie zu erwarten, dass sie anfinge, ihm diese Rezepte vorzulesen. Und was waren schon ein Spaziergang und frische Luft gegen diese Rezepte.

Also holte sie, gleichsam auf seinen stummen Wunsch, die Hefte und Kartons hervor und las ihm mit einer Stimme, die ihre tiefe Verzweiflung verriet, dies oder das Rezept vor:

»Oder das, hör mal. Was hättest du lieber, sag! Starr nicht dauernd zur Stubendecke. Starr nicht immer aufs Fenster. Na, was hättest du lieber?«

Sie quälte und quälte ihn, wenn er ihr nicht bestätigte, nicht wenigstens nickte, etwas müsse gut sein oder sich für seinen Namenstag eignen. Aber vielleicht empfand er es auch keineswegs als Qual, sondern überlegte nur, was er aus dieser Fülle auswählen sollte, und starrte zu der Stubendecke oder aufs Fenster, als erwartete er von dort eine Eingebung, denn schließlich fiele es jedem schwer, dies oder das zu wählen, besonders zum eigenen Namenstag.

Ein Rezept jagte das andere, eins überbot das andere, das eine sank, das andre stieg, und schon tauchte ein neues auf, und als man endlich meinen konnte, das sei das rechte, erschien wieder ein neues und warb, lockte, und obgleich sie sich allesamt plusterten wie eine Herde Pfauen, die wetteifern im Radschlagen, war keins imstande, über die andern zu triumphieren. Und so verließ sich der Vater, nachdem er all diese Geschmäcker resigniert über sich ergehen lassen hatte, dann auf die Mutter:

»Wähl du allein aus. Du wählst am besten. Bestimmt wird es allen schmecken.«

»Aber mir geht es drum, was dir.«

»Mir?« fragte er erstaunt. »Was dir, das auch mir. Das weißt du doch.«

Das jedoch stellte die Mutter nicht zufrieden, ja sie warf dem Vater vor, er wimmle sie ab, dabei ginge es um seinen Namenstag.

»Das sagt sich so leicht, wähl du allein. Bloß damit du deine Ruhe hast. Aber was? Ich zerbrech mir den Kopf, dies oder das, damit sie danach nicht herziehn über mich, ich hätte nichts Vernünftiges gemacht.«

In diesen ihren Vorwürfen gegen den Vater lag deutlich auch Bitterkeit verborgen, wer weiß, ob nicht darüber, dass er sie ganz allein ließ, nicht nur ohne Rat.

»Allein. Allein. Aber was rätst du mir? Verlang ich denn so viel?«

Doch der Vater wusste wohl, dass sie, selbst wenn er ihr riete, dies oder das, ohnehin sagen würde:

»Vielleicht find ich noch was andres.«

Was Wunder, dass er zu der Stubendecke über sich starrte oder auf das Fenster vor sich und alles billigte, was sie ihm vorlas, zu allem nickte und dass ihm alles gleich gut schmeckte.

»Wenns nur für Weihnachten wäre oder für Ostern oder einfach so, für einen Sonntag, würd ich dich nicht fragen. Dann wüßte ichs allein. Aber zum Namenstag! Ich weiß ja nicht mal, wie viel Gäste du einladen willst. Drei oder vier, falls bloß die aus deinem Zimmer, dann könnte es dies oder das sein. Aber wenn sie rauskriegen, du feierst deinen Namenstag, kommen auch die aus den andern Zimmern angerannt und gratulieren, keine Bange. Weißt du noch, vor dem Krieg, wie sie rausgekriegt haben, dass du deinen Namenstag feierst, kam dir das ganze Büro gratulieren. Sogar deine Feinde, wie dieser, na wie hieß er gleich, der Schuft. Er hat dir angehängt, du hättest dich in der Bilanz geirrt. Oder der, na… Der schluckte wie ein Kutscher oder Schuster. Hundert Jahre sollst du leben, hundert Jahre… Zum Schluss hat er sich selber eingeschenkt. So sehr wünscht er dir das Beste. Der Pharisäer. Ich hab dir gesagt, erzähls nicht rum, flüsters einem ins Ohr oder lad ein, wenn du mit jemandem allein bist. Aber du hast gemeint, alle mögen, alle achten dich so. Seit wann mag oder achtet man sich denn im Büro? Der unten hält den oben für blöd, aber ins Gesicht tut er ihm schön. Und der oben denkt, er hat die Weisheit mit Löffeln gefressen. Ja, so mögen, so achten sie sich. Er hat dir kaum Guten Tag gesagt, aber zum Namenstag kommen, da hat er sich nicht geniert. Hätte er noch ein Geschenk mitgebracht! Aber außenrum ein Papierchen, ein Schleifchen, und innendrin irgendein Klimbim. Oder ein halber Liter Schnaps. Den hat er dann selber ausgetrunken. Und das Essen, das hat er für umsonst gehabt. Mal abgesehn, ich würd mich schämen, Schnaps als Geschenk. Konnte er nicht wenigstens eine Krawatte oder Manschettenknöpfe, hätt er mir eben keine Blumen mitgebracht. Und so etwas nennt sich Beamter? Ja, außenrum Beamter und innendrin ein Runks.«

Im Gegensatz zu der Mutter schien der Vater ausgesöhnt zu sein mit all diesen Namenstagen, die sie erwähnte, so wie mit denen, die auszurichten sie die Absicht hatte, wenn er erst wieder gesund wäre und die Stellung hätte. Und wahrscheinlich starrte er deshalb immer nur zu der Stubendecke über sich und auf das Fenster vor sich und sagte selten ein Wort.

»Nun sag schon was«, brachte sie sich in Erinnerung, als brauchte sie sein Wort nicht nur, um dies oder das für seinen Namenstag auszuwählen. »Ich weiß ja nicht mal, ob du sie mit ihren Frauen einladen willst. Mit den Frauen wärs festlicher. Na, und Männer allein, wenn die mal trinken, erzählen sie meistens Unsinn. Man muss sich für sie schämen. So einem müsste man eigentlich, da ist die Tür! Du bist hier nicht in der Schenke! Manchmal ist einer hochbestallt, und ohne Frau ist er ein Schwein. Bloß, falls einer hier mit seiner Geliebten, das untersteh dich. Das hätte noch gefehlt, dass ich in meinem Hause die Geliebten empfange. Dann lad schon besser mit Ehefrauen ein. Vielleicht freund ich mich mit einer an? Ich hab ja keinen, um mal ins Kino zu gehn, falls du nicht mitwillst. Außerdem, es gibt zwischen Frauen Dinge, so wie es sie zwischen Männern gibt. Männer gehn wenigstens einen zusammen trinken, und was tu ich? Ich leb wie eine Einsiedlerin. Immer und immer bloß die da oben. Langsam hab ich sie satt. Ja und was ich dir sagen wollte, angeblich heißen sie gar nicht Poncka, die eine heißt Śliwka und die andere Kasprzyk. Schwestern sinds also auch nicht, wie denn? Du hast recht, das ist keine Gesellschaft für mich. Mit ihrem ewigen Angeputze und Angemale. Oft hocken sie den halben Tag vorm Spiegel. Obwohl, es sind gute Mädchen, ich kanns nicht anders sagen. Der Piotrek, schau, was für rote Backen er bekommen hat von ihrem Kakao. Und um was du sie bittest, hilfsbereit, freundlich. Aber ich weiß schließlich Bescheid. Bin ich vielleicht von gestern? Kein Tag ohne Besucher. Öfters zwei, drei. Und dann schlafen sie bis in die Puppen. Und haben tiefe Ringe unter den Augen. Obwohl, ehrlich gestanden, so ein Glück ist das auch wieder nicht. Als ob ich nicht seh, dass sie geweint haben, die Wimpern verschmiert, doch nicht vor eitel Glück. Tja, was man auch über einen andern sagen mag, jeder schleppt sein Kreuz zu seinem Golgota.«

Die Mutter hatte sie vor Annas Besuch also deutlich gemieden, als hätten sie sie gekränkt, doch als Róża mit der Bitte um das Rezept bei uns hereinplatzte, wagte sie nicht, sie ihr abzuschlagen, sie versuchte nur, ihr die Torte auszureden.

»Aber diese Quarktorte wird teuer, Fräulein Róża.«

»Das macht nichts«, sagte Róża, froh, dass die Mutter ihr

nicht schon mit den ersten Worten eine Abfuhr erteilte. »Derjenige, der uns besuchen will, hat das Teuerste verdient.«

»Sahne allein geht schon mal ein Liter drauf. Aber sie darf nicht zu sauer sein und, um Himmels willen, nicht gepantscht. Das heißt zwar Quarktorte. Aber was kommt da nicht alles rein.«

»Das macht nichts.« Róża war bereit, jedes Hindernis zu nehmen und ließ sich nicht abschrecken, ja ihr Eifer wuchs, je mehr Hindernisse die Mutter vor ihr auftürmte.

»Dazu fünf Eier, ein halbes Pfund Butter, Rosinen, Mandeln, Apfelsinenschale. Was noch? Ach ja, Kakao. Und für obendrauf...«

»Das macht nichts«, sprudelte Róża in ihrem Eifer hervor, als wollte sie alle weiteren Hindernisse auf einmal nehmen, und die Mutter verstummte resigniert, und nach einer geraumen Weile wandte sie sich an mich:

»Bring einen Zettel her, Piotrek. Und Sie setzen sich hin und schreiben.« Doch urplötzlich änderte sie ihre Meinung. »Oder schreib du, Piotrek. Aber deutlich, damits nachher nicht heißt, das Rezept ist schuld. Einen ganzen Liter Milch zum Kochen aufstellen, aufkochen lassen. Einen Liter Sahne dazu, bloß, wie gesagt, keine zu saure und keine gepantschte. Die aus dem Laden eignet sich nicht, Sie müssen sie auf dem Markt holen. Fünf ganze Eier hinein schlagen, fünf Minuten auf kleiner Flamme kochen lassen. Dann in ein Sieb geben und eine Nacht so stehenlassen, damit die Molke gut abtropft. Ein halbes Pfund Butter mit einem Glas Zucker verrühren, am besten mit der Reibekeule, beim Rühren den Sahnequark zugeben, immer löffelweise, nicht gleich auf einmal. Und wenn das richtig verrührt ist, alles in zwei Teile teilen, in den einen den Kakao, der andere bleibt weiß. Na, und ein Aroma und die Rosinen, Nüsse, Mandeln dazu, was man grad hat, die Apfelsinenschale. Dann in Schichten, abwechselnd eine mit Kakao, eine weiße, am besten in einer Tortenform, eine mit Kakao, eine weiße...«

»Ach du mein Gott«, stieß Róża verzückt hervor.

»Aber das ist nicht alles. Obenauf mit Fruchtgelee bestreichen, grünem oder rotem. Und alles mit eingemachten Aprikosen oder Pfirsichen garnieren. Am besten wäre Ananas, aber wo kriegen Sie heut Ananas her? Vor dem Krieg haben sie die eingeführt, ich habs manchmal mit Ananas gemacht. Na, vielleicht gibt es sie irgendwann mal wieder. Obwohl, ich erleb das nicht mehr. Gott sei Dank hab ich schon ein bisschen vor dem Krieg gelebt, immerhin weiß ich, was Ananas ist. Auch Huhn hab ich manchmal mit Ananas gemacht.«

»Huhn?« stieß Róża ungläubig hervor.

»Was glauben denn Sie?«

»Nein, nein, es ist mir bloß so…«, sagte Róża verlegen, wenngleich sie sicherlich nur ihre Bewunderung für dieses Huhn mit Ananas hatte ausdrücken wollen. Und offenbar hielt sie das für den passenden Moment, um die Mutter zu fragen: »Sind sie wegen etwas gekränkt? Sie besuchen uns gar nicht mehr?«

»Wieso soll ich gekränkt sein?« erwiderte die Mutter mürrisch, gleichsam bestätigend, dass sie gekränkt war. Und im selben Ton fügte sie hinzu: »Die Freundin meines Sohnes kommt zu Besuch, da ist mir nicht nach andern Besuchen. Allein die Reinemacherei! Von selber macht sich die nicht. Und außerdem, wozu das Um-den-Bart-Gegehe, von wegen nicht besuchen. Ich denk mir so mein Teil. Besuchen ist nicht alles. Manche sollten sich auch mal überlegen, wie sie leben. Wer hat denn so was schon gesehen, statt sich nach einem Ehemann… Er mag sein, wie er will, es ist der Ehemann. Eins steht dem andern bei. Und nicht immer nur in einer Tour Besucher und Besucher. Die Besucher kommen und gehen, aber man bleibt nicht ewig jung…«

Fräulein Róża brach in Schluchzen aus. Die Hände vor dem Gesicht, rannte sie hinaus und vergaß sogar, das Rezept für die Quarktorte mitzunehmen, das, nach den Worten der Mutter von mir niedergeschrieben, auf dem Tisch lag.

»Hat sie wenigstens das Rezept mitgenommen?«

»Sie hats vergessen«, sagte ich.

»Ist auch besser so, sie sinds nicht wert. Ich hab mich nur breitschlagen lassen.« Und als schürte sie diese, wie es schien, erbitterte Abneigung gegen die Fräulein Poncka noch weiter in sich, sagte sie: »Und ich geb denen ein Rezept, das ich noch nie jemandem gegeben hab! Vorm Krieg wollte es mal eine haben, ihr Mann war sogar adlig, gebettelt hat sie. Da hab ich ihr gesagt, sowie ich darauf stoße, denn ich kanns nicht finden. Und die kommt hier angerannt wegen der Quarktorte, dabei wollte sie erfahren, wen wir erwarten. Es wird geschrubbt, geweißt, da müssen sie was ahnen. Als ob die so eine Quarktorte machen! Einen ganz gewöhnlichen Kuchen hab ich sie nicht backen gesehen. Die kaufen alles. Manchmal lassen sie mich kosten. Wie Watte, kein Geschmack, nur dass es süß ist. Sag ihr nur ja nicht, dass so welche über uns wohnen. Sie nimmt womöglich Anstoß. Dass bloß keine von denen plötzlich Lust kriegt, wegen was runterzukommen, wenn sie da ist. Heilige Jungfrau, das wär erst was. Schon wie sie vorstellen? Als was?«

Und sobald es ihr wieder einfiel, immer warnte sie mich und sich, vor Anna, Gott bewahre, nicht die Fräulein Poncka zu erwähnen. Und nicht nur die Fräulein Poncka. Fast bis zur letzten Minute fiel ihr noch etwas ein, worüber wir nicht reden, was wir nicht erwähnen dürften. Lass uns über dies nicht reden, mein Sohn, lass uns über das nicht reden, mein Sohn. Lass uns nicht drüber reden, wozu? Es ist besser so. Selbst an dem Tag, an dem Anna kommen sollte, und sie noch hier nachsah und da nachsah, noch dies zurechtzog und das zurechtrückte, die Gardine am Fenster, die Decken über den Betten, die Teller, die Gläser auf den Borden, sagte sie, als gäbe sie nur mehr ihrer wachsenden Anspannung nach:

»Vielleicht sagen wir ihr nicht, dass der Vater tot ist.«

»Das weiß sie«, sagte ich.

»Wenn sie es weiß, müssen wir schon gar nicht drüber reden. Nur um den Schmerz aufzuwühlen? Es könnte ihr sogar unangenehm sein, sie hat ihn ja nicht gekannt. Und wenn man wen nicht gekannt hat, weiß man nicht, was sagen. Oder man sagt was Falsches. Irgendwann einmal, bei einer günstigeren Gelegenheit, wenn ihr wisst, dass ihr Mann und Frau sein wollt.«

»Das wissen wir schon«, sagte ich.

»Das sagt sich nur so, es kann immer noch anders kommen. Außerdem, wozu gleich beim ersten Mal davon reden, wer gestorben ist. Und wärs der Allernächste. In jedem Haus ist einer gestorben. Hast du sie hierher eingeladen, um sie zu betrüben? Du wolltest, dass ich sie kennenlerne. Nun, da hab ich mir die Haare eingedreht und mir neue Strümpfe gekauft.«

Als wir durch die Tür traten, Anna zuerst, ich hinter ihr, stand die Mutter schon vor uns, auf der andern Seite der Schwelle, und empfing uns mit einem Lächeln, das das ganze Gesicht erhellte. Ich war sicher, dass sie dort gestanden hatte, noch ehe wir angeklopft, vielleicht noch ehe wir den Flur betreten oder das Haus erreicht hatten, ja vielleicht gar schon seit ihr angespannt lauschendes Ohr das Geräusch unserer Schritte vernommen hatte, die sich aus der Stille lösten. Und wer weiß, ob sie nicht schon immer dort gestanden hatte, mit diesem strahlenden Lächeln, seit langem bereit für unser Kommen. Denn dieses Lächeln erschien mir zu überschwänglich für den ersten Besuch von Anna, die sie doch nicht kannte. Wie zusammengesetzt aus sämtlichen Lächeln, die je auf ihrem Gesicht erstrahlt waren. Dieses Lächeln musste sie große Anstrengungen gekostet haben, denn ich konnte mich nicht entsinnen, wann ich sie das letzte Mal lächeln sehen hatte.

Sie waren beide befangen, aber die Mutter wohl weitaus mehr als Anna, denn sie wusste eine Weile nicht, was sie sagen sollte, während ihr Gesicht erst in diesem Lächeln erstrahlte und dann zur gezwungen freundlichen Grimasse erstarrte. Doch schließlich überwand sie die Befangenheit und sagte:

»Ein hübsches Fräuleinchen.«

Das hatte nicht das geringste mit dem zu tun, was Anna, die eigene Befangenheit überspielend, gerade zwitscherte. Es war sogar, als führe ihr die Mutter mit diesem wie in einer plötzlichen Anwandlung von Herzlichkeit geäußerten Lob absichtlich dazwischen.

»Und so große Augen«, preschte sie weiter vor. »Gute Augen, das sieht man gleich.«

Anna wurde noch verlegener, ja sah verstört und hilflos zu mir.

»Die Hübscheste in der ganzen Schule«, sagte ich, auch wenn sie das gewiss nicht von mir erwartet hatte, denn sie begann heftig zu widersprechen, und selbst das Lächeln wich aus ihren großen Augen.

»Bitte glauben Sie ihm nicht. Er macht nur Spaß.« Und sie schlug mit den geballten Fäusten auf meine Brust ein. »Du Scheusal.«

»Als säh ichs nicht selber«, sagte die Mutter, die sich durch Annas erbostes Einhämmern auf meine Brust restlos entkrampfte. »Das muss er mir nicht sagen. Was hübsch ist, fällt einem von selbst ins Auge.« Und sie streckte, diesmal voll echter Zuneigung, Anna die Arme entgegen. »Komm, lass dich küssen, mein Kind. Der Mensch soll sich seiner Gesundheit, aber auch seiner Schönheit nicht schämen. Außerdem, beide vergehn. Das Wichtigste ist, eins ist dem andern gut. Na, setz dich. Hierher vielleicht. Ich bring gleich den Tee.«

Anna begann abzuwehren, nein danke, nicht nötig, nur keine Umstände, wir sitzen ein Weilchen, plaudern, sie bleibt ja nicht lange. Und obwohl das Annas Befangenheit entsprang, war die Mutter fast gekränkt:

»Was denn? Nicht mal ein Glas Tee wirst du trinken in meinem Haus? Sag nicht so was, mein Kind. Einen Kuchen hab ich auch gebacken. Ich bin gespannt, wie er dir schmeckt. Und plaudern können wir grad so gut beim Tee.«

Sie stellte die kristallene Tortenplatte auf den Tisch, auf der die Kuchenstückchen sternförmig angeordnet waren, so gleichmäßig, dass ich mir mit Leichtigkeit ausmalen konnte, wie die Mutter sie umgeschichtet, ausgetauscht, verrückt und die Platte dabei noch immerzu gedreht hatte, damit sie auch ja auf jeder Seite gleichmäßig lagen, damit keins auch nur ein bisschen vorstand. Und während sie den Tee in die Gläser goss, sagte sie:

»Früher hatte ich so allerliebste Teetassen. Jeder war davon entzückt, mein Kind. Tja, ich hatte eine Menge Dinge.«

Sie stellte ein Glas vor Anna, eins vor mich hin und wusste nicht recht, ob sie sich nun zu uns setzen sollte. Doch als sie nur zwei Kuchenteller brachte, sagte Anna:

»Bitte, setzen Sie sich doch zu uns. Bitte.«

Sie stellte also ein Glas Tee vor sich hin, aber keinen Kuchenteller. Sie war sichtlich angespannt. Den Tee trank sie, als hätte sie es eilig, in großen Schlucken, obwohl ich sah, dass sie sich den Mund verbrannte. Zum Glück bemerkte Anna nichts, die ganz mit dem Kuchen beschäftigt war und begeistert rief:

»Köstlich!«

Die Augen der Mutter blitzten auf vor Freude.

»Nun, du musst wissen, meine Liebe, unter die Äpfel tu ich immer Hagebuttenmus. Und dieselbe Sorte Äpfel darf es auch nicht sein. Am besten sind Augustäpfel, aber es ist gut, wenn du ein paar Boskoop oder andre druntergibst.«

»Köstlich!« rief Anna wieder. Und wieder leuchtete in den Augen der Mutter Freude auf.

»Ich hab noch ein besseres Rezept«, sagte sie. »Das back ich, wenn du das nächste Mal kommst. Oder ich mach eine Quarktorte. Magst du Quarktorte? Der Piotrek muss mir nur lange vorher Bescheid sagen. Das nennt sich zwar Quarktorte, aber gemacht wird sie aus Sahne. Und die darf nicht zu sauer sein und, um Himmels willen, nicht gepantscht. Dann bestell ich sie bei meiner Bekannten auf dem Markt, bei der ich immer die Sahne kaufe.«

»Darf ich noch eins?« fragte Anna süß, wie um zu unterstreichen, wie ihr der Kuchen schmeckte.

»Aber bitte sehr, bedien dich. Für wen hab ichs denn gebacken?« Sie wirkte glücklich, selbst jene Gereiztheit schien sich in Freude verkehrt zu haben. Doch unerwartet, noch mit dieser Freude in den Augen, wandte sie sich an mich:

»Erinnerst du dich, Piotrek, hat Róża denn gestern das Rezept für die Torte mitgenommen?«

»Nein, hat sie nicht.«

»Du hasts doch für sie aufgeschrieben.«

»Hab ich, aber sie hats nicht mitgenommen.«

»Heilige Jungfrau!« Sie war wirklich beunruhigt. »Sie bekommen so wichtigen Besuch. Und wollten ihn mit dieser Quarktorte bewirten. Ich muss es ihnen bringen. Wo ist es?«

Sie sprang von ihrem Platz hoch.

»Ausgerechnet jetzt musst du gehn?« sagte ich, obwohl ich mir im klaren war, dass nichts sie halten würde. Auch Anna begann jetzt zu bitten:

»Bitte bleiben Sie noch.«

Sie setzte sich wieder, doch sie saß wie auf Kohlen, und wenig später sprang sie erneut auf.

»Ich bin gleich zurück. Als wär das weit! Sie wohnen über uns, bloß der Eingang ist auf der andern Seite. Sitzt ein Weilchen allein«, sagte sie und schlang sich ein Tuch um die Schultern. »Ihr habt bestimmt eure eigenen Dinge. Ich muss es ihnen bringen.«

Ich bemühte mich, die Gebote der Mutter zu befolgen, und ich zwang mich mit meiner ganzen Willenskraft, an nichts anderes zu denken als an den Schuh.

»Wenn du an Firlefanz denkst, witscht uns der Schuh an der Nase vorbei. Alleine mit den Augen findest du ihn nicht, wenn du nicht an ihn denkst. Die Gedanken durchschaun alles, durch und durch, die Augen sehn nur, was obenauf ist. Die Augen sehn sozusagen, aber sie erblicken nur das, woran du denkst.«

Doch je mehr ich mich mühte, an den Schuh zu denken, umso mehr der unterschiedlichsten Gedanken fielen über mich her, in ganzen Schwärmen drangen sie auf mich ein, und dieser Schuh ergriff, irgendwie seltsam verängstigt, vor jedem Gedanken die Flucht.

Die Mutter musste ahnen, oder vielleicht erkannte sie es auch an meiner Hand, die sie in der ihren hielt, dass ich einen Kampf mit den Gedanken um diesen Schuh austrug, denn sie ermahnte mich immerfort, an nichts anderes zu denken. Aber auch an ihr zerrte die Unruhe. Ich spürte es deutlich an ihrer Hand. Manchmal brachte sie das übrigens laut zum Ausdruck:

»Lieber Gott, wenn wir ihn doch hier irgendwo finden würden. Da, bei den Schlehenbüschen. Oder wenigstens dort, wo die Pappel steht. Oder meinetwegen da, bei der Kirche.«

Manchmal versuchte sie, meinem Gedächtnis etwas abzupressen und bettelte dieses mein Gedächtnis fast:

»Erinnre dich, wo hast du gefühlt, dass es sich leichter trägt? Vielleicht hast du es nicht bemerkt, aber es muss plötzlich leichter gewesen sein. Ein Schuh sind nicht zwei.«

Und manchmal seufzte sie lediglich tief und machte sich nicht in Worten Luft, als hielte sie die hinter den Lippen zurück. Das Sonderbarste aber war, dass sie zunehmend weniger über mich schimpfte, dass ich den Schuh verloren hatte, und wenn ihr mal ein Vorwurf entschlüpfte, klang er beinahe wie ein Trost, vielleicht gibt Gott, dass wir den Schuh finden, wir haben noch ein Stück Weg vor uns, dann finden wir ihn vielleicht, was sind wir denn schon gegangen? Zu kurz war das bis jetzt, um ihn zu finden. Um ihn zu finden, müssen wir ein gut Stück gehen. Strafe muss schließlich sein. Ohne Strafe gäbs nachher auch kein Glück, falls wir ihn finden. Gefunden oder verloren, es käm aufs selbe raus.

Ich war sicher gewesen, dass ich mir den ganzen Weg lang ihre Klagen über mich, ihre Wut, vielleicht gar ihre Verwünschungen würde anhören müssen, wenn sich der Schuh nicht gleich fände oder nicht wenigstens bis zum nächsten Dorf, das da aus den Feldern vor uns hochtauchte, und dass ihr spätestens wenn die Sonne, die in der Spitze des Himmels hing, langsam abwärts glitte, irgendwann spät am Mittag, und sie das an unseren langen Schatten erkannte, plötzlich der Vater einfiele:

»Ich bin gespannt, ob sie ihm was zu essen gegeben haben. Wenigstens ein Glas Milch haben sie ihm vielleicht gegeben. Sie sahn mir wie gute Menschen aus. Aber was lässt sich so hopplahopp schon über Menschen sagen, durch Dick und Dünn muss man gegangen sein.«

In mir verstärkte sich sogar der Verdacht, je mehr sich die Mutter äußerlich besänftigte, umso mehr müsse sich das alles in ihrem Innern anstauen, und wenn es über die Ufer träte, würde sie mich unverhofft bei den Schultern packen und mich aus Leibeskräften schütteln:

»Wo hast du ihn verloren?! Wo hast du ihn verloren?! Du!... Du!... Missratenes Kind!« Vielleicht würde sie umkehren und mich allein auf dem Weg zurücklassen. »Lauf barfuß! Den ganzen Winter wirst du am Fenster hocken, dann verlierst du ihn nicht ein zweites Mal.« Vielleicht fiele sie plötzlich auf die Knie und riefe, die Arme zum Himmel gereckt: »Jesus Christus! Hat dir der Krieg denn nicht genügt, musstest du uns noch den Schuh! In was soll er jetzt gehn?! Erbarme dich unser!« Oder sie würde ganz gewöhnlich anfangen zu weinen und zugleich versuchen, dieses Weinen in sich zu ersticken. Auch wenn so ein unterdrücktes Weinen dann doppelt stark ausbrach und nicht nur den Körper, sondern, das kam vor, die ganze Welt erschütterte. Und dieses Weinen fürchtete ich am meisten.

Anscheinend hatte sie das gespürt, denn obwohl sie pausenlos die Augen auf den Weg geheftet hielt, sagte sie unvermittelt:

»Was schielst du so zu mir? Ob ich auch nicht weine? Ich weine nicht. Wir laufen hier nicht rum, um uns auszuweinen. Den Schuh müssen wir finden. Wenn du so zu mir schielst, witscht er dir noch zwischen den Beinen durch. Besessenes Ding ist fromm wie ein Lamm, verlorenes Ding ist schlau wie ein Fuchs.«

Und sie ging weiter, beansprucht vom Ausschauen nach diesem Schuh, und es schien, als fühlte sie meine Hand in der ihren nicht mehr, fühlte den Weg unter ihren Füßen nicht mehr, fühlte die Sonne auf sich, das Schlagen ihres Herzens in sich nicht mehr, als sie ruckartig stehenblieb, meine Hand aus der ihren entließ und sagte:

»Vielleicht gehst du voran. Ich geh hinter dir. Wenn einer von uns was übersieht, findets der andere. Denn jetzt ist, was hinter uns liegt, futsch. Aber guck genau hin.« Sie versäumte nicht, mich wieder zu ermahnen, und wartete, dass ich losginge. »Guck hin, als ob du alleine bist. Als ob ich gar nicht hinter dir geh.«

Ich ging also los, doch sah ich mich wieder und wieder nach ihr um, zumal sie nicht davon abließ, mich zu ermahnen:

»Und streng dein Gedächtnis an. Wo hast du ihn verloren? Vielleicht fällts dir ein. Vielleicht geht dir ein Licht auf. Manchmal geht einem was auf im Kopf, und es fallen einem uralte Sachen ein.«

Mir war unbehaglich, wie ich so ging, während sie immer noch dort, hinter mir, stand, als ginge ich nicht auf meinen eigenen Beinen. Sogar der Weg, der bisher sandig gewesen war, wurde seltsam holprig, so dass ich dauernd gegen etwas stieß, in etwas versank, und mit jedem Schritt war mir, als entfernte sie sich ihrerseits um hundert Schritte von mir.

»Na, geh, geh«, trieb sie mich an und wartete, bis der Abstand zwischen uns läge, den sie für ausreichend hielt. Und obschon ich sicher war, dass ich diesen Abstand längst erreicht hatte, denn ich fühlte, wie mich Angst beschlich, und ihre antreibenden Rufe erschienen mir immer ferner, wartete sie weiter dort.

»Na, geh, geh.«

Sie sagte mir nicht, dass sie schon hinter mir ging. Bis ich mich wieder umdrehte und sah, dass sie jetzt ging. Aber sie kam mir so weit entfernt vor, dass ich beschloss, langsamer zu gehen, damit der Abstand kleiner würde. Und so war ich kaum an ein paar Feldern vorbei, da hatte sie mich eingeholt, blieb stehen und wartete erneut, bis ich allein weiterging und trieb mich an:

»Na geh, geh. Dreh dich nicht um. Ich komm gleich nach.«

Ihre Stimme klang sanft, sogar besorgt, als hätte sie meine List nicht bemerkt und gäbe sich selbst die Schuld, dass sie zu schnell gegangen sei. Als sie mich jedoch ein weiteres und ein weiteres Mal mit solcher Leichtigkeit einholte und erneut warten musste, bis ich allein weiterging, wurde sie wütend:

»So finden wir nie den Schuh. Du gehst, als gehst du nicht. Aber mit den Jungs, hoho. Hui, wie der Wind. Ruf du nur, Piotrek! Piotruś! Hui, und weg ist er.« Und in dieser Wut packte sie meinen Arm und stellte mich mit einer jähen Bewegung hinter sich. »Jetzt geh ich zuerst. Du gehst hinter mir.«

Sie ging los, ohne sich umzusehen, ob ich ihr folgte, und sei es, um zu prüfen, in welchem Abstand. Im übrigen war sie nicht imstande, anders zu gehen. Beim Spaziergang, vor dem Krieg, hatte der Vater immer aufgepasst und sie erinnert, wir gehen spazieren, da geht man Schritt vor Schritt, ruhig, gesetzt, weil sie ständig vorneweg lief. Aber auch im Alter konnte sie nicht anders. Ich musste sie zurückhalten, wenn wir zusammen gingen, geh langsamer, doch das verschlug nicht viel, und manchmal wurde sie sogar wütend:

»Heilige Jungfrau, ich geh doch langsam, langsamer gehts gar nicht.« Manchmal ließ sie mich auch hinter sich. »Geh du, wie du willst. Ich warte dort, an der Ecke, auf dich.«

Sie ging nur zügig, und dennoch vergrößerte sich der Abstand zwischen uns zusehends, und ich schämte mich, ihr hinterher zu schreien, so rannte ich los und blieb nicht eher stehen, als bis ich bei ihr war. Sie rügte mich nicht, obgleich aus ihrer Stimme Missfallen herauszuhören war:

»Was machst denn du hier? Ich hab gesagt, geh hinter mir.« Und sofort riss sie sich von mir los und beschleunigte ihre Schritte. »Bleib du dort stehen, bis ich weg bin. Steh, rühr dich nicht.«

Ein Mann kam uns entgegen, und als deutlich genug zu erkennen war, dass er einen Hut und ein Bündel an einem Stock über der Schulter trug, ging die Mutter langsamer und schaute sich wie besorgt nach mir um, wo ich bliebe. Das erlaubte mir, zu ihr aufzuschließen. Der Mann war schon ganz nah, sie drehte sich also erneut nach mir um, blieb fast stehen.

»Komm her mit deinem Schuh!« rief sie. »Vielleicht weiß er was.«

Der Mann wollte an uns vorbei, jedenfalls war ihm nicht anzumerken, dass er vor hatte, stehenzubleiben, er drehte nicht den Kopf nach uns und blickte nicht auf, erst als die Mutter schrie:

»Gelobt sei Jesus Christus!«

sah er halb benommen die Mutter an, mich an und brummte zurück:

»Von Ewigkeit zu Ewigkeit.«

»Habt Ihr nicht irgendwo einen Schuh gesehn?« fragte die Mutter. Er blieb stehen, aber schien nicht zu begreifen. »Na, einen Schuh. Was ist daran so verwunderlich?« entrüstete sie sich.

»Einen Schuh?« sprach er salbungsvoll.

»Der Junge hat ihn verloren. Wir sind diesen Weg entlang, bloß in der andern Richtung. Und einer ist da, und der andre ist verschwunden.« Sie schubste mich zu ihm hin. »Geh, zeig ihn vor. Ist Euch irgendwo auf dem Weg nicht so einer aufgefallen? Vielleicht hat einer ihn gefunden und auf den Zaun gehängt? Oder an einen Ast?«

Er nahm den Schuh von mir entgegen und drehte ihn in den Händen, betrachtete ihn aufmerksam von allen Seiten.

»Fast neu«, sagte er.

»Was ist er schon viel! An die drei Mal hat er sie an den Füßen gehabt im Ganzen.«

»Und er hat ihn verloren?« Er schien noch immer nicht zu begreifen.

»Grad, wos auf den Winter zugeht. Ich wag nicht dran zu denken, worin soll er laufen, wenn wir ihn nicht finden.« Es war, als wollte die Mutter mit ihrer plötzlichen Klage von dem Mann erzwingen, dass er den Schuh irgendwo gesehen hatte.

Aber der drehte den Schuh immer noch in den Händen und wiederholte mit derselben Verwunderung:

»Tja, ein hübscher Schuh. Ein hübscher Schuh. Ein prima Schuh. Und der Verlorene sah genauso aus?«

»Wenn ichs Euch doch sag«, brauste sie auf. »Wie soll er denn aussehn, wenn er vom Paar ist?«

»Das ist verschieden. Manchmal genauso, manchmal nicht«, murmelte er, als wüsste er sein Teil, womit er die Mutter noch mehr aufbrachte.

»Ach, gebt her«, sagte sie ungeduldig. »Ihr guckt und guckt«, – ihre Stimme bebte jetzt vor Zorn –, »aber sagen, ob Ihr ihn irgendwo gesehen habt, das könnt Ihr nicht. Nimm ihn, Piotrek. Wir gehn.«

Der Mann ließ sich nicht aus der Fassung bringen und guckte sich den Schuh weiter an.

»Oja, ein hübscher Schuh. Ein prima Schuh. Man sieht, dass er auf Bestellung gemacht ist.« Und als sie ihn ihm aus der Hand nahm, sagte er: »Bloß den zweiten finden, und es wär ein Paar.«

»Ein Närrischer«, sagte die Mutter, als wir ein Stückchen weiter waren. »Guckt und guckt. Als hält er eine Taube in der Hand. Rucke di gu, was für ein hübscher Schuh. Ich weiß selber, dass er hübsch ist. Alle Taubenzüchter sind närrisch. Es fehlte nicht viel, und er hätte ihn in die Luft geworfen, soll er fliegen. Und dann such dir die Augen aus dem Kopf.«

»In dem Dorf dort können sie euch vielleicht was sagen!« erreichte uns seine mitleidige Stimme.

»Na, ist er nicht närrisch«, sagte die Mutter und befahl mir gleichzeitig: »Dreh dich nicht um. Sie können oder können nicht.«

»Wenn ihr ins Dorf kommt, fragt herum!«

»Ich weiß selber, ob ich rumfragen muss«, knurrte sie wütend. »Das braucht mir keiner vorblasen.«

»Was soll jemand mit einem Schuh!« Immer noch wollte

diese Stimme nicht von uns ablassen. »Bei zweien könnte er zugreifen! Aber bei einem?!«

»Auch bei einem. Man sieht, er kennt die Menschen nicht«, murmelte die Mutter, die offenbar das letzte Wort behalten musste in dieser sonderbaren Unterhaltung. »Und wenn einer bloß ein Bein hat? Hats etwa wenigen die Beine weggefetzt in diesem Krieg? Und gebe Gott, nur eins, dann kann er immerhin noch hüpfen.«

»Fragt herum!« tönte nur noch das Echo über uns hinweg.

Im Dorf jedoch hatte ihn niemand gefunden, niemand gesehen, und niemand hatte gehört, dass ihn jemand gefunden hätte. Sie zuckten die Achseln, bedauerten uns, manchmal riss jemand ungläubig die Augen auf:

»Einen Schuh? Was für einen Schuh?«

»Zeig ihn vor, Piotrek.«

Der eine oder andere erinnerte sich sogar an uns, als die Mutter sagte, am Vormittag seien wir hier entlang gekommen, nur in umgekehrter Richtung.

»Jaja, das seid ihr wohl. Durchs Fenster hab ich euch gesehn. Ich hab zu der Meinigen gesagt, da gehn irgendwelche Fremde. Mutter, Vater, Sohn. Aber die Mutter, wieso voraus? Oho, wie die marschiert. Der Vater muss vorneweg gehen. Wo habt ihr den Vater denn gelassen?«

Die Frauen rieten uns meist, Gebete zu sprechen, wenn wir den Schuh finden wollten, am besten Litaneien. Denn man verliert zwar ohne Gott, aber mit Gott muss man suchen. Eine brachte uns ein Stück Brot mit Käse heraus, weil wenn man so geht, und man weiß nicht wohin, wird man hungrig. Eine andere versprach, einen Schuh von ihrem Jungen zu suchen, den eine Mine zerrissen hatte, falls wir unseren Schuh nicht fänden, wir sollten auf dem Rückweg bei ihr vorbeikommen. Und sie vergoss sogar ein paar Tränen über den Schuh. Eine andere wieder begleitete uns ein Stück, sie wollte ans andere Ende des Dorfs zur Schwester, und als wir uns trennten, sprach sie:

»Die Jungfrau Maria wird euch führen. Ihr findet ihn, ihr findet ihn. Wieso solltet ihr ihn nicht finden?«

Dafür hatten die Männer, wenn die Mutter erwähnte, ich habe diesen Schuh verloren, alle einunddenselben Rat, mich zu verbläuen, dann würd ich ihn das nächste Mal nicht mehr verlieren. Einer spuckte mir sogar vor die Füße:

»Hol ihn die Pest, den Schuh verlieren. Na, den tät ich verbläun, den tät ich verbläun.«

Ein anderer schäumte regelrecht:

»Verbläuen mit dem blanken Riemen. Und übern Nackten. Bis das Blut spritzt.«

Und einem traten die Augen aus den Höhlen, er lief purpurrot an und knurrte:

»Wär das meinem passiert, ich tät das Aas ersäufen. Bei Gott, ersäufen. Oder pack dich, raus! Und lass dich nich wieder blicken, Hund, höchstens, du schleppst ihn zwischen den Zähnen an.«

Ich versteckte mich hinter der Mutter, denn seine Wut jagte mir Schauer über die Haut, und mein Herz bebte, als er schrie:

»Und lass dich nich wieder blicken! Raus!«

Die Mutter versuchte mich in Schutz zu nehmen:

»Aber! Er wollte ihn ja nicht verlieren. Wer will was verlieren? Jeder findet lieber. Gott sei Dank ist es nicht Eurer!«

»Na, wär das meinem passiert. Wär das meinem, verdammich.« In seiner Wut schwang deutlich Bedauern mit, dass nicht sein Junge den Schuh verloren hatte.

Unter allen war nur einer, ob in diesem oder schon im nächsten Dorf, der nicht wütend wurde, nicht fluchte, nicht riet, mich zu verbläuen, sondern sich den Schuh ansah und sagte:

»Falls Ihr ihn nicht findet, für vier Liter Fusel könnt Ihr bei den Russen welche kaufen. Amerikanische. Vom Militär. Nicht eisenbeschlagen wie früher beim Militär, sondern schlau eingerichtet für den Krieg von heute. Sie haben Knöchelschützer. Und Gummisohlen, die weichen nicht durch. Einen halben Liter Wasser kann man zugießen, das merken sie nicht.

Also falls Ihr, ich wohne hier. In dieser Kate. Ich bin der Sroka Walenty. Es gibt nämlich noch den Wincenty, den Błażej und den Sylwester. Die Leutnants von denen kommen manchmal zu mir. Also, falls Ihr…«

»Gott vergelte es Ihnen.« Zum ersten Mal auf diesem Weg sprach die Mutter jemanden mit Sie an. »Aber vielleicht finden wir ihn.«

»Nun, wie gesagt, falls Ihr…«, sagte er.

Hinter dem Dorf führte der Weg an einem Kreuz vorbei, da erschrak die Mutter plötzlich, weil sie meinte, wir seien nicht diesen Weg entlang gekommen, sondern über einen Pfad zwischen den Feldern.

»Erinnerst du dich? Ich hab noch gesagt, schau, dort, ein Kreuz. Aber so dicht sind wir nicht dran vorbeigekommen. Lass uns umkehren. Wir müssen jemanden fragen.«

Zum Glück sahen wir einen Bauern auf einer Kartoffelfuhre, und da er wegen der Kartoffeln im Schritt fuhr, blieb das Pferd fast von alleine stehen, als die Mutter mit erhobener Stimme aufgeregt rief:

»Wo ist hier der Fußpfad?«

»Der Pfad? Kommt drauf an, in welche Richtung Ihr wollt.«

»Moment«, sie zögerte, wandte sich erst nach links, dann nach rechts, sah unsicher in die Runde, als könnte sie sich nicht entscheiden, welche Himmelsrichtung sie wählen sollte.

»Die Sonne, wo geht die bei Euch auf?«

»Dort,« zeigte der Bauer mit seiner Peitsche.

»Denn wir sind die ganze Zeit der Sonne entgegen. Dann müssen wir jetzt wohl da entlang.« Sie streckte den Arm aus und wies in die Ferne, immer noch unsicher.

»Wird schon so sein«, pflichtete ihr der Bauer bei. »Und warum kehrt Ihr um?« fragte er, aber wie nebenbei, als interessierte es ihn eigentlich nicht.

»Wir haben einen Schuh verloren«, erwiderte die Mutter.

Er war nicht verwundert, nicht mal die Zügel in seiner Hand ruckten, und er fragte nicht weiter.

»Da habt Ihr den Pfad«, sagte er, »dort bei dem Schlehdorn.«

»Ja, wirklich.« Die Mutter tat erstaunt. »Vielen Dank.«

Zur Antwort knallte er nur mit der Peitsche, hüh!

»Vergelts Gott«, rief sie noch, als wir schon auf dem Pfad waren. Er nickte nicht zurück. »Komischer Kerl«, sagte sie und sah ihm misstrauisch nach. »So gar nicht fragen, wie und was? Zur Not auch scheinheilig, aber fragen hätte er können. Als ob einen Schuh verlieren nicht mehr wäre wie einmal ausspucken. Tja, manchmal meint man, einer hat bloß den Wagen voll Kartoffeln, dabei hat er das Herz voll Sorgen.« Da wurde ihr bewusst, dass wir längst auf dem Pfad waren, und sie sagte erschrocken: »Siehst du auch hin? Sieh hin, mein Sohn. Halt den Blick auf den Boden gerichtet. Er kann sich im Gras an den Rändern verfangen haben. Oder er ist weiter gerollt, auf den Acker, und ähnelt einem Erdklumpen. Achte auch auf die Erdklumpen.«

Der Nacken begann mich zu schmerzen, wie ich so ununterbrochen mit gesenktem Kopf den Pfad entlang trottete. Die Augen schienen mir, durch das dauernde Hin und Her, von dem Pfad hin zu seinen Rändern, hin zu den Erdklumpen, aus den Lidern zu rutschen, so dass ich, wenn ich kurz aufschaute, alles verschwommen sah, nicht wie mit meinen Augen, denn die meinen wollten außer diesem Pfad, den Erdklumpen an den Rändern, nichts mehr fassen. Mitunter war mir, als bestünde dieser Pfad aus schmalen Planken, die über weitläufige Moore, Sümpfe, Wasser führten, und ich ertappte mich dabei, dass ich meine ganze angestrengte Aufmerksamkeit einzig darauf verwandte, nicht irgendwo in die Tiefe zu stürzen. Und der allerkleinste Strauch, der an diesem Fußpfad wuchs, versetzte mich in Schrecken, als lauerte er mir auf, um mich von diesen Planken zu stoßen. Aber an alledem war der Schuh schuld. Denn worauf mein Blick auch fiel, ich sah den Schuh, in jeder Vertiefung, jedem Grasbüschel, jedem Erdklumpen und manchmal mitten auf dem Pfad, ganz dicht vor mir schien er noch zu schaukeln, weil die Mutter, ohne es zu merken, dagegen getreten war. Da riss mich ihre helle, entzückte Stimme von dem Schuh los:

»Wie wunderschön, die Felder. Nur im Herbst sind sie so schön. Und flach muss es sein, dann sieht man weit in die Ferne. In unserer Gegend sieht man nicht so weit. Schluchten, Schneisen, Hügel, Täler. Doch hier, bis an den Rand. Schau, von hier aus und von da. Und von dort.« Sie ging jetzt langsamer, so dass ich sie, ohne es zu wollen, einholte und dicht in ihrem Rücken war. »In der Stadt hat man gewohnt, wo hat man da Felder zu Gesicht gekriegt? Nichts wie Mauern. Schau, hier sind sie mehr grün, da mehr gelb, dort schon ein bisschen welk und dort grau. Und wo sie grün sind, da gleicht ein Grün dem andern nicht, so wie ein Mensch dem andern nicht, auch wenn es alles Menschen sind. Aus purem Grün könnte man die Welt zusammenwinden. Wozu der Herrgott noch Blau oder Rot und die anderen gebraucht hat, das frag ich mich. Wie oft hab ich den Vater gebettelt, lass uns am Sonntag rausfahren, uns wenigstens die Felder ansehn. Aber der und Felder. In den Park musste ich ihn mit Gewalt zerren. Was gibts denn in den Feldern zu sehen? Man macht sich nur die Schuhe dreckig. Als einziges, dass wir im Sommer zu den Eltern gefahren sind, wenn er Urlaub hatte. Aber bei denen war immer Erntezeit. Was sind das schon für Felder, zur Ernte. Es vergeht einem die Lust zum Sehen. Der Schweiß träuft einem in die Augen. Es zieht im Kreuz. Selbst wenn du was sehen willst, du siehst nichts. Denn man sieht, was man fühlt. Man sieht nicht bloß mit den Augen. So ein Blinder sieht nicht, und was der nicht alles sieht. Wenn du dich quälst, siehst du nur wieder Qual. Drum sehn dir auch die Felder zur Ernte nichts wie gequält aus. Zerstriemt von den Sensen, Sicheln, als ob man ihnen die Haut abgezogen hat. Erst im Herbst, wenn sie gesund werden, kriegen sie neue Farbe, da, und wie viel. Und alle kommen von dem Grün. Das Gelb, Braun, Rot, alles von dem Grün. Sogar irgendwie nachdenklich sehn sie aus.

Nachdenklich über was, möcht ich wissen? Wohl über das gleiche wie alle. Über was sonst? Gut, dass wir wenigstens auf dem Pfad sind.«

»Wir sind hier lang gekommen, Mama, drum müssen wir jetzt auch hier lang«, entfuhr es mir, obwohl ich nicht die Absicht gehabt hatte, sie zu unterbrechen.

»Ja, stimmt, mein Sohn«, seufzte sie. »Aber wenn der Bauer ihn uns nicht gezeigt hätte, würden wir nicht hier gehn.« Und im selben Moment stieß sie staunend hervor: »Da, schau, wie viele Leute. Und dort. Und dort. Und noch weiter. Mein Gott, über dem allen hab ich vergessen, dass die Hackfrüchte schon dran sind. Und manche pflügen schon. Säen. Und dort, guck mal, ein Feuer.« Und sie blieb fast ganz stehen, drehte sich nach mir um. »Na, sieh doch. Ach, du bist genau wie dein Vater. Den musste man immer betteln, mal einen Blick auf was zu tun. Zu was? Auf was? Sogar ins Kino, nur in Kriegsfilme ging er gerne. Und ich mochte Kriegsfilme nicht. Da schießen sie bloß oder stechen herum mit ihren Bajonetts, aber ich bin auch in die Kriegsfilme mit, um des lieben Friedens willen. Nie hat er ein Bonbon mitgenommen. Raschel mir nicht, hat er gesagt. Wieso raschle ich, wenn die schießen? Ich hatte Liebesfilme lieber. Aber welche, die nicht traurig ausgehn. Sonst grübelt man nachher bloß, wie unglücklich die sind.« Und im selben Moment rief sie über die Felder: »He, habt Ihr nicht einen Schuh gesehn?«

Wie aus dem Schlaf gerissen, sah ich von dem Pfad hoch und diesem Schrei nach. Draußen auf dem Feld bestieg ein Bauer soeben seinen Wagen, der gehäuft mit Kartoffeln beladen war, und noch weiter draußen fuhrwerkten ein paar Weiber mit Hacken in den trockenen Furchen herum.

»Was für einen Schuh?!« Ein Bein hatte er schon auf dem Langbaum, mit einer Hand hielt er sich an der Runge fest, doch er ließ los, stellte sich mit beiden Füßen wieder auf die Erde und drehte sich zu uns um.

»Na, einen Schuh!« rief die Mutter hinüber, beinah entrüstet, dass er nicht verstand, was für einen. Sie blieb stehen, ich hinter ihr. »Der Junge hat ihn verloren! Wir sind am Morgen hier vorbei, nur in der andern Richtung, und einer ist weg.«

Die Weiber richteten sich über den Furchen auf, und eine schrie:

»Was ist passiert?!«

»Er hat einen Schuh verloren!« brüllte der Bauer zurück. »Hat ihn nicht eine von euch ausgebuddelt?!« Und er wieherte los, dass das Feld widerhallte und das Pferd verstört den Schädel hochwarf.

»Einen Schuh?! Heilige Jungfrau!« Und schon rannte eine von den Weibern mit erhobener Hacke herbei und schrie: »Heilige Jungfrau! Heilige Jungfrau!«

Die anderen stürzten ihr nach und kamen mit ihren erhobenen Hacken heran und schrien wie im Chor, bald verwundert, bald entsetzt:

»Heilige Jungfrau! Jesus Christus! Heilige Jungfrau! Jesus Christus!«

Der Bauer aber prustete und wieherte. Irgendwas versuchte er den Weibern zuzurufen, doch kein Wort war imstande, sein Wiehern zu übertönen, er spuckte nur gevierteilte Wörter, halbe Wörter, Wortfetzen aus, als würfe er mit Kartoffeln von seinem Wagen um sich.

Wir standen da, verhöhnt und diesem Wiehern preisgegeben, bis die Mutter schließlich ihren Mut zusammennahm und schrie:

»Was lacht Ihr da wie nicht gescheit?! Habt Ihr noch nie etwas verloren? Dann verliert Ihr noch was, so Gott will! Komm, Piotrek, wir gehen.« Sie packte mich an der Hand. »Mit einem Dummkopf was finden, da verlier ich lieber was mit einem Klugen.«

»Tja, ich lach!… Ich lach!«… Hustend und würgend, versuchte der Bauer, das eigene Wiehern zu übertönen: »Dass einem der Schuh vom Fuß verschwindet!… So was hab ich noch nicht gesehn!…«

»Nicht vom Fuß«, warf die Mutter hin und zerrte heftig an meiner Hand. »Er ist barfuß gegangen. Die Schuhe hat er auf dem Rücken getragen, in die Jacke eingebunden.«

»Aaah… Das muss einer wissen.« Dem Bauern wurde unbehaglich, er tätschelte dem Pferd den Schädel, tätschelte ihm den Hals. »Das hättet Ihr gleich sagen sollen. Gleich hättet Ihr das sagen sollen. Brrr, bleib stehn.« Er packte das Pferd am Maul. Und sichtlich wütend, legte er ihm den Zaum an. »Bleib stehn, Luder!« Er griff nach der Peitsche. »Bleib stehn, hab ich gesagt, sonst…!«

»Es steht doch, was wollt Ihr denn«, sagte die Mutter. »Das Pferd ist das reinste Lamm, bei so einem Herrn.«

»Von wegen Lamm. Das Luder. Ein Lamm nach außen. Aber eins, das der Teufel reitet… Wenn die Hackfrucht vorbei ist, verkauf ich das Biest. Bloß noch Pflügen, Aussäen, und ich verkauf es.« Seine wutgeschwellte Stimme begann jedoch leicht zu zittern, und beinahe bedauernd sagte er: »Du kannst dich drauf verlassen, ich verkauf dich. Und wer seid Ihr?«

»Aussiedler«, sagte die Mutter.

»Aaah… Dann nehmt ihr vielleicht ein paar Kartoffeln ab?«

»Wir würden schon, aber wie? Wir müssen weiter wegen dem Schuh.«

»Und, habt Ihr zum heiligen Antonius gebetet?« Eben langte die erste von den Weibern keuchend bei uns an. »Bei Verlust geht nichts über den heiligen Antonius. Einmal ist mir ein Kalb auf und davon. Was hab ich gesucht und geweint…«

Sie konnte nicht ausreden, denn nun waren auch die anderen heran, ebenso keuchend, und standen bekümmert im Halbkreis um uns herum. Die Köpfe eng von den Kopftüchern umschlossen. Die Gesichter hochrot erhitzt, jede eine Hacke in der Hand, sie schienen einander zum Verwechseln ähnlich, und erst als ich sie genauer betrachtete, sah ich, dass es Jüngere und Ältere darunter gab, Hässlichere und Hübschere, und eine war wohl in meinem Alter.

»Wie sieht der Schuh denn aus? Was ist das für ein Schuh?

Und wo habt Ihr ihn verloren. Sie haben ihn verloren, mein Gott. Vom rechten oder vom linken Fuß?« Eine fiel nach der anderen ein, als sängen sie vielstimmig im Chor. Worauf die Mutter, die meine Hand fahren ließ, sprach:

»Geh, zeig ihn vor, Piotrek.« Ich weiß nicht, weshalb mich das beschämte, und zwar so tief, dass ich den Blick senkte und mich nicht vom Fleck zu rühren vermochte. »Na, geh schon, zeig ihn vor, hab ich gesagt«, trieb mich die Mutter an. »Bist du plötzlich taub?« Und sie schubste mich vorwärts.

Noch immer beschämt, den Blick gesenkt, ging ich, diesen Schuh in der ausgestreckten Hand, wie zu meiner Hinrichtung, obwohl es nur ein paar Schritte bis zu ihnen waren. Jetzt standen sie dicht bei dicht, die Köpfe aneinander gedrängt, dass mich ihr warmer Kartoffeldunst anwehte. Sie begannen zu seufzen, ihr Mitleid, ihren Kummer zu bekunden, dass ich ihnen den Schuh am liebsten überlassen hätte und geflüchtet wäre. Zum Glück kam mir die Stimme des Bauern von der Kartoffelfuhre zu Hilfe:

»Was gibts da anzusehn! Vom Ansehn findet sich der andre nicht!«

Die vom heiligen Antonius begann uns wieder zuzureden, nur der heilige Antonius:

»Wie vielen hat der nicht schon ihr Verlorenes gefunden.«

Und auf ihre Hacke gestützt, begann sie auf die Dörfer ringsum zu zeigen, wo, in welchem der heilige Antonius was gefunden hatte, auf die näheren und die weiter entfernten, mit Namen, mit den einzelnen Katen, so dass ich glaubte, er habe auch meinen Schuh gefunden und halte ihn in der Hand und blicke sich in der Welt um, wem dieser Schuh gehöre, und vielleicht kam er uns sogar entgegen mit diesem Schuh, dort, auf demselben Pfad, groß, bis an den Himmel, und rief durch die Dörfer, über die Felder:

»He, ich hab einen Schuh gefunden! Den vom linken Fuß! Wem gehört der Schuh?! He, derjenige soll sich melden!«

Eine von den Jüngeren warf schüchtern ein:

»Tante, aber der Maruta aus der Siedlung hat die Kuh auf dem Markt verkauft und auf dem Heimweg das Geld verloren, und der heilige Antonius hats nicht gefunden.«

»Weil ers nicht verloren, sondern vertrunken hat, der Saufaus, und rumerzählt hat er, er hats verloren. Für Trunkenbolde findet der heilige Antonius nichts. Für Trunkenbolde, Schurken, Heuchler, Meineidige und liederliche Weibsbilder findet er nichts. Das wär noch was.« Und sie zählte noch lange auf, für wen er nichts findet, bis sie auf einmal die Hacke hob, damit vor sich, in die Ferne, zeigte und sagte: »In Wojciechów, unter der Esche dort, gleich wenn ihr ins Dorf rein kommt, da steht ein heiliger Antonius. Das Stückchen, das ihr abbiegt. Wenn ihr vor ihm selber betet, ist das was anderes, wie bloß so für euch. Sagt ihm, es geht auf den Winter zu, und der Junge hat den Schuh verloren, hilf, heiliger Antonius. Und dass ihr Aussiedler seid, müsst ihr ihm sagen. Sagt ihm nur alles, wie bei der heiligen Beichte. Von allen Heiligen ist er der Allerheiligste.«

»Und nicht der heilige Franziskus, Tante?« warf wieder eine von den Jüngeren ein.

»Den heiligen Franziskus braucht man nicht dauernd so. Aber verlieren, verlieren tut man immer was. Das ganze Leben lang verliert man was.«

Wir bogen jedoch nicht nach Wojciechów ab, obwohl die Mutter der Frau versprochen hatte, abzubiegen, und damit ihr Versprechen auch glaubwürdig erschien, hatte sie sogar nach allerhand Einzelheiten gefragt. Ist dieser heilige Antonius aus Stein oder aus Holz? Gibt es in der Umzäunung ein Türchen, denn zu einem Heiligen über den Zaun steigen, wie geht das an? Steht er rechts oder links vom Weg? Und schließlich hatte sie sich vergewissert, Wojciechów sagt Ihr? So wie der heilige Wojciech? Das merken wir uns.

Doch als wir schon ein gutes Ende gegangen waren, blickte sie kurz zurück, ob die Weiber wieder in den Kartoffeln seien, und sagte mit gesenkter Stimme:

»Von wegen, einfach so abbiegen. Einen heiligen Antonius gibts nicht bloß in Wojciechów. Wir biegen vom Weg ab und finden nicht wieder zurück. In dem Dorf vor uns muss es auch einen heiligen Antonius geben, den gibts überall. Ich glaub, ich habe ihn sogar gesehen, irgendwo in den Büschen.«

Und also begann sie, kaum hatten wir das Dorf erreicht, die Leute, die wir trafen, auszufragen, wo hier der heilige Antonius steht, als hätte sie vergessen, dass wir nach dem Schuh suchten. Doch keiner vermochte uns zu sagen, ob es überhaupt einen heiligen Antonius im Dorf gab. Sie drehten und wendeten sich und zählten auf, was es alles so gab, ein Kreuz vor dem Dorf, am andern Ende, den Herrn Jesus in der Kapelle, wenn wir weiter gehen, einer gemauerten, mit Dach, nur ein Stück von der Hand haben sie ihm abgehackt, auf die er das Kinn stützt, und jetzt hängt sein Kopf so tief, als wolle er von dem göttlichen Hals gleich in einen Abgrund stürzen. Eine Muttergottes gibt es, festgemacht an einer Linde, einen heiligen Rochus, oder vielmehr hat es gegeben, denn er war alt und ist zerfallen, aber im ersten Krieg, da hats ihn noch gegeben und nach dem Krieg noch eine Weile, doch den Krieg jetzt, den hat er nicht mehr mit erlebt. Manche zählten sogar auf, was sie in ihren Häusern besaßen, meistens hatten sie Abendmahle, den Herrn Jesus im Garten, Kreuzigungen, Himmelfahrten, Heilige hatten sie weniger. Und einen heiligen Antonius besaß keiner.

»Was für ein Dorf!« Die Mutter war ordentlich wütend. »Dann ist hier nie jemandem irgendwas weggekommen?«

»Wenn was wegkommt, sucht man es. Das Dorf ist nicht groß. Was ist Euch denn weggekommen?«

»Ein Schuh. Zeig ihn vor, Piotrek. Einer ist noch da, der andre ist weg.«

»In unserm Dorf? In unserm Dorf kann er nicht weggekommen sein. Jeder sieht, wer in was herumläuft. In unserm Dorf solls einer auf Schuhe abgesehen haben? Dazu auf einen. Nicht in unserm Dorf.«

»Unschuldslämmer«, schimpfte die Mutter, als wir wieder in den Feldern waren. »Dabei guckt jedem der Dieb aus den Augen. Hast du das gesehn? Auf dem Hinweg wollte ich Milch hier kaufen, da war bei jedem entweder die Sahne schon hochgekommen, und er wollte nicht noch mal umrühren, oder er hatte schon Dickmilch angesetzt. Die haben den Schuh gefunden, und wir gehn umsonst weiter. Ein Dorf voller Diebe, das spürt man meilenweit. Solche Dörfer gibt es. Bestimmt haben sie im Krieg allerhand zusammengeklaut, und jetzt haben sie Angst. Keinen heiligen Antonius wollen sie haben! Ich hab doch gesehn, dass einer da stand. Aber fragst du so mir nichts, dir nichts nach dem heiligen Antonius, können sie mancherlei vermuten. Dass du ausgeschickt bist, um herumzuschnüffeln. Und um sie abzulenken, fragst du nach dem heiligen Antonius. Vielleicht war es auch in dem andern Dorf, dem dort vor uns.«

Und in dem anderen Dorf, dem vor uns, fragte sie nicht mehr, ob sie einen heiligen Antonius hätten. Über mein Ohr gebeugt, sagte sie nur:

»Guck dich um, vielleicht steht einer hier.«

Sie hielt den Blick unverwandt geradeaus gerichtet, so als benötigte sie niemanden, obwohl sich die Leute neugierig nach den Fremden umdrehten, die da durch ihr Dorf zogen. Manche blieben stehen und hofften auf ein Wort von uns, wir zogen ja durch ihr Dorf, selbst aber auch bereit, etwas zu sagen. Aus der Tiefe der Anwesen traten sie an den Zaun, da und dort kam einer aus der Kate, als er uns durchs Fenster sah. Doch die Mutter blickte geradeaus, als sähe sie weder die Menschen noch die Katen noch dieses ganze Dorf. An ihrer Hand hängend, fühlte ich, dass sie auch mir gebot, nichts zu sehen, nicht die Menschen, nicht die Katen und nicht dieses Dorf.

Schließlich sprach uns ein Greis an, der auf einer Bank in der Sonne saß. Er war so alt, dass alles Leben aus ihm gewichen schien. Sein Kopf ruhte reglos auf einem Stock, und nur der Hund, der sich zu seinen Füßen wärmte, war wohl noch lebendig. Und eigentlich war es, als ob der Hund uns fragte:

»Sucht ihr etwas?«

Denn der Greis öffnete nicht die Lippen und sah nicht zu uns hin, und nur dieser Hund räkelte sich im Staub und knurrte.

»Still, Pyrc«, sagten die Worte des Greises ohne sein Zutun. »Lass sie. Sie suchen etwas.«

»Was sollen wir denn suchen?« erwiderte die Mutter entrüstet. »Wir gehen unsres Wegs. Darf man nicht mal mehr durch ein Dorf gehn, wie?«

»Man darf«, sagten die Worte. »Das Dorf gehört auch zur Welt. Wir sind nicht eingemauert. Aber so geht man nicht, wenn man nur so geht. Denn man geht je nach dem, was man mit sich herumträgt. Anders mit einem Weinen, anders mit einer Krankheit, anders im Zorn, anders, wenn man mit einem Brief von der Post kommt. Und ihr, ihr sucht etwas. So und nicht anders.«

»Der hat gedacht, er kriegt was aus uns raus«, sagte die Mutter, als wir vorbei waren. »Was für ein Schlauberger, hast du gesehn? Tut, als ob man ihn bloß noch in den Sarg legen braucht, so alt wie er ist.« Unerschrocken hob sie den Blick, und wie aus dieser Höhe herab sagte sie: »Wenn wir gehen, gehen wir, was geht das ihn an.«

Wir waren fast am Ende des Dorfes angelangt, nur noch zwei Katen trennten uns von den Feldern, als sie den Schritt zu verlangsamen und sich unsicher umzuschauen begann.

»Erinnerst du dich nicht?« Verstört sah sie bald zur einen, bald zur andern Seite. »Auf dem Hinweg stand hier in der Nähe so eine Heiligenfigur. Bestimmt der heilige Antonius hab ich noch gedacht. Ja, ich hab die Koffer abgesetzt und dorthin geschaut. Es war ungefähr dort.« Sie streckte den Arm aus und blieb nun ganz stehen. »Irgendwo zwischen den Bäumen. Es muss so eine Vorahnung gewesen sein. Denn woher sollte ich wissen, dass du den Schuh verlierst. Ein Busch hat ihn etwas verdeckt. Nicht ein Holunderbusch? Und ihr habt mich eingeholt, du und der Vater. Der Vater bleich, gehörig erschrocken bin ich, er hat doch fast nichts getragen. Den Rucksack und das Netz. O nein, gesund ist er nicht. Dass er das bloß alles übersteht. Jetzt noch dieser Schuh.«

Wir hatten die letzten beiden Katen passiert, und das Dorf riss ab. Vor uns dehnte sich das Meer der Felder. Sie lagen noch im Licht, doch waren sie schon wie in einen feinen bläulichen Dunst gehüllt und fahl von der Sonne, die langsam über ihnen welkte. Die Mutter warf einen Blick auf die Felder, auf die welkende Sonne und sagte:

»Lass uns umkehren. Wir sehen noch einmal nach. Er stand ganz sicher da.«

Wieder zogen wir durch das Dorf. Doch jetzt gab sie sich nicht damit zufrieden, nur nach links und nach rechts zu spähen, sondern begann, wie getrieben von einem Fieber, hin und her zu rennen und eingehend Kate für Kate und alle Vorgärten zu betrachten, jeden Baum, jeden Strauch, ja sie schaute über die Zäune hinweg in die Höfe, oft auch in ihren rückwärtigen Teil, wenn ein Pfad zwischen den Anwesen hindurch führte oder ein Zwischenraum, eine schmale Lücke sie voneinander trennte.

»Hier irgendwo muss er sein«, sagte sie voller Bitterkeit. »Ich hab ihn mir doch nicht ausgedacht.«

Und so von einem Rand zum anderen taumelnd, langten wir wieder bei dem Greis auf der Bank in der Sonne an und bei dem Hund, der sich zu seinen Füßen wärmte. Vielleicht hätten wir ihn übersehen, so besessen waren wir von dieser Heiligenfigur, die sich zwischen den Katen, Zäunen, Vorgärten, Bäumen, Büschen vor uns verbarg, doch da erreichte uns, wie aus der Unterwelt, seine leblose Stimme:

»Hab ich nicht gesagt, ihr sucht etwas?«

»Wo steht hier der heilige Antonius?« Die Mutter fiel fast über ihn her.

»Dort«, sagte er nur und wies nicht einmal mit dem Kopf in die Richtung. Er saß, wie er gesessen hatte, leblos, das Kinn auf den Stock gestützt, den Hund zu seinen Füßen.

»Dort, das kann überall sein«, sagte die Mutter. »Da und da und da.« Sichtlich zornig zeigte sie mit der Hand nach allen Seiten.

»Und es ist überall«, pflichtete ihr der Greis bei.

»Steht wenigstens dran, dass es der heilige Antonius ist?« fragte sie, schon ruhiger, als sie sah, dass sie mit Zorn nichts ausrichten würde.

»Etwas steht dran«, bestätigte er. »Nur hängt es davon ab, was einer lesen will.«

»Vielleicht führt Ihr uns zu ihm?«

»Ich nicht«, sagte er. »Die Beine machen nicht mehr mit. Von der Kate bis auf die Bank. Weiter darf ich nicht. Hier, wo der Stock im Boden steckt, das ist die Grenze. Weiter darf ich nicht. Pyrc führt euch hin.«

»Was denn, der Hund?« stieß die Mutter ungläubig hervor.

»Der Hund«, bestätigte er.

»Und er weiß, wo der heilige Antonius steht?«

»Gewiss.«

»Euer Hund muss ein erzgescheites Tier sein«, sagte die Mutter mit leisem Spott, vielleicht gewann aber auch der unterdrückte Zorn wieder die Oberhand in ihr. Er erwiderte nichts. »Dann findet er wohl auch einen Schuh, wenn er so gescheit ist? Der Junge hat einen Schuh verloren.«

»Draußen vorm Dorf nicht«, sagte er. »Die Welt dort kennt er nicht. Aber im Dorf, wenn ihr ihn da verloren habt, findet er ihn.« Und mit seiner leblosen Stimme wandte er sich an den Hund: »Führ sie, Pyrc. Aber komm zurück, denn auch für mich wirds Zeit.«

Der Hund sprang auf, bellte kurz zu uns hin und trottete, ohne sich umzusehen, los.

»Heilige Jungfrau«, sagte die Mutter, Furcht in der Stimme, »ein Hund, das hab ich noch nicht gesehen. Hühner, Gänse, aber zu einem Heiligen?«

Das Seltsame daran war, er trottete nach dem Maß unserer Schritte, nicht zu langsam, nicht zu schnell, immer nur ein paar Meter voraus. Plötzlich bog er vom Weg ab und in eine Lücke zwischen zwei Höfen ein. Im Hintergrund, genau dort, wo die Mutter sie vermutet hatte, zeigte sich uns jene vergeblich gesuchte Heiligenfigur, umrahmt von Büschen.

»Sieh doch nur!« sagte sie verblüfft. »Ich habs gewusst. Wie konnte sie uns durch die Lappen gehen? Das begreif ich nicht. Die Augen hab ich mir bald aus dem Kopf geguckt.«

Der Hund stand schon vor der Figur. Er bellte nach uns und gab uns zu verstehen, wir seien da.

»Bloß, ist das auch der heilige Antonius?« sagte die Mutter, als wollte sie die Figur beschwören, sie dürfe kein anderer sein. »Da, er steht sogar etwas gebückt, nun, wozu wird er sich bücken? Um etwas aufzuheben!«

Die Figur war von dem schorfigen Moos, das sie dick überzog, fast graugrün. Da und dort trug sie Schrammen von Granatsplittern. Den oberen Teil des Kopfes hatte es bis etwa zur Mitte der Stirn weggefetzt, ein Stück des Gewandes fehlte, zusammen mit einem Stück Arm, am andern schien jemand mit der Axt gleichmäßig alle Finger abgehackt zu haben. Mich befiel der sündige Gedanke, wie uns ein Heiliger helfen solle, den Schuh zu finden, wenn er es nicht fertig gebracht hatte, sich gegen den Krieg zu schützen. Er war nicht groß, doch er stand auf einem Sockel, der erheblich größer war als er und zu dem auf jeder Seite drei Stufen hinauf führten. Die hölzerne Umzäunung war altersmorsch und hier und da eingestürzt. Die Mutter befahl mir, vor dem Zaun niederzuknien. Sie kniete neben mir.

»Bete drei Ave Maria für den Schuh, dass wir ihn finden«, sagte sie halblaut. »Und ein Vaterunser für den Vater, dass er gesund wird.«

Andächtig neigte sie den Kopf, und so verharrte sie eine Weile, doch plötzlich fuhr sie hoch und stieß wütend hervor:

»Wir müssen diesen Hund wegjagen. Womöglich ist es gar kein Hund.«

Der Hund stand hinter uns, ein gutes Stück entfernt, als zögerte er, ob er noch bei uns bleiben oder uns allein lassen solle.

»Geh. Na, mach schon. Geh zurück zu deinem Herrn«, sagte die Mutter. Der Hund sah sie an, als verstünde er nicht, was sie meinte, und knurrte nicht einmal. »Danke, dass du uns hergeführt hast, aber jetzt geh, geh zurück. Wie red ich nur mit dir?« Sie versuchte es im Guten, versuchte es im Bösen. Sie trat noch einmal zu der Figur, doch als sie merkte, dass der Hund weiter da stand, ging sie zurück, um ihn erneut wegzujagen. »Sieh zu, dass du wegkommst! Der Alte denkt noch, wir wollten ihm den Hund stehlen, und nach dem Antonius haben wir bloß zum Schein gefragt.« Sie hob einen Erdbrocken auf und warf ihn nach dem Hund, dann einen Stock und begann damit vor ihm herumzufuchteln, doch der Hund rührte sich nicht vom Fleck. »Pyrc. So einen Namen hab ich mein Lebtag nicht gehört. Wer gibt einem Hund so einen Namen? Geh, Pyrc, na, geh schon.«

Und während sie sich so mühte, den Hund zu verjagen, erschienen vor meinen Augen, versprengt in dem graugrünen Schorf, Buchstaben auf dem Sockel. Sie kamen allmählich zu Tage, Halbstriche, Striche. Vor Feu… vor Feuer… vor…ieg… vor Krieg… vor Hunger… und einem jähen Tod… be… wahre uns Herr… Bitte… für uns Heiliger… Heiliger… Isidor… Anno Domini, dann die Scharte eines Einschusses, Balbina und Klemens, wieder ein Einschuss.

»Teufelsbrut«, sagte die Mutter und kniete sich wieder neben mich. »Nein, das ist kein gewöhnlicher Hund. Woher wusste der Alte, dass wir was suchen? Er hatte Angst, die Augen aufzumachen, damit ich ihn nicht durchschaue, hast du gesehn? Den Stock hat er sicher auch bloß zur Täuschung. Eine Stecknadel im Heuhaufen würd ich finden, und dieser Antonius steht dick und fett hier, und ich überseh ihn!« Hastig bekreuzigte sie sich. Dann faltete sie die Hände und hob das von Demut geglättete Gesicht dem Heiligen entgegen. Und in dieser Haltung flüsterte sie mir zu: »Denk du die ganze Zeit nur an den Schuh. Und heiliger Antonius, steh uns bei, heiliger Antonius, steh uns bei, so musst du beten.«

»Mama«, sagte ich, gleichfalls flüsternd. »Es ist nicht der heilige Antonius, es ist der Isidor.«

»Ach, geh!« erwiderte sie empört. »Als würd ich den heiligen Antonius nicht erkennen?!«

»Es steht dran.«

»Wozu liest dus erst«, zischte sie.

»Bitte… für uns… heiliger Isidor«, buchstabierte ich.

»Ja und?« Sie ließ sich nicht irre machen. »Glaubst du, wenn da was geschrieben steht, muss es auch gleich so sein? Geschriebenes kann man auswischen und kann was anderes hinschreiben. Wiederhole, was ich dir gesagt habe, heiliger Antonius, steh uns bei, heiliger Antonius, steh uns bei.«

»Es ist eingeritzt…«

»Auch einritzen kann man, was man will.« Sie ließ mich nicht ausreden. »Es kommt sowieso alles, wie es kommt. Bete, mäkle nicht.« Sie versenkte sich ins Gebet, doch offenbar hatten auch sie Zweifel befallen, denn mittendrin warf sie ein: »Heilig sind sie alle beide. Nur ist der eine für die Felder da und der andre für Verlorenes. Der hier sagt dem andern dort, wir suchen einen Schuh, das ist dasselbe, wie wenn wir zu dem andern beten.« Sie führte die gefalteten Hände noch höher hinauf, in Höhe ihrer Nase, als versuchte sie, sich gegen den Zweifel abzuschirmen, ob es der heilige Isidor oder der heilige Antonius sei, und ohne im Gebet innezuhalten, sagte sie wieder: »Aber sag ihm, dass du keine andern Schuhe hast und dass wir Aussiedler sind, vergiss das nicht. Sie müssen sowieso beide damit zum Herrgott. Erst der Herrgott trägt dem einen auf, lass es regnen, die Felder sind zu trocken, und dem andern, find ihnen diesen Schuh. Bete, ob nun der oder der, ohne Beten helfen sie uns nicht.«

Trotzdem quälte es sie wohl, dass es der heilige Isidor, nicht der heilige Antonius war, denn wir waren lange aus dem Dorf hinaus, und sie hatte noch kein Wort gesagt. Sie ging vor sich hin, in einer Art bedrückten Schweigens, ohne sich selbst oder mich anzuhalten, nach dem Schuh auszuschauen, was ein untrügliches Zeichen dafür war, dass nicht der Schuh sie quälte.

Auf den Feldern wimmelte es von Menschen, die Kartoffeln hackten, und manche richteten sich über ihren Hacken auf, wenn sie uns sahen, manche riefen uns nach, wohin des Wegs, doch die Mutter schien, wie getrieben von diesem Kummer, dass es der heilige Isidor, nicht der heilige Antonius gewesen war, vergessen zu haben, dass uns die Menschen ebenso helfen konnten wie die Heiligen. Ja sie schickte nicht einmal wem ein »Grüß Gott« hinüber. Erst als wir bei den Wiesen anlangten, sagte sie, als wollte sie diesen Kummer endlich loswerden:

»Die Heiligen haben sowieso selbst keine Macht, der Herrgott muss ihnen erst seine leihen.« Und etwas fiel von ihr ab. »Guckst du dich auch um? Guck dich um, mein Sohn. Die Heiligen, das ist das eine, umgucken müssen wir uns außerdem.«

Das machte mir Mut, und ich fragte:

»Zu was sind dann die Heiligen da, Mama?«

»Wieso zu was?« brauste sie auf, doch nach kurzer Überlegung fügte sie hinzu. »Damit sie da sind. Hat euch das der Pfarrer nicht in Religion gesagt? Man sieht, wie du aufpasst. Ich knöpf mir dich vor, lass nur den Krieg vorbei sein. Bloß auf dem Dorf hab ich dir alles durchgehn lassen. Wozu die Heiligen da sind? Vielleicht kommt der Herrgott alleine nicht hinterher, und jemand muss ihm helfen? Trotzdem ist das alles viel zu viel für den Herrgott. Es gibt ja nicht bloß Menschen, es gibt auch noch die Tiere auf der Welt. Im Kino haben sie das mal gezeigt, heilige Jungfrau, so wunderliche Viecher, allein für die Tiere müsste es einen Gott geben. Und was ist mit den Fischen, den Vögeln? Oder den Ameisen, Bienen, Mücken? Hoho, von denen gibts ganze Scharen. Und für all das nur den einen Gott. Sich aus einem einzigen Dorf nur alle Klagen anhören, schon das wär genug für Gott. Oder aus einer einzigen Kate, wenn die Familie groß ist. Und wie viele von solchen

Dörfern gibt es auf der Welt, wie viele Katen, Familien? Und wo bleiben die Städte? Und all das ist unglücklich, denn selbst der Glückliche ist unglücklich vor Gott. Da muss es wenigstens fürs Zuhören, fürs nach dem Rechten sehen, fürs Trösten die Heiligen geben. Oder falls einer Fürsprache braucht. Zu Ostern, wenn der Pfarrer die Beichte abnimmt, bittet er auch noch einen hinzu, manchmal auch zwei, die ihm helfen. Denn ob Räuber oder Dieb, zu Ostern regt sich bei jedem das Gewissen. Hör dir das mal alles so an, vergib die Sünden, tröste, verteil die Strafen. Einer allein wird nicht fertig mit so einem Sündenberg, er muss einen hinzu bitten. Und die Heiligen, die hat sich Gott eben unter den Menschen ausgewählt, damit sie ihm helfen. Na, und es gibt genug zu tun, für Gott und für die Heiligen. Oder wenn du in die Kirche gehst, ohne Heilige wärs dort doch leer. Obwohl Gott der Allerwichtigste ist, aber mit den Heiligen ist es reicher.«

Wir näherten uns dem San, der Deich war schon zu sehen und dahinter die fortlaufende Linie des Gebüschs, als sie nach der Litanei herzuzählen begann, wie viele Heilige es gebe, und jeder für wieder was anderes.

»Mama!« unterbrach ich sie. »Der San!«

Sie hob den Kopf, ließ den Blick an der Deichkrone entlang, nach links, nach rechts, wandern, als umschlösse ihr Blick die ganze Welt, und sagte verwundert:

»Heilige, Heilige, und da mit mal der San, guck einer an. Man geht und geht, und es kommt einem vor, als sollte man weiter so gehn und gehn, und da mit mal der San. Guck einer an. Gut, dass du ihn wenigstens gesehen hast.« Und dann fuhr es in sie: »Heilige Jungfrau, und den Schuh haben wir immer noch nicht. Was soll das werden?«

Sie verstummte, senkte leicht den Kopf, man konnte meinen, sie begänne wieder eifrig nach dem Schuh auszuschauen, doch sie sah nur blicklos auf den Weg und ging, in sich selbst versunken. Ich überlegte, ob ich sie nicht trösten solle, wir würden den Schuh schon finden, bestimmt finden wir ihn, sie solle nicht länger traurig sein, doch mich befielen Zweifel, ob nur der Schuh sie jetzt so traurig stimmte.

Die Sonne verlängerte unsere Schatten, die vor uns her liefen, und plötzlich sah ich, wie der Schatten der Mutter gegen den meinen stieß, sich über meinen legte, obwohl wir keineswegs dicht nebeneinander gingen. Ihr Schatten überragte den meinen außerdem weit, und er wuchs und wuchs, während meiner neben dem ihren kleiner wurde, schrumpfte, so als hätte die Sonne vor, nur in ihrem Rücken unterzugehen und stünde hinter mir weiter am Himmel. Ja, ich blickte zurück, ob sie sich nicht in zwei Hälften, eine für sie und eine für mich, gespalten hatte.

Wir näherten uns dem Deich. Der Weg begann in einer Art Auffahrt für Pferde und Wagen sanft anzusteigen, fiel auf der anderen Seite ebenso sanft wieder ab und führte fast in gerader Linie über eine kleine baumbestandene Erhebung zum Flussufer, wo die Fähre anlegte. Auf dem Deich machten wir Halt, und die Mutter blickte den Fluss hinauf und hinunter.

»Schau doch mal, ob du was siehst«, sagte sie.

»Ja, sie steht da. Dort!«

»Aber ob du den Fährmann siehst? Die Fähre hat am Morgen genauso dagestanden, aber der Kerl lag betrunken im Gebüsch. Die Leute haben ihn rausgezerrt, sonst hätten wir warten können, bis er nüchtern ist. Über den ganzen Fluss hats nach Schnaps gestunken, wie er uns gefahren hat.«

Wir standen noch immer auf dem Deich, als hielten wir Ausschau nach dem Fährmann, doch die Mutter blickte die ganze Ebene ab, die sich vor uns dehnte, ja sie blickte über den San hinaus, wo kaum noch etwas zu erkennen war in der sich verdüsternden Sonne.

»Und wenn wir ihn drüben auch nicht finden?« sagte sie, als sei ihr das nur so herausgerutscht. »Dann weiß ich nicht mehr. Dann gehn wir wohl zu den Großeltern zurück.« Sie streckte den Arm aus und zeichnete in der Ferne, in der untergehenden Sonne, irgendwelche gezackte, verblassende Umrisse nach.

»Dort ungefähr ist das Dorf. In der Not kriecht man am besten zusammen. Ich glaub, man sieht die Kirche. Siehst du sie? Und falls der Vater die Stellung nicht kriegt, fährt ihn der Władek oder der Stefan eben morgen holen.« Und sie schaute sich nach dem Weg um und begann sich plötzlich zu sorgen, weil irgendwie keiner zu sehen war, der zur Fähre wollte. »Siehst du jemanden? Am Morgen haben wir nicht alle auf einmal raufgepasst. Er musste zweimal fahren. Aber uns allein wird er vielleicht nicht rüberbringen wollen? Oder er zieht uns das Fell über die Ohren? Noch was! Das soll er sich traun!« Und sie packte meine Hand und sagte entschlossen: »Der muss sich nicht einbilden, er hats mit einer Dummen zu tun. Ich weiß, was für wie viel. Für dich höchstens die Hälfte. So hab ich vorm Krieg auf der Bahn bezahlt. Und was ist eine Fähre gegen die Bahn. Drei Stunden fuhr man zu den Großeltern, nicht bloß mal kurz von Ufer zu Ufer. Und immerhin hat man ein Stückchen von der Welt gesehen, durchs Fenster. An die fünfzehn Stationen waren es wohl. Und wenn man zufällig noch Gesellschaft hatte, da hat man auch mal lachen können und hat allerhand erfahren. Mitunter wars fast schade, schon auszusteigen. Der soll froh sein, dass ich heut früh bezahlt hab, der konnte vor Schnaps nicht aus den Augen gucken, der hat gar nicht gesehen, ob einer zahlt. Die einen haben bezahlt, und andre haben sich kein Gewissen draus gemacht. Als hätt ichs nicht gesehn! Und ob ich es gesehen habe!«

Wir blieben am Ufer bei der Fähre stehen und hatten uns noch nicht nach dem Fährmann umgeschaut, als wir aus dem nahen Weidicht seine heisere Stimme vernahmen:

»Ihr habt Glück.« Er lag auf einem alten Rock, die Arme unterm Kopf, und starrte in den Himmel, ohne zu uns herüberzuschauen. »Und was für Glück.«

»Wieso das?« sprudelte die Mutter, Hoffnung in der Stimme. »Hat etwa einer einen Schuh gefunden?«

»Einen Schuh? Nein, aber ich wollte schon übersetzen.

Da, der *Kukurusnik*[54] am Himmel hat mich aufgehalten. Der fliegt, und man hört ihn nicht.«

Ich reckte den Kopf. Über den dunkler werdenden Himmel glitt ein Doppeldecker, ohne einen Laut von sich zu geben.

»Von einem Schuh haben Sie nichts gehört? Der Junge hat einen verloren. Zeig vor, Piotrek.«

Er warf nur einen flüchtigen Blick darauf.

»Und warum habt ihr so lange auf dem Deich gestanden?«

»Ach, bloß so.« Die Mutter hatte mit einemmal ihre Selbstsicherheit verloren, doch gleich fand sie einen Grund für unser Stehen. »Wir dachten, vielleicht will noch jemand mit der Fähre mit.«

»Um die Zeit kommt kaum noch wer.« Er rappelte sich von seinem Lager hoch, warf sich den Rock über. »Ich hab lange genug auf euch gewartet, ich wär längst drüben. Steigt auf.«

Er hielt die Mutter am Ellbogen, als sie den Schritt vom Ufer auf die Fähre tat, sie konnte ihr Staunen nicht verbergen, doch hinterher musterte sie ihn argwöhnisch. Mich fasste er unter den Armen und hob mich hinüber wie eine Feder. Er griff nach der Stange, stieß vom Ufer ab, packte das zwischen den Ufern gespannte Seil und starrte in den unter uns dahin ziehenden dunklen Fluss hinab, und das Seil glitt wie von selbst durch seine Finger.

»Was denn, auf uns gewartet?« fragte die Mutter.

»Auf wen sonst?« Unter seinen dröhnenden Worten schien die Fähre leicht zu schwanken.

Doch bald wurde er aufgeräumter, und mit fast sanfter Stimme ermahnte er mich, mich nicht an dem Seil festzuhalten, es scheuert mir die Haut an den Händen auf, seine Hände, das ist was anderes, die sind abgeschliffen wie die Stufen vor der Kirche. Der Mutter riet er, sich auf eine Kiste zu setzen,

[54] (russ.) Bezeichnung für ein kleines sowjetisches Flugzeug, das im 2. Weltkrieg vor allem zu Aufklärungszwecken benutzt wurde; von russ. »kukurusa« – Mais; die Maschine war so handlich und klein, dass sie angeblich in jedem Maisfeld landen konnte.

das ist bequemer als zu stehen, und er rückte ihr diese Kiste zurecht.

»Wie ich euch heut früh gesehen hab, hab ich mir gleich gedacht, die kommen zurück, bevor die Sonne untergeht. Und sie geht unter. Ich weiß immer, wer morgen zurückkommt, wer übermorgen und wer nie. Ohne den *Kukurusnik* hättet ihr mich nicht mehr getroffen. Und wo habt Ihr Euern Mann gelassen? Heut morgen wart ihr zu dritt? Er muss krank sein, Euer Mann.«

»Weshalb soll er denn krank sein?« erwiderte die Mutter unwirsch, weil jemand sich in ihr Leben einmischte, in Dinge, die sie schmerzten. Doch um den Fährmann nicht zu verprellen, änderte sie die Richtung des Gesprächs.

»Und Sie, an welchem Ufer wohnen Sie?«

»Kommt drauf an«, sagte er ausweichend.

»Und auf was?« fragte die Mutter verwundert.

»Wo ich vor der Nacht anlege. Mal hüben, mal drüben.«

»Aber Ihr Zuhause, wo haben Sie das?«

»Ich sag doch, mal hüben, mal drüben.«

»Dann haben Sie nicht Frau und Kind?«

»Für Frau und Kind müsste ich mich niederlassen, hüben oder drüben. Und wie soll ich mich niederlassen, wenn ich hin und her muss. Seemann wollte ich werden, das Festland ist nicht meine Sache. Mich ziehts aufs Wasser.«

»Jesus Christus!« schrie die Mutter, als die Fähre am Ufer anlegte und heftig schwankte.

»Ganz ruhig«, sagte der Fährmann.

Er zerrte das Ende einer Kette von der Fähre an Land, hakte es an einem dicken Pfahl fest. Dicht hinter ihm sprang die Mutter gewandt ans Ufer. Und gleich fing sie an, sich aufzuspielen:

»Und, was zahle ich?« Sie zückte betont das Portemonnaie, bereit zu zahlen, während sie, auf mich deutend, mit fordernder Stimme sagte: »Für ihn wohl nicht voll. Vor dem Krieg auf der Bahn…«

»Wegstecken, das Portemonnaie«, unterbrach er sie und zog die Fähre an der Kette ganz an Land. »Ich hab sowieso rüber gewollt, mit oder ohne euch.«

»Aber etwas wird Ihnen doch zustehen?« Die Mutter gab sich unnachgiebig und blieb bei dem hochnäsigen Ton. »Ich bin nicht gern jemandem etwas schuldig.«

»Wegstecken«, sagte er wieder.

Sie zögerte.

»Vielleicht wenigstens für mich«. Sie klang nun kleinlaut, und die Hand mit dem Portemonnaie verhielt wie aus Versehen über der geöffneten Handtasche.

Er sagte nichts mehr, er betrachtete, nachdem er die Kette an dem Pfahl festgemacht hatte, den Fluss, das Buschwerk, reckte den Kopf zum Himmel.

»Den Schuh findet ihr jetzt nicht mehr«, sagte er wie zu dem Fluss, dem Buschwerk, dem Himmel hin. »Es wird schon dämmrig.«

»Dämmrig, von wegen!« sagte sie empört, als wir weit genug waren, dass er uns nicht mehr hören konnte. Und auf dem Deich wandte sie sich nochmals um. Er stand am Ufer und schien über diesen Fluss nachzusinnen. Und mit der gleichen Empörung sagte sie:

»Bloß da unten, am Fluss, da ists dunkler.«

Man hätte meinen können, diese Empörung habe sich lange gelegt, der Deich hinter uns war nur noch als Schatten zu erkennen, wir waren vom Weg wieder auf den Fußpfad gewechselt, denselben, den uns am Morgen der Bauer aus dem Dorf gewiesen hatte, und hielten die Augen, die Gedanken einzig auf den Pfad gerichtet, als sie sich erneut empörte:

»Von wegen dämmrig! Es ist noch ganz schön hell. Da, was für ein Erdklumpen, und, hab ich ihn nicht gesehn? Und der Schuh ist nicht kleiner wie dieser Klumpen.«

Wir hatten ein gutes Stück in tiefem Schweigen zurückgelegt, ich war überzeugt, sie habe den Fährmann längst vergessen, als sie über die Schulter hinweg zu mir sagte:

»Irgendwie eigenartig war der. Sah mir nicht aus wie ein Fährmann. Am Morgen noch eher, wie er betrunken war. Wo gibts denn so was, kein Zuhause, weder Frau noch Kind. Bloß immer so von Ufer zu Ufer.« Und als wir wieder ein Stück gegangen waren, begann sie den Fährmann zu entschuldigen: »Tja, den Menschen ergehts verschieden im Leben. Vielleicht, weil er nicht hat Seemann werden können.«

Oben schien es noch leidlich hell, doch am Boden begann sich endgültig grauer Dämmer auszubreiten, der sich fast zusehends verdichtete, so als rollte ihn jemand vor unseren Füßen aus, und die Beschwörungen der Mutter, von wegen dämmrig, vermochten nichts dagegen. Der von menschlichen Fußsohlen steinhart getrampelte Pfad, der doch für gewöhnlich heller war als die ihn begleitenden Felder, hob sich kaum noch von ihnen ab. Und auf solch einem sich zwischen dämmrigen Feldern verlierenden Pfad einen Schuh auszumachen, das hieß allenfalls, über ihn zu stolpern.

Die Mutter, die in einem fort wiederholte, von wegen dämmrig, von wegen dämmrig, zog die Beine aus dem dichter werdenden Grau wie aus einer sumpfigen Tiefe. Manchmal erkannte ich ihre Füße nicht mehr, und nicht, weil sie schwarze Pumps trug, auch meine nackten weißen Füße verschmolzen mit diesem Grau, und einzig die zunehmende Kälte ließ mich fühlen, dass ich damit den Boden berührte.

Die Sonne war endgültig untergegangen, fern über den Feldern hing noch ein kaum mehr wahrnehmbarer Schein, wie eine nicht restlos ausgelöschte Spur. Aber die Mutter gab nichts auf die versunkene Sonne. Sie starrte auf den Pfad vor sich, als leuchtete ihr jetzt der Pfad mit seinem Licht. Und sie versäumte nicht, mich von Zeit zu Zeit über die Schulter hinweg zu ermahnen:

»Schau du, mein Sohn. Sieh dich um. So dunkel ists noch nicht, ein bisschen sieht man noch.«

Mir schien, als bückte sie sich tiefer über den Pfad, so dass nur noch ein Teil ihres Kopfes zwischen ihren Schultern aufragte, und als die Dämmerung vollständig in Dunkel umgeschlagen war, verschwand auch der, und ich sah nur noch die Umrisse ihrer gebeugten Schultern vor mir.

»Mama, ich seh nichts mehr«, sagte ich irgendwann, denn vom ewigen Hinstarren begann sich der fast unsichtbare Pfad vor meinen Augen zu verwirren, wich mir nach links, nach rechts aus, obendrein war es, als stellten sich meinen bloßen Füßen irgendwelche Furchen und Löcher in den Weg. Wieder und wieder stolperte ich, ja ich war mir nicht sicher, ob wir auf dem Pfad waren oder uns zwischen den Feldern verirrt hatten.

»Na, so weit ists nicht mehr bis zu den Großeltern. Dort, siehst du? Das ist schon ihr Dorf. Schau dich um«, feuerte sie mich an, als wollte sie nicht zulassen, dass es schon dunkel war, vielleicht durchdrangen ihre Augen auch das Dunkel. »Vielleicht hast du ihn dort am Anfang, im Dorf, verloren, wie wir los sind? Man sucht manchmal den ganzen Weg und nichts, und erst am Ende findet mans. Ob der Mensch glücklich war, erfährt er auch erst vorm Tod.«

»Dort, im Dorf, hatte ich noch die Schuhe an«, sagte ich.

»Wieso die Schuhe an? Von wegen die Schuhe an! Du bist von Anfang an barfuß gelaufen. Drum ists kein Wunder, dass du ihn verloren hast.«

Diese Verbissenheit war mir regelrecht unbegreiflich, denn ich hatte mich damit abgefunden, dass wir den Schuh nicht fänden, und schaute nur noch so obenhin. Fast blind tappte ich vorwärts, auch die Mutter erkannte ich kaum noch. Einzig ihre über den Pfad klappernden Schritte leiteten mich. Dazu machte mir die Kälte zunehmend zu schaffen, von den Füßen kroch sie durch den Körper hinauf, so dass ich allmählich auch steife Hände bekam. Ich ballte sie zur Faust, hielt sie an den Mund und begann dagegen zu hauchen. Vielleicht hatte sie mein Hauchen gehört, denn plötzlich blieb sie stehen, schleuderte die Schuhe von den Füßen und hieß mich sie anziehen.

»Jetzt sieht dich keiner, und du kriegst warme Füße. Zieh an«, sagte sie in befehlendem Ton, meinen Widerstand ahnend. Und noch ehe ich ihr ausweichen konnte, hatte sie sich gebückt, treffsicher meinen linken Fuß aus dem Dunkel gefischt und mir den Pumps übergestreift, ebenso machte sie es mit dem rechten Fuß.

»Na, und, besser so?« Sie stand aus der Hocke auf. »Blockabsätze, so hoch sind die wieder nicht, als dass du nicht drin laufen kannst. Und deine Füße sind auch nicht mehr viel kleiner als meine. Zugucken kann man, wie die dir wachsen. Bald hast du den Onkel Władek überholt. Und der hat die größten in der Familie.«

Jetzt wurden ihre Schritte leise, als ginge sie nicht auf dem Pfad, sondern schwebte dicht über ihm, mitten durch das Dunkel, das diesen Pfad wie ein flauschiger Teppich von ihren Füßen trennte. Dafür klapperte ich bei jedem Schritt mit ihren Pumps, als dengelte jemand in diesem Dunkel irgendwo auf den Feldern seine Sense. Dazu knickte ich andauernd in den Knöcheln um, oder ich stürzte von diesen Blockabsätzen ab wie von Türmen, meine Beine verhedderten, verfingen sich, so dass ich bisweilen nicht mehr wusste, wo das linke, wo das rechte war, mit welchem ich den nächsten Schritt tun, welches ich nachsetzen sollte. Obendrein musste ich die ganze Zeit hinterher rennen, denn barfuß ging die Mutter wesentlich schneller, bestimmt ohne es zu wissen, und andauernd entschwand sie mir ganz und ließ nicht einmal mehr dieses barfüßige Rascheln zurück. Vielleicht war dieses eilige Klappern, das ich verursachte, während ich ihr so nachhetzte, der Grund, dass sie auf einmal langsamer ging und mir über die Schulter zurief:

»Was ist, läuft sichs dir so schlecht darin? Mein Lebtag laufe ich in solchen. Wenn du nun welche mit hohem Absatz anziehen und, Gott behüte, noch drin tanzen müsstest? Ich hab das gemusst.«

Beschämt sagte ich:

»Mama, es ist schon dunkel.«

Sie überhörte meine Klage.

»Ich war gern elegant, ich kanns nicht anders sagen. Aber wie die hohen, spitzigen Hacken aufkamen und der Vater mir welche gekauft hat, hab ich im Stillen gedacht, wie soll ich da drin laufen. Nicht einen Schritt kann ich drin tun. Und ich bin gelaufen, hab getanzt, und in der Kirche hab ich manchmal die ganze Messe drin gestanden und mich nicht eine Sekunde gesetzt. Mal abgesehen, dass nie irgendwo Platz war. Gedrückt haben sie mich, gerieben, doch vor dem Vater hab ichs nicht zugegeben. Einen Tango tanzt du nicht mit Blockabsatz, dazu brauchts hohe Hacken, wie sähe das denn aus.«

»Mama…«, entfuhr es mir wieder, denn soeben war ich in hohem Bogen von einem dieser Absätze geflogen und fast in den Feldern gelandet.

»Geh, quengel nicht«, fuhr sie mich an. »So dunkel ists noch nicht. Manchmal suchst du im Hellen und findest nichts, und im Dunkeln springts dir von selbst ins Auge. Zumindest ein reines Gewissen werden wir haben, dass wir den ganzen Weg abgesucht haben.«

Da sah ich mit einmal in der uns trennenden Dunkelheit, wie sich ihr Schatten tief hinunter beugte, und ich vernahm das Patschen ihrer Hand auf dem festgetrampelten Pfad.

»War wohl nur so ein Trugbild«, sagte sie, wie zu ihrer Rechtfertigung, und der Schatten richtete sich auf. »In der Dunkelheit gaukelts einem rasch mal was vor.«

Doch nach ein paar Schritten schnellte ihr Schatten erneut nach unten, und erneut vernahm ich drei, viermal so ein Patschen. Und ein paar Schritte weiter erneut, doch nun rechtfertigte sie sich nicht mehr, so als gäbe sie sich restlos dieser plötzlichen Hoffnung hin, irgendwo in der Dunkelheit den Schuh zu ertasten. Wieder und wieder bückte sich ihr Schatten, um wenigstens einmal den Pfad zu berühren oder ihn mit der Hand entlangzufahren. Und so musste ich ihr nicht mehr hinterherjagen, manchmal ging ich sogar langsamer, damit ihr Schatten Zeit hatte, sich aufzurichten.

Wäre das leise Misstrauen nicht gewesen, das sie im tiefsten

Innern doch gegen mich hegte, sie wäre wohl am liebsten auf Knien gekrochen, statt sich immerfort hinunter zu bücken, nun und vor allem, um die Stellen zwischen Bücken und Bücken auf dem Pfad nicht unabgetastet zu lassen. Vielleicht hätte sie sogar mich geheißen, wie sie auf den Knien zu kriechen und, wie sie, diesen Pfad abzutasten, für den Fall, dass der Schuh in der Dunkelheit ihren Händen entginge.

So wie sie mich geheißen hatte, auf den Knien zu kriechen, als sie mir beibrachte, wie man Hirse jätet. In den Furchen zwischen der Hirse hatte sie sich entlanggeschoben, platt an den Boden gedrückt, und ich drei, vier Schritte hinter ihr. Und nicht genug, dass sie sich dauernd nach mir umsah und mir befahl, auf beiden Knien zu kriechen, nicht in der Gegend rumzugucken, den Kopf tiefer zu halten, dies ja und das nicht, war sie in gewissen Abständen auch noch zurückgekommen und hatte geprüft, wie ich jätete. Und war nie zufrieden gewesen.

»Da, das Unkrautbüschel hab ich extra für dich stehen lassen, und du bist vorbei dran. Und hier. Ach geh mir weg mit deinem Jäten. Du lässt ein Hälmchen stehn, und morgen, übermorgen ist es ein Mordsbatzen. Wenn du nicht ordentlich jäten lernst, lernst du gar nichts.«

Erneut bückte sie sich, und tastete laut patschend den Pfad ab. Sie ging nun fast gekrümmt, und das Patschen ihrer Hände hallte durch das Dunkel.

»Mama, ich seh nichts mehr. Es ist so dunkel…«, wimmerte ich, denn eben drückte es mir die Beine auseinander, und ich stürzte von beiden Absätzen zugleich.

»Na schön, es ist dunkel«, erwiderte sie schroff und richtete sich ruckartig auf. »Die Sonne zünd ich dir nicht an. Such.«

KAPITEL 8

Der nicht getanzte Tango

Endlich spielten sie einen Tango. Denn die ganze Zeit hatten sie Walzer, Polkas, Kujawiaks, sogar Märsche gespielt, und wenn jemand hingegangen war, um sie zu bitten, einen Tango zu spielen, hatten sie hilflos abgewinkt, als hinge das nicht von ihnen ab. Bestenfalls hatte der Akkordeonist, der die Kapelle führte, die Uhr aus der Tasche auf seinem dicken Wanst geangelt und, mit einem kurzen Blick darauf, versprochen, ein Tango kommt noch, bloß später, und damit zu verstehen gegeben, für Tangos hätten sie ein festgesetztes Limit.

Ich stand ganz am Ende des Saals, gegen die Sprossenwand gelehnt, und hatte all die Walzer, Polkas, Kujawiaks, Märsche ausgelassen und auf die Fragen der vom Tanz erhitzten Jungs, wieso ich nicht tanze, nur die Achseln gezuckt. Ich wollte ihnen nicht vor der Zeit meine Absicht entdecken, die mich auf dieses mein erstes Schulfest geführt hatte, fast wäre ich ja gar nicht hingegangen. Zumal sich in letzter Minute herausgestellt hatte, dass ich keine Krawatte besaß. Denn die des Vaters hatte die Mutter allesamt verkauft, mit der Erklärung, bis ich groß bin, sind sie unmodern, nichts kommt so rasch aus der Mode wie Krawatten. Herrenkrawatten sind wie Blumenrabatten, hatte es angeblich in der »Dame« geheißen, heute bunt und straff, morgen fahl und schlaff. Schmal sind sie gewesen, und schon sind breite Mode, gepunktet waren sie, und siehe da, alle tragen gestreifte. Was die Perlen bei einer Frau, das ist die Krawatte beim Mann, gewiss, sie kostet nicht so viel, aber der erste Blick gilt immer der Krawatte. Im übrigen, wenn der Krieg nicht gewesen wäre, besäße sie auch Perlen. Und der Vater lebte vielleicht noch. Das Herz, das Herz, aber sein Herz war vom Krieg so angegriffen. Hatte er nicht oft gesagt, auch Perlen wirst du haben. Wenn dieser Krieg wenigstens nicht so gleich gekommen wäre. Fast sein ganzes Gehalt hatten sie auf dem Sparbuch. Und bei der Jahresendabrechnung hätte er ja auch noch was verdient. Im September war er ausgebrochen, und im Januar machten sie immer die Endabrechnung, war das denn lange hin?

Und sie grübelte, wo diese Krawatte für mich hernehmen, und wollte schon bei dem Herrn Jaskóła eine borgen, denn ihr war eingefallen, dass sie eine von Vaters Krawatten dem Herrn Jaskóła gegeben hatte. Er hatte den Sarg mit dem Vater zu den Großeltern aufs Dorf gefahren und nichts dafür genommen. Dazu hatte er beide Pferde angespannt, sie gestriegelt, ihnen die Mähnen gekämmt, und selbst hatte er bessere Sachen angezogen.

Der Großvater war nämlich zu der Zeit gerade ohne Pferde gewesen, eins war beim Pflügen draufgegangen, als es mit dem Huf auf eine im Boden versteckte Mine trat, das zweite hatte jemand bei Nacht aus dem Verschlag geführt, den sie aus den Überresten der verbrannten Ställe und der Scheune zusammengezimmert hatten, als sie von der Aussiedlung zurückgekommen waren. Sie hatten sogar eine amtliche Zuteilung für ein Pferd gehabt, aber sie mussten, wie alle mit solchen Zuteilungen, warten und warten, bis diese Pferde kämen. Drum rannten sie, sowie hinter den Hügeln im Westen ein Güterzug auftauchte oder sie an einem fernen Pfeifen oder Dröhnen halbwegs erkannten, es war ein Güterzug, mit diesen ihren Zuteilungen zur Station, hoffend, vielleicht kämen endlich diese Pferde, und als allererster Onkel Władek. Onkel Władek ging übrigens auch zu denen, die aus dem Osten kamen, denn sie müssten sie, wie er zu sagen pflegte, zwar aus dem Westen bringen, aber womöglich brachten sie sie, der Täuschung halber, aus dem Osten. Er ging auch zu den Personenzügen, zwei kamen zu der Zeit täglich, einer von da, der andere von dort, denn er spekulierte, sie könnten diese Pferde auch an Personenzüge anhängen. Und verwunderlich war das nicht, denn so wie die Pilze nach Regen, so lechzte dieser Boden nach Pferden.

Onkel Stefan und Onkel Władek hatten überlegt, ob sie den Sarg mit dem Vater nicht auf den Schultern tragen sollten, die paar Kilometer von der Stadt, so weit war das nun wieder nicht, und irgendwie würden sies schon schaffen. Vielleicht begegneten sie unterwegs einem Militärwagen oder einem Fuhrwerk. Wenn nicht, würden sie, wenn sie alle halbe Kilometer eine Rast einlegten, es irgendwie schaffen, schlimmstenfalls gegen Abend wären sie bestimmt da. Tante Jadwinia ermunterte sie noch nach Kräften, zwei so starke Kerle, und der Vater war ein Hänfling, nicht groß und mitgenommen von der Krankheit, so viel ist da nicht zu tragen, und irgendwie schaffen sies schon.

Die Mutter jedoch hatte nicht eingewilligt, zu zweit so viele Kilometer, wo sonst vier Mann einen von daheim bis zum Friedhof tragen und sich noch dauernd abwechseln, sie stolpern herum, die Arme werden ihnen steif, und irgendwann, unvermutet, rutscht ihnen der Sarg von den Schultern, und der Deckel geht auf, und der Vater fliegt, Gott bewahre, noch raus? Und sie ging den Herrn Jaskóła bitten, obwohl der gerade von früh bis spät Kohlen von der Station ausfuhr. Sie beteuerte, sie wird zahlen, so viel, wie er verlangt, auch wenn sie jetzt kein Geld hat, aber vielleicht verkauft sie was, obwohl sie nicht mehr allzu viel besitzt, oder sie fährt handeln, sie muss nur erst zu sich kommen nach dem Tod des Vaters, und sie bezahlt, sogar so viel, wie er den Tag verdient mit diesem Kohlekarren.

Der Herr Jaskóła saß auf seiner Kohlenfuhre.

»Sie wollen also morgen?« fragte er nur.

»Ja. Der Piotrek würde mitfahren, ich selber will heut schon hin, alles erledigen.«

Jetzt also hingehn und vom Herrn Jaskóła die Krawatte borgen, wenn auch bloß für das eine Mal, gleich nach dem Fest wird sie zurückgegeben, das gehörte sich nicht recht. Wenngleich ihr einfiel, sie habe, seit damals, die Krawatte an dem Herrn Jaskóła nie gesehen, und das sei ein paar Jahre her, und doch, irgendwie gehörte es sich nicht recht.

Rat wussten, wie gewöhnlich, die Fräulein Poncka. Zwar hatte die Mutter ihnen das mit der Krawatte nicht sagen wollen, zumal sie ihr zuvor eine Anleihe für einen Anzug und Schuhe für mich beinahe gewaltsam aufgenötigt hatten, als sie unbedacht klagte, in der Schule machten sie ein Fest, aber ich gehe nicht hin, ich habe nichts anzuziehen, dabei möchte sie gern, dass ich gehe, ich habe keinerlei Gesellschaft, hocke bloß über den Büchern, dabei ist Gesellschaft im Leben so wichtig. Was ich hier, in Rybitwy, für Gesellschaft haben kann, stünde freilich auf einem anderen Blatt. Und sie hatten mir außerdem noch Socken und ein weißes Hemd gebracht, nicht mehr neu, doch in gutem Zustand und wie für mich gemacht, denn sie fanden, weder das Hemd noch die Socken, die ich besaß, passten zu dem Anzug. Nun, die Hemdsärmel waren vielleicht etwas zu lang und ragten zu weit unter den Jackettärmeln vor, aber die Mutter machte einen Abnäher hinein, na, jetzt sind sie genau richtig, sagte sie, nur zieh das Jackett nicht aus, es schickt sich nicht für einen Mann, es auszuziehen, es sei denn im Grünen. Auf der Wiese, am Wasser, im Wald, das ja. Und an dem Kragen, der etwas zu weit war, hatte sie den Knopf versetzt, mit der Krawatte würde ich ihn dann völlig schließen.

Es sah indes, wegen der Krawatte, ganz so aus, als ginge ich doch nicht zu dem Fest, da stürzten das Fräulein Ewelina und das Fräulein Róża herein, um mich wieder zur Tangoprobe abzuholen, und die Mutter verplapperte sich:

»Wozu die Probe, wenn er nicht hingeht.« Auf dem Gesicht von Fräulein Ewelina und von Fräulein Róża machte sich Entsetzen breit, liderklappernd sahen sie einander an.

»Was ist passiert?«

»Tja was? Tja, keine Krawatte hat er. Und kein Geld, um eine zu kaufen, und keiner, bei dem man eine borgen könnte«, platzte die Mutter heraus und wandte den Blick von ihnen weg zum Fenster.

Eine Weile standen sie sprachlos da, als könnten sie nicht fassen, dass es in einem Haus keine Herrenkrawatte gab, dann begannen sie abwechselnd mal mir, mal der Mutter Vorwürfe zu machen, wieso wir nichts gesagt hatten:

»Wir haben Sie doch gefragt, ob dem Herrn Piotr noch etwas fehlt. Und auch der Herr Piotr konnte ein Wörtchen verlauten lassen und uns sagen, dass er keine Krawatte hat. Oder sogar, dass er eine hat, aber sie passt nicht besonders zum Hemd oder zu dem Anzug. Ach du mein lieber Gott, und wir haben Krawatten in Hülle und Fülle!«

Und sie begannen durcheinander zu plappern, über die vielen Jahre hinweg hätten sich Krawatten die Menge von ihren Gästen angesammelt, einer hat sie vergessen, einer sie als Andenken dagelassen, denn sie mögen eine hübsche Krawatte an einem Mann, oft erkennt man an der Krawatte, was einer ist, so wie an den Augen, den Händen, der Stimme, und sie liegen bloß im Schrank herum. Manche wollten sie schon wegwerfen oder verschenken, zumindest die älteren, aber mit jeder verbinden sich Erinnerungen, und bei den späteren wieder, da kann einer noch kommen und nachfragen, man weiß ja nie, deshalb haben sie sie behalten. Ach, wenn sie so viel Glück hätten, wie sie Krawatten haben!

Sie rannten hinaus, und es war keine halbe Stunde vergangen, da waren sie wieder da, erregt, die Arme behängt mit Krawatten, und begannen sofort, sie mir umzubinden. Diese lobten, jene tadelten sie, am liebsten aber benannten sie, welche wem gehört hatte. Und jede legten sie beiseite, die lieber nicht, der Herr Piotr hat blaue Augen, in der Krawatte ist zu viel Grün, und Blau und Grün, das beißt sich. Die schon, aber zu dunkel für ein Schulfest, die zu ernst für den Herrn Piotr, der Herr Piotr ist ja blutjung, eine Blume sozusagen, die ihren Kelch erst öffnet, und die ist für einen Mann mit grauen Schläfen. Die wieder ist zu nichtssagend, eine Krawatte muss Charakter haben, genau wie ein Mann. Die wieder wäre vielleicht was, aber mehr für einen Empfang, eine Feier, einen Namenstag, zu einem Schulfest muss sie fröhlicher sein. Die hier, o nein, die passt ganz und gar nicht zu dem Herrn Piotr, zu fad, der Herr Piotr hat ein etwas blasses Gesicht, er braucht was Kräftigeres, das schärfere Züge verleiht, die richtige Krawatte holt aus einem Gesicht manchmal heraus, was noch verborgen, schüchtern, verlegen ist, was in späteren Jahren in Falten zu Tage tritt und noch später in Furchen, in Runzeln, in einem schweren Blick, in hängenden Lidern, einer Art Bitterkeit, Müdigkeit, Gleichgültigkeit, die die Frauen mitunter mehr anzieht als selbst die allerschönste Jugend. Denn wenn der Mensch jung ist, meint er, er ist jung, und das reicht, er braucht keine Krawatte, es reicht für alles, obwohl, Jugend ohne Krawatte ist nicht nur unmännlich, sondern auch geschmacklos. Oh, die hier hätten wir längst wegwerfen sollen, erinnerst du dich nicht, Ewelina, erinnerst du dich nicht, Róża, wem sie gehört hat? Nicht des Erinnerns wert, auch solche kamen mitunter. Die hier ist mehr was für ein pausbäckiges, ein überschäumendes, schwatzendes, lachendes Gesicht, das so mit sich selbst zufrieden ist, als ob das Leben bloß aus Lachen und Schwatzen besteht, der Rest ist nicht wichtig. Solche Gesichter ersticken fast in der Krawatte, die einzige Qual auf solchen Gesichtern rührt daher, dass die Krawatte sie einschnürt. Am liebsten möchte man sagen, verschaffen Sie sich Erleichterung und lockern Sie die Krawatte, wozu sich so schinden. Der Herr Piotr aber hat, obwohl blutjung, ein ernstes, gesammeltes Gesicht, nein, die auf keinen Fall, und die schon gar nicht, dann besser ganz ohne. Es gibt Männer, die meinen, jede beliebige Krawatte tut es, so einer kann sogar durchaus elegant sein, und unterm Hals hängt ihm irgendein scheußliches Gebammel. Nein, die braune hier ganz bestimmt nicht, braune mögen sie nicht, nicht einmal braune Anzüge mögen sie an Männern, sie mögen keine braunen Socken, Schuhe, überhaupt nichts Braunes. Ein Mann in Braun ist irgendwie kein richtiger Mann. Die Mönche laufen in braunen Kutten herum, das sind doch keine Männer, dann schon lieber Braun bei Frauen, denen steht es besser. Die hier wieder, wie wenn sie sich spreizt, zu grell, zu schreiend, fast wie auf der Kirmes. Man vermutet Gott weiß was, dabei steckt hinter so einer entweder ein Muttersöhnchen oder ein verschrecktes Bübchen, und meistens endet es mit einer Blamage. Und die hier, als hätte sie gar keine Farbe, und die da, die passt zu einem Eisverkäufer, nicht zum Herrn Piotr, die hier mehr fürs Büro, die eher für den Spaziergang an gewöhnlichen Wochentagen, zu grau und gekästelt. Und die, ach, völlig geschmacklos, unglaublich, dass wir einen in so einer Krawatte hatten, und die hier, nicht der Mühe wert, sie anzuprobieren.

Aber bei manchen wurden sie wehmütig, waren gerührt, hach, huch, ach du mein lieber Gott, erinnerst du dich, na? Was denn, du erinnerst dich nicht? Ihr Blick war verschleiert oder, umgekehrt, es trat ein Funkeln in ihre Augen, und dieses Funkeln ging hin und her zwischen ihnen, als vermöchten sie in diesem Funkeln alle ihre Erinnerungen, bis in die kleinsten Einzelheiten, einander mitzuteilen, genauer als in Worten. Darum probierten sie so eine Krawatte länger an meinem Hals aus, zögerten, redeten sich gegenseitig zu, untersuchten gründlich und ausgiebig, wie sie zu meinen Zügen passte, zum Haar, den Augen, ja den Brauen, Wimpern, Lippen, der Nase, der Kerbe im Kinn, ganz abgesehen vom Anzug, dem Hemd, den Socken, Schuhen, worauf sie sie bedauernd beiseitelegten zu dem Häufchen der Ausgesuchten, Ausgewählten, man werde später sehen. Manche wieder regten sie zu weitschweifigen Erzählungen an, ganz reinen, unschuldigen, die einzig durchdrungen waren von Melancholie, der Sehnsucht nach der vergangenen Zeit. Ach, was war das für ein Mann, wie zartfühlend, fein, er kam nie, ohne dass er nicht wenigstens ein

Sträußchen Veilchen mitbrachte, wenn gerade die Veilchen blühten, mit meinen eigenen Händen hab ich sie gepflückt für die Damen, gleich hier, am Hang, oder wenigstens einem Zweig Flieder, wenn gerade der Flieder blühte. Und wissen Sie, denn meistens wandten sie sich an die Mutter, so eine Geste bedeutet manchmal mehr, als wenn einer einen Strauß roter Rosen anbringt, denn bei Rosen sticht einem, auch wenn er nicht dransteht, sofort der Preis in die Augen, und er hält Ihnen den Preis noch vor, seht her, Mädchen, was für schöne Rosen ich euch bringe, also, ich hab doch was verdient! Er war Beamter beim Magistrat, und nie ist es passiert, dass er zwei Mal in derselben Krawatte da war. Und der, der hat uns einen Schrecken eingejagt, totenbleich kam er an, und seine Augen huschten nur so hin und her, und die Krawatte hing wohl auch liederlich an ihm herum, er war nicht mal rasiert, er hat nur gesagt, liebt mich, Mädchen, es ist vielleicht das letzte Mal, sie sind mir ganz dicht auf den Fersen, ich spüre ihren Atem im Nacken. Und er fuhr sich mit der Hand so seltsam über den Nacken und seufzte. Und dann wollte er diese Krawatte nicht mitnehmen, er braucht sie nicht mehr. Soll sie zum Andenken bei uns bleiben, sie erinnert uns vielleicht einmal an ihn. Und dann haben wir in der Stadt erfahren, dass er verhaftet wurde. Und wegen was, sagen Sie selbst. Weil er ab und zu bei uns vorbeikam, was ist dabei, das steht jedem Mann frei. Zwei waren sogar hier, die sich erkundigt haben, ob er uns nicht was dagelassen hat. Was sollte er uns denn dalassen, bloß die Krawatte hier. Bitte sehr, die Herren dürfen sie mitnehmen, wir können sie doch nicht brauchen. Und sie haben sie nicht genommen.

Bei manchen wieder schwiegen sie still, wie von der eigenen Erinnerung überrascht, so dass ihrem Mund nicht einmal ein Seufzer entschlüpfte und kein Wort, wenigstens über die Farbe oder das Muster, ob sie passt oder nicht. Doch daran, wie sie stumm diese Krawatte an meinem Hals betrachteten, die eine der vier Hände zart daranhielt, wie sie sie zärtlich auf das Häufchen der Ausgesuchten, Ausgewählten legten, konnte ich erraten, dass sie mit dieser Krawatte tief verbunden waren.

Bei anderen wieder brachen sie in Gelächter aus, auch das kam vor, und sagten gleichfalls nichts. Und forderten sich obendrein durch dieses Lachen augenzwinkernd zum Schweigen auf, ja, die eine gebot der anderen geradezu zu schweigen, sag du ja nichts, und du keinen Piep, untersteh dich. Und erst wenn die Mutter, von diesem plötzlichen Gelächter überrascht, versuchte, sie auszufragen, weshalb lacht ihr denn so, na, sagt schon, erwiderte die eine oder die andere höchstens, ach wissen Sie, und lachte weiter.

Mir war das richtig peinlich, ich war mir ja durchaus nicht sicher, ob die Krawatte sie nicht an mir so sehr zum Lachen brachte. Doch als spürten sie meine Unsicherheit, entschuldigten sie sich, seien Sie uns nicht böse, Herr Piotr, mit Ihnen hat das nichts zu tun, es ist nur die Krawatte, ja die eine oder die andere strich mir mit ihrer duftenden Hand über die Wange, sie bäten mich von ganzem Herzen um Entschuldigung, wirklich nicht über mich, wie würden wir es wagen, über den Herrn Piotr zu lachen, wirklich, er sieht in jeder Krawatte ganz entzückend aus, sogar in der allerabscheulichsten, die sie schon längst hätten wegwerfen müssen, nur möchten sie die allerschönste für mich finden.

Da stand ich also, und sie probierten weiter an mir herum und konnten sich für keine entscheiden, denn sobald die eine in Entzücken geriet und endlich bereit war, eine bestimmte zu wählen, begann die andere zu zweifeln, zu mäkeln, irgendwelche Zeichen aus der Erinnerung zu kramen, die nur ihnen etwas sagten, weißt du noch, er wollte nicht aus dem Schnapsglas trinken, es musste ein Wasserglas her. Dann wieder gefiel jener eine, und diese blähte verächtlich die Lippen. Du magst doch die Farbe? Die Farbe kann sein, aber es hat geheißen, er ist ein Geheimer. Und umgekehrt, was denn, die Krawatte gibst du dem Herrn Piotr? Die hat doch diesem Deutschen gehört, hast du das schon vergessen? Ist der Krieg so lange aus?

»Dann waren auch Deutsche bei euch? Hoho, das ist aber nicht nett, meine Fräuleins.« Die Mutter, die sich kaum hatte vernehmen lassen und wenn, dann nur halblaut vor lauter ehrfürchtiger Bewunderung für all diese Krawatten, gab plötzlich ihrer Entrüstung Ausdruck.

»Aber bitte, er war Offizier. Und wie charmant, Sie würden es nicht glauben.« Sie schienen überrascht von dieser Entrüstung der Mutter und versuchten, einander übertönend, sich zu rechtfertigen: »Nie ist er mit leeren Händen gekommen. Mindestens eine Bonboniere hat er immer mitgebracht, manchmal auch Champagner. Was wir nicht alles von ihm bekommen haben, Strümpfe, Schals.«

»Aber ein Offizier?« Die Mutter gab nicht klein bei. »Wenn es ein gewöhnlicher Soldat gewesen wäre, das würde ich noch verstehn, das sind manchmal Menschen wie alle, man hats ihnen befohlen, dann kämpfen sie eben.«

»Pah!« Ewelina, oder vielleicht Róża, blähte die Lippen. »Ein gewöhnlicher Soldat! Sogar die beiden Teddybären bei uns auf dem Kanapee, diese allerliebsten, wie Sie sagen, stammen von ihm.«

»Weil ich es nicht gewusst hab. Ihr habt nicht gesagt, von wem.«

»Wer wäre denn so großzügig? Irgendein Pole, na, sagen Sie selbst! Ein Pole, der will bloß hopphopp und so billig wies geht. Dagegen er, Parfums, Seifen, Lippenstifte, Wimperntusche, und alles aus Frankreich, hat er gesagt.«

»Aber Pole bleibt Pole«, ereiferte sich die Mutter, wie in ihrer Ehre gekränkt. »Vielleicht war er noch bei der Gestapo?«

»Deutscher, Pole, was ist das schon für ein Unterschied«, warf eine von ihnen leichtfertig hin.

Das empörte die Mutter noch mehr, denn unverhofft fiel sie über mich her:

»Leg die Krawatte weg, Piotrek. Das hätte noch gefehlt, dass du in einer von der Gestapo zu dem Fest gehst. Dein Vater war auch Offizier, aber ein richtiger.«

Die Fräulein Poncka waren verwirrt, sie hatten ihre Selbstsicherheit verloren, eine sagte sogar kleinlaut:

»Er ist ja auch immer in Zivil gekommen, um uns zu täuschen. Und seine Pralinen mochte ich gar nicht, sie hat sich damit vollgestopft.«

»Und du hast das Parfum über dir ausgeschüttet. Bis er dir, weißt du noch, einmal gesagt hat, eine Dame ist diskret parfümiert. Hinter den Ohren, am Hals, mehr nicht.«

»Und du hast den Champagner einmal in gewöhnlichen Weingläsern serviert, und er hat beim nächsten Mal eine ganze Schachtel mit so hochstieligen mitgebracht.«

Sie waren sichtlich gereizt und passten mir diese Krawatten fast mechanisch an und legten jede beiseite, nicht die Farbe, nicht das Muster, zerknittert, ungeeignet, und sie stichelten immer mehr gegeneinander. Aber bestimmt auch, weil sie zunehmend hilfloser waren und es nicht verstanden, eine für mich auszuwählen. Natürlich flochten sie in ihre Sticheleien sofort Zärtlichkeiten ein, oh, entschuldige, Liebes, das wollte ich nicht, es ist mir so herausgerutscht, nein, ich bin es, die sich entschuldigen muss, mein Goldstück, ich war ja damals so versessen auf Süßes. Ach, lass uns nicht weiter drüber reden, vorbei ist vorbei. Man konnte also meinen, diese Sticheleien, geäußert mit einem leisen Lächeln oder einem kaum spürbaren Anflug von Bitterkeit, beträfen diese Krawatten, so eine Menge, und nicht eine lässt sich auswählen, denn irgendwann sagte Róża oder vielleicht Ewelina:

»Wenn man bedenkt, dass uns diese Krawatten alle mal so gefallen haben, nicht zu glauben. Der hier, erinnerst du dich, das war doch so ein Flegel. Mein Gott, wie hab ich ihn verabscheut.«

»Es ist schon so, irgendwann kommt einem alles hübsch, klug und gesund vor«, warf die Mutter, längst besänftigt, ein.

Abgesehen von jener kurzen Aufwallung, hatte sie die ganze Zeit voll ehrlicher Bewunderung zugesehen, wie sie mich mit ihren Krawatten behängten, freilich auch mit wachsender

Sorge, sie könnten weiter so probieren und probieren und am Ende doch keine wählen, und sie würde sich von neuem den Kopf zerbrechen müssen, wo eine Krawatte für mich hernehmen. Darum versuchte sie wieder und wieder die eine oder andere an meinem Hals festzuhalten.

»Da, die wäre schon recht, Fräulein Ewelina. Die da, die passt zu ihm, Fräulein Róża. Probieren Sie sie noch einmal. Sie steht ihm, lassen Sies gut sein. Der Nacken ist ihm bestimmt schon steif, er sagt bloß nichts. Was, Piotrek, er ist steif, nicht? Das Fest wird ihm vergällt, wenn er so viele anprobiert. Da, genau so eine hatte mein Seliger! Ich hab sie ihm gekauft, wie wir zu Silvester ins Casino sind. Beim Namenstag von einem Kollegen hat er sie, glaub ich, mit Kirschlikör bekleckert, das ging nicht mehr raus. Und gekostet hat sie, nicht zu sagen. Lassen Sies gut sein. Soll er sich im Spiegel ansehn. Na, guck dich an, Piotrek.«

Viel richtete sie jedoch nicht aus, denn je mehr sie sich dem Ende näherten, umso versessener waren sie auf die Probierrerei, selbst als die Mutter sie wieder auf meinen Nacken verwies, regte sich kein Mitleid in ihnen.

Mein Nacken war tatsächlich steif, und ich hatte das Gefühl, als säße mein Kopf auf einem leblosen Stubben, und aus Furcht, er könne herunterfliegen, traute ich mich nicht, ihn nach links oder rechts zu drehen, ihn zu heben oder zu senken. Die Starre hatte sich über den Rücken, die Schultern, die Arme ausgebreitet, und ich spürte, wie sie mich allmählich ganz erfasste.

Weitaus schlimmer allerdings war das Jucken in der Vertiefung unter dem Adamsapfel, das sich mit jeder weiteren Krawatte an meinem Hals, vielleicht von ihren Fingern, die mich dauernd dort berührten, verstärkte. Jedenfalls glaubte ich, wenn ich mich nicht sofort irgendwo dort, in der Mitte, kratzte, täte ich etwas Schreckliches, womöglich bisse ich ihnen diese Finger ab, verschlänge gar einen von ihnen. Meine einzige Rettung sah ich darin, häufig zu schlucken. Und sie spürten das wohl und versuchten mich noch mehr zu reizen und erwiderten auf die mitfühlenden Klagen der Mutter:

»Um den Herrn Piotr brauchen Sie sich nicht zu sorgen. Der Herr Piotr ist doch ein Mann. Und ein Mann muss einen steifen Nacken haben. Das Leben, heißt es, beugt uns den Nacken.«

Es hatte den Anschein, als schafften sie es nicht mehr, eine von den Krawatten für mich auszuwählen, denn es waren nur noch zwei, vielleicht drei zum Anprobieren übrig geblieben. Allerdings warteten, für alle Fälle, die beiseite Gelegten, Ausgewählten, Ausgesuchten, bei denen sie sich nicht hatten entscheiden können, das würde jedoch bedeuten, die Probiererei begänne von vorn, und wieder würden sie keine finden, denn nicht die Krawatten waren der Grund für ihre Unentschiedenheit. Plötzlich schrieen sie beide beglückt auf, und ihre Hände wogten und wirbelten um meinen Hals:

»Ach du mein lieber Gott! Da ist ja die Krawatte vom Grafen Mundek! Wir suchen und suchen, dabei hätten wir ihm gleich die umbinden sollen. Wir haben den Herrn Piotr unnötig so gequält. Ihr Nacken ist bestimmt schon steif, nicht wahr? Entschuldigen Sie vielmals. Ach, wie wunderschön, wie geschmackvoll!«

Es war eine gewöhnliche Krawatte, einfarbig, bordeauxrot, und ich verstand nicht recht, was sie daran so entzückte. Die Mutter erlaubte sich sogar, schüchtern Zweifel zu äußern:

»Nicht besser die dort, Fräulein Ewelina oder Fräulein Róża. Die wär vielleicht hübscher. Blau und gepunktet. Ihr habt selber gesagt der Piotrek hat blaue Augen.«

»Aber ich bitte Sie!...«, entrüsteten sie sich. »Zu blauen Augen muss keineswegs Blau sein. Außerdem sind die vom Herrn Piotr mehr stahlgrau.« Und sie ergingen sich, die eine wie die andere, in Lobeshymnen auf den Grafen Mundek: »Der Graf Mundek trug von allen die allerschönsten. Der Graf Mundek hätte nie eine von denen hier umgebunden. Beim Grafen Mundek kam es nie vor, dass die Krawatte nicht zum Hemd gepasst hat oder zu den Augen. Und nie hat sie ihm am Hals gebaumelt, wie den allen. Oder ist zu kurz, zu lang gewesen. Immer befestigt mit einer Brillantnadel. Jaja, mit einem Brillanten, wenn ichs Ihnen sage. Er hat ihn uns gezeigt, ganz oben glitzerte so ein winziges Sternchen. Und bitte, fassen Sie mal an, reine Seide.«

»Das seh ich doch.«

»Trotzdem, fassen Sie mal an. Der Graf Mundek trug nur welche aus Seide. Der Herr Piotr weiß wenigstens, was er da um den Hals hat. Von früh auf, wissen Sie, muss man sich an was Gutes gewöhnen, sonst gibt man sich später mit Minderwertigem zufrieden. Und wie schön er Tangos gesungen hat, Sie würden es nicht glauben. Eine weiche, samtige Stimme hat er gehabt. Und Hände, was soll ich Ihnen sagen. Solche Hände sieht man bei Männern heute nicht mehr. Die Männer von heute haben meist kurze, dicke Hände. Ach, ein Jammer, dass er keine Freude am Leben hatte. Das ist nicht mehr meine Welt, hat er immer gesagt. Dabei lässt es sich in jeder Welt irgendwie leben, nicht wahr?«

Durch ihre Schwärmerei war es ihnen schließlich gelungen, die Neugier der Mutter zu wecken, sie fragte sogar:

»Welcher war denn das?«

Sie brausten auf:

»Wir haben ihn Ihnen doch gezeigt. Erinnern Sie sich nicht mehr? Wir hatten vereinbart, wenn er bei uns ist, lässt eine von uns in der Küche einen Teller fallen, und Sie kommen herauf, um sich sozusagen was von uns zu borgen. So ein großer, stattlicher Blonder, mit langen Wimpern. Hier in der Stadt kannten ihn alle. Wenn er irgendwo entlang ging, hat jeder gleich gerufen, da, der Graf Mundek, der Graf Mundek. Selbst die Kinder, da, der Graf Mundek. Immer trug er eine Blume in der Brusttasche oder im Knopfloch. Eine Nelke oder eine Rose, je nachdem, was grade blühte.«

»Aaaah…« Die Mutter schien sich zu besinnen, vielleicht tat sie auch nur so, und begann sich zu rechtfertigen, so viele Leute ziehn an unserm Auge vorbei, man kann sich unmöglich alle merken. »Manchmal kommts vor, und man merkt sich ausgerechnet einen, der bloß so vorbeihuscht, oder einen, den man sich nicht merken muss, und den, den man sich merken müsste, merkt man sich nicht.«

Ehrlich gesagt, auch ich erinnerte mich nicht an den Grafen Mundek, dabei würde ich in seiner Krawatte zum Fest gehen, weshalb ich mich erst recht hätte erinnern sollen. Ich versuchte, meinem Gedächtnis wenigstens irgendeine Einzelheit abzuringen, doch ich konnte mich nicht mal mehr entsinnen, ob ich ihm irgendwann einen guten Tag oder einen guten Abend gewünscht hatte. Das war höchst merkwürdig, denn ich brauchte jemanden, der die Fräulein Poncka besuchte, nur einmal zu sehen, und schon hatte er sich für immer in mein Gedächtnis eingegraben. Und in der Stadt erkannte ich ihn dann von weitem. Der ist dagewesen, der auch, der dort, das ist der Richter, der ist dagewesen, der Geheime, der Fotograf, der Friseur, dagewesen, dagewesen, dagewesen. Der, der jetzt die Straßenseite wechselt, ist dagewesen, auch der vor dem Schaufenster dort, und der, der die Dame untergehakt hat, und der, der mit dem Pfarrer um die Kirche herumspaziert, als würde ich ihn nicht erkennen, er hat mich noch gefragt, ob die Fräuleinchen zu Hause sind und ob auch beide. Der jetzt den Laden betritt, hat mich am Schopf gepackt für meinen Guten Tag. Auch der, der die Äpfel am Stand kauft, und der, der den Kinderwagen schiebt, der, der aus dem Magistrat kommt und der, der jemanden grüßt und dabei den Hut lüpft, der war damals auch im Hut. Der von der Tribüne ruft, Genossen, unser Kampf ist noch nicht zu Ende, ist dagewesen, und der mit dem Hund an der Leine war da, und der Betrunkene, der dort herumtorkelt, und der, der sich da mit einem unterhält, dagewesen, dagewesen, dagewesen. Und selbst wenn manche, die mich gleichfalls erkannten, verstört den Blick abwandten, sich in den Torbögen versteckten, die Straßenseite wechselten, waren sie nicht imstande, sich aus meinem Gedächtnis zu stehlen. Im übrigen wünschte ich ihnen allen, wo immer ich einen von ihnen traf, einen guten Tag, wie guten Bekannten, damit sie wussten, das ich nicht nur vor dem Haus, sondern auch in der Stadt so höflich war.

Einzig der Graf Mundek war, wie der Stein im Wasser, spurlos in meinem Gedächtnis untergegangen. Zum Glück fragten die Fräulein Poncka nicht, ob ich mich an ihn erinnerte. Nur die Mutter beknieten sie auf jede erdenkliche Weise, sich ihn in Erinnerung zurückzurufen, denn wie kann das sein, dass sie sich nicht an den Grafen Mundek erinnert.

»Ja, Ihr Mann hat damals noch gelebt.«

Und die Mutter, die sich schließlich erinnerte oder nicht erinnerte, sagte der Eintracht halber:

»Dann nehmen wir halt die vom Grafen. Sie gefällt dir, Piotrek, was?«

Ich war schon im Gehen und trat vor sie hin, damit sie nachsah, ob alles in Ordnung sei, da gefiel ihr diese Krawatte mit einemmal sogar:

»Eine hübsche Krawatte haben sie dir ausgesucht. Sie haben Geschmack, unsere Fräuleins. Zum Anzug passt sie und zum Hemd und zu deinen Augen.« Und sie zog noch da und dort was zurecht, strich glatt, las mir ein paar unsichtbare Stäubchen vom Jackett und setzte hinzu: »Dann steck auch den Siegelring vom Vater an. Ich sollte ihn dir geben, wenn du groß bist.« Und sie bückte sich unters Bett, zog die blecherne Teebüchse hervor, in der sie, in einen weißen Lappen gewickelt, ihre Trauringe und diesen Siegelring mit dem großen roten Rubin aufbewahrte. »Steck an. Und die Trauringe, wenn du mal heiratest. Zu groß, was? Dann steck ihn an diesen Finger, vielleicht sitzt er da fester. Der Vater hat damals gut ausgesehen. Er hat ihn beim Kartenspiel gewonnen, noch beim Militär, auch von irgendeinem Grafen. An dem rutscht er dir vielleicht nicht so herum?«

Doch er rutschte an jedem herum, darum riet sie mir, die Finger etwas einzuziehen, und so, mit diesen eingezogenen Fingern, ging ich zu dem Fest.

»Aber sieh zu, dass du ihn nicht verlierst«, rief sie mir zum Abschied noch hinterher, als ich schon fast draußen war. »Er ist für den Notfall, sollte mal was sein.«

Als Anna und ich uns trauen ließen, hatte ich diesen Siegelring zum Juwelier gebracht, damit er ihn mir enger machte, aber später waren auch meine Finger gröber geworden, und er war nur mehr eines der wenigen Andenken, die mir vom Vater geblieben waren. Ich besaß noch eine Taschenuhr der Marke »Cyma«, an einer Kette, aber die Mutter hatte sie Onkel Stefan geborgt, ich brauche sie nicht, bin noch zu klein für eine Uhr, und Onkel Stefan bringt uns dafür immer mal was, Kartoffeln, Mehl, Grütze, ein Endchen Speck, und wenn ich erwachsen bin, gibt er sie mir wieder, hat er verprochen. Onkel Stefan hatte es jedoch nicht eilig mit dem Wiedergeben, und ihn daran zu erinnern, erschien mir, je mehr Jahre ins Land gingen, immer unpassender. Und das nicht so sehr aus Rücksicht auf den Onkel, sondern vor allem wegen Tante Jadwinia, die mich mit gleichbleibender Zärtlichkeit begrüßte, wann immer ich sie besuchte:

»Oh, unser Piotruś ist gekommen! Piotruń, na? Was denn, graue Haare wachsen dir schon an den Schläfen? Zu früh dafür. Aber es steht dir. Irgendwie bist du mehr gesprenkelt als beim letzten Mal, Piotruń. Mein Gott, und hast dem Mohrchen doch eben erst das Fressen gebracht, scheint es. Angeblich lassen die Männer in der Stadt sie sich jetzt färben? Und man sieht es nicht, sagen die Leute. Weißt du noch, wie du mit mir zum Fluss runter bist, unser Zeug auswaschen, ich habs mit dem Bleuel geschlagen, und du standest im Fluss und hast mir mit den Händchen Wasser zugegossen. Mein Gott.« Der Tante gänzlich entfallen war jedoch, dass sie mich einmal dabei ertappt hatte, wie ich gebannt auf ihre über diesem Bleuel schaukelnden Brüste starrte und sie mich rügte: Was stierst du so her? Guck weg, Piotruniu. »Dann bist du allein gekommen? Und Pawełek, wo ist der?«

Onkel Stefan konnte also auch vergessen haben, dass er in

seiner Brusttasche die Uhr von Vater trug, denn er machte vor mir kein Geheimnis daraus. Im Gegenteil, stolz zog er sie hervor, um nachzusehen, wie spät es war, wobei er niemals versäumte, sie zu loben:

»Da siehste, was für gute Uhren es früher gab. Die Sonne steht überm Schornstein von Duda, und auf der ist es Punkt zwölf. Und nie nicht kaputt ist sie gewesen. Und wie geht deine?«

Auch das Offizierskoppel war mir geblieben, obwohl noch zu Lebzeiten des Vaters die Messingschnalle abgefallen und irgendwie abhanden gekommen war. Später waren auch die Messingösen zum Einhängen des Schulterriemens abgefallen, der schräg über den Brustkorb bis zur linken Schulter verlief. Ich hatte sogar die Basare abgeklappert und zwischen altem Gerümpel gesucht, vielleicht fände ich irgendwo solche, vielleicht auch eine Schnalle, auch bei Handwerkern war ich gewesen, vielleicht machte mir sie einer nach, doch für gewöhnlich hatten sie geantwortet:

»Der Gurt ist weniger wert, als was das kosten würde, Herr. Ein Einzelstück, das lohnt nicht. Kaufen Sie einen neuen, das kommt Sie billiger.«

Und bei einem Besuch bei der Mutter hatte ich noch das Rasiermesser gefunden, und das war alles, was mir vom Vater geblieben war. Das Fräulein Ewelina war gerade bei der Mutter vorbeigekommen, obwohl ihnen die Mutter, als sie am Morgen nach Milch in der Stadt gewesen war, vermutlich selbst mitgeteilt hatte, ich sei da, denn da wohnten sie schon am Markt, waren Schneiderinnen, und als sie dieses Rasiermesser in meinen Händen sah, hatte sie gesagt:

»Früher haben sich die Männer nur mit dem Rasiermesser rasiert. Das waren noch Männer. Und Sie, Herr Piotr, womit rasieren Sie sich, wenn man fragen darf?«

Ich hatte also begonnen, mich mit diesem Rasiermesser zu rasieren, und nicht mit Rücksicht darauf, was das Fräulein Ewelina damals gesagt hatte, sondern weil das Offizierskoppel des Vaters einzig dazu taugte, die Klinge an ihm zu schärfen, es war breit und an der Innenseite abgewetzt vom langen Tragen auf der Tuchuniform. Auch war mir eingefallen, dass ich, auf dem Gymnasium, als ich noch nicht wusste, wie ich mich rasieren sollte, von Onkel Władek ein Rasiermesser bekommen hatte und es mir gleich beim ersten Mal ganz gut von der Hand gegangen war. Ich glaubte also, ich brauchte nur zu jener Zeit zurückzukehren, und ich würde das Messer mit der gleichen Leichtigkeit führen, als wären es noch die glatten Wangen von damals, eine lange Bewegung von der Schläfe bis zur Kinnspitze, eine ebensolche zweite auf der andern Seite und ein paar kürzere Striche vom Kehlkopf zum Kiefer, dann ein paar winzige, als löffele man Pudding aus, unter der Unterlippe, über der Oberlippe, und dazu wäre noch dieses dem Ohr angenehme Schaben zu hören.

Trotz meiner Beharrlichkeit musste ich mich nach ein paar Versuchen geschlagen geben, weil mich das mehr Zeit kostete als mit dem Apparat und ich nach jeder Rasur das Gesicht zerschnitten hatte, so dass ich mich auf der Arbeit der aufdringlichen Fragen nicht erwehren konnte, was denn passiert sei.

Später hatte ich es Paweł beizubringen versucht, als er anfing, sich zu rasieren. Und zuerst hatte er sich, wahrscheinlich, um mir eine Freude zu machen, widerspruchslos unterworfen. Bis er eines Tages aus dem Badezimmer gerannt gekommen war und, Verzweiflung in der Stimme, hervorgestoßen hatte:

»Ich kann nicht mehr, Papa! Sieh mal, wie zerschnitten ich bin. Sich solchen Torturen auszusetzen! Wozu?«

Das Fest lief schon auf vollen Touren, dennoch war es mir noch nicht ein einziges Mal gelungen zu tanzen. Ich ließ alle diese Walzer, Polkas, Kujawiaks, Märsche aus und wartete erneut auf einen Tango. Und nach einem sich endlos hinziehenden Gewarte spielten sie wieder einen Tango, doch ob ich mich nun zu spät in Bewegung setzte oder zu schüchtern vor Anna hintrat, jedenfalls kam mir stets einer ein, zwei Schritte zuvor. Und ich zog wie ein begossener Pudel an meinen alten Platz an der Sprossenwand zurück und wartete auf den nächsten Tango und schürte erneut in mir die Hoffnung, der nächste gehöre bestimmt mir und Anna.

Beim letzten war ich sogar rascher ausgeschritten und war schon drauf und dran gewesen, mich vor ihr zu verbeugen, als ein Klassenkamerad genau um diese Verbeugung schneller war und Anna in seinen Armen landete. Wütend stürzte ich mich, wer weiß warum, in das Getümmel der tanzenden Paare und kämpfte mich mitten durch den Saal zurück zu meiner Sprossenwand. Ich begriff nicht, wie es hatte geschehen können, dass ich mich auch diesmal hatte überrunden lassen, und das von einem Klassenkameraden. Wir hatten die ganze Zeit zusammengestanden, nebeneinander, an der Sprossenwand, und waren zusammen aufgebrochen bei den ersten Takten von *Sommerabenteuer*, natürlich ohne zu wissen, dass wir auf dasselbe Ziel zu gingen. Obwohl, er hatte es vielleicht gewusst, denn er hatte mich irgendwie listig lächelnd gemustert vor diesem Tango, dann mit dem Kopf auf die tanzende Menge gedeutet und gefragt:

»Du magst diese Verrückten nicht?«

»Nein.«

»Ich auch nicht. Ich, Kumpel, mag nur Tangos. Beim Tango kannst du sie an dich ziehn und spürst was. Das da ist ein Gewühle, mehr nicht.«

Und obgleich ich auf ein Gespräch nicht erpicht war, denn ich verfolgte, wo in dieser Menge sich Anna jetzt befand, hob er wieder an:

»Du, gehört der Ring dir?«

»Ja.«

»Zeig mal.« Und er nahm meine Hand zwischen seine großen Pranken. »Das ist ein Ding!«

Und als er dann mit Anna in die Mitte des Saals entschwebte, hatte er mir über ihre Schulter hinweg ein dreistes Lächeln zugesandt, was heißen konnte, er hatte schon vorher, als wir noch an der Sprossenwand gestanden hatten, vielleicht wegen dem Ring, diesen Sieg über mich ausgeheckt.

»Was, du tanzt wieder nicht?« bedauerte mich eine bekannte Stimme, und eine andere fügte spöttisch hinzu: »Wahrscheinlich kann er nicht.« Und noch eine andere versuchte mich zu ermuntern: »Wenn du weiter so wartest, verwartest du das ganze Fest. Da, auf den Bänken sind noch ein paar übrig. Schnapp dir eine und tanz. Bei der Polka sieht mans nicht so, kannst du oder kannst du nicht, Hauptsache im Kreis herum.« Und noch eine andere gab mir den freundschaftlichen Rat: »Einen heben gibt Mumm.«

Das alles hörte ich wie durch eine Wand, mit dem Gedanken befasst, wie ich wohl am schnellsten den Raum überwand, der mich von Anna trennte, sobald sie wieder einen Tango spielten. Am besten wäre es, sich beizeiten dichter ranzupirschen, solange der in diesen Walzern, Polkas, Kujawiaks, Märschen schwelgende Saal noch nicht zum Stehen gekommen war. Doch ich war mir nicht sicher, ob sie danach gleich einen Tango spielen würden oder ob wieder diese Walzer, Polkas, Kujawiaks, Märsche losgingen. Außerdem waren rund um den Saal, an den Wänden, sogar vor der Bühne alle Plätze auf den Bänken und alle Stehplätze besetzt, und von einem Rand zum anderen wogte das Fest, denn die Walzer, Polkas, Kujawiaks, Märsche brauchten Platz. Wieder und wieder prallten die ausgelassenen Paare gegen die Sitzenden und Stehenden, walzten fast über sie hinweg. Es schien, als wären sie am liebsten diesen Mauern entsprungen und hätten weiter getanzt im grenzenlosen Raum.

Annas Platz war auf einer Bank unter den Fenstern, doch ganz am Ende des Saals, in der Nähe der Bühne. Aber eigentlich jagte sie immerzu in diesen Walzern, Polkas, Kujawiaks, Märschen dahin, immerzu entführte sie einer, so dass sie meist gar nicht zum Sitzen kam. Sich also heranpirschen und dort herumstehen, bei dem leeren Platz, auf diesen Tango wartend, während ich nicht sicher war, ob sie auch einen spielen würden, das wäre irgendwie albern gewesen, zumal wenn sie, statt des Tangos, wieder einen Walzer, eine Polka, einen Kujawiak, einen Marsch spielten.

Ich nahm den Siegelring ab und steckte ihn in die Brusttasche des Jacketts, um niemanden mehr zu reizen. Außerdem rutschte er mir dauernd herunter, und ich musste die Finger leicht einziehen, eingedenk der Worte der Mutter, er sei für den Notfall bestimmt. Obwohl ich mir zugleich wünschte, Anna würde diesen Siegelring an meiner Hand sehen, wenn ich endlich mit meiner Linken ihre Rechte umschlänge. Vielleicht würde sie mir sogar aus meiner Befangenheit helfen und als erste sagen:

»Ach, was für einen schönen Siegelring Sie haben.«

Und dann würde ich sagen:

»Es freut mich, dass er Ihnen gefällt. Ich habe ihn von meinem Vater.«

»Oh, dann ist Ihr Vater wohl…?« würde sie bestimmt fragen wollen.

»Er lebt leider nicht mehr«, würde ich sagen.

»Wie leid mir das tut«, würde sie gerührt erwidern, denn wer wäre da nicht gerührt. »Er ist bestimmt umgekommen, nicht wahr?«

Ich würde diese Frage überhören und ihr damit viel zu denken geben. Denn ich war der Ansicht, das wäre das beste für mich. Von da an liefe alles wie am Schnürchen, denn nichts regt so zum Reden an, wie der Wunsch, jemanden zu trösten. Auf die Art hätte ich das erste Hindernis genommen. Im übrigen probierte ich verschiedene Einleitungen aus, und vor jeder war mir bange. Denn wenn ich sagte:

»Ich wollte Sie schon lange zu einem Tango auffordern«, konnte sie entgegnen: »Und warum haben Sies nicht getan?« Und das Gespräch würde versiegen, ich konnte doch nicht eingestehen, dass ich es kein einziges Mal bis zu ihr geschafft hatte. Oder wenn ich sagte: »Sie tanzen wunderbar«, das wäre nach ein paar Schritten doch zu früh, als dass es ehrlich gemeint sein konnte. Das wäre angebracht ungefähr nach der Hälfte des Tanzes, am besten aber ganz am Ende. Außerdem konnte sie antworten: »Sie auch«, und dann denk dir was Neues aus. Und wenn ich fragte: »Sie sind zum ersten Mal auf so einem Fest?«, würde sie sich vielleicht nur wundern und gar nichts erwidern oder spotten: »Nicht doch, wir hatten schon im Kindergarten Tanzabende und dann in der Grundschule. Sie waren nicht im Kindergarten und auf der Grundschule?«

Am besten fing ich also bei dem Siegelring an. Dann würde das Gespräch von selber weitergehen, ich brauchte nicht viel zu sagen, sie würde sich verpflichtet fühlen, ihr Mitleid zu bekunden, und dieses Mitleid gälte zum Teil auch mir.

»Wie viele Menschen in diesem Krieg umgekommen sind. Unseren Nachbarn haben sie eines Nachts geholt, und er kam nie wieder.« Darauf konnte ich antworten: »Ja, wie wahr.« Und sie würde in mädchenhaftem Überschwang sagen: »Doch sie alle, die ihr Leben gelassen haben, sind Helden. Sie sind für das Vaterland gestorben. Und was war Ihr Vater?«

Und nun stand mir ein wahrer Triumph bevor, denn ich würde sagen: »Er war Offizier.«

»Offizier?« würde sie nach kurzer Verblüffung herausplatzen. »Ja, die Offiziere, das sind nun wirklich Helden. Sie können stolz sein auf Ihren Vater.«

Und wenn just in diesem Moment noch die Geiger in den Vordergrund träten und den Tango wehmütig aufschluchzen ließen, dann würde sie sich vielleicht sogar an mich schmiegen. Und wir würden nur noch tanzen, tanzen, und der Tango würde alles an unserer Statt sagen. Genau darin offenbart sich die unergründliche Macht des Tangos.

An der Sprossenwand lehnend, wartete ich also wieder auf einen Tango. Den Tango hielt ich für den geeignetsten Tanz, um Anna kennenzulernen, mehr noch, für den einzigen Tanz. Abgesehen davon, dass ich sicher war, dass beim Tango nichts schief gehen konnte. Den Tango hatte ich im Blut. Tangos hatte ich oft genug gehört, mehr als genug getanzt, von klein auf. Ich konnte ihn rechts herum, links herum, geschlossen, mit Rückfallpromenade, langsamer, schneller, sogar ohne Schritte, am Fleck stehend und mich einzig dem wiegenden Rhythmus unterwerfend. Tangos hatte die Mutter fortwährend vor sich hin gesungen, und bei jedem war sie gerührt gewesen, wie schön, einfach zum Weinen. Na, sag schon, Zygmunt, ist das nicht wahr? *»Spurlos wird sie vergehen, meine große Liebe, und eines Tages bleibe ich allein, und meine Sehnsucht, die werd ich ertränken, in starkem Wein.«* Und der Vater hatte genickt, ja, es ist wahr, und hatte nur immer auf das Fenster vor sich gestarrt oder zu der Stubendecke über sich. Obwohl er, wenn er sich etwas besser fühlte, dem Nicken manchmal auch eine eigene Erinnerung beigab. Einmal, auf dem Offiziersball, spielten sie einen Tango mit Damenwahl, und die Frau des Oberst forderte mich auf. Ja, und eins, zwei wurde ich endlich zum Oberleutnant befördert, obwohl ich ihn für den Krieg gegen die Bolschewiken hätte kriegen müssen. Und wer weiß wie lang davor.

Vor allem aber erreichten uns aus der Wohnung der Fräulein Poncka pausenlos, ja bis zum Überdruss, Tangomelodien in unserm Souterrain, mitunter sogar nachts.

Als ich noch zum Kakao zu ihnen ging, kam es vor, dass Fräulein Ewelina oder Fräulein Róża eine Platte mit einem Tango auflegte und mich zum Tanz bat:

»Wenn du den Kakao ausgetrunken hast, Piotruś, tanzen wir, magst du? Ach, nur tanzen, tanzen, oder sich hinsetzen und weinen.«

Und bisweilen, ich war kaum zur Tür herein, streckten sie mir schon auf der Schwelle die Arme entgegen

»Komm, Piotruś, lass uns tanzen. Deinen Kakao trinkst du nachher. Du musst Tango tanzen lernen. Sonst wirst du nie ein richtiger Mann. Einen richtigen Mann erkennt man daran, wie er Tango tanzt. Hinterher bekommst du eine Praline.«

Und sie umfingen mich mit ihrem Körper, der noch die Wärme der Nacht ausstrahlte und der so sehr nach irgend etwas roch, dass ich mich schämte, Luft zu holen. Denn für gewöhnlich liefen sie bis zum Mittag zersaust herum, das Gesicht verquollen, in Hausschuhen, im Nachthemd, im Morgenrock, und der nicht zugeknöpft, nicht zugebunden, so als vermöchten sie sich noch nicht restlos aus ihren Betten zu schälen, was auch diese Betten bezeugten, die um die Zeit noch nicht gemacht waren. Die Hausschuhe tauschten sie nur gegen Pumps ein, wenn eine die Laune ankam, mit mir zu tanzen.

Ich wehrte mich nie, ich könne das nicht oder ich sei noch zu klein, es hätte ohnhin nichts genützt. Ihre Arme griffen nach mir wie nach einem Gegenstand, dem die Kraft des Widerstands fremd ist. Im übrigen schickte es sich nicht, undankbar zu sein, zumal noch die versprochene Praline auf mich wartete, und meist nicht nur eine, und sie mir manchmal eine für den Vater, die Mutter mitgaben.

Ich setzte die Füße unbeholfen, und innerlich war ich steif wie ein Pflock. Meine rechte Hand mussten sie mir beinahe abringen, und sie legten sie selbst in ihre Taille, und meine linke verflochten sie mit ihrer rechten wie zu einem Gitter. Und mich an sie zu drücken, ohne dass sie mich eindeutig dazu ermunterten oder mich nachgerade gewaltsam an sich zogen, hatte ich schon gar nicht den Mut.

»Na, schmieg dich doch ein bisschen an, Piotruś, wieso so weit ab? Ohne Anschmiegen, das ist kein Tango. Den argentinischen tanzt man mit etwas Abstand, aber auch nicht die ganze Zeit. Ja, so! Es ist doch keine Sünde, sich anzuschmiegen. Bei der Mama schmiegst du dich an, und vor uns hast du Angst? Weshalb?«

Nein, Angst hatte ich nicht. Ich fühlte mich sogar wohl an ihren kaum durch das Nachthemd verhüllten Brüsten, deren Wärme ich an meinen Wangen spürte, an ihrem hoch aufragenden Hals, so dicht, mit ihren Gesichtern, so nahe über mir, wie also sollte ich Angst haben. Sie lobten mich noch, ich tanze immer besser, obwohl ich ihnen das nicht abnahm. Und es kam vor, dass sie sich in ihrem Überschwang hinreißen ließen und mich plötzlich ungestüm umarmten und mir feurige Küsse aufs Haar und auf die Wangen drückten, ich tanze immer besser.

»Denk dir nur, meine Liebe, unser Piotruś stellt sich ja so geschickt an. Er spürt den Rhythmus. Versucht sogar selbst zu führen. Nicht mehr lange, und er wird tanzen wie der, du weißt schon, wer, wie der höchstpersönlich… Dreh doch mal an der Kurbel und spiel diesen Tango von vorn. Oder nein, leg lieber *Du musst dein Glück wie frische Kirschen pflücken* auf. Ach, du, du. Unser Piotruś, du!« Und ein Kuss flatterte vom Mund der einen oder der anderen auf meinen Kopf hernieder wie ein Vogel.

Der saß dann mitunter mehrere Tage auf meinem Kopf. Morgens fürchtete ich, mit dem Kamm durchs Haar zu gehen, um ihn nicht zu verscheuchen. Und besorgt musterte ich die Leute auf der Straße, gewärtig, dass einer plötzlich schrie:

»Seht doch, ein Vogel! Ein Vogel auf seinem Kopf! Auf dem Kopf einen Vogel? Sodom und Gomorrha!«

Drum fragte die Mutter manchmal argwöhnisch:

»Wieso kämmst du dich nicht, Junge?«

»Jetzt ich! Jetzt ich!« rief Ewelina oder Róża. Die eine nahm mich von der andern in Empfang, abwechselnd reichten sie mich weiter, spannten mich einander aus, ja schmollten miteinander. »Dreh du jetzt mal die Kurbel. Der Piotruś gehört genau so gut mir wie dir. Leg *Schon ist der Traum der Liebe ausgeträumt* für mich auf. Oder *Und wenn du kommst, nimmst du sie in die Arme.* Du bist doch noch nicht müde, Piotruś? Der Tango macht nicht müde. Oder möchtest du ein Schnittchen? Nein? Dann lass uns tanzen. Schmieg dich an mich. Ja, so. Und leg den Kopf hierher. Und führe mich, ich richte mich nach dir. Merk dir, der Tango wird mit den Beinen getanzt. Von der Taille an aufwärts bist du ganz woanders und schwebst und schwebst. Und ja nicht ruckartig. Der Rhythmus darf nicht eckig sein. Und unsere Beine, die müssen übereinstimmen, als gehören sie zu einem Körper. Tatsächlich, meine Liebe, er tanzt immer besser.«

Hin und wieder erschien die Mutter, beunruhigt, dass das Kakaotrinken so lange dauerte, ich hatte in die Stadt sollen, Brot, Salz, Zucker holen und die Medizin für den Vater, und als sie mich in den Armen von Fräulein Ewelina oder Fräulein Róża sah, gab sie kaum verhohlen ihrem Unmut Ausdruck:

»Ihr verderbt mir den Jungen, meine Fräuleins. Er und ein Tänzer! Das ist noch ein Kind. Komm nach Hause, Piotrek.«

Doch auch den größten Unmut der Mutter verstanden die Fräulein Poncka noch zu besänftigen:

»Aber bitte, um einen Tango gut zu tanzen, muss man von Kind auf üben. Außerdem, der Piotruś ist kein Kind mehr. Nur Sie als Mutter sehen das nicht. So sind nunmal die Mütter. Bei einem Foxtrott, da genügts, mit den Beinen herumzuhampeln. Oder bei diesem Boogie-Woogie, den sie jetzt tanzen, schauderhaft. Der Walzer geht auch noch, immer im Kreis rum. Aber beim Tango, da muss man sogar wissen, wie man die Hand, die oder die, hält. Wann man den Schritt wiederholt, ihn wechselt, wann schneller, langsamer, wann man die Partnerin an sich zieht, ihr die Hand küsst, denn das macht man anders am Anfang, anders am Ende, das ist nicht bloß so ein Schmatz. Sagen Sie selbst.«

»Und diese ganzen neumodischen Tänze gehen vorbei«, half die eine der anderen, »nur Tango wird man immer tanzen. Denn der Tango ist unsterblich. Tango lernt man nicht für eine Saison, sondern fürs ganze Leben. Diese Saison dauert ein Leben lang. Wer nicht Tango tanzen kann, taugt gar nicht recht fürs Leben. Bestimmt wird er dem Piotruś noch von Nutzen sein. Wenn eine Frau sieht, dass ein Mann Tango tanzen kann, was sagt sie ihm da, na was? Ach, Sie tanzen so wunderbar. Und damit, nicht wahr, fängt alles an. Ein Tango reißt Wände ein, überwindet Abgründe…«

»Na ich weiß nicht«, sagte die Mutter, schon milder gestimmt, »ihr kennt euch da besser aus. Die Tangos, die ihr schon getanzt habt. Und ich? Ich hab wohl zu Silvester vor dem Krieg das letzte Mal getanzt. Mein Mann, freilich, der konnte

Tango, aber er hatte Walzer lieber. Und einen hatte er besonders gern. Der ging so.« Und die Mutter fing an zu summen.

»*An den Ufern des Amur«,* erriet Ewelina oder Róża, vielleicht errieten sies auch beide zugleich.

»Mir ist so«, pflichtete die Mutter bei. »Aus Russland hat er ihn noch gekannt. Und wenn er was mehr getrunken hatte, hat er in einer Tour bloß diesen Walzer gesungen. Und hat geseufzt, *ech, Rassija, Rassija*[55]. Dabei war er gar kein *Russki*[56].«

»Na, sehen Sie, sehen Sie!« Sie zwitscherten, als hätte ihnen die Mutter selbst den Beweis geliefert, wie notwendig es sei, dass sie mir den Tango beibrachten. Und die Mutter bestätigte das:

»Stimmt, was einer in der Jugend lernt, das nimmt ihm später keiner.«

Und vor dem Fest, als ich die Kunde mit nach Hause brachte, in der Schule finde ein Fest statt, hatten sie mich dann nicht einen Tag geschont, immer war eine mich holen gekommen.

»Na dann bitte, Herr Piotr.«

»Aber sitz mir nicht zu lange«, sagte die Mutter jetzt und brachte so ihr Verständnis und ihre Zustimmung zum Ausdruck, oft kam sie mir mit dieser Zustimmung sogar zuvor, noch ehe ich etwas sagen konnte, etwa Danke sehr oder Ich komme gleich, so als wollte sie ihnen auf die Art für alles danken. »Du musst noch deine Aufgaben machen. Und das Fräulein Róża oder das Fräulein Ewelina hat bestimmt auch zu tun.«

Nun spannten sie mich einander nicht mehr aus, sondern reichten mich freiwillig aneinander weiter und hielten mich nicht einen Augenblick länger in ihren Armen fest, wenn der Tango zu Ende war, als gäbe es eine Abmachung zwischen ihnen. Und wir tanzten nur Tangos.

[55] russ.: (phonetisch) Ach, Russland, Russland
[56] russ.: Russe

»Den Walzer oder die andern lernen Sie später, beim Tanzen, mit Leichtigkeit. Denn wenn man erst mal Tango kann, kann man alles.«

Für gewöhnlich waren sie gerüstet für mein Kommen, die Betten waren gemacht, das Zimmer war aufgeräumt, der Tisch mit einer Spitzendecke bedeckt, und sie selbst aufgeputzt, behängt mit Halsketten, Broschen, Armreifen, Ringen, frisiert, angemalt, als gingen sie selbst gleich zu dem Fest, ja als überließen sie sich schon der festlichen Stimmung. Jedenfalls erinnerten sie kaum noch an jene Fräulein Poncka, mit denen ich getanzt hatte, als ich noch zu ihnen zum Kakao gegangen war. Vor allem saßen sie in den Sesseln, und ich musste sie zum Tanz bitten.

»Jetzt kommen Sie bitte auf mich zu, Herr Piotr. Aber mit weichen Schritten, nicht wie ein Rekrut. Ja, und an der Stelle bitte stehenbleiben, einen Schritt entfernt, nicht weiter, aber auch nicht dichter. Und jetzt verbeugen Sie sich, ja, nicht nur mit dem Kopf, ein klein wenig beugen Sie auch die Schultern. Die Verbeugung geschmeidiger, lockerer, nicht ganz so forsch. Merken Sie sich, der Tango fängt mit der Verbeugung an. Und immer direkt in die Augen schaun. Ihr Blick muss leicht verschleiert sein, ohne ein Lächeln drin. Das Lächeln kommt schon, alles zu seiner Zeit. Nein, den Arm noch nicht ausstrecken. Zu früh. Das erst, wenn die Dame aufsteht. Jetzt, ja. Und Sie ergreifen meine Hand mit Ihrer Hand, von unten, aber Sie heben sie höchstens bis zu dieser Höhe. Dann neigen Sie den Kopf und führen Ihre Lippen heran. Zart, sie dürfen sie kaum berühren. Und ich begebe mich von allein in Ihre Arme. Bitte vergessen Sie nicht, Sie dürfen Ihre Partnerin nicht an sich ziehen. Oder, um Gottes willen, nicht bis zur Mitte schleifen. Der Tango beginnt da, wo Sie stehengeblieben sind und wo ich mich für Sie erhebe.«

Und so dressierten sie mich bis zu dem Fest und enthüllten mir das Geheimnis des Tangos bis in die feinsten Einzelheiten. Sie tanzten federleicht, ohne die kleinsten Ecken, Kanten selbst bei den überraschendsten Drehungen, den schärfsten Kehren oder Richtungswechseln. Fast setzten sie die Füße nicht auf, sie schwebten wie Wolken dahin, geräuschlos, beinahe körperlos. Gewiss, sie beschenkten mich nicht mehr mit Wärme wie damals, als sie im Morgenrock, im Nachthemd, zerzaust, nicht angemalt, noch vom Geruch der Nacht behaftet, mit mir getanzt hatten. Und sie drückten mich nicht an notdürftig verhüllte Brüste, befahlen mir nicht, schmieg dich an, Piotruś, oder auch, Herr Piotr. Sie sagten höchstens, halb hauchend, als bliesen sie in eine Pusteblume, halb seufzend:

»Ein wenig näher, Herr Piotr. Und die Hand hinten ein bisschen höher in die Taille. Sie muss die ganze Zeit an dieser Stelle bleiben. Fahren Sie bitte nie damit den Rücken hinauf und hinunter.«

Ich fragte sie öfters, wo sie denn nur gelernt hätten, so Tango zu tanzen, sie aber wollten nicht heraustreten aus ihrer Lehrerinnenrolle:

»Oh, beginnen Sie nie das Gespräch mit Ihrer Partnerin auf diese Weise. Sie könnte denken, Sie sind nicht fähig zu großen Gefühlen. Die ersten Worte sind die wichtigsten, Herr Piotr. Bevor Sie gewöhnlich sind, ist es schon besser, Sie sind schüchtern.« Oder sie speisten mich regelrecht ab: »Nein, wahrhaftig? Ist es so außergewöhnlich, wenn man Tango tanzen kann? Lachen oder weinen können, ist auch nichts anderes. Wir haben immer gern getanzt. Noch heute tanzen wir manchmal zusammen, wenn niemand uns besucht. Wirklich, nichts Außergewöhnliches.«

Meist jedoch dankten sie es mir mit ebensolchen Lobsprüchen, offenbar auf der Flucht vor meinen dauernden Artigkeiten, die für sie, wie ich argwöhnte, mehr waren als nur der Ausdruck meiner Begeisterung.

»Auch Sie tanzen schon wunderbar, Herr Piotr«, stieß die eine mit gekünstelter Emphase hervor, und während sie mich den Armen der anderen übergab, übernahm die, zusammen mit mir, auch die gekünstelte Emphase: »Aber ja, wunderbar!

Und leicht, mit einer Anmut!« Obwohl selbst diese hohen Töne für gewöhnlich umschlugen in Hinweise und Ratschläge: »Etwas lockerer dürfen Sie meine Hand schon halten, Herr Piotr. Und den Kopf nicht so steif. Und sich nicht so auf die Zehen recken.«

Es kam jedoch vor, sie vergaßen, dass sie mir nur Unterricht gaben, und es entfuhr der einen oder der anderen mitten in diesen Hinweisen und Ratschlägen unvermutet der Seufzer:

»Ach, so einen Partner zu haben! Die Glückliche, die der Herr Piotr zum Tango bitten wird.«

Sie spielten also in einer Tour diese Walzer, Polkas, Kujawiaks, Märsche, und außer mir wartete wohl keiner so beharrlich darauf, dass sie den nächsten Tango spielten. Der Saal drehte sich wie ein Karussell, Hitze stieg von ihm auf, und die Kapelle auf der Bühne heizte ihm noch mehr ein. Und irgendwo dort, inmitten all dieser Walzer, Polkas, Kujawiaks, Märsche wirbelte immerfort Anna vorüber. Ich ließ sie nicht aus den Augen, doch sie entschwand mir ein ums andere Mal und ging im Gewühl der tanzenden Paare unter oder tauchte weit weg, an unvermuteter Stelle auf, um kurz vorbeizuhuschen, wieder zu verschwinden und wieder aufzutauchen, und mitunter, auch das kam vor, so nah, dass ich mich fast ertappt fühlte, wie ich sie belauerte. Dann sah ich beschämt zur Seite, obgleich sie kaum hatte in meine Richtung blicken können, weil sie der Strudel des Tanzes weiterriss.

Hätte ich wenigstens gewusst, dass sie ahnte, ich wartete hier, an der Sprossenwand, auf den Tango mit ihr und wartete nach jedem Tango von neuem, mir wäre vielleicht leichter zumute gewesen. Ich versuchte mir sogar vorzustellen, wir tanzten inmitten dieser Walzer, Polkas, Kujawiaks, Märsche einen Tango, und die Kapelle spielte diesen Tango für uns, während sie für alle übrigen Walzer, Polkas, Kujawiaks, Märsche spielte. Und alle Herumwirbelnden schauten neidisch auf uns, weil die Kapelle für uns allein einen Tango spielte und sie diese Walzer, Polkas, Kujawiaks, Märsche tanzen mussten.

In gespannter Erwartung blickte ich zur Bühne, wo die Kapelle, nach der langen Abendbrotpause, jeden Moment erscheinen musste. Sie hatten vorm Verlassen des Saals, als sie, nach einer weiteren Folge von Walzern, Polkas, Kujawiaks, Märschen die Instrumente weglegten, angekündigt, nach der Pause käme ein Tango, und der Saal hatte das mit Freudenausbrüchen aufgenommen und sie unter prasselndem Beifall verabschiedet.

Nun kamen sie zurück. Sie betraten die Bühne einzeln, in erheblichem Abstand voneinander und merkwürdig lahm, als sollten sie gleich verkünden, sie spielten nicht weiter, sie gingen schlafen. Sie wirkten angeschlagener als vor der Pause. Nahmen die Instrumente zögernd zur Hand, als müssten sie sich erst darauf besinnen, wer auf welchem spielte, wodurch die Ungewissheit, ob der versprochene Tango auch käme, bis ins Unerträgliche wuchs.

Einer der Jungs dicht neben mir sagte trübe:

»Au, die haben schwer geladen.« Und einer setzte hinzu: »Es wär nicht verkehrt, sich auch was einzuhelfen. Zum Tango muss man einen in der Krone haben. Sonst kippt man aus den Latschen.« Ein anderer beugte sich ihm zu und flüsterte kaum hörbar: »Unten in der Vier b sind sie am Saufen. Sroka hat eine Kanne Fusel vom Dorf mitgebracht. Dreimal anklopfen müsst ihr, zweimal kurz, einmal lang. Gehn wir, Jungs?«

In meinen kühnsten Vorstellungen wäre ich nicht drauf gekommen, wie dienlich mir noch diese Worte wären, obwohl ich sie nur mit halbem Ohr gehört und ich gar nicht bemerkt hatte, ob die Jungs gegangen waren oder nicht. Gebannt jede Bewegung auf der Bühne verfolgend, dachte ich einzig daran, wann ich losgehen müsse, um nicht zu früh zu sein, es jedoch dieses Mal bestimmt zur Zeit zu schaffen. Der Geiger trat an den Bühnenrand, was gewöhnlich die Ankündigung eines Tangos war, schob sich die Geige unters Kinn, während der Bogen, zum Einsatz bereit, in der Luft verhielt. Der Saxophonist und der Posaunist drückten die Lippen schon ans Mundstück, und der Schlagzeuger hob, einem die Flügel spreizenden Vogel ähnlich, die Schlegel über der Trommel. Und als der Akkordeonist, der die Kapelle führte, in die Tasten griff und mit einem Kopfnicken das Zeichen gab, lief ich augenblicklich los, wer weiß, den ersten Takten vielleicht sogar ein, zwei Schritt voraus, mitten durch den Saal und stracks auf Anna zu, die auf der Bank an der Wand saß. Ich war mir sicher, dieses Mal gewänne ich den Kampf. Ganz aus der Nähe sah ich schon Annas lachende Augen, und eben wollte ich mich vor ihr verbeugen, da stand, wie aus dem Erdboden gewachsen, plötzlich jemand zwischen mir und ihr, und sie glitt in seine Arme, mit ihren lachenden Augen, ohne auch nur zu bemerken, dass ich als Erster da gewesen war. Ein Fluch lag auf mir, nichts anderes, bei diesem meinem ersten Fest. Vielleicht der Fluch des Grafen Mundek, der sich mit dieser Welt nicht hatte abfinden können und dessen Krawatte ich mir angeeignet hatte. Oder der des Mannes, von dem der Vater beim Kartenspiel den Siegelring gewonnen hatte? Ein Fluch, pflegte die Mutter zu sagen, verbirgt sich gern in Dingen. Ich stand wie angewurzelt und konnte es nicht begreifen. Ich hatte doch wachsam um mich gespäht, ob sich aus einer andern Ecke des Saals nicht einer zu ihr hin stahl. Und mir war keiner aufgefallen. Aus dem ganzen Saal war allein ich zu ihr unterwegs, um ihr mein tiefstes Geheimnis darzubringen, diesen kaum begonnenen Tango.

Ich versuchte, ihnen mit dem Blick zu folgen, während sie davonschwebten in diesem Tango, ohne mich wahrzunehmen und, was schlimmer war, mich meiner eigenen Hilflosigkeit überlassend und meinem Gram, aber auch meinem Hass auf sie, ja auf das ganze Fest, auf die Kapelle, auf all die tanzenden Paare und auf diesen Tango. Einen Moment lang hoffte ich noch, vielleicht sähe Anna über die Schulter des anderen hinweg zu mir hin und würde auf mich aufmerksam. Vielleicht erfasste sie, dass ich noch immer vor ihr stand und ich mich gleich verbeugen und sie zu diesem Tango auffordern würde, so viele Male hatte ich es schon vergeblich probiert, drum stand er mir zu, der Tango mit ihr. Vielleicht entwand sie sich sogar den Armen des anderen und kam zu mir gelaufen und schmiegte sich in meine Arme mit einem Gefühl der Schuld.

Die tanzenden Paare drängten mich ganz an die Wand, so dass ich wohl oder übel auf eine Bank sank, vielleicht sogar da, wo Anna eben noch gesessen hatte. Außer mir saß niemand hier. Alle tanzten Tango. Mir war, als läge ich mitten im Gewimmel ihrer tanzenden Füße, ja als tanzten sie auf mir herum. Ich schämte mich, an meinen Platz an der Sprossenwand zurückzugehen, aber auch hier war es schwer auszuhalten. Die Hoffnung, es werde mir noch gelingen, mit Anna zu tanzen, hatte mich vollständig verlassen. Die Hoffnung, die mich, uneingedenk der beim voraufgegangenen Tango erlittenen Schmach, bei jedem neuen Tango von neuem mitgerissen hatte. Die mich geduldig von einem nicht getanzten bis zum nächsten nicht getanzten Tango hatte warten lassen, all die sich endlos hinziehenden Walzer, Polkas, Kujawiaks, Märsche hindurch, bis hin zu jenem letzten, wiederum nicht getanzten, und dies dem Schicksal, das mir offenbar bestimmt war, zum Trotz, dass mir erneut jemand zuvorkäme. Denn wie anders war das zu erklären, als mit dem Schicksal?

Ach es verflog die Liebe mit dem ersten Tag des Herbstes. Der Tango wurde wehmütig, wurde gefühlvoll, und in meiner Brust, in meinem Kopf, ja in meinem ganzen Körper bohrte etwas. Es war, als sei der Geiger von der Bühne herabgestiegen und stünde vor mir, halb spielend, halb schluchzend. Mir fiel ein, dass einer von den Jungs an der Sprossenwand gesagt hatte, in der Vier b sind sie am Saufen. Ich hatte den Geschmack von Schnaps im Mund, obgleich es wohl lediglich der Geschmack des Verlangens danach war.

Schnaps hatte ich bisher im Leben nur ein einziges Mal getrunken, und das vor Jahren, als mir Onkel Władek einen eingeschenkt hatte, weil sie ein Schwein geschlachtet hatten. Damals war das nicht leicht zu bewerkstelligen gewesen, die

Schweine waren alle beringt, und jeder Ring hatte eine Nummer. Für so ein Schwein konnte man verhaftet, aufgehängt, erschossen oder ins Lager gesteckt werden. Sie hatten es jedoch geschafft, das Schwein am Rotlauf krepieren zu lassen. Jedenfalls stand es so geschrieben, am Rotlauf, es war sogar einer von der Gemeinde erschienen, als Zeuge, als sie es vergruben. Im Protokoll hieß es, im Obstgarten hinter der Scheune, dort hatte Onkel Władek auch eine Grube ausgehoben, und die hatte er dann vor dem Zeugen zugeschüttet. Sie hatten dem Protokoll noch den Ring beigefügt, und der Zeuge hatte unterschrieben.

Tante Jadwinia schnitt Mengen von Leberwurst, Presskopf, Grützwurst auf und Brot, und Onkel Władek holte einen Liter Schnaps, Wassergläser, stellte vor jeden eins hin und goss ein, den Männern etwa bis zur Hälfte des Glases, den Frauen bloß den Boden bedeckt, und nur dem Zeugen von der Gemeinde ein volles Glas. Mich hatte er übergangen, und mir kam das ganz natürlich vor, ich war ja noch ein Kind. Doch als er allen eingeschenkt hatte, sah er plötzlich zu mir und schien zu überlegen. Dann ging er zur Kredenz, holte noch ein Glas, stellte es mir in den Schoß und sagte:

»An dem Freudentage soll auch der Piotrek mit uns anstoßen. Das nächste schlachten wer, kann sein, erscht nachm Kriege, wenn wersch erleben.« Und er goss mir ein, etwas mehr als den Frauen und etwas weniger als den Männern.

»Was denn, Schnaps willst du ihm?!« Die Mutter fuhr hoch wie von der Tarantel gestochen. »Bist du tollwütig? Zum Säufer willst du mir das Kind machen?! Ich reib ihm grad noch Möhren, Rote Rüben, Äpfel für Saft, damit er wächst, damit er mehr Blut kriegt, weil er ewig und ewig so blass ist. Und du ihm Schnaps?! Gib das her, Piotrek!«

Sie wollte mir das Glas wegreißen, doch im selben Moment baute sich Onkel Władek schützend vor mir auf, und da er ein Kerl wie ein Baum war, kam die Mutter nicht an mich ran.

»Was biste so stürmisch? Von der Neege?« redete er begütigend auf sie ein, obwohl sie mit aller Kraft an seinem Körper riss, um ihn von mir fortzuzerren, aber das war, als wollte sie einen Eichbaum beiseite schieben. Nur die Flasche mit dem Schnaps hielt der Onkel hoch über seinem Kopf, damit sie ihm die nicht aus der Hand schlug. »Gleich Säufer. Da müsste er saufen und saufen. Ein Viertel wenigstens am Tage, und das Tag für Tag. Frage den Franek Kołodziej, was der schluckt. Ein halber Liter, sagt der, da weeß ich erscht, dass ichs bin, dass ich lebe. Ohne den Halben, Władek, das is, als wär ich nich geborn. Dabei weeß ich gar nich, ob ich ooch uff die Welt will.«

Doch die Mutter, taub für des Onkels Erklärungen, riss und zerrte weiter an ihm, ja versuchte, diesen seinen Körper zu umgehen und von links, von rechts, von hinten an mich heranzukommen, und schnaubte regelrecht vor Wut.

»Gib das her, Piotrek! Gib das her, Piotrek! Gott steh dir bei. Trau dich ja nicht!«

Doch der Onkel wich, je nach dem, mal nach links, mal nach rechts aus, drehte sich um sich selbst und versperrte der Mutter den Weg zu mir und redete ihr immer noch gut zu:

»Also, er isst ein Stücke Wurscht dazu oder Presskopp, und er merkt nich mal was. Was ich ihm eingegossen habe, is gut für die Taufe. Mal anfangen muss er doch. Soll er lieber heimlich? Und du erfährscht es, wenn de ihn musst im Dorfe suchen? Er bleibt nich immer Kind. Außerdem, heutzutage gibts keene Kinder. Du musst erwachsen sein, willste oder willste nich. So sind die Zeiten. Wie willste den Krieg ohne ein Glas Schnaps überstehn? Wir hams geschafft und ham ein Schwein geschlachtet, na! Und was für Scherereien ham wer damit gehabt? Das hat keenen Geschmack, wenn wersch nich begießen. Nich mal unterscheiden wern wer, was Leberwurscht, was Presskopp und was Grützwurscht is. Alles wird uns nach Spänen schmecken.«

Ich wollte das Glas mit dem Schnaps schon abgeben und sagen, ich trinke nicht, weil mir die Mutter leid tat. Nun rannte sie gegen diesen Baum von Onkel nicht mehr nur im Zorn an, sondern auch mit wachsender Verzweiflung. Sie rief nicht mehr, gib das her, Piotrek, beschimpfte den Onkel nicht mehr, sie hämmerte lediglich mit Fäusten auf seine Brust ein, so dass die Flasche in seiner ausgestreckten Hand schwankte wie ein Apfel im Wipfel des Baums. Aber zugleich hatte ich das Gefühl, ich würde den Onkel verraten, wenn ich das Glas plötzlich der Mutter gäbe, weil ich nicht trinke.

»Een Arschloch wird mal aus dir, keen Kerl«, würde er wahrscheinlich sagen. Und vielleicht pfefferte er sogar diese Flasche aus der Höhe seines ausgestreckten Arms zu Boden, zum Zeichen, dass ich ihn verraten habe. »Es mag eener ein Jahr lang nich getrunken ham«, versuchte er, während er die langsam erlahmenden, doch immer noch wütenden Faustschläge mit seiner Brust abfing, als wäre das gar nichts, der Mutter zu erklären. »Es kommt so een Moment, da muss er trinken. Er muss, und wäre sonste was. Ooch wenns ihm nich schmeckt. Außerdem, Schnaps trinkste nich für den Geschmack. Es kann eener den Nischel voller Verstand ham, und trotzdem wird er sich mit dem Verstande nich alles erklärn. Aber mit Schnaps wird er sich alles. Manchmal gibts keenen andern Rat wie eenen trinken. Ob dir die Seele weh tut oder das Herze oder der Magen, du trinkst eenen, und schon is es wie weggeblasen. Manchesmal hilft dir der Herrgott nich, aber der Schnaps, der hilft dir. Hoho, das war keen Dummer, der den Schnaps erfunden hat. Vielleicht gar der Herrgott selber, wer will das wissen? Guck dir die Welt doch an, die er geschaffen hat, er musste auch den Schnaps. Schlag zu, immer schlag, nur zerreiß mir das Hemde nich. Gegen die Wut gibts genauso nischt, außer du trinkst was. Der Piotrek hat das Leben noch vor sich, besser, der lernt beizeiten, wann er trinken muss und wann beten, damit ersch nich vermengt hinterher. Angenommen, den trifft ein Unglück, ich wünschs ihm ja nich, aber ihn trifft eens, denn es muss jeden, noch keener hat sich da rausgewunden, dann wird er doch nich Möhrensaft trinken oder Rübensaft oder welchen aus Äppeln.

Dann muss er Schnaps. Schnaps gehört zum Unglück wie die Haut zum Leibe. Und genauso zur Hochzeit. Bloß, mit den Hochzeiten fangen meistens die Unglücke an, so wie die Flüsse mit den Quellen.«

Und da wandte sich die Mutter, in hilfloser Wut auf des Onkels Brust einhämmernd, der Stube zu und rief:

»So helft mir doch! Was guckt ihr zu, wie ich mich mit diesem Stier rumschlag?! Das Kind will er mir betrunken machen!«

»Die helfen dir nich«, sagte der Onkel mit der gleichen Nachsicht. »Die warten, dass du se endlich trinken lässt.«

Und er machte den Hals lang wie ein Gänserich und goss sich aus der Flasche, die er noch immer wie eine brennende Fackel hoch über sich hinaus hielt, etwas in die Kehle. Im selben Moment stieß ihn die Mutter an, doch offenbar hatte sie nicht mehr viel Kraft, denn der Onkel geriet nicht ins Wanken, sondern half sich ein, was er sich hatte einhelfen wollen, ohne auch nur einen Tropfen zu verschütten, dann hob er die Flasche wieder hoch über sich hinaus, an ihren alten Platz.

»Na, Vater, sag du«, wandte er sich wie um einen Schiedsspruch an den Großvater, der auf dem Rand des Bettes saß, das Glas in der Hand, das darauf wartete, geleert zu werden. »Is die nich dumm? Was haben se bloß gemacht mit der in der Stadt? Trinken die dort nich mehr? Aber die is doch hier geborn.«

»Ja, aber du Deibel willst unbedingt, dass das Kind«, tadelte ihn zunächst der Großvater. »Wir hättn längst können trinken.« Dann fügte er hinzu: »Und das Getue da. Als Medizin trinkste manches Mal mehr. Das Gesichte wird er verziehn, und schon hat er ihn runter und im Magen. Wurscht soll er dazu essen.«

»Vielleicht lieber Brot, Papa, erst dran riechen und dann abbeißen«, mischte sich Onkel Stefan ein.

Doch die Mutter gab sich nicht geschlagen. Rot im Gesicht und, wie es schien, zunehmend schwächer, rannte sie immer erbitterter gegen den Onkel an. Sie versuchte sogar, zu der Flasche, die der Onkel hoch über sich hinaus in der ausgestreckten Hand hielt, hinauf zu springen und kreischte:

»Ich zerhau dir die Flasche, Satan! Ich lass mir mein Kind nicht betrunken machen. Hab selber mal eins, das kannst du. Meins lass ich mir nicht…«

Aber der Onkel reckte bei jedem ihrer Sprünge den Arm noch höher hinauf, so dass er fast bis an die Stubendecke reichte. Sie versuchte, ihm den Arm an der Schulter, am Ellenbogen umzubiegen, aber die Arme des Onkels waren wie die Äste einer Eiche.

»Denkste, wenn de ihn lässt ausbilden, wird er nich trinken?« versuchte er ihr unverändert im Guten zu erklären, denn er hatte sich in seiner geduldigen und starken, seiner eichbaumstarken Ruhe verbarrikadiert. »Dann sag ich dir, wer weeß, ob nich mehr. Was eener nich manchmal trinken muss bei so einem gebildeten Verstand! Das is nich so wie bei einem gewöhnlichen, wo dir schon nach eem Viertel das Denken vergeht, und nach eem Halben passt dir jedes Unglück wie das Fell dem Hunde. Und jedes kommt dann von Gott.«

»Nimmt der Piotruń halt mein Glas, und ich trink seins«, sagte da die immer verträgliche Tante Jadwinia, auf der Suche nach einem Ausweg. »In meinem ist grad mal der Boden bedeckt.«

Worauf Tante Marta unverhofft zur Kredenz ging und sich ein Glas herausnahm, denn außer mir hatte Onkel Władek auch noch sie beim Einschenken übersehen, was sie ohne den geringsten Widerspruch geduldet hatte.

»Gieß mir auch was ein, Władziu«, sagte sie. »Wenn das Schwein gar so wichtig ist.«

»Wirschte das Glas hinstelln!« Onkel Władek versuchte sie zu hindern, so gut er konnte, gebeutelt von der Mutter und noch immer die Flasche in der erhobenen Hand. »Haste vergessen, was der Doktor gesagt hat? Milch, Sahne darfste.«

»Das hilft auch nichts mehr. Gieß ein.« Die Tante hielt ihr Glas hinauf zu der ausgestreckten Hand.

»Wie soll ich dir eingießen, siehste nich, die lässt mich die Flasche nich runternehmen.«

»Lass ihn sein!« sagte da plötzlich die Großmutter, die mit dem Glas in der Hand auf dem Schemel am Herd saß und ebenfalls wartete, wann sie endlich auf dieses Schwein anstoßen würden. »Wegen den paar Troppen Schnaps so ein Gezerre, der Bruder mit der Schwester? Ich hab euch gottesfürchtig aufgezogen. Bei mir wart ihr alle gleich. Soll er sich bekreuzigen, dann is es, wie wenn er Quellwasser trinkt. Meine Mutter, Gott hab sie selig, hat nie getrunken, bevor se sich nich bekreuzigt gehabt hat. Im Namen des Vaters und des Sohnes, kreide mir, Herrgott, das nich als Sünde an. Oder zähl ein paar andre doppelt. Das hat se gesagt.« Und sie bekreuzigte sich ebenfalls im Namen des Vaters und des Sohnes und sagte: »Ach was, was werd ich warten, bis ihr euch eenig seid.« Und sie leerte das Glas in einem Zuge. »Huuu, der feuert mal.« Und sie schüttelte sich.

»Iss was nach«, sagte der Großvater.

»Was werd ich essen! Der verteelt sich.«

»Iss.« Und er nahm ein Stück Wurst aus der Schüssel und drückte es der Großmutter in die Hand.

»Du Lump! Du dieser und jener! Ich lass mir mein Kind nicht betrunken machen!« schimpfte die Mutter mit immer schwächerer Stimme, und mit schwächer werdenden Fäusten bearbeitete sie die eichbaumstarke Brust von Onkel Władek. Und mit einemmal legte sie den Kopf an diese seine Brust und brach in ein Schluchzen aus. Und Onkel Władeks eichbaumstarker Körper gab gleichfalls nach, und er zog die Mutter an sich, drückte sie mit der freien Hand an seine misshandelte Brust, während er mit der andern noch immer die Flasche hoch über sich hinaus hielt. Doch sofort nahm er sie herunter und umschlang, wenn auch unbeholfen, auf der Hut, dass er ja den Schnaps nicht vergoss, die Mutter mit beiden Armen.

»Weene nich. Es bleibt keinem was erspart«, sagte er. »Na, ween nich.«

Die Vier b befand sich im Erdgeschoss, am Ende des Flurs. Ich musste jedoch nicht anklopfen, wie sie mir gesagt hatten, zweimal kurz, einmal lang, denn der Flur war erfüllt von lärmenden Stimmen, heiserem, von Flüchen durchsetztem Gegröle, das bis ins Treppenhaus zu hören war und die Klänge des Tangos, die mir nachwehten, bald übertönte. Schon stand ich an der Tür, da schien jemand sie plötzlich von drinnen für mich aufzumachen, und mir entgegen gewankt kam Koza, erregt, zerrauft, rot im Gesicht.

»Piotruś.« Er umhalste mich zärtlich. »Du bist gekommen? Wie mich das freut, Kumpel. Tritt ein. Wir haben eine ganze Kanne Fusel. Ist das ein Schwof! He, Jungs!« rief er und führte mich in den Klassenraum. »Noch einer von der Titanic!«

»Der Piotrek«, rülpste einer bei meinem Anblick.

»Der Piotrek?« staunte einer.

Und einer torkelte auf mich zu, hängte sich mit seinem ganzen Gewicht an mich und hauchte zärtlich:

»Der Piotruś.«

Einer sah mich aus verschwiemelten Augen an und fragte:

»Wie heißt du?«

»Seit wann fragt man einen Schiffbrüchigen nach seinem Namen, du Sack«, schrie Koza.

Im selben Moment plärrte einer hinten im Klassenraum:

»Proletarier aller Länder, vereinigt euch!«

Und da stimmte einer lallend die Internationale an:

»Wacht auf, Verdammte dieser Erde, die stets man noch zum Hungern zwingt!«

»Wo ist dieser Gästebecher?! Gebt mal den Gästebecher her!« rief Koza.

»Nich so laut, Jungs. Wie oft soll ich das noch sagen?«

Von der Kathederplatte erhob sich der kahle Kopf des Hausmeisters Skowroński oder versuchte sich vielmehr zu erheben, denn nach jedem Wort sank er zurück aufs Pult. Und rappelte sich mühselig abermals hoch, als ränge er mit dem Gewicht dieser Worte, vielleicht auch mit dem des Katheders, auf dem er ruhte. »Jeder Hornochse würde mich verstehn! Und die hier, Himmelherrn, das ist die Blüte! Die Zukunft, wie es heißt! Lauter Professors, Doktors, Richters, Ingenjörs! Scheißer, mehr nicht! Und hinterher bin ich dran, von wegen, ich erlaub euch alles. Gar nichts erlaub ich euch! Habt ihr gehört?! Ich erlaube euch gar nichts! Ich bin überhaupt nicht hier! Merkt euch das, Galgenvögel! Hundsfötter, verdammte! So, und jetzt geh ich.« Und wie mit vermehrter Macht drückten ihm diese Worte erneut den Kopf aufs Pult. »Tür zu!« Mit letzter Kraft riss er ihn noch einmal hoch. »Was ist das hier, ein Viehstall?! Eine Schule! Eine anständige Schule ist das. Nach dem Marschall Piłsudski war sie benannt vorm Krieg.«

»Stillgestanden!« brüllte jemand. Und jemand kreischte: »Auf nach Kiew!«

Noch ehe ich in dem Getöse und in den Zigarettenrauchschwaden irgendwen erkennen konnte, hielt mir Kozas Samariterhand schon den Gästebecher an den Mund, der bis oben mit Fusel gefüllt war.

»Trink.«

So warf ich nur einen kurzen Blick in den Raum. Die Gesichter kamen mir sämtlich verschwommen vor, ausgedünnt, wie auf einem verblassten Klassenfoto. Kaum einer saß normal da, wie sonst in der Schule, sie saßen verkehrt herum, seitlich, halb liegend, den Kopf auf der Schreibplatte, hingeflegelt wie auf ein Kanapee, verrenkt, in Stellungen, die schwer zu beschreiben waren, manche streckten die Beine hoch, manche hatten sogar die Schuhe auf der Bank, als wollten sie sich an diesen weiß Gott unschuldigen Bänken rächen für die tägliche Demütigung.

»Trink.« Kozas fahle, doch ehrliche Augen lächelten mir zu. »Schiefgelaufen, wie? Bei jedem hier ist was schiefgelaufen, Kumpel. Trink. Er stinkt ein bisschen, aber stark ist er, ich sag dir, dass einem Hören und Sehen vergeht.« Und er begann mir den Schnaps einzuflößen.

Es schnürte mir die Kehle zu, verschlug mir den Atem. Ich verschluckte mich, doch Koza erlaubte mir nicht, auch nur Luft zu holen, mit fester Hand presste er mir den Becher an die Lippen und jaulte:

»Ohne Absetzen. Ohne Absetzen. Trink ex. Ex.«

Wie ausgepumpt, als stiege ich aus großer Tiefe hinauf an die Oberfläche, zog ich die Luft ein. Sie war scharf, geradezu stechend. Mir verschwamm alles vor den Augen, und gleich darauf hatte ich das Gefühl, ich sei ganz aus Watte.

»Ach, ein Grünling«, sagte Koza bedauernd, und auch seine Stimme war wie aus Watte. »Ich dachte, du hast Übung. Aber Trinken und Pauken sind wohl zweierlei. Da hast du was nachzuholen. Trocken lachst du dir nie eine an. Frag die Jungs. Es wird immer einen geben, der schneller ist.«

»He, Piotrek!« schlug es wie ein Echo an mein Ohr. »Komm zu uns! Lass doch den blöden Koza!«

In meinem Kopf drehte sich alles, und bei dem Versuch, einen Schritt zu tun, taumelte ich plötzlich gegen das Katheder, dass der Hausmeister den Kopf hochriss. Zum Glück fing Koza mich auf, fasste mich um die Taille und bugsierte mich bis zu der ersten Bank. Er mühte sich, mich hineinzuhieven, aber ich passte und passte nicht hinein, und schließlich fielen wir beide hin. Doch er raffte sich rasch wieder auf und stand wohl eine Weile vor mir, denn ich vernahm seine Worte:

»Vielleicht isst du ein Stückchen Leberwurst? Na, Piotrek? Iss was. Es würde dir gut tun. He, Jungs, ist noch was von der Wurst da?!«

Und er ging diese Wurst wohl sogar holen, und ich schlief ein.

Aber lange hatte ich nicht geschlafen, jedenfalls glaubte ich das, denn als jemand mich rüttelte, war ich sicher, das sei Koza mit seiner Leberwurst. Und bei dem Gedanken, dass er mir befehlen werde, sie zu essen, wurde mir übel. Außerdem hatte ich plötzlich das Gefühl, ich stecke in etwas, das nicht mein Körper war. Und dann begann dieser Jemand mit Worten auf mich einzustechen wie mit Dolchen, und ich erkannte, dass es nicht Kozas Stimme war.

»Du, steh auf. Los, mach schon. Alle gehen. Das Fest ist aus. Da, trink noch einen zum Abschied. Das bringt dich auf die Beine. He, Piotrek, hast du gehört? Wach auf.«

Er rüttelte mich unnötig, ich war wach. Ich hörte jedes Wort. Ich war nur nicht imstande, dem fremden Körper, in dem ich steckte, zu befehlen, einen Arm zu bewegen oder den Kopf zu heben oder zu murmeln, ich schlafe nicht.

»Jungs, stelln wir ihn auf!« sagte einer, und auch das hatte ich gehört, ich war also wirklich wach. »Erst muss er mal stehen, dann geht er schon irgendwie. Im Suff ist das Aufstehen das Schlimmste.«

»Der Maschinenmensch«, spottete einer. »La Mettrie.«

»Fasst ihn unter.«

Sie begannen mich aus der Bank zu zerren, als rissen sie mich mitsamt den Wurzeln aus, und ich konnte ihnen nicht helfen, weil mir die ganze Zeit so war, als gehörte der Körper, in dem ich steckte, nicht mir. Obwohl sie, ehrlich gesagt, sonderbar kraftlos waren, ihre Hände rutschten dauernd an mir ab, und sie drückten und quetschten mich, anstatt mich aufzurichten, und der ein oder andere legte sich sogar auf mich.

»Sich so zu besaufen. Du, was hast du ihm eingeflößt?«

»Den Gästebecher.« Ich erkannte Kozas Stimme.

»Den vollen? Der verträgt nichts, der büffelt zu viel.«

Schließlich hakten sie mich auf beiden Seiten unter, zwei stützten mich noch im Rücken ab, und so, von allen Seiten gehalten, stand ich auf meinen Beinen.

»Und er steht«, japste einer erleichtert.

Mühsam öffnete ich die Augen.

»Da, er macht die Augen auf«, freute sich einer. »Na also, er ist fast schon da. Der kann gehn.«

»Jungs, vielleicht bringen wir ihn doch lieber nach Hause?«

»Ach was, der kann gehn. Draußen schnappt er frische Luft, und er geht. Stimmts, Piotrek, hab ich recht, du kannst gehn?«

Ich nickte oder nickte nicht, vielleicht lasen sie es mir von den Augen ab, denn plötzlich rief einer:

»Gebt ihm einen zum Abschied! Der bringt ihn zu sich.« Und er rückte an meiner Krawatte, zog mir das Jackett zurecht. Und gleich darauf drückte mir eine Samariterhand erneut diesen Gästebecher an die Lippen. »Trink.«

Diesmal war es nicht viel, nach zwei Schlucken floss nichts mehr nach. Dennoch fühlte ich mich leichter. Mein Kopf war nicht mehr so schwer, und mein Körper kehrte allmählich zu mir zurück.

Sie schoben mich aus dem Klassenzimmer in den Flur, obwohl ihnen das nicht leicht fiel, denn sie versuchten mich immer noch von allen Seiten zu stützen. Und dann aus dem Flur auf die Treppe, die in den Schulhof führte. Doch auf der ersten Stufe riss einer von denen, die mich stützten oder, um ehrlich zu sein, an meinem Ellbogen hingen, sich plötzlich los, und wir rollten alle miteinander die Treppe hinunter, hinaus in den dunklen Abgrund der Nacht. Flüche erschollen, von da, von dort, woraus ich schloss, dass jeder woanders gelandet war, manche weit entfernt von der Treppe. Sie kamen schnell hoch, riefen sich, fanden einander und standen bald wieder im Haufen beisammen, nur mich hatten sie wohl vergessen.

Ich versuchte, aus eigener Kraft aufzustehen, doch ich wusste nicht, wie ich das überhaupt bewerkstelligen sollte. Hätte ich unter einem Baum gelegen oder unter einem Strauch, ich hätte wenigstens etwas zum Festhalten gehabt. Ich aber hatte nur den Kies des Schulhofs unter den Händen, und rundum finstre Nacht.

»Und jetzt zu ein paar Nutten, was, Jungs?« hörte ich ganz in der Nähe einen sagen. »So eine Nacht mit Schlafen zu vergeuden. Schade drum.«

Ich wollte rufen und ihnen in Erinnerung bringen, ich läge

hier, doch ich vermochte meiner Kehle nur ein Flüstern abzuringen, das ich selbst kaum hörte.

»Dann lass uns gehn«, fiel einer bereitwillig ein.

»Bloß wohin?« fragte einer zweifelnd, und ein anderer bestärkte ihn noch:

»Und für was?«

»Wenn wir nun zu den Fräulein Poncka …?« winselte einer.

»Auch ein Einfall«, rief ihn ein anderer zur Vernunft, »weißt du, was diese Nutten nehmen?«

Da durchfuhr es mich regelrecht, ich wollte aufspringen, und mich in der Dunkelheit auf sie stürzen und schreien, das ist nicht wahr, ist nicht wahr, die Fräulein Poncka sind keine Nutten, doch der Kies des Schulhofs hielt mich noch immer fest, denn es war mir zwar gelungen, mich auf einem Knie aufzustützen und das andere nachzuziehen, doch ich fiel wieder um.

»Mein Bruder hat mir erzählt, vorm Krieg …« Ich ahnte, wem diese Stimme gehörte, obwohl sie klarer gewesen war, als sie mir zugeredet hatte: »Trink.… Hat es hier so viele Nutten wie Hunde gegeben. Polnische, jüdische, für jeden Geldbeutel welche. Am Abend hat der ganze Park gewackelt. Auf jeder Bank haben sie gevögelt. Und die, die aufs Gymnasium gingen, durften sogar auf Kredit bei ihnen. Und für das Abitur konntest du einmal für umsonst.«

»Da hat sich dein Bruder in den Städten verhaun«, warf einer mit der Überlegenheit des Kenners ein. »Hier gabs vorm Krieg weder Nutten noch Kommunisten, sondern Prozessionen und Soutanen. Und gevögelt hat, gewiss doch, das klassenfeindliche Element, der Rest hat Kinder gemacht, wies der Herrgott befiehlt. Aber wir werden das ändern.«

»Jungs, ich könnte mit zweien auf einmal, ich schwörs bei allen Heiligen«, wimmerte plötzlich einer. »Vielleicht dürfen wir auch auf Kredit? Und wenn wir genug zusammenhaben, zahlen wirs zurück.«

Stille trat ein, und erst nach geraumer Weile sagte einer trübsinnig:

»Wenns dir so ist, nimm ihn doch raus und hol ihn dir runter.«

»Das ist nicht dasselbe, mit der eignen Hand, Boluś, nicht dasselbe«, erwiderte der andere wehmütig.

»Machts gut«, sagte plötzlich einer. »Ich geh nach Hause.«

Und der Kies knirschte unter seinen Füßen, nach ein paar Schritten drehte er sich noch einmal um und rief: »Zu spät für die Nutten!«

Alle schwiegen. Bald schienen sich auch die anderen in Richtung Tor zu entfernen, denn der Kies knirschte genauso unter ihren Füßen.

Ich durfte nicht mit ihnen rechnen, über den Nutten hatten sie mich offenbar vergessen. Als sie sich vor dem Tor verabschiedeten, versuchte ich wieder, aufzustehen. Die Hände in den stachligen Kies stemmend, zog ich erst das eine Knie an und stützte mich auf, dann das andere und, o Wunder, ich fiel nicht um. Dann schob ich das eine Knie bis unters Kinn und hob die eine Hand, dann die andere, und so begann ich mich langsam nach oben zu schrauben. Mühsam, das schon, doch ich kam auf die Beine. Aber was war das für ein Stehen. Ich schaukelte und schwankte, und es zog mich zurück auf die Erde. Dazu drehte sich die stockfinstre Nacht wie ein Karussell um mich. Ich traute mich nicht, auch nur einen halben Schritt zu tun, zur Probe, ob ich würde gehen können. Meinen ganzen betrunkenen Willen bot ich auf, um an dem Fleck zu verharren, an dem ich stand. Ja ich zwang mich, stehenzubleiben, mich nicht zu rühren, als lauerte außerhalb dieses Flecks überall der Abgrund. Da stand ich also, taumelnd, und wartete, bis die Nacht in ihrem Wirbeln nachließe. Und sog diese Nacht ein.

Ich weiß nicht, wie lange das dauerte, jedenfalls erkannte ich zuerst einen, dann einen zweiten Baum auf dem Schulhof, und nach einer Weile den Himmel über dem Hof mit ein paar Sternen, sicherlich jenen hellsten, und dann drang ich mit dem Blick vor bis zu dem Tor, das ganz in der Nähe schimmerte. Und da wagte ich den ersten Schritt, danach den zweiten, den dritten, obwohl ich mir nicht sicher war, ob jeder in die gleiche Richtung führte. Es drehte mich nach den Seiten weg, stieß mich vor und zurück, hin und her, aber irgendwie erreichte ich schwankend das Tor. Ich trat hindurch und lehnte mich gegen den Betonpfeiler, um mich ein Weilchen auszuruhen.

Aus dem Dunkel kam ein Schatten auf mich zu.

»Komm, ich bring dich nach Hause.« Ich erkannte Kozas Stimme, obwohl sich seine Gestalt nur in groben Umrissen vor mir abhob. »Sie sind alle weg. Nur ich bin geblieben, um dich nach Hause zu bringen.« Er hakte mich unter. »Du bist vielleicht voll. Nichts gewöhnt bist du. Macht nichts, wir gehn durch die Stadt, da wirst du nüchtern.«

Anfangs erkannte ich nicht sehr viel, und auch von dem, was Koza da erzählte, drang nicht viel bis zu mir. Erst als in seiner Stimme etwas wie Vorwurf oder Klage mitschwang, begann ich Wörter aufzuschnappen.

»Du hasts gut. Im selben Haus, das ist fast griffbereit, und immer, wenn du willst. Und von dir nehmen sie bestimmt nichts.« Und im selben Moment hörte sie sich an wie ein Hundewinseln: »Nimm mich mit, Piotrek. Du sagst, mein Klassenkamerad. Mein bester Kumpel. Wir sitzen nebeneinander. Spielen zusammen Volleyball. Nimm mich mit. Tust du das? Die sind zwei, und wir sind zwei. Du bist absichtlich liegen geblieben, bis sie weg waren, wie? Ich bin ein Stück gegangen und hab mich hinter einem Baum versteckt. Ich bin unter Druck, sage dir, die Schule könnte ich in Stücke sprengen. Nimmst du mich mit? Oder sind dir diese Nutten zu schade«

Mit aller Kraft riss ich mich von seinem Arm los, der mich fest gepackt hielt, versetzte ihm noch einen Stoß und stürzte über das holprige Pflaster auf die gegenüber liegende Seite des Fahrdamms. Ein-, zweimal strauchelte ich, doch zum Glück wurde es, vielleicht sogar dadurch, etwas lichter vor meinen Augen.

»Was hast du, Piotrek?« Seine enttäuschte Stimme holte mich ein. »Lauf doch nicht weg, Piotrek! Gehören sie etwa dir?!« Doch er rannte mir nicht nach. Jedenfalls vernahm ich keine Schritte hinter mir. Je weiter ich mich entfernte, um so ferner war auch seine Stimme: »Jeder weiß, dass es Nutten sind! Und du bist ein Schlappschwanz, kein Kamerad!«

Erst vor dem Abtei-Tor hielt ich an, recht betrachtet, zwang mich, wer weiß wieso, das Licht der unterm Deckengewölbe des Tors hängenden schmiedeeisernen Laterne, anzuhalten. Ich zögerte einen Moment, ob ich nicht umkehren und die Brauereistraße nehmen sollte, so viel weiter wäre das nicht bis nach Rybitwy, allerdings über Kopfsteinpflaster und im Finstern, denn dort brannte nicht eine einzige Laterne. Ich hob den Kopf und sah zu der Krone des Tors hinauf, die in den dunklen Himmel spießte, und es erschien mir beinahe unmöglich, unter einer so ungeheuren Höhe hindurchzugehen. Mir kam der Gedanke, vielleicht ginge man so hinüber in jene andere Welt, ein jeder beleuchtet von solch einer Laterne, ja vielleicht solch ein Tor auf seinem Rücken schleppend? Und Angst packte mich. Mir fiel ein, wie der Großvater und ich mit den Szmuls das Tor durchquert hatten und Szmul gefragt hatte:

»Wird es auch nicht einstürzen, Józef? Einmal stürzt es doch ein, es ist nicht ewig, nichts ist das. Und zu was stellt man solche Tore auf?«

Und da, plötzlich, fuhr Sulka aus ihren Gedanken hoch, drehte sich mit einem Ruck zu mir um, dass die rote Haarmähne stob und für einen Moment das Licht im Tor verdunkelte, und die Pferde gruben die Hufe ins Pflaster, und sie sagte mit höhnischem Lachen:

»Was schwankst du so, junger Herr? Hast du Angst, drunter durch zu gehen? Schnapp dir ein Wagenrad, dann rollst du von selber durch.«

Und erst hinter diesem Wagen mit den Szmuls gelang es mir, unbemerkt für mich selbst, das Tor zu durchqueren. Leise, jedenfalls erschien es mir so, begann ich einen Tango vor mich hin zu singen: *»Meine roten Lippen, ich schenk sie dir voll Bangen, im Schrei des Glücks geöffnet, lodernd vor Verlangen«.*

»Schrei die Kranken nicht wach, Deibel du!«

Torkelnd blickte ich mich um. Wer sprach da zu mir in dieser menschenleeren Straße, zwischen Häusermauern, mitten in dunkler Nacht, die nur vom Schein der Laterne im Tor erhellt war? Aus einer farblosen Wand ragte ein grauhaariger Kopf, er war es, der mich rügte. Da fiel mir ein, dass ich vor dem Heilig-Geist-Spital stand, das sich an die Kirche gleichen Namens anschloss, und aus der Tür des Spitals ragte der grauhaarige Kopf.

»So durch die Nacht zu grölen. Schisser! Geh schlafen, wenn du dich hast vollllaufen lassen!«

»Hier im Spital ist mein Vater gestorben«, lallte ich, unverhofft für mich selbst.

»Ja und?« Der grauhaarige Kopf bewegte sich plötzlich und trat mitsamt dem Körper aus der Tür auf den Gehsteig. »Ein Haufen Väter sind hier gestorben und sterben jeden Tag.«

»Aber meiner war Offizier.« Ich weiß nicht, weshalb ich das sagte.

»Phi«, maunzte der graue Kopf verächtlich. »Es sterben noch ganz andre Chargen. Scher dich, sonst ruf ich den Pfleger. An der Weichsel gröl dich aus.«

Plötzlich ging im ersten Stock knarrend ein Fester auf, und ich erblickte ein Leichengesicht. Die weit aufgesperrten Augen starrten deutlich zu mir herunter. Das Gesicht war unterm Kinn eng vom Kragen einer Offiziersuniform umschlossen, den silberne Litzen zierten. Das nächste Fenster knarrte, und darin erschien eine volle Uniform, bis zum Koppel, mit Silberknopfreihe, Schulterriemen, und dasselbe Leichengesicht in dem engen Kragen. Und nun gingen nacheinander sämtliche Fenster in der farblosen Wand des Spitals auf und waren ausgefüllt von diesen Uniformen mit den Leichengesichtern im engen Kragen, und wie als Echo auf mein Gesinge strömte aus allen Fenstern derselbe Tango: »*Meine roten Lippen, ich schenk sie dir voll Bangen, im Schrei des Glücks geöffnet, lodernd vor Verlangen*«.

Ich hastete weiter, so gut ich konnte, immer der Straße nach. Obwohl mir das vielleicht nur so vorkam, denn mir war nicht, als stießen sich meine Füße vom Pflaster ab.

»Du, hast du eine Zigarette?« Zwischen den Worten des Tangos ereilte mich das Rufen des grauhaarigen Kopfes. »Dann trinkst du und rauchst gar nicht?! Dass doch der…! Ich würd so gerne eine rauchen! Und bis zum Morgen, bis die Bude aufmacht, ists noch hin.«

Da verfitzten sich mir die Beine, vielleicht blieb ich auch an was hängen, und ich schlug der Länge lang auf das Pflaster. Sofort versuchte ich, aufzustehen, doch das Pflaster ließ mich nicht los.

»Ein Schisser, hab ichs nicht gesagt?« vernahm ich über mir die Stimme des grauhaarigen Kopfes. »Ist der voll. Komm her, ich helf dir.« Er packte mich so unterm Arm, dass mir die ganze Seite weh tat. »Allein würdest du lange strampeln. Außerdem liegt noch Tau auf dem Pflaster. Jeder bildet sich ein, er hebt die Welt aus den Angeln, und wenns drauf ankommt, kann er sich nicht mal selber erheben.«

Er half mir auf und hielt mich noch ein Weilchen, bis ich wieder einigermaßen auf festen Füßen stand.

»Von nahem siehst du gar nicht nach einem Saufbold aus, und hübsch angezogen bist du. In deinem Alter muss man noch nicht so trinken. Aber sitz mal an der Pforte Tag für Tag, ein Leben lang. Du gehst aufs Gymnasium? Und wo wohnst du? Dann über den Markt und am Gericht nach unten. Wirst du dir das merken?«

Ich war schon so weit bei mir, dass ich mich bedankte. Er klopfte mir freundlich auf die Schulter.

»Sieh zu, dass du nicht noch mal fällst, wer hebt dich sonst auf? In der Nacht, wo alle schlafen.«

Ich mühte mich, so wenig wie möglich zu schwanken, denn

ich war sicher, er sah mir nach, ob ich nicht wieder hinschlug. Zum Glück erreichte ich ohne Sturz den Markt. Nach der zwischen Wänden eingezwängten Straße erschien mir der Platz als ein grenzenloser Raum. Dazu fiel er in seiner ganzen Breite sanft zum Rand des Hügels hin ab, und die Front der alten Häuser hielt ihn selbst dort nicht auf. Er drängte weiter, über ihre Dächer hinweg, hinaus in den Raum der Nacht. Und die paar trüben Laternen, die hier und da um ihn herum brannten, schienen die Sterne in diesem grenzenlosen Raum zu sein.

Mir war, als hätte ich diesen ganzen Raum in mir, und ich besäße die Herrschaft über ihn, und ich könnte, wenn ich nur wollte, den Platz in die entgegengesetzte Richtung kippen oder auf diese Seite oder auf jene, könnte ihn öffnen nach allen Seiten, ja mich, wenn ich die Arme ausbreitete, vom Pflaster abstoßen und aufsteigen, über das Rathaus hinaus, das in seiner Mitte stand, über den Hahn hinaus, der auf der Turmspitze die Windrichtung anzeigte, und aus dieser Höhe sanft abwärts gleiten nach Rybitwy, bis hinab vor die Tür der Fräulein Poncka. Und anklopfen, ich bins, Piotr.

Ja, mich überkam der noch kühnere Gedanke, mich bis in die Kuppel dieses Raums emporzuschwingen und ein Engel zu werden. Ich war einmal ein Engel gewesen, im Krieg, auf dem Dorf bei den Großeltern, beim Christgehen. Ich trug das leinene Nachthemd von Tante Jadwinia, die Flügel hatte mir Onkel Władek aus Gänsefedern gebastelt. Zum Engel hatte mich Fredek gemacht, weil keiner von den Jungs es hatte sein wollen.

»Den machst du, du bist aus der Stadt, und Haare hast du wie ein Mädchen. Engel sind mehr was wie Mädchen als wie Jungen.«

»Unser Piotruś ist ein richtiges Engelchen«, hatte Tante Jadwinia entzückt gesagt, als sie mich im Engelskostüm erblickte. »Die Händchen musst du noch falten, hier, so, Piotruń.« Und sie zeigte mir, wie ich sie falten sollte. »Wie ein wirkliches Engelchen. Oder nicht? Falt sie nur so, wenn ihr zu jemandem reingeht.«

»Aber trink ja keinen Schnaps nich, falls dass sie euch bewirten«, ermahnte mich die Großmutter. »Der Herodes dürf, der Tod dürf, der Teufel und diese andern dürfen, dem Engel stehts nich an. Vom Kuchen iss was oder von der Wurst, aber kein Schnaps nich, Gott behüte.«

»Einer schadet auch dem Engel nischt.« Onkel Władek vergab mir von vornherein. »Einmal muss er anfangen.«

»Von wegen einer?« empörte sich die Mutter »Ihm den Mund wässrig machen, ich werd dir geben. Oder nimm die Flügel ab, Piotrek, du gehst mir nirgendwohin hin.«

Es ging sich schlecht, abwärts, noch immer machte mir die Grenzenlosigkeit des Platzes zu schaffen, der Kopf lief mir irgendwie davon und zwang den Körper, ihm nachzueilen, so dass ich ein paarmal fast gestürzt wäre. Mir war, als schöbe der Platz mich von hinten an. Unten standen ein paar leere Buden, die auf den Markttag warteten, und eine geräumige, aus Brettern gezimmerte Tribüne, die nach dem Fest des Ersten Mai auf das Fest im Juli[57] wartete, das nicht mehr weit war. Zwischen dem einen und dem anderen Fest wurde sie nie abgebaut. Und dann war sie der belebteste Fleck auf dem Marktplatz. Tagsüber krabbelten Scharen von Kindern darauf herum, nicht nur aus den Häusern, die den Markt umstanden, sondern wohl aus der ganzen Stadt, so dass sie mitunter aussah wie ein riesiges Gelege zur Zeit des Schlüpfens. Vorm Einbruch der Dämmerung nahmen sie dann die wirklichen Paradiesvögel in Besitz. Von dort hallten die ausgefallensten Flüche über den Platz, manchmal der Lärm von Schlägereien, manchmal Gesang, die Klänge einer Mandoline, einer Ziehharmonika oder einer Mundharmonika, und das bis spät in die Nacht. Am Markttag hingegen hockten, wie die Spatzen auf dem Zaun, die Dorfweiber mit Käse, Butter, Eiern, Sahne dicht an dicht auf der Tribüne. Deshalb lag, sobald sie nach dem Feiertag im Juli abgebaut war, der Platz verlassen und leer.

[57] 22. Juli, Nationalfeiertag in der Volksrepublik Polen

Ich weiß nicht, welcher Teufel mich ritt, die Tribüne zu besteigen. Mich an der Einfassung des Treppchens festhaltend, zog ich mich irgendwie hinauf, dann arbeitete ich mich am Geländer entlang bis ganz nach vorn vor. Hier, in der Mitte, blieb ich stehen, und das Geländer mit aller Kraft in den Händen pressend, rief ich, überraschend für mich selbst, über den ganzen Marktplatz:

»Genossinnen und Genossen!«

Ein Weilchen lauschte ich in die Runde, wie sich das anhörte, nachts, in diesem Raum, angesichts der Jahrhunderte, die hier verborgen waren in jedem Haus, im Rathaus, ja vielleicht im Pflaster und in dieser Nacht über dem Platz. Doch im selben Moment wurde mir schwindlig, und ich sackte mit dem Oberkörper auf das Geländer. Und so, kraftlos darüber hängend, rief oder vielmehr lallte ich weiter:

»Es lebe die Revolution! Alle Paare tanzen Tango! Lodernd vor Verlangen. Hier kommt mir keiner mehr zuvor. O nein.«

Da dröhnte es auf einmal in der Nähe:

»He, Sie dort, kotzen Sie nicht von der Tribüne!«

Im Schein einer Laterne erblickte ich wie durch Nebelschleier einen Milizionär. Oder eigentlich zwei, ich sah durchaus nicht doppelt, denn sie sprachen eindeutig zweistimmig, während sie zu mir rannten.

»Stehenbleiben! Keine Bewegung!« schrie der eine. »Auf die Tribüne hats das Schwein abgesehen.«

»Brüll nicht so. Der rennt nicht weg«, beruhigte ihn der andere. »Siehst du nicht, der kann kaum stehen.«

Sie kamen auf die Tribüne, und einer legte mir die Hand auf die Schulter.

»Zeigen Sie Ihr Gesicht.« Und er versuchte, mich gewaltsam zu sich herum zu drehen, doch ich krampfte meine Finger noch fester um das Geländer, so dass er mich nicht davon los bekam.

»Wie der sich sperrt, das Aas. Widerstand gegen die Staatsgewalt. Warte, Freundchen.« Und er drückte mir eine Hand unters Kinn, mit der andern packte er mich am Hosengürtel und hob mich mit einem Ruck in die Höhe. Mir war, als seien nur meine Hände am Geländer geblieben. Der andere hielt mir die Taschenlampe voll ins Gesicht.

»Irgend so ein Rotzbengel«, sagte er mit einer Spur Verachtung.

»In so einem brennt auch schon ein Feuer«, sagte der, der mich hielt. »Und, wo hast du dich so besoffen, wie?«

»Wohl in einer Spelunke irgendwo«, sagte der andere und ersparte mir so die Antwort, in der Schule, obgleich ich nicht weiß, ob ich das gestanden hätte, denn selbst bei der Vorstellung, dass sie mich abführen konnten, empfand ich nicht die leiseste Furcht.

»Wenn du meiner wärst«, sagte wieder einer, »eine gepfefferte Tracht würd ich dir geben und dann Salz auf die Wunden. Was macht dein Vater?«

Zum Glück antwortete der mit der Taschenlampe an meiner Stelle:

»Der sitzt wahrscheinlich. Und keiner da, der aufpasst auf den Bengel.«

»Und wo wohnst du?«

»In Rybitwy«, murmelte ich.

»Dann hat ers nicht weit«, sagte der eine zum andern. »Einen Tritt in den Arsch, und ab die Post.«

Sie führten mich von der Tribüne, und im selben Moment traf mich ein gewaltiger Tritt, und ich flog über den Marktplatz hinweg und segelte bis hinunter vors Gerichtsgebäude. Und einmal in Fahrt, torkelte ich vom Gericht gleich weiter und machte erst kurz vor der Treppe Halt, die nach Rybitwy führte. Dort fasste ich rasch nach dem Geländer, denn wer weiß, ob ich nicht die ganze Treppe hinabgerollt wäre, womöglich bis vor die Tür der Fräulein Poncka. Schwankend stand ich da und ließ das Geländer nicht aus den Händen. Da wurde ich plötzlich schläfrig, und ich sackte auf die erste Stufe.

In Rybitwy brannte auch nicht das trübste Lichtlein, so als

wäre es nicht wahr, dass es dort unten Häuser gab und Menschen lebten, dass ich mit der Mutter dort wohnte. Eine Grube, randvoll mit Finsternis gefüllt. Auch in den Fenstern der Fräulein Poncka brannte kein Licht mehr. Das freute mich allerdings, obwohl ich nicht wusste, weshalb. Sie schlafen sicher, dachte ich bei mir. Und ich stellte mir ihre Köpfe in den Kissen vor, umrahmt vom Gewirr des gelösten Haars, die geschlossenen Augen in ihren Gesichtern, die weißen, unter der Bettdecke hervorlugenden Schultern. Ihr Schlaf war jedoch nicht tief, vielleicht dass sie wach sein wollten, wenn ich von dem Fest heimkam, denn eben streckte Ewelina den von rot bemalten Nägelchen bekränzten Fuß unter der Decke hervor, und Róża das wohlgeformte weiße Knie. Darauf holten sie die Arme heraus und legten sie auf die Bettdecke, und dann glitten noch ihre vollen Brüste hervor und leuchteten in dieser Finsternis wie vier Laternen.

Ich packte das Geländer und zog mich hoch. Umklammerte es mit beiden Händen und tastete in der Finsternis jede Stufe mit der Fußspitze ab, bevor ich den Fuß aufsetzte, und so gelangte ich mehrere Stufen tiefer. Um weiter hinabzusteigen, fehlte mir plötzlich der Mut. Aber ich war schon insoweit bei mir, dass ich das Taschentuch herausnahm, es ordentlich über die Stufe breitete, dann ließ ich mich wieder fallen. Mir schwindelte, aber nicht mehr so stark, zumindest das Dunkel dort, in der Grube, in der Rybitwy lag, stand am Fleck. Doch sobald ich versuchte, den Kopf zu heben, begann sich der Himmel darüber um eine unsichtbare Achse zu drehen, und ich fühlte, dass ich mich mit ihm drehte. Wenngleich er ebenso finster war, wie diese Finsternis in der Grube, so dass ich nicht hätte unterscheiden können, in welcher Höhe die Grenze zwischen diesen beiden Finsternissen verlief.

Halb döste ich vor mich hin, halb versuchte ich mich zu erinnern, welches die letzte Schlacht gewesen war, als ich den Vater zum letzten Mal zum Arzt begleitet hatte. Denn noch am selben Tag, nachmittags, hatte ich ihn mit dem Herrn

Jaskóła ins Spital gebracht. Die Schwester war auf den Gang gekommen, hatte sich unter den Wartenden umgeblickt, mich entdeckt und gesagt:

»Du warte mal nicht. Und morgen sollte den Vater einer besuchen.«

Bei Waterloo? Nein. Bei Gaugamela? Nein. Bei Savannah? Nein. An der Marne? Auf dem Kulikowofeld? An der Weichsel? Auf die kam er oft zu sprechen, bei der kleinsten Gelegenheit, als würde sie noch immer geführt, nicht beendet, nicht entschieden. Es war keine gewöhnliche Schlacht, sondern ein Wunder. So sagte er, ein Wunder. Aber eigentlich sagte er, dass die Leute so sagten, denn er als Frontoffizier glaubte nicht an Wunder. Die Menschen verfügen nur so gern über Gott, deshalb sagen sie, ein Wunder. Aber wer nicht in so einer Schlacht gewesen ist, weiß auch nicht, wie so ein Wunder aussieht. Für jene, die siegen, ist übrigens jede Schlacht ein Wunder, wird jede mit Gottes Hilfe gewonnen. Doch Gott wäre nicht Gott, wollte er auf irgendeiner Seite kämpfen. Gott weint über jede Schlacht. Ob gewonnen, ob verloren, für Gott ist sie immer verloren.

Deshalb hatte ich ihn im Verdacht, dass er gar nicht an der Front gewesen war. Vielleicht beim Tross, und der Tross war für mich kein Militär. Oder er hatte im Hinterland in einer Schreibstube gehockt, wo der Donner der Geschütze kaum zu hören gewesen war, und hatte so und so viel Konserven für die Front ausgegeben, so und so viele Brote, Schuhe, Koppel, Fußlappen. Oder er hatte eingetragen, wie viel Tote, wie viel Verwundete am Tag und den Vätern, Müttern, Frauen die Nachricht geschickt, auf dem Felde der Ehre, auf dem Felde der Ehre, auf dem Felde der Ehre. Und hatte unter jede eigenhändig seine Unterschrift gesetzt wie unter einen Schicksalsspruch. Unterschrift hatte er übrigens eine schöne gehabt, schwungvoll, kantig, wie die Zickzacklinie eines Schützengrabens. Es war ein Brief an die Mutter erhalten geblieben, noch aus der Verlobungszeit. Du meine Liebste. In der gleichen Art unterschrieben wie einer jener Schicksalssprüche.

Die Schlacht bei Racławice? Das war doch das tägliche Vaterunser gewesen, die hätte ich so leicht nicht vergessen. Selbst bei den Großeltern auf dem Dorf hatte ein Feuerwehrkalender gehangen, mit einem Bildchen von dieser Schlacht inmitten der Monate und Tage, noch aus der Vorkriegszeit, versteht sich. Und wegen dieser Schlacht war er nicht abgenommen worden. Und dauernd wurde von dieser Schlacht geredet, als würde sie weiter geführt. Und manchmal, wenn ihr Getümmel ihn mit sich fort riss, sprang Onkel Władek auf, ballte die große Faust vor diesem Bildchen und stieß, Erbitterung in der Stimme, hervor:

»Oh, die Hundesöhne, zerquetschen in der Faust die alle, bis bloß noch die Brühe raustrãuft. Mit einmal Hinlangen hättn wer gewonnen. Statt se mit der Stecknadel anstechen, jeden eenzeln. Solche Schwärme stichste mit der Stecknadel nich tot!«

»Was denn für Stecknadeln, zum Donner. Sensen.« erklärte der Großvater.

»Ja freilich, Sensen! Ich sehs ja, Sensen. Aber gegen die Hundesöhne, Vater, sind Sensen Stecknadeln.«

»Schade, das unsre damals keine Panzer hatten. Oder wenigstens Maschinengewehre«, warf Onkel Stefan ein. »Die hätten sie rascher zerquetscht wie du in deiner Faust. Und wir hätten längst ein Polen.«

»Wie solln se die haben gehabt, wenns noch keene Panzer nich gab und Maschinengewehre«, empörte sich der Großvater.

»Ich weiß ja, dass es keine gab. Aber es ist schade.«

Und während ich noch so lauschte, wie sich die Onkel mit dem Großvater um diese Schlacht stritten, schlief ich ein.

KAPITEL 9

Töten Sie auch mich, meine Herren!

Die Messe hatte eben begonnen, sie kamen also nicht viel zu spät. Die Mutter jedoch hatte sich lange vor der Messe, um genau zu sein, sowie wir die Kirche betreten und auf den für die nächsten Angehörigen bestimmten Stühlen vor dem Sarg Platz genommen hatten, schon gesorgt, ob sie auch kämen. Und je näher die Messe rückte, umso öfter hatte sie sich, wenn auch unverwandt zu dem Sarg blickend, wie es sich für die Witwe geziemte, zu mir gebeugt und mir jedesmal eine Spur eindringlicher zugeflüstert:

»Dreh dich um, sind sie noch nicht da? Guck doch mal, vielleicht sind sie schon da. Sind sie da, hast du was gesehen?«

Als der Pfarrer aus der Sakristei trat, machte sie sogar eine Bewegung mit dem Kopf, als hätte sie selbst die Absicht, sich umzudrehen. Doch wir mussten uns von den Sitzen erheben, und sie unterließ es. Ich hörte sie nur enttäuscht halb murmeln, halb flüstern:

»Wies aussieht, kommen sie nicht. Dabei haben sie es versprochen.«

Der Pfarrer ging zum Messbuch, da zog sie ein Taschentuch aus dem Ärmel ihres Kleides, trocknete die Tränen, beugte sich wieder zu mir und fragte, nach wie vor auf diesen Flüsterton bedacht:

»Hast du gesehen, sie sind nicht gekommen!« Und voll Bitterkeit setzte sie hinzu: »Das sind Schwindlerinnen.«

Der Pfarrer wandte sich uns zu und stimmte, die Arme ausbreitend wie Flügel, das Dominus an, und dieses Dominus auf den Lippen, erstarrte er plötzlich, und sein Blick eilte bis unter die Empore, zur Tür. Und wie auf Geheiß sahen alle in der Kirche, seinem Blick folgend, geradeso bis unter die Empore, zur Tür. Nicht anders in unserer Reihe, die Großeltern, Tanten, Onkel, deren Stühle ordentlich knarrten und ächzten. Ich glaubte also, auch die Mutter werde, dem Blick des Pfarrers folgend, zumindest kurz hinter sich schauen oder sich, schlimmstenfalls, erneut zu mir beugen und mir zuflüstern:

»Dreh dich um, ob sie es sind.«

Doch sie zog mich unverhofft am Ärmel und befahl mir mit einem scharfen, halblauten Zischen:

»Sieh dich nicht um. Hast du verstanden?« Und sie blickte, Verbissenheit in den Augen, gewissermaßen allen zum Trotz, zu dem Sarg mit dem Vater.

Ich aber vermochte der Versuchung nicht zu widerstehen und sah mich verstohlen um, und es verschlug mir buchstäblich den Atem.

»Mama«, ich senkte die Stimme, um nicht herauszuschreien, »Fräulein Ewelina und Fräulein Róża sind gekommen. Sie sind da. Und haben einen Riesenkranz mitgebracht!«

Das machte auf die Mutter nicht den geringsten Eindruck, jedenfalls schien es so, sie bekreuzigte sich sogar mit weit ausholender Gebärde, wie um zu zeigen, sie bete inbrünstig und es interessiere sie nicht, wen aller Augen da begafften. Tante Jadwinia, die auf der andern Seite neben ihr saß, beugte sich zu ihr, und ihr Flüstern bebte vor Verwunderung:

»Was sind denn das für welche?«

»So zwei Damen«, sagte die Mutter ungerührt, wenngleich mit leisem Stolz in der Stimme.

Der Pfarrer hatte das Vobiscum beendet und wandte sich wieder dem Altar zu. Aber die Leute drehten sich nur ungern zurück, und fortwährend blickte einer hinter sich bis unter die Empore, zur Tür. In unserer Reihe am häufigsten Onkel Władek, bis ihn der Großvater zurechtwies:

»Lass das Umgedrehe. Guck du zum Sarge.«

Denn dort an der Tür war ein gehöriges Durcheinander entstanden. Und zwar durch den Kranz, der gewaltig war, prall vor Blumen und bestückt mit breiten Schleifen, auf denen ich später, als er schon zu Füßen des Sarges lag, entzifferte: »Dem geschätzten und ehrenwerten Nachbarn – in tiefer Trauer die Nachbarinnen Ewelina und Róża«. Dieser Kranz zeigte sich als erstes in der Tür, vollständig denjenigen verdeckend, der ihn trug. Als sei er allein, ohne wen hergekommen und werde nun allein die Kirche durchqueren und sich von allein zu Füßen des Sarges mit dem Vater niederlegen. Doch nach kurzem Gerangel zog er sich zurück, und da erst erschienen das Fräulein Ewelina und das Fräulein Róża, die, wohl aus Sorge, dem Kranz könne etwas zustoßen, denn die Tür war nur zur Hälfte geöffnet, mit weit ausgestreckten Armen die Zweige, die Blumen beschirmten, die Schleifen nach vorn zogen, und so den Kranz mitsamt dem Kutscher, der, wie sich herausstellte, den Kranz trug, in die Kirche geleiteten. Sie waren nämlich mit der Droschke gekommen, und sie hatten sich verspätet, weil sie unterwegs mit dem Rad in ein Loch geraten waren, das der Krieg gerissen hatte. Eine Feder war gebrochen, und sie hatten ganz langsam fahren müssen. Dazu die meiste Zeit in Schräglage, wovon ihnen der Kopf weh tat, ein Glück, dass sie überhaupt ans Ziel gelangt waren.

Der Kutscher war von kleinem Wuchs. Vielleicht wirkte der Kranz auch nur deshalb so gewaltig. Aber warum er ihn fast wie ein Blinder durch die Kirche trug, das hatte einen anderen Grund. Erstens hatten sie ihm befohlen, ihn hoch vor sich her zu tragen. Und zweitens hätte er in dem Dickicht aus Tannengrün und Blumen kaum einen Schlitz für die Augen gefunden. Sie führten ihn freilich am Ellenbogen, links das Fräulein Ewelina, rechts Róża, jede ein Schleifenende in der Hand, dennoch setzte er die Füße unsicher, was am besten bewies, dass er nichts sah. Seine Stiefel, die nur bis in halbe Wadenhöhe unter dem Kranz hervorstanden, mussten allerdings mit Nägeln beschlagen sein, denn sie erzeugten ein knallendes Geräusch auf dem Boden.

Dafür schritten das Fräulein Ewelina und das Fräulein Róża beinahe lautlos dahin, noch leiser, so wollte mir scheinen, als wenn sie in ihren Hausschuhen die Stubendecke über unsern Köpfen entlang huschten. Und gemessen, ohne Hast, und sicher, und den Kutscher, den sie am Ellenbogen führten, dirigierend. Man sah, dass sie versuchten, ihre Schritte dem Ernst von Vaters Tod anzumessen, auch wenn der Kutscher mit seinem Stiefelknallen diesen Ernst ein wenig störte. Sie traten an den Sarg, der Kutscher lehnte den Kranz gegen den Katafalk und stand endlich unverhüllt. Sie schickten ihn jedoch gleich zurück in den hinteren Teil der Kirche, sie selbst glätteten mit demselben Ernst, mit dem sie den Kranz durch die Kirche geleitet hatten, die Zweige, die Blumen, rückten die Schleifen zurecht, so dass jenes »dem geschätzten und ehrenwerten Nachbarn« auf der einen und das »in tiefer Trauer die Nachbarinnen« auf der andern hervortrat. Worauf sie sich ebenfalls zurückziehen wollten. Doch die Mutter wies ihnen mit einer Handbewegung die Plätze neben sich, Ewelina zur Linken, Róża zur Rechten, während sie mich und Tante Jadwinia einen Stuhl weiter schob. Aus ihren verbissen zu diesem Sarg blickenden Augen rollten jetzt, vielleicht wegen dem Kranz, dicke Tränen, was darauf schließen ließ, dass sie nicht hatte weinen wollen, und nur das Erscheinen der Fräulein Poncka, die sie nicht mehr erwartet hatte, dazu mit diesem gewaltigen Kranz, sie so rührte. Zumal es der einzige Kranz war, den der Vater bekommen hatte, davon zu schweigen, dass hier wohl noch keiner je so einen Kranz gesehen hatte, seit es diesen Friedhof und Begräbnisse auf ihm gab.

Übrigens vermischte sich auch in mir der Schmerz um den Vater mit dem Stolz auf diesen Kranz, nun, und vor allem auf das Erscheinen der Fräulein Poncka. Es kam mir regelrecht unwirklich vor, dass sie neben uns vor diesem Sarg saßen, ebenso traurig wie wir alle, und wenn wir uns erhoben, sie sich erhoben wie wir, und sie wie wir niederknieten, sich wie wir an die Brust schlugen, sich bekreuzigten, Gebete murmelten. Sie waren für mich fast wie Heilige, herabgestiegen von den Bildern an den Kirchenwänden, um diesen Tod des Vaters zu erhöhen, so wie manchmal jemandes Tod erhöht wird, wenn man einen zweiten, einen dritten Priester hinzu nimmt, ja manchmal auch einen Bischof. Von Kopf bis Fuß schwarz, in schwarzen Kleidern, schwarzen Hüten mit schwarzen Schleiern, die ihre Gesichter verhüllten, in schwarzen Absatzschuhen, Strümpfen, Handschuhen, die bis zu den Ellbogen hinauf reichten, kleine schwarze Handtaschen am Arm. Aus diesen Handtaschen holten sie von Zeit zu Zeit, bald die eine, bald die andere, schneeweiße Tüchlein, schoben sie unter die Schleier und tupften sich wohl die Tränen damit ab, denn diese Tränen sah man nicht. Allen liefen Tränen über das Gesicht, den Tanten, den Onkeln, den Großeltern, von der Mutter ganz zu schweigen, hier weniger, da mehr, doch man sah, dass es Tränen waren, sie aber schoben nur diese schneeweißen Tüchlein unter die Schleier.

Auf einmal hatte ich das Verlangen, ihre Tränen unter diesen Schleiern zu sehen, und ich stellte mir vor, sie müssten sein wie gut geratenes Korn, im Unterschied zu den Tränen der Tanten, Onkel, Großeltern oder sogar der Mutter, die gewöhnliche Tränen weinten und solche wie immer, ungeachtet des Grunds. Ich dachte bei mir, offenbar sind Tränen und Tränen einander nicht gleich, und diese allerschmerzlichsten müssen unter schwarzen Schleiern verborgen werden und getrocknet mit schneeweißen Tüchlein, denn was wirklich schmerzt, kann nicht so gewöhnlich an der Oberfläche sein wie Nase, Ohren, Augen, Haare.

Die Leute sahen fortwährend in unsere Richtung, wenn auch nicht zu uns, denn was gab es an uns schon zu sehen. Manchmal spürte ich, wie ihre Blicke wie Ameisen von Fräulein Róża, die neben mir saß, zu mir herüber krochen, und ich empfand ein Kribbeln, dass ich mich, wenn nicht der Schmerz um den Vater gewesen wäre, angefangen hätte zu jucken. Und auch der Pfarrer musste, wenn er von einer Seite des Altars zur andern ging, ob zum Messbuch, ob zum Kelch, und unbedingt immer, wenn er sich der Kirche zuwandte, wenigstens einen Augenblick lang zu Fräulein Róża oder zu Fräulein Ewelina sehen. Vielleicht hatten auch ihn Zweifel befallen, ob sie nicht irgendwelche Heilige seien, denn auch wenn er hier schon die verschiedensten begraben hatte, Dutzende, Hunderte – solche Erscheinungen waren noch auf keinem Begräbnis zu sehen gewesen. Und wenn er das Evangelium las, richtete er fast schon bei jedem Wort den Blick auf sie, als handelte das Evangelium von ihnen, obwohl es von denen handelte, die in das Himmelreich kommen oder nicht kommen werden. Und während der Kommunion, die sie zusammen mit uns empfingen, zitterte ihm deutlich die Hand, als er die weiße Hostie unter diese leicht gelüpften Schleier schob. Denn mir legte er sie ganz gewöhnlich auf die Zunge, so dass sie mir gleich am Gaumen kleben blieb. Fräulein Róża kniete neben mir, und so sah ich, wie sich diese Hostie ihrem Mund näher und näher entgegenschob in der zitternden Hand.

Dann, nach der Messe, nachdem er den Sarg mit dem Vater in Weihrauch gehüllt hatte, schwenkte er das Räucherfass gleich zweimal kräftig hin zu Ewelina und zu Róża. Und ebenso auf dem Friedhof, er besprengte den Sarg mit Weihwasser, besprengte die Leute, doch sichtlich länger verweilte der Wedel über Ewelina und Róża. Und als wir nach dem Begräbnis den Friedhof verließen, hörte ich, denn ich ging hinter ihnen, wie Ewelina zu Róża hin flüsterte:

»Bespritzt hat er uns, der Pfarrer, und wie bespritzt.« Und sie lachten leise unter ihren Schleiern, und Róża, befürchtend, dass jemand sie gehört haben könnte, drehte sich um und sagte erleichtert: »Es ist nur der Piotruś, der hinter uns geht.«

Und sie nahmen mich gleich in die Mitte, und Róża strich mir übers Haar, und Ewelina sagte:

»Jetzt musst du der Mann sein, Piotruś.«

Ich bedauerte, dass der Vater das alles nicht sah, vielleicht hätte auch er Stolz empfunden, dass er so ein Begräbnis hatte. Für die Fräulein Poncka allerdings hatte er nichts übrig gehabt, manchmal hatte er der Mutter vorgehalten, dass sie sich mit ihnen abgab, doch wer weiß, ob er nach diesem Begräbnis seine Meinung nicht geändert hätte. Denn sie hatten ihm nicht nur den Kranz gebracht, sondern der Mutter auch Geld geborgt, was er nicht wusste, für den Sarg und für das Begräbnis, so dass er sich keine Sorgen machen musste, wo die Mutter das Geld hernähme.

Denn das war seine größte Sorge gewesen, als ihn die Mutter an diesem letzten Tag im Spital besuchte. Sie hatte ihn zu trösten versucht, so schlecht sieht er gar nicht aus, bestimmt helfen sie ihm im Spital, noch so manches Mal werden sie ins Kino gehen, und wenn er die Stellung bekommt, wechseln sie auch die Wohnung, empfangen Besuch, gehen zu Besuch, doch nachdem er sich alle diese Tröstungen angehört hatte, hatte er nur gesagt:

»Wo nimmst du das Geld her für mein Begräbnis, für den Sarg? Gut, dass ich wenigstens den Anzug habe.« Und mit dieser Sorge war er gestorben.

Während ich da in der Kirche stand und auch danach, auf dem Friedhof, an seinem Sarg, wurde und wurde ich die Vorstellung nicht los, dass er sich noch immer sorgte, wo die Mutter das Geld hernähme für das Begräbnis, für den Sarg. Und das Schlimmste war, dass ich ihm nicht sagen konnte, die Fräulein Poncka haben es uns geborgt, er soll sich nicht mehr sorgen, wir geben es zurück, sobald wir können, so hatten sie zu der Mutter gesagt. Und auch wenn ich, was verständlich ist, diesem Tod mit jedem Jahr mehr entwuchs und mich selbst in der Erinnerung mehr und mehr von ihm entfernte, wurde ich nie die Vorstellung los, dass er sich noch immer sorgte, wo die Mutter das Geld hernähme für das Begräbnis, für den Sarg. Mir war sogar, als erlaubte ihm diese Sorge nicht, wahrhaftig und für immer zu sterben. Sie war gewissermaßen zu meiner Sorge geworden. Und obwohl nach Jahren auch die Mutter gestorben war, peinigte mich die Sorge noch so manches Mal, wo die Mutter das Geld hernähme für dieses Begräbnis, diesen Sarg. Und nicht einmal, dass wir den Fräulein Poncka das Geld längst zurückgegeben hatten, das sie uns für sein Begräbnis und diesen Sarg geborgt hatten, änderte meine Überzeugung.

Nein, das war nicht mangelndes Einverständnis mit seinem Tod, es war eher ungenügendes Vorstellungsvermögen gegenüber etwas wie dem Tod. Denn ebenso warf ich mir vor, was nun schon gar nicht mehr zu erklären war, dass ich an diesem letzten Tag, als die Mutter ihn morgens im Spital besucht und mich am Nachmittag mit der Decke und der Graupensuppe zu ihm geschickt hatte, mit keinem Wort diesen Kranz erwähnt hatte, den ihm die Fräulein Poncka zum Begräbnis brachten. Bestimmt würde er sich gefreut haben, zumal er keinerlei Kranz erwartet hatte. Mir war, als hätte ich diesen Kranz absichtlich vor ihm geheimgehalten, weil ich wusste, er würde sich gefreut haben. Vielleicht hatte ich es ihm heimzahlen wollen, nicht weil er gestorben war, sondern weil er so heimtückisch gestorben war, ohne auch nur mit einem Wort zu erwähnen, dies seien seine letzten Augenblicke, als ich ihm die Decke und die Graupensuppe gebracht hatte.

Gewiss, ich war etwas wütend auf ihn gewesen, denn an diesem Nachmittag hatte ich an die Weichsel gewollt, um eine neue Angel mit dreispitzigem Haken für Hechte auszuprobieren. Ich hatte mir vorher ein paar Gründlinge als Köder gefangen und fürchtete, sie könnten mir krepieren. Zudem geruhte er, als ich den Saal betrat, nicht einmal sich zu melden, hier bin ich, ich musste ihn mit den Augen suchen zwischen einem Dutzend ebensolcher Betten, ebensolcher Köpfe, die aus dem Bettzeug ragten wie Steine aus dem Schnee. Und finde mal deinen Stein in solch einer schneeigen Weite, je länger du nach ihm ausschaust, um so schneeiger wird dir vor Augen.

Ich stand in der Tür mit dieser Decke und der Graupensuppe und hatte Angst, einen Schritt in dieses Weiß zu tun. Bis aus dem nächstgelegenen Bett einer der Steine fragte:

»Zu wem willst du denn?«

»Mein Vater liegt hier«, sagte ich.

»Wir alle hier sind Väter«, sagte er. »Wann haben sie ihn gebracht?«

»Gestern«, sagte ich und fühlte, wie mir das Herz stockte.

»Dann liegt er dort.« Er holte den Arm unter dem Schnee hervor und zeigte auf das Bett am Fenster, in der Ecke des Saals.

Ich dachte, er schläft, denn als ich zu ihm trat, ging sein Atem so röchelnd, wie wenn man schlecht träumt, und die Augen hatte er fest geschlossen. Ich stand eine Weile vor ihm, ehe er sie aufschlug und ohne die leiseste Verwunderung sagte oder eigentlich hauchte:

»Du bist das.« Und er blickte zur einen Seite des Saals und zur anderen Seite und hauchte ebenso: »Das ist mein Sohn.«

Aber keiner, nicht mal einer von den nächsten Steinen in der Nachbarschaft, rang sich auch nur ein Wort ab oder ein Lächeln. Sie blickten alle wie Blinde, vielleicht wussten sie nicht einmal, dass sie blickten. Schließlich sagte ein Stein aus dem entferntesten Bett im Schnee:

»Mein Sohn war gestern auch da.«

Ich legte ihm die Decke über die Beine, stellte die Graupensuppe auf das Schränkchen neben seinem Kopf.

»Mama hat gesagt, du sollst gleich essen, damits nicht erst kalt wird, und den Topf soll ich wieder mitnehmen«, haspelte ich herunter.

»Ich ess später«, hauchte er. »Setz dich, hierher, aufs Bett, zu mir.« Er quetschte die Wörter hervor, durch diesen röchelnden Atem, das eine vom andern weit entfernt, und versank zwischen Wort und Wort in einem Abgrund. Und vielleicht waren diese immer weiter voneinander entfernten Wörter das einzige Zeichen gewesen, dass er im Sterben lag.

Im übrigen hatte er, auch als ich ihn zum Arzt führte, schon nach ein paar Stufen diesen röchelnden Atem gehabt und nach Luft geschnappt und nur diese vier Wörter gesagt, lass uns etwas verschnaufen, und eins war vom andern ebenso weit entfernt gewesen, und mit jedem war er ebenso in einem Abgrund versunken. Doch bald darauf hatte er sich vom Geländer weg und dieser weiten Ebene zugewandt, den Arm nach ihr ausgestreckt und angefangen, mir eine Schlacht zu erzählen.

Er hauchte:

»Hast du es eilig?«

»Nein«, sagte ich kleinlaut, doch ich konnte nicht an mich halten und fügte hinzu: »Ich wollte bloß angeln gehn.«

»Du gehst schon noch«, sagte er. »Aber sag, was hat dir der Herr Lehrer aufgegeben?«

»Ach, nichts«, wehrte ich ab.

»Nichts?« wunderte er sich zwischen diesen röchelnden Atemzügen. »Er muss dir doch was aufgegeben haben.« Er presste sich die Wörter mit immer größeren Pausen ab, und so bohrte sich jedes wie eine Spicknadel in mein Inneres.

»Über den Regen«, stieß ich hervor, als wollte ich sagen: »Stich mich nicht.«

»Über den Regen?« Trotzdem stach er mich weiter, sobald das Röcheln nachließ. »Und was über den Regen?«

»Was für einen Nutzen wir haben«, sagte ich.

»Nutzen vom Regen«, wiederholte er, doch mehr in Gedanken als laut. Worauf er, sichtlich erschöpft, sagte: »Dann geh ruhig. Und nimm diese Graupensuppe mit und die Decke. Ich hab keinen Hunger. Und die Mutter soll es mir nachsehen.«

Auf dem Friedhof sahen die Fräulein Poncka noch hübscher aus. Vielleicht, weil rundum Sonne war. Und ehrlich gesagt, offenbarten sie sich erst auf dem Friedhof ganz und gar. Denn im Dämmer der Kirche waren sie nur schwarz gewesen, auf dem Friedhof aber zeigte sich, dass jede ein anderes Kleid, andere Absatzschuhe, einen anderen Hut trug, ja selbst der Schleier vor dem Gesicht war bei jeder anders gemustert. Und obwohl sie weiter schwarz waren, schillerte dieses Schwarz an ihnen in unterschiedlichen Farben.

Obendrein war der Krieg gerade erst vorbei, und die Spuren

dieses Krieges waren auch auf dem Friedhof nicht zu übersehen, hier ein umgestoßenes Kreuz, dort ein zerschossener Herr Jesus, da ein Sprengloch in einer Gruft, ein Trichter auf dem Pfad, nun, und alle ärmlich gekleidet, der Großvater, trotz des Sommers, in Filzstiefeln, Onkel Władek in an den Knien geflickten Hosen, und so machten die Fräulein Poncka erst recht den Eindruck, als wären sie vom Himmel geradewegs herabgeschwebt zu unserer Trauer und unserem Schmerz.

Der Pfarrer, obwohl mit dem Hinübergeleiten des Vaters in die Ewigkeit befasst, sah wieder und wieder zu ihnen. Und wer weiß, ob nicht ihre Gegenwart bewirkte, dass er eine Leichenpredigt für den Vater hielt, auch wenn die Mutter sie nicht bestellt hatte, denn dafür reichte das Geld nicht mehr. Als er den Vater besprengt, beweihräuchert, zuletzt noch eine Handvoll Erde auf seinen Sarg gelegt hatte, und es aussah, als werde er gehen, hob er unverhofft die Augen zum Himmel auf und rief mit von Verzweiflung geschwellter Stimme:

»Der Schmerz zerreißt einem das Herz, wenn wir auf immer Abschied nehmen müssen von einem Menschen, der zu unseren Brüdern oder Schwestern gehörte.«

Die Mutter hielt die Tränen an, die die ganze Zeit geflossen waren, und blickte entsetzt zu ihm, als wollte sie schreien, aufhören, dafür reicht ihr Geld nicht, sie hat es ihm schon gesagt, und sie will kein Almosen. Doch offenbar befand sie, diese seine Verzweiflung sei nicht mehr aufzuhalten, denn es sei eine tiefere Verzweiflung und nicht der Vater der Grund, zumal ihm auf den ersten Satz gleich die nächsten und wieder die nächsten Sätze entströmten und diese Verzweiflung von der Erde immer höher und höher hinauf zum Himmel hoben, also ließ auch sie ihren Tränen wieder freien Lauf. Im übrigen brachen alle in Tränen aus, je länger der Pfarrer sprach. Nicht nur die Großeltern, Tanten, Onkel, sondern wer auf dem Friedhof war, auch wenn ihn lediglich die Neugier zu diesem Begräbnis getrieben hatte. Denn die Worte des Pfarrers atmeten eine Kraft, wie nur die Verzweiflung sie verleihen kann, und wer immer ein paar versteckte Tränen in den Augen hatte, hielt sie nicht länger zurück und ließ sie laufen.

Ich fühlte jedoch, dass nur die Mutter wirklich weinte, und nicht allein, weil sie sich nicht abfinden konnte mit dem Tod des Vaters, sondern weil sie auch die Frage quälte, wie jetzt weiterleben? Denn was mich betrifft, so war ich mir nicht so sicher, ob die Tränen, die mir aus den Augen rannen, wirklich ein Weinen waren, oder ob ich nicht, so wie alle, weinte, weil es sich so gehörte, auf dem Begräbnis des Vaters. Die Mutter machte mir hinterher sogar Vorwürfe, ich hätte geweint, als ob ich gar nicht weinte, nur manchmal wären mir Tränen in die Augen getreten, aber vereinzelt, so Tröpfelchen, sie hatte es gesehen, obwohl sie weinte, und eigentlich hätte ich mehr in der Gegend herumgeguckt als zu weinen. Von hinten würde man gar nicht erkannt haben, dass ich weine.

Wer weiß, ob sie nicht Recht hatte, denn hätte ich gekonnt, ich hätte die Tränen oder, wie sie es tadelnd nannte, diese Tröpfelchen, gern wieder in mich hineingezogen, damit auch von vorn niemand erkannte, dass ich weinte, so ähnlich fühlte ich. Und ich beneidete das Fräulein Ewelina und das Fräulein Róża, dass sie diesen schwarzen Schleier vor dem Gesicht trugen. Ja ich bildete mir ein, auch ich hätte so einen Schleier, festgesteckt über der Stirn und herabfallend bis über die Nase, hinter dem ich mich in der Gegend umsah, während alle meinten, ich weine. Dazu war der Schleier weich wie ein Kaninchenfell und streichelte mir das Gesicht. Und so beugte sich die Mutter auf einmal zu mir und zischte, Missbilligung in der Stimme:

»Wo guckst du hin? Weine!«

Denn ich hatte gerade zum Grab des Bürgermeisters gesehen, weil ich sicher war, der Schleier verberge mich. Im übrigen hatte es meinen Blick von selbst auf sich gezogen. Und nicht weil es knapp ein paar Gräber weiter lag, sondern weil es das stattlichste Grab auf dem Friedhof war und, ob man wollte oder nicht, stets den Blick auf sich zog. Eingefasst von dicken schmiedeeisernen Ketten, die von vier Eckpfosten herab hingen, und von den nächsten Gräbern getrennt durch freien Raum, machte es überdies den Eindruck, als liege es separat. Auch hieß es, es befände sich genau in der Mitte des Friedhofs, ja es bezeichne seine Mitte. Obwohl der Friedhof lange nicht eingezäunt gewesen war oder wenigstens durch einen Streif umgepflügtes Land abgetrennt von den angrenzenden Feldern, sollten es vom Grab des Bürgermeisters bis zu jedem der vier Ränder in gerader Linie gleich viel Schritte sein und wieder gleich viel bis zu den vier Ecken des Friedhofs.

Denn als man den Bürgermeister begrub, hatte es auf dem Friedhof alles in allem ein Dutzend Gräber gegeben, weil die Pfarre erst kurz vor Kriegsausbruch eingerichtet worden war. Man hatte in aller Eile eine kleine Kirche hingesetzt, zur einstweiligen amtlichen Beglaubigung, solange man nichts Größeres baute. Aber mit dem Friedhof zog und zog es sich hin. Es existierte zwar ein Stück Grund hinter der Kirche, das ihnen der Gutsherr als Friedhof versprochen hatte, doch es war nicht genau abgesteckt, so dass man die Toten weiter auf dem Kirchhof der alten Pfarre begrub. Lediglich im Norden gab der Tiefe Weg eine Art natürliche Grenze für den künftigen Friedhof ab. Ansonsten wusste niemand, von wo bis wo er reichen sollte – in der Länge, der Breite und wie tief in die gutsherrlichen Äcker hinein. Zumal der Gutsherr nach wie vor alle Äcker, mitsamt diesem versprochenen Friedhof, besäte, sie, mitsamt dem Friedhof, mähte, pflügte und wieder besäte, und zwar abwechselnd mal mit Weizen, mal mit Gerste, Lupinen, Luzerne und er sich angeblich immer noch nicht entscheiden konnte, ob der Friedhof näher an der Kirche oder weiter weg von ihr, mehr auf der einen oder auf der andern Seite seiner ausgedehnten Äcker liegen sollte.

Die einen sagten, es täte ihm noch immer um das Stück versprochenen Boden leid, denn der Boden war hier wirklich fruchtbar, Lösserde, die reinste Butter. Der Weizen gedieh, dass er einem ausgewachsenen Kerl bis an die Augen reichte, die Gerste stand nicht viel niedriger, die Luzerne ein Dickicht, die Lupinen ein Teppich. Und nun auf einmal Gräber, anstatt Weizen, Gerste, Luzerne, Lupinen? Die Leute werden sterben, wie sie nun mal starben, und schließlich würden sich die Gräber über den Friedhof hinaus und weiter hinein in die Äcker schieben, wohin denn sonst? Und so weiter und weiter, bis sie alle Äcker des Gutsherrn belegten. Den Gräbern ist es einerlei, wem der Acker gehört, dem Bauern oder dem Gutsherrn. Und wird der Gutsherr gegen die Gräber prozessieren, bloß weil der Acker ihm gehört?

Andere wieder sagten, der Gutsherr habe diesen Friedhof längst abgesteckt, aber wie, das bliebe sein Geheimnis, bis er selbst zum Sterben käme, denn er wolle als erster dort begraben sein, damit der Friedhof mit ihm beginnt, wenn der Acker nun schon ihm gehört.

Manche hatten versucht, den Pfarrer zu überreden, den Boden wenigstens zu weihen, was macht es schon, dass er nicht abgesteckt ist, so steckt ihn der Gutsherr vielleicht schneller ab. Doch der Pfarrer willigte nicht ein, was sie nicht wundern musste, denn was hätte er weihen sollen? Den Weizen, die Gerste, die Luzerne, die Lupinen oder gar den umgepflügten Acker nach der Ernte? Wer den Boden für einen Friedhof weiht, der muss wissen, wo seine Ränder sind, denn das heisst so viel wie ein Stück vom Diesseits abtrennen und es fürs Jenseits bestimmen.

Bis eines Tages im Sommer, früh am Nachmittag, im Dorf das Gerücht umgegangen war, die Deutschen hätten im Tiefen Weg einen Partisanen erschossen. In Handschellen, im offenen Wagen hatten sie ihn gebracht, das hatte man gesehen, zwei Mann und der Fahrer, und er hatte zwischen ihnen auf dem Rücksitz gesessen. Er ahnte wohl, dass er sterben musste, denn er versuchte sich loszureißen, tobte, schlug mit diesen Handschellen auf sie ein, dass dem einen die Mütze vom Kopf flog, doch sie hatten wegen der Mütze nicht angehalten, so eilig hatten sie es gehabt, ihn zu erschießen.

Einer aus dem Dorf hatte die Mütze aufgehoben und sie auf die Gemeinde getragen, aber auf der Gemeinde wollten sie sie nicht, sie sagten ihm nur, er solle sie auf die Wache bringen. Doch er fürchtete sich, auf die Wache zu gehen, die nahmen ihn noch fest oder erschossen ihn. Wenn sie ihm nun nicht glaubten, dass er sie vom Weg aufgehoben hatte? Nicht glauben konnten sie ihm immer, und so konnten sie auch alles andere. Bis er schließlich einen Pflock am Weg eingeschlagen hatte, dort wo dem die Mütze heruntergeflogen war, und auf diesen Pflock hatte er sie gehängt, mit dem Schirm zum Weg, ja leicht zum Himmel gedreht, damit man, für alle Fälle, sah, man erwies ihr die Ehre. Auf diesem Pflock hing sie ein paar Tage, manche machten einen Bogen darum, manche blieben stehen und versuchten zu erraten, was für einen Dienstgrad der gehabt hatte, die einen trieben ihn hoch, die anderen spielten ihn herunter, woraus hervorging, dass sogar dieser Partisan nicht nur irgendwer gewesen war.

Auf dem Rückweg mussten sie es sehr eilig gehabt haben, denn sie fegten wie der Blitz durch das Dorf und zogen eine Wolke aus Staub hinter sich her, und obwohl dieser Staub sie verdeckte, hatte man gesehen, dass einer barhäuptig gewesen war, aber sie hielten nicht an, um wenigstens nach der Mütze zu fragen, ob einer sie gefunden habe.

Es hieß, sie seien in Richtung Wald gefahren, um den Partisanen zu erschießen, zumal es im Wald schon ein Grab mit mehreren Dutzend von solchen gab, die gleich zu Beginn des Kriegs erschossen worden waren, und ein paar einzelne Gräber mit Erschossenen aus den darauffolgenden Jahren. Alle Spuren hatten sie, versteht sich, stets sofort beseitigt, die Erde eingeebnet, ja sie mit Rasen belegt, doch die Leute waren später hingegangen und hatten Grabhügel aufgeschüttet, Kreuze aufgerichtet, Blumen gebracht, Kerzen angezündet. Sie waren also in den Tiefen Weg eingebogen und hatten es nur noch einen Kilometer bis zum Wald gehabt, aber angeblich hatte er angefangen um sich zu beißen, und sie konnten nicht mit ihm weiterfahren.

Ich sah zum ersten Mal einen Erschossenen. Mich wunderte, dass er aussah, als ob er normal gestorben sei, und selbst der kleine rote Fleck mitten auf seiner Stirn schien nur von einer zerquetschten Kirsche zu stammen. Er war bleich, wie gewöhnlich ein Toter, und er lag auf dem Rücken, und auch die Augen waren geschlossen, als hätte sie ihm jemand erst nach dem Tod zugedrückt. Und selbst die mit diesen Handschellen gefesselten Hände lagen auf seinem Bauch, wie man sie Toten auf den Bauch legt und faltet. Seltsam kam es mir vor, dass sie ihm diese Handschellen an den Händen gelassen hatten, als er schon erschossen war. Aber vielleicht hatten sie erst da Angst vor ihm bekommen und möglichst schnell von ihm weg gewollt? Deshalb hatten sie auch vergessen, nach der Mütze zu fragen, als sie umkehrten, so hatte diese Angst sie getrieben. Und der, dem die Mütze gehörte, hatte vielleicht vor Angst nicht gemerkt, dass er barhäuptig war?

Auch die Leute im Dorf hatte die Angst befallen, denn als sie endgültig sicher sein konnten, dass sie nicht zurückkamen, irgendwann in der frühen Dämmerung, hatten sie zuerst den alten Kowalik zum Tiefen Weg auf Erkundung ausgeschickt. Der alte Kowalik war in der Tat sehr alt, an die hundert Jahre hatte er auf dem Buckel und keinen Angehörigen mehr, nur Hund und Katze, die ebenso alt waren wie er. Und erst als der alte Kowalik ins Dorf zurückgekehrt war und vermeldete, der Weg ist frei und keiner mehr da außer dem Erschossenen, machte sich der eine und andere auf, doch sie stahlen sich vorsichtshalber von den Feldern her näher, von diesen hohen Böschungen des Weges her, die mit Haselsträuchern, Wacholder, Schlehdorn, Heckenrosen bewachsen waren, wo man sich hinducken und vergewissern konnte, ob außer dem Erschossenen auch wirklich keiner mehr da war.

Ich wäre vielleicht nicht hingegangen, aber Fredek und die Jungs schleiften mich mit, wobei Fredek voranging und wir ihm folgten, und zwar in gehörigem Abstand. Dort, bei dem Erschossenen, standen schon ein paar Bauern, und dauernd stieß jemand Neues hinzu, der über die eine oder die andere Böschung des Weges, durch diese Haselsträucher, Wacholderbüsche, den Schlehdorn, die Heckenrosen herabkam, und jeder mit der Frage, sind sie weg? Der alte Kowalik führte das Wort unter den Versammelten und erzählte jedem, der neu hinzu kam, wieder von vorn, was er gesehen hatte, als er hier zur Erkundung gewesen war, woraus hervorging, es war das Gleiche gewesen, was sie jetzt hier sahen. Doch niemand unterbrach ihn, und nicht, weil er alt und als Erster hier gewesen war, sondern weil sich alle sorgten, was sie mit dem Erschossenen tun sollten. Bis Fredek es nicht länger aushielt und er dem Alten ins Wort fiel und diese ihrer aller Sorge laut aussprach:

»Lasst das Gesabber. Man muss überlegen, was man mit ihm tut. Er kann nich so offen hier rumliegen.«

Das erboste den alten Kowalik, ja er schlug mit dem Stock nach Fredek, und nicht, weil der ihm sein Als-Erster-Dagewesensein streitig gemacht, sondern weil er ihm, vielleicht, etwas weitaus Wichtigeres weggenommen hatte. Denn wer, außer dem alten Kowalik, hätte diesen hierher verschleppten fremden Tod zähmen können, der so ganz anders war als sonst der Tod hier und ihnen schier unbegreiflich erschien.

»Du Ketzer, du! Du Schweinebrut!« schäumte Kowalik und schlug mit dem Stock nach Fredek, doch er vermochte ihn nicht zu erreichen, denn sobald er einen Schritt nach vorn tat, sprang Fredek zwei Schritt zurück. »Mir, kurz vor der Grube, wirste sagen, ich soll nich sabbern?! Der Rotz hängt dir noch unter der Nase! Du stinkender Scheißdreck, du!«

Und vielleicht weniger, um Fredek in Schutz zu nehmen, als vielmehr um den Alten zu besänftigen, denn wie ging das an, vor dem Erschossenen so zu fluchen, sagte einer der Bauern:

»Ärgert Euch nicht, Maciej. Man muss was mit ihm tun, er kann nich so hier liegen.«

»Aber der Wicht, der Milchbart, was will er von mir?« Atemlos, stieß er nun nur noch den Stock immer wieder in die Erde, und die Stimme versagte ihm, als habe er für seine hundert Jahre längst viel zu viel gesagt.

»Schon wahr, ein Milchbart«, pflichtete einer bei, »aber ein Milchbart sagt manchmal auch, was Not tut.«

Und ein anderer fügte hinzu:

»Und was tut Not? Begraben muss er werden. Bloß wo?«

Und darauf jemand, der der Ratlosigkeit aller Versammelten Ausdruck zu geben schien:

»Die Schweine, umgelegt haben se ihn. Aber statt ihn begraben, nischt wie über alle Berge.«

Eine pulsierende Stille trat ein, als überlegte jetzt jeder für sich, was hier zu tun sei. Oben, über der hohen Böschung des Weges, schickte die Sonne ihr Licht noch über die Erde, aber hier unten, auf dem Grund, breitete sich schon die Dämmerung aus, und es wurde kühler. Alle schienen sie stämmiger geworden, größer, so als umhülle die Dämmerung jeden Einzelnen und füge jedem Einzelnen etwas hinzu, und selbst der hundert Jahre alte Kowalik, dürr und trocken wie ein Span, war gewachsen, war stattlich und wohl auch jünger geworden in diesem Dämmerschein.

Von tiefer Dämmerung bedeckt aber war das Gesicht des Erschossenen, vielleicht, weil es so dicht am Boden war, oder weil ihn die Menschen, die ihn umstanden, auch mit ihrer Dämmerung zudeckten, jedenfalls war die zerquetschte Kirsche auf seiner Stirn kaum noch zu erkennen. Schließlich sagte einer, halb zu sich selbst, halb zu den andern:

»Man könnte ihn begraben, aber es is kein Spaten da.«

Und darauf einer:

»Nach dem Spaten kann einer gehn. Bloß wo?«

Wieder trat diese pulsierende Stille ein, und als es schien, als würden sie weiter und wer weiß wie lange noch so dastehn, ließ Fredek sich vernehmen:

»Na, wo? Na, dort.« Und er zeigte mit der Hand nach oben, zu der hohen Böschung des Wegs hinauf. »Dort soll doch mal der Friedhof sein.«

»Tja, weiß man, wo er mal sein soll?« sagte einer zweifelnd. »Der Gutsherr haben es noch nicht bedacht.«

»Wir begraben ihn, dann werden ers bedenken«, sagte Fredek dreist. »Und von hier an gehts hintereinander weg, so wie die Leute sterben.«

»Und wenn der Gutsherr sagt, nich von hier, sondern von dort an?« fuhr einer dazwischen. »Du wirst hier klugscheißen, und der liegt aufm Acker. Bis jetzt gehört der dem Gutsherrn.«

»Dann wird er ihm nicht mehr gehören. Der Gutsherr kann uns höchstens mal.« Selbst vor dem Gutsherrn war Fredek nicht bange.

»Aber da steht noch Weizen drauf«, brauste einer auf. »Er soll erst nach Sonntag geschnitten werden.«

»Dann wird er eben nicht geschnitten.« Auch Fredek war jetzt wütend. »Wenn ihr euch weiter so fürchten wollt, erlaubt er euch nicht zu sterben, weil ers noch nicht bedacht hat. Der Gutsherr, der Gutsherr«, kläffte er verächtlich, womit er die Bauern so aufbrachte, dass einer sich auf ihn stürzte.

»Scher dich, Bastard! Dein Vater drischt dich noch viel zu wenig!«

Doch unvermutet nahm der hundertjährige Kowalik Fredek in Schutz:

»Oho, der Freduś, das is ein Kopf«, sagte er mit einer Stimme, die geschwellt war von Bewunderung, ja von Zärtlichkeit. »Das is ein Kopf.« In dieser Stimme war keine Spur mehr von dem eben erst verrauchten Zorn. Und er pochte mit dem Stock auf den Boden und sagte: »Und Trotz hat er. Denn ein Kopf ohne Trotz is wie eine Hundehütte ohne Hund. Und wär er noch so klug. Durch Freduś werden wir endlich einen Friedhof haben. Der Herrgott solls ihm vergelten. Ich muss meine Knochen nich in einem fremden Dorf niederlegen und so weit von meiner Kate.«

Den Bauern war unbehaglich geworden bei Kowaliks Worten. Oben, über der Böschung des Wegs, erlosch der letzte

Widerschein der untergehenden Sonne, und am Rand des Himmels, über den Haselbüschen, stieg, noch bleich, schon der Mond herauf.

Die Worte des alten Kowalik hatten Fredek wohl ermutigt, denn ohne abzuwarten, bis einer von den Bauern das Wort nahm, sagte er:

»Dann geh ich nach dem Spaten.«

»Geh, Freduś, geh, mein Kind«, erwiderte Kowalik, leisen Stolz in der Stimme, dass er sich nicht in Fredek getäuscht hatte. »Mit nackten Händen bringen wir ihn, das weiß jeder, nich in die Grube.«

Und da ließ sich auch einer von den Bauern vernehmen:

»Dann bringst du vielleicht eine Axt mit. Man wird ihm ein Kreuz zurechtschlagen müssen.«

Aus frisch geschnittenen Haselzweigen flochten sie eine Bahre und schleppten den Erschossenen die hohe Wegböschung hinauf, obwohl sie Mühe damit hatten und mehrmals abrutschten, denn die Böschung war steil, dicht bewachsen, schon sie allein zu ersteigen war nicht leicht. Aber nun grübelten sie nicht länger, hier, dort, näher, weiter, auf der rechten, auf der linken Seite, und als sie oben angelangt waren, stieß einer sofort den Spaten in den Weizen und sagte:

»Hier ists recht. Genau gegenüber, wo sie ihn erschossen haben.«

Und so begannen sie zu graben. Jemand trug zuerst mitsamt der Erde ein Stück von dem Weizen ab, jemand umriss, einen halben Stich tief, wie lang das Grab sein sollte, wie breit, jemand nahm die Axt und ging, um auf der hohen Böschung einen jungen Baum für ein Kreuz auszusuchen, und jemand sagte:

»Mach du den Anfang, Fredek. Dann wolln wir nicht nachstehn.«

Der Weizen war noch geschnitten, noch eingeholt worden, aber das Stoppelfeld wurde nicht mehr umgepflügt. Die Stoppeln hatten die Leute mit der Zeit festgetreten, je mehr Gräber auf dem Friedhof hinzugekommen waren, und sie mehrten sich beinahe zusehends, besonders kurz nach dem Krieg. Denn obwohl der Krieg sich verzogen hatte, hielt der Tod weiter Ernte. Man könnte sogar sagen, er arbeitete auf vollen Touren, als wollte er möglichst schnell diesen Friedhof füllen, damit der Gutsherr es sich nicht noch anders überlegte, obwohl es keine gutsherrlichen Äcker mehr waren, denn das Gut war parzelliert und der Gutsherr weggeschafft worden, wer weiß wohin. Im übrigen war auch Fredek umgekommen, der alte Kowalik gestorben, und sie lagen nun mit diesem Erschossenen in einer Reihe.

Als wir den Vater begruben, war das abgeerntete gutsherrliche Weizenfeld noch nicht ganz festgetreten, und hier und da schimmerten noch die Stoppeln durch die Erde. Doch der Friedhof war schon geweiht und sogar umpflanzt mit Paradiesapfelbäumen. Angeblich war der Pfarrer auf die Idee gekommen, Paradiesäpfel zu nehmen und nicht Fichten, Lärchen, Thujen. Obwohl manche sagten, nicht der Pfarrer, sondern des Pfarrers Haushälterin, weil sie vorhatte, aus diesen Paradiesäpfeln Mus zu kochen. Aber umzäunt war der Friedhof weiterhin nicht, er lag also mitten in den Feldern, ja es sah aus, als sei er von diesen Feldern gar nicht abgeteilt, sondern erstrecke sich über sie alle. Das Einzige, was man wusste, war, dass sich dort, wo der Erschossene lag, die eine Ecke des Friedhofs befand, und dass von dieser einen Ecke die Gräberreihen vorrückten.

Als sie den Bürgermeister begraben hatten, etwa ein Jahr nach jenem Erschossenen, hatte man diagonal zu diesem Grab die Mitte des Friedhofs ausgemessen, denn in der Mitte sollte das Grab des Bürgermeisters liegen. Nun, und da es eine Ecke und die Mitte gab, hatte man vielleicht befunden, der Friedhof sei ausreichend abgesteckt, und man brauche ihn nicht noch einzuzäunen, denn früher oder später werde er sich doch über die Umzäunung hinaus in die Felder vorschieben.

Das Grab des Erschossenen unterschied sich durch nichts,

ein gewöhnlicher Erdhügel und auf ihm ein Birkenkreuz, nur dass die Erinnerung des ganzen Dorfes an ihm hing, denn es bildete die Ecke des Friedhofs, hatte ihm seinen Anfang gegeben. Dafür war das Grab des Bürgermeisters prächtig, wie es sich für die Mitte des Friedhofs geziemte. Solch ein Grab hatte kaum ein Friedhof vorzuweisen. Es unterschied sich nicht nur von allen damaligen Gräbern, sondern auch von allen, die später hinzukamen, unterschied sich von den Feldern ringsum und von dem Himmel über ihnen, von der Kirche, dem Dorf, dem Fluss, dem Wald, der in der Ferne zu sehen war, von allen Begräbnissen, allen auf ihnen geweinten Tränen, allem Glockengeläut, ja man konnte meinen, es läge nicht in der Mitte des Friedhofs, sondern in der Mitte des Horizonts.

Kein Kreuz gab es darauf, keinen Herrn Jesus und keine Heiligenfigur wie auf allen anderen Gräbern. Nur eine weiße Frauengestalt in weich fließendem Gewand, die ohnmächtig über dem schwarzen Sockel zusammengesunken zu sein schien bei der Nachricht von der Erschießung des Bürgermeisters. Manche sagten, das sei die Frau des Bürgermeisters. Doch andere sagten, das könne sie nicht sein, denn die Frau des Bürgermeisters habe dunkles und kurz gestutztes Haar gehabt. Das Haar der Frau auf diesem Grab aber war weiß, lang, fiel über den ganzen Sockel herab, wirr, wie im Schmerz zerrauft, und die Arme, mit denen sie diesen Sockel umfing, entsprangen nicht den Schultern, sondern diesem Haargewirr. Und mitten in diesem Haargewirr, zwischen den Armen, die den Sockel umfingen, hing ein kleines weißes Kreuz. Ohne Kettchen, so als sei es aus dem schlichten Gewand gerutscht, als sie ohnmächtig hingesunken war, um Gott ihre Verzweiflung anzuvertrauen und für den Bürgermeister zu bitten.

Denn gesündigt hatte der Bürgermeister, hoho, mehr als genug. Durchprügeln hatte er einen können und unflätig beschimpfen, ja, einen ins Gefängnis der Gemeinde sperren für ein, zwei Tage oder länger. Aber auch retten, mehr als einen hatte er davor bewahrt, zur Arbeit oder ins Lager weggeschafft zu werden. Und vom Kontingent hatte er manchmal was erlassen, wenn jemand hinging und ihn bat, weil er nicht wusste, wo hernehmen, und bei einem Schwein hatte er ein Auge zugedrückt, wenn einer eins schlachten wollte und ihm ehrlich gestand, er will schlachten, ja, er hatte noch geraten, es könne an den Röteln krepieren und den Ring von dem geschlachteten solle ein Ferkel bekommen. Er war also nicht ganz und gar verloren für den Himmel, und es gab Gründe, bei Gott für ihn zu bitten.

Im übrigen waren sie beide, er und seine Frau, jeden Sonntag zur Kirche gegangen, und oft auch an Wochentagen. Links, in der ersten Reihe, hatten sie ihre Bank gehabt. Immer den Worten des Pfarrers lauschend, den Blick zum Altar gewandt, obwohl es hieß, sie sei, als Deutsche, anderen Glaubens, doch das hatte man ihr nicht angemerkt. Sie bekreuzigte sich, kniete nieder, erhob sich genauso, ging zur Kommunion, er hingegen nie, also war vielleicht er anderen Glaubens? Aber selbst wenn es zwei verschiedene Glauben waren, wie die Leute sagten, dann hatten sie die, wie man sah, verbunden zu einem gemeinsamen.

Immer gingen sie Arm in Arm. Sie, für gewöhnlich kerzengerade, aber sanft blickend, mit Augen, aus denen Scheu oder auch Staunen sprach, er, an sie geschmiegt, was ihn ein wenig kleiner machte, nur etwa gleich groß mit ihr, obwohl er hinterm Schreibtisch oder auf dem Pferd riesig wirkte. Und was das Seltsamste war, er schien den Gruß der Leute, die wie er zur Kirche wollten, verlegen zu erwidern. Vollständig unähnlich dem Mann hinterm Schreibtisch und schon gar dem zu Pferde. Zu Pferde, den Hut tief über die Augen gezogen, in Breeches, Reitstiefeln, die Peitsche in der Hand, erregte er Furcht, selbst wenn er im Schritt durch das Dorf ritt, versonnen und ohne darauf zu achten, ob einer ihn grüßte. Denn wenn er im Schritt ritt und versonnen, dann wusste man, er war nur mal so ins Dorf geritten. Aber wehe, er kam im Galopp dahergejagt, Staubwolken hinter sich lassend, oh, dann suchte er schon ein Opfer, und wär es nur einer, der ihn nicht grüßte oder nachlässig grüßte oder, Gott bewahre, anfing vor ihm davonzulaufen.

Ein Ruf ging von der Gemeinde durch das Dorf, wenn er im Galopp angejagt kam:

»Der Bürgermeister jagt heran! Der Bürgermeister jagt heran! Reißt aus, Leute!«

Und alles, was Beine hatte, stürzte davon, als jage die Pest mit dem Wind durchs Dorf. Die Mütter schnappten sich ihre spielenden Kinder vom Weg. Gänse, Hühner wurden hereingetrieben, die Hunde in ihre Hütten, ja selbst die Alten verließen vorsichtshalber die Bank vor dem Haus, und keiner wagte es, sich im Fenster zu zeigen, und wär es hinter den Blumen oder hinter der Gardine. Denn wenn er im Galopp dahergejagt kam, jagte er über die Menschen, das Vieh, die Katen hinweg und durchquerte das Dorf bis ans Ende, machte kehrt und jagte von neuem heran und machte von neuem kehrt, so lange, bis seine Wut ganz verraucht war. In dieser Wut stampfte er oft einen Hund, eine Katze zu Tode, die ihm auf seinem Weg in die Quere kamen, er konnte dann jeden und alles zu Tode stampfen. Ja es kam vor, dass er die Pistole zog und in den Himmel schoss, dann sagten die Leute, er schießt auf den Herrgott.

Doch wenn er bei diesem Galopp niemanden traf, dem er wenigstens eins aufs Maul geben oder mit der Peitsche eins überziehen konnte, und wenn ihm nicht mal eine Katze oder ein Hund auf seinem Weg in die Quere kam, und nur das verwaiste Dorf hin und zurück, ohne Menschen, ohne Gänse, Enten, ohne die Alten vor den Katen und die Kinder auf dem Weg und obendrein überall leere Fenster, brachte er das Pferd vor der erstbesten Kate zum Stehen, stieß die Tür auf und fragte, als sei er durstig:

»Habt ihr Sauermilch?«

Sie hatten ihn mitten in der Woche erschossen, am Mittwoch oder am Donnerstag, kurz nach der Messe. In der Kirche waren nur ein paar Großväter und Großmütter gewesen, wie üblich an einem gewöhnlichen Wochentag, zumal im Sommer, da betraten, die Messe hatte kaum begonnen, drei Mann in Militäruniform, Offiziersstiefeln, Pistolentaschen am Koppel, die Kirche, blieben an der Tür unter der Empore stehen und beteten, knieten nieder, erhoben sich, als sei nichts geschehen. Man hätte meinen können, sie seien zufällig an der Kirche vorbeigekommen, hätten das Glöckchen bimmeln hören und seien eingetreten, um zu beten. Einer von ihnen ging sogar zur Kommunion, dazu kniete er noch neben der Frau des Bürgermeisters, denn ehe er den Weg von der Tür unter der Empore bis zum Altar zurückgelegt hatte, war dort kein Platz mehr frei, und die Frau des Bürgermeisters rückte ein wenig zur Seite und bat ihn gewissermaßen neben sich.

Der Pfarrer pflegte zu erzählen, er habe Zeichen gemacht, die Großväter, die Großmütter sollten zusammenrutschen, aber wenn die Großväter, die Großmütter einmal knien, bringt man sie auch mit Gewalt nicht vom Fleck. Und er erzählte, die Hand habe ihm gezittert, als er die Hostie auf die Zungen tat, ja er habe überlegt, ob er an so einem Tag nicht allen den Leib Christi verweigern solle, denn er habe geahnt, weshalb die drei gekommen waren. Obwohl manche sagten, nicht geahnt, sondern gewusst, denn die drei seien zuerst bei ihm gewesen, noch vor der Messe, in der Sakristei. Eher schon hatte der Bürgermeister etwas geahnt, denn obwohl er sich in der Kirche nie umzudrehen pflegte, drehte er sich, als die drei herein waren, gleich um, und dann, die ganze Messe über, wieder und wieder.

Sie traten leise ein, nicht das kleinste Knarren von Stiefeln. Wäre ein Käfer hereingeflogen, es wäre lauter gewesen als ihr Eintreten. Auch die Tür gab nicht zu erkennen, dass jemand eingetreten war, dazu gleich drei Mann. Dabei brachte es die Tür oft genug fertig, so zu quietschen, dass man dem Pfarrer am Altar ansah, wie es ihn kalt überlief und er in seinem Innern bestimmt ein böses Wort gegen den Kirchendiener ausstieß, weil er die Tür nicht geschmiert hatte. Ebenso war der

Fußboden, besonders am Eingang, von menschlichen Füßen so abgenutzt, dass der Pfarrer fast jeden Sonntag von der Kanzel herab mahnte, es müsse, wenigstens stückchenweise, ein neuer eingezogen werden, und er bitte um eine Opfergabe.

Die Messe war vorbei, und die Leute verließen allmählich die Kirche, nur der Bürgermeister und die Frau des Bürgermeisters und jene drei kamen noch immer nicht heraus. Die Leute dachten, vielleicht haben sie eine geheime Abmachung, und sie treffen sich in der Kirche, nicht auf dem Gemeindeamt, damit es nicht auffällt, und deshalb kommen sie nicht heraus.

Als Erste erschien die Frau des Bürgermeisters, hinter ihr, das Heraustreten deutlich verzögernd, schwer an ihr hängend, der Bürgermeister. Sie hatte den Fuß schon über der Kirchenschwelle, er schien sich gegen diese Schwelle zu stemmen. Da drückte sie seinen Arm fester an sich und schleifte ihn fast über die Schwelle. Sie gingen langsam, sie, wie gewöhnlich, stolz und kerzengerade, obwohl manche gesehen hatten, wie es in ihren Augen glitzerte. Er, noch enger als sonst an sie geschmiegt, mittrippelnd mit ihren winzigen Schritten, den Kopf tief gesenkt, als hätte er keine Kraft, weiterzugehen und als zöge nur sie ihn weiter, indem sie seinen Arm, den er bei ihr eingehakt hatte, immer fester an sich drückte.

Geraume Zeit nach ihnen traten die drei aus der Kirche. Gleich als sie über die Schwelle waren, setzten sie die Baretts auf, zogen die Uniformen, die Koppel straff und begannen Schritt für Schritt hinter dem Bürgermeister und der Frau des Bürgermeisters her zu gehen, wie bemüht, sich den winzigen Schritten der Frau anzupassen. Sie gingen leise, obwohl der Weg von der Kirchentür bis zum Tor in der Umzäunung gepflastert war. Jedenfalls war nur das Klappern der Absatzschuhe der Frau des Bürgermeisters auf dem Pflaster zu hören. Der, der zur Kommunion gewesen war, der Größte der drei, ging in der Mitte, rechts und links von ihm die beiden Kleineren. Er war nicht der Ranghöchste, er hatte nur drei Balken, der Zweite zwei Sterne, den Dritten hatte sich keiner gemerkt, die Leute erzählten sich Verschiedenes.

So kamen sie bis ans Tor, und man hätte meinen können, draußen würden sich alle zerstreuen, die Männer vermutlich in den Tiefen Weg abbiegen, der zum Wald führte, der Bürgermeister und die Frau des Bürgermeisters in Richtung Gemeinde. Doch als sie das Tor durchschritten hatten, sprang der mit den zwei Sternen zu der Frau des Bürgermeisters, knallte die Hacken zusammen, legte zwei Finger ans Barett und sagte etwas oder sagte vielleicht auch nichts, jedenfalls nahm er die Frau des Bürgermeisters beim Ellenbogen, trennte sie von dem Bürgermeister, und das sogar ohne Widerstand von ihrer Seite. Der Bürgermeister, seiner Stütze beraubt, den Arm immer noch, als hielte er ihn bei ihr eingehakt, wandte sich den beiden zu, und da zog der, der zur Kommunion gegangen war, die Pistole und schoss dem Bürgermeister in die Brust, und die Frau des Bürgermeisters schrie auf:

»Töten Sie auch mich, meine Herren!«

Der Bürgermeister krümmte sich noch mehr zusammen und machte mit dem Arm, den er noch immer bei seiner Frau eingehakt zu haben schien, eine rasche Bewegung, als wollte er ihren Arm noch fester fassen. Und jener schoss ein zweites Mal. Da sank der Bürgermeister zu Boden. Noch drei Schüsse gab jener auf den Liegenden ab, kurz hintereinander, obwohl die Leute sagten, unnötig, denn der Bürgermeister sei schon nach den ersten beiden tot gewesen.

Sie salutierten alle drei vor der Frau des Bürgermeisters, doch das hatte sie wohl nicht gesehen, denn sie hatte die Hände vors Gesicht geschlagen, und etwas schüttelte ihren Körper, obwohl es nicht nach einem Weinen aussah. Und für jene fuhr, wer weiß woher, plötzlich eine Britschka vor, sie sprangen auf und fuhren davon.

Der Bürgermeister musste geahnt haben, dass er sterben sollte, und wer weiß, vielleicht hatte ihn die Todesahnung dauernd so umgetrieben auf diesem Pferd, und nicht nur bei Tage, auch nachts. Kein Stern war manchmal am Himmel zu sehen gewesen, kein Mond, das Dorf leer, ausgestorben, und er wie ein Geist, der hier zu Pferde umging, schlurf, schlurf. Kam einer aus der Kate, um seine Notdurft zu verrichten, und er erkannte ihn an der weißen Wäsche im Hof, gleich rief er ihn an den Zaun und befragte ihn nach dies und das, meistens nach Nichtigkeiten, und dann:

»Kannst du nicht schlafen? Ich kann auch nicht.«

Jedenfalls hatte er sich, für den Fall, dass er umkäme, Geiseln verbeten und schon gar, dass sie jemanden erschossen oder aufhängten, das hatte er angeblich als seinen Willen hinterlassen. Dafür hatte er sich ausbedungen, auf dem hiesigen Friedhof begraben zu werden, und hatte nur den einen rachsüchtigen Wunsch gehabt, dass das ganze Dorf zu seinem Begräbnis erschiene. Auch Militärkapelle sollte es keine sein und keine von irgendwo hergeholte, sondern die Kapelle von Baruch aus dem Dorf. Und wie als Vorschuss hatte er Baruch sogar einmal durchgeprügelt, obwohl, ehrlich gesagt, ohne Grund. Baruch war den Wegrain entlanggekommen, er selbst war mitten auf dem Weg geritten, und Baruch hatte ihn schon von weitem gegrüßt. Doch offenbar war Baruch schon ausersehen gewesen, auf seinem Begräbnis zu spielen, denn er hatte, wie zum Trost, zu ihm gesagt:

»Dafür wirst du auf meinem Begräbnis spielen.«

Auch der Kirchenchor von hier sollte für ihn singen. Ebenso wie der Pfarrer von hier sein sollte, ja er hatte sich verbeten, dass noch ein zweiter geholt würde, zur Hilfe, obwohl, was hätte sie das schon gekostet, noch einen Pfarrer oder auch zwei dazuzuholen, ja selbst einen Bischof. Gott war mit ihnen, so stand auf ihren Koppelschnallen geschrieben. Aber vielleicht erzählten die Leute das auch nur, denn wo hätte der Bürgermeister die Zeit hergenommen, sein Begräbnis so genau zu bedenken. Selbst wenn er mit dem Tod gerechnet hatte, dann doch bestimmt nicht so gleich, sondern irgendwann einmal, wie jeder. Und angeblich sollte es nach seinem Willen auch keinerlei Reden, Abschiedsworte auf dem Begräbnis geben. Und so sang für ihn nur der Chor in der Kirche, und auf dem Friedhof spielte Baruch mit seiner Kapelle für ihn *Im finstren Grabe schlafe ewig.* Das war alles.

Am Tag des Begräbnisses, noch ehe die Sonne aufgegangen war, umstellten sie das Dorf, und als sie ein Rändchen weit über die Erde heraufgekrochen war, begannen sie die Katen abzugehen, zwei, drei in Uniform, dazu ein Zivilist, in Stahlhelmen, die Maschinenpistole über der Brust, mit Augen wie die Wölfe, und der Zivilist notierte, wer anwesend war in jeder Kate, und befahl, alle hätten sich in ihren besten Sachen um die und die Zeit vorm Gemeindeamt einzufinden, von dort gehe der Trauerzug ab. Bloß die Gebrechlichen stellten sie frei und die Kranken, aber nur wenn sie bettlägerig waren. Auf die Tour war es Onkel Władek gelungen, nicht hinzugehen, denn als er durchs Fenster sah, wie sie den Hof betraten, war er blitzschnell aus den Hosen, aus den Schuhen gefahren und ins Bett gesprungen. Und hatte gleich angefangen zu husten, bevor sie noch in die Stube kamen. Der Zivilist fragte, was ihm fehle, und er, diesen angeblichen Husten mühsam niederringend, hatte gekrächzt, die Schwindsucht. Hinterher hatte er es bereut, weil ihm eingefallen war, wie der Bürgermeister sich damals am Abend neben ihn auf die Bank vors Haus gesetzt und bis spät in die Nacht hinein die Qual mit ihm geteilt hatte, wer dem Mohrchen das Auge ausgeschlagen haben konnte.

Onkel Władek ausgenommen, gingen wir alle, denn auch mich nahm die Mutter mit, obwohl mich dieser Zivilist nicht mitgezählt hatte, weil er offenbar der Ansicht gewesen war, ich sei noch zu klein für so ein Begräbnis. Vater war damals nicht da gewesen, er arbeitete und kam nur manchmal am Sonntag, so wollte die Mutter vielleicht, ich solle ihn neben ihr vertreten. Sie befahl mir, den Matrosenanzug anzuziehen, nur ohne die Mütze. Sie selbst putzte sich auch heraus, schwarzes Kleid, schwarze Absatzschuhe, schwarzer Hut, schwarze Zwirnshandschuhe, Handtasche, auf dem Begräbnis des Vaters hatte sie nicht halb so ausgesehen. Sie schwankte nur, ob sie das Gebetbuch mitnehmen sollte.

»Werden wir beten?«

Es war nichts Besonderes an ihrer Frage, und doch versanken auf einmal alle in Nachdenken, als wüssten sie nicht mehr, ob wir beten oder ob wir nicht beten würden für den Bürgermeister. Bis sich Onkel Władek mit kränklicher Stimme vom Bett her vernehmen ließ:

»Der is bloß noch Seele jetze. Nich mal aufs Pferd steigt der mehr.« Und plötzlich, lebhaft, als sei er schon gesund: »Wissen tät ich gerne, was die nu machen mit dem seinen Pferd? Ob der Vater nich mal dort fragt, vielleicht dass ses verkoofen?«

»Der Aussatz, der!« Der Großvater zitterte regelrecht vor Wut. »Schade, dass ich dem nicht gesagt hab, der uns aufgeschrieben hat, dass de gesund bist wien Stier. Die Schwindsucht, du Aussatz.«

Worauf Onkel Stefan, um einem Streit, der in der Luft lag, zuvorzukommen, sagte:

»Zu was so ein Pferd? Das taugt für den Pflug nich und nich für den Wagen.«

»Tät man eben manchmal ausreiten«, sagte Onkel Władek.

»Hast du einen Sattel?«

»Ohne.«

Vor der Gemeinde hatten sich schon Scharen von Menschen versammelt. Nie hätte ich vermutet, dass es so viele Leute im Dorf gab. Auch Tante Jadwinia staunte darüber:

»Heilige Jungfrau, wo kommen die vielen Leute her?«

»Vielleicht haben sie sie angekarrt von woher«, sagte Onkel Stefan.

»Das würdeste merken«, sagte der Großvater. »Das hier müssen unsre sein.«

Vom Gebäude der Gemeinde, dem ein weitläufiger Platz vorgelagert war, ergoss sich die Menge bis auf die Chaussee, und es trafen immer mehr ein. Die Mutter packte mich am Arm.

»Gib auf dich Acht. Die trampeln dich tot, wenn das mal losgeht.«

Rund um das Gemeindeamt und zu beiden Seiten längs der Chaussee standen, dicht an dicht, die in ihren Stahlhelmen, die Maschinenpistole über der Brust, mit Augen wie die Wölfe. Wachsam beobachteten sie die Menschen, ja sie schienen jeden Einzelnen mit Blicken zu durchbohren, obwohl sie wahrscheinlich am liebsten abgedrückt hätten. Jemand neben uns flüsterte, Entsetzen in der Stimme:

»Sind das keine Wölfe, na, guckt sie euch an. Die legen uns hier noch um.«

Und ein anderer bestärkte ihn in seiner Vermutung:

»Vielleicht haben die sich das so ausgedacht. Wir sollen uns hübsch versammeln, angeblich zum Begräbnis vom Bürgermeister.«

Und ein anderer pflichtete ihm bei:

»Irgendwas müssen sie sich gedacht haben, nicht umsonst haben sie keinen verhaftet.«

Und nur ein vereinzeltes piepsiges Stimmchen widersprach:

»Iii was! Wer liefert denen dann die Kontingente?«

Auch dem Großvater war irgendwie nach Letztem Willen zumute:

»Wenigstens bleibt der Władek aufm Hof, im Falle, dass. Ha, der war schlau, dass er gleich ins Bette is.«

Alle sahen sich an, was der Großvater da erzählte, und Tante Marta schnaubte:

»Der Władek. Der Władek. Wenn der alleine drauf bleibt, ist im Nu alles verludert.«

An der Stelle, wo wir standen, stieg die Chaussee leicht an, so dass wir erkennen konnten, was sich vor der Gemeinde tat. Dort aber drängte die Menge von allen Seiten her bis fast an die Mauern heran. Nur um den Säulengang, auf einer kleinen Fläche, die die im Stahlhelm, mit den Maschinenpistolen, in dichtem Ring umschlossen, war etwas mehr Platz. Aber auch dort wimmelte es von Uniformen, Fahnen, Kränzen, und in der Mitte stand das Pferd des Bürgermeisters, von der Mähne bis zum Schwanz mit einer schwarzen Decke behängt und gesattelt. Dicht vor seinem Maul ragte ein Kreuz auf und wehte eine schwarze Fahne.

Im Säulengang erschien ein Offizier in Schirmmütze, straff wie eine gespannte Saite. Nach kurzem Blick in die Runde verließ er den Säulengang, ging an dem Pferd, der Fahne, dem Kreuz vorbei und trat langsamen Schritts in die Menge, die so heftig auseinander wich, als bräche sie mittendurch. Ein paar Schritte hatte er zwischen diesen zerbrochenen Hälften zurückgelegt, da folgten ihm zwei weitere, vielleicht nicht ganz so hohe Offiziere. Und ihnen die nächsten zwei. Die trugen jetzt schwarze Uniformen und links eine rote Armbinde.

Sie waren ein gutes Stück durch diese in zwei Hälften auseinander brechende Menge gegangen, als vom Kirchturm die Glocke zu läuten begann. Ein Schauer überlief die Leute, selbst denen im Stahlhelm hing, wie es schien, die Maschinenpistole nicht mehr so bedrohlich über der Brust, und ihre Augen blickten sanfter. Die Glocke hob aber auch ein sonderbares Wehgeschrei an, so hatte sie noch nie geklungen. Ich sah zu der Mutter, ihre Augen verrieten, dass auch ihr nicht ganz geheuer war.

»Da bammelt der Grela nich alleine dran«, sagte Onkel Stefan. »Wie die schlägt!«

»Bis se noch mal zerspringt«, sagte der Großvater. »Die denken, laut hörts der Herrgott schneller.«

In gehörigem Abstand zu den Offizieren setzte sich das Kreuz in Bewegung, das der Kirchendiener Zubek trug, auf jeder Seite begleitet von zweien im Stahlhelm, mit der Maschinenpistole über der Brust. Hinter dem Kreuz die schwarze Fahne und wieder zwei von denen zu beiden Seiten. Danach Kränze, Standarten, ebenfalls eingerahmt von welchen im Stahlhelm und mit der Maschinenpistole über der Brust. Dann eine Pause und das Pferd des Bürgermeisters, zu beiden Seiten am Halfter geführt von Offizieren in stramm sitzenden Schirmmützen.

»Und zu was zerrt die Pest das Pferd so mit?« wunderte oder entrüstete sich neben uns einer. »Hafer hätten se ihm solln geben lieber.«

»Na, der Bürgermeister wollte, dass alles soll mit ihm gehn, nich bloß wir.«

»Aufm Dorf, wenn ers so gewollt hat, müssen die Kühe, die Schweine auch mit. Und bei der Bäuerin noch die Hühner, Gänse, Enten.«

»Vielleicht hats ihm gefallen, zum letzten Mal hier durchzureiten, woher wollt Ihr das wissen?«

»Durchreiten? Ach, Unfug.«

»Vielleicht sitzt seine Seele dort im Sattel? Woher wollt Ihr das wissen?«

Mir rieselte es kalt den Rücken hinunter, denn für einen Moment sah ich den Bürgermeister dort im Sattel sitzen, vornübergeneigt, als sei er eingenickt, den Hut tief über die Augen gezogen, in Breeches, Reitstiefeln, und die Peitsche hängt ihm in der kraftlosen Hand und baumelt bis über den Stiefelschaft. Und vielleicht sah nicht nur ich ihn dort, denn als das Pferd uns gegenüber durch die in zwei Hälften auseinander gebrochene Menge kam, zischte der Großvater böse:

»Verdammich, und der heeßt mich noch fragen, ob ses vielleicht verkoofen.«

Worauf Onkel Stefan sagte:

»Ach was, irgendwie traurig guckt das. In der Wirtschaft zu nich viel zu gebrauchen.«

Kurz hinter dem Pferd ging der Pfarrer mit dem Organisten, dann folgte der Sarg, getragen von vier Feuerwehrmännern in goldenem Helm aus dem Dorf, rechts und links neben ihnen vier Offiziere. Zwei weitere Offiziere, schwarz uniformiert, wie Trauergäste, führten die Frau des Bürgermeisters, und jeder hatte noch einen zur Seite. Offenbar waren sonst keine Angehörigen da, denn dann kamen nur noch, in schwarzen Kleidern, die zum Singen und Weinen bestellten alten Weiber aus dem Dorf.

Als der Trauerzug den Platz vor der Gemeinde verlassen und die Chaussee erreicht hatte, drehte sich einer von den Offizieren, die die Frau des Bürgermeisters führten, zu ihnen um und gab ihnen ein Zeichen. Doch die Weiber wussten wohl nicht, sollten sie singen oder weinen, so dass die einen zu schluchzen begannen, während die anderen das *Guter Jesus, er ging hin, gib Du den Ewgen Frieden ihm* anstimmten. Und es half nichts, dass der Offizier auf ihre Münder zeigte, alle sollten sie singen, denn das brachte sie nur noch mehr durcheinander, so dass sie ganz aufhörten – mit Schluchzen und mit Singen. Erst als der Gemeindepolizist sich einen Weg durch die Menge bahnte und, mit den Armen wedelnd, singen, sie sollen singen, selber anhob: *»Guter Jesus, er ging hin, gib Du den Ewgen Frieden ihm…«*, fielen sie in seinen Gesang ein.

Da begannen die im Stahlhelm, mit der Maschinenpistole über der Brust, plötzlich auf uns auf der Chaussee einzuschreien und uns mit den Pistolenläufen zu bedeuten, auch wir sollten uns in Bewegung setzen. Sie zwängten sich sogar durch die Menge und zeigten mit diesen Pistolenläufen, nicht jeder, wie es ihm gefällt, sondern in gleichmäßigen Reihen sollen wir gehen, mit einem Abstand von Reihe zu Reihe. Vielleicht wollten sie sie überblicken, falls in der Menge etwas losging, obwohl, was hätte schon losgehen sollen? Den Leuten war nicht mal nach Reden zumute, was gab es hier noch zu reden?

Es war ein seltsames Begräbnis, das musste jeder spüren. Vielleicht machte das das Pferd, denn niemand hatte hier auf einem Begräbnis je ein Pferd gesehen, obwohl jeder ein Pferd besaß, manche sogar zwei, und manche noch ein Fohlen. Dieses Pferd drängte den Tod des Bürgermeisters in den Hintergrund, denn wieder und wieder reckte einer den Hals aus der Menge, um auszuspähen, nicht nach dem Sarg, sondern ob das Pferd noch mitgehe. Mitunter fragte sogar einer den andern:

»Seht doch mal, geht das Pferd noch mit?«

Vom Sarg her war kaum noch das schrille Gesinge der Weiber zu vernehmen, zuweilen verebbte es fast ganz und ging in ein fernes Gemurmel über. Und dann meinte man zu hören, dass die Leute im Zug leiser auftraten und dass das stumme Weinen der Frau des Bürgermeisters vom Sarg herüberwehte, obwohl sie durch die Menge nicht zu sehen war und es hinterher hieß, sie habe gar nicht geweint. Vielleicht konnte man, aufmerksam diesem Gemurmel lauschend, sogar jenes Zittern des Bürgermeisters mit dem Ohr auffangen, das von damals, als sie ihn für den Schuss zurechtgestellt hatten und seinen Arm aus dem Arm seiner Frau lösten. Auch die Mutter hörte es wohl, denn sie holte auf einmal das Taschentuch aus der Handtasche und wischte sich die Augen, und nach ihr tat Tante Jadwinia, mit dem Handrücken, das gleiche.

Doch im Zug fiel noch immer niemand in den Gesang ein, und so vermochte sich das Lied nicht über das Gedränge der Leiber, das Schurren der Füße, über jenen Zweifel zu erheben, singen oder nicht singen. Von denen im Stahlhelm, mit der Maschinenpistole über der Brust, gab es jetzt, so schien es, mehr und mehr auf der einen wie auf der anderen Seite, und ganz am Schluss legten sich zwei geschlossene Reihen wie eine feste Klammer um den ganzen Zug. Augen hatten sie immer noch wie die Wölfe, und die Pistolenläufe hielten sie in die Menge gerichtet, und pausenlos grasten sie mit dem Blick die Reihen ab, nicht nur die Lücken dazwischen. Nach ihren Augen zu urteilen, wussten sie vielleicht gar nicht, dass sie mit einem Trauerzug mitgingen, denn sie wachten bloß die ganze Zeit darüber, dass Ordnung herrschte und dass niemand aus dem Zug ausscherte und den gekiesten Streifen der Chaussee verließ. Und sobald einer aus Versehen auch nur einen halben Schritt an den Rand geriet, stießen sie ihn mit dem Pistolenlauf gleich wieder zurück in die Menge.

Ich ging mit der Mutter am äußeren Rand, dicht neben einem auf uns zielenden Lauf, der so zum Greifen nahe war, dass mich die unwiderstehliche Lust ankam, den Finger in das Loch an seinem Ende zu stecken. Doch die Mutter ahnte wohl etwas, denn sie zischte:

»Komm du hierher, in die Mitte.« Und sie zog mich vom Rand weg zwischen sich und Tante Jadwinia.

Hinter dem Sarg war das Lied gewissermaßen am Verenden, denn es erreichte uns nicht mal mehr als jenes ferne Gemurmel, da rettete es unverhofft die Großmutter, die anfing zu singen: *»Guter Jesus, er ging hin, gib Du den Ewgen Frieden ihm …«* Eine Zeitlang zog sich dieses Singen der Großmutter einsam dahin, ja manche sahen sogar missbilligend zu ihr, doch zum Glück sprang Tante Jadwinia der Großmutter mit ihrer Lerchenstimme bei, und dann die Mutter, und ein Weilchen später Tante Marta, und, schüchtern, gesellten sich noch ein paar Frauenstimmen aus der näheren Umgebung hinzu. Und als das Lied von neuem erklang, begann Onkel Stefan, der, wie es schien, von allen am erbittertsten darauf bestand, nur ja nicht zu singen, und wütend zu Tante Jadwinia hingesehen hatte, sozusagen ihrem Lerchengetriller erliegend, ebenfalls den Mund aufzumachen, wenn auch am Anfang nur bei manchen Wörtern. Und nach dem Onkel der Großvater, der allerdings mümmelte das Lied nur zwischen den Lippen und stieß als einziges das *Guter Jesus* lauter hervor.

Und dann auch der und der, weiter entfernt. Und so wurden es allmählich mehr und mehr, und bald gab es fast keinen, der nicht sang. Der Gesang wuchs, erstarkte, ergoss sich bis weit hinein in die Felder und schien von den Feldern mit verdoppelter Kraft zum Trauerzug zurückzukehren. Er übertönte das Schlagen der Glocke auf dem Kirchturm, übertönte das Schurren der Füße auf der Chaussee, übertönte die alten Weiber hinter dem Sarg, so dass man am Ende meinen konnte, er werde nie mehr verstummen.

Die weiße Gestalt hatten sie, zusammen mit dem schwarzen Sockel, etwa einen Monat nach dem Begräbnis des Bürgermeisters fertig aufs Grab gebracht, und um die Zeit war die Frau des Bürgermeisters abgereist. Es hieß, nach Deutschland, aber in Wahrheit wusste niemand, wohin. Sie hatte ihre ganze Habe verschenkt und nur so viel mitgenommen, wie in zwei

Koffer passte. Onkel Władek, der versucht hatte, auf der Gemeinde zu erfahren, was mit dem Pferd geschehen war, hatte auch nichts herausgekriegt, nichts über das Pferd und nichts über die Frau des Bürgermeisters. Das Pferd hatte nach dem Begräbnis angeblich noch ein paar Tage im Gemeindestall gestanden, und der Gemeindepolizist hatte es gefüttert, gestriegelt und jeden Tag ausgeführt, damit sichs nicht steif steht, so hatten sie ihm aufgetragen. Doch auch er wusste nichts Bestimmtes, er rieb sich nur die Glatze und brummte, auf irgendein Gut könnten sies gebracht haben, damits unter andern Pferden ist, bis der neue Bürgermeister kommt, denn der wird vielleicht auch gern ausreiten. Aber der Onkel hatte den Verdacht, auf dem Gemeindeamt wüssten sie mehr, sie hätten bloß Angst, was zu wissen, drum wüssten sie nichts.

Einmal, schon nach der Abreise der Frau des Bürgermeisters, war Onkel Władek zum Friedhof gegangen, und es war ihm komisch vorgekommen, dass auf dem Grab des Bürgermeisters ein frischer Kranz, frische Blumen lagen und dass Lichter brannten. Außerdem sah es so aus, als wären sie erst kurz vor seiner Ankunft angezündet worden, denn sie waren nur obenauf geschmolzen, und die Dochte nur am obern Ende etwas angesengt. Er hatte sich sogar mit Bolech herumgestritten, der am Grab seiner Frau hantierte, schon seit dem Morgen auf dem Friedhof hockte und nichts gesehen hatte. Obendrein hatte Bolech dem Onkel nicht glauben wollen, obwohl der ihn zum Grab des Bürgermeisters führte, um dem Ungläubigen zu zeigen, da, ein frischer Kranz, frische Blumen, und die Lichter eben erst angezündet. Der Bürgermeister ist schließlich nicht aus dem Grab gestiegen, um sie selber anzuzünden. Und als er noch sagte, diese weiße Gestalt sieht aus, als will sie sich von einem hohen Felsen in den Abgrund stürzen, und der Bolech das bestritt, in einen Abgrund geht nicht, hier in der Gegend gibts keinen so hohen Felsen, dass unter ihm ein Abgrund sein kann, schimpfte er den Bolech einen Hornochsen, der nichts begreift, und wer weiß, vielleicht ist ers sogar gewesen, der dem Mohrchen das Auge ausgeschlagen hat.

Von da an lag übrigens immer, wenn ich zu Allerheiligen zu Besuch kam, auf dem Grab des Bürgermeisters ein frischer Kranz, waren Blumen da, brannten Lichter. Und nie stand jemand an diesem Grab wie an den anderen Gräbern. Und niemand wusste, wer diesen Kranz und die Blumen brachte, wer die Lichter anbrannte. Obwohl sich auch niemand darüber wunderte. Es musste eben so sein, zumal an einem Tag wie Allerheiligen, wenn der ganze Friedhof überquillt vor Blumen und Tausende von Lichter bis zum Himmel hinauf lodern. Gewundert hätte man sich, wenn es auf dem Grab des Bürgermeisters anders gewesen wäre.

Auf meine neugierige Frage, wer diesen Kranz, diese Blumen brachte, wer die Lichter anbrannte, antwortete man mir bestenfalls, die Frau des Bürgermeisters müsse jemandem Geld aus Deutschland schicken, aber wird dir das einer zugeben? Ein andermal hörte ich wieder, keine Angst, die muss jemandem ein gehöriges Vermögen hinterlassen haben, das reicht bis ans Ende der Welt für diese Kränze, Blumen, Lichter. Mit zwei Koffern ist sie abgereist, und gebracht haben sie sie mit dem Lastwagen. Bloß wem? Am schnellsten hat nach dem Krieg hier der Gugała alles aufgebaut. Das Haus, den Stall, die Scheune in zwei Jahren, was denkst denn du, von was? Da haben manche noch in Erdhütten gewohnt, und das Vieh stand unter freiem Himmel. Der erzählt, sein Bruder aus Amerika hat ihm geholfen. Aber irgendwie erinnert sich keiner an den Bruder. Du kommst nicht dahinter. Außerdem, wenn du dahinterkommst, wird dir dann leichter?

Auch Onkel Władek wusste nichts zu erwidern. Einmal griff ich sogar zu einer List und fragte ihn nach dem Pferd des Bürgermeisters, nach dem er sich nach dem Begräbnis erkundigt hatte, weil von diesem Pferd in seinem Gedächtnis vielleicht auch etwas auf die Frau des Bürgermeisters überspränge. Doch er wunderte sich bloß:

»Pferd? Stimmt, der Bürgermeester hat ein Pferd gehabt. Aber ich kann dir nich mal sagen, wars ein Brauner oder wars ein Falber. Mein Gedächtnis is löchrig, Piotruś. Nich das, was es mal war. Ich hab dir schon mal balde gewusst, wer dem Mohrchen das Auge ausgeschlagen hat, und es is weg. Ich muss nochmal von vorne. Und Bürgermeester is der auch nich mehr. Die Tafel haben se ihm umgeändert in Doktor der Rechte, haste gesehn? Wer hätte das gedacht, so gebildet und Bürgermeester von unserm Dorf? Dass der gewollt hat, wundert mich. Denn heute haste bloß Dutzköppe, Piotruś, ich sage dir. Und Saufbolde. Drum nennen se se erscht gar nich Bürgermeester und taufen se andauernd um. Vom Schulzen zum Vorsitzenden, vom Vorsitzenden zum Leiter. Und bestimmt ändern ses wieder. Aber Brücke über den Fluss hats immer noch keene. Stehts Wasser mal höher, läufste nich rüber und fährschte nich rüber. Bei dem war Ordnung, ich sage dir. Hat eine Kuh uffn Weg geschissen, hat der so lange gebohrt, bis raus war, wem seine, und der musstes wegmachen. Manchmal hat er einem eins aufs Maul gegeben, aber für viele wars nich von Schaden.«

Es hatte den Anschein, als zöge mich jetzt die Erinnerung an das Begräbnis des Bürgermeisters zu seinem Grab, denn immer wenn ich auf dem Friedhof war, blieb ich wenigstens für einen Moment an diesem Grab stehen. Ich begründete das vor mir selbst, indem ich mir sagte, zwar sei ich schon fast ein Fremder hier und nicht verpflichtet, mich zu erinnern, trotzdem sollte jemand wenigstens einen Moment an diesem Grab stehenbleiben, zumal an einem Tag wie Allerheiligen. Und nicht wegen des Bürgermeisters, was war schon der Bürgermeister, Staub seine Knochen, wie Onkel Władek zu sagen pflegte, und Staub seine Sünden, sondern allein wegen des Grabes. Doch ich glaubte selber nicht recht an meine Begründung. Mitunter beschlich mich der Verdacht, die Frau des Bürgermeisters, die niemals anwesend und zugleich Jahr um Jahr gegenwärtig war in diesem Kranz, den Blumen, den brennenden Lichtern, habe mich als Einzigen unter denen, die an dem Begräbnis des Bürgermeisters teilgenommen hatten, dazu erkoren, nun auch an ihrem Geheimnis teilzuhaben. Dieses Geheimnis war mir dadurch keineswegs weniger düster, dafür aber zunehmend vertrauter. Mag sein, durch das bloße Empfinden ihrer Gegenwart im Abwesendsein vermochte ich mich für diesen einen Moment hineinzuversetzen in die Jahr um Jahr und immer von neuem erwachende Verzweiflung der Frau des Bürgermeisters. Denn der Weg zum Geheimnis führt in Wahrheit über die Verzweiflung. Ja, man könnte sagen, glücklich sind, die die Kraft zur Verzweiflung haben.

Die weiße Gestalt auf dem Grab erschien mir als Bestätigung dafür, dass diese Verzweiflung unvergänglich war, unvergänglich selbst über die Vergänglichkeit ihrer einstigen Ursache hinaus. Ich sah in der weißen Gestalt allerdings nie die Frau des Bürgermeisters, anders wie manche hier. Als sie sie gebracht, hier aufgestellt hatten und ich mit den Jungs hingelaufen war, um sie mir anzugucken, war mir sofort Szmuls Sulka eingefallen. Die Jungs hatten mich ausgelacht, und Fredek hatte gesagt, blöd bist du. Doch wieso hätte Sulka nicht ohnmächtig hinsinken können vor Verzweiflung bei der Nachricht, dass der Bürgermeister erschossen worden war? Hier, auf dem Friedhof, teilten die einen mit den andern nur noch die Verzweiflung. Außerdem hatte Sulka als einzige ebenso langes Haar gehabt wie diese weiße Gestalt auf dem Sockel und ebenso unordentlich und wirr verstreutes. Wenn sie zu jemandem sprach, hatte sie sich dieses Haar aus dem Gesicht gestrichen, um zu sehen, zu wem sie sprach, obwohl sie manchmal auch durch dieses Haar sprach, als sei es ihr einerlei, zu wem. Und saß sie auf dem Treppchen vor dem Haus, den Kopf auf den zusammengepressten Knien, und ihr war nicht danach zumute, die Welt anzusehen, hatte sie diese Haare nach vorn geschleudert, bis auf die letzte Stufe hinunter. Ebenso hatten diese Haare, wenn sie sie nach hinten warf und, auf die Arme gestemmt, sich wie ein Bogen dem Himmel, der Sonne entgegenwölbte und dabei die Beine spreizte so weit es ging, die ganze Treppe hinter ihr überflutet. So dass Szmul mitunter besorgt aus der Tür trat und sagte, nimm du, Suluś, deine Haare weg, man kommt nicht vorbei, obwohl er nirgendwo hinging. Wer wollte wissen, ob Sulka auf diese Weise, indem sie ihre Haare nach vorn oder nach hinten warf, nicht ihre Verzweiflung zum Ausdruck gebracht hatte, weil sie es anders nicht vermochte, nur mit ihren Haaren, und sie den Worten und den Tränen nicht traute. Und mit ihren weit auseinander klaffenden Beinen, selbst wenn alle im Dorf sie für ein schamloses Ding hielten.

Irgendwann brach ich wieder einmal zu Allerheiligen auf, diesmal mit der Absicht, etwas länger zu bleiben. Nach jahrelangen Renovierungsarbeiten war das Schloss, aus dem man zuvor das Gefängnis ausquartiert hatte, fertiggestellt und im Turm ein Gästezimmer eingerichtet, und da Koza Direktor des Schlosses war, hatte er mich für mehrere Tage zu sich eingeladen. Ich hatte mir gelobt, endlich die wenigen Bekannten aufzusuchen, die mir in der Stadt noch geblieben waren. Gewöhnlich kreuzte ich für einen, höchstens für anderthalb Tage hier auf, ständig in Eile. Diesmal war ich allein, ohne Paweł, ich konnte mir die paar Tage also erlauben. Natürlich lenkte ich meine Schritte zuerst zu den Fräulein Poncka, wie konnte es anders sein. Im Übrigen bemühte ich mich bei jedem Besuch, selbst wenn ichs noch so eilig hatte, kurz bei ihnen vorbeizuschauen, wenigstens, um mich zu zeigen, ich lebe noch, nun und um ihnen Blumen oder eine Bonboniere zu bringen, zum Beweis, dass ich sie nicht vergessen hatte. Sie waren mir die nächsten Menschen in der Stadt, fast etwas wie Verwandte. So empfand ich das, so dachte ich, wenn ich an sie dachte. Manchmal ertappte ich mich sogar bei dem Gefühl, sie seien fortwährend bei mir, und nicht etwa, weil ich sie mir durch die Erinnerung oder die Vorstellung herbeirief. Sie huschten lautlos irgendwo über meinem Kopf dahin, an der Decke, oder sie erschienen im fernen Echo eines Tangos, der mir unvermittelt von irgendwoher zuströmte. Manchmal als urplötzlicher erstaunter Ausruf »Oh, der Herr Piotr«. Manchmal als Wärme ihrer Brüste, gegen die sie meinen Kopf gedrückt hatten, wenn ich zu ihnen zum Kakao gekommen war.

Jetzt waren sie stadtbekannte Schneiderinnen, und seit der Marktplatz wieder in alter Pracht erstrahlt war, bewohnten sie ein ganzes Stockwerk in einem der historischen Häuser, wo sie übrigens schon vorher gewohnt hatten, freilich in einem Stübchen mit winzigkleiner Küche und mit Fenstern, die auf einen stinkenden, verwahrlosten Hof hinausgegangen waren.

Sie begrüßten mich, wie stets, voller Freude, herzlich, drückten mich, küssten mich ab, der Huchs und Hachs war kein Ende. Ewelina standen Tränen in den Augen, und Różas Lider begannen zu flattern wie Schmetterlingsflügel, weil sie sich sichtlich gegen die Tränen wehrte, und so fühlte ich mich für einen Moment wieder als der kleine Piotruś, der zum Kakao kam. Wer weiß, vielleicht wartete ich sogar, dass einer von ihnen unverhofft, nur so zum Spaß, entschlüpfte, magst du einen Kakao, Piotruś?

Doch so weit gingen sie nie in der Erinnerung zurück, und ganz besonders hüteten sie sich davor, auch nur mit einem Wort diesen Kakao zu erwähnen. Nur immer, Kaffee oder Tee, Herr Piotr? Oder ein Schlückchen Wein? Und sogleich erschien dieser Kaffee oder Tee, erschienen Wein, Kekse, Pralinen, Nüsse. Darauf setzten die Worte ein, die Wahrheit zu sagen, ein Schwall von Worten. Was gibt es Neues, Herr Piotr? Kein bisschen hat er sich verändert, der Herr Piotr. Das graue Haar steht ihm sogar besser. Irgendwie ist es würdevoller. Wussten Sie schon, dass es jetzt Mode ist, Herr Piotr, dass sich die Männer die Haare färben? Der bei der Bank, Sie haben ihn gekannt, so viele Jahre, und immer noch kohlrabenschwarz und nicht ein graues Härchen? Und wie geht es Paweł? Na, wenigstens an ihm haben Sie Ihre Freude. Uns so lange nicht zu besuchen und nicht mal ein Kärtchen, das ist gar nicht nett. Wir sehnen uns hier, gucken uns fast die Augen aus. Ach du mein lieber Gott, wir zergrübeln uns den Kopf, womöglich ist was passiert? Manchmal fragen uns schon die Kundinnen, haben Sie irgendwelchen Kummer? Für uns kommen Sie wie aus einer andern Welt, Herr Piotr.

In dieser ihrer wortreichen, überschwänglichen, verklärten, bisweilen etwas wehmütigen Herzlichkeit spürte ich jedoch immer eine Art Scheu, die ich früher nie bemerkt hatte, nicht einmal als sie noch halb verschlafen vor mir herumgelaufen waren, gähnend, zerzaust, und ihre Körper durch das Nachthemd schimmerten und ihre Brüste aus dem tiefen Dekolletee des Nachthemds glitten oder sie meinen Kopf beim Tango an diese Brüste drückten.

Diese anfangs kaum merkliche, durch die immer längeren Abstände zwischen meinen Besuchen sogar verständliche Scheu, trat mit den Jahren zu Tage, recht besehen, nachdem sie aus unserem gemeinsamen Haus in Rybitwy ausgezogen waren. Damals kam ich mit Paweł von der See, und weil ich noch ein paar Tage Urlaub hatte, beschloss ich, sie mit ihm bei der Mutter zu verbringen. Und die ersten, übrigens grollerfüllten Worte, die ich von der Mutter hörte, waren, die Fräulein Poncka sind ausgezogen und wohnen jetzt am Markt. Paweł war noch nicht fünf. Und obwohl sie ihn vorher mehrmals gesehen hatten, gerieten sie, als wir sie in der neuen Wohnung besuchten, bei seinem Anblick regelrecht außer sich vor Freude, als sähen sie ihn zum ersten Mal. Sie herzten und küssten ihn, zogen ihn an sich und wiederholten in nicht enden wollendem Überschwang, dem Herrn Piotr wie aus dem Gesicht geschnitten, wie aus dem Gesicht geschnitten, und erlaubten ihm, in der ganzen Wohnung herumzutollen. Dabei zerschlug er ihnen eine Porzellanfigur, doch gleich nahmen sie ihn vor mir in Schutz, das macht nichts, er ist doch ein Kind, das spielt, das darf etwas zerschlagen. Und auf die Mitteilung, wir kämen eben von der See, beschlossen sie, einen Matrosenanzug für ihn zu nähen und nahmen sofort Maß.

Doch dieses Mal machte sich ihre Scheu auch in den Fragen nach Paweł bemerkbar. Ich spürte, sie waren unsicher, ob sie ihn nicht der Herr Paweł nennen sollten, so wie mich der Herr Piotr. Darüber hinaus war jede ihrer Fragen sorgfältig gewählt, damit sie, um Himmels willen, nur ja eine allein ihnen bekannte Grenze nicht überschritt, so dass sie nicht einmal fragten, ob er schon ein Mädchen habe, was doch natürlich gewesen wäre und wozu sie ein Recht gehabt hätten, schon wegen der Porzellanfigur, die er ihnen vor Jahren zerschlagen hatte.

Mich mutete das umso seltsamer an, als sie zugleich offenherzig waren wie kaum je zuvor. Aus ihren Geständnissen war freilich die ganze Zeit eine Art Bitterkeit herauszuspüren, die die Aufmerksamkeit mehr auf ihren faltigen Hals, das hängende Doppelkinn, die Runzeln um ihren Mund, die Krähenfüße unter den Augen, um ihre Schläfen lenkte denn auf die Geständnisse selbst. Zumal die ebenso sorgfältig gewählt, zurechtgelegt zu sein schienen und im allgemeinen den Ärger mit den Kundinnen betrafen, die immer mäkliger, launischer, nörgeliger wurden, nichts wie verbessre hier, trenn da, hier zwackts, da schlotterts, zu lang, zu kurz, hier spannt das Futter, da passen die Knöpfe nicht, und hat erst mal eine einen Mann in Position, dann lass die andern sausen und näh nur für sie. Und manche bemüht sich nicht mal mehr zur Anprobe her, der fällt eine Perle aus der Krone, renn du zu ihr, bestenfalls schickt sie dir gnädig den Wagen. Ach, Herr Piotr, es ist nicht leicht, heutzutage Schneiderin zu sein. Sie wissen ja selbst, Herr Piotr, auch von der höchsten Position des Mannes wird die Frau nicht schöner und kriegt keine bessere Figur. Die Frau Anna, das war was anderes, so eine Figur kann man heut mit der Lupe suchen. Ach, Sie glauben gar nicht, wie gern wir für die Frau Anna genäht haben. Das letzte Kleid, erinnern Sie sich, Herr Piotr? Mit den wunderschönen Blumen?

Und da sagte Ewelina zu Róża oder Róża zu Ewelina, weil ihr plötzlich etwas eingefallen war:

»Hol lieber gleich den Stoff von der Deutschen raus, bevor

wirs vergessen. Sie kommt doch übermorgen zum Maßnehmen.«

»Wie ich sehe, lassen schon Deutsche bei Ihnen nähen«, sagte ich, ohne noch etwas zu ahnen, voll Bewunderung für ihren Schneiderinnenruhm.

»Ach i wo«, sagte Róża, die aufgesprungen war, um den Stoff hervorzuholen. »Wir haben bei uns nur die eine. Ihr Mann war im Krieg Bürgermeister in einem Dorf hier irgendwo.«

Etwas packte mich an der Kehle. Ich wollte zum Weinglas greifen, doch ich fühlte mich überwältigt, als sei ich plötzlich einer Sache beraubt oder übermäßig beschenkt worden, was auf das Gleiche hinausläuft. Ich ließ mir jedoch nichts anmerken, ja sagte etwas Unwichtiges, Banales, vielleicht, um auf die Weise die Nachricht für ungültig zu erklären oder sie wenigstens hinauszuzögern. Denn wer weiß, ob ich mir wirklich so sehr wünschte, das Geheimnis der Frau des Bürgermeisters zu erfahren. Vielleicht hatte ich, indem ich hingenommen hatte, dass es für immer ein Geheimnis bliebe, also den Kranz, die Blumen und die brennenden Lichter hinnahm, die niemand brachte und niemand anbrannte, in diesem Geheimnis auch einen Platz für mich gefunden. Und das bedeutete mir mehr, als es zu erfahren.

Zum Glück fing Róża, oder vielleicht Ewelina, von diesem Stoff an, wie zauberhaft, Baumwolle, aber weich wie Seide:

»Sie muss ihn aus Deutschland kriegen, bei uns, ach woher, bei uns gibts keine solchen Stoffe. Schon älter, doch sie hat Geschmack. Und muss früher mal sehr hübsch gewesen sein. Und wie gebildet, zartfühlend, immer mit einem Lächeln, verständnisvoll. Von unseren Kundinnen kann ihr keine das Wasser reichen. So eine schleppt ein Stück Blech an, keinen Stoff, und dann näh ihr was draus, dass es fließt, als wär es Seide aus China. Ach, Herr Piotr, Sie glauben ja nicht, was das für Kundinnen sind.«

»Und wie heißt diese Deutsche?« fragte ich wie nebenbei, zwischen diesen ihren Worten über die verschiedenen Stoffe,

Kundinnen, als ich mir die unverhoffte Nachricht einigermaßen zu Eigen gemacht hatte.

»Wie heißt sie, Róża? Wie heißt sie, Ewelina? Irgendwie komisch. Wirklich, wir haben es gewusst, aber sie nennen sie überall nur die Deutsche, die Deutsche, da haben wirs uns auch angewöhnt: die Deutsche. Da, sogar in dem Heft mit ihren Maßen steht: die Deutsche. Und sie redet so drollig, Herr Piotr, Sie würden gleich erkennen, dass sie eine Deutsche ist.«

Jetzt musste ich mich vorsehen, um keinen Verdacht zu erregen mit meinem besonderen Interesse für diese eine Kundin. Zunächst griff ich also die Sache mit dem Stoff auf, Paweł habe mir letztes Jahr aus Holland genauso ein Hemd mitgebracht. Baumwolle, aber wie reine Seide, und erst dann fragte ich mit gespielter Gleichgültigkeit:

»Und wo wohnt sie?«

»Beim Abtei-Tor. In einer Mansardenwohnung. Im selben Haus wie früher der Doktor Sobkiewicz. Erinnern Sie sich an den Doktor Sobkiewicz, Herr Piotr? Was war das für ein Arzt! Ach, und was für ein Mann! Seine Frau lässt auch manchmal bei uns nähen.«

Ich zermarterte mir den Kopf, hingehen oder nicht hingehen, vielleicht nur zu dem Haus, um wenigstens zum Fenster dieser Mansarde hinaufzusehen. Etwas lockte mich und warnte mich zugleich. Dadurch verflüchtigte sich sogar die Lust, noch die paar anderen alten Bekannten aufzusuchen, die zu besuchen ich vorgehabt hatte, was ja vor allem der Grund gewesen war, mehrere Tage zu bleiben. Aber auch in die Stadt wollte ich nun nicht mehr, um über vertrautes Pflaster zu spazieren. Vielleicht fürchtete ich, dass mich der Spaziergang ungewollt vor ihr Haus führte, und dann, unaufhaltsam, wer weiß, vielleicht die Treppe hinauf, vielleicht bis vor ihre Tür. Und was dann? Anklopfen oder umkehren? Vielleicht hörte sie das Knarren der Treppe, denn in solchen Häusern knarrt die Treppe unterm leichtesten Schritt, und sie würde mir selbst die

Türe öffnen, um nachzusehen, wer da zu ihr wollte? Der Briefträger mit einer Sendung, wieder einem Kleiderstoff? Gewiss, ich könnte dann fragen, wo hier die Witwe des Doktor Sobkiewicz wohnt, doch das kam mir feige vor.

Schließlich befand ich, es sei das beste, mich ins Auto zu setzen und abzureisen, sobald die Sonne untergegangen war. Die Fräulein Poncka hatte ich zum Glück besucht, die andern besuchte ich ein andermal. Ich überlegte nur, wie ich Koza mitteilen sollte, dass ich seinen Turm vorzeitig verließ. Ich konnte ihn anrufen oder ihm beim Pförtner einen Zettel hinterlassen, doch das wäre ziemlich ungehörig angesichts seiner freundlichen Einladung hierher. Bestimmt empfände er es als Kränkung, so überstürzt, ohne dass wir uns gedrückt, umarmt, einander auf die Schulter geklopft hatten, als steckten unsere jungen Jahre noch in diesen Schultern. Aber ihn daheim aufzusuchen, erschien mir schon gar nicht verlockend, zumal ich wusste, es ginge nicht ohne Schnaps ab, was denn, wir sehen uns aller paar Jahre und sollen nicht mal einen heben? Erinnerst du dich, auf dem Gymnasium, jeden Tag haben wir uns da gesehn, und was haben wir nicht geschluckt! Zeiten waren das, nur das Geld hat uns gefehlt. Erinnerst du dich, der Fudala? Hoho, Kumpel, der hat vielleicht gesoffen. Du erinnerst dich nicht? Heute ist der ein großes Tier. Der hat immer gewusst, auf wen setzen und mit wem saufen. Aber auf so einem Schloss, was soll ich dir sagen. Wie sies aufgebaut haben, da war hin und wieder noch was drin. Doch jetzt, bloß vom Gehalt, als Direktor bist du ein Bettler. Wenn die Meinige nicht diesen Laden hätte, ich weiß nicht, wie wir über die Runden kämen. Sie bearbeitet mich oft genug, lass das verdammte Schloss, stell dich hinter die Theke. Aber was soll ich ohne das Schloss, Piotruś? Die vielen Könige auf dem Schloss, verstehst du? Kannst du dich an die Tereska aus der Drei b erinnern? Na, die mit den Rattenschwänzchen? Mit der bin ich eine Weile gegangen. Nicht sehr groß, zum Anbeißen, das Dingelchen. Der Biernacki hat sie mir ausgespannt. Sie ist an Krebs gestorben. Tja, wie soll einer da nicht an Vorsehung glauben. Erinnerst du dich?

Nein, ich mochte mich nicht erinnern. Und bei Kozas Anblick verging mir restlos die Lust. Hätte ich mich nicht unentwegt gezwungen, ich hätte kaum geglaubt, dass das Koza, der strohblonde, zierliche, spindeldürre Koza von damals war. Die ganze Zeit fläzte er breitbeinig auf dem Stuhl, weil ihm der riesige Wanst über den Gürtel schwappte, so dass ich versucht war zu sagen, knöpf dir die Hose auf, Koza, quäl dich nicht so! Und in dem gedunsenen Gesicht ließen sich nur mit der allergrößten Mühe Spuren seiner einstigen Züge erkennen. Kahl war er geworden, und fortwährend strich er sich über die Glatze, die unterm ständigen Ansturm der Erinnerung zu schwitzen schien. Erinnerst du dich? Die Erinnerung wütete in ihm, drohte ihn auseinanderzusprengen. Ich hatte den Eindruck, als ränge er ununterbrochen um die Verbindung zwischen jenem strohblonden, zierlichen, spindeldürren Koza und dem fetten, kahlköpfigen Direktor des Schlosses. Du, erinnerst du dich? Ich war nahe daran, zu ihm zu sagen, lass gut sein, Koza, siehst du dich nicht selbst, dann sieh wenigstens mich an, meinst du nicht, dass unsere Erinnerung uns verhöhnt? Meistens fühlte ich mich hilflos, um nicht zu sagen, beschämt, vielleicht sogar gedemütigt seiner Erinnerung gegenüber. Ich empfand sie fast wie eine Schuld. Hehe, Piotr, Piotr. Erinnerst du dich noch, nach dem Schulfest? Weshalb hast du dich damals bloß so besoffen? Hast sie doch sowieso zur Frau gekriegt. Tja, das war ein Mädchen. Ich war auch heimlich verliebt in sie. Alle waren in sie verliebt.

Die Sonne ging merkwürdig langsam unter, es war, als steckte sie in dem vergitterten Turmfenster fest, das genau auf die Jakobskirche auf der Anhöhe gegenüber und auf die herbstfahlen Gärten dort hinausging. Eine lähmende Trägheit bemächtigte sich meiner, die das sich verdichtende Halbdunkel im Zimmer noch zu begünstigen schien. Ich vermochte mich nicht einmal mehr dazu durchzuringen, aus dem Sessel aufzustehen und meine Sachen zu packen, dabei hatte ich doch beschlossen, gleich nach Sonnenuntergang abzureisen.

Wie gebannt sah ich zu dem vergitterten Fenster, und mir war, als strömten meine Gedanken irgendwo neben mir, über mir dahin, an der Decke, an den Wänden entlang, als versickerten sie im Halbdunkel dieses Zimmers oder träten aus diesem Halbdunkel heraus, unabhängig von meinem Willen. Und ich stellte mir vor, ich sei in diesem Turm eingemauert. Nur den Grund konnte ich mir nicht vorstellen, aus dem ich eingemauert worden war. Ich bildete mir sogar ein, dieses vergitterte Fenster, das genau auf die untergehende Sonne und die Jakobskirche hinausging, sei das letzte Endchen Welt, das man mir gütig gelassen hatte. Obwohl es mir gleichzeitig schwerfiel zu glauben, dass das die gleiche untergehende Sonne war und die gleiche Kirche, in der Anna und ich getraut worden waren. Aber vielleicht hatte man mir dieses Endchen Welt eigens gelassen, damit ich es nicht zu glauben vermöchte. Denn die Qual nicht zu glauben ist die schmerzlichste unter den Qualen.

Verglichen mit dieser Qual, erschien es mir, trotz der lähmenden Trägheit, die sich meiner bemächtigt hatte, sogar leicht, die Frau des Bürgermeisters zu besuchen. Und ich stellte mir vor, wie ich auf der letzten Stufe stand, kurz vor ihrer Tür. Schon hob ich die Hand und krümmte den Zeigefinger, um anzuklopfen, doch ich zögerte noch, ob ich nicht umkehren sollte, dann klopfte ich zaghaft. Anfangs Stille, und in mir die Hoffnung, vielleicht ist sie nicht da, vielleicht ist sie ausgegangen. Mein Herz hämmerte wie wild, weil gleich jemand einen Stock tiefer den Kopf aus der Tür stecken und mir bestätigen würde:

»Die Frau ist nicht da. Sie ist zu diesen Nutten, sich ein Kleid nähen lassen. Pfui Teufel, die denken, das hätten schon alle vergessen,weil sie jetzt Schneiderinnen sind. Einen Zettel hinterlassen, hat sie gesagt. Falls jemand kommt. Aber wer kommt schon zu der. Hat er Zettel und Bleistift, oder soll ich ihm was geben?«

Ich klopfte ein zweites Mal, ein klein wenig lauter, und ich hörte gedämpfte Schritte hinter der Tür, und nach einer Weile vernahm ich, dicht an meinem Ohr, ein Flüstern von der andern Seite:

»Wer ist da?«

»Bitte machen Sie auf«, erwiderte ich leise, den Kopf gleichfalls dicht an der Tür.

»Was wollen Sie?« Wieder das Flüstern, etwas entschiedener.

»So durch die Tür kann ich Ihnen das nicht erklären. Sie brauchen nichts zu befürchten.«

Das Flüstern auf der anderen Seite blieb unnachgiebig:

»Ich kann nicht jedem die Tür aufmachen, der hier klopft. Am häufigsten werden alleinstehende alte Frauen überfallen, haben Sie das noch nicht gehört?«

»Sie sind doch nicht alt.«

Stille. Erst nach einer Weile vernahm ich eine sanfte Stimme:

»Bitte verraten Sie mir wenigstens, wer Sie sind.«

»Ganz bis ins Letzte weiß ich das leider nicht. Sie müssten mich schon sehen. Obwohl Ihnen auch das nicht viel sagen wird.«

Wieder Schweigen. Allmählich wurde ich unruhig. Vielleicht war sie von der Tür weggegangen und würde mir nie aufmachen. Da quietschte auf einmal der Schlüssel im Schloss, die Tür wurde leicht nach innen gezogen, und aus dem schmalen Spalt blickten mir große, müde Augen entgegen. Ich aber platzte atemlos und ohne jeden Zusammenhang heraus:

»Der Herr Bürgermeister hat manchmal bei meinen Großeltern Sauermilch getrunken.«

In ihre Augen trat etwas wie Enttäuschung oder ein herablassendes Lächeln.

»Ah? Bitte, treten Sie ein.«

Ich begann sofort, ich wolle nicht stören, ich ginge gleich wieder, ich sei für ein paar Tage in der Stadt, um Bekannte, Freunde zu besuchen und habe zufällig erfahren, dass sie auch hier wohne, ich erinnere mich an sie, ich sei mit dem Großvater auf dem Gemeindeamt gewesen und sie habe unter einem Sonnenschirm im Garten gesessen und ein Buch gelesen, der Großvater habe sie gegrüßt, und dieses Bild lebe bis heute in mir fort, es müsse Juli gewesen sein, ja, Juli, denn die Sonne habe den ganzen Himmel ausgefüllt, und es sei sehr heiß gewesen…

Sie unterbrach mich:

»Trinken Sie einen Tee?«

»Gern«, sagte ich. »Aber machen Sie sich keine Umstände. Ich bin wirklich nur auf einen Sprung…«

»Keine Umstände«, sagte sie. »Der Tee zieht schon. Vielleicht habe ich Sie erwartet. Außerdem nehme ich ihn immer um diese Zeit.«

Wie kann sie mich erwartet haben, dachte ich. Doch ich ließ mir nichts anmerken und sagte:

»Nett haben Sies hier, gemütlich.«

»Bitte sehr, Zucker?« Sie griff in die Mitte des Tisches und schob mir die silberne Zuckerdose hin. »Für mich nicht.«

Im ersten Moment war es mir nicht aufgefallen. Doch als ich mir die Dose näher heranzog, erkannte ich schaudernd, dass ihren Deckel eine Miniatur jener weißen Gestalt vom Grab des Bürgermeisters zierte.

»Danke sehr«, sagte ich und spürte, wie meine Stimme zitterte. Und obwohl ich mich bemühte, so sachte wie möglich umzurühren, stieß ich dauernd mit dem Löffel gegen die Tassenwände. Und mit einemmal glaubte ich den harten Klang der Glocke von damals zu hören. »Danke sehr«, sagte ich.

»Sie haben sich schon bedankt«, sagte sie.

Ich war beschämt. Fieberhaft durchforschte ich mein Gehirn, was ich noch sagen konnte, während ich immerzu mit dem Löffel gegen die Wände der Tasse stieß und diese Glocke schlagen hörte.

»Wie wärs, wenn Sie das Umrühren ließen«, sagte sie.

»Aber ja, natürlich«, erwiderte ich und legte den Löffel auf die Untertasse. Und dann sagte ich, wieder ohne jeden Zusammenhang:

»Der Herr Bürgermeister hatte meinem Onkel versprochen, den zu finden, der Mohrchen das Auge ausgeschlagen hatte.«

Sie zog erstaunt die Brauen hoch.

»Sollten Sie deswegen zu mir gekommen sein?«

»Aber nein. Ich weiß nur nicht, was ich sagen soll. Bitte verzeihen Sie.«

Sie stellte die Tasse ab und fragte, nun voller Verständnis für meine Unbeholfenheit:

»Und wer ist Mohrchen?«

»Ach, nur ein Hund, vor langer Zeit…«, erwiderte ich dankbar. »Er hat manchmal mit mir Kühe gehütet.«

»Ich verstehe. Das erklärt vieles«, sagte sie und schien eine Weile über Mohrchen nachzusinnen. »Ein hübscher Name, Mohrchen, für einen Hund«, sagte sie unvermittelt.

Und es entstand ein ausnehmend quälendes Schweigen, unterbrochen von Zeit zu Zeit durch das Klappern der auf die Untertassen zurückgestellten Tassen. Wir sahen einander nicht einmal mehr an. Ich betrachtete den Sonnenuntergang in dem vergitterten Turmfenster und die Jakobskirche vor diesem Hintergrund, sie trank ihren Tee, und der Geschmack des Tees beschäftigte sie vermutlich mehr als mein Besuch bei ihr.

»Eigentlich weiß ich nicht, weshalb ich zu Ihnen gekommen bin.«

Sie schien nicht überrascht.

»Offenbar hatten Sie einen Grund«, entgegnete sie gleichgültig, führte die Tasse zum Mund, nippte daran und stellte sie zurück auf die Untertasse, die sie in der anderen Hand hielt.

»Vielleicht habe ich gehofft, Sie würden mir helfen, diesen Grund zu finden.«

»Ich?« brauste sie auf. Und die Tasse bebte leicht auf der Untertasse.

Wieder trat Schweigen ein, und wir tranken nur Tee, und

nicht einmal mehr das Klappern der auf die Untertassen zurückgestellten Tassen war zu hören.

Die Sonne war zum Glück untergegangen in diesem vergitterten Endchen Welt, und nur das Rot der Mauern von St. Jakob glühte noch in ihrem verlöschenden Schein.

KAPITEL 10

Die Berührung

Ich brauchte nur die Arme auszubreiten, mich mit den Fersen von der Stufe abzustoßen, und es würde mich von dem Hügel hinaustragen in die dunkle Nacht, hinweg über unser Haus, hinweg über die weite Ebene, hinweg über die Welt. Doch so oft ich versuchte, mich hinaufzuschwingen, zog es mich zurück auf die Erde, und meine Arme wollten sich nicht ausbreiten, mein Kopf sich nicht aus den Schultern recken, und obendrein wurde mir übel. Ich war sicher, dass ich mich einst von diesem Hügel in die Lüfte geschwungen hatte. Mir fiel sogar ein, dass ich, wenn mich die Mutter nach etwas in die Stadt geschickt und ich keine Lust gehabt hatte, die Treppe hinunterzulaufen, genau vor der Tür unseres Souterrains niedergegangen war. Und oftmals hatte ich unser Haus überquert und war, taub für ihre zu mir heraufdringenden Rufe, ob ich Brot, Salz, Zucker gekauft habe, weitergesegelt bis hin zu den Pfefferbergen oder hinüber über die Weichsel oder bis zur Eisenbahnbrücke und hatte mich dort auf einen der Träger gesetzt. Aber offenbar war mit meiner ersten Verzweiflung auch mein beflügeltes Alter zu Ende gegangen.

Mühsam ertastete ich schließlich das Geländer, zuerst mit einer, dann mit der anderen Hand, und hievte meinen Körper unter Aufbietung aller Kräfte so weit nach oben, dass es mir gelang, mich dagegen zu lehnen. Nun bot mir das Geländer zum Glück von selber Halt. Freilich schleuderte es mich mal heftiger dagegen, mal zerrte es mich von ihm fort, doch ich umklammerte es fest mit den betrunkenen Händen und ließ es mir nicht mehr entreißen.

Ich fragte mich, ob ich nicht losweinen sollte. Meine Augen vom Druck befreien und den Tränen freien Lauf lassen. Es ist Nacht, keiner sieht es, und es wäre vielleicht das gleiche, als schwänge ich mich, die Arme ausgebreitet, von diesem Hügel empor und segelte weit, weit fort. Im selben Moment vernahm ich unten ein Knarren. Schon am bloßen Knarren des Geländers hätte ich erkannt, dass es der Vater war. Ja, kein Zweifel, er stieg zu mir herauf. Er blieb nicht mal stehen, um zu verschnaufen, das Geländer ächzte nur immer schwerer, und sein Herz hämmerte immer lauter darin. Da sah ich dicht vor mir, in der Finsternis, seine weit aufgesperrten Augen, und ich vernahm nicht Worte, sondern vielmehr die schwer eingeatmete Luft, die geschwellt schien von den Worten:

»Wein nicht. Schau, was für eine Schlacht, da in der Ebene. Gleich erzähl ich dir davon.«

»Nein, Schlachten mag ich nicht mehr«, sagte ich. »Ich geh jetzt zu den Fräulein Poncka. Ich muss endlich ein eigenes Leben anfangen. Vorerst ist es schiefgegangen. Macht nichts. Könntest du mich nicht hinbringen? Du siehst doch, ich bin betrunken. So oft hab ich dich diese Treppe hinauf zum Arzt gebracht. Das eine Mal könntest du mich. Meinst du nicht, das ist besser, als irgendwohin weit fortfliegen oder weinen?«

Über die Eisenbahnbrücke brauste ein Zug, doch auch nicht das leiseste Rattern drang bis zu uns, allein an den vorbeihuschenden erhellten Fenstern war er zu erkennen. Denn nur wenn Regen bevorstand, durchlief ein Zittern von der Brücke her die ganze Ebene, ja durchstieß den Hügel, dann sagten die Leute:

»Es wird Regen geben. Auf der Brücke ist der Zug zu hören.«

Mit beiden Händen das Geländer umklammernd, schob ich Fuß für Fuß von Stufe zu Stufe, nachdem ich sie zuvor mit der Schuhspitze abgetastet hatte, ob ich auf festen Grund und nicht ins Leere treten würde. Und so stieg ich tiefer und tiefer.

Manchmal blieb ich stehen und lauschte, wer weiß warum, in diese Stille und diese Finsternis hinaus. Manchmal wurde mir übel.

Ich musste das Ende der Treppe fast erreicht haben, denn schon sah ich Ewelina und Róża mir entgegenblicken, ungläubig, dass ich es bin. Ach, endlich. Der Herr Piotr. Sie springen aus den Betten. So viele Jahre unter einem Dach. So lange hat uns der Herr Piotr warten lassen. Und Róża oder Ewelina flüstert mir ins Ohr, es macht nichts, dass der Herr Piotr ein klein wenig betrunken ist. Und Róża oder Ewelina fragt irgendwo über meinem Kopf, mögen Sie vielleicht einen Kakao?

Und im selben Moment verließ mich der Mut, und obendrein war das Geländer unter meinen Händen zu Ende. Da sackte ich auf die Stufe, und es war die letzte, und ich bereute, dass ich mich nicht doch lieber von Koza hatte heimbringen lassen. Sie sind zu zweit, wir sind zu zweit, es wäre gleich klar, weshalb wir kommen. Ich weiß nicht, warum mir ihre schwarzen Schleier vom Begräbnis des Vaters einfielen und ich den Wunsch verspürte, wenigstens kurz unter einen dieser Schleier zu schauen, ob nun den von Róża oder den von Ewelina. Wer weiß, vielleicht hatte ihr Weinen unter diesen Schleiern auch meinen Kummer geborgen. Denn alles andere Weinen hatte sich neben diesen schwarzen Schleiern lediglich wie ein Regen ausgenommen, der die Gesichter sprenkelte, selbst das Weinen von Tante Jadwinia, deren immer lächelnde Augen ja die Verneinung jeglichen Weinens waren, und auch das von Tante Marta, die mehr sich selbst beweinte, zu schweigen von Onkel Władek, der sein Weinen wieder und wieder durch die Nase hochzog, bis ihm die Mutter zuzischte, geh schon und schnaub dich aus.

Hinter ihren Fenstern war es finsterer als in der Welt und stiller als diese Stille, die über Rybitwy lag. Es gelang mir nicht, auch nur einen Schimmer von den Blumen oder den Gardinen in diesen Fenstern zu erhaschen. Ich dachte bei mir, sicherlich liegen sie längst in tiefem Schlaf, da hörte ich plötzlich, wie von einer Maus, ein schabendes Geräusch an ihrer Tür, dann wurde vorsichtig ein Schlüssel im Schloss umgedreht, dessen Quietschen in dieser Stille durch ganz Rybitwy hallte. Die Tür ging einen Spaltbreit auf, und durch ihn zwängte sich ein Mann nach draußen. Er hatte den Arm noch nicht vom Türpfosten genommen, gegen den er sich dabei stützte, und kaum den Fuß über der Schwelle, da schloss sich die Tür auch schon hinter ihm, und wieder quietschte, diesmal hastig umgedreht, der Schlüssel im Schloss. Wie in Beschleunigung versetzt von dieser Tür oder vom Gewicht seines eigenen Körpers, taumelte er ein Stück vorwärts. Doch gleich darauf fand er Halt unter den Füßen und machte sich an seinem Hosenstall zu schaffen, während er hinaus in die Finsternis spähte. Ja er legte den Kopf in den Nacken und schien über sich nach Sternen auszuschauen. Er schwankte vor und zurück, während er weiter an seinem Hosenstall hantierte. Machte wieder zwei, drei Schritte, als stieße ihn noch immer etwas vorwärts.

Kein Zweifel, er steuerte eindeutig auf mich zu. Sein Blick durchdrang das Dunkel, das uns trennte, und er musterte mich aufmerksam und zugleich unsicher, ob ich nicht nur ein Trugbild sei. Erneut machte er zwei, drei Schritte, und das Dunkel zwischen uns lichtete sich so weit, dass ich ein durchaus sympathisches Lächeln auf seinem Gesicht erkannte. Ich war überzeugt, er lächelte zu mir her, offenbar zu dem Schluss gelangt, ich sei doch kein Trugbild, sondern sitze tatsächlich auf der Treppe, und, wer weiß, vielleicht sogar aus Dankbarkeit, hier, in dieser Finsternis, eine verwandte Seele entdeckt zu haben. Ich wartete also nur, dass er etwas sagte.

Er aber fummelte an seinem Hosenstall, und fing, nach zwei, drei weiteren Schritten, an zu pissen. Und obwohl mir nach wie vor war, als lächelte er zu mir her, kam mir allmählich der Verdacht, er sehe mich gar nicht, selbst wenn ich ihn recht gut sah. Nicht nur dieses Lächeln, sondern auch die Stirn, die Nase, das Kinn und vor allem die Augen, die er bald weit öffnete, wobei das Lächeln auf seinem Gesicht erblühte, bald müde schloss, wobei auch das Lächeln zu entschlummern schien.

Der Abstand zwischen uns war ausreichend groß, und es hörte sich an, als träfe der Strahl weich, schäumend, nicht auf den festen Weg, sondern jenseits von ihm auf lockeres Erdreich. Doch offensichtlich brachte es ihm keine Erleichterung, so an einem Fleck zu stehen, denn er machte, ohne zu unterbrechen, erneut zwei, drei Schritte auf mich zu. Und plötzlich schien der Strahl wie aus der Höhe eines Turms herabzufallen, ja ich hatte den Eindruck, er platschte ganz in meiner Nähe nieder. Für alle Fälle zog ich die Beine an.

Wieder wollte er einen Schritt tun, kippte dabei jedoch weit nach vorn, und nur dass er sich mit der Rechten an diesem Hosenstall festhielt, bewahrte ihn wohl vor dem Sturz. Er blickte nun nicht mehr zu mir, sondern hielt den Kopf über den zu Boden fallenden Strahl gesenkt, vielleicht in stummer Bewunderung für sich selbst oder auch in Erwartung der ersehnten Erleichterung. Es war, als stieße ihn der nicht nachlassende Andrang in seiner Blase dauernd so vorwärts, denn er taumelte erneut nach vorn, und zwar so heftig, dass ich befürchtete, er käme erst vor mir zum Stehen. Schon wollte ich sagen, pinkeln Sie mich nicht voll, mein Herr, als er mit aller Gewalt bremste. Er schwankte noch ein Weilchen vor und zurück, dann riss er jäh den Kopf hoch, der ihm fortwährend auf die Brust sank, streckte den linken Arm aus und wankte, mühsam die Füße vom Boden lösend, auf die Treppe zu. Er packte das Geländer mit dieser ausgestreckten Hand und stützte sich, den Fuß auf die erste Stufe setzend, auf der ich saß, mit der anderen sogar leicht auf meine Schulter.

Wir lernten uns ein paar Jahre später kennen. Ich studierte schon und war für die Sommerferien zu der Mutter gekommen. Er saß an dem Tisch am Fenster, die Mutter stand am Herd und schnippelte Zwiebeln in einen Topf. Kein Zweifel, das war er. Den Ellbogen aufgestützt, den Kopf in die Hand gelegt, starrte er zum Fenster hinaus und sah nicht einmal auf, als ich eintrat. Ich begrüßte die Mutter, die mich jedoch bald aus ihren Armen entließ und auf ihn wies.

»Da, mach dich mit dem Herrn Ingenieur bekannt. Das ist mein Sohn. Ich hab Ihnen ja gesagt, dass er heut kommt. Der Herr Ingenieur wird eine Brücke hier bauen, weißt du? Die können wir brauchen. Unsre hier haben sie nur vorläufig hingestellt, und jetzt steht sie schon seit dem Krieg.«

Erst da sah er auf, streckte mir nachlässig die Hand über den Tisch hin, murmelte etwas, was ein Name sein sollte und wovon ich nur eine Silbe verstand. Ich traf nicht gern Fremde an, wenn ich zur Mutter kam, und da die Mutter das wusste und mich vermutlich besänftigen und sich zugleich vor ihm brüsten wollte, überhäufte sie mich sofort mit Fragen.

»Na, was ist? Alles bestanden? Als ob du irgendwas mal nicht bestehst! Ist Anka mitgekommen? Ich hab dem Herrn nämlich gesagt, wie gut du von klein auf gelernt hast. Das Lesen hat er sich alleine beigebracht, das Schreiben alleine. Wie die Front weg ist, haben die Schulen nicht gleich aufgemacht, da ist er hier zu einem Lehrer. Ein älterer Herr, was der ihm für kluge Sachen aufgegeben hat, ich kann Ihnen sagen. Einmal hat er ihm aufgegeben… Was war das noch? Hilf mir doch mal.«

»Mama, hör auf«, versuchte ich zu unterbrechen, zumal er schon wieder zum Fenster hinausstarrte und kaum hinhörte.

»Ach ja, über die Glocke, jetzt fällts mir wieder ein. Dass wenn die Glocke läutet, das immer Unglück bedeutet. Wenn einer gestorben ist, bei Krieg, bei Hochwasser, bei Feuer. Und sogar wenn sie zum Angelus läutet, zur Freude läutet sie da nicht. Sie haben schon so was an sich, die Glocken. Hier, bei uns, wenn da um neun abends die von der Kathedrale oben läutet, das ist, als kommt es mitten aus dem Berg, auf dem die Stadt steht. Es schauert einen richtig. Und wie schön er das beschrieben hat, ich kann Ihnen sagen.«

»Mama, ich habe dich gebeten…«

»Was hast du denn?« brauste sie auf. »Was wahr ist, ist

wahr. Frag doch den Herrn hier. Na, sagen Sie selbst, so läuten sie doch, die Glocken, oder nicht?«

Er aber starrte weiter zum Fenster hinaus, und selbst wenn er den Blick mal in die Stube wandte, sah man nur dieses Starren in seinen müden Augen. Und er sagte, die eine Silbe ausgenommen, als er mir die Hand zur Begrüßung hingestreckt hatte, kein Wort. Drum sagte die Mutter, wie stets bereit, in schwierigen Augenblicken Trost zu spenden:

»Sie kommen, sie kommen schon noch. Sie müssten längst da sein. Um die Zeit gehn sie nie für lange aus.« Und obwohl sie sich dauernd mit dem Handrücken die Tränen wegwischte, die die Zwiebel aus ihren Augen presste, hob sie den Kopf, deutete, das Messer in der ausgestreckten Hand, zur Stubendecke und sagte: »Dort wirds zu hören sein. Wenn sie zu Hause sind, hört man es immer an der Decke. Ob sie in Baboschen gehn oder barfuß, man hörts. Weißt du, der Herr Ingenieur ist ein Cousin von unsern Fräuleins. Er ging so ums Haus herum, da hab ich ihn reingebeten, kann er doch bei uns warten. Das sind mir vielleicht welche, die zwei beiden, sie haben mir nie was von einem Cousin gesagt, der Ingenieur ist. Na, denen erzähl ich was.«

Statt die Cousinen in Schutz zu nehmen, bückte er sich, griff nach seiner Aktentasche, die neben dem Tischbein stand, und zog eine Literflasche Schnaps hervor. Er entkorkte sie mit einem Schlag gegen den Boden, stellte sie auf den Tisch, und mit der gleichen Nachlässigkeit, mit der er bei der Begrüßung seinen Namen genannt hatte, warf er hin:

»Ein paar Gläser, haben Sie die? Dann stoß ich mit dem Sohn an.«

In ihren von der Zwiebel tränenden Augen blitzte Freude auf.

»Schnapsgläschen?«

»Nein, Gläser«, sagte er.

Sie stellte also zwei Wassergläser hin, eins vor ihn, eins vor mich.

»Aber meinem Sohn, dem bitte nicht viel. Er hat grad erst diese Prüfungen gehabt. Ganz vom Fleisch gefallen ist er. Er isst dort nicht ordentlich. Schläft nicht genug.«

»Sie trinken nicht mit?« fragte er mit der gleichen Nachlässigkeit in der Stimme.

»Na, ein Schlückchen.« Sie stellte noch ein Glas hin, doch er durfte ihr nur so viel eingießen, dass der Boden bedeckt war. »Soll ich nicht was zurechtmachen? Viel hab ich nicht da, aber etwas Brot wenigstens, mit Käse.«

»Nein. Höchstens, dass der Sohn.«

»Soll ich dir was bringen?« fragte die Mutter sofort.

»Nein, danke«, sagte ich. Und obwohl mir überhaupt nicht nach Trinken war, erschien mir der Schnaps als Rettung, denn ich wartete die ganze Zeit angespannt darauf, dass er sagen würde:

»Sind wir uns nicht schon irgendwo begegnet? Bloß wo? Im Zug vielleicht? Oder wir sind in derselben Droschke gefahren, von der Station? Tja, junger Mann, die Welt ist klein, wie Sie sehen.«

Und plötzlich stand mir jene Nacht vor Jahren wieder mit großer Deutlichkeit vor Augen. Und ich vermeinte genau zu sehen, wie er mir dort entgegentaumelte, während er mir doch hier, am Tisch, gegenübersaß.

Er schenkte mir, dann sich selbst das halbe Glas voll, hob das seine, nickte mir zu, wortlos. Dann lehnte er sich kurz zurück, schüttete sich alles auf einmal in die Kehle, stellte das Glas ab und starrte, ohne nachzusehen, ob auch ich ausgetrunken hatte, erneut zum Fenster hinaus.

»Au, ist der stark, ist der stark«, sagte die Mutter, nahm ihr Glas vom Tisch und ging wieder an den Herd, rührte was um, verrückte etwas und fing, mit einem Blick zur Stubendecke, von neuem an:

»Die aber auch! So lange wegzubleiben! Wo sie bloß stecken? Das sind mir welche, nicht zugeben, dass sie so einen Cousin haben. Sie haben wohl nicht gerechnet mit Ihnen, sie hätten mir sonst gesagt, der Cousin kommt zu Besuch. Sie sagen mir allerhand. Und bestimmt hätten sie was vorbereitet. Denn mal abgesehen, gastfreundlich sind sie, ich kanns nicht anders sagen. Vielleicht hätten sie was backen wollen, dann wären sie gekommen, wegen dem Rezept. Meins für den Schweinebraten mit Pflaumen hab ich ihnen mal gegeben, wie das allen geschmeckt hat! Eine von ihnen hatte da Namenstag. Zu einer größeren Gesellschaft hatten sie sogar geladen. An die drei Kilo ist draufgegangen. Heut kriegen Sie ja kein Schweinefleisch, einfach so im Laden. Beziehungen müssen Sie haben. Vorm Krieg hab ich drei Stück vom Mittelteil verlangt, und der Fleischer hat noch gefragt, lieber von dem oder von dem Stück, gnädige Frau? Aber heut, mein Herr, wer sagt denn heute noch gnädige Frau zu Ihnen? Wie die Ölgötzen stehn die hinterm leeren Ladentisch. Und alles liegt unten drunter versteckt. Bloß für die eignen Leute.«

Er drehte den Kopf vom Fenster weg und schenkte uns wieder wortlos ein. Sich selbst, wie beim ersten Mal, das halbe Glas voll, mir füllte er auf, denn ich hatte nur knapp die Hälfte der ersten Hälfte ausgetrunken, und selbst das mit Überwindung. Aber es schien ihn nicht zu interessieren, ob ich trank oder nicht trank.

Er hob das Glas, nickte mir zu, lehnte sich kurz zurück, trank oder schüttete sich vielmehr alles auf einmal in die Kehle und starrte abermals zum Fenster hinaus. Auch diesmal trank ich nicht viel von dieser Hälfte. Seit jenem ersten Schulfest hatte ich fast keinen Schnaps mehr getrunken. Und wenn ich einmal musste, weil der Anlass danach war, und ichs nicht abschlagen konnte, dann ein, höchstens zwei Gläschen. Wieder schenkte er ein, nickte mir wieder zu, lehnte sich zurück, trank leer und starrte wieder zum Fenster hinaus. Die Mutter hantierte am Herd und war auch irgendwie verstummt.

Mir begann es im Kopf zu drehen. Berührte ich meine Wange, war es, als berührte sie jemand Fremdes, und richtete ich den Blick auf die Wand oder in die Stube, hing oder stand nichts mehr am selben Fleck. Nach der soundsovielten Runde erschien mir nicht mal der Schnaps mehr so Ekel erregend wie am Anfang. Und hätten zwischen dem einen und dem nächsten Einschenken nicht ganze Zeitalter des Schweigens gelegen, ich wäre längst gehörig betrunken gewesen, so wie damals, nach dem Schulfest. Dieses Schweigen lastete zunehmend schwerer auf mir, wie konnte man trinken, ohne zu reden? Ich gab sogar mir die Schuld daran, denn er hatte immerhin den Schnaps spendiert und mich damit aufgefordert zum Gespräch. Ein, zwei Mal wandte er den Kopf vom Fenster ab, und sein Blick schweifte durch die Stube, ging über mich, über die Mutter weg. Und einmal blieb er unvermutet länger auf mir haften, und er begann mich angestrengt zu mustern, als erinnerte er sich an etwas, das mich betraf. Wenngleich ich nicht annahm, an jene Nacht, wartete ich doch angespannt, dass er vielleicht sagte:

»Nein, junger Mann, das war nicht im Zug. Auch in der Droschke haben wir nicht zusammen gesessen. Moment mal. War das nicht am Meer?«

Aber er sagte nichts und drehte den Kopf erneut zum Fenster. Plötzlich riss er sich davon los und schenkte uns wieder ein.

Ich beschloss, endlich etwas zu sagen. Wer weiß, ob er nicht darauf wartete, denn als er das neu gefüllte Glas hob, wog er es in der Hand, kippte es leicht zur einen, dann zur anderen Seite und betrachtete die darin schaukelnde Flüssigkeit, als hätte er soeben in ihr die Erinnerung an unsere Begegnung am Meer gefunden. Und aus der Tiefe seiner Augen lächelte er diesem Glas zu.

Aber mir fiel nichts ein, und so lehnte er sich nach einer Weile zurück, ohne mir auch nur zuzunicken, trank leer und drehte den Kopf wieder zum Fenster.

Ich überlegte, ob ich ihn nicht nach diesen Plänen fragen sollte, deretwegen er damals zu den Fräulein Poncka zurückgegangen war, ob es etwa die Pläne für diese Brücke gewesen seien. Doch bei dem Schweigen zwischen uns erschien mir das nicht angebracht, zumal er sich an jene Nacht nicht erinnern wollte. Ich schwieg also weiter und griff immer öfter, nun schon fast unbewusst, zu dem noch nicht ganz geleerten Glas.

Dieses Schweigen beunruhigte schließlich auch die Mutter, denn nachdem sie zum soundsovielten Male zur Stubendecke hinaufgeschaut hatte, rief sie beinahe empört:

»Heilige Jungfrau! Wo bleiben die bloß?! Der Cousin kommt zu Besuch, und die schwirren in der Weltgeschichte rum!« Und sie rührte kurz im Topf und lud die restliche Empörung auf mir ab: »Und wieso sagst du gar nichts? Der Herr Ingenieur hat gehofft, dass ihr euch unterhaltet. Er wollte schon gehn, ich hab ihn überredet, du kommst, bestimmt werdet ihr euch unterhalten, und die sind dann inzwischen auch zurück. Und du, nicht Muh und nicht Mäh. Du bist doch sonst nicht maulfaul. Und trink nicht so viel, das verträgst du nicht.«

Er nahm die Flasche in die schon etwas schwere Hand und schenkte wieder ein. Zum ersten Mal trank ich, so wie er, alles auf einen Zug. Die Mutter sagte etwas wie, sobald das kocht, wird sie nachsehen gehn, vielleicht schlafen sie, denn jetzt weiß sie auch nicht mehr, wo sie so lange stecken können. Manchmal schlafen sie gern so in den Tag rein. An der Decke ists still, man meint, sie sind fort, dabei schlafen sie. Ich hob nur noch mühsam den Blick, und auf was immer ich schaute, es erschien mir doppelt, die Flasche zwischen uns, die Gläser, er, obwohl er mir ganz nah gegenübersaß. Mitunter fasste ihn mein Blick auch gar nicht mehr, oder er hielt zwei Gläser in zwei erhobenen Händen, und jede schüttete den Schnaps gesondert in eine gesonderte Kehle.

»Hattest du eine gute Fahrt?« fragte die Mutter. Ich nickte, ja, eine gute. »Hast du gesessen oder gestanden? Und hats nicht getröpfelt auf dem Weg von der Station? Wir hatten dir gestern einen Guss hier. Das Wasser ist die Brauereistraße bloß so runtergeschossen, ein regelrechter Fluss. Einen ganzen Eimer Regenwasser hab ich aufgefangen, da wäschst du dir die

Haare. Ach ja, ich soll dir sagen, dem Herrn Jaskóła sein Pferd ist krepiert, der Schimmel. Zwei Wochen wird das her sein. Der Tierarzt ist gekommen, da war das Pferd schon hin. Die Tierärzte heut aber auch. Statt dass der ihm eine Spritze gibt, hat er ihm sollen die Flanken kneten. Vielleicht gehst du morgen hin, ihn besuchen. Er hat nach dir gefragt, kommt denn der Sohn nicht bald?«

Wieder sah ich seine Hand, die sich unsicher nach der Flasche ausstreckte, ja einen Moment lang zwei Hände, und beide zitterten sie ihm. Wie blind, tastete er auf dem Tisch herum, um auf die Flasche zu stoßen. Schließlich erwischte er sie und umklammerte ihren Hals ein Weilchen, um Kraft zu schöpfen, bevor er sie anhob. Diesmal schenkte er, ab und zu etwas verschüttend, sich selbst zuerst ein, dann blickte er mich fragend an, mir auch? Nun reckte er den Arm mit der Flasche weit über den Tisch empor und begann ihn dann aus dieser Höhe ganz langsam zu meinem Glas hinabzuführen. Seine Hand schwankte wie ein Rohr im Wind, und er verfehlte die Öffnung des Glases, er reckte den Arm mit der Flasche also noch höher hinauf und begann das Manöver von vorn. Es sah aus, als stiege er mit der Flasche Stufe für Stufe tiefer. Doch mein Glas schien fortwährend dieser seiner Hand auszuweichen, und er schwappte den Schnaps auf den Tisch. Er erhob sich, sichtlich mühsam, hielt sich mit der einen Hand an der Tischkante fest und startete mit der anderen, der mit der Flasche, einen weiteren Versuch. Da äußerte die Mutter etwas wie Bedauern:

»Na, falls die noch kommen, Freude haben sie an dem Cousin heut keine mehr, wies aussieht. O weh. Aber recht geschieht ihnen, wärn sie zu Hause geblieben.«

Weit zu mir vorgebeugt, führte er die zitternde Hand mit der Flasche über den Tisch hinweg zu meinem Glas. Dabei schnaufte er, immer dichter über meinem Kopf, ja er schloss das linke Auge und zielte mit dem rechten auf die Öffnung des Glases wie auf ein ihm andauernd ausweichendes Ziel. Schweiß stand auf seinem Gesicht, obwohl es zugleich schien, als lächelte er mit diesem zielenden Auge über sich selbst, während er verfolgte, wie dieser Hals nicht über der Öffnung anzuhalten vermochte, sondern mitsamt der Hand fortwährend zur Seite rutschte. Endlich begann aus diesem Hals, zum Teil ins Glas, zum Teil auf den Tisch, ein zitternder Strahl zu fließen.

Er goss mir nicht viel ein, etwa einen Fingerbreit über dem Boden, mehr hatte er auf dem Tisch verschüttet. Dann sackte er schwer auf seinen Stuhl zurück, der unter ihm ächzte. Erleichtert stellte er die Flasche ab. Das linke Auge klappte er nicht wieder auf, sondern blickte nur mit dem rechten, als zielte er noch immer auf etwas. Plötzlich ergriff er sein Glas mit der ganzen Hand, als wollte er es zerquetschen, lehnte sich zurück, trank, stellte das leere Glas hart auf den Tisch. Er blinzelte mir mit dem zielenden Auge zu, schlug zugleich das andere auf und lallte mit einer Stimme, die er aus der Tiefe des angesammelten Schweigens heraufzuholen schien:

»Und was halten Sie von Shakespeare?«

Ich sah zu der Mutter. Sie stand verdoppelt am Herd, den verdoppelten Kochlöffel reglos gegen zwei Ränder zweier Kochtöpfe stützend, und wartete wohl sogar verdoppelt darauf, was ich antworten würde.

»Antworte, wenn der Herr dich was fragt.« Ja sie lächelte, als hoffte sie insgeheim, endlich könne sie dem beweisen, dass sie nicht umsonst stolz auf mich war. »Na, wieso sagst du nichts?«

Der hatte die Arme auf den Tisch gelegt, den Kopf, den er kaum noch hatte aufrecht halten können, darauf gebettet und glubschte mit trüben Augen zu mir herauf. Die Mutter, verstört, weil ich keine Antwort gab, sah plötzlich zur Stubendecke, lauschte und sagte aufgeregt:

»Still. Ich glaub, sie sind da. Ja, es geht jemand die Decke lang.« Sie zeigte nach oben. »Hier, kommts mir vor. Sie müssen barfuß gehn. In Baboschen hört sichs etwas lauter an. Ihr bleibt, ich lauf schnell nachsehn.«

Sie rannte aus der Wohnung, und er hob den Kopf, griff sich mit zitternder Hand die Flasche und begann sie über den Tisch zu seinem Glas hinzuziehen. Er wollte sie eben anheben, da stürzte die Mutter herein und verkündete freudestrahlend:

»Sie sind da! Herr Ingenieur, die Cousinen sind da! Grade zur Tür herein. Ich hab richtig geraten, sie hatten noch nicht die Baboschen an. Sie gehn barfuß.«

Er stützte sich mit beiden Armen auf den Tisch und erhob sich mühsam. Bald blinzelte er, bald riss er weit die Augen auf, sah mich, sah die Mutter an, blickte um sich, als versuchte er sich zu erinnern, wo er sich befand.

»Sie haben sich gefreut, wie sie gehört haben, ihr Cousin ist da«, sagte die Mutter, die ihn vermutlich bei der Stange halten wollte, damit er sich nicht wieder setzte. Er lächelte, aber einfach nur so, nicht zu ihr hin. Er machte den Versuch, sich nach der Tasche zu bücken, doch die Mutter, die sah, dass er es nicht schaffen würde, bückte sich selbst danach und drückte sie ihm in die Hand.

»Küss... die Hand«, nuschelte er. Und wankte im Zickzack aus der Wohnung.

»Warum hast du ihm nicht geantwortet?« fragte mich die Mutter vorwurfsvoll, als sie die Tür hinter ihm schloss. »Der bringts fertig und denkt, du weißt es nicht.«

Ich hörte, wie er hinter mir schwer die Treppe hinaufstieg, er zog sich wohl auch am Geländer hoch, denn das knarrte, aber zunehmend leiser, bis es ganz verstummte. Doch bald darauf vernahm ich dröhnende Schritte. Er kam hastig zurück, und wie er auf dieser letzten Stufe an mir vorbeikam, sagte er:

»Verdammt, ich hab die Aktentasche dagelassen. He, Mädels!« Er hämmerte ans Fenster. »Ich hab die Aktentasche mit den Plänen dagelassen.«

Ganz leise quietschte der Schlüssel im Schloss, und die Tür ging knapp einen Spaltbreit für diese Aktentasche auf. Ich erkannte nicht, ob eine Hand sie ihm durchreichte oder ob sich die Tasche von allein aus dem Spalt schob. Er hatte sie kaum ergriffen, da schloss sich die Tür auch schon, und abermals quietschte der Schlüssel im Schloss.

Auch jetzt stützte er sich, als er an mir vorbeikam, auf meine Schulter, so wie beim ersten Mal.

»Sie sind frei«, brummte er. »So welche brauchen dazu nicht lange.«

Ich weiß nicht, ob ich ohne diese seine Ermunterung zu ihnen gegangen wäre. Besonders die dagelassene Aktentasche, wegen der er zurückgekommen war, machte mir Mut. Ich packte das Geländer und versuchte, aufzustehen, und es fiel mir wesentlich leichter als dort oben. Ich schwankte noch, aber mir wurde nicht mehr übel. Ganz sachte, auf jeden Schritt bedacht, schlich ich mich zum Fenster und kratzte zart an der Scheibe. Dahinter herrschte Stille. Ich trat also an das zweite Fenster und klopfte ein wenig lauter, doch auch jetzt erfolgte keine Antwort. Sie können doch nach der Aktentasche nicht gleich eingeschlafen sein? dachte ich bei mir. Ich pochte noch lauter an und mit der ganzen Hand, und erst jetzt war Różas oder Ewelinas empörte Stimme zu hören:

»Wir schlafen schon. Bitte kommen Sie morgen wieder.«

»Ich bins, Piotr«, sagte ich, den Mund dicht an der Scheibe, doch offenbar zu leise, denn wieder vernahm ich Ewelinas oder Różas empörte Stimme:

»Nicht mal mitten in der Nacht lassen sie einen in Frieden. Bitte gehn Sie vom Fenster weg. Sofort!«

Nun hämmerte ich mit der Faust dagegen.

»Was für ein Widerling!« schrie eine von beiden. Und im selben Moment ging genau vor mir die Gardine zur Seite, und aus der Finsternis, aus den Geranien im Fenster, tauchten ihre Gesichter auf und drückten sich an die Scheibe.

»Ich bin es, Piotr«, winselte ich.

»Ach du mein lieber Gott, der Herr Piotr.« Und Gesichter und Geranien und Gardinen, alles wirbelte, wehte, wogte.

Es quietschte der Schlüssel, hastig umgedreht, und die Tür ging in ihrer ganzen Breite auf. Beide standen sie vor mir, im

Nachthemd, barfuß, verstört, um nicht zu sagen, entsetzt, und stießen einander nach draußen.

»Was ist passiert? Irgendwas mit der Mama?« Sie überschütteten mich mit Fragen.

Ewelina oder auch Róża lief voraus und knipste, ehe sie mich hineinführten, ein Nachttischlämpchen an. Das Lämpchen erhellte das Zimmer nur spärlich, dennoch sprang die Unordnung darin ins Auge. Nicht nur die Betten waren zerwühlt, was man um die Zeit noch begreifen konnte, nein, buchstäblich nichts schien hier an seinem Platz, herausgerissen, hingeworfen, verstreut, da, dort, ein Durcheinander, als hätte jemand das ganze Zimmer durchgeschüttelt wie eine Schmuckschatulle. Kleider, Hemden, Schlüpfer, Büstenhalter häuften sich auf dem Fußboden. Und auf einer zwischen Tisch und Wandspiegel ausgebreiteten Decke türmten sich die kleinen bunten Kissen, die für gewöhnlich das Sofa und die Betten zierten. Auch die Sofadecke lag zerknäult irgendwo unter dem Tisch. Im Fenster, auf der Seite unseres Souterrains, baumelte eine halb herabgerissene Gardine. Die Stühle standen alle einzeln herum, einer war umgekippt und zeigte mit den Beinen nach oben. Und auf dem Tisch, inmitten von Tassen, Gläsern, Tellern mit Speiseresten, Pralinenpapier, stand ein hochhackiger Schuh von Ewelina oder Róża.

Mir fiel ein, wie der Vater der Mutter einmal erzählt hatte, die Offiziere tränken, wenn sie sich vergnügten, aus hochhackigen Schuhen. Und die Mutter hatte es ihm nicht glauben wollen.

»Aus hochhackigen Schuhen? Ach geh! Irgendwelche Wüstlinge. Vielleicht die Korporale. Aber dass dir die Offiziere!?«

Ich sah mich nicht um, weil mir alles vor den Augen schwirrte, doch offenbar hatten sie bemerkt, dass ich, ungewollt, etwas sah, denn Róża oder Ewelina sagte, mehr traurig als entschuldigend:

»Tja, einmal musste der Herr Piotr die Wahrheit ja erfahren. Das Leben, Herr Piotr, hat nicht nur eine Seite. Auf der einen lacht der Mensch, auf der andern weint er, auf dieser sehnt er sich, hofft er, und auf der anderen vergeht die Zeit.« Und da schrie Ewelina oder Róża, die Hände ringend, auf: »Ach du mein lieber Gott, wie sieht der Herr Piotr denn aus! Das ganze Jackett, da, und die Hose. Sind Sie vielleicht irgendwo gestürzt? Da, und hier, am Ellenbogen, und hier, am Knie. Und ein Knopf fehlt ihm auch noch. Tut nichts, das machen wir gleich sauber, bügeln wir auf, nähen wir an. So einen Knopf müssten wir irgendwo haben. In dem Zustand kann der Herr Piotr nicht zu der Mama zurück. Bitte ziehn Sie das sofort aus.«

Ich haspelte und haspelte herum, doch ich bekam nicht mal den Arm aus dem Ärmel. Bis sie das Jackett eigenhändig von mir herunterzogen, die eine am einen, die andere am andern Ärmel.

»Der Herr Piotr ist, scheints, etwas beschwipst«, sagte die eine verschmitzt. Und ehe ich ein Dankeschön herausbrachte, hatten sie mir schon den Gürtel aufgemacht, die Hose heruntergezogen, die Schuhe aufgeschnürt und mich in einen Sessel gesetzt.

»Sie müssen sich nicht schämen«, sagte Róża oder Ewelina. Und Ewelina oder Róża rief aus: »Was für schmutzige Schuhe der Herr Piotr hat, ach du mein lieber Gott! Tut nichts, wir machen sie sauber, und sie glänzen wieder.«

Während sie sich so um mich tummelten, wehte mir durch ihre Nachthemden ein Duft entgegen, von dem ich nicht hätte sagen können, kam er von ihrem Körper, von einem Parfum oder von noch etwas, das ich mit nichts in Zusammenhang zu bringen vermochte. Wie sie so in diesen Hemden durch das Zimmer rannten, erinnerten sie mich, wer weiß warum, an wehende Fahnen. Vielleicht, weil wehende Fahnen in meiner Landschaft so heimisch waren wie die Kirchen, Hügel, Obstgärten, nun und vor allem diese weite Ebene, in der so viele Schlachten geschlagen worden waren, und über jeder hatte ein Wald von Fahnen geweht.

»Hach, ein bisschen müssen wir hier aber aufräumen! Das hatten wir vergessen«, sagte da die eine, aufflatternd. Und sie griff sich den hochhackigen Schuh vom Tisch und schleuderte ihn unters Bett. Und in unnatürlicher Hast begannen sie die Tassen, Gläser, Teller und was noch so herumstand, zur Kredenz zu tragen und die Pralinenpapierchen auf den Boden zu werfen. In dieser Hast war Gereiztheit zu spüren. Sie stießen sich gegenseitig an, kamen einander in die Quere, warfen sich vorwurfsvolle Blicke zu, und die eine kam der andern zuvor und schnappte ihr einen Teller, eine Tasse vor der Nase weg, ja sie schienen sich schweigend zu streiten, rühr das nicht an, das gehört mir, und du hast mir vorhin meins weggenommen.

Plötzlich bückte sich Róża unter den Tisch und begann die Pralinenpapierchen aufzusammeln, und sie fand wohl etwas zwischen den Papierchen, denn sie stieß empört hervor:

»Das Schwein.« Und die Hand mit all den aufgesammelten Papierchen gegen die Brust pressend, lief sie in die Küche. »Sie entschuldigen, Herr Piotr«, sagte sie. »Wir hatten Sie nicht erwartet.«

»Der Herr Piotr ist kein Kind mehr«, sagte darauf Ewelina, »er kommt nicht zum Kakao zu uns. Sonst sind Sie immer morgens gekommen, wissen Sie noch?« Und während sie einen vor dem Bett liegenden Schlüpfer auflas, fragte sie: »Und was macht dieser Schlüpfer hier?«

»Mich fragst du das?« Róża war entrüstet. »Du hast ihn selbst dort hingeschmissen. Offenbar hattest dus so eilig.«

»Ich hab ihn hingeschmissen? Ich?« ereiferte sich Ewelina. Sie begann die wahllos verstreute Unterwäsche vom Boden, von den Stühlen einzusammeln oder vielmehr hochzureißen, wedelte Róża damit vor dem Gesicht herum und zeterte: »Gehört das vielleicht auch mir? Und das? Und das?« Und sie verstreute alles wieder ebenso wahllos. »Du hattest es so eilig. Hier, nicht mal das Törtchen hast du aufgegessen.« Und sie lief zur Kredenz, holte einen Teller mit einem nicht ganz aufgegessenen Törtchen und hielt ihn Róża hin.

Worauf Róża hoheitsvoll erwiderte:

»Das ist nicht mein Törtchen. Du weißt doch, dass ich Cremeschnitten nicht mag.«

Ewelina schien zu schwanken, ob sie den Teller mit dem nicht ganz aufgegessenen Törtchen fallenlassen sollte, dann brach sie in Tränen aus. Da nahm ihr Róża den schütternden Teller aus der Hand, stellte ihn auf die Kredenz zurück und sagte:

»Wein nicht. Wir müssen dem Herrn Piotr den Anzug säubern, bügeln. Bring die Bürste her und etwas Wasser, ich stell das Bügeleisen auf.«

Ich schloss die Lider und tat, als hätte mich der Schlaf übermannt. Denn ich fürchtete, Ewelina werde mir dieses nicht ganz aufgegessene Törtchen vorzeigen und verlangen, ich solle zu ihren Gunsten entscheiden:

»Sagen Sie doch, Herr Piotr, wer hatte es hier so eilig? Bitte, seien Sie unparteiisch. Sie sagt, sie mag keine Cremeschnitten. Und, ist das hier eine Cremeschnitte? Nehmen und kosten Sie. Es ist keine Cremeschnitte. Ist keine Cremeschnitte. Ist keine.«

Und dann hatte ich keine Lust mehr, die Lider zu öffnen, zumal mir jetzt leicht schwindlig war und ich fühlte, wie mir wieder übel wurde.

Sie flatterten an mir vorbei, mal die eine, mal die andere, bereiteten den Tisch für das Säubern, das Bügeln vor, und sie umwehten mich Mal für Mal mit diesem Duft, der von ihrem Körper, einem Parfüm oder von noch etwas kam, das ich mit nichts in Zusammenhang zu bringen vermochte. Ich hätte nur die Hand auszustrecken und die eine oder die andere, während sie so vorbeiflatterte, einzufangen und lediglich zu sagen brauchen, Fräulein Róża, bitte, setzen Sie sich zu mir, Fräulein Ewelina, bitte, setzen Sie sich zu mir. Ich hörte, wie sie meinen Anzug auf dem Tisch ausbreiteten, die eine prustete Wasser darauf, die andere säuberte meine Schuhe. Und irgendwann begannen sie sich flüsternd auszutauschen:

»Ein Glück, er ist eingeschlafen.« Und sie kicherten leise.

»Er sieht sogar ganz hübsch aus in der Krawatte vom Grafen Mundek.« Wieder kicherten sie. »Ach, wenn ich an den Grafen Mundek denke, könnte ich gleich losweinen. Halt mir mal den Ärmel. Wie zartfühlend er war, ach du mein lieber Gott. Tja, meine Liebe, jetzt haben wir die Zeit der Ingenieure. Ach, wärs nur das! Wir müssen uns dran gewöhnen. Pruste mir hier mal drauf.«

Stille tat ein. Ich hörte das Reiben des Bügeleisens auf dem Tisch, das Raspeln der Bürste auf dem Schuh. Eine von ihnen prustete Wasser aus, und rief zu mir hin:

»Legen Sie sich in mein Bett, Herr Piotr. Bis wir das sauber und gebügelt haben, schlafen Sie ein bisschen. Oder in meins«, sagte die andere. »Der Sessel ist zu unbequem.«

»Ich schlafe nicht«, widersprach ich heftig. Und schlug, mir selbst zuwider, die Augen auf. »Ich bin nicht müde.«

Sie sahen einander an. Und Ewelina nahm rasch einen Schluck aus dem Becher, doch sie schaffte es nicht, das Wasser auf meine Hose zu prusten, die sie eben säuberte, denn sie lachte laut los und verschluckte sich fast. Róża aber sagte:

»Es wäre merkwürdig, wenn Sies nicht wären. Nach so einem Fest.«

»Ich bin wirklich nicht…«, begann ich mich zu rechtfertigen. »Ich hab auf der Treppe etwas geschlafen.«

»Auf der Treppe?« fragte die eine argwöhnisch.

»Ein Mann kam von Ihnen, da bin ich aufgewacht«, sagte ich zur weiteren Begründung.

Sie waren sichtlich verstört, doch sofort fragte Róża pikiert zurück:

»Von uns?«

Und Ewelina bestritt heftig:

»Unmöglich. Bei uns war niemand. Kein Wunder, auf der Treppe können Sie so was geträumt haben. Wir haben uns früh hingelegt. Nur noch ein paar Tangos haben wir im Bett gehört.«

»Und nicht mal bis zum Schluss, du hast noch gesagt, ich

soll das Licht ausknipsen, erinnerst du dich, weil du schlafen willst.«

Sie brachten mich so aus dem Konzept, dass ich nicht mehr den Mut besaß, auf meiner Meinung zu beharren. Ja, ich begann zu überlegen, ob ich nicht wirklich nur geträumt hatte, dass dieser Mann aus ihrer Tür gekommen war, vor mir gestanden, gepisst und dabei geredet hatte.

»Im Traum träumt man die komischsten Sachen«, sagte Ewelina. »Schon gar nach einem Fest. Manchmal träumt man weiter von diesem Fest. Man tanzt, tanzt, man spürt sogar, wer einen im Arm hält. Und man wacht auf, in Schweiß gebadet. Dazu ist es noch heiß wie in dem Saal.«

»Wahrscheinlich haben Sie Recht«, räumte ich schüchtern ein. »Ich träume zum Beispiel oft vom Meer, aber ich war noch nie am Meer. Ich hatte bloß als Kind einen Matrosenanzug. Und einmal hab ich in einem Klassenaufsatz geschrieben, ich möchte Matrose werden.«

»Matrose?« fragte Róża, als traue sie ihren Ohren nicht.

»Ja, Matrose«, bestätigte ich. »Einmal hab ich geträumt, die Sonne sinkt ins Meer, und von der sinkenden Sonne steigt das Meer höher und höher, es reicht mir bis zu den Knöcheln, den Knien, bis zum Bauch, zum Hals, da bin ich aufgewacht.«

»Sie sehen also, Herr Piotr, es kann niemand bei uns gewesen sein«, sagte Ewelina erregt und stieß das Bügeleisen heftig auf, während sie sich zugleich vorwurfsvoll an Róża wandte: »Warum prustest du mir kein Wasser drauf? Der Lappen ist ganz versengt.« Und sie schien einem alten Gram nachzugeben, als es aus ihr herausbrach: »Keiner bekommt seine Träume geschenkt. Man muss sie sich mit seinem Leben verdienen, und manchmal hart. Und wie hart. Man träumt nicht von Schmerz, wenn einen im Wachen nichts schmerzt. Man träumt auch nicht von Liebe, wenn man im Wachen nicht liebt.«

Und Róża fügte, als wollte sie die andere von der Last ihres Grams befreien, spürbar gereizt hinzu:

»Immer das gleiche mit diesen Gymnasiasten. Sie kommen her, weil sie ihre Träume suchen. Lächerliche Bürschchen, halb Mann, halb Cherub. Nicht genug, dass sie noch nach Mutter riechen, bring du auch noch jedem was bei. Ein Glück, dass sie kein Geld haben. Sie würden uns zu Tode quälen.«

Mir zersprang der Kopf. Obwohl mir mehr als der Kopf das peinliche Gefühl zu schaffen machte, dass ich hergekommen war. Denn nichts deutete darauf hin, dass eine in einer plötzlichen Anwandlung, so wie sie oftmals in einer plötzlichen Anwandlung eine Platte aufgelegt und mich in die Arme genommen hatten, wenn ich zu ihnen zum Kakao gekommen war, dieses Säubern, Bügeln seinlassen und mir wenigstens die Hand tätscheln, übers Haar streichen oder sich zumindest daran erinnern würde:

»Der Herr Piotr ist ja selbst ein Gymnasiast. Ach du mein Gott, wie die Jahre verfliegen.«

Im Gegenteil, die eine sagte schroff zu der andern:

»Pass auf, du versengst ihn sonst nochmal.«

Die Nacht vor den Fenstern wurde allmählich fahl, sie aber säuberten, bügelten, bügelten, säuberten. Bis die eine der andern unverhofft das Bügeleisen übergab und fast beleidigt sagte:

»Jetzt bügel du. Mir tut die Hand schon weh. Liebe! Liebe! Als ob einer von denen was von Liebe versteht! Die versteht man sehr viel später, und manchmal erst am Schluss. Liebe ist nicht, wenn man gleich mit einem …« Sie hielt inne. »Sondern wenn man mit einem sterben möchte.« Sie war den Tränen nahe. Darum übernahm die andere rasch das Bügeleisen, und, als wollte sie diese Tränen noch mit übernehmen, sagte sie vorwurfsvoll:

»Der Herr Piotr hätte das nicht sollen. Er nicht. Wir haben immer geglaubt, dass wenigstens er … Dass wir für ihn … etwas wie … wie … große Schwestern sind. Denn wir haben ihn immer als unseren kleinen Bruder betrachtet. Unser liebes Brüderchen.«

Jetzt begannen in dieser die Tränen hochzusteigen, die sie von jener übernommen hatte, und immer mühsamer hielt sie sie zurück, während sie zugleich das Bügeleisen immer heftiger auf die Hosenbeine meiner Hose presste, denn sie bügelte gerade die Hose.

»Es wird schon hell«, stellte Ewelina trocken fest. Sie trat ans Fenster und zog die Gardine beiseite. »Komisch, die Vögel spektakeln noch gar nicht. Um die Zeit machen sie immer einen Mordsspektakel. Und reißen einen aus dem tiefsten Schlaf.« Und ins Zimmer gewandt, fragte sie gekünstelt unbekümmert:

»Nun, Herr Piotr, haben Sie sich auf dem Fest amüsiert?« Ihre Stimme zitterte noch von den zurückgehaltenen Tränen, doch ihre Augen spiegelten schon das kalte Morgenlicht. »Haben sie viel Tangos gespielt?« Sie hatte vermutlich Lust, mich mit weiteren Fragen zu traktieren, denn sie begann schon, nun, Herr Piotr, doch Róża unterbrach sie von ihrem Bügeleisen her:

»Der Herr Piotr wäre nicht hier, wenn er sich gut amüsiert hätte. Die Glücklichen kommen nicht zu uns.«

Worauf Ewelina in plötzlichem Überschwang wiederum Róża unterbrach:

»Ach, Tangos! Es gibt keine schöneren Melodien. Tango kann man ohne Ende tanzen. Den Tango kriegt man niemals über. Und hält dich noch einer fest im Arm und flüstert dir zärtlich was ins Ohr. Ohne Ende. Beim Tango vergisst man alles, nichts schmerzt mehr, nur immer so tanzen, tanzen.«

Sie begann sich im Takt eines Tangos zu wiegen, der wohl in ihrer Seele erklang, und wenig später schwebte sie, geschickt den Möbeln ausweichend, durchs Zimmer, und ihr Nachthemd flatterte wie eine Fahne. Außer diesem Tango schien sie nichts zu hören. Mitunter fiel sie in einen rasanten Rhythmus und erstarb, nach einer heftigen Umdrehung, am Fleck, dann schwebte sie erneut, geräuschlos, zerbrechlich, getragen von diesem in ihrer Seele erklingenden Tango, dahin und gab nur durch das leise Schleifen ihrer nackten Füße zu erkennen, dass sie tanzte.

»Vielleicht bügelst du jetzt weiter«, sagte Róża überm Bügeleisen und drückte es mit aller Kraft auf.

»Später«, erwiderte Ewelina träumerisch. Und plötzlich beschleunigte sie den Rhythmus und kam auf mich zugeschwebt, und ihr wehendes Nachthemd streifte meine nackten Beine. Sie verhielt, raffte die Enden des Hemds zu beiden Seiten, als wäre es ein Ballkleid, und verbeugte sich knicksend vor mir.

»Darf man das Brüderchen bitten?« Sie ergriff meine Hand und riss mich fast aus dem Sessel hoch. »Machen Sie sich nichts draus, dass hier nichts spielt. Sie haben die Seele doch auch voller Tangos, nicht wahr?«

Ich wollte sagen, mir ist schwindlig, und ich habe keine Hose an, das schickt sich wohl nicht, doch sie kam mir zuvor:

»Das Brüderchen braucht sich nicht zu schämen. Ich bin auch barfuß und im Nachthemd.«

Sie zog mich heftig an sich, inbrünstig, so dass mir der Duft, der von ihrem Körper, von einem Parfüm oder von noch etwas kam, das ich, selbst aus dieser Nähe, mit nichts in Zusammenhang zu bringen vermochte, vervielfacht entgegenschlug.

»Nicht traurig sein«, flüsterte sie zärtlich an meinem Ohr. »Beim nächsten Mal oder beim übernächsten kommen Sie zur rechten Zeit. Das war nicht das letzte Fest. Sie haben das ganze Leben vor sich. Zur Liebe führt ein dorniger Weg. Man nimmt sie nicht im Sturm. Man bekommt sie nicht einfach so, geschenkt, gleich auf dem erstbesten Fest, dazu einem in der Schule. Die Liebe will herbeigesehnt, herbeigelitten, herbeigeweint sein. Und auch dann ist nicht sicher, ob sie erscheint. Ziehn Sie mich bitte fester an sich. Beim Tango muss man einander nahe sein. Wir haben es Ihnen beigebracht. Und die Hand im Rücken ein wenig lockerer.«

Schwer zu sagen, ob wir tanzten, sie vielleicht, denn sie versuchte Mal für Mal, mich in den Rhythmus dieses Tangos einzuweisen, der in ihrer Seele klang. Doch in meiner Seele war es hohl und leer, und obendrein machte die Übelkeit sich wieder bemerkbar, und vermutlich lähmte mich auch die Scham, dass ich ohne Hosen und barfuß war. Darum verwechselte ich die Beine, als gehörten sie nicht zu mir. Wollte sie nach rechts, zerrte ich nach links, und sie nach links, dann ich nach rechts, als hätte ich nie im Leben Tango getanzt. Und ich trat ihr Mal für Mal auf die Füße, doch zugleich fürchtete ich, sie dafür um Entschuldigung zu bitten, damit nicht offenbar wurde, dass ich sie mehr auf die Füße trat als dass ich tanzte. Schön, wir waren beide barfuß. Und sie spürte wohl meine Furcht, denn jedes Mal, wenn ich ihr auf die Füße getreten war, flüsterte sie:

»Macht nichts. Das ist sogar angenehm.« Und ohne mein Ungeschick zu beachten, bog sie mich von sich weg, zu sich heran, schob sie mich von sich, zog mich näher und ersann die mannigfaltigsten Figuren, von denen ich die meisten nicht kannte. Plötzlich beschleunigte sie, wirbelte mich mehrmals erst so, dann so herum, so dass ich mich auf sie stützen musste, um die Balance nicht zu verlieren. Oder sie schloss mich fester in die Arme, erstarrte für einen Moment, mich mit aller Kraft an ihre Brüste, ihren Bauch pressend, worauf sie versuchte, dahinzugleiten, als seien wir ein Körper, und mir allerhand Koseworte ins Ohr flüsterte oder mich mit sehnsüchtigen Seufzern bedachte, die mehr sagten als die Worte, die vielleicht sogar alles sagten.

Ich schlappte neben ihr her, benommen, halb erstarrt, ohne Lebenswillen. Und vermutlich wollte sie mich aus diesem Zustand reißen, mich wach rütteln, mir Selbstvertrauen einflößen, denn sie sagte:

»Sie tanzen wunderbar, Herr Piotr.«

Unvermutet drängte sich Róża vom Bügeleisen her in unsern Tanz:

»Ist es wahr, Herr Piotr, dass Tangos jetzt auf Festen verboten sind? Dann haben wir schon derart schlimme Zeiten? Was haben die Tangos denn verbrochen? Zu uns kam früher einer, der stand an Feiertagen auf der Tribüne und hat den Festzug begrüßt. Der hatte Tangos gern. Der wollte immer, dass wir ihm zuerst einen Tango auflegen. Am liebsten hatte er *Die Nacht ist unser*. Den mussten wir manchmal dauernd von vorne laufenlassen.«

Wir glitten gerade am Tisch vorüber, als Róża uns einen tränenumflorten Blick zuwarf.

»Sie können sich nicht vorstellen, wie sehr wir Tangos lieben, Herr Piotr. Uns ist so schön wehmütig zumute, wenn wir welche hören. Ein bisschen weinen wir dabei manchmal sogar. Und Sie, mit wem haben Sie am meisten getanzt? Mit einer oder mit verschiedenen? Tango soll man bloß mit einer tanzen. Mit der Einen, Auserwählten, der Erträumten, mit der man ein Leben lang zusammen sein möchte. Der Graf Mundek hat immer gesagt, der Tango ist das Gebet zweier Herzen.«

»Der Graf Mundek, der Graf Mundek«, hörte ich Ewelina an meinem Ohr spöttisch flüstern, und im selben Moment wurde ich so heftig herumgewirbelt, dass ich fast aus ihren Armen flog. Doch offenbar hatte sie das vorausgesehen, denn sie hielt mich mit aller Kraft fest. »Den Grafen Mundek gibt es nicht mehr«, sagte sie vernehmlich. »Wozu sich dauernd erinnern.« Und ebenso heftig zog sie mich an ihre Brüste, an ihren Bauch. »Man muss dem Strom des Lebens folgen, nicht wahr, Herr Piotr?« Und sie lehnte den Kopf an meine Schulter, als wollte sie jetzt meinem Willen gehorchen.

Wir wiegten uns am Fleck, sie den Kopf an meiner Schulter, und sobald ich einen Schritt machen wollte, zog sie mich noch enger an sich und schien deutlich zu verlangen, dass wir uns weiter so am Fleck wiegten, weil der Tango offenbar so wiegend in ihrer Seele erklang.

»Ach, wie schön er reden konnte«, ließ Róża sich abermals vernehmen. »Niemand kann das jetzt mehr so.« Sie stellte das Bügeleisen ab, nahm einen Schluck Wasser in den Mund, prustete es auf meine Hose und drückte das Eisen mit aller Kraft auf. »Und wer nicht zu reden versteht, der versteht auch nicht zu lieben. Ist es nicht so, Herr Piotr? Jetzt, nach diesem Krieg, sind alle so schrecklich verroht. Was wir manchmal zu hören kriegen, ach du mein lieber Gott.«

Plötzlich nahm mein Ohr ein ganz feines Geräusch an meiner Schulter wahr. Ich wollte schon fragen, weinen Sie? Zum Glück schmiegte ich den Kopf an ihren Kopf, und ich hatte keinen Zweifel mehr, dass ich den wiegend in ihrer Seele erklingenden Tango hörte, der mir ein bisschen wie ein Weinen vorkam. Wieder erreichte uns Różas Stimme vom Bügeleisen her:

»Ihre Hose ist fertiggebügelt, Herr Piotr. Sie können Sie anziehn. Fehlt noch das Jackett. Doch das kannst du bügeln, und ich tanz jetzt mit ihm.«

Ohne ein Widerwort, ohne abzuwarten, bis der Tango zu Ende war, ließ mich Ewelina dort stehen, wo wir uns gewiegt hatten, und das Wiegen übernahm nun Róża.

»Mit unserm lieben Brüderchen«, sagte sie zärtlich. »Dem allerliebsten, süßen.« Und sie gab mir einen Schmatz auf die Wange. »Nur so ein schwesterlicher«, beteuerte sie. Und sie zog mich, so wie jene, an ihre Brüste, an ihren Bauch, und wir wiegten uns weiter, so wie mit jener, am selben Fleck, und vermutlich erklang auch derselbe Tango in ihrer Seele.

Von diesem Wiegen wurden mir langsam die Lider schwer, und mir war es jetzt einerlei, ob ich mit dieser tanzte oder mit jener, ich spürte den Wechsel nicht einmal. Derselbe Duft schlug mir entgegen wie bei jener, der von ihrem Körper, einem Parfüm oder von noch etwas kam, das ich mit nichts in Zusammenhang zu bringen vermochte. Ich gähnte, sie aber sagte sofort:

»Oh, unser liebes Brüderchen ist müde.« Und sie schüttelte mich, ohne ihren Zorn zu verhehlen. »Hier wird nicht geschlafen. Wir tanzen. Bitte ziehen Sie mich an sich«, befahl sie, nahm meine Arme und legte sie sich auf die Schultern. »Fest. Fest. Und wir stehn nicht länger am Fleck.«

»Unser Brüderchen ist heute unglücklich, enttäuscht«, sagte Ewelina überm Bügeleisen, mir schien, mit echtem Mitgefühl.

»Unglücklich, enttäuscht?« Róża riss den Kopf von meiner Schulter und blickte mir in die Augen. »Aber wohl nicht unsertwegen? Wir holen für den Herrn Piotr die Sterne vom Himmel. Das wissen Sie doch, nicht wahr, Herr Piotr?«

»Vielleicht solltest du unser Brüderchen trösten«, ließ sich Ewelina abermals vernehmen.

»O nein, Herr Piotr.« Róża streichelte mir die Wange. »Die erste Verzweiflung darf man nicht in sich abtöten. Außerdem, was sind wir für Trösterinnen.« Und sie lehnte den Kopf wieder an meine Schulter und seufzte: »Schade, dass diese Jahre vorbei sind und Sie nicht mehr zum Kakao zu uns kommen. Wie lieb, wie anschmiegsam Sie damals waren. Man brauchte Ihnen bloß übers Köpfchen zu streichen, eine Praline anzubieten.« Wieder riss sie den Kopf von meiner Schulter und vollführte einen heftigen Schwenk, so als wollte sie sich mit mir in den Strudel der entfliehenden Zeit stürzen. »Wundervoll, nicht wahr? Und dieser Rhythmus.«

Ich spürte gar keinen Rhythmus, vielmehr kam es mir vor, als jagten wir rund um das Zimmer herum, schneller, noch schneller, außerdem stieß ich mich dabei noch andauernd an irgendwelchen Möbelkanten.

»Wir müssen uns vergessen«, flüsterte sie atemlos. »Uns verlorengeben. Ach, wie schön wäre das, beim Tango zu sterben. So eine Nacht kommt niemals wieder. Niemals wieder.« Und im selben Moment verlangsamte sie, mit einemmal müde. »Nein, wir wollen uns lieber wiegen.« Und wieder lehnte sie den Kopf an meine Schulter. »Sind wir sehr alt geworden, Herr Piotr, seit damals?«

Ein zunehmend weißeres Morgenlicht drang durch das Fenster. Und vermutlich wäre die Nacht so zu Ende gegangen, wir hätten uns gewiegt, gewiegt, bis dieser Tango in ihrer Seele verklungen wäre, wenn die andere über dem Bügeleisen nicht unversehens gesagt hätte:

»Haben Sie schon gehört, Herr Piotr, dass die meisten Selbstmorde durch den Tango passieren? Wir haben sogar mal wo gelesen, dass einer einen Tango komponiert und sich danach erschossen hat.«

»Nicht erschossen, sondern zum Fenster hat er sich rausgestürzt«, sagte Róża über meine Schulter hinweg mit schläfriger, vielleicht auch nur diesem uns immer langsamer wiegenden Tango lauschender Stimme.

»Nicht doch, erschossen hat er sich.« Und Ewelina stieß das Bügeleisen heftig auf.

»Gestürzt oder erschossen, was für ein Unterschied«, sagte Róża gleichgültig.

»Ich glaub, wir haben sogar diese Platte.« Ewelina setzte das Bügeleisen ab, lief zur Etagere, die mit Platten vollgestellt war. »Gleich leg ich sie Ihnen auf.«

»Wir haben sie nicht«, sagte da Róża und presste sich, wie von Angst ergriffen, mit ihrem ganzen Körper an mich. »Der Graf Mundek hat sie uns zerschlagen. Erinnerst du dich nicht?«

»Eben nicht, wir haben sie. Wir haben sie.«

Und sie begann hektisch und aufs Geratewohl in diesen Platten auf den Borden zu kramen. Zerrte hier welche heraus, da welche heraus, warf einen flüchtigen Blick darauf und legte sie kreuz und quer auf dem Fußboden ab.

»In der letzten Nacht, als er bei uns war«, sagte Róża. »Er hat noch gesagt, daran erinnre ich mich, mehr Tod als Liebe ist in diesem Tango.«

Doch die andere suchte immer verbissener nach diesem Tango.

»Hier, an der Stelle hat er sie zerschlagen, wo wir jetzt tanzen. Die Splitter sind im ganzen Zimmer rumgeflogen. Danach haben wir noch lange beim Aufräumen Stückchen davon gefunden. Aber wozu die Erinnerung wecken. Die Erinnerung ist grausam, nicht wahr, Herr Piotr?«

Sie wand sich sanft aus meinen Armen und lief zu Ewelina.

»Wart, ich helf dir.« Sie begann die verstreuten Platten einzusammeln und sie zurückzustellen.

Da schlang Ewelina auf einmal die Arme um sich und sagte mit klagender Stimme:

»Ach, wie kalt, wie kalt mir ist. Nimm mich in die Arme.«

Und Róża nahm sie in die Arme und drückte sie an sich.

»Vielleicht hat er nicht die zerschlagen«, sagte sie. »Vielleicht verwechsle ich das. Dann finden wir sie. Bestimmt finden wir sie.« Und mit beinahe flehender Stimme wandte sie sich zu mir: »Ich bitte Sie sehr. Gehen Sie jetzt, Herr Piotr.«

»Ich hab Ihnen das Jackett nicht fertiggebügelt. Entschuldigen Sie«, hauchte Ewelina bedauernd über Różas Schulter.

»Sie verzeihen uns, nicht wahr, Herr Piotr?« sagte Róża und drückte Ewelina weiter an sich. »Dort sorgt sich die Mama wahrscheinlich schon im Schlaf um Sie. Mütter sind, wie die Vögel, wachsam im Schlaf. Wer weiß, vielleicht schläft sie auch gar nicht. Bitte verzeihen Sie uns.« Und mit dem gleichen erlöschenden Bedauern setzte sie seufzend hinzu: »Unser liebes Brüderchen.«

Die Mutter schlief tatsächlich nicht, oder sie wachte so im Schlaf, denn kaum war ich zur Tür herein, riss sie weit die Augen auf, sie funkelten richtig auf dem Kissen. Obwohl ich mich bemüht hatte, wie eine Maus nach drinnen zu schlüpfen und selbst die kleinste Bewegung, in lauter einzelne Verrichtungen zerlegt, in Zeitlupe ausführte. Die Türklinke hatte also beim Herunterdrücken nicht gequarrt und die Tür nicht gequietscht, obgleich sie für gewöhnlich quietschte, und zwar so gellend, dass die Mutter es nicht aushielt und andauernd beschloss, sie muss den Herrn Jaskóła bitten, dass er was tut, sie schmiert oder die Angeln austauscht, denn nicht genug, dass sie nicht weiß, wo ihr der Kopf steht und sie vor Sorgen, wie und woher, oft nicht schlafen kann, auch noch die Tür.

Das Morgenlicht kam später in unser Souterrain als zu den Fräulein Poncka, nur unterm Fenster war es etwas heller, der übrige Teil, besonders dort, wo das Bett der Mutter stand, lag noch im Halbdunkel.

»Du fängst mir ja schön an, ich kanns nicht anders sagen«,

ließ sie sich aus diesem Halbdunkel vernehmen. Ihre Stimme klang deutlich aufgebracht, aber sie hatte sie in der Gewalt. »Wo hat man so was schon gesehn, um die Zeit von dem Fest. Ein Schüler. Hoho, sehr schön, da gibts nichts. Haben die Lehrer auch so lange mit euch rumgelottert? Und getrunken hast du, wie ich sehe. Was denn, als seh ichs nicht! Mich hintergehst du so leicht nicht. Wo warst du so lange?«

»Ich hab mit den Jungs im Park gesessen«, log ich.

»Um die Zeit, im Park?«

Doch dieser Park und ein bisschen auch die Neugier schienen über ihre Empörung zu siegen.

»Und, wie wars dort?« fragte sie, schon ein klein wenig beschwichtigt.

»Hast du getanzt?«

Ich nickte zu ihr hin und begann mich auszuziehen, denn mich überkam eine solche Müdigkeit, dass ich am liebsten in den Kleidern ins Bett gefallen wäre. Die Krawatte wollte nicht von meinem Hals, die Knöpfe am Hemd rutschten mir unter den Fingern weg, und selbst mit dem Gürtel an der Hose hatte ich Mühe, als wäre er zum festen Knoten geschlungen. Zum Glück brachte sie Verständnis für meinen Zustand auf und verlegte sich auf die Fräulein Poncka.

»Unsre da oben haben auch durchgemacht die Nacht. Die Decke hat ordentlich gewackelt. Als ob welche sie jagen, so sind sie rumgehetzt.« Sie richtete sich auf dem Kissen auf und zeigte mit ausgestrecktem Arm zur Decke, wo sie so herumgejagt worden waren. »Bei denen müssen mehrere gewesen sein. Und anständig getrunken müssen sie haben. Nüchterne toben nicht so rum. Nicht mal die Schritte konnte ich unterscheiden, ein einziges Getümmel, wie das hier drüber weg ist. Ich hab gedacht, sie tanzen, aber Musik war nicht zu hören. Sehr sonderbar. Manchmal spielen sie leise, aber man hörts. Und du, mit wem hast du am meisten getanzt?«

»Mit irgendso einer.«

»Und wie heißt sie mit Vornamen?«

»Anna.«

»Tanzt sie wenigstens gut?« hörte ich schon im Schlaf, ja ich war sicher, ich träumte, und in diesem Traum sprach die Mutter zu mir, fragte mich etwas, und mir vermauerte der Traum den Mund. »Sich wenigstens im Tanzen gründlich prüfen, im Leben kanns dann zu spät sein.«

Ich kroch unter das Federbett, und unter dem weichen Federbett umfing der Schlaf mich nicht mehr ganz so fest, und ich sah sogar durch die geschlossenen Lider, dass es in unserm Souterrain schon richtig tagte.

»Denn Gott behüte, dass dir der eine Hüh, der andre Hott will. Wenn alle beide wenigstens gut tanzen, leben sie hinterher auch gut zusammen. Denn was ist das für ein Leben, wenn einer sich so stocksteif anstellt. Den kriegst du zu nichts mit, zu keinem Fest und keiner Feier. Hock du nur schön zu Hause. Zur Arbeit, von der Arbeit. Die Tänzer haben mehr Verständnis füreinander. Mit dem Tanzen fängt das gemeinsame Leben an, und dass es manchmal mit Tränen endet. So ist das nun mal, daran hat keiner Schuld. Und eine Frau erst, die muss unbedingt gut tanzen. Einem Mann lässt man mehr durchgehn. Dein Vater konnte nicht besonders, das hab ich dir wohl gesagt. Beim Tango immer gradeaus, und meist ist er mir noch auf den Füßen rumgetrampelt. Meine Schuhe waren oft an den Spitzen ganz eingedellt.« Anna erschien mir, aber ich weiß nicht, ob ich träumte, denn zugleich hörte ich, wie die Mutter zu mir sprach. Sie spielten eben einen Tango, doch niemand ging zu ihr. Alle sahen in meine Richtung, ich aber lehnte mit gesenktem Kopf an der Sprossenwand, beschämt und voll quälender Schuldgefühle, so dass ich am liebsten von dem Fest geflüchtet wäre, doch auch dazu war ich nicht fähig.

»Manchmal überleg ich so, ob ich deinen Vater aus Liebe geheiratet habe.« Wieder schaltete sich die Mutter ein. »Obwohl, er war ein guter Mann, ich kanns nicht anders sagen. Und dass er nicht tanzen konnte, keiner kann alles. Obwohl, wer weiß, ob ich nicht bloß aus Mitleid so rede. Aus Mitleid sagt man oft was anderes, als was man denkt und fühlt. Ich hab dir wohl nicht erzählt, wie wir uns kennengelernt haben?«

Der Schlaf hatte mich endgültig übermannt, doch selbst wenn ich gesagt hätte, sie habe es mir erzählt, hätte sie das nicht abgeschreckt, es mir noch einmal zu erzählen.

»Wir kamen vom Markt aus Ostrowiec«, hörte ich ihre Stimme. Obwohl es auch das letzte Aufzucken meines eigenen Gedächtnisses sein konnte, denn ich wusste auswendig, wie sie sich kennengelernt hatten. Und da musste man durch Ćmielów, ein kleines Städtchen, berühmt für seine Schenken und Würste, tja und vor allem für seine Porzellanfabrik. Vor dem Krieg hatte ich sogar ein Kakaokrüglein gehabt, mit großem, geschwungenem Henkel, in dem meine ganze Kinderhand Platz fand, das in einen langen Schwanenhals auslief, durch den man den Kakao schlürfte. Auf einer Seite des Töpfchens war das Wort »Ćmielów« zu sehen gewesen und darunter die Ruinen des Schlosses, auf der anderen das Wort »Kakao« und eben diese Porzellanfabrik mit ihrem hohen Schornstein.

Das Krüglein war ein Geschenk von einer der Tanten väterlicherseits gewesen, die zahlreich gewesen waren und von denen sich dennoch keine fest in meinem Gedächtnis eingenistet hatte.

Von einer dieser Tanten hatte die Mutter zur Hochzeit ein Obstservice geschenkt bekommen, das aus zwölf Tellerchen und einer Schale bestand, mit Szenen, die das Paradies darstellten, auf jedem Tellerchen eine andere. Auf keinem war jedoch zu sehen gewesen, wie Gott Adam und Eva aus dem Paradies vertrieb. Darum schienen mir diese Tellerchen nicht zu dem zu passen, was uns der Pfarrer in der Schule in Religion erzählte, einmal hatte ich die Mutter sogar danach gefragt.

»Ach, was weiß ich, wie das wirklich war«, hatte sie gesagt. »Hat er sie vertrieben oder hat er sie nicht vertrieben. In der Fabrik arbeiten auch keine Dummen. Die wissen, was sie malen. Aber du hör besser auf den Pfarrer, sonst kriegst du eine Fünf.«

Zuerst war die Schale kaputtgegangen, angeblich noch vor meiner Geburt, das letzte Tellerchen aber, das von dem ganzen Service übriggeblieben war, bewahrte Mutter im Schrank auf, eingewickelt in einen schneeweißen Lappen. Als sie überlegte, wie sie Anna, die ich zum ersten Mal mit nach Hause brachte, am gastlichsten empfangen sollte, hatte sie dieses Tellerchen hervorgeholt und gesagt:

»Ja, ich setz ihr das Tellerchen von meiner Hochzeit vor, das mit dem Paradies drauf.« Und mit unverhohlenem Stolz hatte sie auch zu Anna gesagt: »Das Tellerchen hier, mit dem Paradies drauf, stammt noch von meiner Hochzeit. Das letzte.« Und sie fügte wohl noch was über das Paradies hinzu, das so zerbrechlich ist wie diese Tellerchen.

Für die Bauern, die über Ćmielów zum Markt nach Ostrowiec fuhren, zählten jedoch vor allem die Schenken und die Würste und nicht das Porzellan. Man brach auf, sobald die Sonne untergegangen war, zumal die Pferde mit den hoch beladenen Wagen nur Fuß vor Fuß vorankamen, und nach Ostrowiec waren es fast fünfzig Kilometer, sie fuhren also fast die ganze Nacht, dazu die Straße voller Rinnen, Löcher. In der Regel fuhren sie einmal im Jahr, am Sommerausgang, nach der Ernte, manchmal ein zweites Mal, im Vorfrühling. Stets angetan mit Umhängen oder, wie es hieß, Kapotten, die bis zur Erde reichten, mit Kapuze, dem Habit der Mönche ähnlich, denn die Nächte waren um die Zeit für gewöhnlich kühl. Darum mussten sie auf dem Rückweg irgendwo Halt machen, um was zu essen, zu trinken, wie sichs gehört nach dem Markt. Und Ćmielów lag am Weg, nun, und nur zehn Kilometer hinter Ostrowiec, und Schenken, Würste in Hülle und Fülle. So mancher hatte den ganzen Erlös vom Markt schon hiergelassen. So manchen hatten die Pferde danach allein nach Hause gezogen.

Die berühmteste unter diesen Schenken war angeblich die meines späteren Großvaters gewesen, direkt am Marktplatz, dem Rathaus gegenüber. Man sagte im übrigen nie Schenke, sondern Gasthaus, Schenken gibts nur auf dem Dorf, entrüstete sich die Mutter, wenn jemand Schenke sagte. Drei Gasträume, ein Tresen, Tische, Stühle und ein Kellner, der die Gäste bediente, das konnte keine Schenke sein. Das Gasthaus trug sogar einen Namen – »Beim Balcer«. Das war der Vorname meines Großvaters.

In eben dieser Schenke oder diesem Gasthaus »Beim Balcer« pflegte seit Jahren, vom Markt aus Ostrowiec kommend, der Vater meiner Mutter einzukehren, anders gesagt, mein zweiter späterer Großvater. Die Großväter hatten sich also gekannt, lange bevor sich der Vater und die Mutter kennenlernen sollten.

Für gewöhnlich fuhren Onkel Stefan oder Onkel Władek, manchmal beide, mit dem Großvater zu diesem Markt. Doch dieses eine, einzige Mal war die Mutter mit ihnen mitgefahren, um sich ein Kleid zu kaufen und Schuhe, dazu etwas Garn, Nadeln, Ösen, Druckknöpfe, Bänder. Angeblich hatten sie sie nicht mitnehmen wollen, denn Frauen fuhren nie mit zum Markt nach Ostrowiec, schon gar keine so jungen Dinger, und zwar wegen der Entfernung und den Nächten, es waren Männermärkte. Nicht mal einen Umhang hatten sie für sie gehabt, doch sie hatte sich in warme Tücher gewickelt und war gefahren. Später pflegte sie zu sagen, das sei Schicksal gewesen, zumal sie sich weder ein Kleid noch Schuhe, sondern bloß dieses Garn, die paar Nadeln, Ösen, Druckknöpfe, Bänder gekauft hatte, und wegen dem bisschen hätte es nicht gelohnt, sich eine Nacht auf dem Wagen durchrütteln zu lassen und zu frieren.

Wie gewöhnlich war der Großvater auf dem Rückweg vor der Schenke des anderen Großvaters vorgefahren, und er hatte noch nicht die Zügel um die Wagenrunge geschlungen und noch nicht den Futtersack für die Pferde an die Deichsel gehängt, da kam der andere Großvater schon aus der Schenke, um nachzusehen, wer da vorfuhr, und als er die Mutter auf dem Wagen erblickte, hatte er schallend, wie es seine Art war, gerufen:

»Die Tochter?«

»Ja freilich.«

»Was eine Tausendschön, was ein Tausendschönchen! Warum habt Ihr sie nie mitgebracht?« Und er rief in die Schenke hinein oder in das Gasthaus: »Komm raus, Zygmunt! Guck dir an, was sie für eine Tausendschön mitgebracht haben!«

Der Vater hatte eben erst den Militärdienst quittiert und war zum Großvater gekommen, um sich nach den vielen Jahren etwas zu erholen, nun und vor allem, um zu überlegen, was er weiter tun sollte. Der Großvater redete ihm zu, nicht mehr wegzufahren, sondern zu bleiben und die Schenke oder das Gasthaus zu führen, dann würde der Großvater endlich ausruhen, denn er hatte es verdient. Er hatte ihm sogar versprochen, das Schild auszuwechseln, das »Beim Balcer« würde abgenommen und es käme ein »Beim Zygmunt« hin. Doch der Vater sah sich nicht als Wirt einer Schenke, selbst wenn sie ein Gasthaus war. Er hatte nichts übrig für Lärm und Geschrei, Schnaps trank er auch kaum, und er sprach nicht viel. Ewig in sich versunken, in sich hinein schauend, gedankenverloren. Der Großvater behauptete, drum habe er es nach so vielen Dienstjahren grade mal bis zum Oberleutnant gebracht, obwohl er mindestens Major sein müsste. Das ist genau wie beim Gastwirt, kriegt der nicht zwölf mal fünfzig Gramm aus dem halben Liter, ists besser, er macht den Laden dicht. Mitunter war es, als sähe der Vater gar nichts mehr. Nach seinem Tod pflegte die Mutter zu sagen, er hat ein Geheimnis mit sich rumgetragen, zu dem er sich nie bekannt hat. Im übrigen war er nicht mehr jung gewesen, als sie geheiratet hatten, während die Mutter im blühenden Alter gewesen war.

Vom Großvater herausgerufen, war er, als er vor die Schenke oder das Gasthaus trat und die Mutter auf dem Wagen sitzen sah, in einer ersten Regung zurückgewichen, wie von etwas erschreckt. Doch der Großvater hatte das offenbar vorausgeahnt und ihn am Arm festgehalten.

»Zeig schon, dass du ein Offizier bist. Hilf diesem Tausendschönchen beim Heruntersteigen.«

Und erst da hatte der Offizier in ihm kurz die Oberhand gewonnen, er war zum Wagen geeilt, hatte der Mutter die Hand gereicht, und als sie heruntersprang, hatte er sie um die Taille gefasst und auf dem Boden abgestellt.

»Na was, wärn die nicht ein Paar«, sagte der Gastwirtsgroßvater. »So wahr ich Gott liebe, die muss ich zur Schwiegertochter haben.« Und an den anderen Großvater gewandt, der den Futtersack mit dem Häcksel für die Pferde an der Deichsel befestigte: »Na was, Józef, verheiraten wir sie?«

»Naja, wenn se wöllte. Aber das müssen se alleine.«

»Haben würden die, was das Herz begehrt. Das Gasthaus käme erst in Schwung mit dieser Tausendschön hinterm Tresen«, sagte der Gastwirtsgroßvater träumerisch. »Bitte, tretet ein. Setzt euch, da, dorthin.« Er setzte sie an den besten Tisch. Brachte selbst Schnaps, Wurst, Gläser, Teller herbei, deckte, schenkte selber ein.

Der Vater hatte sich in der Zwischenzeit in den entferntesten Winkel der Gaststube zurückgezogen, wo Halbdunkel herrschte, und von dort aus sah er, wie in diesem Halbdunkel lehnend, mit weit aufgesperrten Augen zu, wie sie aßen, tranken, lachten, und der Mutter war es, als sähe er mit diesen weit aufgesperrten Augen mehr als nur, dass sie aßen, tranken, lachten. Er habe ihr, pflegte sie zu sagen, nicht besonders gefallen, doch diese Augen seien irgendwie so tief gewesen.

»Nur nicht gespart. Heut seid ihr meine Gäste«, forderte sie der Gastwirtsgroßvater auf, der schon ordentlich in Fahrt gekommen war. »Auch wenn sie bloß manchmal am Tresen steht und bloß ein bisschen, die rennen uns das Haus ein. Der Laden läuft, hoho, ich sehs schon vor mir. Und Warmes könnte man servieren. Koteletts, Flecke, Bigos.« Und an den noch immer dort im entferntesten Winkel der Gaststube lehnenden Vater gewandt: »Du bräuchtest nirgendwo mehr hin, Zygmunt, dir eine Stelle suchen. Na was, mein Sohn? Nimm dir einen Stuhl, setz dich her. Was stehst du dort herum? Die Tausendschön hier bringts fertig und denkt, du bist untauglich. Dabei bist du Offizier. Gib ein Kommando, sollen sies hören. Stillgestanden!« Der Gastwirtsgroßvater lachte, und der andere Großvater sagte:

»Lasst ihn, das müssen se alleine. Den Roggen oder den Weizen treibste nich an, dass er soll schneller reifen, so auch nich die Menschen. Die müssen von alleine. Keiner lernt sich kennen und heiratet am selben Tage. Alleine müssen se.«

Der Mutter aber tat der Vater auf einmal Leid, denn sie hatte schon damals in diesen seinen weit aufgesperrten Augen, als er so in dem Halbdunkel im entferntesten Winkel der Gaststube lehnte, den Tod gesehen, und weil er ihr Leid tat, hatte sie ihn liebgewonnen. Aber vielleicht sagte sie das, weil sie ihm nicht vergessen konnte, dass er sie zur Witwe gemacht hatte. Als ich Anna gebeten hatte, meine Frau zu werden und das der Mutter sagte, hatte sie mich gefragt:

»Liebst du sie? Denn ich wär für deinen Vater durchs Feuer gegangen.«

Ein andermal wieder erzählte sie, die Väter hätten sie verheiratet, sie habe nicht mal Zeit gehabt, ihn liebzugewinnen, und nach der Hochzeit hätten die Sorgen angefangen, wovon sie leben, wo sie wohnen sollten und andere, und sie habe erst recht nicht die Zeit gehabt.

Ein Jahr hatten sie bei dem Gastwirtsgroßvater gewohnt, und die Mutter hatte hinterm Tresen gestanden. Das Mannsvolk hatte ihnen tatsächlich das Haus eingerannt, wie der Großvater vorausgesagt hatte, doch der Großvater hatte zu trinken angefangen, der Kellner hatte zu trinken angefangen, und die Mutter hatte sich allein mit den Trunkenbolden abplagen, Raufende trennen, Streit schlichten, allein bedienen, einschenken, kassieren, allein saubermachen müssen. Bis das dem Vater zu bunt geworden war, so tief sei er noch nicht gesunken, dass seine Frau mit Betrunkenen. Und sie waren ausgezogen.

Nach jener Nacht bei den Fräulein Poncka fühlte ich mich Anna gegenüber schuldig. Und ich weiß nicht, warum, wir kannten uns ja nicht. Gewiss, sie war meine Pein, seit ich sie zum ersten Mal in einer Schulpause gesehen hatte, doch ich existierte für sie bestimmt nicht. Nicht einmal so weit, um in einer Pause auch nur flüchtig ins Blickfeld ihrer großen, staunenden Augen zu geraten.

Dieses Schuldgefühl äußerte sich vor allem darin, dass ich ihr folgte und zugleich auswich. Sobald ich sie erspähte, ob in der Stadt, im Park, oder wenn ich von der Schule heimging, ich bog, selbst wenn sie weit vor mir war, in das nächste Gässchen ab, flüchtete mich in ein Haustor, einen Laden, eine Kneipe, eine Kirche, verharrte plötzlich gaffend vor einem Schaufenster, versteckte mich hinter Menschen, hinter Bäumen oder blieb einfach so lange am Fleck stehen, bis sie in sicherer Entfernung war, so dass sie mich, selbst wenn sie den Kopf wandte, nicht sah. Ebenso suchte ich mir in den Schulpausen auf dem Hof für gewöhnlich Plätze aus, von wo aus ich sie sehen konnte, ohne selbst gesehen zu werden. Obwohl, wenn es nicht die große Pause war, verließ ich das Klassenzimmer meistens gar nicht, aus Furcht, wir könnten aufeinandertreffen.

Das Seltsamste aber war, dieses Schuldgefühl war mir durchaus nicht unlieb, ja, ich ertappte mich oft dabei, dass ich mich, obschon es mich quälte, wohl mit ihm fühlte. Hatte ich sie nur einen Tag nicht in der Schule gesehen, war ihr nicht in der Stadt begegnet, trieb es mich regelrecht aus dem Haus, und ich strich durch die Straßen, die Gassen, kreuz und quer durch die Stadt, manchmal bis zum Dunkelwerden, von der zermürbenden Hoffnung erfüllt, sie zu treffen. Und wenn es geschah, dass ich sie traf, verbarg ich mich wie gewöhnlich, damit sie mich nicht bemerkte.

Die Stadt war auf geringer Fläche zusammengedrängt, die ihr der Hügel zumaß, auf dem sie lag, darum könnte man annehmen, sie war es, die mir dieses Gebaren aufzwang, die, aus

Mitleid mit meiner Pein, mein Gebaren sogar entschuldigte. Denn die Stadt war zu klein, als dass man sich in ihr nicht begegnen konnte. Das Dutzend Straßen oder vielmehr Gassen, längerer, kürzerer, oft winzig kleiner, eine von der andern abzweigend und alle zusammen wie die Strahlen eines Seesterns wegführend vom Markt, war von Natur aus dazu angetan, dass es die Menschen zueinanderzog, ohne Rücksicht darauf, mit welcher Absicht einer das Haus verließ und in welche Richtung er strebte.

Drum dehnte ich sie mir oft bis an die Ränder hin aus und noch weiter, wanderte bis hinter die Kaserne, die die Stadt eigentlich beschloss, oder nach Rokitek, wo die inmitten welliger Äcker verstreuten armseligen Katen nichts mehr von der Stadt zu wissen schienen, dann wieder bis ganz ans Ende der Zawichojskastraße, einer der Hauptzufahrten in die Stadt, oder bis zu der Brücke, der damals noch hölzernen, die vom Fuße des Schlossbergs auf die andere Seite der Weichsel führte.

Zuweilen ging ich hinüber auf jene Seite, wo sich nur noch die unbehauste Ebene dehnte, denn meine zermürbende Hoffnung brauchte offenbar die engen Gassen nicht und nicht die Stadt, sondern die Weite, die einzig der ferne Horizont begrenzte. Ich ging und konnte mich doch des Gefühls nicht erwehren, es sei diese Weite, die sich auf mich zu bewegte, ich aber stünde da und wartete, dass mit dieser sich auf mich zu bewegenden Weite mir Anna vom Horizont entgegenkäme.

Es gab freilich einen Platz, auf der rückwärtigen Seite des Marktes, am Rande des Hügels, wo ich, hätte ich nur gewollt, immer hingehen konnte und nach kürzerem oder längerem Stehen Anna erblickt haben würde, wie sie das Haus betrat oder das Haus verließ, oder wie sie durch den Garten stapfte, denn von dort sah man das Haus und den Garten wie auf der flachen Hand vor sich. Diesen Platz hatte mir der Herr Lehrer noch gezeigt, der manchmal, statt der Unterrichtsstunde, einen Spaziergang mit mir gemacht und mich, in eines der winzigen Seitengässchen am Markt abbiegend, an den Rand des Hügels geführt und dort, auf dieses Haus und den Garten auf der Anhöhe gegenüber zeigend, gesagt hatte:

»Nun, ist es nicht hübsch hier? Schau, dieser Garten dort, wie er mit Sonne angefüllt ist. Siehst du? Als schritte die Sonne über die Erde hinweg und wir stünden über ihr.« Entzücken und Wehmut hatten in seiner alten Stimme mitgeschwungen. »Und dort, linkerhand, verdeckt von den alten Linden, die Jakobskirche. Siehst du sie? Wir gehen einmal hin.«

Ein neues Schuljahr hatte begonnen, September, die Jungs wollten am Sonntag mit den Mädchen zum Paddeln auf die Weichsel, und einer fehlte ihnen noch zum Paar. Ich stand in der großen Pause mit Koza zusammen, als einer zu uns kam und zuerst Koza fragte, ob er nicht mitkomme. Aber Koza fuhr am Sonntag mit seiner Mutter weg, und da fragte er mich, vielleicht du, Piotrek? Ich weiß nicht, wieso ich einwilligte, denn auch mir hatte die Mutter angekündigt, wir müssten am Sonntag ans Grab des Vaters, Ordnung machen, ein paar Blumen hinbringen, nun, und die Großeltern, die Onkel, die Tanten besuchen, zumal Tante Marta das Bett nicht mehr verließ, und bei der Gelegenheit gäben sie uns vielleicht was mit, ein bisschen Mehl, Graupen, Bohnen, Quark oder ein paar Eier.

Er hatte das nur so allgemein gesagt, mit den Mädchen, ohne einen Namen zu nennen, und vielleicht darum war mir keinerlei Verdacht gekommen. Obwohl ich ohnehin bereute, dass ich eingewilligt hatte, denn ich besaß nicht einmal eine ordentliche Badehose, zu schweigen davon, dass ich hundsmager war, wohl der Magerste in der Klasse, wer weiß, vielleicht in der ganzen Schule, so dass mich, wenn ich mich für die Turnstunde auszog, immer einer von den Jungs fragte, wieso bist du so mager, oder zumindest riet, mehr Nudeln musst du essen. Aber auch der Turnlehrer sah für gewöhnlich halb mitleidig, halb nachdenklich zu mir hin, als bewahrheitete sich in diesem einen, nämlich in meinem, Falle die römische These nicht, in einem gesunden Körper ein gesunder Geist, die er uns dauernd wiederholte.

Badehosen fanden sich zum Glück bei den Fräulein Poncka, die mir, als sie erfuhren, ich wolle am Sonntag mit den Mädchen zum Paddeln auf die Weichsel, gleich zwei Paar anbrachten, damit ich mir eine aussuche. Ich wählte eine dunkelblaue mit weißen Streifen an den Seiten und einer weißen Möwe am linken Hosenbein. Keiner von den Jungs besaß so eine Badehose, und so blickten sie sichtlich neidisch zu mir und nahmen dafür Rache an meinen herausstehenden Rippen und den von den mageren Schultern wie Stöcke herabbaumelnden mageren Armen, die, wie ich ihren spöttischen Blicken entnahm, wohl das Paddel nicht mal würden anheben können und schon gar nicht mit ihm rudern.

Die Mutter verschob, entgegen meinen Befürchtungen, den Besuch am Grab des Vaters ohne weiteres auf den nächsten Sonntag.

»Ihm rennt die Zeit nicht mehr davon«, sagte sie, »ob an dem oder am nächsten Sonntag. Und du, wenn sie dich mal eingeladen haben, geh hin, ein zweites Mal laden sie dich nicht ein. Vorm Krieg ist nur die bessere Gesellschaft paddeln gegangen. Der Rest saß am Ufer und hat sie beneidet. Tja, und so hat manchmal der Sonntag ausgesehn. Aber es war hübsch, so zuzugucken. Und Badehosen kauf ich dir. Oder vielleicht frag ich, ob unsre Fräuleins nicht eine haben. Sie haben so viele Krawatten, vielleicht findet sich auch eine Badehose.«

Zuerst stiegen wir, die Jungs, in die Boote, die Mädchen sollten wählen, zu wem sie sich ins Boot setzten, damit es ein Paar ergab, obwohl manche, ohne abzuwarten, gleich bei einem einstiegen, was bedeutete, sie waren schon ein Paar. Ein wenig erinnerte das an die Damenwahl beim Tango, nur fand sie nicht mit Musik und nicht auf einem Fest statt, sondern auf der Weichsel.

Ich war sicher, mir fiele die letzte zu, die zu schüchtern wäre, sich einen auszuwählen und am Ufer übrigbliebe, vielleicht ebenso mager wie ich, und kein Junge würde sie auch nur mit einem Blick ermuntern, bei ihm einzusteigen, denn jeder würde warten, dass ihn die, die er sich ausgeguckt hatte, wählte, jedenfalls aber eine hübschere. Und ich hatte mich schon mit dem Gedanken abgefunden, ja ich begann das Ufer abzusuchen, wer hier die Magerste war, als plötzlich, etwas atemlos und sich entschuldigend für die Verspätung, Anna erschien.

Mein Herz begann zu rasen, und ich war mehr erschrocken als erfreut. Freilich hatte, kurz bevor sie auftauchte, einer der Jungs nachgesehen, ob alle da seien, und gesagt:

»Anka fehlt noch.«

Doch ich hatte das nicht auf sie bezogen, es gab ja in der Schule mehrere Mädchen mit diesem Namen. Im Übrigen war ich zufällig und als Ersatz zum Paddeln eingeladen worden, darum wohl hatte mir niemand gesagt, wer von den Mädchen mitkäme, sondern nur allgemein, Mädchen. Im ersten Moment dachte ich sogar, sie müsse schon einen gewählt haben und werde gleich bei ihm einsteigen. Ja ich versuchte zu erraten, wer das war, obwohl sie aus fast allen Booten, auch aus denen, wo schon Mädchen saßen, ihr breit lächelnd die Zähne entgegenbleckten, als wollten sie sie locken, bei ihnen einzusteigen.

Sie zog das Kleid aus, die Schuhe aus, und nur noch im Badeanzug, barfuß, ging sie, fast ohne zu überlegen, auf mein Boot zu, warf mir einen koketten Blick aus ihren großen Augen zu und fragte:

»Darf ich?«

Noch ehe ich, starr vor Überraschung, etwas sagen konnte, hatte sie schon ein Bein ins Boot gesetzt, das heftig ins Schaukeln geriet.

»Huch!« rief sie mit gespieltem Entsetzen. »Bitte helfen Sie mir.« Und streckte die Hand nach mir aus.

Ich ergriff ihre Hand, und so berührten wir uns das erste Mal. Diese Berührung sollte nie mehr von meiner Hand verschwinden, obwohl wir uns danach oft bei den Händen hielten, besonders wenn wir vor der Stadt spazierengingen. Sie nahm auf dem vorderen Sitz Platz, drehte sich zu mir um, und mich mit einem halb verlegenen Lächeln dieser ihrer großen Augen beschenkend, sagte sie:

»Ich kann aber nicht rudern.«

»Das schaffen wir schon«, sagte ich, es klang wie Prahlerei, dabei hatte ich nur das Zittern meiner Stimme verbergen wollen.

Mit einem kräftigen Stoß des Paddels legte ich vom Ufer ab, dann grub ich das Blatt, rechts, links, kraftvoll in den Fluss, so dass das Boot rasch an Fahrt gewann. Manche hatten noch immer nicht abgelegt, weil sie warteten, dass die Mädchen wählten, doch die meisten Boote waren uns einige Längen voraus. Ich wirbelte das Paddel zunehmend schneller herum, während ich die Schläge zunehmend gleichmäßiger führte, und bald hatten wir uns an die Spitze geschoben. Nun tauchte ich nur noch leicht ein, doch das Boot schoss dahin, immer höher spritzte das Wasser unterm Bug auf, und in kürzester Frist hatten wir die anderen Boote weit hinter uns gelassen. Mit dem Rudern war ich gründlich vertraut. Kurz nach dem Krieg hatte ich die meiste Zeit auf der Weichsel verbracht, war gefahren, womit sich fahren ließ, dem Boot, dem Floß, auch gepaddelt war ich, war bis in die Mitte gerudert und hatte Minen auf Fische geworfen, zu schweigen davon, dass ich den ganzen Grund abgetaucht hatte, um nach Schätzen zu suchen, weil es hieß, der Fluss sei von Schätzen übersät nach diesem Krieg.

Ich spürte eine unbändige Kraft in mir, so dass das Wasser mir kaum Widerstand entgegensetzte. Vielleicht nahm wiederum ich jetzt Rache für diese vorstehenden Rippen und die von meinen mageren Schultern wie Stöcke herabbaumelnden mageren Arme, die das Paddel nicht würden anheben können und schon gar nicht mit ihm rudern. Und es half denen hinter uns nicht viel, dass auch sie zu beschleunigen begannen, ja dass sich jetzt sogar die Mädchen am Paddeln beteiligten. Wir entfernten uns immer weiter von ihnen. Sie wurden immer kleiner, lagen immer flacher auf dem Fluss. Ihre winselnden Rufe jagten uns nach, wartet! langsamer! Aber auch die verebbten allmählich, bis sie mit einmal ganz abrissen. Und schließlich entschwanden sie unseren Augen hinter der Biegung des Flusses. Ich glaubte, Anna werde vielleicht für sie bitten und bei einem dieser ersterbenden Rufe mitleidig sagen:

»Vielleicht warten wir lieber auf sie.«

Doch sie saß reglos, das Gesicht in die Sonne gereckt, und schwieg wie verwunschen. Nur hin und wieder schöpfte sie auf der einen, auf der andern Seite des Boots ein bisschen Wasser, und einmal wandte sie kurz den Kopf, lächelte mich mit diesen großen Augen an, ohne auch nur einen flüchtigen Blick in die Ferne zu werfen, ob uns die Boote noch folgten. Wäre die Stadt nicht gewesen, die mitsamt dem Hügel am Ufer mit uns mitzog und von ihren Mauern, Dächern, Kirchturmspitzen ein grelles Funkeln übers Wasser sandte, wir wären von völliger Leere umgeben gewesen, denn hinter uns und vor uns plätscherte nur der Fluss, während zu beiden Seiten seine dichten grünen Ufer diese Leere begrenzten.

Das Paddel wog nun noch leichter in meiner Hand und streifte das Wasser nur an der Oberfläche, was jedoch genügte, dass die Strömung das Boot nicht abtrieb. Ich saß hinter Anna, und sie, das Gesicht in die Sonne gereckt, dachte vielleicht gar nicht an mich, doch in mir lebte jenes quälende Schuldgefühl wieder auf, um so mehr, als ich mich nun in keiner Gasse, keinem Laden, keiner Kirche, hinter keinem Baum, in keinem Schatten mehr verbergen konnte, ja nicht einmal mehr in den winselnden Rufen der andern hinter uns. Ich fühlte, ich müsste etwas sagen, denn nur ein Wort konnte mich von dieser Schuld befreien. Das Boot, der Fluss, die Leere verlangten im Übrigen nach einem Wort, vielleicht hatten sie sogar ein Wort verdient, und wer weiß, vielleicht diente diese ganze Fahrt im Grunde nur dazu, dass ich das Wort, das ich zu sagen hatte, sagte. Doch mir fiel nichts ein, und sobald mir etwas einfiel, würgte es die Angst sogleich ab und erlaubte nicht, dass es sich aus den Gedanken schälte. Und als erriete sie dieses mein Unvermögen, sagte Anna, das Gesicht noch immer in die Sonne gereckt, wie nebenbei und mit geschlossenen Lidern:

»Sie paddeln großartig.« Und als wollte sie der Zustimmung meinerseits zuvorkommen, fügte sie hinzu: »Ich dachte, wir würden hinter allen andern fahren, als Letzte. Aber wir hätten ihnen nicht hinterhergerufen, sie sollen warten, nicht wahr? Sie hätten ruhig davonfahren können.« Und sie drehte sich so heftig zu mir um, dass das Boot schwankte, lächelte mich mit diesen ihren großen Augen an und sagte: »Lass uns Du zueinander sagen, willst du? Anna. Du paddelst wirklich großartig.«

»Piotr«, rang ich mir mühsam ab, als spräche ich erstmals im Leben meinen Namen aus.

»Glaubst du mir nicht?«

»Doch«, sagte ich und stieß das Paddel vor Erregung wohl kräftiger ins Wasser.

»Du musst mir immer glauben«, sagte sie und hielt ihr Gesicht wieder in die Sonne. Plötzlich neigte sie den Kopf und rief, Entsetzen in der Stimme: »O weh!«

Ich wollte fragen, was passiert sei, doch mich ergriff, ich weiß nicht warum, Scham, vielleicht einfach so, für alle Fälle, denn auf dieses ihr »O weh!« konnte ich mir nichts zusammenreimen. Das Ruder erstarrte mir in den Händen, und der Fluss hielt, wie mir schien, seinen Lauf an.

»Mein Badeanzug ist gerissen«, sagte sie, spürbar verlegen. »Noch dazu auf der Brust.«

Mir blieb fast das Herz stehen, und ich stellte mir das Streifchen ihrer weißen Brust, das nun aus diesem Riss glitt, als offene Wunde vor.

Sie beugte den Kopf tiefer, betrachtete diesen Riss, als wartete sie darauf, dass ich etwas sagte. Doch es ist nicht so einfach, in solch einem Moment etwas zu sagen. Wohl nie hatte ich schmerzlicher empfunden, welch eine Last die Fülle von

Worten sein kann, die wir in uns herumtragen. Plötzlich laufen sie vor dir weg, verbergen sich, verweigern dir den Dienst und lassen dich allein, und du hast Angst, du zitterst wie ein Küken, das, eben erst geschlüpft, noch nicht weiß, dass es schon auf der Welt ist.

»Das macht doch nichts weiter«, sagte ich nach einer Weile, und gleich war es mir peinlich, ja ich flüchtete mit dem Blick von ihren Schultern, die diesen Riss verbargen, hinüber zum grünen Ufer des Flusses, obwohl ich mir nicht sicher war, ob ich dieses Ufer sah, denn meine Augen vermieden es, auch nur irgendwas zu sehen.

»Wie das bloß passiert ist?« Sie schien zu überlegen, doch ihre Stimme klang deutlich bekümmert. »Ich hab doch den Anzug erst zum Namenstag bekommen, von Tante Józia. Und was mach ich jetzt?«

Wie auf der Flucht auch vor dieser ihrer Frage, schaute ich mich um. Zum Glück waren die andern noch immer nicht hinter der Flussbiegung zu sehen.

»Sie sind nicht zu sehen, nicht wahr?« Sie fragte oder stellte es vielmehr fest. Das erstaunte mich, denn hätte sie sich auch nur einmal kurz umgedreht, aber sie hielt den Kopf die ganze Zeit gesenkt und beguckte sich diesen Riss. »Du wirst mich wohl ans Ufer bringen müssen, und ich zieh das Kleid an.«

Ich begann kräftiger zu paddeln.

»Oder nein«, sagte sie plötzlich entschlossen. »Ich setz mich mit dem Gesicht zu dir. Willst du?« Und fügte gleich weich, beinahe zärtlich hinzu: »Sag, dass du willst.«

Ohne abzuwarten, bis ich mir ein Ja abgerungen hatte, rutschte sie von ihrem Sitz aufs Verdeck und begann sich auf der Einfassung einzurichten, mir aus diesen ihren großen Augen zulächelnd, in denen dennoch Unsicherheit lag. Das Boot schaukelte beträchtlich, und der Bug tauchte unter ihrem Gewicht tiefer ein.

»Wird das Paddeln auch nicht zu schwer für dich?« fragte

sie mit leicht stockender Stimme. »Ich möchte nämlich nicht, dass sie uns einholen.«

Noch immer flüchtete ich mit dem Blick bald ans eine, bald ans andere Ufer, sah bald über ihren Kopf hinweg, bald hinab aufs Wasser, wobei ich gerade mal ihre nackten Füße wahrnahm, die sie dicht vor mir gegen das Rost auf dem Bootsboden stemmte. Sie hatte meine dauernde Flucht wohl nicht bemerkt, weil sie, den Kopf wieder über den Riss gebeugt, fragte:

»Hast du vielleicht eine Sicherheitsnadel? Aber was frag ich. Jungs tragen so was nicht mit sich rum. Wenn ich eine hätte, würd ich mir das zustecken. Aber so, sieh doch bloß.«

Mir schien, sie habe das unbewusst gesagt, denn sie blickte nicht auf, ob ich hinsah, sondern beguckte sich weiter diesen Riss und begann, als verspürte sie plötzlich das Bedürfnis, sich zu rechtfertigen, zu reden und zu reden:

»Er muss schon morsch gewesen sein. Wenns noch am Ufer passiert wär, ich hätte an was hängenbleiben können. An einem Zweig oder so. Aber hier, auf dem Wasser? Beim Einsteigen war alles noch in Ordnung, das hast du gesehn, nicht wahr? Nicht mal ein Paddel angerührt hab ich. Und noch an der Stelle. Sehr merkwürdig.«

Vielleicht versuchte sie sich mit diesem Schwall von Worten weiter Mut zu machen, denn er verließ sie sichtlich.

»Die verkaufen jetzt oft morsche Ware. Mama hat mal ein Tischtuch gekauft, und gleich nach dem ersten Waschen waren Löcher drin. Mama sagt, die Leute holen jetzt Sachen raus, die sie noch vor dem Krieg gehortet haben, und verkaufen sie. Aber die Badeanzüge waren doch anders vor dem Krieg. Längst nicht so offen. Tante Józia hat so einen, ich hab ihn mal anprobiert. An meinem gehn die Träger hinten überkreuz, und bei ihr, alles zu, die ganzen Schulterblätter. Und hier vorn, der Ausschnitt, bis fast zum Hals rauf. So dünne Trägerchen wie jetzt gabs da noch gar nicht. Als hättest du an einem Kleid die Ärmel abgetrennt. Und an den Schenkeln, kein bisschen angeschnitten, völlig gerade, da, so. Tante Józia sagt, die von heute sind viel hübscher. Drum müssen sich die Mädchen auch nicht mehr so schämen wie vor dem Krieg. Vor dem Krieg durften sie höchstens mit den Armen, den Beinen an die Sonne. Und trotzdem hieß es, sie erregen Ärgernis. Tante Józia bedauert, dass sie nicht später auf die Welt gekommen ist. Sie sagt, sie würde sich einen Badeanzug mit extra Unterteil und extra Oberteil anschaffen. Die würden sich umgucken, das wär erst mal ein Ärgernis. Sie hat so einen schon irgendwo gesehen. Die Tante Józia, du glaubst nicht, wie die ist. Sie zeigt dir sogar, wo überall er ausgeschnitten wäre, hier, da, und Mama tadelt sie, Józia, dass du dich nicht schämst. Wenigstens vor Anka erzähl nicht solche Sachen. Aber für Tante Józia sind das alles rückständige Vorurteile. Über die Frauen sagt sie immer, Kinder kriegen und weinen, das ist ihr Los. Und über die Männer, sie sind Drohnen. Sogar Zigaretten raucht sie, stell dir vor. Und in die Kirche kriegst du sie nicht mal am Sonntag. Sie sagt, was hilft mir schon der Herrgott. Na, er hat ihr nicht geholfen, wie Onkel Karol umgekommen ist. Jetzt hat sie den Onkel Henryk. Und vorm Krieg hat sie den Onkel Edward gehabt. Bei uns war noch keiner. Sie kommt immer allein. Mich nennt sie so drollig, Aniutka. Nicht wahr, das klingt drollig? Den Badeanzug und Stoff für ein Kleid hat sie mir dieses Jahr mitgebracht. Ich hab sie schrecklich gern, die Tante Józia. Sie bringt mir jedes Mal was mit. Was denn, wollt ihr eine Klosterfrau aus der Aniutka machen? So redet sie. Auf flachen Absätzen läuft sie rum, wo gibts denn so was! Eine junge Dame! Drollig, nicht wahr? Es ärgert sie sogar, dass ich mir die Haare mit normaler Seife wasche. Womit wäschst du sie, Aniutka? Hier hast du ein Shampoon. Sie kämmt mich, schneidet mich, dreht mir Locken ein. Ich hab sie schrecklich gern, die Tante Józia. Wo hat man so was schon gesehn, eine junge Dame mit Zöpfchen. So redet sie. Und wenn Mama sagt, ich geh noch zur Schule, sagt Tante Józia, sie will mich ja nicht aus der Schule nehmen. Drollig, nicht wahr? Sie möchten, dass du immer so ein Hühnchen bleibst. Sieh her, guck dich an, wie du wirklich bist. Du darfst dich nicht fürchten.« Ihre Stimme, seit einer Weile zunehmend zittriger, brüchiger, erstarb plötzlich. »Piotr«, stieß sie klagend hervor, »warum siehst du nicht her? Sieh her.«

Es ist nicht so einfach, hinzusehen und mit dem Blick dem Schmerz standzuhalten. Darum hielten sich meine Augen unbeirrt an eins dieser dichten grünen Ufer des Flusses, und ich konnte ihnen nicht einmal befehlen, hinzusehen. Denn was war mein Wille gegen das Vorgefühl, welches mir keine Ruhe ließ, dass dieser eine, einzige Blick auf das Streifchen ihrer weißen Brust, das sich aus dem Riss des Badeanzugs schob, unsere gemeinsame Bestimmung barg. Also wollte sie mich vielleicht ermutigen, dass ich dieser Bestimmung entgegenkam, als sie sagte:

»Ich kann ihn noch weiter einreißen, willst du? Stopfen lässt sich das sowieso nicht mehr. Es wird immer was zu sehen sein.« Mit einem kurzen Ruck verbreiterte sie diesen Riss. »Höchstens eine Rose oder eine Margarite könnte man draufsticken, um ihn zu verdecken.« Plötzlich schreckte sie hoch. »Sie sind nicht zu sehen, nicht wahr?«

Ich wandte den Kopf und ließ die ferne Biegung des Flusses nicht aus den Augen, als sollten sie gleich dahinter auftauchen, ja ich hörte ihre Rufe, ihr Lachen, das Klatschen der Paddel schon deutlich näherkommen.

»Lass mich hier nicht so sitzen, Piotr.« Ich nahm nicht ihre Stimme, sondern ihr Zittern wahr. »Sieh her zu mir. Sieh mir in die Augen. Na, sieh schon her.«

Doch ich war nicht imstande, ihre Augen länger als einen Moment lang zu ertragen. Groß und als sollten sie überfließen, blickten sie mich an, doch sie sahen nichts, sondern warteten wehrlos, verzagt und zugleich mit solchem Zutrauen, dass es schmerzte. Vielleicht spiegelte sich auch nur die Sonne in ihren feuchten Augen, doch mir war, als hätten sie in diesem einen Moment schon die erste Träne um uns vergossen. Und mein Blick flüchtete sich wieder an eins dieser dichten grünen Ufer des Flusses.

»Denk von mir, was du willst«, sagte sie, und das Boot schaukelte leicht bei ihren Worten. »Ich schäme mich nicht vor dir.« Und mit fahler, abwesender Stimme wiederholte sie: »Ich schäme mich nicht.«

Sie tauchte die Hand ins Wasser und sah zu, wie ihr der Fluss zwischen den Fingern durch rann, und sie sagte, wie an diesen Fluss gewandt:

»Ich will mich nicht mehr schämen.« Und dieser Fluss, der ihr so durch die Finger rann, brachte sie vielleicht auf das Schulfest: »Schade, dass es dir damals nicht gelungen ist, mich zum Tango aufzufordern. Ich hab so gewartet. Bei jedem Tango habe ich gehofft, du schaffst es. Diesmal schaffst dus bestimmt. Musst es schaffen. Ich hab dich im Stillen angefeuert, beeil dich, Piotr. Schneller, Piotr. Obwohl, das hat nichts mehr zu bedeuten. Für mich sind wir sowieso seit damals zusammen. Wir reden, schmollen, streiten miteinander. Manchmal bin ich sogar sicher, wir haben getanzt. Du warst so schüchtern. Zieh mich an dich, hab ich gesagt. Und du hast mich an dich gezogen, aber so, als ob dir das weh tut. Beim Tango flüstert man sich immer was ins Ohr, hab ich gesagt. Flüster mir was ins Ohr. Dann wollen wir uns wenigstens zulächeln. Wir dürfen nicht so traurig sein, Piotr. Sieh doch, alle Paare lächeln sich zu. Weißt du noch, du bist mir auf die Zehen getreten und hast dich nicht einmal entschuldigt. Das weißt du nicht mehr? Dann weißt du wohl auch nicht mehr, dass du mich nach dem Fest nach Hause gebracht hast, direkt bis vors Haus. So ein riesiger Mond hat geschienen. Der Garten hat so weiß geblüht, geduftet. Und du hast gesagt… Na, was hast du gesagt? Erinnre dich. Ist es so schwer, sich zu erinnern? Vielleicht willst du dich nicht erinnern? Vielleicht willst du nicht, dass es so gewesen ist? Du willst es nicht, ja?«

Und so als spielte sie mit dem Fluss, sah sie noch immer zu, wie dieser Fluss zwischen den Fingern ihrer ins Wasser hängenden Hand durch rann, und warf leise, beinahe gleichgültig hin:

»Willst du sie berühren?«

Sie unterbrach jedoch nicht dieses Spiel mit dem Fluss. Bald spreizte sie, bald schloss sie die Finger, bald schöpfte sie eine Handvoll Wasser, goss sie über der gekräuselten, glitzernden Fläche aus oder verstreute einzelne Tröpfchen über dieser Fläche und sah zu, wie der Fluss sie mit sich forttrug, bald strich sie mit der ganzen Hand zart über den Fluss.

»Oder nein.« Unvermittelt zog sie die Hand aus dem Fluss. »Gib mir deine Hand.«

Und mit dieser Hand, von der noch das Wasser rann, löste sie meine Hand vom Paddel und legte sie sich auf das Streifchen ihrer weißen Brust, das aus dem Riss in ihrem Badeanzug glitt.

»Hab keine Angst«, sagte sie. »Das tut nicht weh.«

Wieder flüchtete ich mit dem Blick an eins der dichten grünen Ufer. Mir war, als berührte ich mit meiner Hand, entgegen dem, was sie da sagte, einen in diesem Streifchen ihrer weißen Brust verborgenen, noch nicht geschlüpften Schmerz. Diesen Schmerz fühlte ich deutlich, als ich sie berührte. Als ein fast stechendes Beben lief er von ihr durch meine Finger, den Arm, die Schulter, bis zu meinem Herzen. Und gewiss lief er auch von mir zu ihr, denn eine Berührung hat keine Richtung und keine Ufer wie ein Fluss.

»Ich bin schamlos, denkst du bestimmt?« sagte sie.

Das Boot, nicht mehr vom Ruder geführt, strebte mit einmal, jäh beschleunigt, auf das Ufer zu. Dann legte es sich, wie von einem unterirdischen Strudel um die eigene Achse gedreht, ungeachtet der Strömung, plötzlich quer zum Fluss und begann mit uns in die Mitte abzutreiben. Dort änderte es unversehens erneut die Richtung und fuhr genau auf jene Biegung zu, hinter der die andern noch immer nicht zu sehen waren.

Einem, der diesen seine Wasser träge voranwälzenden Fluss

nicht kannte, mochte das unbegreiflich erscheinen. Doch ich kannte den Fluss, und ich wusste, unter seiner Oberfläche verlief noch eine andere Strömung, wirr und verschlungen, hier und da wild und für das menschliche Auge nicht sichtbar, eine Art Fluss im Fluss, der eine dem andern zuwiderlaufend.

Drum hätte ich mir vermutlich nichts daraus gemacht, dass das Boot mit uns hintrieb, wohin es selber wollte, doch mit einemmal spürte ich, wie Anna entsetzt meine Hand fester an das Streifchen ihrer Brust zog, das sich aus dem Riss in ihrem Badeanzug schob. Ja, ich war sicher, ihre entsetzte Bitte zu hören:

»Halt es an, Piotr.«

Und vielleicht wegen diesem ihrem Entsetzen sah ich sie an. Sie aber blickte ruhig vom Wasser auf und sagte still:

»Es ist nicht so, Piotr, wie du denkst.« Und sie schien gar nicht zu bemerken, dass uns dieses Boot hintrug, wohin es selber wollte. Sanft legte sie meine Hand auf das Paddel zurück und sah wieder in den Fluss hinunter. »Nicht jetzt, einmal wirst du das vielleicht verstehen«, sagte sie, als wollte sie dieses Streifchen ihrer weißen Brust nun wenigstens mit Worten verhüllen.

Es war etwas Unausgesprochenes in ihren Worten, oder es kam mir damals nur so vor, denn eigentlich war darin alles. Das begriff ich erst nach Jahren. Unsere Bestimmung bedarf ja nicht vieler Worte. Und vielleicht sind unter allen Worten nur die nicht ausgesprochenen wie Samenkörner, die keimen, wachsen. Was immer ich ihr übrigens geantwortet haben würde, es wäre längst ohne Bedeutung gewesen. Zudem ließ mir das Boot keine Zeit. Es war plötzlich in einen tosenden Strudel geraten und fing buchstäblich an zu tanzen, und ich musste das Paddel schwingen, so schnell meine Arme es mir erlaubten, und das Blatt mit jedem Schlag tief in den Fluss hinabstoßen, um das Boot sicher herauszuführen.

Es war, als wollte das Meer, noch nicht ganz zur Ruhe gekommen nach der hohen Brandung am Vortag, den fernen Horizont weiter und weiter nach draußen drängen. Die Sonne hatte noch ein Stück bis nach Westen, aber sie färbte sich langsam rot, und an diesem Rot entzündeten sich Mal für Mal rote Lichter, die kurz aufblinkten, als zeigte dort draußen jemand sein Kommen an, dem es trotz aller Mühe nicht gelang, über diesen Horizont heraufzukommen.

Flach in den Sand gestreckt, den Kopf nur etwas höher gebettet, auf den unterm Kinn liegenden Händen, ergab ich mich einem trägen Wohlbehagen, das mir zuströmte aus dieser leicht wogenden Ebene. Und mir war, als blickte ich vom Gipfel jener Treppe hinab auf dieses Meer, die von dem Hügel, auf dem die Stadt lag, hinunter führte bis vor unser Haus. Ja, ich fühlte, wie ich Stufe für Stufe abwärts stieg, tiefer und tiefer, das morsche Geländer immer fester umklammernd, auf diese Meeresebene zu, und zugleich bang zu erraten versuchte, wann die letzte Stufe käme. Denn das Wohlbehagen ist niemals so ganz eindeutig.

Wer weiß, vielleicht gehört die Erwartung zur Natur des Horizonts, denn ich verfolgte jene roten Lichter in der Ferne, als erwartete auch ich etwas von diesem Horizont. Und das ließ mich zumindest all das Gelärme, Gerufe, Gekreische und Gelächter überhören, das sich über dem Strand erhob, und diese menschlichen Leiber übersehen, die sich eng hier zusammendrängten wie um eine riesige Tränke.

Paweł tollte zum Glück mit den Kindern dicht am Wasser herum, mir gegenüber, so dass ich ihn die ganze Zeit im Blickfeld hatte. Im Übrigen bemühte er sich, wie ich ihn geheißen hatte, nicht tiefer hineinzugehen, nur bis zur halben Wade, und sobald das Wasser ihm mal bis zu den Knien und höher hinaufreichte, flüchtete er sich quiekend zu mir und beteuerte aufgeregt, er ginge nicht tiefer hinein, als ich ihm erlaubt hatte:

»Papi! Papi! Wir spielen!«

Da riss ich, wie angerührt von einer dumpfen Ahnung, ihm sei eben etwas zugestoßen, den Kopf hoch und begann ihn mit den Augen unter diesen Leibern zu suchen, ohne auch nur geradeaus zu schauen, wo er die ganze Zeit friedlich spielte. Ich kniete mich hin. Einen Moment lang war mir, als läge er dort zwischen diesen längs des Ufers ausgestreckten, erschöpften, vor Durst vergehenden, von der Sonne verbrannten Leibern, zu Boden gedrückt von einem Bein, Bauch, Oberkörper, einer Schulter. Schon wollte ich über den ganzen Strand hinweg schreien:

»Paweł!!!«

Doch etwas warnte mich, es nicht zu tun, denn was sollte ich ihm sagen, wenn er zu mir gelaufen käme, ich konnte ihn allenfalls fragen:

»Willst du was trinken?« Und trinken wollte er immer. »Vielleicht isst du was?« Und essen wollte er nie.

»Fühl mal«, sagte sie, und da sie erriet, dass ich zögerte, wenn auch nur für einen Augenblick, nahm sie meine Hand und legte sie sich selbst auf den gewölbten Bauch. »Fühlst du es?«

Ich fühlte nur meine Berührung, die warm war, gewiss, aber bang, bebend, zuerst in den Fingerspitzen, dann in der ganzen Hand, im ganzen Arm, in meinem ganzen Inneren, und erst nach einer Weile auch in ihrem gewölbten Bauch, der, wie mir schien, anfing zu wachsen, sich zu entfalten, sich zur Wunde auszudehnen, bis ich das Gefühl der Berührung verlor, das von meiner Hand und ihrem Bauch herkam, und ich nur noch diese Wunde in uns beiden fühlte. Etwas bewegte sich deutlich in dieser unserer Wunde. Das Herz erstarb mir, es würgte mich in der Kehle, und hastig zog ich die Hand von ihrem Bauch. Sie schien keineswegs überrascht. Sie hob den Kopf und sah mir in die Augen, ohne eine Spur von Vorwurf oder Enttäuschung, ja sie sagte in tröstendem Ton:

»Hab keine Angst, nicht du bist es, der zur Welt kommt.«

»Papi! Papi!« hörte ich Paweł da plötzlich rufen, der vom Wasser angerannt kam, wo er, mir gegenüber, herumgetollt war. »Baust du mir eine Burg?! Bau mir eine. Bitte.«

Seine Augen funkelten vor Erregung, er war von oben bis

unten nassgespritzt, aus den Haaren liefen ihm Rinnsale übers Gesicht.

»Ich hab gesagt, du sollst nicht tiefer hineingehn als bis zu der halben Wade.«

»Baust du mir eine? Papi?«

»Geh noch ein bisschen spielen. Ich bau sie dir später.«

Er zog schmollend ab, bestimmt auch enttäuscht, obwohl ich wusste, gleich käme er wieder angerannt. Die Sonne neigte sich über dem Horizont, zunehmend größer, zunehmend röter, ließ sie die Grenze zwischen Meer und Himmel jetzt scharf hervortreten. Dieses Meer, dort aufgehalten durch den Himmel, und der Himmel, aufgehalten durch das Meer, sie stauten sich gegenseitig, gingen eins in das andere über und bildeten eine Art wulstige Naht, die rot war von den roten Strahlen der versinkenden Sonne. Und da erschien, wie jenseits dieser Naht, gleichsam über ihren Rand hinaustretend, winzig klein, ein Pünktchen, der alte Kaziuń von der Weide. Nein, ich zweifelte nicht, es war er. Ich hatte geglaubt, ich hätte ihn längst vergessen. Jedenfalls hätte ich von allen Lebenden und von allen Toten ihn am wenigsten erwartet, er war ja nur ein Augenblick in meinem Leben gewesen. In demselben alten Hut, den Stock geschultert, das Bündel an diesen Stock gehängt, so wie er uns damals auf der Weide verlassen hatte, schritt er auf dieser Naht entlang und versank bald im Rot der Sonnenstrahlen, dass gerade noch sein Hut aufragte, bald tauchte er wieder hoch aus diesen Strahlen. Nur noch gebeugter erschien er mir, als fände er schwer dort Platz, wo Meer und Himmel sich so eng berührten. Auch kleinere Schritte machte er wohl, aus Müdigkeit oder aus Vorsicht, damit das Meer ihn nicht fortspülte, wer weiß.

»Dem Jacuś baut der Papi eine Burg. Dem Iruś seiner baut auch eine. Alle Papis bauen Burgen«, hörte ich Pawełs klagende Stimme, der offenbar schon lange vor mir stand.

Ich hob den Kopf. Immer wenn seine Klage in ein Schluchzen münden sollte, steckte er den Finger in den Mund.

»Nimm den Finger aus dem Mund«, sagte ich und stand auf. »Und geh, bring Wasser her.«

Er schnappte sich sein Eimerchen und flitzte, so schnell er konnte, ans Wasser, wobei er unterwegs, vermutlich diesen Jaceks und Ireks, freudig verkündete:

»Mein Papi baut mir auch eine Burg! Mein Papi baut mir auch eine…! Mein Papi baut mir…!«

Im Nu war er zurück, in der einen Hand das Eimerchen, die andere schützend darüber, um nichts zu verschwappen, obwohl er es vor lauter Freude nicht einmal halbvoll anbrachte.

»Gieß es hierher«, sagte ich und zeigte auf eine Stelle im Sand.

Hin und her rannte er mit seinem Eimerchen und brachte es immer nur halbvoll an.

»Das reicht«, sagte ich.

Er kauerte sich vor mich hin und sah aufgeregt zu, wie ich eine Vertiefung im Sand aushob. Plötzlich beugte er wie vor übergroßer Freude das Köpfchen tief zu mir hinunter, blickte mir in die Augen und hauchte, noch ganz außer Atem vom Wasserholen:

»Papi.«

Und genau diesen Moment hat jemand festgehalten, der, nach dem Foto zu schließen, in geringer Entfernung von uns stand und von oben auf uns hinuntersah, so dass nicht mal ein schmaler Saum des Meeres mehr mit drauf gekommen war und niemand im Hintergrund.

Wer aber mag das gewesen sein, da ich mich nicht an so jemanden erinnere? Etwa der Vater von einem dieser Jaceks, Ireczeks, seinen Spielgefährten? Und vermutlich war es ihm vor allem um Paweł gegangen, denn mein gesenkter Kopf am Rand des Fotos ist nur etwas wie ein Schatten über seiner Freude, der, könnte man meinen, die in seinen weit geöffneten, zu mir hochblickenden Augen leuchtende Freude sogar trübt. Doch diese Freude erhellt das Foto wie das Licht der Sonne. Und als wüsste er nicht wohin mit dieser seiner übergroßen Freude, kniet er noch vor mir und, mit dem strahlenden Gesichtchen meine gesenkten Augen fast berührend, sprudelt er hervor:

»Soll ich dir mehr Meer bringen?«